文学理论的中国性

古代文学理论研究

第五十一辑

华东师范大学出版社 · 上海

胡晓明 主编

图书在版编目(CIP)数据

古代文学理论研究. 第五十一辑，文学理论的中国性/胡晓明主编. —上海：华东师范大学出版社，2020
ISBN 978-7-5760-0994-1

Ⅰ.①古… Ⅱ.①胡… Ⅲ.①中国文学—古典文学—文学理论 Ⅳ.①I206.2-53

中国版本图书馆 CIP 数据核字(2020)第 209733 号

文学理论的中国性

——古代文学理论研究第五十一辑

主　　编　胡晓明
责任编辑　时润民
责任校对　唐　铭
封面设计　高　山

出版发行　华东师范大学出版社
社　　址　上海市中山北路 3663 号　邮编 200062
网　　址　www.ecnupress.com.cn
电　　话　021-60821666　行政传真 021-62572105
客服电话　021-62865537　门市(邮购)电话 021-62869887
地　　址　上海市中山北路 3663 号华东师范大学校内先锋路口
网　　店　http://hdsdcbs.tmall.com

印　　刷　上海昌鑫龙印务有限公司
开　　本　890×1240　32 开
印　　张　17.5
字　　数　431 千字
版　　次　2020 年 12 月第 1 版
印　　次　2020 年 12 月第 1 次
书　　号　ISBN 978-7-5760-0994-1
定　　价　88.00 元

出 版 人　王　焰

目　　录

◆ 叶嘉莹诗学专栏 ◆

◆ 诗词学 ◆

◆ 中国文体学 ◆

◆ 文 论 ◆

◆域　　外◆

编辑部报告

味觉的记忆对于人是最持久的，普鲁斯特《追忆似水年华》说："气味和滋味却会在形销之后长期存在，即使人亡物毁，久远的往事了无陈迹，唯独气味和滋味虽说脆弱却更有生命力；虽说虚幻却更经久不散，更忠贞不贰，它们仍然对依稀往事寄托着回忆、期待和希望，它们以几乎无从辨认的蛛丝马迹，坚强不屈地支撑起整座回忆的巨厦。"（第一部《在斯万家那边·贡布雷》，李恒基译，译林出版社，2012年）李清照回忆初婚岁月的文字有一段味觉记忆："侯（赵明诚）年二十一，在太学作学生。赵、李族寒，素贫俭。每朔望谒告，出，质衣，取半千钱，步入相国寺，市碑文果实归，相对展玩咀嚼，自谓葛天氏之民也。"（《金石录后序》）相对展玩咀嚼的"咀嚼"，宇文所安说："慢慢地品尝水果的甜味与慢慢地欣赏碑文的意义就能够结合了。"（《回忆的引诱》，载《追忆：中国古典文学中的往事再现》，郑学勤译，生活·读书·新知三联书店，2004年）"咀嚼"的对象兼有果实与碑文，李清照这一不经意间的修辞策略，使"咀嚼"恢复了本义，并与引申义相安共存，兼具感性与知性、物质与精神、快感与崇高之双性意蕴。刘勰《文心雕龙·序志》云："傲岸泉石，咀嚼文义。"汉语中许多词汇，本义被引申义压抑太久了，感官物质世界的词语，一旦被人文的世界借走即一借不还。

"风格"一般被视为最含具文学性的一种存在，只有在文学作品被"通电"，只有文学作品被有效欣赏接受时，"风格"才真正向读者打开，它不是单纯通过义理或说教就能呈现的。歌德说风格是艺术所能企及的最高境界。王元化说风格是主客观的和谐一致，是情景交融、物我双会之境。相传钱锺书在考察研究生时，就在不告知作者的前提下，让考生自行判定诗歌的风格取径。钱先生自己的著作《谈艺录》、《管锥编》，也延续并发扬了中国传统诗文评之着重于风格论的特点。而“风格”一词，及“风格”的判定描述语汇，大多是人文世界从物质感官世界借用过来的。

“风格”原指人的风度、品格、气魄、风采等。《世说新语·德行》：“李元礼风格秀整。”《晋书·和峤传》：“峤少有风格，慕舅夏侯玄之为人，厚自崇重。”赵璘《因话录》：“每闻长属说其风格容仪，真神仙也。”杜甫“沉郁顿挫”的“顿挫”原指谓声调抑扬，停顿转折。《后汉书·孔融传赞》：“北海天逸，音情顿挫。”李贤注：“顿挫犹抑扬也。”唐刘禹锡《和浙西李大夫霜夜对月听小童吹觱篥歌依本韵》：“冲融顿挫心使指，雄吼如风转如水。”唐宋词风的“婉约”与“豪放”，本指人的外貌、性格等特点。王粲《神女赋》：“扬娥微眄，悬藐流离。婉约绮媚，举动多宜。”《北史·张彝传》：“彝少而豪放，出入殿庭，步眄高上，无所顾忌。”文学批评理论词汇的来源特征，必然会对文学批评理论的特性起到决定性的影响。揭示中国传统诗文评的本质特性，“语源学”研究视角也许是一个很好的方法。本辑刊发的赵忠富《“以技为喻”与〈文心雕龙〉批评话语的生成》就采用了这一方法，对《文心雕龙》的词语来源作了一番细致考察，发现许多词汇都来源于古代的百工技艺。借助“以技为喻”，刘勰在实现百工经验向文学创作领域迁移的同时，也完成了技艺术语向批评话语的转换。

不同文体之间，不同文艺样式之间，贯通着相近相似的审美要求，是中国传统诗文评的特点之一，彼此融贯打通的研究，可以获得更为深入的认识，本辑多篇论文即着眼于这一视域。刘宏辉《论吴闿生〈晚清四十家诗钞〉的诗学观及其价值》，指出作为桐城派重要一员的吴闿生，具有诗文一理，熔铸唐宋，重“奇”、“气”，推重李杜韩黄的诗学观。其中，黄庭坚的影响最为深远，汪辟疆云：“吴氏习闻姬传姚氏之说，为诗以山谷为宗，辅以杜韩。”（《近代诗派与地域》）钱仲联指出：“桐城派古文家兼为诗人的，自姚鼐以后一直到方东树、吴汝纶，都曾取径山谷。”（《近代诗钞》）吴闿生的学生潘伯鹰，其《玄隐庐诗》

亦宗山谷。汪涤《何良俊的文艺理论及其松江文化背景》，对何良俊在诗文、戏曲与书画三大领域的五种艺术形式的理论进行了分析，探讨了何良俊复古文学艺术理论的独特性及一致性。刘红红《试论谭献的骈文批评理论》，指出谭献骈文理论中“古文”影响，其“骈散合一”的理论，表现为标举古文传统中的立意，为骈文指出向上一路。余煜琦《秦汉律令文体的制度化生成和演进——以王言与制度的关系为中心》，着眼于向来较少被文体学关注的律令，反思了“制度”在文体学中的失落或许是一种偏颇和失衡。许光《欧阳修古文“风骨”儒学化及评骘清虚化》，指出“风骨”随着时代的发展逐渐流衍为清逸一路，宋儒将“风骨”指涉于论辩文和壮健气格，被转涉于序跋、哀祭、杂记文和温柔闲兴。

在学人研究栏目，本辑刊发了朱兴和《叶嘉莹“兴发感动”说的诞生、逻辑层次及生命诗学意味》与曾庆雨《再论“弱德之美”》，分别从“兴发感动”与“弱德之美”两个关键词，阐扬叶嘉莹先生文学研究的核心思想，并且揭示叶嘉莹学术特点与其人生、性情、思想之间的关系，论证“生命诗学”的意义。

2020 年是王元化先生百岁诞辰，本辑特设“纪念王元化教授百岁诞辰专栏”，刊发涂光社、严寿澂、吴琦幸等撰述的一组论文，于王元化先生的思想人格与学术成就皆有切近深入的探讨。

《古代文学理论研究》编辑部

2020 年 10 月

王元化先生三次反思引领我学术思考和精神追求的印记

涂光社

内容摘要：当代思想理论大家王元化先生不断审视自投身救亡图存以来社会政治的得失成败，以及那些影响知识人的思想观念、学说和理论主张，通过三次反思，逐步实现哲学思考的深化与升华。在先生所赐《文心雕龙讲疏》、《九十年代反思录》、《清园自述》等书的学习中笔者颇获教益，并不止一次得聆训诲。本文是先生学术思考引导下一己研讨《文心雕龙》、《庄子》和传统范畴学的记录。

关键词：三次反思；"独立之思想，自由之精神"；"新启蒙"运动；终极关怀

Mr. Wang Yuanhua's Three Reflections Set the Mark on My Academic Thinking and Spiritual Pursuit

Tu Guangshe

Abstract: Mr. Wang Yuanhua, the great contemporary theorist, had kept on reviewing the success or failure in social politics since he devoted himself to saving the nation from subjugation, and rethinking the ideas, theories and theoretical propositions that influence the intellectuals. He gradually realized the deepening and sublimation of philosophical thinking through three times of reflection. In his works, such as *Explicating on Wenxin Diaolong*, *Reflections in the 1990s*, and *Self Narration of Tsinghua Park*, which he presented me as gifts, I had learned a lot and listened to his instructions more than once. This paper is a record of my own research on *Wenxin Diaolong*, *Zhuangzi* and Traditional Category under the guidance of Mr. Wang's academic thinking.

Keywords: three reflections;"The thought of independence, the spirit of freedom";"New Enlightenment" movement; ultimate concern

2008年,我惊悉王元化先生逝世后,在《沈阳日报》发表的悼文中说:

> 5月9日的上海,一位卓越的思想者走完了自己的人生之路。
>
> ……
>
> 王先生是1938年入党的老革命和文艺理论家,因为胡风案件的牵连,1960年代前后只能沉潜于黑格尔哲学和《文心雕龙》的研究。我曾感慨这种形格势禁造成的研究转向,虽为先生的大不幸,却无论如何是《龙》学的幸事!
>
> ……
>
> "文革"后胡风的冤案平反,元化先生出任上海市委宣传部长。痛定思痛,开始全面回顾上世纪民族救亡图存和新国家建设的曲折经历,对影响历史进程的理论倾向和思潮进行深刻的反思,《文学沉思录》、《读黑格尔》、《九十年代反思录》等新作表明,他已经超越了某些学术理论的探讨而成为思想研究的大家。
>
> ……

先生推崇王国维、陈寅恪的学术理念，以为陈寅恪为王国维纪念碑所撰“独立之思想，自由之精神”应该是中国现代思想神圣的灵魂。

“为学不作媚时语，反思多因切肤痛。”对五四的再认识是一次对现代思想史的深刻反思，旨在记取历史教训，避免因思想和理论上的偏颇让国家人民重陷磨难与曲折，一再付出沉重代价。因此先生的再认识不盲从轻信，不讳疾忌医，不遮掩以往的失误，不回避自我解剖，不为尊者讳，而能直击要害和根本。

倡导“新启蒙”运动，目的在于探寻新时代无偏颇的思想导向。从思想文化根源和理论依据上思考历史潮流出现偏颇之所以然需要大智大勇，而这样的睿智和勇气必然成就卓越的思想家。民族振兴和社会进步需要新的启蒙思想。相信在不久的将来人们会更充分地认识启蒙思想的价值，历史将给予它应有的地位。

……

任何一种思想理论，哪怕它在一定时段显示出某种先进性，践行过程中都应有不断反思，以矫其偏颇、回归正途，确保不误终极目标的指向。尽管我才疏学浅，涉足古代文论以来，元化先生三次反思中的精神追求和哲学思考所得一直引导着我的研讨。

一

“文革”后国家恢复高考。稍后又宣布要招收研究生。报考的多是同等学力的考生，在街道工厂干活、时年已三十七岁的我也动了心。

我以往喜欢写点散文诗歌，也尝试过小说、编剧。又从来喜欢史地，何况父亲国学功底深厚，全家都受熏染。而我选择学古代文论，是受一件小事影响：我在车间偶然发现同事胡颖的凳子上有本厚厚的封面破损的油印讲义，发黑的纸面上有油印字迹“文心……”，是

《文心雕龙》论文的结集！“她该不会用它垫坐吧?”我翻阅了前几页摘录了一些学者争论刘勰所谓“风骨”如何解释的文章，很有兴趣，我想起父挚贵阳师院历史系教授王燕玉曾送我一本黄侃的《文心雕龙札记》……胡颖回到车间，见我如此着迷，就把这一本讲义送给了我。

当时因为刚恢复高考，贵州省还没有一所院校招收研究生。而天津南开大学的古代文论方向招两名研究生，指导教师为王达津教授，我便毫不犹豫选择了它。按同等学力报考要求，我把两篇论文《试论屈原的浪漫主义文学风格》和《〈文心雕龙〉“风骨”简论》连同填好的报名表一块交招生办公室寄送南开……最后经历波折，我以第二志愿考入辽宁大学古代文学专业，成为研究生，导师是张震泽先生。入学不久，要确定研究方向，我表示愿从事《诗经》研究，以为是传承恩师学术的需要。先生是先秦两汉文学著名学者，《诗经》研究上尤有建树。然而先生告诉我:“搞《文心雕龙》吧，我看过你的文章，搞古代文论更有利于你的发展。”并叮嘱说，与《文心雕龙》有关的论著很多，学习上要转益多师。

攻读定向不久，我就读到王元化先生的《文心雕龙创作论》，思想豁然开朗。《创作论》以“八说”为中心，几个相关自成机杼的短论从不同层面再互予印证补充。此书不像有些论著那样拘于文字考辨，既融通中外古今，也不生硬比附，更不以“唯物”还是“唯心”判别进步与反动。元化先生哲学底蕴深厚，范畴组合为主干的论证模式也给人启迪。我于是将考究重点确定在《文心》系列范畴义考核及其组合理论价值上，增强了在比较中辨识古人理论思考之优长和人文特征的意识。

1983 年王元化与牟世金两先生共同创立中国《文心雕龙》学会。从 1982 年的筹备会起，我每次与会均得先生指教。以后两次赴上海，由林其锬老师引导去探视养病的先生。2003 年病中的先生还为拙著《庄子范畴心解》题写了书名。

我以《文心雕龙散论》为题写作的硕士论文，增补成《文心十论》后在 1986 年出版，其中“物色”论、“定势”论、“比兴”论都有与王先生

"商榷"的地方。在扉页上我敬书"只有敢于向自己景仰的英雄挑战的人,才有可能成为真正的勇士"两行字,请元化先生的博士生蒋述卓兄转呈先生案前。

除常聆听教诲外,我还屡得先生签名赐书,如 2001 年的《清园自述》与《九十年代日记》,2004 年校订再版的《文心雕龙讲疏》,2006 年的《人物・书话・记事》和《读黑格尔》等。后来又收到林其锬寄来的吴琦幸《王元化晚年谈话录》。

20 世纪 80 年代后期,我研讨重点逐渐向传统范畴的文化特征位移,在溯源中对《庄子》范畴创用上不同凡响的建树,以及庄周这位先秦大哲对社会人生、生命现象具跨越时空价值的思考颇有会心之处。我的《雕龙迁想》、《势与中国艺术》(再版更名《因动成势》)、《原创在气》、《中国古代美学范畴发生论》、《中国古代文论范畴生成史》及《庄子范畴心解》、《庄子寓言心解》(后合二为一成《庄子心解》)等书中,都有受王元化先生哲学思考影响的印记。

先生的学生于我学习思考上也颇多教益、勉励。蒋述卓兄曾在 1992 年第 2 期《中国图书评论》上发表评论,肯定拙著《势与中国艺术》"是一次成功的尝试,填补了中国古典美学研究领域的空白","重新开掘并发现了中国古典美学的一个重要范畴"。胡晓明兄与我皆有随家入黔的过往,就学之后屡有互动。2010 年以《天籁只是一个意义》为题,序拙著《庄子寓言心解》,其中回顾了曾与我"在镇江对床语庄,夜深不能罢"的切磋,申说其豁人眼界的见识:庄子寓言是以"自适性语言"所作"无取、无执、无待"的表述。

2015 年 9 月 2 日《中华读书报》发表了我读吴琦幸《王元化谈话录:1986—2008》一书后所写《元化先生一生的三次反思》一文,其中说:

> 王元化先生一生学术上的建树涉及文艺理论、古代文论、哲学思想史、文化史及国家政治学说,博大而精深,其成果都是在不断的反思中获取的。
>
> 先生将自己的哲学思考分为三个阶段,自青年时代投

身救亡图存活动以来不间断地回顾反省、叩问，逐步实现认识的深化与升华。《谈话录》中明示其人生经历的节点和反思的阶段性。

1937 年开始文艺写作。1938 年初，18 岁的他加入了中国共产党。1939 年在《新中国文艺丛刊》第三辑《鲁迅逝世纪念特辑》上发表《鲁迅与尼采》。身上有“为了要显得激进，所形成的‘左’的教条倾向”。1940 年读了介绍恩格斯关于现实主义的理论，初步认识到藏原惟人从苏联拉普派所传来的所谓“社会价值与艺术价值二元论”的偏颇。在此前后，开始了第一次反思。

1955—1957 年在反胡风运动中被隔离审查，在这期间开始了第二次反思。“对这次政治风暴，我毫不理解，更无法防卫。它使我感到大震荡。后来我在一篇回忆文章中说：‘这是一次灵魂的拷问。我感到恐惧，整个心灵为之震撼不已。我好像被抛弃在茫茫的荒野，惶惶无主。’这是我一生所感到的最可怕的时候。多年以后，我用精神危机来概括这场经历。这就是我在隔离审查时期发生反思的由来。”(《王元化集 · 总序》)1959 年被定为“胡风反革命分子”。1960 年后被安置在上海作家协会文学研究所，开始撰写《文心雕龙柬释》并继续钻研黑格尔、译莎士比亚悲剧。“文革”期间，被打成历史、现行反革命。1974 年 10 月，第三次通读黑格乐《小逻辑》。1979 年 11 月胡风案平反。二十三年的冤案终得洗刷清白。

贡献最大最有价值的成果得自晚年的第三次反思。主要是对“五四”激进主义的清算和对卢梭《社会契约论》及其在中国影响的基础研究。

“五四”的研究从 1988 年起步。最初元化先生对海外一些学者将“五四”运动与义和团、“文革”相提并论不敢苟同，认为“五四”的反传统和倡导西化是天经地义的，“五四”

精神必须全盘继承。直到1993年8月应邀为《杜亚泉文存》作序，详细阅读了更多“五四”相关资料后检视了以往的观点，尤其在与林毓生先生有关意图伦理的通信交流中受到启发，在此基础上进行反思，认识到自己1980年代认识的片面性，指出“五四”精神要继承，但其四大缺陷(意图伦理、功利主义、激进情绪、庸俗进化论)必须克服，其“五四”反思的基点是对激进主义——也即长期以来影响人们的“左”的思想作追根寻源式的思考。王先生认为，激进主义危害甚大，而“独立之思想，自由之精神”为“五四”之精髓，“五四”的个性解放和独立人格是应当在今天大加发扬和倡导的。

1992年先生应邀主持复旦大学金重远的博士生朱学勤的学位论文《道德理想的覆灭》答辩，论文中有关卢梭的公意和私意之论(即卢梭认为“公意只着眼公共的利益，而众意只着眼私自的利益”，从而必须要用公意的名义来抽空众意的聚合空间，当然遑论私意了)的观点触动元化先生晚年的求索，对其第三次反思尤为重要。于是又从“五四”精神的辨析进入国家学说的探讨，其中一个重要成果是对国家学说的基本研究和阐述。在建立国家政权中，有关人民转让全部权力给一个绝对权威，将从君主个人转化为“社会公意”。王先生警醒到这是个非常有现实意义、内涵甚深的课题，认为此说导致“公意需要化身，需要权威，需要造就一个在政治上首先完满无缺的奇理斯马式的人物”，直率地辨析受卢梭“公意”说影响后的中国政治思想界。

……

元化先生反思的特点是：执着求真求是，从自己投身谋求国家民族进步事业以来的切身体验出发，探究中国近代以来社会政治得失成败的所以然，审视影响历史进程的社会思潮和理论主张，总结经验教训，探寻国家和人类生存发展之正途。先生一再反思的是那些影响探知识人(尤其是自己)的思想观念、学说和理论主张,辨识其正确、谬误之所在和思想根源。

晚年先生曾发出“这世界不再令人着迷”的喟叹,以为思想界的现状不能令人满意:信仰和执着求真意志的缺失,物质主义、消费主义的泛滥,现实利害的影响,习惯思维方式和片面宣教的误导……

元化先生探究近代中国革命和社会历史进程中的曲折、坎坷之所然,心系国家和人类的前途命运。1990 年代末开始健康状况不佳,预感到来日无多,而世态人情堪忧,就有了一种紧迫感,于是召弟子吴琦幸自美返沪,病榻前一吐心曲,申说历次反思所得,尤其是近年思考的收获,补正此前著述中薄弱不周以及或有可能被误读之处。

《王元化谈话录:1986—2008》是吴琦幸应先生要求专门从美国回来记录整理其一生哲学思考演进、深化轨迹之书,作序的也是元化先生思想理论探求上的知交、故旧和忠实追随者,因此能真实而深刻地展示了当代一个关切国家和人类前途命运的一伟大思想者的心路历程。《谈话录》还包括林毓生《元化先生的意义》、钱伯城《元化先生二三事》和林其锬《学术独立也是人格独立》三篇序,及吴琦幸所撰前言、后记,另附王元化先生生平学术年表。

《谈话录》可谓是元化先生这位当代思想大家的一次总结性思考的记录,极富启示性和警示性,是他留给理论界和世人的珍贵遗产,先进而具开拓性,境界提升的思考在不断修正充实中达成。反思是探求真理过程中阶段性的回顾检讨,更新的认知则是追求终极目标再出发的起点。思想、精神的至境,大都是在一次次反思中接近和成就的。

我每读先生著述都受益匪浅,心灵得到灌溉,研讨上多获启迪,精神视野、理论境界皆有所拓展和提升。起初我受教多在古代文论特别是《文心雕龙》的研讨方面,稍后,渐拓展至古代文论范畴创生和《庄子》非同凡响的哲学思考,及理论建树的文化基因与当代价值位移等方面。而读《谈话录》则是弥补了我多方面的缺憾,在学术研讨乃至精神追求上心悦诚服接受元化先生引领（尤其是先生第二、三次反思的收获），尽管根柢能力有限，也决不怠慢。

林其锬先生在《谈话录》序三《学术独立也是人格独立》中说：

> 从1986年到2008年，这正是先生从“心浮气躁”（先生语）的80年代，转入“潜修静下来做学问”，进行第三次反思，完成《九十年代反思录》和《九十年代日记》，“真正进入思想境界”并放开境界思考整个人类和人生终极关怀的成熟时期。笔者曾于2005年5月在日文版《王元化著作集》（全三集）出版之际写了一篇书评，……文中提到：“《九十年代反思录》是王元化20世纪所写文字结集。20世纪90年代是王元化反思的年代，思想成熟的年代，因而也是重要的年代。用他自己的话说：‘我在青年时代就开始写作了，但直到90年代才可以说真正进入了思想境界。’‘到了90年代，我才摆脱了依傍，抛弃了长期形成的既定概念。’‘我把90年代视为自己思想开始成熟的时代。’所以此书实是王元化对自己长期积累的思想观念作了比较彻底的反思之后的思想结晶。重要方面涉及对‘五四’以来的启蒙心态，即关于人的力量和理性能力过分信赖的再认识；对形成大陆思想主流的激进主义和被认为是国家学说之源的卢梭《社会契约论》的深入剖析；通过京戏的虚拟性、程式化、写意型的表演体系和对《论语》注为例的阐释学考察，阐发了中国传统文化特征以及传统文化资源具体中的普遍性等等。这些内容都是道前人所未道的。通过20世纪90年代的反思（也称‘第三次反思’），先生不仅从历史、哲学的深度，揭示了为什么‘左’的思潮在中国源远流长，在许多人头脑中根深蒂固的原因，而且从理性到有限理性的再认识中，揭示了当代中国精神生活和政治生活中理性滥用的危险性，从而展现了他对真理的追求和道义的担当，对人的自由命运关心的人文关怀。”

吴琦幸在该书《前言》的后半部分有段发人深思的话：

> 2007 年 7 月 19 日跟我谈话时，他对以前的认识论怀疑了，否定了，“这个问题上呢，我觉得人的认识，人的力量，人的理性的力量是有限的。苏格拉底有一句话，‘我知我所不知’。在我们这个时代的人往往缺乏这种东西，后来我补充了，说孔子有‘知之为知之，不知为不知，是知也’。同样提出了这样一个几乎相同的命题，就是说，我有很多东西不是我能够知道的”。他强调：“我的三次反思主要问题在这里，不是刚才讲的批评那些激进主义和‘左’的问题。激进主义的根本核心是在这个问题里，当然激进主义我是批评的。”
>
> 这就给研究研究王元化思想历程尤其是第三次反思带来新的课题，他自己认为第三次反思的核心并非是探讨了激进主义、功利主意、意图伦理或国家学说等等，这些仅仅是他思考的外围而已。真正则是他尚未完成的有关认识论的基本观点。也就是我们常说的世界观的问题。一位耄耋老人，到了临终还在思考自己基本的世界观。这是一个新的课题。为什么王元化在临终之前想到了他的最后反思聚焦在认识论的问题上，隐隐中又把这个问题的提出作为重要的第三次反思内容？……我觉得，王元化先生反思到最后，并不把他的有关思想文化的一些论断作为他的最重要的反思成果，而是反求诸己，将自己的认识论放到反思的层面上。这对我们有一种启示，对于认识世界不能过于自信，而要怀有一种敬畏之心和怀疑之心。当然我们无法知道先生反思的最后成果了。但至少有一点是明确的，那就是他带着怀疑的眼光促使他放开境界，开始思考整个世界和人生的终极关怀，令他对于现代化产生的物质无限丰富、人的消费主义欲念无穷膨胀而感到悲观。这种带有宗教式的救赎式的思考是他最后给我们的思想财富。

以下分述元化先生三次反思的理论创获与思想境界跃升对我治

学的引领。

二

元化先生自青年时代投身救亡图存革命活动以来不间断地回顾、反省、叩问，在反思中实现认识的深化与精神的升华。

《文心雕龙创作论》是他1960—1979年的结集（1992年增补后更名《文心雕龙讲疏》），是先生第一次反思阶段的学术成果。其时胡风案尚未平反，受郭绍虞先生保护，元化先生得以从事《文心雕龙》研讨，《创作论》只围绕文论言说，规避现实政治问题，不以"唯物"、"唯心"判别进步与反动；也与阶级斗争绝缘。

《〈文心雕龙〉创作论八说释义·小引》称：

> 《文心雕龙》一书主要包括了三个部分，即总论、文体论、创作论。（书中也涉及作家的才能、文学批评、文学史等专题研究，但都是单独的篇章。）在写作方法上，刘勰把"史"、"论"、"评"糅合在一起。因此，在作全书的三个部分中，都贯串了文学史的论述、文学批评的分析和文学理论的阐发。但由于三部分性质不同，在"史"、"论"、"评"方面也各有其重点。创作论是侧重文学理论方面的。释义企图从《文心雕龙》中选出那些至今尚有现实意义的有关艺术规律和艺术方法方面的问题来加以剖析，而这方面的问题几乎全部包括在创作论里面，这就是释义以创作论作为主要研究对象的原因。自然，释义所选择的创作论八说，不能说已经把这方面的问题囊括无遗，阙漏是不可能避免的。

《文心雕龙创作论》既展示了撰著者深厚的中西哲学底蕴，其论古代文论经典的"八说"民族文化特色也十分鲜明——《物色篇》的"心物交融"说，《神思篇》的"杼轴献功"以及言意之辨和虚静说，《体性篇》的"才性"说，《比兴篇》的"拟容取心"说，《情采篇》的"情志"说，《镕裁篇》的"三准"说，《附会篇》的"杂而不越"说，《养气篇》的"率志委和"说，皆然。既有与不同时代（如刘勰的"心物交融"说与王国维的"境界”说、龚自珍的“出入”说）的类比，也有中外学说（如刘勰的“譬喻”说与歌德的“意蕴”说）的对照。刘勰在《文心》中擅长以范畴概念组合论证揭示文学艺术规律，先生的“八说”也围绕范畴组合的篇题阐发，各“说”的“附录”还以自成机杼的短论从不同层面予以补证。

元化先生提供了一种值得借鉴的融通中外古今理论的研究思路，让探究古代经典的价值和当代意义的方向清晰起来，拓出了《文心雕龙》研究的新局面。

对《创作论》“八说”可作如下扼要评介。

华夏农业文明奠定了其人与自然关系的基石。古代作品中多景物描写，山水诗文比重尤大。《释〈物色篇〉心物交融说——关于创作活动中的主客关系》中，认为刘勰“从‘物’、‘情’、‘辞’三者间的主从关系去阐明‘情以物迁，辞以情发’的文学主张，肯定外境对文学创作的重要意义。并在此基础上，进一步探讨了创作实践中主体与客体的相互关系问题，提出了‘写气图貌，既随物以宛转；属采附声，亦与心而徘徊’的看法”。借用《庄子・天下篇》中慎到的“与物宛转”一语。又指出：“气、貌、采、声四事，指的是自然的气象和形貌。写、图、属、附四字，则指的作家的模写与表现，……其意犹云：作家一旦进入创作的实践活动，在模写并表现自然的气象和形貌的时候，就以外境为材料，形成一种心物之间融汇交流的现象，一方面心既物以宛转，另方面物亦与心而徘徊。”《物色篇》篇末云：“若乃山林皋壤，实文思之奥府。……然屈平所以能洞监《风》、《骚》之情者，抑亦江山之助乎！”山川景物不仅提供了无限丰富的描写对象，更能触动、陶冶人们的思想情怀，从而促进艺术创造的境界升华。《庄子・知北游》说：“山林欤！皋壤欤！使我欣欣然而乐欤！”六朝士人更有了这方面的自觉，《世说新语・言语》载：“顾长康从会稽还，人问山川之美。顾云：‘千岩竞秀，万壑争流，草木蒙其上，若云兴霞蔚。’”袁山松《宜都记》云：“常闻峡中水疾，书记及口传悉以临惧相戒，曾无称有山川之美也，及余践跻此境，既自欣得此奇观，山水有灵，亦当惊知己于千古矣！”刘勰直言外在的自然景物是蕴藏文思最深厚的府库，首言创作可得“江山之助”的妙语，此后亦见于文人著述，如《新唐书·张说传》称其“既谪岳州，而诗亦凄婉，人谓得江山之助”，宋代陆游更作有“江山之助”的专论。

《释〈神思篇〉杼轴献功说——关于艺术想象》诠释刘勰《神思》篇的“拙辞或孕于巧义，庸事或萌于新意，视布于麻，虽云未贵，杼轴献功，焕然乃珍”：

> 注释家往往把“杼轴献功”一语解释为“文贵修饰”。黄侃《札记》云：“杼轴献功，此言文贵修饰润色。拙辞孕巧义，修饰则巧义显；庸事萌新意，润色则新意出。……”
>
> 案：用“杼轴”一词来表示文学的想象活动，原出于陆机。《文赋》：“虽杼轴于予怀，怵他人之我先”，是刘勰所本。在这里，“杼轴”具有经营组织的意思，指作家的构思活动而言。不过，陆机说的“虽杼轴于予怀，怵他人之我先”，是把重点放在想象的创造性上面，而刘勰说的“视布于麻，虽云未贵，杼轴献功，焕然乃珍”，则把重点放在想象和现实的关系上面。
>
> ……例如金圣叹所谓“人人心中所有笔下所无”，就是说明创造的想象活动应该从大家所熟悉的事物中去揭示别人所未理解的意蕴。“人人心中所有”就是大家所熟知的“庸事”和“拙辞”，“笔下所无”就是指大家所忽略或未能领会的“新意”和“巧义”。作家运用自己的想象活动，一旦从“庸事”中揭示出“新意”，从“拙辞”中引申出“巧义”，创造出“人人心中所有笔下所无”的文艺作品，那么就好象“麻”经过了“杼轴献功”，产生出“焕然乃珍”的“布”一样，使人耳目为之一新了。

该“说”的附录四“刘勰的虚静说”，对黄侃《札记》引《庄子》“惟道集虚”以及老子“三十辐共一毂，当其无，有车之用”解释“陶钧文思，贵在虚静”进行补正。指出《养气篇》“赞”中的“水停以鉴，火静而朗”可作刘勰虚静说的自注：“老庄把虚静视为返朴归真的最终归宿，作为一个终点；刘勰却把虚静视为唤起想象的事前准备，作为一个起点。”强调《神思》的虚静说别有所本：“荀子在《解蔽篇》中提出‘虚一而静’之术，用来作为以心知道的一种手段：‘人何以知道？曰：心。心何以知？曰：虚一而静。’”

《释〈体性篇〉才性说——关于风格：作家的创作个性》中则指出：

> 《体性篇》是我国最早论述风格的专著。体指的是文体，性指的是才性。……
>
> ……这在本篇一开头说得十分清楚：“夫情动而言形，理发而文现，盖沿隐以至显，因内而符外者也。然才有庸俊，气有刚柔，学有浅深，习有雅郑，并性情所铄，陶染所凝。是以笔区云谲，文苑波诡者矣。”这段话包含有下面几层意思；首先在于申明内外之旨，即文学内容与形式的关系。其次，这种内外关系，即由隐以至显和因内而符外，是专就作家的创作个性的构成因素和由此所形成的作品风格而言。再其次，就作家创作的个性的构成因素来说，包括才、气、学、习四个方面。才与气是情性所铄，属先天禀赋；学与习是陶染所凝，属于后天的素养。才、气、学、习这四种因素，或约为情性所铄与陶染所凝这两个方面，构成了作家的创作个性。……这种观点颇近似于布封《论文章风格的演说》中的名言：“风格就是人本身。”

其附录一“刘勰风格论补述”云：“关于《定势篇》的讨论最多歧义。……《定势篇》把体和势连缀成词，称为‘文章体势’，这是值得我们注意的。刘勰提出体势这一概念，正是与体性相对。体性指的是风格的主观因素，体势则是风格的客观因素。……作家的创作个性，无论通过怎样的渠道，终究要在作品中表现出来，形成一种独有的风格，这是风格的主观因素。作品的体裁规定了结构的类型，从这种体裁本身出发，要求作家必须顺应它的特定风格，而这种特定风格不以作家的意志为转移，因而是排斥主观随意性的，这是风格的客观因素。”

《释〈比兴篇〉拟容取心说——关于意象：表象与概念的综合》中说：

> 根据刘勰的说法，比兴含有二义。分别言之，比训为“附”，所谓“附理者切类以指事”。兴训为“起”，所谓“起情者依微以拟议”。这是比兴的一种意义。还有一种意义则是把比兴连缀成词，作为一个整体概念来看。《比兴篇》的篇名以及《赞》中所谓“诗人比兴”，都是包含了更广泛的内容的。在这里，“比兴”一词可以解释作一种艺术性的特征，近于我们今天所说的“艺术形象”一语。
>
> ……依照刘勰的“比显而兴隐”的说法(后来孔颖达曾采此说)，亦作“明喻”和“隐喻”解释，同样包含了艺术形象的某些方面的内容。……

《比兴》篇的“赞”说：“诗人比兴，触物圆览。物虽胡越，合则肝胆。拟容取心，断辞必敢。”“拟容取心”四字算得上最接近现代理论话语的概括：

> 《比兴篇》是刘勰探讨艺术形象问题的专论，其中“诗人比兴，拟容取心”一语，可以说是他对于艺术形象问题所提出的要旨和精髓。……
>
> “拟容取心”这句话里面的“容”“心”二字，都属于艺术形象的范畴，它们代表了同一艺术形象的两面：在外者为“容”，在内者为“心”。前者是就艺术形象的形式而言，后者是就艺术形象的内容而言。

《释〈情采篇〉的情志说——关于情志：思想与感情的互相渗透》中明言：

> “诗言志”是我国诗论的开山纲领。自陆机提出“诗缘情以绮靡”一语后，魏晋以来的文学理论家大多在不同程度上汲取了缘情说的成分。
>
> 刘勰认为“情”和“志”这两个概念不是彼此排斥，而是

> 互相渗透的。《情采篇》先后提出的“为情造文”、“述志为本”二语，就是企图用“情”来拓广“志”的领域，用“志”来充实“情”的内容，使“情”和“志”结合为一个整体。

其附录一说“《辨骚篇》应归入《文心雕龙》总论”，以《序志》中曾明言“盖文心之作也，本乎道，师乎圣，体乎经，酌乎纬，变乎骚，文之枢纽，亦云极矣”为据，指出刘勰认为《离骚》“取镕经意，自铸伟辞”，“在一定程度上主张对经书采取融化创新的‘通变’观点”。还申述了《离骚》本属总论（“文之枢纽”）不属文体论的理由。

《释〈镕裁篇〉三准说——关于创作过程的三个步骤》中说：

> “履端于始，则设情以位体；举正于中，则酌事以取类；归余于终，则撮辞以举要。”刘勰在这里借用《左传》“始”、“中”、“终”的说法，以表明创作过程可以分为“设情”、“酌事”、“撮辞”三个步骤。

其附录一“思意言关系兼释《文心雕龙》体例”，谈及《神思篇》的“意授于思，言授于意，密则无际，疏则千里”之论，强调其为《文心雕龙》创作论的总纲，并兼及《养气》、《体性》、《比兴》、《事类》、《总术》相关创作思维的论述。

《释〈附会篇〉》的杂而不越说——关于艺术结构的整体和部分》首引纪昀之释：“附会者，首尾贯一，使通篇相附而会于一，即后来所谓章法也。”并提出：

> 《附会篇》云：“何谓附会？谓总文理，统首尾，定与夺，合涯际，弥纶一篇，使杂而不越者也。”……就是关于如何处理艺术结构问题的概括说明。……
>
> 《附会篇》说：“义脉不流，则偏枯文体。”这句话不仅把艺术作品作为有机体看待，要求各个部分都要显示整体统一性，而且还指出了艺术作品必须要有一种主导力量，像脉管里循环的血液似的赋予各部分以生气，使它们活起来。照刘勰看来，如果把艺术作品比之于人的有机体，就“必以情志为神明，事义为骨髓，辞采为肌肤，宫商为生气”。这里

> 所说的“情志”和“事义”就是上面说的义脉。我们可以把“情志”解释为作家的思想感情，“事义”解释为作家对事物意义的理解和揭示。“情志”和“事义”结合起来就产生了艺术作品的内容主旨。在艺术作品中内容主旨统摄了各部分、各细节，正如在人的有机体中，内在生命统摄了所有肢体和所有器官一样。

《释〈养气篇〉率志委和说——关于创作的直接性》则称：

> 《神思篇》曾提出过：“秉心养术无务苦虑，含章司契不必劳情。”《养气篇》更进一步说：“率志委和，则理融而情畅；钻砺过分，则神疲而气衰。”案：“率志委和”一语是指文学创作过程中一种从容不迫直接抒写的自然状态。
>
> 作家在创作之前必须经过异常复杂、异常艰巨的准备工作，可是当他一旦进入创作过程之后，就往往会产生一种创作激情突然迸发的现象。在这一瞬间，思想豁然开朗，想象分外活跃，无数生动的意象，无数美丽的辞句，万途竞萌，好像全都毫不费力地发自胸臆，流于笔端。这时，作家沉浸在创作的最大喜悦里面。前人多把这种现象称为“灵感”，别林斯基和车尔尼雪夫斯基在某些场合下则用较明确的用语把它叫做“创作的直接性”或“直接因素”。

其附录一“陆机的感应说”，录有《文赋》的灵感论：“若夫感应之会，通塞之纪，来不可遏，去不可止，藏若景灭，行犹响起。方天机之骏利，夫何纷而不理？思风发于胸臆，言泉流于唇齿，……及其六情底滞，志往神留，兀若枯木，豁若涸流，揽营魂以探赜，顿精爽而自求，理翳翳而愈伏，思轧轧其若抽。是故或竭情而多悔，或率意而寡尤。虽兹物之在我，非余力之所戮，故时抚空怀而自惋，吾未识夫开塞之所由也。”

是故“八说”各有中心议题，所论精切，不受陈说拘缚。其“附录”不仅将其他各篇与之关联的言说纳入，还引述了中外古今学者在该领域的名论。

而拙著《文心十论》中的“定势”论、“物色”论、“体性”论、“比兴”论以及“灵感”论、“辨骚”论，正是受如上所举之读《文心雕龙创作论》的心得和一些阐发与补充。

三

自20世纪80年代后期始，我研讨的重点逐渐从《文心雕龙》向传统范畴的生成衍化和文化特征位移，在溯源的过程中对《庄子》范畴创用上不同凡响的建树，尤其是庄周对社会人生、生命现象那些有跨越时空价值的哲学思考颇多感悟。出版的专书均在不同层面接受了元化先生第二、三次反思收获的浸润和引导。

这一阶段我的研讨自“气”、“势”等元范畴起步，述其源流，从传统范畴概念和话语组合、表述方式和理论建构模式切入，探究华夏民族的文化个性；通过文化史、理论史、文学观念的比较，揭示华夏文明与其他文明之同异，特别是在六朝玄学思辨推动下以“三教合一”标示的文化兼容、整合态势。

以“势”范畴源流的梳理为例。

《文心雕龙》“定势”的解读人言人殊。元化先生《文心雕龙讲疏·刘勰风格论补述》有云：“体性指的是风格的主观因素，体势则指的是风格的客观因素。”

1980年代初我发表的《〈文心雕龙〉“定势”论浅说》，对詹锳先生等“势”即风格的观点作了补正：《定势》说“因情立体，即体成势”，表明文章“因情立体”所成之“势”确有相应的风格属性，“体势”指文体风格无可置疑。然而“势”的核心意涵是事物的运动态势和趋向，《文心》所用许多“势”都不作风格解，同在《定势》篇的“辞已尽而势有余”和“势实须泽”等语中的“势”明显非风格之义。刘勰所谓“定势”即“势”的择定，开篇称“情致异区，文变殊术，莫不因情立体，即体成势也”，末尾有“旧练之才，则执正以驭奇；新学之锐，则逐奇以失正；势流不返，则文体遂弊。秉兹情术，可无思焉”。足见刘勰的“定势”指依作品“情”、“体”的规范确定文章展示态势的一种艺术手段（“术”）。

不过在“龙学”上很有成就的詹先生并不认可我的解读。两年后济南学术会我与詹先生均参加，在大明湖畔散步时，他特意相告：“这次争论我赢了！美国的施友忠先生就把‘势’释为风格。把《定势》的篇题译为风格的选定。”但这反而促成我撰写一部专书的想法：揭示“势”范畴的文化特征及其概念组合的创用历程和多义性，力求以翔实的资料以及合乎时代要求、有说服力的论证使学界达成共识的障碍化解。

我最终写成《势与中国艺术》一书（中国人民大学出版社，1990年），并在“后记”中说：“前年，人民大学的几位师长来信为古代美学范畴丛书约稿，我即建议写‘势’，以为对它的开掘已经刻不容缓了。……我偏爱‘势’，是因为它是传统审美追求的一个重要组成部分；是因为探讨它有利于揭示艺术传达的机制；这样的研究自然有利于时用。我偏爱‘势’，是因为它运用广泛却难以把握，迄今无人对‘势’论丰富材料进行系统的整理和全面的阐释，是一块荆棘丛生的荒地。”

我自此与古代范畴结下不解之缘，所写论文、专书，以及应中国人民大学师长约请撰写的范畴辞典辞条均为这方面思考的记录，诸如《势与中国艺术》（再版时更名《因动成势》）、《原创在气》、《中国美学范畴发生论》、《庄子范畴心解》（此书特请元化先生题名）与《中国古代文论范畴生成史》；与张国庆合著的《文心雕龙集校集释直译》中对一些以范畴名篇的专论进行阐发，与蔡钟翔先生和汪涌豪在《文学遗产》2001 年第 1 期上发表的《范畴研究三人谈》，等等。

实际上，《文心雕龙》所用的，也是元化先生倚重的一些范畴、话语典故，多出自《庄子》，如《文心雕龙创作论》中的“与物宛转”与“山林皋壤，实文思之奥府”（《物色》）；“形在江海之上，心存魏阙之下”与“神与物游”、“悬宰”、“虚静”、“疏瀹五藏”、“窥意象而运斤”、“意翻空而易奇，言徵实而难巧”（《神思》）；“各师成心”、“得其环中”（《体性》）……元化先生考究《神思》艺术思维论引《庄子》材料尤多。

我在古代范畴创生的溯源中从《庄子》所得启示最为丰富。

《庄子》是先秦子书，以“寓言十九”阐发无所羁缚的思考：空间上有“蜗角触蛮”也有至人“六合”内外的遨游；时间上言及上古“物之初”的起始，也有“千世之后”必有人与人之相食世象的警示；“种有幾”一段则说的是生物进化历程；……清胡文英《庄子独见·庄子论略》对《庄》、《骚》的比较甚为中肯：“庄子最是情深，人第知三闾之哀怨，而不知漆园之哀怨有甚于三闾也。盖三闾之在一国，而漆园之哀怨在天下；三闾之哀怨在一时，而漆园之哀怨在万世。”

《庄子》“荒诞”性“寓言十九”的表述是理论建构者的自觉选择，以为能全身远害，且有助于开拓思维空间、更新思维方式，其模糊性和多指向性寓意有充实、拓展的余地。与此相适应的理论主要用于表述精神活动、思维运作和调适生存方式的思考，其中不少是全新的创设。

庄子创用范畴合乎其论说需要，更是无可替代的一种推动古代理论发展、层次提升的思维成果。拙著《庄子范畴心解·引言》（中国社会科学出版社，2003 年）中曾说：

> ……尤其人在解读那些由庄子首创的范畴、概念时，你眼前闪灼成片的会是睿智的火光，比如：
>
> “游”的读解使你知道个人应该并可以求索精神的自由逍遥；
>
> “忘”告诉你怎样取舍思维对象、净化心灵的空间；
>
> “适”指顺适环境的体验和生存状态；
>
> “迹”是事物演化留下的印记而非事物本身；
>
> “体”也是一种重要重要的思维和把握事物的方式；
>
> “竟（同境）”可以指思维的层次和范畴；
>
> “宇宙”是广袤无垠的空间与往复不断的时间的组合；
>
> “法天贵真”道出了老庄自然论的宗旨；
>
> ……

以上所举诸例中，“体”是名词的一种动用；“游”、“忘”、“适”、“竟（同境）”皆从字的多种义涵中择用合乎理论思考所需者；“天”（自然天成)和“真”(本真)则是从两个维度阐发“自然”范畴的美学涵蕴。这些范畴的创设运用以及大抵由庄子首倡的“言意”之辨,均见诸后来的文学评论。

《庄子》哲思逾越时空局限的视野与理论上的卓越建树令人惊叹,而我在上述研讨中的诸多感悟(如世界观、宇宙观、生命哲学——养生论、进化论,以及“有为”、“无为”的人类社会政治衍化动向及其堪忧的远景)实又皆与元化先生反思所得颇有关联,可以说正是元化先生引领了我对《庄子》哲思之优长及其对思想史影响的探究。

以上所述是我这样愚拙的追随者四十年来在元化先生思想引导下于古代文论学习研讨中的点滴感悟和收获。我坚信元化先生留下的珍贵思想精神遗产,将在更广泛的领域推动思想理念的更新和学术的发展,为中国的社会进步作出贡献。

谨以本文专奉纪念元化先生百岁诞辰。

(辽宁大学文学院)

论“‘道’高于‘势’”的双重意蕴*

沈喜阳

内容摘要：“道”是文明与文化的基本价值，代表着道义和真理；“势”代表着物质的权力，体现的是政治的权威。“道”是一切政治与道德的基础，“道”与“势”的关系，是二元而非一元的。在孔子身上体现出“道”、“势”的双重性，即“以道事君，不可则止”。孟子继承孔子的狂者进取，提倡“以德抗位”，意在“格君心之非”；庄子发扬孔子的狷者退隐，“鹓雏之志”是保持“道不屈于势”的最彻底武器。“道高于势”是执守“道”的士人主体精神之张扬。中国古代虽然“政、教（宗教）合一”，但是“君、师分离”。士人不要期待做当世的“帝王师”，以学术辅佐帝王；而要发愿做未来的“百世师”，以思想影响民心。只有如此，才能真正实现“‘道’高于‘势’”。

关键词：道高于势；以德抗位；鹓雏之志；无用之学

---

* 本文系教育部人文社会科学重点研究基地重大项目“古今中西之争与后五四时代建设性的中国文论研究”（项目批准号：16JJD750016）阶段性成果。成稿后经胡晓明师悉心指正，并将其意见吸收进文中，特致谢忱。

On the Two Implications of Dao Exceeding Power

Shen Xiyang

Abstract: Tao is the basic value of civilization which represents truth while Power embodies political authority. Tao is the foundation of all politics and morals which is distinguished from Power. The duality of Tao and Power was reflected in Confucius. Mencius inherited his ambition and advocated fighting against power with morality, which aimed at correcting the king's mistakes. Zhuangzi carried forward Confucius's recluse spirit and did not pursuing political authority, which was the strongest weapon to maintain the superiority of Tao over Power. In ancient China, although politics and religion could combine into a unity, the emperor and the scholar each performed his own functions. Scholars should not expect to be the guider of the contemporary emperor, but wishing to be the teacher of the future generations. Only in this way can we truly make Tao exceed Power.
Keywords: Tao exceeding Power; fighting against power with morality; Yuanchu's ideal; useless knowledge

一、道高于势

余英时在《中国知识人之史的考察》中指出，“士”的出现和“道”的观念分不开。在孔子之前，“道”大体上指天道；春秋以前的“士”，大抵皆有“职”之人。到战国时代，“士”成为四民之首，随着封建解体和社会流动，士成为“游士”，游士失去职位的同时也获得自由，代表着中国历史上知识人的原型。伴随着“哲学突破”的到来，“道”的中心从“天”转向“人”，以道自任、以道救世成为“士”的精神价值追求，“士”成为中国文化价值的维护者。士所奉持的“道”代表“超世间”的理想，而君王所拥有的“势”代表世间的权力。超世间的“道”和世间的“势”形成所谓“道统”与“政统”的对立统一的关系。① 由此可见，余英时是主张“道”、“势”二元化的。

在序林毓生所著《中国意识的危机》中，本杰明·史华慈认为，传统中国能“完整无缺地维持一个使社会、文化与政治完全得到整合的秩序”，而这个整合秩序是一个“由涵括政治权威与精神权威于一己的阶级所领导的”。② 史华慈所提及的“政治权威”与“精神权威”，对应于中国传统话语体系中的“势”与“道”，既然能“涵括政治权威与精神权威于一己”，则史华慈心目中的“道”与“势”必然是一元化的，与林毓生的“道”、“势”一元化论述相一致。林毓生指出，“传统中国的政治秩序与文化、道德秩序，基本上（虽然并不完全），是一元的”。“道”（文化、道德秩序）、“势”（政治秩序）“一元”的原因在于，儒家虽有“师尊于君”的信念，但从来没有发展出一套“相应的制度实质地落实这一高低不同的信念”，而体现“政教合一”的天子制度根本未受到“师尊于君”的主张的任何威胁。林毓生还指出，儒家“对于中国道统与势统（或霸统）之分的认识，只是理想与现实并不相符的认识，而不是认为‘政教分离’才是合理的”。③ 必须承认，林毓生对于儒家“道高于势”、“师尊于君”理念的批驳是一针见血的；因为停留在思想意识层面的信念（即“理想”）与落实到政治操作层面相应的制度与措施（即“现实”）毕竟是两回事。然而有一个特例，林毓生可能没有注意到。根据唐代李华《中书政事堂记》所载：“政事堂者，君不可以枉道于天，反道于地，覆道于社稷，无道于黎元，此堂得以议之。”（《全唐

---

① 参见余英时《士与中国文化》，上海人民出版社，2003 年，第 599—620 页。另参见该书中所收《古代知识阶层的兴起与发展》、《道统与政统之间——中国知识分子的原始型态》，以及余英时《论天人之际》（台北联经出版事业股份有限公司，2014 年）。“哲学突破”在《论天人之际》中改称为“轴心突破”。

② 本杰明·史华慈《序》，见林毓生《中国意识的危机——五四时期激烈的反传统主义（增订再版）》，贵州人民出版社，1988 年，第 1—2 页。

③ 林毓生《为何传统中国的政治秩序与文化、道德秩序，基本上是一元的?》，刘军宁等编《经济民主与经济自由》，生活·读书·新知三联书店，1997 年，第 344、340、341 页。

文》卷三百十六）余英时认为，“此记决非李华个人的意见，而是代表了唐初（特别是贞观）以来的政治传统。照这个传统，宰相（政事堂）至少有制度化的‘议’君的权力”。所以他称赞“此记明白规定君主有四‘不可’，真是中国制度史上一项极其珍贵的文献”。[①] 邓小军认为：“儒家所主张的道尊于君、从道不从君的政治思想，明文规定为中央政府三省的最高原则，而以制衡君权为特征的三省制本身则是这一原则一定程度的体现。”[②]政事堂议君之失，虽与唐太宗的政治智慧有关，但毕竟是“道尊于君”落实到制度层面的具体表现。

与林毓生的“道势一元化”相反，张灏主张“道”、“势”的“权威二元化”。张灏指出，“在孟子思想里，权威二元化的意识是以道与势和德与位对抗的形式出现；在陆象山的思想里是以理与势对抗的形式出现”；晚明时期左派王学则“强调在现存的政治社会秩序之外，有一个独立的思想权威可以与其抗衡”，黄宗羲则不但“以师道与君道对抗”，甚至“提出有君不如无君的观念”。当然张灏也清醒认识到，由于儒家超越意识的局限，“权威二元化的思想”并“未能充分地展现”；这主要在于，儒家的圣王理想“含有‘政教合一’式的权威主义和乌托邦主义的倾向”。[③] 亦即张灏认为，儒家“权威二元化的思想”也是不彻底的。无论是林毓生的“道势一元化”，还是张灏的“权威二元化”，他们的论断都是在儒家的范畴内展开；然而我们必须认识到，中国传统思想中的“道高于势”并不仅仅体现在儒家的理论与实践中，“道高于势”的实践形式也是多种多样的。另外，林毓生、张灏都指出儒家思想中“政教合一”的局限性，但是明末王夫之明确表示出“道、势分离”的观点，钱穆也对“政、教合一”有自己的理解（详参下文）。胡晓明通过分析《孟子·尽心下》“君子所性”的内涵“并不完全同于济世

---

① 余英时《“君尊臣卑”下的君权与相权》，载氏著《中国思想传统的现代诠释》，江苏人民出版社，1995 年，第 109 页。

② 邓小军《唐代文学的文化精神》，台北文津出版社有限公司，1993 年，第 14 页。

③ 张灏《超越意识与幽暗意识》，《张灏自选集》，上海教育出版社，2002 年，第 27、33、35、48 页。

安邦的外在事业，自有其独立的价值与尊严”，肯定儒家主观上有“二元区分的自觉”；并指出中国历代知识人在客观上达到了二元区分的效果，而隐士群体的存在，则更证明了他们保全“道”的尊严的努力。[①] 本文认同于“道”、“势”二元化。

不妨说，“道”是文明与文化的基本价值，代表着道义和真理；“势”代表着物质的权力，体现的是政治的权威。到了当代，“势”除了代表权力(政治权威)之外，还加上财富(资本权威)，甚至是权力和财富的合力。现实的“势”需要精神的“道”的支撑以取得其合法性，政治权威需要道义真理的背书。荀子论“势”依于“道”：“国者，天下之利用也：人主者，天下之利埶也。得道以持之，则大安也，大荣也，积美之源也。不得道以持之，则大危也，大累也，有之不如无之，及其綦也，索为匹夫不可得也，齐湣、宋献是也。故人主，天下之利埶也，然而不能自安也，安之者必将道也。”(《荀子·王霸第十一》)“势”不能自安，得“道”之加持则大安也。可见荀子也是主张“道”、“势”二元化的。正如黑格尔所言：“国家是一个精神的领域，不是一个物质的领域，——精神是本质的东西。”[②]在国家的形成中，精神是比物质更为本质的东西。国家政权需要以理论为指导，国家机器需要某种意识形态来凝聚全体国民，国家的存在依靠国民的思想认同，是某些基本的准则构成了国家的支柱。掌管国家最高权力的政治权威必须以某种精神道义来取得国民的思想认同。艾森斯塔得指出：“在争取对政权的基本支持、对其象征的认同、统治者的合法性以及扮演政治角色的动力方面，政权依赖于文化制度。”[③]这正是在某些朝代，即使代表政治权威的“势”本身并不信奉代表某一真理的“道”，然而为了达到统治全体国民的目的，仍需要宣扬代表该真理的“道”的理由。这使

---

① 胡晓明《真隐士的看不见与道家是一个零？——略说客观的了解与文学史的编写》，《北京大学学报(哲学社会科学版)》2010年第3期。

② 黑格尔《哲学史讲演录》第二卷，贺麟、王太庆译，商务印书馆，1960年，第100页。

③ S. N. 艾森斯塔得《帝国的政治体系》，阎步克译，贵州人民出版社，1992年，第8—9页。

得“道”高于“势”成为可能。然而一旦“势”取得决定性地位，一旦取得政权、拥有国家机器之后，以古今之“道”抗当下之“势”，以精神的力量驯化物质的权势，就成为一个注定无法实现的目标，其历史走向呈现出一条逐渐下滑的必然。然而中国历代知识人中的杰异之士，本着“知其不可而为之”的信念，意图造福民众、驯化统治者，其精神境界不可磨灭。另一方面，隐士阶层的存在及其不合作精神的实现，也施加某种道义上的压力予统治者，构成中国“士”之精神的另一向度。

孔子是儒家之道的奠基人。仪封人见孔子后说：“天下之无道也久矣，天将以夫子为木铎。”(《论语·八佾》)仪封人并非孔子弟子，他对孔子的看法可以视作社会上一般人之看法。他认为天将以孔子为木铎来振警天下人。余英时指出：“礼乐是孔子思想中的传统部分，‘仁’则是其创新部分。”[①]孔子以“仁”更新了先王之道，使旧有的礼乐传统落实到“仁”，使此前模糊的尧舜文武周公之道有了清晰的可操作性。从此仁政与暴政相区别，王道与霸道相区分，知识人拥有了批判的武器，这是孔子的巨大贡献。孔子特别强调人的主观能动性，“人能弘道，非道弘人”(《论语·卫灵公》)。孔子弟子曾子也说：“士不可以不弘毅，任重而道远。仁以为己任，不亦重乎？死而后已，不亦远乎?”(《论语·泰伯》)要做到以弘道为天职，以仁为己任，就必须抛弃世俗的利禄和口体的奉给，所以孔子又强调“君子谋道不谋食；君子忧道不忧贫”(《论语·卫灵公》)；“士志于道，而耻恶衣恶食者，未足与议也”(《论语·里仁》)。

在道与势的关系上，孔子的思想体现出可进可退的双重性。“子曰：笃信好学，守死善道。危邦不入，乱邦不居。天下有道则见，无道则隐。”(《论语·泰伯》)孔子的总体原则是“笃信好学，守死善道”；“守死善道”的“道”是士人内心拥有之“道”，士人当笃信好学，守之有死而已。而具体行事准则是“天下有道则见，无道则隐”；“天下有道”

① 余英时《道统与政统之间——中国知识分子的原始型态》，见余英时《士与中国文化》，上海人民出版社，2003年，第85页。

的“道”关乎天下政治社会之明暗和治乱，政治清明社会安定则见，政治黑暗社会混乱则隐。由此引发孔子关于君臣关系的规范思考：“所谓大臣者，以道事君，不可则止。”（《论语·先进》）“以道事君”即“有道则见”；“不可则止”即“无道则隐”，即“道不行，乘桴浮于海”（《论语·公冶长》）。因此他赞美宁武子：“邦有道则智，邦无道则愚。”（《论语·公冶长》）他又说：“邦有道，危言危行；邦无道，危行言逊。”（《论语·宪问》）这也是孔子以“直”称赞史鱼，而以“君子”称赞蘧伯玉的原因①；亦即是孟子评价孔子所说的：“孔子，圣之时者也。”（《孟子·万章下》）

孔子曾说：“不得中行而与之，必也狂狷乎？狂者进取，狷者有所不为也。”（《论语·子路》）孔子在道势关系上可进取可退隐的双重性呈现出两条发展路线，一条是狂者进取型，以孟子为代表；一条是狷者退隐型，以庄子为代表。②

二、以德抗位

孟子所表现的狂者进取型的“道高于势”，有一个很重要的时代背景不应被忽略。这就是战国群雄逐鹿，天下正在用人之际，各国君

---

① 《论语·卫灵公》第十五：“直哉史鱼！邦有道，如矢；邦无道，如矢。君子哉蘧伯玉！邦有道，则仕；邦无道，则可卷而怀之。”

② 赖锡三曾区别“孟子型”和“庄子型”知识分子对待权力的两种不同方式。秉持“浩然之气”的《孟子》的“刚猛型知识分子”，“有随时准备殉道、为真理信念‘舍生取义’的牺牲准备”，这种精神力量“既来自于天理流行的真理高度之支持，也来自浩然之气的勇气强度之灌溉，显然孟子能将真理与勇气体合为一，发出狮子吼般发聋振聩之辞气”。而秉持“平淡之气”的《庄子》的“迂回型知识分子”，“对权力有着更细微的省察和通变能力”，“并将权力批判从政治的直接暴力，细敏地延伸到观察细微权力对人们无所不在的侵袭渗透，以进行最精微而彻底的全面对抗”。见赖锡三《〈孟子〉与〈庄子〉两种气论类型的知识分子与权力批判》，《清华学报》新43卷第1期，第35、38页。

本文区分“狂者进取型”和“狷者退隐型”两类对待“道”与“势”关系之士人，受到赖文的启发。之所以没有采用赖文“孟子型”和“庄子型”的分类，并非有意别出心裁，乃是因为本文同意赖文对“孟子型”的论断，而对“庄子型”的论断有所保留。赖锡三更撰《“格格不入”的鹓鶵与“入游其樊”的庖丁——〈庄子〉两种回应“政治权力”的知识分子姿态》（《政大中文学报》第19期），对“庄子型”有更进一步阐释。

主不能不礼贤下士。这使“当下之道高于当下之势”成为可能。“曾子谓子思曰：‘昔者吾从夫子游于诸侯，夫子未尝失人臣之礼，而犹圣道不行。今吾观子有傲世主之心，无乃不容乎？’子思曰：‘时移世异，各有宜也。当吾先君，周制虽毁，君臣固位，上下相持若一体然。夫欲行其道，不执礼以求之，则不能入也。今天下诸侯方欲力争，竞招英雄以自辅翼，此乃得士则昌，失士则亡之秋也。伋于此时不自高，人将下吾；不自贵，人将贱吾。舜禹揖让，汤武用师，非故相诡，乃各时也。’”（《孔丛子·居卫》）

“时移世异”，得士则昌，失士则亡，君王被迫礼敬贤士。是故颜斶对齐宣王宣示：“士贵耳，王者不贵。”（《战国策·齐四》）丕郑主张：“吾闻事君者，从其义，不阿其惑。”（《国语·晋语一》）荀子强调“谏、争、辅、拂”之臣，皆能“从道不从君”（《荀子·臣道第十三》）。“缪公亟见于子思曰：‘古千乘之国以友士，何如？’子思不悦曰：‘古之人有言曰，事之云乎，岂曰友之云乎！’子思之不悦也，岂不曰以位，则子君也，我臣也，何敢与君友？以德，则子事我者也，奚可以与我友？”（《孟子·万章下》）子思只是提出一种君对待“士”的态度，并没有从事情本身出发上升到一种观念，是就事论事。孟子则发挥子思的说法，提出了“以德抗位”的思想。[①] 所以孟子进一步提出“天爵”、“人爵”之别。“孟子曰：‘有天爵者，有人爵者。仁义忠信，乐善不倦，此天爵也；公卿大夫，此人爵也。’”（《孟子·告子上》）赵岐注：“天爵以德，人爵以禄。”（《孟子注疏·卷十一》）这也是以“仁义忠信”之内在品德对比“公卿大夫”之外在利禄，亦即以德抗位。

当定公问如何“君使臣，臣事君”时，孔子对曰：“君使臣以礼，臣事君以忠。”（《论语·八佾》）这是一种理想的君臣状态。孟子则区分三种实际的君臣状态，孟子告齐宣王曰：“君之视臣如手足，则臣视君如腹心；君之视臣如犬马，则臣视君如国人；君之视臣如土芥，则臣视

① 萧公权认为：“孔子德位兼全之理想君子既无由实现，孟子乃承战国之风，发为以德抗位之说，亦极自然之事也。”见萧公权《中国政治思想史》，商务印书馆，2011 年，第 98—99 页。

君如寇雠。"(《孟子·离娄下》)这不仅是孟子与孔子个人思想的区别,也是孔孟所处时代的精神的反映。第一种是理想的君臣状态,即"君臣以义合者也",后二者则等而下之。且孟子排除了"愚忠",把君臣放在一种对等的关系,是情义相报答的关系。[①] 孟子的"君臣对等"观是一个巨大的超越,其精义要等到近两千年后黄宗羲在《明夷待访录》中才能得到发挥。其《原臣》曰:"夫治天下犹曳大木然,前者唱邪,后者唱许。君与臣,共曳木之人也。"《置相》曰:"天下不能一人而治,则设官以治之。是官者,分身之君也。"可见黄宗羲是把君臣看作同事关系,君臣仅是分工不同而已,君臣之平等已不言而喻。从天下的角度看待君臣之名分,黄宗羲更认为臣是君之师友,《原臣》谓:"君臣之名,从天下而有之者也……不以天下为事,则君之仆妾也;以天下为事,则君之师友也。"[②]

孟子又言"乐道忘势"曰:"古之贤王,好善而忘势。古之贤士,何独不然,乐其道而忘人之势。"(《孟子·尽心上》)盖贤王"好贤善而忘己之势",贤士"乐己道而忘王之势",贤王和贤士相映生辉。赵岐注"乐道忘势":"乐道守志,若许由洗耳,可谓忘人之势也。"(《孟子注疏·卷十三》)乐道忘势之"大人"才能"格君心之非"(《孟子·离娄上》);如果君王不听从,则"易位":齐宣王问卿,孟子答以"有贵戚之卿,有异姓之卿",异姓之卿"君有过则谏,反覆之而不听则去";贵戚之卿"君有大过则谏,反覆之而不听则易位"。(《孟子·万章下》)这使齐宣王听了勃然变色,惊恐不已。

孟子由乐道忘势到以德抗位,由"君臣对等"、格君心之非到犯言直谏,再到谏而不听则易位,最终必然导致"闻诛一夫纣矣,未闻弑君也"(《孟子·梁惠王下》)的认识。这是孟子的"得志行道"。必须注意到,孟子的"得志行道"与宋代新儒家的"得君行道"有本质上的区别。"得志行道"是"道"通过"势"而实现其"志",而"得君行道"是

---

① 司马迁《史记·刺客列传》:"豫让曰:'范、中行氏皆众人遇我,我故众人报之;至于智伯,国士遇我,我故国士报之。'"

② 以上分见《黄宗羲全集》第一册,浙江古籍出版社,2012年,第5、8、5页。

“道”依赖于“势”的支持以行道。余英时指出，“当时的权源在皇帝手上，皇帝如不发动政治机器的引擎，则任何更改都不可能开始”，所以，宋儒的“行道”必须“得君”是“由于传统的权力结构使然”。[①] 这个论断当然有其符合历史的意义，宋儒的“得君行道”固然在务实性方面比孟子的“得志行道”具有更大的可操作性，但是这并不能否定孟子思想的理论价值和可贵之处。因为宋儒的“得君行道”有一个预设的前提，即承认现行“势”之存在的合理性而后行道，而孟子的“得志行道”则不存在对现行之“势”预设其合理性的前提。孟子所奉持的“道高于势”，其“道”是凌驾于“势”之上的，而孟子眼里的“势”是为“道”服务的工具和手段。当“势”有助于行“道”时，才具有存在的合理性；当“势”妨碍行“道”时，则“易位”甚至“诛一夫”，不但不承认“势”存在的合理性，而且还要铲除其存在，以更合理的“势”来取代之。这是孟子思想的最伟大之处，亦是其被朱元璋所删削所恐惧之处。后世大臣虽昌言“天下道理最大”[②]，然终不能走到“易位”与“诛一夫”的地步。

另一方面，孟子提出不得志则守道，绝不枉道殉人。“孟子曰：‘天下有道，以道殉身；天下无道，以身殉道。未闻以道殉乎人者也。’”（《孟子·尽心上》）赵岐注《孟子》亦有云：“人臣以道事君，否则奉身而退。”（《孟子注疏·卷四》）故钱穆解释孔子的“用之则行，舍之则藏”：“用者，用其道，非指用其身。能用其道，则出身行道。不能用其道，则藏道于身，宁退不仕。不显身于仕途，以求全其道而传之后世。”[③]不得志则守道，隐身不仕，以保全其道而传之后世，即“守先待后”。这与庄子的退隐有相通之处。

---

① 余英时《朱熹的历史世界》，生活·读书·新知三联书店，2011年，第422页。

② 例如，宋孝宗乾道五年三月，郑耕道奏：“太祖皇帝尝问赵普曰：天下何物最大。对曰道理最大。太祖皇帝屡称善。夫知道理为大，则必不以私意而失公中。”留正等曰：“天下惟道理最大，故有以万乘之尊而屈于匹夫之一言，以四海之富而不得以私于其亲与故者。”参见汪圣铎点校《宋史全文》卷二十五上，中华书局，2016年，第七册，第2070页。

③ 钱穆《国史新论》，生活·读书·新知三联书店，2005年，第162页。

三、鹓雏之志

作为狷者退隐型的代表，庄子政治上主张“我不为君，君不立治”，万不得已的治世之术则是“以不治为治”。[①] 庄子自己更是以不仕为第一要义。“庄子钓于濮水，楚王使大夫二人往先焉，曰：‘愿以境内累矣！’庄子持竿不顾，曰：‘吾闻楚有神龟，死已三千岁矣，王巾笥而藏之庙堂之上。此龟者，宁其死为留骨而贵乎，宁其生而曳尾于涂中乎？’二大夫曰：‘宁生而曳尾涂中。’庄子曰：‘往矣！吾将曳尾于涂中。’”（《庄子・秋水》）“惠子相梁，庄子往见之。或谓惠子曰：‘庄子来，欲代子相。’于是惠子恐，搜于国中三日三夜。庄子往见之，曰：‘南方有鸟，其名为鹓雏，子知之乎？夫鹓雏，发于南海而飞于北海，非梧桐不止，非练实不食，非醴泉不饮。于是鸱得腐鼠，鹓雏过之，仰而视之曰：“吓！”今子欲以子之梁国而吓我邪？’”（《庄子・秋水》）

“曳尾泥涂”表明庄子对生命的自重，而“鹓雏之志”则表明庄子对权位的蔑视。“正是对外在权威的怀疑和否定，才有内在人格的觉醒和追求。”[②]庄子的“曳尾泥涂”、“鹓雏之志”是保持“道不屈于势”的最彻底的武器。远离世俗政治，才能对世俗政治的丑恶认识得更为透彻，批判得更加清醒。退隐既是对现实权势的绝对否定和消极反抗，还可以视作知识人独立精神的张扬和自我价值的肯定。对外在权势的否定和对内在自我的觉醒，是通向自由的必经之路。钱穆《如何研究历史人物》引用《易经》“天地闭、贤人隐”，以为“中国文化之伟大，正在天地闭时，贤人懂得隐。正在天地闭时，隐处仍还有贤人”；并认为“中国历史所以能经历如许大灾难大衰乱，而仍然绵延不断，隐隐中主宰此历史维持此命脉者，正在此等不得志不成功和无表现的人物身上”。[③] 钱穆此论，彰显出不仕之隐者并非仅仅为了一己之独立自由，而是着眼于不仕之隐者对天下后世之无形影响。正如上

① 萧公权《中国政治思想史》，商务印书馆，2011 年，第 182 页。

② 李泽厚《美的历程》，载《美学三书》，天津社会科学院出版社，2003 年，第 82 页。

③ 钱穆《中国历史研究法》，台北东大图书股份有限公司，1988 年，第 96 页。

文所引钱穆所说，退仕而隐，是“以求全其道而传之后世”。

孔子早就说过，“隐居以求其志，行义以达其道”（《论语·季氏》），并非单纯地为隐居而隐居。严光答司徒侯霸书札曰“怀仁辅义天下悦，阿谀顺旨要领绝”（《后汉书·严光传》），亦可以见出严光并非忘情于世道人心，他只是不肯屈志事君而已。庄子也非绝意于天下之辈，他只是等待一个更有利的时机而已。《庄子·缮性》篇有云：“古之所谓隐士者，非伏身而弗见也，非闭其言而不出也，非藏其知而不发也，时命大谬也。当时命而大行乎天下，则反一无迹；不当时命而大穷乎天下，则深根宁极而待，此存身之道也。”这不妨视作“有道则见无道则隐”的庄子式表达，其高于后世诸葛亮《出师表》“苟全性命于乱世”之处，在于庄子苟全性命于乱世乃是为了“全其道而传之后世”。

“其声销，其志无穷，其口虽言，其心未尝言，方且与世违而心不屑与之俱，是陆沉者也。”（《庄子·则阳》）其中所提出的“陆沉者”，从隐之于山林转而隐之于市廛，不仕而隐已从侧重于隐逸之地点转换为保持其志与世相违而心不屑与俗同流。这一方面开启了后世“小隐隐于野，大隐隐于市”的隐士思路；另一方面也揭示出，即使身不得自由，亦必追求心之自由，在内心保持一块洁净之地和拥有一份价值判断。钱锺书论吉朋对国家所奉宗教“‘貌敬’而‘腹诽’”，又说“古希腊怀疑派而还，相率谆谆告诫，谓于国教以至俗信，不妨二心两古，外示和同而内不奉持（in saying this we express no belief），所以免祸远害”，亦即《老子》“和其光，同其尘”与释氏“权实双行法”。[①] 他们可谓庄子的同路人，即都是“外示和同而内不奉持”，亦“免祸远害”之法。

中国有一个强大的隐逸传统。“微子去之，箕子为之奴，比干谏而死，孔子曰：‘殷末有三仁焉。’”（《论语·微子》）微子之退隐而去、箕子之佯狂受辱、比干之忠谏而死，在孔子眼中都是“仁”的体现，具

① 钱锺书《管锥编》，生活·读书·新知三联书店，2007年，第31、32页。

有相同的价值范畴。在“仁”的价值范畴内，“微子”又居于三仁之首，可见隐逸更高于后二者。《论语》微子篇“多记圣贤之出处”（朱熹《论语集注·微子第十八》），亦可见出孔子及其门徒对隐逸的高度重视。故范晔指出：“《易》称‘《遯》之时义大矣哉’。又曰：‘不事王侯，高尚其事。’是以尧称则天，不屈颍阳之高；武尽美矣，终全孤竹之洁……荀卿有言曰，‘志意修则骄富贵，道义重则轻王公’也。”（《后汉书·逸民列传》开篇）连唐尧和武王这样中国历史上伟大的君王都要礼敬隐士，遑论其余庸碌之辈！公元403年，桓玄为篡位制造舆论，特意让皇甫希之冒充隐士：“（桓玄）又以前世皆有隐士，耻于己时独无，求得西朝隐士安定皇甫谧六世孙希之，给其资用，使隐居山林；征为著作郎，使希之固辞不就，然后下诏旌礼，号曰高士。时人谓之‘充隐’。”（司马光《资治通鉴》卷一一三）隐士是时代的祥瑞，桓玄为了制造舆论声势，不惜让人冒充隐士，因为只有能礼敬隐士的帝王才是一个贤明的君主。这从反面证明帝王礼敬隐士，是一种被社会普遍认可的风尚，退隐是一种更高的“道高于势”。以此来看范仲淹《严先生祠堂记》，我们才能真正体会为何其中说“微先生，不能成光武之大”；以此来读黄庭坚《题伯时画严子陵钓滩》，我们才能真正理解“桐江波上一丝风”何以“能令汉家重九鼎”①。职是之故，我们才能认识到隐士成光武之大，令江山之稳，并非文学之夸张，文人之意淫；而是因为对隐士的礼敬，是全社会的普遍共识，以及这种共识背后体现的民心所向。得民心者得天下，顺民意者保天下。隐士系统所体现的崇高价值，迫使当权的君王不得不向这种隐逸价值观俯首，即使他们内心多么不愿意，他们在外表上也不得不做出礼敬隐士的姿态。所谓“兴灭国，继绝世，举逸民，天下之民归心焉”（《论语·尧曰》），“举逸民”是收买民心的三大法宝之一，统治者对个别民众可以忽略不计，但是对于民心所向却不能不牢记心上。

---

① 黄庭坚《题伯时画严子陵钓滩》：“平生久要刘文叔，不肯为渠作三公。能令汉家重九鼎，桐江波上一丝风。”

四、无用之学

汉娜·阿伦特在《真理与政治》中指出："真理，虽然是没有权力的和在与权力的正面冲突中总是失败的，但却拥有一种特殊的力量：无论那些掌权者如何费尽心机，他们都不能发现或发明一种替代品来代替这种力量。说服和暴力可以毁灭真理，但是它们不能取代真理。"[①]中国传统话语中的"道"与"势"，正对应于汉娜·阿伦特所说的"真理"与"政治"。"势"可以压制和毁灭"道"，但是永远不能替代"道"的力量。这是坚持道义的士人必须清醒认识到的。正如明成祖朱棣可以在肉体上消灭方孝孺，但是不能取代方孝孺所代表的孔子之"道"；朱棣一方面诛灭方孝孺十族，一方面又不得不把孔子抬高到"贤于尧舜"的高度。然而"知识人最大的弱点是抵抗不住世间权势的诱惑"[②]，如果为了获得权力和权利，主动出卖这种"势"所无法取代的"道"，那就是"枉道从势"，也就是朱利安·班达所痛斥的"知识分子的背叛"[③]。正如雷蒙·阿隆所言："如果背叛意味着抬高现世的地位和贬低永恒，那么我们时代的知识分子都是背叛者。"[④]

柏拉图曾三次前往叙拉古，意图通过教导、感召叙拉古君主狄奥尼修，实现其政治理想，最终以失败告终，且险些失去自由。黑格尔指出，指望一个哲学家教导一个君主，"这样想法本身就是空幻的"[⑤]。因柏拉图而产生的"叙拉古的诱惑"一词，成为西方知识分子意图进

---

① 贺照田主编《西方现代性的曲折与展开》，吉林人民出版社，2002 年，第 334 页。

② 余英时《中国知识人之史的考察》，载余英时《士与中国文化》，上海人民出版社，2003 年，第 619 页。

③ 朱利安·班达反对知识分子的政治激情，因为这种政治激情不过是为了"拥有某些世俗利益"和"自觉身份特殊"；这种政治激情背离了人道主义和永恒价值，被班达斥之为"知识分子的背叛"。参见朱利安·班达：《知识分子的背叛》，佘碧平译，上海人民出版社，2017 年，第 128、217 页。

④ 雷蒙·阿隆《知识分子的鸦片》，吕一民、顾杭译，译林出版社，2012 年，第 280 页。

⑤ 黑格尔《哲学史讲演录》第二卷，贺麟、王太庆等译，商务印书馆，1960 年，第 156 页。

入政治权力中心的著名典故。所以当海德格尔在担任弗莱堡大学校长并加入纳粹党之后，在其1934年重返教席时，有人讥讽他说："君从叙拉古来？"[①]士人必须远离当下政治，不要期待做当世的"帝王师"，以学术辅佐帝王而建功立业；而要发愿做未来的"百世师"，以思想影响民心而替天行道。此即司马迁《报任安书》的"述往事、思来者"，亦即顾炎武《与杨雪臣书》的"启多闻于来学，待一治于后王"。

王夫之认为："儒者之统，与帝王之统并行于天下，而互为兴替。其合也，天下以道而治，道以天子而明；及其衰，而帝王之统绝，儒者犹保其道以孤行而无所待，以人存道，而道可不亡……是故儒者之统，孤行而无待者也；天下自无统，而儒者有统。道存乎人，而人不可以多得，有心者所重悲也。虽然，斯道亘天垂地而不可亡者也，勿忧也。"(《读通鉴论·卷十五·文帝十三》)按照王夫之的观点，道统可以脱离政统而存在，而政统却必须依赖道统而延续；天下无统，而儒者有统；政统可以灭绝，而道统孤行无所待，亘天垂地而不亡。可见在王夫之眼里，绝没有所谓的"政教合一"，道统是高于政统的更本质的存在，政统是道统的派生产品。他坚决主张"君、师分离"而表现出"道"、"势"二元的主张。道存乎人，传道之人不可多得，王夫之通过赞美传承斯道之孔鲋而树立"圣人之徒"的标准。《资治通鉴》卷七载孔鲋"为无用之学"，藏书"以待其求"，王夫子对此评论曰："呜呼！能为无用之学，以广其心而游于乱世，非圣人之徒而能若是乎……屈其道而与天下靡，利在而害亦伏；以其道而与天下亢，身危而道亦不竞。君子之道，储天下之用，而不求用于天下……秉道以自安，慎交以远物，存黄、农、虞、夏于盗贼禽兽之中……庄周惩乱世而欲为散木，言无用矣，而无以储天下之大用……知进退存亡而不失其正，易简以消天下之险阻，非圣人之徒，其孰与归？"(《读通鉴论·卷一·秦始皇》)

---

① 马克·里拉《当知识分子遇到政治》，邓晓菁、王笑红译，新星出版社，2005年，第188页。

王夫之的“道高于势”，有继承，有扬弃，有创新。他否定“枉道从势”（“屈其道而与天下靡，利在而害亦伏”），这是继承孔孟庄子以来的士人传统；他扬弃“以道抗势”（“以其道而与天下亢，身危而道亦不竞”），并不是要从根本上抛弃孟子的进取精神，而是因为世易时移，类似于孟子“以道抗势”的时代历史条件已经一去不复返，所以王夫之不提倡无谓的牺牲；他的“道高于势”体现在“秉道自安”，“为无用之学”，“储天下之用，而不求用于天下”。他所说的“无用之学”，并非当真无用，而是虽不能为当世所用，却可以为天下后世所用的学问。如果说庄子的隐居不仕是一种消极抗争，那么王夫之的隐居不仕则是一种在隐居中积蓄有用于天下的学问，乃是一种有所待的积极抗争，所以他批评庄子“欲为散木”而“无以储天下之大用”。这是王夫之继承中的创新。不止于此，王夫之还提出了一个独创性的观念，即其所秉之“道”的内涵乃是“无用之学”。历代士人所坚守的相对来说比较空泛的“道”被王夫之具体化为“储天下之用，而不求用于天下”的“无用之学”，这是王夫之的师心自用，也是王夫之的最大创获，是他因应自身所处时代变迁而得出的痛苦的思维结晶。“秉道自安，为无用之学，储天下之用，而不求用于天下”意义上的“圣人之徒”，不妨看作王夫之的自我期许。“不仕”是前提，读书治学是目的，即陈垣所谓的“贵其能读书而不仕”[①]，以思想影响民心最终达到以民心驯化统治者的目的。

清顺治八年四月御制遣刘昌致祭孔子文，明白供出“治统缘道统而益隆”：“朕惟治统缘道统而益隆，作君与作师而并重。先师孔子无其位而有其德，开来继往，历代帝王未有不率由之而能治安天下者也。”[②]康熙《日讲四书解义序》开首接过顺治祭孔子文之话头，有意混道统与治统而为一：“朕惟天生圣贤，作君作师，万世道统之传，即万世治统之所系也。”下文更将孔孟等人推崇至极：“孔子以生民未有之

① 陈垣《南宋初河北新道教考》，中华书局，1962年，第28页。

② 宋际、宋庆长《阙里广志》，《儒藏·史部》第二册，影印本，四川大学出版社，2005年，第200—201页。标点由笔者所加。

圣，与列国君大夫及门弟子论政与学。天德王道之全，修己治人之要，具在《论语》一书。《学》、《庸》皆孔子之传而曾子、子思独得其宗”；“至于孟子继往圣而开来学，辟邪说以正人心，性善仁义之旨著明于天下。此圣贤训辞诏后，皆为万世生民而作也”。最后再次强调：“道统在是，治统亦在是矣。历代贤哲之君创业守成，莫不尊崇表章讲明斯道。”[①]可见“道统”之说深入人心，连最高统治者也不得不援引“道统”以自重。“治统”附“道统”而生，“治统”缘“道统”而隆；无论“创业”之君，“守成”之王，无不尊崇、表章、讲明“斯道”，这是处于“势”之维度的帝王心目中的“‘政’(治统)‘教’(道统)合一”。我们知道，王夫之已明确表示“道统高于政统”。《尚书·周书·泰誓上》说：“天佑下民，作之君，作之师，惟其克相上帝，宠绥四方。”可见在先秦时代，“君”和“师”是各司其职的，“君”、“师”二元的意味也是存在的。明末陆世仪《思辨录》说：“《尚书》云：‘天降下民，作之君，作之师。’则师尊与君等。又云：‘能自得师者王。’则师又尊于君。非师之尊，道尊也，道尊则师尊。”在陆世仪看来，或者“师尊与君等”，或者“师又尊于君”，总之师与君是二元而非一元，可见其也不认可“政教合一”。钱穆《道统与治统》指出中国古代“家言盛而官学衰”，即“学术自由，统于下不统于上”，“古者所谓‘政教’不分，乃宗教，非教育”。古代所谓的“政教不分”的“教”，乃指宗教，而不指教育，这是钱穆的一个大判断；虽政治与宗教不分，而政治与教育则是分开的，学术自由统于下而不统于上。我们可以由此推论说，中国古代虽然“政、教(宗教)合一”，却又“君、师分离”；“政(势)、教(道)合一”、“君、师一体”仅仅是历代统治者的一厢情愿。钱穆认为中国的政治，既不是贵族政治，也不是平民政治；既不是富人政治，也不是穷人专政，而是“学人政治”。学人政治的精义，在能以学术指导政治，因为学术是“政治之灵魂而非其工具”，为了达到此目的，“学术必先独立于政治之外，不受

---

① 《皇清文颖》，《故宫珍本丛刊》第646册，影印本，海南出版社，2000年，第120页。标点由笔者所加。

政治之干预与支配”。[①] 故张君劢《文化核心问题——学问之独立王国论》提出“学问为独立王国”，“指学问趋于政治以外之独立境界”，孟子的“居天下之广居，立天下之正位，行天下之大道”，“即言道理之正，是非之准，乃处于实际政治以外之义理也”。在学问之独立王国内心无旁骛深耕细作，“学者应先尽其在我，徐待政治之曙光”，而不该“不自知其才其学之价值而重视权位”。[②]

学术独立于政治，“义理高于政权”，这完全是现代意义上的“道高于势”。

（华东师范大学思勉人文高等研究院）

---

① 钱穆《政学私言》，《钱宾四先生全集》第 40 册，台北联经出版事业股份有限公司，1998 年，第 84、88 页。

② 张君劢《义理学十讲纲要》，中国人民大学出版社，2006 年，第 136、146、131 页。

原道与神思

——读《文心雕龙》札记

严寿澂

内容摘要：《文心雕龙》要旨有二：一曰：文原于自然之道，所谓“自然”，无主使，无宰制，自然而然之谓也。二曰：文章之成，治心为先，而治心必根于养神（或曰养气，或曰爱精）。凡自然界、人文界一切，皆为道所包，道之所在，不论内容，不论体裁，皆文之所载。彦和所谓“文心”者，乃“为文之用心”。故林公铎（损）谓，论文心即论人心也。而人心则如庄子所云，“排下而进上，上下囚杀”，难以控驭，故万事以治心为先。心则有其本，“神”是也，故“驭文之首术”在养神。养神之要则在“清和其心，调畅其气”，亦即爱精自保，守母以存子，此《神思》、《养气》篇之所以作也。

关键词：文心；虚静；道；神；精；气

Spontaneity and *Shen*: Notes on the *Wenxin Diaolong*

Yan Shoucheng

Abstract: Two main points of the *Wenxin Diaolong* come into our notice: first, cosmological spontaneity, that is the Dao, that means that there is neither driving nor dominating force for the working of the universe, and second, the precondition of composing a piece of good literary work is the discipling of the mind-heart (*xin*), based on the cultivation of *shen* or *qi*. Everything in the universe is embraced in the Dao; hence, literary work comprises anything whether of the natural or the human world. As pointed out in the last chapter of the wenxin *Diaolong*, *wenxin* (literary mind) means "*weiwen zhi yongxin*" (how to use the mind to compose a piece of literary work). However, it is hard, as indicated by Zhuangzi, to control the mind-heart, and therefore the cultivation of *shen* ("the heart within the heart") is of significant importance.

Keywords: *wenxin*; vacuity; the Dao; *shen*; *jing*; *qi*

一、序说

魏晋以后，文学独立，作品日增。《南齐书·文学传论》曰：

> 文章者，盖情性之风标，神明之律吕也……若子桓（按：曹丕字子桓）之品藻人物，仲治（按：挚虞字仲治）之区判文体，陆机辨于《文赋》，李充论于《翰林》（按：李充有《翰林论》）……各任怀抱，共为权衡。属文之道，事出神思，感召无象，变化不穷。俱五声之音响，而出言异句；等万物之情状，而下笔殊形。

梁元帝著有《金楼子》一书，其《立言上》曰："诸子兴于战国，文集盛于二汉，至家家有制，人人有集。其美者足以叙情志，敦风俗；其弊者只以烦简牍，疲后生。”由此可见当时文章繁盛的情形。

在此重文辞的氛围中，论文之作应运而生，陆机《文赋》即为一例。其序曰：“余每观才士之所作，窃有以得其用心。夫放言遣辞，良多变矣。妍媸好恶，可得而言。每自属文，恒患意不称物，文不逮意。盖非知之难，为之难也。”其旨在于为文之时，如何使意能称物，文能逮意。

尔后刘彦和（勰）作《文心雕龙》，末篇《序志》（即全书总序）开首即云：“夫文心者，言为文之用心也。”又曰：“及其品列成文，有同乎旧谈者，非雷同也，势自不可异也。有异乎前论者，非苟异也，理自不可同也。同之与异，不屑古今，擘肌分理，唯务折衷。……但言不尽意，圣人所难；识在缾管，何能矩矱？”剖析毫厘，折衷群言，个中关键，正在于把握“为文之用心”。故篇末赞曰：“生也有涯，无涯惟智。逐物实难，凭性良易。傲岸泉石，咀嚼文义。文果载心，余心有寄。”陆士衡提出的问题，《文心》以洋洋五十篇回应，此即所谓“文果载心，余心有寄”。

《文心》一书，要旨有二：（一）文原于自然之道，而所谓“自然”，即是自然而然，自己成为如此；（二）文章之成，治心为先，而治心必根于“养气”（或曰“养神”）。兹分述于下。

二、原道

《文心雕龙》以《原道》冠首。《淮南子》首篇亦为《原道训》，高诱注曰：“原，本也。本道根真，包裹天地，以历万物，故曰原道，用以题篇。”所谓“包裹天地，以历万物”之道，实为先秦诸家所共宗。此即中国古代的宇宙论。史家吕诚之先生有《论读子之法》一篇，收入其《经子解题》，对此论述甚精，兹撮述其大旨于下：

> 古之人本诸身以为推，见夫人之生，必由男女之合也，则以为物亦如此；而仰观俯察，适又有苍苍者天，与抟抟者地相对；有日月之代明；有寒暑之迭更；在在足以坚其阴、阳二元之思想。于是以为天地之生物，亦如是而已矣。故曰：

“物本乎天，人本乎祖。”(《礼记·郊特牲》)

然哲学所求之原因，必为“最后”，为“惟一”。求万物之原因，而得阴、阳二元，固犹非“一”；非“一”，则非其最后者也。然则阴、阳之原，又何物耶？……乃推求万物之本原，乃以为天地万物，皆同一原质所成，乃名此原质曰“气”。

《易·大传》曰：“精气为物，游魂为变。”精者，凝集紧密之谓……魂者，人气。盖同一气也，古人又以为有阴阳之分。阳者性动，轻清而上升；阴者性静，重浊而下降……其在于人，则阳气成神，是曰魂；阴气成形，是曰魄。故鬼亦气也。上言气，下言魂，变词也。游者，游散，构成万物之原质，循一定之律而凝集紧密焉，则成人所知觉之物，是曰“精气为物”。循一定之律而分离游散焉，则更变化而成他物，是曰“游魂为变”而已矣……然则宇宙间一切现象，无所谓有无，亦无所谓生死，只是一气之变化而已。气之变化，无从知其所以然，只可归之于一种动力。然则此种动力，乃宇宙之根原也。故曰：“易不可见，乾坤或几乎息。”(《易·系辞》)

……此等动力，固无乎不在，是之谓“神”……此等动力，既无乎不在，则谓万物皆有神可也……神即物，物即神……然则中国古代之哲学，又可谓之无神论，谓之泛神论可也……此等哲学思想，为百家所同具。[①]

《文心雕龙》所谓原道，即原此“百家所同具之道”，进而由道以论文。

《庄子·齐物论》有“人籁”、“地籁”、“天籁”之说：子游问南郭子綦曰：“地籁则众窍是已，人籁则比竹是已。敢问天籁。”子綦答曰：“夫吹万不同，而使其自己也。咸其自取，怒者其谁耶？”近人刘鉴泉(咸炘)解释道：

---

① 原文见吕思勉《经子解题·论读子之法》，华东师范大学出版社，1995年，第90—93页。

> 道家宗旨曰自然，自然者，莫使、无故之谓也。此乃中华唯一之宇宙本体论。欧洲哲学之本体论多于现象之后追求最终之主使，与所以使现象如此者是何原因。目的、机械之争由是而起。中华圣哲则无此争，其视现象，惟曰即是如此，本来如此而已。此即所谓自然，更无主使，亦无原因，虽有天与道之名，即指一气，不过一切现象之总体，非别有一物。《易》曰："一阴一阳之谓道。"老子曰："道法自然。"一阴一阳即一气也。即此为本体，不更追其后。周、秦诸子中亦无追问宇宙主使原因者，仅是书（按：指《庄子》）《则阳篇》引"季真之莫为，接子之或使"，乃论主使，而庄子则以二说各偏于虚实了之，盖以为莫为亦可，以为或使之亦可，要之止是如此，实则仅见其莫为而已。①

又，《庄子·庚桑楚》篇云："有乎生，有乎死；有乎出，有乎入。入出而无见其形，是谓天门。天门者无有也，万物出乎无有。"郭象注曰："死生出入，皆欻然自尔，未有为之者也。然有聚散隐显，故有出入之名，徒有名耳，竟无出入也，门其安在乎？故以无为门。以无为门，则无门也。"诠释庄子的"自然"义，颇为精当。故刘鉴泉又曰："郭子玄知此理，每云自尔，自尔即自然也。又曰欻尔，谓无始也，无不能生有也。无有死生之辨皆由是，散在诸篇，不可具述。此段之言正明此义。"②按：《文心·原道》所谓"自然"，正是指此而言。

《文心·序志》篇曰："盖《文心》之作也，本乎道，师乎圣，体乎经，酌乎纬，变乎骚。"黄季刚（侃）就此说道：

> 案彦和之意，以为文章本由自然生，故篇中数言自然。一则曰："心生而言立，言立而文明，自然之道也。"再则曰："夫岂外饰，盖自然耳。"三则曰："谁其尸之，亦神理而已。"

---

① 刘咸炘《庄子释滞·内篇》，黄曙辉编校《刘咸炘学术论集·子学编（上）》，广西师范大学出版社，2007年，第228页。按：标点误处已更正。

② 刘咸炘《庄子释滞·内篇》，黄曙辉编校《刘咸炘学术论集·子学编（上）》，广西师范大学出版社，2007年，第229页。

寻绎其旨，甚为平易。盖人有思心，即有言语；既有言语，即有文章。言语以表思心，文章以代言语。惟圣人为能尽文之妙。所谓道者，如是而已……案庄、韩之言道，犹言万物之所由然。文章之成，亦由自然，故韩子又言“圣人得之以成文章”。韩子之言，即彦和所祖也。[①]

又，清人纪晓岚（昀）眉批《文心·原道》云：“自汉以来，论文者罕能及此。彦和以此发端，所见在六朝文士之上。”又云：“文以载道，明其当然；文原于道，明其本然，识其本乃不逐其末。首揭文体之尊，所以截断众流。”又云：“齐梁文藻，日竞雕华。标自然以为宗，是彦和吃紧为人处。”[②]

兹略举《原道》原文：

文之为德也大矣，与天地并生者何哉？夫玄黄色杂，方圆体分；日月叠璧，以垂丽天之象；山川焕绮，以铺理地之形：此盖道之文也。仰观吐曜，俯察含章，高卑定位。故两仪既生矣，惟人参之，性灵所钟，是为三才；为五行之秀，实天地之心。心生而言立，言立而文明，自然之道也。傍及万品，动植皆文：龙凤以藻绘呈瑞，虎豹以炳蔚凝姿；云霞雕色，有踰画工之妙；草木贲华，无待锦匠之奇；夫岂外饰，盖自然耳。

可见所谓道，即是一种动力，生天生地生人生万物。（就动力而言，可称为“神”；就原质而言，则称为“气”。故刘鉴泉曰：“凡道家言原始之无，皆谓是气。如《庄子·天地》篇曰：‘泰初有无，无有无名。一之所起，有一而未形。’《释文》引《易说》曰：‘太初，气之始也。’是也。”[③]）人则有心，心有所感，于是有言，有言便有文，自然而然，即此便是道。动植万汇，其采色声音，表现于外者，亦是道之文。《原道》又曰：

---

① 黄侃《文心雕龙札记·原道第一》，华东师范大学出版社，1996 年，第 3—4 页。

② 黄霖编著《文心雕龙汇评》，上海古籍出版社，2005 年，第 13、14 页。

③ 刘咸炘《内书·气道》，黄曙辉点校《刘咸炘学术论集·哲学编（下）》，广西师范大学出版社，2010 年，第 830 页。

> 人文之元，肇自太极，幽赞神明，易象惟先。庖羲画其始，仲尼翼其终，而乾坤两位，独制文言。言之文也，天地之心哉！若乃河图孕乎八卦，洛书韫乎九畴，玉版金镂之实，丹文绿谍之华，谁其尸之，亦神理而已。

刘弘度先生以为，此段“叙上古至孔子之文，中分三节，初总赞圣哲制文，实本天道，独称《易》象者，群经以《易》为最古，文字始创由画卦也。此言《河图》、《洛书》与上古符命，乃道之所显著，故曰‘谁其尸之，亦神理而已’。神理，即道也。”[①]

《原道》又曰：

> 爰自风姓，暨于孔氏，玄圣创典，素王述训，莫不原道心以敷章，研神理而设教……故知道沿圣以垂文，圣因文而明道，旁通而无滞，日用而不匮。《易》曰：“鼓天下之动者存乎辞。”辞之所以能鼓天下者，乃道之文也。

刘弘度谓，此段“明道与文相关之理。中涵二义：一、道沿圣以垂文；二、圣因文以明道。盖自然妙道，非圣不彰；圣哲鸿文，非道不立；此舍人以《原道》冠冕全书之故也。纪昀谓‘文以载道，明其当然；文原于道，明其本然。’语至明确，学者所当深思明辨者也”。又曰：

> 舍人论文，首重自然。二字含义，贵能剖析，与近人所谓“自然主义”，未可混同。此所谓自然者，即道之异名。道无不被，大而天地山川，小而禽鱼草木，精而人纪物序，粗而花落鸟啼，各有节文，不相凌杂，皆自然之文也。文家或写人情，或模物态，或析义理，或记古今，凡具伦次，或加藻饰，阅之动情，诵之益智，亦皆自然之文也。文学封域，此为最大。故舍人上篇举一切文体而并论之。此亦其识度通圆，无畸轻畸重之失，与后世骈文家轻古文、散文家诋骈体者异矣。[②]

---

① 刘永济《文心雕龙校释》，中华书局，1962年，第1页。

② 刘永济《文心雕龙校释》，中华书局，1962年，第2页。

按，所论甚确。

黄季刚释“道沿圣以垂文，圣因文而明道”二句云：“物理无穷，非言不显，非文不传，故所传之道，即万物之情，人伦之传，无小无大，靡不并包。”[①]按，所谓“万物之情”，即《周易·系辞下》“以通神明之德，以类万物之情”之“情”，乃“情实”之谓。二句意谓：凡自然界、人文界的一切，不论大小精粗，皆为道所包。故刘弘度谓“文学封域，此为最大”，亦即不论内容，不论体裁，兼赅并包，道之所在，即文之所载。

然而近人论文学，如刘鉴泉所指出，“专用西说，以抒情感人有艺术者为主，诗歌、剧曲、小说为纯文学，史传、论文为杂文学”，与中国文学史的实情不符。鉴泉以为，文之本义是指文字，“以意为内实而以符号为外形”。因此，“凡著于竹帛者”都是“文”。又以为，文之内实不外三种，即事（物在内）、理、情。外形则有纵、横二维。纵可分为五段：字、集字成句（字群在内）、集句成节（句群在内，俗所谓一笔）、集节成章（亦曰段）、集章成篇。外形之横剖有三项，即体性、规式、格调。体性“即所谓客观之文体，此由内实而定”。文本以明事、理、情为的，所明之物不同，方法自须有异。“事则叙述，理则论辨，情则抒写。方法异而性殊，是为定体。”一种体裁，用之既久，内实往往扩张，遂有变体。所谓规式，犹如诗之五、七言，以字数分；文之骈、散，以句列分。一切形式皆有其规律。所谓格调，则是指“主观之文体”，其中可分次、声、色、势四者。体性、规式为客观的，格调则是主观的。学文旨在求工，所谓工者，便是“工于形式”。文学之独特处，在期于美（美并不单是华丽）。体性则期于真与善。规式本是“以美之标准而定”；格调则随人而异，以动人为目的；二者皆期于主观之美。“具此美者，乃谓之工文”。文学之独特性在此。[②] 按：如此论调，可说是对《文心》全书义旨的发挥。

近人林公铎（损）曾在北京大学讲授《文心雕龙》，今存《文心雕龙

① 黄侃《文心雕龙札记·原道第一》，华东师范大学出版社，1996年，第11页。

② 刘咸炘《文学述林·文学正名》，黄曙辉编校《刘咸炘学术论集·文学讲义编》，广西师范大学出版社，2007年，第3—5页。

讲义》残帙(第一部分),有曰:

我谓彦和之论文心也,非论文心,论人心也。论天地之心之原于道者也。故其说曰:“夫文心者,言为文之用心。”为文而用其心者,非人耶?故又曰:“文果载心,余心有寄。”昔人以文为载道,而彦和以文为载心,道与心其有二耶?故又曰:“惟人参之,惟灵所锺,是为三才,为五行之秀,实天地之心。心生而言立,言立而文明,自然之道也。”文耶?人耶?道耶?心耶?其有不可得而泥指者耶?且夫智慧所通,何适非道,天下固未有知道而不能知文者,亦未有可以论文而不能推之以论人者,尤未有舍人之心而能独论文心者也。[①]

指出所谓文心,即是人心,《文心》所原之道,包含天地万物,枢纽则在人心。

公铎又曰:

《神思》、《风骨》以下,彦和自以谓轻采毛发,深极骨髓,谅矣。然是数者,皆人心之所固有,而人道之所必至。彦和诸说,率本旧章,掇古人之所以论道而治心者以论文章,此彦和之所独得也。然使彦和舍文章而论其他,亦何尝不资深居安,取左右而逢其源。而使孔、孟、管、荀、老、庄之伦,专心志以论文章,又何尝不能为彦和所云哉。盖道无乎不在,而皆以心为之枢,论文而知用心,则其去道也不远矣。我故曰:彦和盖有道之士也,《文心雕龙》者,即文以明道之书也。[②]

直凑单微,点明《文心》一书乃即心以明道之作,非仅论文而已。

人之所以为万物之灵,在于有心,而人心之所以可贵,在于“心以藏心,心之中又有心焉”(《管子·内业》)。此心中之心,即是所谓

---

① 陈镇波、陈肖栗编校《林损集》上册,黄山书社,2010年,第500页。

② 陈镇波、陈肖栗编校《林损集》上册,黄山书社,2010年,第502页。

"神"。今本《老子》第十章云:"载营魄抱一,能无离乎？专气致柔,能婴儿乎？涤除玄览,能无疵乎？"苏子由注曰:

> 盖道无所不在,其于人为性,而性之妙为神。言其纯而未杂则谓之一,言其聚而未散则谓之朴,其归皆道也……神治则气不妄作,喜怒各以其类,是之谓专气……圣人外不为魄所载,内不为气所使,则其涤除尘垢尽矣。于是其神廓然,玄览万物,知其皆出于性,等观净秽,而无所瑕疵矣。①

按:所谓"等观净秽",固出自佛说,然而"道无所不在","性之妙为神",万物"皆出于性"云云,自是道家要义。《文心》以为文出于自然之道,又谓"文果载心,余心有寄",故其论文,必归结于论心,论心则必归结于"神思"。

三、神思

钱默存先生以为,"'神'有二义":

> "养神"之"神",乃《庄子·在宥》篇:"无摇汝心,神将守形"之"神",绝圣弃智,天君不动。至《庄子·天下》篇:"天地并,神明往"之"神",并非无思无虑,不见不闻,乃超越思虑见闻,别证妙境而契胜谛。《易》所谓"精义入神",《孟子》所谓"大而圣,圣而神",《孔丛子》所谓"心之精神谓之圣",皆指此言。②

按,所谓"'神'有二义",其实即一义之体用本末。第一义的"神",即虚静无碍、天君不动的心,为体为本。静故能鉴,虚故能纳,无碍故能感应灵速而通,此即所谓"《易》无思也,无为也,寂然不动,感而遂通天下之故"(《周易·繫辞上》)。一旦能通,便能"别证妙境而契圣谛",此即所谓"神也者,妙万物而为言者也"(《周易·说卦》),"神无方而易无体","阴阳不测之谓神","惟神也,故不疾而速,不行而至"

① 苏辙撰,黄曙辉点校《道德真经注》,华东师范大学出版社,2010年,第9—10页。

② 钱锺书《谈艺录(补订本)·附说八》,中华书局,1984年,第43页。

(以上均见《周易·繫辞上》),乃第二义的"神",为用为末。道家哲学旨在培植第一义的"神",发而为用,则第一义的"神"化为第二义的"神",于是便能"道常无为而无不为"(今本《老子》第三十七章),"为无为,则无不治"(今本《老子》第三章)。

今本《老子》第五十二章云:"天下有始,以为天下母。既得其母,以知其子;既知其子,复守其母;没身不殆。"李息斋(嘉谋)注曰:

> 道为物母,物为道子。古之得道者,能使母子不离,而道物为一。盖物从道出,物不异道。子从母出,子不异母。物不异道,而世欲弃物以求道;子不异母,而世欲弃子而求母;本不异而自异之,是以终不得而一也。使人知物即道,子即母,知之守之,则左右逢其原,有不难者。[①]

守母以存子,乃道家要义。今本《老子》第六章云:"谷神不死,是谓玄牝。玄牝之门,是谓天地根。绵绵若存,用之不勤。"所谓"谷神"、"玄牝",所谓"天地根",皆"道"之别称,亦即"天下母"。苏子由注"玄牝之门"二句云:"玄牝之门,言万物自是出也。天地根,言天地自是生也。"注"绵绵若存"二句云:"绵绵,微而不绝也。若存,存而不可见也。能如是,虽终日用之而不劳矣。"[②]道为万物之母,亦即"天地根"、"玄牝之门"。就人心而言,其"母",其"根",其"玄牝",即是所谓"神"。故曰:"神者,生之本也","神大用则竭。"(《史记·太史公自序·论·六家要旨》)惟有"绵绵若存","微而不绝",才能"终日用之而不劳"。

《庄子·在宥》论人心曰:"人心排下而进上,上下囚杀,淖约柔乎刚强,廉刿琱琢,其热焦火,其寒凝冰,其疾俛仰之间,而再抚四海之外,其居也渊而静,其动也县而天,偾骄而不可系者,其唯人心乎!"人心既然如此难以控驭,故万事之先,治心为不可少。今本《老子》第五章云:"天地之间,其犹橐钥乎。虚而不屈,动而愈出。多言数穷,不

① 引自焦竑撰,黄曙辉点校《老子翼》,华东师范大学出版社,2011年,第131页。

② 苏辙撰,黄曙辉点校《道德真经注》,华东师范大学出版社,2010年,第7页。

如守中。”吴草庐注曰：

> 橐象太虚，包含周遍之体；钥象元气，絪缊流行之用。不屈，谓其动也直。愈出，谓其生不穷。惟其橐之虚而钥之化化者常伸，故其钥之动而橐之生生者日富。在天地之间如此，其在人也，则惟心虚无物而气之道路不壅，故气动有恒，而虚中之生出益多。数，犹速也。穷，谓气乏。人而多言，则其气耗损，是速其匮竭也。不如虚心固守其所，使外物不入，内神不出，则其虚也无涯，而所生之气亦无涯矣。中，谓橐之内，钥所凑之处也。[①]

简言之，所谓橐钥，即是太虚元气，惟其静虚，故能动直[②]，万物由此生生而不穷。其在人心亦是如此。与其劳心耗气，不如虚心“固守其所”，于是便能应物无穷（所谓“虚也无涯，而所生之气亦无涯矣”）。“固守其所”，即是所谓“抱一”。今本《老子》第二十二章有曰：“圣人抱一以为天下式。”吴草庐注曰：“一者，冲虚之德也。”[③]所谓“一”，所谓“冲虚之德”，正是前述第一义的“神”，是为人心之本。达到“抱一”或守“神”的境界，便能“通于一而万事毕，无心得而鬼神服”；便能“冥冥之中，独见晓焉；无声之中，独闻和焉。……故其与万物接也，至无而供其求，时骋而要其宿”（《庄子·天地》）。《神思》篇所阐发的正是此义。

兹略举《神思》原文：

> 古人云：“形在江海之上，心存魏阙之下。”神思之谓也。文之思也，其神远矣。故寂然凝虑，思接千载；悄焉动容，视通万里；吟咏之间，吐纳珠玉之声；眉睫之前，卷舒风云之

---

① 吴澄撰，黄曙辉点校《道德真经吴澄注》第六章，华东师范大学出版社，2010年，第8页。

② 《周易·繫辞上》：“夫乾，其静也专，其动也直，是以大生焉。夫坤，其静也翕，其动也辟，是以广生焉。”

③ 吴澄撰，黄曙辉点校《道德真经吴澄注》第十九章，华东师范大学出版社，2010年，第30页。

> 色；其思理之致乎。故思理为妙，神与物游。神居胸臆，而志气统其关键；物沿耳目，而辞令管其枢机。枢机方通，则物无隐貌；关键将塞，则神有遯心。是以陶钧文思，贵在虚静：疏瀹五藏，澡雪精神。积学以储寳，酌理以富才，研阅以穷照，驯致以绎辞。然后使玄解之宰，寻声律而定墨；独照之匠，窥意象而运斤。此盖驭文之首术，谋篇之大端。

"寂然凝虑，思接千载；悄焉动容，视通万里"云云，正是前述吴草庐所说，"虚心固守其所，使外物不入，内神不出，则其虚也无涯，则其所生之气亦无涯"的发挥。第一义的"神"于是化而为第二义的"神"，故曰"驭文之首术，谋篇之大端"。

刘弘度《文心雕龙校释》云：

> 此篇最要者二义：一论内心与外景交融而后文生之理，次论修养心神乃为文要术之故。总此二端，而后知舍人论文之精微……盖"神居胸臆"，与物接而生感应；志气者，感应之符也，故曰"统其关键"。"物沿耳目"，与神会而后成兴象；辞令者，兴象之府也，故曰"管其枢机"。然则辞令之工拙，兴象之明暗系焉；志气之清浊，感应之利钝存焉。易词言之，即内心外境之表见，其隐显深浅，咸视志气、辞令为权衡：志气清明，则感应灵速；辞令巧妙，则兴象昭晰。二者之于文事，若两轮之于车焉。千古才士，未有舍是而能成佳文者。然而能言其理者，独于此篇见之。此舍人之所以卓绝也。
>
> 舍人论文，辄先论心……盖文以心为主，无文心即无文学……舍人虚、静二义，盖取老聃"守静致虚"之语。惟虚则能纳，惟静则能照。能纳之喻，如太空之涵万象；能照之喻，若明镜之显众形。一尘不染者，致虚之极境也；玄鉴孔明者，守静之笃功也。养心若此，湛然空灵。及其为文也，行乎其所当行，止乎其所当止，不待规矩绳墨，而有妙造自然之乐，尚何难达之辞，不尽之意哉？故曰"驭文之首术，谋篇

之大端”也。[①]

如前述林公铎所指出，“盖道无乎不在，而皆以心为之枢”，故彦和论文，以心为主（“无文心即无文学”）。而治心之要在“虚静”，故《神思》篇曰：“陶钧文思，贵在虚静。”《养气》篇对此更有发挥，黄季刚的诠释甚为得当，云：

> 养气谓爱精自保，与《风骨》篇所云诸“气”字不同。此篇之作，所以补《神思》之所未备，而求文思常利之术也……文思利钝，至无定准，虽有上材，不能自操张弛之术，但心神澄泰，易于会理，精气疲竭，难于用思。为文者欲令文思常赢，惟有弭节安怀，优游自适。虚心静气，则应物无烦，所谓明镜不疲于屡照也。[②]

欲臻“虚静”之境，须“养神”或“养气”，其方在“爱精自保”，换言之，即“弭节安怀，优游自适”。“心神澄泰”之时，即“易于会理”；“虚心静气”之际，则“应物无烦”，此之谓“明镜不疲于屡照”。

《养气》篇曰：“夫耳目鼻口，生之役也；心虑言辞，神之用也。率志委和，则理融而情畅；钻砺过分，则神疲而气衰；此性情之数也。”又曰：

> 且夫思有利钝，时有通塞，沐则心覆，且或反常；神之方昏，再三愈黩。是以吐纳文艺，务在节宣，清和其心，调畅其气，烦而即舍，勿使壅滞；意得则舒怀以命笔，理伏则投笔以卷怀，逍遥以针劳，谈笑以药勌。常弄闲于才锋，贾余于文勇，使刃发如新，腠理无滞，虽非胎息之迈术，斯亦卫气之一方也。
>
> 赞曰：纷哉万象，劳矣千想。玄神宜宝，素气资养。水停以鉴，火静而朗。无扰乱文理，郁此精爽。

《文心》所谓“神思”，所谓“养气”，旨在“虚静”。为文的首务，乃是自

① 刘永济《文心雕龙校释》，中华书局，1962年，第100—101页。

② 黄侃《文心雕龙札记》，华东师范大学出版社，1996年，第258页。

治其心，使之虚静不扰。须知思考有通塞利钝之异，遇到神昏而思蹇之时，切不可钻砺过分，疲心劳情，而必须“务在节宣”，“调畅其气”，逍遥谈笑，扫除心舍，静待其“神”归来。如刘弘度所指出，“务令虑明气静，自然神王而思敏”[①]。故曰：“玄神宜宝，素气资养。”《淮南子·精神训》云：“故心者，形之主也；而神者，心之宝也。形劳而不休则蹶，精用而不已则竭，是故圣人贵而尊之，不敢越也。”《俶真训》云：“是故虚无者道之舍，平易者道之素。夫人之事其神而娆其精，营慧然而有求于外，此皆失其神明而离其宅也。”皆同此意。

《管子》书有《心术》上下、《白心》、《内业》四篇，专论此一问题。如《心术》上云：“心之在体，君之位也……心处其道，九窍循理……毋先物动，以观其则。动则失位，静乃自得……虚其欲，神将入舍。（旧题房玄龄注曰：‘但能空虚心之嗜欲，神则入而舍之。’）扫除不絜，神乃留处。（房注曰：‘不絜亦喻情欲。’）”按：《淮南子·原道训》曰：“夫形者，身之舍也；气者，生之充也；神者，身之制也。”《精神训》曰：“夫静漠者，神明之宅也；虚无者，道之所居也。”正是对此道家要义的概括。

《心术上》又曰：

> 道在天地之间也，其大无外，其小无内（房注：“所谓大无不包，细无不入也。”），故曰不远而难极也。虚之与人也无间（房注：“虚能贯穿人形，故曰无间。”），惟圣人得虚道，故曰并处而难得。世人之所职者精也（房注：“职，主也。言所禀而生者精也。”），去欲则宣，宣则静矣（房注：“宣，通也。去欲则虚自行，故通而静。”）。静则精，精则独立矣。独则明，明则神矣。神者至寳也，故馆不辟除，则贵人不舍焉。故曰：“不洁则神不处。”

“虚”即是道，乃天地万物之本。人心之本则是“神”，亦即是“虚”，亦即是“道”。道家学说中，“虚”、“神”、“精”、“气”，或曰“精气”，或曰

---

① 刘永济《文心雕龙校释》，中华书局，1962年，第162页。

“灵气”，其实所指即道，亦即《道德经》所谓“玄牝”，所谓“天地根”。就其深微纯粹而言谓之“精”，就其聪明睿智而言谓之“神”，就其滂沛流行而言谓之“气”。“道”在人心，指涉不同，故名号有异。

《心术》下云：“能专乎？能一乎？能毋卜筮而知吉凶乎？能止乎？能已乎？（房注：‘谓能止于己分。’）能毋问于人而自得之于己乎？故曰：思之思之，不得，鬼神教之。非鬼神之力也，其精气之极也。（刘绩曰：‘言其得乃非鬼神之教，乃吾心之灵自觉。’黎翔凤曰：‘此语极精，学者宜深味之。’）”易言之，镇日思索，劳精费神，未必有得。辟除馆舍，优游不迫，保养精神，“贵人”将自来，止宿于心舍。同篇又曰：“心之中又有心，意以先言。（房注：‘意感而得言。’）意然后刑（房注：‘意感其事，然后呈形。’），刑然后思（房注：‘有形则理可寻，故思之也。’），思然后知（房注：‘思然后得理，故能知也。’）。”“心中之心”即是“神”、“精”、“虚”，亦即是道。从事思考之前，须保住自己的“神”，不使走失，惟有“贵人”留处，方能思绪畅通，“吾心之灵自觉”，犹如“鬼神教之”。换言之，必须去除“辩与巧”，因为“思索精者明益衰”。（见《白心》篇）

《内业》篇曰：

> 是以圣人与时变而不化，从物而不移，能正能静，然后能定。定心在中，耳目聪明，四枝坚固，可以为精舍。（房注：“心者，精之所舍。”）精也者，气之精者也。（房注：“气之尤精者谓之精。”）气，道乃生。（戴望据《左传》襄三十一年《注》：“道，通也”，曰：“‘气道乃生’，犹言气通乃生耳。”）生乃思，思乃知，知乃止矣……形不正，德不来，中不静，心不治……不以物乱官，不以官乱心，是谓中得。有神自在身，一往一来，莫之能思。失之必乱，得之必治。敬除其舍，精将自来。

此一段话，简而言之，就是保持五官安静，不受外物扰乱（“不以物乱官”），同时又须保持心的安静，不受憧憧往来的思绪影响（“不以官乱心”），此之谓“中得”。“馆舍”既辟除，“精”或“神”即将“自来”，身中之气因而通畅无碍。(按:前述吴草庐注《道德经》“虚而不屈,动而愈出”云,“其在人也,则惟心虚无物而气之道路不壅”,正指此而言。)“神”既主乎心,心即能去蔽而朗照万物。今本《老子》第十章所谓所谓“涤除玄览”,正此意。王弼注曰:“玄,物之极也。言能涤除邪饰,至于极览,能不以物介其明,疵其神乎?则终与玄同也。”

《庄子·德充符》载仲尼曰:“人莫鉴于流水,而鉴于止水。唯止,能止终止。”所谓“止水”(《荀子·解蔽》篇“人心譬如盘水,正错而勿动,则湛浊在下,而清明在上,则足以见须眉而察理矣”,亦以“止水”喻人心“虚壹而静”的“大清明”状态),亦即“玄览”,亦即“神”,亦即“精”也。《德充符》又载仲尼答哀公问:

> 哀公曰:“何谓才全?”仲尼曰:“死生存亡,穷达贫富,贤与不肖,毁誉饥渴寒暑,是事之变,命之行也。日夜相代乎前,而知不能规乎其始者也。故不足以滑和,不可入于灵府,使之和豫通而不失于兑(姚鼐曰:“刘辰翁言:兑即《老子》‘察其兑’之‘兑’,正是要义。如医家脱证,日夜无郄,正谓此也。”),使日夜无郄,而与物为春。[①]

《庄子·天地》篇有曰:“冥冥之中,独见晓焉;无声之中,独闻和焉。”刘叔雅案曰:“《吕氏春秋·离谓》篇:‘故惑惑之中有晓焉,冥冥之中有昭焉。’《淮南子·俶真》篇:‘冥冥之中,独见晓焉,寂寞之中,独有照焉。’文义并与此略同。盖道家之恒言也。”[②]《史记·太史公自序·论六家要旨》云:道家之术“以虚无为本,以因循为用”。执此“虚无”之本(即第一义的“神”)而不失,便能在“冥冥”、“寂寞”之中,“见晓”而“闻和”,如钱默存所谓,“超越思虑见闻,别证妙境而契胜谛”(是为“神”的第二义)。

《神思》篇所谓“玄解之宰”,“独照之匠”,《养气》篇所谓“玄神宜寳”,“素气资养”,皆指此而言,从自然无为之义推演而出。其要旨为

---

① 钱穆《庄子纂笺》,台北东大图书股份有限公司,2003年,第45页。

② 刘文典《庄子补正》,云南人民出版社,1980年,第380页。

去蔽以养神，守神以治心，心治则自然应物而当。魏晋以来的艺术创作思想，其原盖出于此。《文心雕龙》亦不例外，故以《原道》为首，论文章由自然生（所谓“自然”，即是无主使，无宰制，自然而然，自己成为如此）；第二十六篇则为《神思》，论致虚守静乃为文之先务；条理分明，秩然不乱。

（新加坡南洋理工大学）

民国时期的《文心雕龙》研究（下）*

刘文勇

内容摘要：民国时期对《文心雕龙》的研究，无非朴实与议论两途，朴实者大多是就文献整理与校勘方面进行，议论者则各驰骋其评骘。总体而言，朴实派的研究受黄侃先生影响甚大，黄侃先生俨然成为民国时期《文心雕龙》朴实整理与研究的精神领袖与导师，其及门弟子和私淑弟子在朴实研究上所取得的成绩可谓占据半壁以上的江山。但黄侃一派的研究成果也受到不少有成就的学者的修正，修正黄派的过程中充满了严肃而又尖锐的批评，这又成就了朴实派对《文心雕龙》整理与研究的另一景观，二者合观，则使《文心雕龙》的研究从传统的"以余力为之"变成了现代的"专心致志为之"的学术风景，"龙学"于是乎成为事实。议论派的研究风格多样，观念上既有古今的差别又有中外的差别，新派旧派，或褒或贬，各言其说，"褒"有各种各样的理由，而"贬"亦各有各的依据，有褒《文心雕龙》为"唯一的文学批评书"者，有贬

* 本文受到教育部人文社科基金项目"中国古代文论现代研究史"（项目编号：11YJA751051）的资助。

《文心雕龙》为无甚特见者，有褒杨明照先生研究《文心雕龙》的人称其为“《文心》功臣”者，有贬称颂扬《文心雕龙》的人为“庸人”者，有以《文心雕龙》主张“原道征圣宗经”而褒赞者，亦有以《文心雕龙》主张“原道征圣宗经”而批评者，有以骈文而赞扬《文心雕龙》者，亦有以骈文而批评《文心雕龙》者，有以文笔不分而批评刘勰者，也有为刘勰文笔不分而辩护者，有因《文心雕龙》不载陶渊明而批评刘勰者，也有为《文心雕龙》不载陶渊明而辩护者，有高度赞扬《文心雕龙》为“体大思精”者，亦有只同意《文心雕龙》为“体大”而不同意《文心雕龙》为“思精”者。总之，意见纷纭而又尖锐，但却少见正面的交锋，呈现为奇怪的争论状态。

关键词：民国时期；《文心雕龙》研究；朴实派；议论派

On the Studies of *Wenxin Diaolong* in the Period of Republic of China (The Second Part)

Liu Wenyong

Abstract: There are two research paths of *Wenxin Diaolong* in the period of Republic of China as empirical and normative. The empirical research focuses on literature documentation and emendation, the normative stresses on commendation. Mr. Huangkan is the spiritual leader and hierophant of the school of the empirical study of *Wenxin Diaolong* in the period of Republic of China. The majority of his pupils and followers had made achievements in the empirical research of *Wenxin Diaolong*. And his theory and research have revised and updated by learned scholars in his era with sharp criticism. It makes the empirical study of *Wenxin Diaolong* to integrate into the academic scenario of from the tradition of the single-mindedness to one's devotion to evolve into the school of Long. There are many manners of the school of the normative study with the ancient and modern, home and abroad, old and new. There are different foundations and justification for the critics and reviewers to commend or derogate *Wenxin Diaolong* such as rhythmical prose characterized by parallelism and ornateness, good for nothing, monumental work, writing without distinction. However, there is no tit-for-tat frontal clash even though their standpoints are differentiated.

Keywords: the period of Republic of China; the study of *Wenxin Diaolong*; empirical study; normative study

二、议论派对《文心雕龙》的研究

《文心雕龙》研究不仅有文字考证版本校勘的问题，也有“义理”思想层面的观察与评论的问题，而这就是议论派擅长的方面了。议论派对《文心雕龙》的研究没有朴实派那样的“科学”冷静，但却思想的火花四溅，自有它迷人的地方。

一部《文心雕龙》摆在现代人的面前，任人评说，既有对《文心雕龙》整体上的评论研究，也有针对《文心雕龙》某篇某个具体问题的评论研究，其意见无非两种，或褒或贬，“褒”的理由大多相似，而“贬”则各有各的理由。褒扬的评论虽然态度近似，但是针对的具体问题则不一样，故而也不能笼统给出统一的结论。因为所涉问题众多，故而本文时而按问题叙述时而不按问题叙述现代学界对刘勰及其《文心雕龙》的评论，而大体打算采用“以人为纲”的方式先叙述整体评价再叙述对单篇的评论来把各位现代学者的意见呈现在诸位的面前，以供大家的参观。鉴于篇幅的原因，对于民国时期各种《中国文学批评史》中涉及《文心雕龙》的部分，由于这些著作的相关内容为今日学者所熟知，故而在此文中从略而不叙及。

现代史上较早且比较系统地对刘勰及《文心雕龙》进行评论与研究的要算杨鸿烈先生，其《〈文心雕龙〉的研究》一文中对于旧时人们只把《文心雕龙》“当作修辞学书去读”很不满意，以为这就把刘勰“立言的宗旨失掉了”，故而杨先生要把自己“读了此书的意见写出来给大家讨论”，而他读出来的意见是刘勰这部书是主张“自然的文学”的书，是反对“雕琢的文学”而用自定的标准去批评当时的文学的书，并认为刘勰是中国“第一个能懂得文学和时运的关系的人”，在杨先生看来“这就是他全书的三大好处”。而杨先生又认为刘勰的书有一个“最大的缺点”，那就是“文笔不分”，“把纯文学与杂文学的界限完全打破混淆不分”，杨先生在文中对此痛心疾首，认为这是刘勰“铸下了一个大错”，并进而认为刘勰的书还有工具方面的“一个大缺点”，这缺点就是彦和的书使用的是“重高雅”的文字，故而“缺乏普遍性质”而“不容易令人懂，不容易传播，很少能引起同情，很少有知音了”。[①] 同样的观点，后来又在其《中国文学观念的进化》一文中再次重复，他以为昭明太子萧统和梁元帝萧绎兄弟二人才已经“明白透彻完全的确定文学观念”了，并认为“这样观念的正确，真值得在中国文学史上大书特书的……中国除这一时期，前后几千百年，都没有有过正确的文学观念”，然而在杨先生看来，这样正确的文学观念的进程却被刘勰打断了，他认为刘勰矫枉过正，“把一个已经成就了的明白，具体完全的文学定义，搅扰得一个乱七八糟，乌烟瘴气！”[②]以为刘勰是文学观念退化的开风气者。对于文笔之分的问题，杨先生是从思想史的角度去批评责备刘勰的，但如果从学术角度去历史解读，恐怕就是另外一个结果了，比杨先生的文章早三年的王肇祥先生《文笔说》一文虽然不是专题研究刘勰及其《文心雕龙》的，但内容却涉及《文心雕龙》中的“文笔之分”问题，王先生认为“文笔之名，总言则别，散言则笔亦称文”，认为刘勰《文心雕龙》中论文笔问题其论“甚允”[③]。

① 杨鸿烈《〈文心雕龙〉的研究》，《晨报副刊》1922 年 10 月 24—29 日。

② 杨鸿烈《中国文学观念的进化》，《京报副刊》第 1—5 号，1924 年 12 月 5—9 日。

③ 王肇祥《文笔说》，《国故》第 1 期，1919 年 3 月 20 日。

对于此一问题，1930 年代时钱锺书先生也是支持刘勰的，钱先生说："近论多与萧论相合，鄙见独为刘勰张目。"而为刘勰的文学观念辩护，并批驳以今之观念整理文学史文学批评史的现象："叙述古人文学之时而加以今日文学之界说，强作解事，妄为别裁，即令界说而是，已不忠于古人矣，况其未耶?"[①]同样在 1930 年代，访秋也在《萧统与刘勰》一文中以为从真正的眼光与学识而论"萧氏比刘氏相差太远"[②]。而当时日本学者本田成之也支持刘勰的观念，他认为："在中国文学中，没有不包容的，没有说特殊的文学的必要。"以为六朝人把六经当做文章来观察的，并以为"对于六经及文艺的态度，刘舍人底思想，最为稳当"。[③] 这就可以看出，面对同一问题，思想史与学术史可能结论与评价刚好相反。

杨鸿烈先生肯定《文心雕龙》是因为其主张自然的文学反对雕琢的文学，比较新派，而林树标先生肯定《文心雕龙》却比较老派与传统，林先生在初览《文心雕龙》时，觉其"文体浮靡繁缛"而以为"不越六朝窠臼，似无足传者"，然而最终却认为《文心雕龙》可与日月争光垂之久远，那是因为作者认为《文心雕龙》乃"道存焉耳"，作者以为《文心雕龙》中其他很多方面的内容后学"或能踵武之"，但是其原道征圣与宗经大旨则后学"鲜能及焉"。[④] 这是从传统中的道统的角度去肯定。

同样是肯定，吴熙先生的肯定方式与原因又不同，在吴先生看来，在整个中国文学批评的历史长河中"不能不上他一个'空前的文学批评家'的徽号"给刘勰，为何如此认知呢，吴先生解释说："文学批评家，从古固不乏人，然而有系统的专著，则不之见，至于钟嵘的《诗品》，其所论列者，仅限于诗歌，偏而不全，故未能与刘氏比拟。"这是

① 钱锺书《中国文学小史序论》，《国风》(南京)第 3 卷第 8、11 号，1933 年 10 月 16 日、12 月 1 日。

② 访秋《萧统与刘勰》，《师大国学丛刊》第 1 卷第 2 期，1931 年 5 月 15 日。

③ 本田成之《六朝文艺批评家论》，汪馥泉译，《青年界》第 4 卷第 4 号，1933 年。

④ 林树标《书文心雕龙后》，《自明》第 1 期，1920 年。

以系统来作为肯定的理由的，而这系统的理由，大约也是很现代的标准。在文中，吴先生对刘勰的生平和其文学批评论、文学方法论作了详细的梳理，但却慨叹刘勰《文心雕龙》在一千多年历史长河中“竟不曾发生相当的影响”，作者总结其原因有三个：“随感录”式的批评爱好一也；崇奉“文无定法”的拒绝批评的习惯二也；唐宋以后骈体受攻击，《文心雕龙》用六朝骈文写成，故而《文心雕龙》不被重视，三也。吴先生找到的三个原因中，全社会的“随感录”式的批评爱好是导致不容易出现有系统的文学批评著作的原因，崇奉“文无定法”的拒绝批评的习惯是整个社会缺乏批评风气从而整个的文学批评不发达的原因，《文心雕龙》用骈文写成这是《文心雕龙》“竟不曾发生相当的影响”本身的原因，但是吴先生把责任推给唐宋后的古人们，吴先生对《文心雕龙》用骈体写成却评价很高，以为：“骈文本来是不宜说理的，用来著书立说，更是难能的事！”且进一步说道：“刘氏在《文心雕龙》中，居然用之来论各种文体，来批评各种作品，来讲批评方法，来讲文学方法，不但是骈文中罕见的著作，便在散文中也轻易寻他不出。”[①]对于以骈体写成著作，现代人们的看法各异，后文会叙述到有的学者就很不满意刘勰用骈体写成《文心雕龙》，所以，吴熙先生的看法只是其中一家而已，不能概括为民国时期的普遍看法。

而陈荣捷先生的《中国文学批评》一文中也涉及到了对刘勰及《文心雕龙》的评价问题，陈先生慨叹中国古代无像样的文学批评，认为虽不可谓“我国绝无文学评论”，但“中土之文学评论，实不得谓为有统系的研究，成专门的学问，产生专门的人才”。“以言研究，则批论的原理方法与名词均未成立。以言学问，则读文学史者，对于某作家之受传统的印象，并无实证式科学的解释之可言。以言人才的除刘勰章学诚与金圣叹等外，竟不多睹。”在总体上对中国文学批评持负面批评的前提下把刘勰纳入到古代文评中不可多得的几人之中，

---

① 吴熙《刘勰研究》，《时事新报》副刊《学灯》第 6 卷第 5 册第 9、10 号，1924 年 5 月 9 日、5 月 10 日。

也算是很高的评价与认可了。在陈先生看来“中土民族不富批评精神”导致了文学批评不发达的结果，且认为旧时的文学批评能够拿得出手的东西不多，“能正式采用评论方法，以施诸数千年文学，则群经典籍，未之见也。”在陈荣捷先生看来，就是今人以为古代的文学批评的名著《文心雕龙》，也是“属于欣赏者多，属于批评者少”。[①] 陈荣捷先生和吴熙先生看法比较接近，“有统系的研究”这标准也相同，但是却更为严厉地批评了中国古代文学批评的状况，在批评整个古代中肯定刘勰，在肯定刘勰的同时又批评其《文心雕龙》“属于欣赏者多，属于批评者少”。

陈荣捷先生是从现代观念出发去评论刘勰和《文心雕龙》，而陈柱尊却站在古代的立场去评估《文心雕龙》的价值，在陈柱尊先生看来，诸子之“专家之学”自汉代以后“虽继踵而作者尤夥，然大抵皆周秦诸子之绪余。虽各有可观，而方诸古昔，瞠乎后矣”。在这样不景气的情况下，“唯刘彦和《文心雕龙》之作，独为专家之学，足补周秦诸子所不逮”。至于其时其他之论文之作，陈柱尊先生认为皆不足论，“其传于今日而大小毕具，有条弗紊，足以卓然并列于诸子者，则刘氏此书而已”[②]。这一评论把大多数时候著录入“诗文评”类的集部书籍提高到子部去，这在传统中确乎是很高的评价了，而“子部”的认同恐怕也是欲成一家之言的刘勰自身的定位。与陈柱尊先生看法类似的还有讷庵先生，其在《刘勰与〈文心雕龙〉》一文中首先介绍了刘勰著作《文心雕龙》的三大原因，然后就对该书的性质作了说明，作者以为著子部书乃是刘勰的意图，故而《文心雕龙》乃子部之书，只不过该书“体例说是子书而内面所谈的却是文学批评”而已。对于后世把该书列入了“诗文评”类，成为“文学附庸”而“不列入子书”，作者以为这真“非彦和始料所及”。[③] 对于《文心雕龙》的书名与其立论之间的关系，

---

① 陈荣捷《中国文学批评》，《南风》(岭南)第1卷3期，1924年11月26日。

② 陈柱尊《〈文心雕龙增注〉叙例》，《民国日报》“国学周刊”第87期，1925年7月16日。

③ 讷庵《刘勰与〈文心雕龙〉》，《张楚月刊》第20期，1934年。

陈柱尊先生也看出了问题:“彦和名其书曰雕龙,夫所谓雕龙者,谓其文饰若雕镂龙文也。而其立论也,一则曰自然,再则曰自然。夫曰雕则非自然矣,曰自然则非雕矣。曰雕曰自然,得毋近于矛盾之说耶。”那么陈先生如何解释这一看似矛盾之说呢?实际上历史上也曾有以“雕龙”二字病刘勰者,陈先生以为“雕龙”并非是不自然,而是高级的自然,其云:“始也,其学未久,其业未精,心手相违,求其似龙也难矣。及其工积力久,神与理合,不期而合于自然,乃宛然生龙矣。”故得出总结论云:“是知人工至者,其于自然也至。其人工不至者,其去自然也远,文之为道亦若是而已矣。”[①]这算是很成功地诠释了《文心雕龙》中“雕龙”的含义,是对书名的成功的解题,如果彦和重生,恐怕也会视陈柱尊先生为自己的知音。

而徐善行先生的《革命文学的——〈文心雕龙〉》一文,从题目上就可看出极其浓厚的现代味,这与陈柱尊先生沉浸在古代以评刘勰与《文心雕龙》反差极大,徐先生称刘勰的《文心雕龙》为“革命文学”,这是受了五四时期文学革命思潮的影响,文章认为刘勰的《文心雕龙》是革宋齐时代文学的命的著作,认为刘勰的核心文学思想是“自然”,并以此批评历代文学,也以此建设心目中的新文学。文中对“新文学的创造”一节叙说甚详,其意既在于回应作者当时的思潮,也在于突出刘勰的贡献,其间所叙述的如“修养论”、“行文技巧论”、“修辞论”等内容,忠于史实、忠于原著,并未因为作者是同情“文学革命”而扭曲历史,对于刘勰“文学批评论”的叙述也算中规中矩。而文章讨论刘勰《文心雕龙》的缺点方面也非常客观理性,以为刘勰在著书之前“先有一个固定的数目”,也就是五十篇的这个数字,作者认为这造成了刘勰后面论说的各种毛病,作者举出了“强为归纳”和“滥肆填充”两种弊病,以为都是为了不多出或凑足“五十”这个数而带来的,对于前者,作者认为《文心雕龙》中把很多种文体甚至于相互无关系

---

① 陈柱尊《〈文心雕龙增注〉叙例》,《民国日报》“国学周刊”第 87 期,1925 年 7 月 16 日。

的文体归到《杂文》、《书记》中去讨论，对于后者，作者认为《文心雕龙》中《隐秀》、《指瑕》两篇“留着真没甚取意，删去也不见缺陷”[①]，并以为其余不少篇中互相重复的部分也可以删去，对于“文之枢纽”部分，作者更以为保留《原道》一篇则可，其余则凑数或为应付当时风气。从徐先生后面的各种结论看，这个很现代味的题目下又比较传统了，其赞扬与批评《文心雕龙》的意见均可圈可点。

西学的输入也让部分学者借鉴西学来阐释刘勰的文学思想了，这是名副其实的现代性的研究了，胡侯楚先生的《刘彦和底文学通论》一文就是此一方面的文章。本文虽名曰“通论”，实际上并未通论刘勰的所有文学思想，只是叙说了其“文学的起源”论（物感说）、“文学的内容与形式”论（内质、外采）、“文学的作用与效用”论几个方面的思想，该文特出的一点就是用西方的思想来阐释刘勰的文学思想，例如《原道》中说：“道沿圣以垂文，圣因文而明道。”对于此句，作者认为“颇似亚里士多德的学说”[②]，并引出亚氏《诗学》中的一节供读者参考，又用“模仿说”、“表现说”、“再现说”等观念来帮助诠释刘勰的思想。必须强调的一点是，该文虽然用了西方学说来阐释刘氏的思想，却又大体上无比附的痕迹，这是本文的优点，故而该文基本上还是忠实于刘勰本来的思想而叙述。

梁绳祎先生的文章《文学批评家刘彦和评传》对刘勰及《文心雕龙》所作的全面研究与评价恐怕算是1920年代重量级的文章，文章长篇大论写得特有个性而又比较理性，对刘勰及其《文心雕龙》抱持比较客观的平衡评论态度。作者从十二个方面讨论与刘勰有关的事情，以为在“批评真算可怜”的古代能出刘勰这样一个批评家实在是奇迹，但这奇迹也被“冷落了千年”，作者为此要为刘勰写一评传以彰显刘彦和。该评传除了“序言”和“结论”外，分门别类专题讨论刘勰及其《文心雕龙》中的思想问题，计有“刘彦和传略”、“刘氏的著作”、

① 徐善行《革命文学的——〈文心雕龙〉》，《孟晋》第2卷第10号，1925年10月。

② 胡侯楚《刘彦和底文学通论》，《南开周刊》第1卷第13、14、15期，1925年12月7日、14日、21日。

“刘彦和为什么作《文心雕龙》”、“《文心雕龙》的基本观念”、“文学的正本归原论”、“文学流别论”、“文学家功力论”、“文学的批评观”、“文学的品格和器用”、“文学的环境与作家的才情”十个方面。对于史书中对刘勰生平及其《文心雕龙》的有关叙述，作者高度警惕，以为刘勰“作《文心》不过治佛经一种副业”，而以为是刘勰“少年草草的作品”，对于萧统爱接刘勰一事，也深表怀疑，而对沈约看重《文心》，作者以为沈约“不过以五十篇文字，出于一货鬻者之手。搁在案上，亦不过以奇事奇情可玩就是了”，以为这都是史家“传一个无足轻重的和尚，自乐引一二大人先生以为重”的写法所致。对于“刘氏的著作”，作者对其“割《辩骚》放第一卷末尾”以为“尤为荒谬”（注：《辩骚》归“文之枢纽”而不归“论文叙笔”，作者的指责不成立），更以为下篇二十五篇的次序“零乱没有条理”，“《时序》、《才略》，体例相同，理当相邻”却未相邻，历来论者多以为《文心》极有条理，但本文作者不以为然，认为本书“似有条理实无条理”，以至于认为拿成书的体例讲则“《文心雕龙》无甚可观”，认为刘勰及其《文心雕龙》“所可取的只是他的几点特识”。对于刘氏著书动机以及提倡“自然抒写的文学”、“真实的文学”、“创造的文学”的基本观念，均持积极评价态度并予以赞扬，对刘勰之正本归原之征圣宗经观念，以为是刘勰“托古改制的一种诡计”，对于刘氏“借圣什么经来做招牌”也表示了理解，而对于刘勰讲“文学流别”讨论文体的部分，作者一方面佩服刘勰“这大规模的讲论”，但又以为“范围包得太多”故而“议论都不免肤浅了”，作者认为刘勰以“广漠的文学定义”去讨论文学体制，势必“凌乱颠倒”，以至于在《书记》一篇“牵强附会，横堆硬凑”把“二十四种文体，一概拉在里面”，作者认为这是“全书的污点”，总之，作者认为讨论文章流别文体问题这部分是“《文心雕龙》的失败”，“结果却失败了”。“文学家功力论”部分讨论了刘勰的“身心的修养”、“自然的观察”、“兴会的文学”、“辞类的采择”等几个方面的观点与内容，大体赞同刘勰的观点。对于刘勰的文学批评观，作者归纳出七条，以为“都是很好的”见解。对于刘勰论“文人的品格与器用”，作者一方面认为刘勰为文人的辩护“只能算是解嘲”，甚至指责刘勰把文人与武人政客放在一起“较长论短”是“可笑”的，对于刘勰认为文人“似乎终无大用”主张“文学家再去作些事业”，认为刘勰“见得不甚透彻”。在刘勰《文心雕龙》中《时序》篇讨论的是“文学与环境”的问题，作者认为在历来的“论文注重作家的才情，而不管他的环境”的氛围中，刘勰却来“谈谈时序”，这是“聊胜于无”的“慰情”。而对于《才略》篇讨论历代作家的才情，作者对纪昀的“体大思精”的说法表示异议，只认同“体大”却不认同“思精”的说法，以为“体大是不错的”，因为“聚数千年的作者，一一如数家珍而品其高下”，但又以为用那么少的字数去评那么多的作家“是不能精的”。综观全文，作者赞扬批评均衡存在，也是作者要“使他的真实面目得以显露”的写作原则的实现，作者说自己在文中“既申明了他的几点卓识，同时也毫不客气的批评他的几个谬论”，实则就是这种平衡叙述与评论之原则的夫子自道。①

1920年代还有几篇文章或者只是客观叙述刘勰《文心雕龙》的内容，或者简略地对其作出评论，如陈延杰先生《读〈文心雕龙〉》一文，就以“文体论”和“修辞说”概括整个《文心雕龙》的基本内容：“概言之，则上篇论文之体裁，下篇说修辞原理之方法也。故此书可标目为二：曰文体论，曰修辞说。”②文体论中又把《文心雕龙》与《文选》、《文章缘起》比较，厘其异同，修辞学部分则一篇接一篇的叙述基本内容而已。牛甫毅先生的《刘勰的文学观》一文认为中国文学界虽作品众多但却“没有讨论文学界说，文学方法，及批评文学的书出现”，而刘勰的书的出现让作者赞赏不已，以至于给予“中国唯一的文学家”的徽号，作者解释说：“这话自然要有人要怀疑，因为刘氏没有什么文学的创作，传到现在的不过是一部研究文学批评文学的《文心雕龙》罢了，不过我以为‘创作之价值小，型范之影响大也’，因为一种文学作品所能给予后人的安慰与兴奋，范围终属渺小，而不如文学批评与

① 梁绳祎《文学批评家刘彦和评传》，《小说月报》第17卷号外中国文学研究（下），1927年6月。

② 陈延杰《读〈文心雕龙〉》，《东方杂志》第23卷第18号，1926年9月25日。

指导所提示与作者，以引起其兴味，指导其方法，而自行创造文学作品的功劳，更为高尚，更为伟大也。”[①]其所给出的解释颇为令人惊讶，这与古代重创作而轻批评的态度刚好相反，抬高文学批评的地位以至于把刘勰捧上“中国唯一的文学家”的地位，这恐怕有些过于现代了，也说不定会捧杀了刘勰和《文心雕龙》。刘节《刘勰评传》一文则用六朝风格又多用彦和文字以述彦和文心，故而可谓以刘勰写刘勰也。作者把刘勰的文章论分为“论文理”、“论修辞”、“论文体”三个部分分别论说，以为《原道》篇之“道”非主张载道之说，乃为自然之道，而刘勰主张自然之文乃全书主调主骨。而论修辞部分，作者强调：“其修辞学，则征圣为要”。对于彦和之文体论，作者以为刘勰对于文笔之分“最不赞许”，以为彦和“分类文体，即以经传为别”。[②] 并以此列举彦和所论文体之大概。文章对彦和之论多所赞扬，对后世的误解，又多所纠正，虽用六朝风格写作，但叙述平实。陈翔冰《刘彦和论文》一文所论问题则有刘勰的自然之说、推崇内质与外形的结合以及作文的方法论(修养、兴会、观察、辞类的选取)等。对于章学诚称刘勰《文心雕龙》为“体大而虑周”的“成书之初祖”，作者似乎并不同意此说，以为和近代篇章比较起来刘勰的著作还“尚未至此境地”。[③] 戚维翰《刘勰的作文方法论：读〈文心雕龙〉的札记》一文则以为刘勰“真是一个中国空前的批评文学家”，文章从“文思”、“结构”、“描写”三个方面归纳刘勰《文心雕龙》中的“作文方法论”，在这个意义上，作者把《文心雕龙》理解为“文章学”著作了。[④]

从以上叙说可以看出，20 世纪的前十年，基本上看不见以议论的方式研究《文心雕龙》，五四以后，新风气的启发才让现代的人们以

---

① 牛甫毅《刘勰的文学观》，《艺文》第 2、3 期，1925 年 10 月、11 月。注：据作者介绍其写作整体计划，文章本有七个部分，本人但仅见其中两个部分，故而只能就所见而叙述之。

② 刘节《刘勰评传》，《国学月报》第 2 卷第 3 号，1927 年 3 月 31 日。

③ 陈翔冰《刘彦和论文》，《秋野》第 4 期，1928 年 2 月。

④ 戚维翰《刘勰的作文方法论：读〈文心雕龙〉的札记》，《学生杂志》第 15 卷第 9 号，1928 年 9 月 10 日。

各式各样的观念评说《文心》，新派旧派均参与其中，既有从旧传统来评说者，也有从新观念来评说者，或褒或贬均有各自的理由。

到了1930年代，对《文心雕龙》的评论研究似乎还是继承了1920年代的传统与风格，以现代观念观察刘勰及其《文心雕龙》仍然时髦，特别是在青年学生中这一风气特别浓厚，例如周烨《〈文心雕龙〉之我见》一文就是这样，作者为在校学生，且是新文化与白话文的信仰者，故而多以时代精神看古代之《文心雕龙》，又因为是学生，所以引文方面随意性较大，且有张冠李戴的情况出现。在文中，作者称赞刘勰为"中国唯一的文学批评家，艺术鉴赏家"，对于刘勰的《文心雕龙》"千余年的覆瓿劫"的命运，作者"不禁为刘氏洒一掬同情之泪"，故而欲对该书"尽'阐微显幽'之责"。作者在文中表现得志向远大，企图对《文心雕龙》作一全面研究与评价，事实上，文章确乎叙述并讨论了《文心雕龙》中的若干问题，一则讨论了"文章主要构成素"（神思、风骨、辞采）；再则讨论了"文章的根本要件"（自然、隐秀、精确）；三则讨论了"才学关系论"；四则讨论了"词藻分类"（比、兴、谐、隐、夸饰、骈俪），这些是介绍部分。评价部分作者则以为刘勰的《文心雕龙》有四个特点：批评的、讨论的、精密的、骈俪的，以为刘勰的书最有批评精神，是精密的最有系统的著作，并针对坊间的"本书文用骈体，意义艰深，实为本书的瑕疵"的议论而为刘勰以骈俪的写作方式讨论文学辩护，认为用骈体"这点正是本书的特色"，并进一步申述道："说理之文，用散文来表现，尚且不易，何况是用骈文？但刘氏竟用骈文来批评，来赏鉴，来说理，来论文，运斤如风，左宜右有。而且纯出自然，没有六朝时雕琢粉饰的痕迹。"认为这恰见出刘氏"技术手段的高超。"①于刘勰《文心雕龙》全书的价值，作者归纳为三个方面：革新的精神，科学的精神，研究的精神。总之，全部是赞歌赞颂之词，这恐怕也不是理性的研究刘勰及其《文心雕龙》的态度。

而朱荣泉先生的评论与研究态度似乎就要理性得多，在《〈文心

① 周烨《〈文心雕龙〉之我见》，《新民》第3期，1930年夏。

雕龙〉绪论》一文中，作者虽然认为《文心雕龙》是古代“唯一的文学批评书”，故而研究《文心雕龙》是“一件有益的事”，但是文章对刘勰《文心雕龙》的优点缺点都有讲到，优点举出了“崇尚自然”、“崇尚真情”、“注重创造”三个方面，指出的缺点主要有“复古”、“文笔混乱不分”、“文学批评与文章学混杂”而文章学占《文心雕龙》很大部分。对《文心雕龙》的结构作者归纳为“文学本原论”、“文学流别论”、“修辞原理论”、“修辞方法论”、“文学原理杂论”几个部分，颇为全面地体现了该书的内容，但把《辩骚》篇归于“文章流别论”似不合刘勰原意。在文章末尾，作者对《文心雕龙》用骈文写作也有些不满的看法，以为刘勰是“用雕龙式的文章，叙说文心”，更以为刘勰如果“用散文叙说，必定要显明畅达得多”。[①] 这与前述称赞刘勰用骈文写作的论者的态度相反。

李仰南先生对《文心雕龙》的研究与评论则显得非常理性非常客观，基本上是“述”，其《〈文心雕龙〉研究》一文的导言中引刘开对《文心雕龙》各篇名称的缘由的解释以及对该书的评价议论实际上已经可以宏观上对《文心雕龙》有一个基本的认知了，但作者研究兴趣浓厚，故而分题对《文心雕龙》作了自己的解读。作者的解读涉及刘勰生平和《文心雕龙》的成书时间问题，就成书时间此一问题，作者借刘毓松的考证，确证了《文心雕龙》著书时间在齐而不在梁，也涉及到刘勰的思想渊源与时代背景，作者认为“刘勰思想之渊源，非出于一家，乃集群山而汇众流也”。[②] 在作者看来，刘勰生活的时代文风上有“脱离自然”、“放弃情性”这两大缺点，这是刺激刘勰写作《文心雕龙》的重要原因。文章也涉及到《文心雕龙》的体系问题，但作者是借用范文澜先生制作的表格回答了“体系”问题，至于对《文心雕龙》的评价问题，作者认为《文心雕龙》的价值在于评论了此前各代文学与作家、确立了各体文章的轨范与提供了巨量的文章修辞学的技巧这三点，

---

① 朱荣泉《〈文心雕龙〉绪论》，《天籁季刊》第 19 卷第 2 号，1930 年夏季。注：该刊本期无版权页，但封面上有“十九年夏季”的字样，故而定本文时间为 1930 年夏季。

② 李仰南《〈文心雕龙〉研究》，《采社杂志》第 6 期，1931 年 10 月 1 日。

且列表简述了主要文体的"轨范"。作者的解读虽然无甚新的发明，但客观的态度与流畅的文笔，还是必须肯定的，冷静客观叙述历史是史家的责任。

而余文先生的文章《〈文心雕龙〉札记》与李仰南先生的风格近似，作者把刘勰《文心雕龙》放到历史进程中去叙说并定位，而不以今人眼光随便评论之，作者认为："魏晋之世，实为我国有文论专著之始，魏文《典论》，更确定文学之独立性与永久性，盖吾国文学史上之自觉期也，厥后齐梁二代，文论之作，倍蓰前世，但非局限一隅，则仅具概念，时至今日，又多散佚，其能兼包并蓄，至今得传者，惟刘勰《文心雕龙》耳。"[①]这一议论不偏不倚，确乎是历史主义的态度。文章首先叙述了刘勰身世和著书动机，并对书名加以释义，其后的内容计有"文学义界及其功用"、"文学本质"、"道德与文学"、"性情习惯与文学"、"时代时序与文学"、"论修辞方法"、"论文论家"等条目，忠实于《文心雕龙》的内容而一一简略叙述之，基本上是引用《文心雕龙》原文以解释这些条目，可谓以《文心》释《文心》。

当然，既具现代评论意识而又有同情古人之心理的态度去评论《文心雕龙》那是最好的选择，而接近这一态度的评论者也不乏其人，朱自清先生、郭绍虞先生、李嘉言先生就是这其中的三位。朱先生在给郭绍虞先生的《中国文学批评史》写的书评文章中就顺便谈到了他对《文心雕龙》的看法，朱先生以为中国古代文学批评在传统中被目为"小道"，处于附属的地位，即使是刘勰的《文心雕龙》，其用意"还是在论述各体的源流利病与属文的方法"，而"批评不过附及罢了"。[②] 朱先生的这个看法，或可说即使刘勰再生也是基本上会同意的。而郭绍虞先生在《神韵与格调》一文中借题发挥的一段言论也颇为耐人寻味，郭先生写道："中国文学批评史上有两部著作，一部是《文心雕龙》，一部是《沧浪诗话》，都极得一般庸人的称赞，实则由其

---

① 余文《〈文心雕龙〉札记》，《一师校刊》第 1 期，1931 年。

② 朱自清《书籍评论：中国文学批评史上卷》，《清华学报》第 9 卷第 4 期，1934 年 10 月。

见解言，都没有什么特见。他们都不过集昔人之成说，而整理之，使组成一系统而已。”[①]郭先生的这种看法，恐怕会让不少《文心雕龙》研究者伤心，郭先生已经冷静到有些残酷了。其实和郭先生看法类似者在1920年代就有了，王焕昌先生就认为刘勰虽然批评近代论文之作，但是“舍人原著，亦复取则于是，不过集其大成，条理畅发之耳”[②]。而胡梦华在1920年代也以为刘勰钟嵘“当初并没有好好下功夫当件专业去做”，读他们的书如果“仔细再读，并不见有什么精义”[③]，当然，胡梦华先生这样说是基于他认为李笠翁才是“下过专工的”批评家而已。而李嘉言先生在为罗根泽先生的《中国文学批评史》写的书评中也说道：“若严格说来，《文心雕龙》是讲文体与修辞的书，仍然不能算作文学批评的书。唐宋以后，文人论文，诗话品诗，还不一样是些无系统的观感之言？何得称之为批评？所以不讲中国文学批评则已，要讲，就只得闭起一只眼睛来。”[④]这段话，对《文心雕龙》与中国古代文学批评的价值特点作了比较独特的观察，颇为耐人寻味。

而既不动感情又在该动感情的地方动感情去研究《文心雕龙》的还是多数，周全璧的《〈文心雕龙〉研究》一文就是这样的文章，作者动感情地说《文心雕龙》是古代文学批评的“唯一的一部杰作”，但是在其余部分又很理性冷静地在考证与总结归纳，如在“刘勰传记”部分，作者考证而得出刘勰“生在齐明帝泰始元年，死在梁武帝普通二三年，享年五十六七岁”。又从“时间方面推测”、“理论方面判断”而得出《文心雕龙》“成于齐”的结论。文章花费不少篇幅讨论《文心雕龙》的组织结构、总体意旨、各篇旨趣，最后得出《文心雕龙》乃是“一本万殊，万殊仍归一本”的著作，认为《文心》总体意旨与各篇旨趣统一，均

① 郭绍虞《神韵与格调》，《燕京学报》第22期，1937年12月。

② 王焕昌《魏晋文艺批评之趋势》，《国学丛刊》（南京）第3卷第1期，1926年9月。

③ 胡梦华《文学批评家李笠翁》，《小说月报》第17卷号外中国文学研究（下），1927年6月。

④ 李嘉言《书评：中国文学批评史》，《文哲月刊》第1卷第7期，1936年8月10日。

在阐明“文品与人品兼修，内容与形式并重，大我与小我同趋于至善”[①]的纲领性观念，这个认知，虽然今日不流行，但仍不失为一种可以参考的结论。

动感情称赞刘勰和《文心雕龙》的还有作朋先生，在其《〈文心雕龙〉之分析》一文中，他认为古时社会“门户之见太深，各人抱着成见去讲话”故而“焉有正确公平的批评家出来”，然而刘勰的出现打破了这种局面，作者认为刘勰是“真有着勇气和卓见的批评家”，是“一位有法则及抗旧作风的批评家”，并认为刘勰的著作《文心雕龙》是“中国唯一批评文学的一部伟大作品”。[②] 对于该书内容，作者大体上以“文体论”与“文法论”概之，这是流行的看法了，不是该文作者的创见。

而冠一《〈文心雕龙〉之研究》一文长篇大论，除了“引言”和“结论”外，计有“内容之分析”、“刘勰之文学观”、“刘勰之文学批评观”、“文体论”、“《隐秀》篇考”、“成书之年代”、“元校者姓氏及刊本”七个部分讨论《文心雕龙》，内容比较庞杂，又多参考其他人的意见或图表。对于《文心雕龙》的内容，作者以“上篇二十五篇分论文体”、“下二十五篇则泛论原理”概之，对于“刘勰之文学观”，作者以“主自然”、“主写实”、“主创造”三端概之，对于“刘勰之文学批评观”，作者大体以《知音》篇中的论点概括为六个方面，在“文体论”一节，作者除了介绍《文心雕龙》自身的分类外，又把《文心雕龙》与《文选》的分类进行比较，而“《隐秀》篇考”、“成书之年代”、“元校者姓氏及刊本”三个部分的内容，基本上引述前人既有结论，无新的发明。但是，该文在“结论”部分，却有作者的不少的独立见解，在赞扬《文心雕龙》“包罗群籍，体大思精”之后，作者指出了《文心雕龙》若干的不足，以为《文心雕龙》本来只有上下篇而今本却分十卷，卷各五篇，作者认为这“殊无

---

① 周全璧《〈文心雕龙〉研究》，《昆华读书杂志》第 1 卷第 4 期，1934 年。

② 作朋《〈文心雕龙〉之分析》，《校风》(国立中央大学)第 226—230 期，1935 年 2 月 2 日、4 日、6 日、8 日、9 日。此文后又见 1936 年 12 月 15 日《海滨》第 11 期。

意义”。对于《辨骚》一篇的位置，作者认为刘勰处理不当，以为骚为诗之流变，而《辨骚》一篇“刘氏置于《明诗》之前，实为错谬”。对于《文心雕龙》下篇二十五篇的安排，作者意见更多，以为“次第更为凌乱”，作者举例说道：“《时序》总论其势，《才略》各论其人，二篇体例相同，自应联贯，而刘氏隔以《物色》，使之断绝，尤为不类。”对于五十篇的标题，作者也颇有意见，认为刘氏“因限于字句，致尔意义含混”。又指责刘勰文笔不分，纳文学入于经史子，以为刘氏“未识文学之指归”。且指责刘勰“阿于私好，综百家于诸子而独标宗经正纬辨骚之目”，认为“殊为非当”。作者认为六朝辨别文体已经“至为谨严”了，然而刘勰在别人辨别非常谨严的时代中居然在“书中使诸子与论说别立”，且把“对问”、“七”、“连珠”等体不纳入赋体而“别以杂文为目”，在作者看来，“封禅应入祝盟，诔与碑不当共立一目”，“论中八体，传注何能强同于论评，序引岂可与议说合辙”，其他则“若章表若奏启若议对分立”，作者认为“皆为不当”。总之，在作者看来“刘氏于文学流变尚多未清者也”，作者虽然认为“吾人执笔，正不敢轻诋前修，以矜新异”。[①] 但是，这却又不能已于言。其实郁达夫先生也责备刘勰《文心雕龙》一书混乱，郁达夫先生就以为刘勰的《文心雕龙》也不免于“失之于华，失之于不周，失之于碎乱”[②]。这些比较严厉的批评是否正确另当别论，但是与一味的颂扬相比，还是更有价值一些。

差不多具有同样意见的文章还有霍衣仙的《刘彦和评传》，该文也是长篇大论，文章介绍刘勰的文学批评成就颇为具体，文后附有《刘彦和简明年谱》。文章基本内容除了“写在篇首”的代序和“刘彦和略传”以及文末的“刘彦和简明年谱”外，有十个部分，此不一一录出。文章以客观介绍为主，偶加评论，个别地方的评论有作者的一些独到见解，作者充分赞扬刘勰及其《文心雕龙》一书的贡献，认为其书为中国文学批评“奠一巩固之基础”，更以为刘勰“卓见”多多，认为这

---

① 冠一《〈文心雕龙〉之研究》，《楚雁》第2期，1935年7月。

② 郁达夫《略举关于文艺批评的中国书籍》，《青年界》第3卷3号，1933年5月5日。

些见解“多识超千古之处”，“刘氏之伟大，诚有为后人所不能及者”。对于后人病《文心雕龙》“语多折衷，鲜所创见”，作者以“立论持平，未可厚非也”而为刘勰辩护，这似乎与郭绍虞先生的观点很不同。同时作者在文中也指出了刘勰《文心雕龙》的若干不足，认为刘勰采用广义的文学观念所形成的“文学定义”是错误的，文体次序也“颠倒错乱”，对刘勰用骈文写《文心雕龙》造成“偶辞过多”，作者认为从欣赏的角度看“既无散文之流畅，复无韵文之铿锵，未敢谬许也”，但是，作者又认为刘氏“落此窠臼”乃为“受当时风气之习染太深”故而“未能超拔耳”，于是又认为“似亦未可厚非也”。① 作者似乎在此一问题上采取了非常谨慎的态度。

客观叙述刘勰及其《文心雕龙》中的思想当然还是学界的首务，吴益曾先生的《〈文心雕龙〉中之文学观》一文似乎就比以上几篇文章更加客观一些，文章比较全面地叙述了刘勰《文心雕龙》中的“提倡自然”、“提倡真情”、“文以载道征圣宗经”、“文质并重”、“文学与自然”、“文学与时代”以及“文学的美的境界”（讲究风骨、有隐有秀、重音调等）等七个方面的文学观，然后又对刘勰的批评观作了叙述。作者在赞扬刘勰《文心雕龙》的时候，又对古代文学批评作了抨击，以为古代文学批评总体上处于“可怜的境域”中（其中专门点名批评了金圣叹的批评方式，以为那是“斤斤于字句之末”，颇为轻视），而刘勰《文心雕龙》是这“可怜的境域”中“专门论文艺稍具见解的著作”②。这“稍具见解的著作”的评语恰好处于郭绍虞先生说的“没有什么特见”和其他人评论中称的“卓见”的中间，故而这个平均值的评语显得更加具有个性，也更加谨慎。总体而言，文章中规中矩地在力求客观叙述，但这力求客观中把刘勰论文道关系归结为“文以载道”，似乎不确，“文以载道”毕竟是宋代道学家提出的观点，此前只有文以明道与文以贯道论。

---

① 霍衣仙《刘彦和评传》，《南风》第12卷第2、3期合刊，1936年5月29日。

② 吴益曾《〈文心雕龙〉中之文学观》，《进德月刊》第2卷第9期，1937年5月1日。

赞扬者各有各的赞扬理由，刘勰笃信佛教，而赞扬者中就有人因为这点而赞扬刘勰的《文心雕龙》，敞厂《〈文心雕龙〉及其作者》一文就是如此，作者用抒情笔调来写史和作评论，认为《文心雕龙》一书是激于魏晋以来文坛风气而作，故而倡导"宗经征圣"的思想而对清谈与江左文风多所批评，又认为刘勰虽"好佛"却"胸襟辽阔"、"见解不拘于一隅"，故而"成就他自身的伟大"。但作者也指出《文心雕龙》有两个缺点，一是"绝少涉及到民间文学"，二是遗落了陶渊明，在作者看来，前者是由于"当时一般风气使然"，尚属于一般的缺点，但遗落了陶渊明却是该书"最大的缺点"，作者对此惋惜之至，并推测可能是由于刘勰"厌恶江左文人因而牵连到陶渊明"。[①]

除了从佛教角度出发而肯定刘勰及其《文心雕龙》外，还有从"史"的角度来肯定《文心雕龙》的，华恩的《一部〈文心雕龙〉是中国文学批评专集》一文就是如此态度。文章首先介绍了《文心雕龙》的结构，认为上篇"详述文体"，下篇"论文章作法"，其次则用《丽辞》、《夸饰》、《神思》、《隐秀》等篇为例介绍了《文心雕龙》中的"文章作法"的情况，最后则介绍《文心雕龙》在中国文学史上的地位，以为"文之有史，始于《文心雕龙》"。[②] 这一肯定的原因在民国时期的文章中大约是独一无二的，可供今日参观。

当然，在此期也有对刘勰文学思想作专题研究的，这就是王守伟先生的《刘彦和对于文学的情感与技术底观念》一文了，作者认为文章大体上由情感与技术构成，故而以此切入去讨论刘勰对于二者的看法。文章认为刘勰的在情感与技术上的观点是：文学当以情感为主、为本；文学既要有技术而又要自然。这样来概括刘勰的整体思想基本上算是正确且准确的，但是文中也有些比附性的说法显得不伦不类，例如在引用了《文心雕龙·丽辞》篇"若无奇类，文乏异采。碌碌丽辞，则昏睡耳目"一段后，作者发挥说刘勰"反对重法则格式整齐

① 敞厂《〈文心雕龙〉及其作者》，《庸报》1938年6月14日、15日。

② 华恩《一部〈文心雕龙〉是中国文学批评专集》，《新民报》（北平）1939年10月26日。

的拟古主义”而“有所谓浪漫主义的产生”，在引用了德国叔来格尔的“古典主义好比雕刻，浪漫主义却是绘画”一句话后，进而认为“彦和可以说中国的浪漫主义者”。[①] 这样的比附确乎很难让人接受，但幸好这样的情况在文中仅此一处，所以总体说该文对刘勰的思想的诠释还是比较成功的。

《文心雕龙》是供人阅读的，为了方便大众的阅读，此期的学者也略费了心思与精力来满足这个需求，叶雾霓先生的《怎样阅读伟大的〈文心雕龙〉》和游叔有先生的《〈文心雕龙〉五十篇提要》两文就是这方面的作品。叶雾霓先生的《怎样阅读伟大的〈文心雕龙〉》一文中提出了三种读法：编目的读法，归纳的读法，比较的读法。编目的读法指的是：对全书分组然后读之，作者分为“自序”、“文学总论”、“文体论”、“修辞论”、“创作论”、“历代文学评述”、“文人杂论”七组。归纳的读法指的是：以中心术语为核心去搜集书中相关材料，例如“圆”、“中”等。比较的读法指的是：把《文心雕龙》与《文赋》、《典论·论文》等比较阅读。“编目的读法”中作者把刘勰目为“论文叙笔”的属于文体论的《诸子》篇放入了“文学总论”，而把刘勰目为“文之枢纽”属于总论的《辨骚》篇放入了“文体论”，这似乎有违刘勰的本意。总体而言，作者讲的《文心雕龙》读法还是颇便初学的，是不错的方法，也正如作者所言，该文就是为“初读《文心雕龙》的人”而另外开辟的“几个有效的读法”。[②] 而普通读者阅读《文心雕龙》，掌握每篇的要旨当然也很重要，于是游叔有先生的《〈文心雕龙〉五十篇提要》也就于每篇“抉扬精髓，略为剖析”而“公诸读者”，其为文在于方便“读者”的目的，作者已经夫子自道了。[③]

从以上叙述可知 1930 年代对刘勰和《文心雕龙》的评论与研究

---

① 王守伟《刘彦和对于文学的情感与技术底观念》，《苎萝》第 17、18 期合刊，1935 年 7 月 1 日。

② 叶雾霓《怎样阅读伟大的〈文心雕龙〉》，《西北论衡》第 5 卷第 2 期，1937 年 2 月 15 日。

③ 游叔有《〈文心雕龙〉五十篇提要》，《协大艺文》第 8 期，1938 年 6 月。

似乎更加复杂，有两极化的意见，也有中间状态的意见，但尖锐的两极之间似乎又没有明确的交锋，这是颇为奇怪的现象。

到了1940年代，除了继承前面二十年的一些评论风格外，似乎从比较的视角出发对刘勰和《文心雕龙》进行评论与研究的风气多起来了，但这种比较是中国文化内部的比较，而非中外的比较。

齐畸的文章《钟刘诗论参稽》就是在比较中评论《文心雕龙》，文章摘取钟嵘《诗品》与刘勰《文心雕龙》中论诗的文字作出简略比较，比较的结果及其相关问题作者以按语形式进行论说。在"五言诗之正式成立"的按语中，作者认为刘勰并未"疑李陵之诗"且以为五言之兴"由来已久"。对于诗之赋比兴，作者认为钟嵘主赋与比兴并用并认为"其说至精"，而认为刘勰"重兴而轻比"。[①] 中间又比较了二家对建安以下各时代诗歌诗风的评价，作者的按语则不在此处赘述，至于二人对声律的意见与看法，作者大体倾向于刘勰的声律论而不太同意钟嵘的观点，以此，作者不同意黄侃先生认为刘勰"枉道从人以期见誉"的看法而为刘勰辩护（其实1920年代同意黄侃先生这个看法的就多有人在，例如姚卿云先生就严厉批评刘勰著《声律》一篇为"枉道从人以要时誉"[②]）。从这简略比较来看，作者似乎很平衡地掌握着对钟、刘之间的评论尺度。

郑惺《〈文心〉〈诗品〉合论》一文虽然也是比较，但风格与结论和齐畸的文章不太相同，对于刘勰《文心雕龙》与钟嵘《诗品》，本文作者对其优缺点都指出若干，以为《文心》在思想方面有三个优点：一则矫正当时雕琢的文学提倡自然的文学，二则矫正当时无病呻吟的文学而提倡真实的文学，三则矫正当时因袭剽窃的文学而提倡创造的文学。而编撰方面，又有"范围广大"、"分析条理"、"态度公正"、"证据赅切"、"文辞赡丽"五个方面的优点。对于其缺点，作者以为有"定义有欠明确处"、"题目有欠系统"、"篇章有欠整齐处"、"思想有欠折

① 齐畸《钟刘诗论参稽》，《晨报》"国故"专刊第82、83、84期，1941年5月20日、27日、6月3日。

② 姚卿云《梁代之文学批评》，《艺林》(南京)第1期，1929年9月。

衷处”、“议论有欠扼要处”这五端“可议者”。对于钟嵘《诗品》，作者也同样指出其优缺点，以为优点有三：一则为“振颓风”，二则为“判品第”，三则为“多发现”。缺点有“品第不当”、“作家未备”、“溯源欠确”、“观人未审”、“体例嫌杂”、“评语含糊”、“文体未察”七端。作者所指出的优缺点大多合理，间有少数值得商榷。文末又对《文心》与《诗品》进行比较，指出二者所论“多所符合”然而“亦有相异处”，对四言诗的态度二者不同，钟嵘以为五言优于四言，用典用韵方面二者态度也不同。总之，作者认为刘勰《文心》虽“体大思精，诗文兼包”而钟嵘《诗品》“亦未可轻视也”[①]，似乎也在二者之间作了很好的平衡。

徐中玉先生的文章《〈文心雕龙〉与〈诗品〉》则认为：“刘、钟二人的不同极微，不过是从同一个地方出发的两支兵马而已。”文章分别介绍了《文心雕龙》与《诗品》，但介绍又有重心，乃以“本于情性而为文”为重心来正面介绍二书的主要内容，同时又介绍了二书对时风的批评。[②]

杨即墨先生的《太康时期之文艺批评》一文中也涉及了比较，只不过是陆机《文赋》和刘勰《文心雕龙》的关系探讨，该文“论修辞”部分主要以《文赋》为中心讨论，作者以为刘勰《文心雕龙》“实自此篇放大者也，《文心雕龙》上半部各篇，分论文章体制，出自陆机‘诗缘情而绮靡’以下一大段；下半部各篇论修辞之原理及方法，可称之曰通论，则出自陆赋其他各段”。[③] 这一认知颇有见识也颇为耐人寻味。其实杨即墨先生的这一看法并不新鲜，最早可以推到章学诚那里，近则1930年代陈柱先生也论到过，其曾说：“刘彦和《文心雕龙》，盖多从此赋演出。”[④]只是陈先生说得简略而杨即墨先生说得具体而已。

当然，不比较而评论《文心雕龙》的文章也是此期时见的，谭佛雏

① 郝悭《〈文心〉〈诗品〉合论》，《工商生活》第5期，1941年12月1日。

② 徐中玉《〈文心雕龙〉与〈诗品〉》，《时代中国》第9卷第2、3期合刊，1944年2月。该文又见1944年第2期《艺文集刊》。

③ 杨即墨《太康时期之文艺批评》，《真知学报》第2卷第2期，1942年10月。

④ 陈柱《讲陆士衡文赋自记》，《学术世界》第1卷4期，1935年9月。

先生的文章《漫谈〈文心雕龙〉》批评过去重视“萧姚所选”这些“第明体式”的纂录而不重视《文心雕龙》这样的诠释“属篇构思之道”的“评点之学”著作这种现象，故而欲为《文心雕龙》作一鼓吹。在作者看来，刘勰著作此书乃是有感于当时文风而作了一个时代的“有心人”，对其编排体例，作者有其独到见解，以为“征圣宗经正纬三篇”应该“读为一篇”，算是“经”的部分，又认为《诸子》篇应该“取置正纬下”，这样一来形成“经子骚”的格局而成为“后世义理词章之学”的根据。至于后面论文体论文用的部分，文章对其中逻辑与意旨也略加解说。作者认为如果刘勰“不以沙门终”则其对文评“所诣固不止此”。对于刘勰以骈文撰写《文心雕龙》，作者也多所辩护，以为“文之骈偶，亦何事义之足妨乎”。而对于“掇欧西衣冠加之千载古人之上”以论刘勰的今人，作者说“未敢信以为真刘氏之意也”，且认为这些论者会“澌为泯灭”而刘氏《文心》却“传之无穷”。[①] 该文虽然不是作比较研究，但却反对了随意中外比较的研究风气。

孙箬声先生《〈文心雕龙〉述要》一文写作方式独特，论断不多而自己的案语却很不少，文章客观叙说了《文心雕龙》的作书时间、全书的基本格局与篇目，对《隐秀》篇的脱落与伪补问题也引证若干材料加以论说，至于历代校本与近代注本，各有介绍与评价，如介绍张松孙的辑注本时说：“据梅黄二家，增损成书，亦不为士林所重。”评价李详的补注云：“引据多碻。”评黄侃的札记云：“所著以阐发文术为主，于刘书义蕴，多所发挥。”评范注云：“颇详密，便参考。”对于《文心雕龙》的评点之学，孙先生认为“纪氏所评，尤多得刘氏之义焉”。[②] 这些评语，多属允当，对于读者阅读《文心》颇具引导之功。

如果说孙箬声先生的文章《〈文心雕龙〉述要》对读者阅读《文心》颇有引导之功，那么朱恕之先生的《〈文心雕龙〉答客问》一文则是专门对欲阅读《文心》的青年提出的问题的回答，文中说：“课堂间学生

① 谭佛雏《漫谈〈文心雕龙〉》，《光泽校刊》第13卷第1期，1941年5月30日。

② 孙箬声《〈文心雕龙〉述要》，《民意》第1卷第7、9期，1940年12月15日、1941年2月15日。

常举题问我，所以我写此答客问。”[①]便是此种意图的昭示。此文回答了《文心雕龙》书名涵义、写作动机、书的构成、撰著时间、篇次编排等几个问题，所答皆有根有据，对于大众了解关于《文心雕龙》的基本常识有所帮助。

而俞元桂、康家乐等师生的课堂讨论记录《〈文心雕龙〉上篇分析初步》，更是直接呈现导师指导学生而学生“集体讨论”而撰述寻绎《文心》的学术工作场景，该文长篇大论，作者主要目的不是考证，而是对《文心雕龙》上篇各篇作一“初步之寻绎”。对“文之枢纽”五篇的分析中，作者以为《原道》篇所言之“道”是“远异唐宋诸家所见”，颇有识见，在分析《辨骚》篇时，以为刘勰并不把“骚”“作文体看待”而是“把它当为文章的一种摹本”。[②] 这也有其独特见识。至于对“论文叙笔”部分二十篇的分析，各位作者大体采用刘勰所谓“原始以表末，释名以章义，选文以定篇，敷理以举统”的原则且主要引用原文对各篇加以简略梳理与寻绎，使读者能够知一篇之梗概与条理。

此期对《文心》研究与评论也有颇为奇怪的文章出现，陶光《〈文心雕龙〉论》[③]一文就是如此，文章绝大部分篇幅都不在讨论《文心雕龙》，只是最后以《文心雕龙》收束全文而已，文章标题与内容如此不对称，实在让人惊讶，发表该文的《国文月刊》是严肃刊物，这就更让人惊讶了。而周吴《谈〈文心雕龙〉》一文也颇为奇异，作者以为“神思”、“风骨”、“辞采”是刘勰所认知的文章构成的“三种要素”，对“神思”的“思”字的解释为“思想”，把“神思”解释为“思想之极致”，颇为令人纳闷，但后面又引刘勰、陆机的文字诠释，似乎又回到“想象”的层面解释“神思”了。对于“风骨”，作者解释为“风情”和“文骨”，大体顺着原文释义，“辞采”的解释大体也中规中矩。但刘勰没有说过文

① 朱恕之《〈文心雕龙〉答客问》，《青年之友》(上海)第1卷第3期，1943年12月10日。

② 俞元桂、康家乐等七名师生《〈文心雕龙〉上篇分析初步》，《协大艺文》第21期，1948年2月。

③ 陶光《〈文心雕龙〉论》，《国文月刊》第1卷第10期，1941年9月16日。

章的构成是这三要素，所以作者确乎有些自作主张去诠释刘勰的《文心雕龙》。至于文中阐释的“自然”、“隐秀”、“精确”这“文章的根本要件”，刘勰确乎有那些主张，除了“自然”可以说是刘勰认为的根本要件外，其余两条恐怕需要存疑。[①] 总之，作者以意去取而裁断《文心雕龙》的思想是很明显的。

此期和前面两期有一个重要的不同点是有专著来评说与研究《文心雕龙》，这部专著就是朱恕之先生的《〈文心雕龙〉研究》。该书1945年4月初版，由南郑县立民生工厂印行。全书九十四页，其中正文八十页，共计十一章：第一章“总论”，第二章“本质论”，第三章“鉴赏论”，第四章“创作论”，第五章“批评论”，第六章“文体论”，第七章“文学史的雏形”，第八章“《文心雕龙》的两点重要申辩”，第九章“文学与时代”，第十章“《文心雕龙》的研究”，第十一章“结论”。该书章节目录的编排大体合理，惟第三章“鉴赏论”与第五章“批评论”内容性质相近，似乎可以合一。综观其书，第一章至第七章加上第九章，基本上属于“述《文心》”的范围，“述”的原则当然是尊重历史与原书，这方面该书中规中矩要言不烦，兹不多论，而其“论《文心》”的部分主要集中在第八章、第十章、第十一章，本文评述主要就其“论《文心》”部分而进行。

朱恕之先生是范文澜先生的学生，作者在书中说：“此外尚有吾师范文澜先生的《文心雕龙注》，征引繁博，注释精详，间有阐发，颇称明切，可称的起是刘氏的功臣了！”这既表明了师生关系，也赞扬了乃师的著作。而范文澜先生的老师是黄侃先生，那么朱先生赞扬黄侃先生的札记也就顺理成章，其言曰：“案：札记于《文心》颇多阐发，论多允当。”[②]理清了这层关系，那么也就可以大概知道作者此书的评论方向了。这也说明了黄侃先生在民国时期对《文心雕龙》的影响之大，不仅深刻地影响了“朴实派”对《文心》的研究，也深刻地影响到

---

① 周吴《谈〈文心雕龙〉》，《荣誉》第2期，1948年3月5日。

② 朱恕之《〈文心雕龙〉研究》，南郑县立民生工厂印行，1945年4月初版，第76页。

"议论派"对《文心》的研究，而且其再传弟子是以一本专著的形式来加入"议论派"对《文心》的研究，目前看，这也是民国时期"议论派"研究《文心》唯一的专著。作者之所以用专著来对《文心》加以研究，正是有感于学界无专著来对《文心》作系统研究，作者说《文心雕龙》虽是"一部伟大的创始的文学批评的专著"但到作者写作此书前居然"研究者没有一部专书去详讨，则实在有点太对不起我们的论文专家刘彦和先生了"，故而作者说自己"愚不自揣"而"将《文心》整个的详细的分析而归纳的加以研讨，对于这一部文学批评的专著，来写了这一册研究的专书"。[①] 同样的意思在该书"自序"中也有表达，只不过用词略有不同，对自己的这部书的研究作者自言是"整个的系统的详细的加以研讨，来写了这一部研究的专书"[②]。关于历代对《文心雕龙》的研究，朱恕之先生的书中有专章叙说，在朱先生看来，明代以前《文心》仅"得二三文士的注意，实在也太可怜了"，而明代以后"才渐渐的被人认识"，但自明代到近代，虽然对《文心雕龙》的研究"颇不乏人"，但是"详考一般的研究者，大都致力于注疏，有的漫作简单的评语，有的考证其字句，有的作一些札记"，作者虽然认为这些研究也是"重要的研讨"，但却不是对《文心》作"系统的详细的加以研究"，朱先生虽然认为"郭绍虞先生的《中国文学批评史》和吾师罗根泽先生的《中国文学批评史》"对《文心》的"论述较详"，但也还不是以专书对《文心》进行研究，所以，作者才写出此专书加以"系统的详细的加以研究"《文心》。[③] "系统"二字可以说是作者对自己研究成就的概括性描述，从整个书的情况观察，该书当得起"系统"二字。

对于《文心雕龙》本身，朱恕之先生除了"述《文心》"外，也有自己对《文心》的看法，例如关于"《文心雕龙》的篇次"的问题，作者一方面认为《文心》编次"极有条理"，但也认为确有"排次失当的地方"，作者

---

① 朱恕之《〈文心雕龙〉研究》，南郑县立民生工厂印行，1945 年 4 月初版，第 77 页。

② 朱恕之《〈文心雕龙〉研究》"自序"，南郑县立民生工厂印行，1945 年 4 月初版。

③ 朱恕之《〈文心雕龙〉研究》，南郑县立民生工厂印行，1945 年 4 月初版，第 75、77 页。

认为“排次失当”的责任不在刘勰，而是后人，作者认为刘勰的编次都在《序志》篇中作了完整交待，就是“分为上下二篇”，而后人却“再把牠分为十卷”，作者认为“那就是‘画蛇添足’了”，作者认为那是后人的责任。对于《文心》书中《时序》、《物色》、《才略》三篇的位置问题，作者认为《时序》、《才略》两篇“体例相同”是“应当连接的”，然而“中间却加入《物色》一篇”，作者认为这“显然是不伦不类”的，但是作者又认为这责任不能武断地归给刘勰，因为在作者看来“原书既经后人分为十卷，这种编排凌乱的地方，是不能尽怪彦和的”。[①] 作者对彦和可谓极尽维护之责。对于《文心雕龙》整部书，朱恕之先生用“虑周而藻密”来评价，对于刘勰，作者认为“绝对的不能称刘彦和为积极的文学革命者”而“只能称他为消极的文学革命家”，这一论断和当时的许多人均不同，这也恰如其分的反映了刘勰的实情，作者认为，称刘勰为“消极的文学革命家”无损于“彦和的声价”，认为文学革命的先驱者往往都是如此。[②]

而对于《文心雕龙》研究领域出现的《文心》是否主张“文以载道”与学界批评《文心》主张“文笔不分”两个重要问题，作者在本书中作了专章研讨而为刘勰“申辩”。在作者看来，《文心雕龙》只是主张“文原自然之道”而没有主张“文以载道”，彦和所说的“道”只是“自然之道”而非“儒家之道”。此一问题，朱先生针对的是一般的《文心》研究者“多半认为他是主张‘文以载道’的，并且认为这是他全书中最大的劣点”这个现象而发，而具体针对的则是郭绍虞先生在《中国文学批评史》一书和相关论文中对于《原道》篇中的“道”的认知，在他看来，郭先生一方面说“刘彦和之所谓‘道’诚指‘自然之道’”，“并不是申文以载道之意”，但另外一方面又说“似乎所言之道，也未尝不可以儒家一家之道解之”，“是则虽谓文以载道之说，原于《文心·原道》一篇，要亦未可厚非”，对于一般研究者和郭绍虞先生的这个论断，朱先生

① 朱恕之《〈文心雕龙〉研究》，南郑县立民生工厂印行，1945年4月初版，第12页。

② 朱恕之《〈文心雕龙〉研究》，南郑县立民生工厂印行，1945年4月初版，第79—80页。

搬出乃师范文澜先生《文心雕龙注》和祖师爷黄侃先生札记来反驳，反驳的结果当然就是彦和所说的“道”是“自然之道”了。对于一般的批评彦和者“以为他的最大的错误，就是‘文笔不分’”这个问题，朱先生是大力为刘勰辩护的，朱先生认为这种论调是“皮相之谈”，朱先生承认彦和确实主张文笔不分，但认为这正是彦和“要贯彻他的文学主张”的非常正确的选择。[①] 同样的意思在该书“自序”中也有表述而且更为直接明快：“彦和的不分文笔，一般人谓为是其大病，我则以为正当如此；不如此，彦和之文论根本就不能成立。”[②]这两个问题上的“申辩”是本书的学术性的重要体现，这才是“论《文心》”，当然“述《文心》”也是必要的，这个工作该书也用了一半多的章节去完成了。朱先生那么直接针对郭绍虞先生进行批驳，是否与郭先生曾经贬低过《文心雕龙》（“没有什么特见”）也贬低过称赞《文心雕龙》的人（“庸人”）有关，不得而知，郭先生说这话时已经是 1937 年了，离他的《中国文学批评史》上卷出版也有三年多了，从 1937 年郭先生的话去反观 1934 年郭先生的《中国文学批评史》上卷中并未给《文心雕龙》列专章讨论，似乎也可以看出某些端倪，似乎郭先生确实对《文心雕龙》没有多么的重视。

综观朱恕之先生《〈文心雕龙〉研究》一书的论说，似乎现代人指责刘勰及其《文心雕龙》的诸多方面都被朱先生的著作给反驳回去了，于是乎该书“自序”中给《文心雕龙》的“空前的伟大的文学批评的专著”定位也就成了该书最终的结论，而郭绍虞先生对《文心雕龙》以及称赞《文心雕龙》的人的贬低也就被批驳回去了。

以上大体就是 1940 年代学界对《文心雕龙》作整体性的评论与研究的一般情况，相较而言，比较的研究与研究专著的出现是此期最明显的特点。

对《文心雕龙》的整体评论与研究的基本状况至此已经叙述完

---

① 朱恕之《〈文心雕龙〉研究》，南郑县立民生工厂印行，1945 年 4 月初版，第 66—69 页。

② 朱恕之《〈文心雕龙〉研究》“自序”，南郑县立民生工厂印行，1945 年 4 月初版。

毕，那么下面就该进入对《文心雕龙》中单篇作专题评论与研究的叙说了。

对《文心雕龙·原道》篇作专题研究的文章，有田津生《读〈文心雕龙〉札记》和棠《〈文心雕龙·原道篇〉书后》这两篇。田津生先生乃国粹学派学者田北湖先生的后人，有家学渊源，其《读〈文心雕龙〉札记》文中说："本文所论，特专就《原道》篇而言，说见于他篇者，当于以后之札记论之。"似乎还会有关于其他篇的札记出来，但似乎此后未见其余札记面世，故而今天所见者唯此关于《原道》一篇的札记。该札记的目的在于因《原道》篇而为彦和所倡导的"自然主义"与"文以载道"说张目。对于彦和之"自然主义"，作者一则理解为"不假外物之藻饰，不藉意外之雕刻，纯本其天然实朴之特质"，一则理解为"一本其自然之情"。对于"文以载道"之说，田先生以为"彦和论文之所蔽……盖蔽于'文以载道'之见耳，故颜其篇曰'原道'"，以为《原道》篇之得名就源于"文以载道"的观念。[①] 田先生此处所说的"文以载道"大体上就是"文以明道"的意思，只是借用了流传更广泛的"文以载道"的词语而已。作者以抒情笔调而论昔人著作与立意，并引其"先君有言"助阵，可谓气盛言宜地诠释了舍人的思想。棠《〈文心雕龙·原道篇〉书后》一文所欲申发者主要在于该篇中的"自然"之说，作者以为中国文学批评史以《文心雕龙》为大成而《文心雕龙》主旨"要以《原道》为依归"，而《原道》一篇之主旨在于"自然"之说，作者认为刘勰提出此说乃在拨正文风，更以为刘勰所说的"自然"不仅仅是语言的自然也是情感的自然，文章以为刘勰的说法与今人的"自由的是人作文，不自由的是文作人"[②]相契合，这种诠释应该说是比较到位的。

关于《文心雕龙·明诗》篇的专题文章稍多一点，张世禄先生的《〈文心雕龙·明诗篇〉书后》[③]根据刘勰的观念观点把诗歌的历史重

---

① 田津生《读〈文心雕龙〉札记》，《黎明旬刊》第3期，1927年。

② 棠《〈文心雕龙·原道篇〉书后》，《天籁季刊》第17卷第7期，1927年11月14日。

③ 张世禄《〈文心雕龙·明诗篇〉书后》，《东南论衡》第1卷第24期，1926年11月27日。

述一遍，可谓是《明诗》篇原文的加强版。陈学东先生的《〈文心雕龙·明诗篇〉通诠》一文目的就在于“通诠”，文章“题释”部分对“诗”与“志”的关系作了考订，可算引论，在“诗之原理”中申说刘勰对诗的定义的两个方面，再次则讨论诗歌的变迁以申说刘勰“原始以表末”之意，最后则总论诗歌的体制与渊源，以四言、五言为讨论重心。综观其文，诠释《明诗》是也，主要不在发挥己说，而在诠明对象。[①] 在诠释中有自己批评意见的有两篇文章，李冰若先生《书〈文心雕龙·明诗篇〉后》一文在简叙诗歌历史后就转入对《文心雕龙·明诗篇》的评论，以为该篇“论穷要妙，平章诗囿，源流井然”，对《明诗》篇“独遗陶公”未叙说陶渊明，作者一方面认为是“沧海有遗珠”、“白璧来微瑕”，但又为此作了辩护性的解释，以为陶公文学在南朝“自为异帜独张”故而“难适众口”，并认为彦和“偶尔失检”是事实，但“若云无识”，作者就深不以为然了。[②] 而刘国庆先生《〈文心雕龙·明诗篇〉书后》一文主要意图就在于批评刘勰论诗而遗漏了陶渊明，一点不为刘勰辩护，直接说“彦和不著，窃以为失之”，并认为彦和论回文以为“兴自道原”而不知曹植《镜铭》“实回文之祖”，以为彦和“亦并失之”。[③] 刘永济《〈文心雕龙·明诗篇〉释义》则以“释义”为目的，文章引述各种典籍中的文献对该篇分段释义，或同意舍人观点，或不同意舍人观点，持论颇为圆通。例如对“诗”之三训的解释，作者颇为同意刘勰的看法，以为“尤为精约”。而对五言诗产生的时代问题，作者以为刘勰的部分论断是“习而未察，亦智者千虑之一失矣”。[④]

对《颂赞》篇的专文诠释有罗常培先生笔述的“仪征刘申叔先生遗说”之《左盦文论：文心雕龙颂赞篇》一文，该文《刘申叔遗书》中未有收录，故为可贵。刘师培先生对文体的把握感觉特别细腻，虽未对

---

① 陈学东《〈文心雕龙·明诗篇〉通诠》，《无锡国专年刊》上册，1931年5月5日。

② 李冰若《书〈文心雕龙·明诗篇〉后》，《国学丛刊》(南京)第2卷第4期，1925年10月10日。

③ 刘国庆《〈文心雕龙·明诗篇〉书后》，《东方季刊》，1926年12月。

④ 刘永济《〈文心雕龙·明诗篇〉释义》，《新中华》复刊第2卷第1期，1944年1月。

《文心雕龙·颂赞篇》句句加以疏解，但其对部分文句的疏解已经呈现了若干的独立见解，或指出彦和之说之所本，如曰“盖本于此”，或纠正刘勰的看法，文中“亦为失考”、“恐不尽然”、“彦和此言，仍囿于后世之训”[①]之类的评语即是此意，该文又归纳出颂赞二体的作法，特别强调二体的不同处。本文对文体论的研究做到了具体而微，可谓《文心》功臣。

关于《诔碑》篇，专文诠释有罗常培先生笔受的“仪征刘申叔先生遗说”之《文心雕龙诔碑篇口义》一文，文章对诔碑二体按照“源流”、“体裁”(碑类未立此项)、“《文心雕龙》诔碑篇释要”、“《文选》诔(碑)类”而进行考释研究。有史有论且有名篇作为例证(诔举八篇例文，碑举六篇例文)，可谓对二体作了非常充分的研究。就诔而言，文章对其特征特别强调“情文相生”、“缠绵凄怆”的特征，对刘勰《文心雕龙》诔碑篇中论诔的文字的释要中也纠正刘勰的部分说法。对例文的诠释中更对此体的正变之途作了很好的梳理。对碑体而言，作者强调“碑谓刻石”，以此批驳了各种论碑体的说法，以为“后世或以序文为碑，有韵文为铭；或以有韵文为碑铭，无韵或四六之文为碑，皆不知碑为刻石之义也”。在诠释刘勰《文心雕龙》诔碑篇中论碑的文字时，对彦和“其序则传”的解释非常精警，以为“碑前之序虽与传状相近，但实为二体，不可混同”，“盖谓碑序应包括事实，不宜全空……非谓直同史传也”。对于诔、碑二体之别，作者认为：“墓碑之体，显与诔殊：一则纯以死者为主，一则兼抒作者之悲。”[②]对碑体例文的诠释中，作者以蔡邕的碑文为准则以观察该体的演变，也以此为标準而评论所引其他五篇，所得结论也非常符合该体文章的历史实情。总而言之，就单篇考释而论，本篇实为佳作，有过人处，对深入认知诔碑类体裁颇有帮助。

---

① 仪征刘申叔先生遗说，罗常培笔述《左盦文论：〈文心雕龙·颂赞篇〉》，《国文月刊》第1卷第9、10期，1941年7月16日、9月16日。

② 仪征刘申叔先生遗说，罗常培笔受《文心雕龙诔碑篇口义》，《国文月刊》第36期，1945年6月。

对《史传》篇作专题研究的有傅振伦《刘彦和之史学》一文，作者本欲研究《文心雕龙》中之《史传》篇而论彦和之史学，但通篇基本上是与刘知几《史通》比观而论刘勰对刘知几的影响，故而本文既阐述了刘勰的史学思想，又阐明了刘勰对刘知几的影响。作者具体比对了十九个项目而讨论刘勰《文心雕龙》之《史传》篇对于《史通》的影响，并得出结论说："子玄之学，多导源于彦和，信不诬也。"①作者本为历史学家，以此身份而讨论二者之关系，故而重视实证性的研究。

关于《诸子》篇，有刘远昭、李志雄写的《刘勰的"诸子"》一文，该文为高中一年级学生所撰写，可能为学识所限，故而叙述多于论说，在把刘勰《文心雕龙》的《诸子》篇的内容重叙一遍后，略微归纳了"诸子"风气的趋势，以为六国以前可以"越世高谈"每人都能"另辟一个门户"故而"诸子"风气盛行，而两汉以后因为"依采前人者大多数"故而欲"另辟一个门户"者不少实际能够"另辟一个门户"却很少，所以"体势渐漫弱"起来，诸子风气没有原来盛行了。② 本文虽是高中学生所作之文，但对《文心雕龙·诸子》篇的把握还是中规中矩的。

《论说》篇有刘永济先生的《〈文心雕龙·论说篇〉述义》一文作专题述义，文章就刘勰之论而扩展讨论，把《文心雕龙·论说篇》具体而微。在作者看来，"论"体之兴废"常与学术相始终"，于是简述了该体在秦汉的历史，重心落在了六朝，而六朝论著之文，作者认为"以三学为其宗：一曰易，二曰老庄，三曰佛"，以此为纲，文章把"论"体在六朝的情况非常具体地罗列出来，且以为其中"魏晋诸家，允为高矩"。至于"说"体一面，作者强调其与纵横游谈的关系，且认为其有"上与辞赋同源，下与书疏合派"的难以"独成一家"的特征。③ 总体看文章对"论"体的"述义"很详细，对"说"及其相关体裁的"述义"较略，但无论详略，确乎对刘勰《文心雕龙·论说》篇作了很好的疏解。

---

① 傅振伦《刘彦和之史学》，《学文》第1卷第5期，1932年5月。

② 刘远昭、李志雄《刘勰的"诸子"》，《广州大中中学周刊》第50期，1933年5月8日。

③ 刘永济《〈文心雕龙·论说篇〉述义》，《国立武汉大学文哲季刊》第6卷第1号，1936年。

靳守愚《读文心雕龙神思体性风骨三篇书后》一文也属于释义性质的文章，该文多用《文心》以论《文心》而诠释《神思》、《体性》、《风骨》三篇的精义，其中从"剖情析采"一语而推论《情采》一篇"聿为下篇之枢纽"的论断颇为精警，其对《文心》各篇关系的论说也颇具会心，认为"《文心》各篇，前后相衔，每于前篇之中，预言后篇所将论之文旨"，且具体到对《神思》、《体性》、《风骨》三篇关系的讨论，认为"《神思》篇中之'情术诡杂，体变迁贸'二语，即隐示下篇将论体性，《体性》篇中之'风趣刚柔'与其赞之'志实骨髓'，即隐示下篇将论风骨"[①]，而该文也正是本此思路而诠释三篇的精义的。而陈绍伦先生的《紬绎〈文心雕龙·风骨篇〉之要旨》一文则专门针对《风骨》篇进行释义，作者云："一言以蔽之曰：'风者文意，骨者文辞。'"[②]此即该文对《文心雕龙·风骨》篇所诠释出来的要旨。

关于《情采》篇有叔荪的《读〈文心·情采篇〉后记》一文，作者对《情采》篇的意蕴把握准确，以"辞情并重谓之全，文质独取谓之偏"概括刘勰之意，更评论说"全者艺苑之鸣凤，偏者词坛之刍狗"，作者感慨谓舍人"发文章之妙谛，立翰简之宏模"，可谓彦和知音矣。[③]

关于《隐秀》篇的解读，傅庚生先生颇为自信，在其《论文学的隐与秀》一文中傅先生以为《文心雕龙》的《隐秀》篇虽有亡佚，但依据头尾也完全可以把该篇意义阐释清楚。在傅先生看来，"隐"就是"深蔚含蓄"，"'言有尽而意无穷'是它的特质，'此时无声胜有声'是它的奇致"，而"秀"在傅先生看来则是"绍美英露"，"它是凭灵感得触发，不受意识的控制，'思合而自逢，非研虑之所求'的"，在文中，傅先生引述历代诗词结合具体作品来阐述，生动形象地把"隐"与"秀"的意涵阐释得明晰辨证。作者以为"天人合，隐秀参"才是文学的最高境界，

---

① 靳守愚《读文心雕龙神思体性风骨三篇书后》，《课艺汇选》第 1 期，1940 年。

② 陈绍伦《紬绎〈文心雕龙·风骨篇〉之要旨》，《西大学报》第 1 卷第 1 期，1948 年 4 月。

③ 叔荪《读〈文心·情采篇〉后记》，《江西学刊》第 81、82 合刊，1933 年 4 月 1 日。

但“找不出代表作来”。①

《时序》篇有刘永济先生《〈文心雕龙·时序篇〉述义》一文的释义，文章就刘勰之论而扩展讨论，把《文心雕龙·时序篇》具体而微。对刘勰说文运十代而止论“辞采九变”的原因，作者解释为：“宋齐世近，作者尚多生存，又皆显贵，故舍人存而不论，非但是非难定，且亦有所避忌也。”对于彦和此篇未论武帝以前之辞人，作者认为当时“王朝虽辞人勿用，藩国则文彩足观”，故而认为此篇“于此付之阙如，似不免于疏阔”。② 对于举代而“皆不数秦”也作出具体解释，至于以尚气论建安文学，两晋文学嬗变之迹，作者亦本彦和所论而昌言之。同时，作者又把论说扩展到宋齐及其之后，讨论其文风与变迁，附录若干类书以讨论当时隶事的文风，又以史书中以“如状妙妇”来述“帝王容仪”而讨论宫体诗出现的时代原因，这些论说均非常精彩。

对于《物色》篇，朱伯庸《物观文学论者刘彦和——读〈文心雕龙·物色篇〉后》的认知颇为独特，文章批驳把《文心雕龙》之《物色》篇视为“写景文作法”的论调，认为那样则把“雕龙”以“雕虫小技”观了，是片面之论。作者以为此篇所论者乃物观说，由四时景物之不同而去“阐明文学所由发生之情况及其差异之关系者也”。作者不仅仅针对此篇而论，认为不能根据《文心雕龙》中有各文体的篇名而“而据以为某某文体之作法也”，而认为刘勰该书“实有其深远独到之寄托”，全书各篇乃欲“藉以阐明其一贯之文学观念耳”。③

而《文心》其他篇目或者未见有专文研究，或者在某书有专门探讨，或者在某文中有简单的专门论说，在某书有专门探讨者读者诸君读其书而知其义，此处不赘，某文中涉及者，本文前面部分也约略涉及，此处亦不赘述。

① 傅庚生《论文学的隐与秀》，《东方杂志》第43卷第3号，1947年2月15日。

② 刘永济《〈文心雕龙·时序篇〉述义》，《国立武汉大学文哲季刊》第5卷第4号，1936年。

③ 朱伯庸《物观文学论者刘彦和——读〈文心雕龙·物色篇〉后》，《泸江月刊》第2卷第4期，1933年10月。

三、结语

治学无非朴实与议论两途，朴实者大多是就文献整理与校勘方面进行，议论者则各驰骋其评骘，以上呈现的民国时期朴实派与议论派对《文心雕龙》的研究虽然现象众多内容庞杂，但是，细心观察，又不难从其中发现一些具有规律性的东西。

范文澜先生在《文心雕龙讲疏》“自序”中说自己“从蕲州黄季刚先生治词章之学”，潘重规先生在《读〈文心雕龙〉札记》一文中的“先师黄君所为札记”云云，徐复先生在《文心雕龙正字》一文“声律”条下云“先师黄君札记曰”，在《章句》条下云“同门潘氏重规”，金毓黻先生在《文心雕龙史传篇疏证》“叙”中云“先师蕲春黄君更撰札记，同门范君又因札记而详为之注”，刘永济先生私淑于黄侃先生执弟子礼，颜虚心先生在《文心雕龙集注》中虽未明确说自己和范文澜先生的关系，但是集注之中频繁出现“范氏曰”也说明起码是私淑仰慕关系，陈准先生在《顾黄合斠〈文心雕龙〉跋》一文中云“友人范仲沄（范文澜）”，这些词语提示的义涵非常明确，那就是民国时期对《文心雕龙》研究的朴实派，至少半壁江山的风云人物都是黄门弟子，黄侃先生俨然成为民国时期《文心雕龙》朴实整理与研究的精神领袖与导师。即使是在对《文心雕龙》进行“议论性”、“义理性”的研究的议论派中，黄侃先生的影响也不可低估，唯一的一部议论派研究《文心雕龙》的专著就出自黄门再传弟子朱恕之先生之手，其云：“吾师范文澜先生的《文心雕龙注》，征引繁博，注释精详，间有阐发，颇称明切，可称的起是刘氏的功臣了！”，可以想见范文澜先生对其影响之深。现代以来人文学科中某专业领域的研究能够成为“学”的，泰半与所谓的“科学精神”密切关联，而在人文学科中的“科学精神”往往体现为实证研究考证研究，“红学”之所以在现代成为一“学”主要靠的就是对《红楼梦》的考证，同理，“龙学”之所以能成为现代一“学”也主要靠的是对《文心雕龙》的考证性实证性研究。以此观，则朴实派的实证研究在“《文心雕龙》研究”成为“龙学”的路途上可谓居功至伟。当然，“《文心雕龙》研究”成为“龙学”的路途上既有黄门的重要贡献，也有非黄门的学者的重要贡献，修正黄派研究的过程中充满了严肃而又尖锐的批评，这又成就了朴实派对《文心雕龙》整理与研究的另一景观，二者合观，则使《文心雕龙》的研究从传统的“以余力为之”变成了现代的“专心致志为之”的学术风景，“龙学”于是乎不得不成为事实。

议论派的研究则风格多样，可谓是观念的战场与试验场，而观念上既有古今的差别又有中外的差别，新派旧派，或褒或贬，各言其说，“褒”有各种各样的理由，而“贬”亦各有各的依据，有褒《文心雕龙》为“唯一的文学批评书”者，有贬《文心雕龙》为无甚特见者，有称赞某某为“《文心》功臣”者，有贬称那些颂扬《文心雕龙》的人为“庸人”者，有以《文心雕龙》主张“原道征圣宗经”而褒赞《文心》者，亦有以《文心雕龙》主张“原道征圣宗经”而批评《文心》者，有以骈文而赞扬《文心雕龙》者，亦有以骈文而批评《文心雕龙》者，有以文笔不分而批评刘勰者，也有为刘勰文笔不分而辩护者，有因《文心雕龙》不载陶渊明而批评刘勰者，也有为《文心雕龙》不载陶渊明而辩护者，有高度赞扬《文心雕龙》为“体大思精”者，亦有只同意《文心雕龙》为“体大”而不同意《文心雕龙》为“思精”者。总之，意见纷纭而又尖锐，但却少见正面的交锋，呈现为奇怪的争论状态。

（四川大学中文系）

《文心雕龙》"道心惟微"的深层隐蔽意义解读

——对"道—圣—文"生成逻辑的再阐释

杨吉华

内容摘要：《文心雕龙》详细阐释了"道—圣—文"的生发机制。在"天—人—地"的宇宙三材结构中，"圣"而非"人"之所以成为衔接"道"与"文"的关键原因在于，主宰宇宙万物终极性根源的"道"，其存在状态表现为"道心惟微"。只有先天具有仁孝道德品行且拥有"陶铸情性"和"组织辞令"之非凡能力的"圣人"，方可在深刻体会"道心惟微"的内在精微要旨，并创新性地"自铸伟辞"，方可形成于国家政治教化、军事外交及个人修身养性有重要指导功能、垂范后世的经典"道之文"，从而成为沟通"道"与"文"的中介。如此，则《文心雕龙》"道—圣—文"的生成机制便获得了较为圆融的解释，也揭示了中国古代天人合一文化语境中面向人生的文学本质之生成、德性取向的文人要求以及"依经立义"文论言说方式之发生的必然。《文心雕龙》也因此对中国文论史上的文道关系论、文德论和文学批评模式等重要诗学问题产生了较为深刻的影响。

关键词：道心惟微；道；圣；文；经

Interpretation of the Hidden Meaning of "The Subtle and Unintelligible State of Taoism" in *Wenxin Diaolong*: Re-interpretation of the Logic of the Generation of "Tao—Sheng—Wen"

Yang Ji-hua

Abstract: *Wenxin Diaolong* explained in detail the generating principles and logic about the idea of "Taoism-Saint-Article". In the structure of the universe with "Sky-Human-Land", the key reason why the Saint has become the link between the Taoism and Article is that the Tao, that is the source of the ultimate polarity dominates everything in the universe, has a metaphysical abstraction. Its relatively concealed existence state is "the subtle and unintelligible state of Taoism". Only Saints can understand and master the secrets of Taoism, by the way of creating cultural activities, which is according to "create articles for the observation and understanding of Taoism". Because the Saint has inherent moral character and extraordinary ability in "moral character" and "writing articles". The classic articles created by the Saints have important guiding functions for the next generation in three aspects: national political order, military diplomacy and personal cultivation. Therefore, the Saint eventually became the intermediary for communicating Taoism and Article. In this way, the generation mechanism of "Taoism-Saint-Article" has obtained reasonable explanation in *Wenxin Diaolong*. At the same time, that also reveals the reasons for the three problems: the essence of literature is pointing to human life, literati should have moral requirements, and the interpretation strategy of literary theory is "according to the classics

formation meaning", in the context of the ancient Chinese culture of "the life model of harmony between man and nature". Therefore, *Wenxin Diaolong* has had a relatively profound influence for some important poetics issues, such as the relationship between Taoism and Article, the discussion of literati's morality character and literary criticism, etc., in the development of Chinese literary theory.
Keywords: The subtle and unintelligible state of Taoism; Taoism; Saint; Article; classics

《文心雕龙》"文之枢纽"部分是理解刘勰"文之用心"的重要线索,历来也是"龙学"研究的重镇。特别是在对于"道沿圣以垂文,圣因文而明道"的文之生发机制探究中,"道"与"宗经"被认为是"道—圣—文"的关键所在。由此展开的"道"之内涵指向、"宗经"的原因探究及由"经"的指涉范围而带来的对《正纬》、《辩骚》篇的争论,以及围绕"文"的概念来探究刘勰文学观念所引发的对《文心雕龙》下篇各种文体及创作方法论述的多元化理解,形成了丰硕的研究成果,对于全面理解认识《文心雕龙》的诗学价值具有重要意义。

然而,在阐释刘勰"道—圣—文"的思想认知中,为何"圣"从一出场,就对连接"道"与"文"的内在关系具有了不证自明的天然合法性这个问题,尚未引起足够重视。从《原道》、《征圣》、《宗经》、《正纬》、《辩骚》及《序志》篇出发,再辅以刘勰在论述二十余种文体及文之创作主体各方面问题提出的具体观点来看,可以发现,"道心惟微"是"道—圣—文"生发机制的主导因素。统筹《文心雕龙》全篇的"道",其存在的根本状态是"道心惟微"。在中国古代"天—人—地"三材共存的宇宙生成论中,形而上的"道"始终以"道心惟微"的隐蔽方式存在着,在"唯人参之"的人文展开中,只有具有创始性的"著者",也就是"圣",方可真正体悟"道"之所在,并通过"文"的方式将秘而不宣的"道"呈现出来,如此,则"原道心而敷章"的《易》、《书》、《诗》、《礼》、《春秋》才从存在论源头上获得了"经"的崇高地位。在"去圣久远,文体解散,辞人爱奇,言贵浮诡,饰羽尚画,文绣鞶帨,离本弥甚,将遂讹滥”(《序志》)的“文”之创作现实中,返回“明道垂文”的“圣”之创作追求,便必然需要对“文”的创作主体及其创作产品,也就是作者和作品展开深入系统的全面探究,这也就是《文心雕龙》“文之枢纽”与“纲领”、“毛目”布局谋篇的内在思想理路所在。

一、唯人参之:文的发生与面向人生的文学本质

《原道》篇是《文心雕龙》整个思想体系的逻辑起点。全书一开篇,便将“文”置于“天、地、人”三材并存的宇宙世界中,成为宇宙万物自我存在的表现形式以及“人”感知世界并使自我成为“天地之心”的媒介所在。

天地并生之初,“文”便同时产生了。“日月叠璧”的“天文”和“山川焕绮”的“地文”是天地得以存在的具体形象。在“天、地、人”三材并存的宇宙中,万物皆通过“文”的具象表现得以在世界之中展现:龙凤之藻绘、虎豹之炳蔚、云霞之雕色、草木之贲华、林籁之结响、泉石之激韵。这些“行文”、“声文”乃是伴随着宇宙万物与生俱来的一种自我持存状态,也是宇宙自发生成之“道”的表现。作为“五行之秀”的“人”在“天”、“地”之中存在,之所以能够成为“天地之心”的关键原因则在于“唯人参之”。因为,宇宙万物万物这些“无识之器”与生俱来便表现出来的“天文”、“地文”、“行文”与“声文”所谓的“郁然有彩”的审美认知与判断,乃是对于“人”而言的。也就是说,通过人这个生命体“心”的意识活动,“文”才进入了人的审美视域,并成为人“仰观吐曜,俯察含章”的审美对象。在“天—人—地”三材并存的宇宙中,宇宙万物之“文”自然地映现于人心,触发人心之感,人本能地通过语言将心之所感呈现出来,也就将“文”有效地呈现了出来,于是,“文”便沿着“天地→心生→言立→文明”的轨迹自然地产生了,人也就是在此意义上才成为了“天地之心”。

从中可以清晰地看出,《原道》篇的宇宙生存论,是承《周易》而来的。阴阳二气化生万物的那个形而上的“生生之道”,是宇宙万物看似自然并且与生俱来的“天文”、“地文”、“行文”与“声文”得以持存的

根本性原因所在。这个宇宙万物终极性根源所在的“道”，其形而上的抽象性存在状态，也就是刘勰说的“道心惟微”。而宇宙万物之“文”所谓的“郁然有彩”，则是百姓日用而不知的“道”之形而下的具体表现。如此，则《原道》篇便在“道→心→言→文”的思想理路中，从存在论意义上为“文”的合法性存在提供了一个本体论的源始依据，也使“道—圣—文”的生发机制，获得了较为合理的解释。然而，也正是由于“道心惟微”的隐蔽性存在状态，虽然刘勰在篇末总结时已经指出“道心惟微，神理设教。光采玄圣，炳耀仁孝。龙图献体，龟书呈貌。天文斯观，民胥以效”(《原道》)的“人文”创造过程，人们还是容易忽略一个问题，即：在“道→心→言→文”过程中形成的“道—圣—文”的生发机制，连接“道”与“文”的为何是“圣”，而不是一般意义上“有心之器”的“人”，不是“道—人—文”的生发机制。同时，刘勰在《征圣》篇一开始就定义的“夫作者曰圣”这个用心，也未引起足够重视。因此，除了对贯穿全书的核心概念“道”与“文”本身的内涵进行深度探究外，有必要对“道心惟微”这个问题进行深入探究，这对于深入理解《文心雕龙》内在思想理路有着不容忽视的作用。

《文心雕龙》是刘勰在“圣人垂梦”之后的“织梦成书”，其“文之用心”在《序志》篇中说的非常明确。一方面，从刘勰本人而言，如孔子那样“敷赞圣旨，立言不朽”是他著述此书的重要原因之一：“岁月飘忽，性灵不居，腾声飞实，制作而已。夫人肖貌天地，禀性五才，拟耳目于日月，方声气乎风雷，其超出万物，亦已灵矣。形同草木之脆，名逾金石之坚，是以君子处世，树德建言，岂好辩哉？不得已也！”(《序志》)这种思想不仅在《序志》篇中存在，在《诸子》篇中也有过类似表达：“太上立德，其次立言。……君子之处世，疾名德之不章。唯英才特达，则炳曜垂文，腾其姓氏，悬诸日月焉”，“嗟夫！身与时舛，志共道申，标心于万古之上，而送怀于千载之下，金石靡矣，声其销乎”。从中可以看出，刘勰对孔子的崇敬之情及渴望如孔子那样通过著书立说以实现自己人生不朽价值的追求与渴望。另一方面，在《序志》等诸多篇章中，刘勰都表现出自己“于是搦笔和墨，乃始论文”的原因在于对“去圣久远，文坛讹滥”现实的不满。如《乐府》篇曰：“雅声浸微，溺声腾沸”，“俗听飞驰，职竞新异，雅詠温恭，必欠伸鱼睨；奇辞切至，则拊髀雀跃；诗声俱郑，自此阶矣”等，因此，矫正魏晋时代“离本弥甚”的文学，是刘勰著述此书的另一个重要目的所在。这就不难理解，对于非探究形而上哲学问题的《文心雕龙》而言，对于“道”之存在状态的“道心惟微”这个关键问题，在指出其现象之后，并未对此问题展开深入系统论述。

全书提到“道心惟微”的仅有三次。《原道》篇提到两次。第一次是在论述“人文”的创作过程中：“爰自风姓，暨于孔氏，玄圣创典，素王述训，莫不原道心以敷章，研神理而设教，取象乎《河》、《洛》，问数乎蓍龟，观天文以极变，察人文以成化；然后能经纬区宇，弥纶彝宪，发挥事业，彪炳辞义。”第二次是在文末的总结中：“赞曰：道心惟微，神理设教。光采元圣，炳耀仁孝。龙图献体，龟书呈貌。天文斯观，民胥以效。”在《宗经》篇中再次提到：“然而道心惟微，圣谟卓绝，墙宇重峻，而吐纳自深。”在刘勰之前，《荀子·解蔽》中较早出现了“道心之微”的说法：“《道经》曰：‘人心之危，道心之微。’危微之几，惟明君子而后能知之。故人心譬如槃水，正错而勿动，则湛浊在下，而清明在上，则足以见须眉而察理矣。微风过之，湛浊动乎下，清明乱于上，则不可以得大形之正也。心亦如是。”在这里，“道心”主要是指“清明在上”，能够“足以见须眉而察理”的那部分人心，与后来朱熹所谓的“道心”类似：“只是这一个心，知觉从耳目之欲上去，便是人心；知觉从义理上去，便是道心。”[①]此外，《尚书·大禹谟》中也出现了“人心惟危，道心惟微；惟精惟一，允执厥中”的说法，同样指出了道之心微而难明的特点。这里的“道心”，应与《周易》中的“生生之道”类似，乃是指隐藏在天地万物之中的终极性根源所在。刘勰《文心雕龙》中的“道”，则历来充满了争议，有儒道说、佛道说、自然之道说、儒道并存说、自然之道与儒道并存说、《易》道说等等。立足于《原道》、《宗经》

① 黎靖德编《朱子语类》，中华书局，1986年，第2009页。

篇中出现“道心惟微”的上下文语境，考之刘勰前的“道心之微”思想及魏晋玄学的影响，刘勰笔下的“道心”，应是承《周易》而来的阴阳二气化生万物的“生生之道”。这个“道”，是宇宙万物产生的终极性根源，是“天—人—地”宇宙三材中一切“无识之器”产生“天文”、“地文”、“行文”和“声文”的主宰所在，也是“有心之器”的人得以“观天文以察时变，观人文以化成天下”的依据所在。

刘勰对“人文”创造过程的详细阐释：“人文之元，肇自太极，幽赞神明，《易》象惟先。庖牺画其始，仲尼翼其终。而《乾》、《坤》两位，独制《文言》。言之文也，天地之心哉！若乃《河图》孕乎八卦，《洛书》韫乎九畴，玉版金镂之实，丹文绿牒之华，谁其尸之？亦神理而已”（《原道》），与“爰自风姓，暨于孔氏，玄圣创典，素王述训，莫不原道心以敷章，研神理而设教，取象乎《河》、《洛》，问数乎蓍龟，观天文以极变，察人文以成化”（《原道》）的事实陈述是高度统一的，与《正纬》篇中的“夫神道阐幽，天命微显，马龙出而大易兴，神龟见而洪范耀。故系辞称河出图，洛出书，圣人则之，斯之谓也”的说法也是高度统一的。这些论述共同传递了一个“人文”产生发展的创造轨迹就是：“道心（神理、神道）→“河图”、“洛书”→圣人→文”，这是对“道—圣—文”生成机制的进一步详细阐释。此外，从《文心雕龙》语言的对举而言，“原道心以敷章，研神理而设教”、“道心惟微，神埋设教”的表达，以及“谁其尸之，神理而已”的自问自答和“神道阐幽，天命微显”的现象描述中可以推知，“道心”与“神理”具有互训之意，他们都是形而上的抽象性存在。“道心惟微”就是这种抽象性存在状态的概括，所以，在“道→心→言→文”的生成机制过程中，并不是所有人都可以真正认知体悟到这个高度抽象性的“道”之存在的。“道心惟微，圣谟卓绝”（《宗经》），只有如伏羲、周文王、周公旦、孔子等这样的“圣人”，才能探微稽隐到对普通人而言具有神秘色彩的“河图”、“洛书”这些天道之“文”中所隐含的那些精微旨意，也就是“道心”、“神理”，并由此在“原道心以敷章”的“人文”创造过程中，成就“写天地之辉光，晓生民之耳目”的“文”，这就是“道—圣—文”内在逻辑得以成立的真正原因。而《原道》篇最后“道心惟微，神理设教。光采元圣，炳耀仁孝。龙图献体，龟书呈貌。天文斯观，民胥以效”的总结，也就把“圣人”创造的“文”之所以成为“经”的原因说得十分清楚，并且为《征圣》和《宗经》篇的出场做好了充分准备，这也是《文心雕龙》后文又分别从“论文叙笔”与创作主体角度具体阐释“师乎圣”与“宗于经”的内在思想理路的出发点。因此，奠定《文心雕龙》全篇“道沿圣以垂文，圣因文而明道”重要指导思想的隐蔽性秘密就在于“道心惟微”。

由此，《原道》篇为“文”的发生提供了一个内在论证思路较为缜密的合理解释。同时，在“道—圣—文”的生成机制中，刘勰指出，天、地、人、文四者同时出现在宇宙之中，“唯人参之”是自然界的“道之文”得以彰显并成为人间社会“道之文”得以建构的生命性力量源泉，伏羲有感于河图洛书而创制八卦，孔子专为《乾》、《坤》二卦制作《文言》，开启了自然界“道之文”向人间社会“道之文”的创作。这样一来，在刘勰“文之用心”的驱使下，在为“文”的产生提供了存在论的合理性依据后，对于“道沿圣以垂文，圣因文而明道”的内在逻辑关系阐释重点，便转移到了“文”对“道”所具有的价值彰显功能上来，对“道”的关注也便从“自然之道”转移到了面向人间社会的“人文之道”上来，这是中国古代天人合一文化特点带来的必然结果。《文心雕龙》关注的重点是人间社会，尤其是在“去圣久远，离本弥甚”的时代里，普通“人”如何向“圣人”那样观察宇宙天地万物变化之规律，领悟“道心惟微”的内在精微要妙所在，则之以成文之教化功能。这就为后来主导中国古代文论的“文以载道”论提供了历史文论依据。如纪昀说：“文原于道，明其本然，文以载道，明其当然。”[①]后世学者则对《文心雕龙》所隐含的“文”所载之“道”进行了不同角度的探究，如，黄侃说：“今曰文以载道，则未知所载者即此万物之所由然乎？抑别有所谓一家之道乎？——夫堪舆之内，号物之数曰万，其条理纷纭，人鬄

① 《纪晓岚评文心雕龙》，江苏广陵古籍刻印社，1998 年，第 21 页。

蚕丝，犹将不足仿佛，今置一理以为道，而曰文非此不可作，非独昧于语言之本，其亦胶滞而罕通矣。”[①]刘永济说：“学者所深思明辨者也。大而天地山川，小而禽鱼草木，精而人纪物序，粗而花落鸟啼，各有节文，不相凌杂，皆自然之文也。文家或写人情，或模物态，或析义理，或记古今，凡具伦次，或加藻饰，阅之动情，诵之益智，亦皆自然之文也。文学封域，此为最大。”[②]这些论述表明，用“文以载道”，尤其是将“道”规范在儒家之道内，将“文”简单视为“道”的工具（尽管我们并不否认，《文心雕龙》确实受到儒家思想极深的影响），与刘勰最初的论文主旨是有所出入的。在“天文”、“地文”、“形文”、“声文”与“人文”并存的世界里，“唯人参之”是一切“无识之物”的宇宙自然万物面向人获得存在意义的决定性因素，没有“人”的存在，“文”的意义及“道”的彰显将无从谈起。因此，无论这个“道”是自然之道、儒家之道、佛家之道，还是各家之道并存等，面向人，面向人在“天—人—地”宇宙结构中生动活泼的日常生活及其存在，才是“文”，包括文学得以存在的意义所在。《文心雕龙》其后对“圣人”、“宗经”、“正纬”、“辩骚”的阐释，以及“纲领”、“毛目”中对各种文体的具体阐释、对创作主体各方面要求的阐释，等等，莫不落脚到依照“自然之道”而建构的人间社会里进行论述，便是“唯人参之”的结果使然。从这个角度上说，从《文心雕龙》而来的纯粹意义上“文学”及其相关理论的探究，以及中国文学创作的实践都反复证明，无论我们在理论上如何抽演“文学”，面向人生，始终是文学得以存在并获得意义的重要依据，这是“人文”得以持存的土壤，也是中国文化，包括中国文学，从一开始就具有突出生命性的原因所在。因此，《原道》篇不仅阐释了“道心惟微”存在状态下，“文”的发生，而且还揭示了具有高度抽象性之“道”主宰下的宇宙万物及人间社会“人文之道”的创造过程及人的生命性活动这个关键性因素所导致的面向生命的文学本质所在。

---

① 黄侃《文心雕龙札记》，上海古籍出版社，2000年，第6页。

② 刘永济《文心雕龙校释》，中华书局，2007年，第4页。

二、明道垂文：道的显现与德性取向的文人要求

“道心惟微”的存在状态，使得天生就具有“妙极生知，睿哲惟宰”能力的“圣人”能够在“鉴周日月”中“妙极机神”，真正体悟“道心惟微”的内在要旨，成为沟通“道—圣—文”的关键。因此，“道沿圣以垂文，圣因文而明道”说明，圣人的意义就在于“明道”和“垂文”，他们也是“人文之道”的创始者。

《征圣》一开始就对“圣”进行了定义：“夫作者曰圣，述者曰明。”从字的本意出发，“作，起也”（许慎《说文解字》），可以推知，刘勰这里的“作”，具有起始，生发之义。因此，“圣人”之所以是“圣人”，主要就在于其“前始未有”的“创始者”这个身份特点。这种观点也可以在其他文献中得到再次明证。如，王充《论衡·卷二十九·对作篇》曰：“造端更为，前始未有，若苍领作书……《易》言伏羲作八卦，伏羲造之，故曰作也。”刘勰之后的朱熹也说：“作，则创始也。故作非圣人不能”（《论语集注》）。而“述，循也”（许慎《说文解字》），也就是循旧而申以明之的意思，是对圣人之“作”进行研究、训辨其义，以至明其道，并作继承性的传述活动。颜师古在注《汉书·礼乐志》时也对“作”与“述”进行区别道：“作，谓有所兴造也”；“述，谓明辨其义而循行也”。从刘勰对“人文”创造过程的论述来看，他对“作”与“述”是进行了有意识的区分的，同时也就是对“圣人”之为“圣人”进行了潜在的规定。他把伏羲、文王、周公作为创作“人文”的“圣人”，不但符合事实，也符合他对“作者曰圣”的定义。至于孔子，其制《文言》的人文活动，严格说来，应是归于“述者”行列的，孔子自己也称自己是“述而不作”（《论语·述而》），只是孔子的学生将孔子尊为“圣人”。刘勰“爰自风姓，暨於孔氏，玄圣创典，素王述训”（《原道》）的论述里，也表明了这点。他将孔子称为“素王”，主要是从典章制度的制作角度来配合“述”的使用说明孔子身份特点的，这也是符合中国古代礼制实际情况的。因为，在中国古代社会，“非天子不议礼，不制度，不考文”（《中庸》），孔子深明礼制，表明自己只是“述”，而不能称为“作”，因此刘勰此论

是极为妥当的。刘勰在其他时候将孔子推入“圣人”行列，则主要是从文章写作的角度而言的，所谓“腾声飞实，制作而已”(《序志》)，重在指孔子以独立的创作者身份著书立言并向“圣人”一样对人间社会产生了较为深远的影响：“百龄影徂，千载心在。”(《征圣》)这一方面是刘勰对孔子的高度崇敬之情使然，这在《序志》篇的“圣人垂梦”中已经得到明证，另一方面也是符合孔子在春秋时代就被其弟子及时人尊为“圣人”的历史事实的。如：《论语·子罕》曰：“太宰问于子贡曰：‘夫子圣者与？何其多能也？’子贡曰：‘固天纵之将圣，又多能也。’”后《孟子·公孙丑上》又载子贡曰：“学不厌，智也；教不倦，仁也。仁且智，夫子既圣矣。”孟子也说：“可以仕则仕，可以止则止，可以久则久，可以速则速，孔子也。皆古圣人也。吾未能有行焉，乃所愿，则学孔子也。”

在对“圣人”概念进行界定之后，刘勰接着指出，“圣人”之所以先天拥有超出常人的“创始”能力，其原因在于“圣人”先天地拥有两种非凡的能力：一为“陶铸情性”；二为“组织辞令”。“陶铸性情，功在上哲”(《征圣》)即表明了“圣人”的伟大功绩乃在于能够陶冶普通民众的性灵情操。联系《原道》篇对圣人仁孝德行“光采玄圣，炳耀仁孝”的阐释，这并不难理解。圣人因为由于先天具有了仁孝的道德品行而能够在“原道心而敷章，研神理而设教”的过程中，通过自己高尚的道德情操与思想情感来实现教化民众的作用。进而言之，“圣人”高尚的道德情操与思想情感，包括他们对“道心惟微”的体认，则主要是依靠其组织辞令的能力而将其呈现在圣人之文中，从而为人们所知晓并接受：“重以公旦多材，振其徽烈，制《诗》缉《颂》，斧藻群言”(《原道》)，“至夫子继圣，独秀前哲，镕钧六经，必金声而玉振；雕琢情性，组织辞令，木铎起而千里应，席珍流而万世响，写天地之辉光，晓生民之耳目矣”(《原道》)。由此，则“圣人”通过组织辞令表达的性情之美，就具体表现为《五经》的“六义”之美：“一则情深而不诡，二则风清而不杂，三则事信而不诞，四则义贞而不回，五则体约而不芜，六则文丽而不淫。”(《宗经》)如此之“文”，乃“圣人”通过文辞所“作”，传递出了“道心惟微”的精微要义，方可为“经”，也才能有效承载“圣人”之“陶铸性情”旨归所在：“义既挺乎性情，辞亦匠於文理；故能开学养正，昭明有融。”(《宗经》)由是，也就奠定了“宗经”的合理性与必然性。这种对“圣人”的思想认知，与刘勰之前人们的认知也是一脉相承的。如，汉初董仲舒在《春秋繁露·重政第十三》中就曾说道：“惟圣人能属万物于一，而系之元也，终不及本所从来而承之，不能遂其功。”在《春秋繁露·官制象天第十四》中，董仲舒又进一步说道：“尽人之变，合之天，唯圣人者能之，所以立王事也。”这就说明，面对“道心惟微”的世界存在，只有圣人才能穷尽宇宙万物及人间社会的变化，并能与“道心”相契合，从而将“天—人—地”三材有机地统一起来，成就一个生生不息的永恒存在。因此，由于“道心惟微”的存在状态，对于普通的常人而言，体悟那个形而上的终极之“道”的可行性路径就是“宗经→见圣→窥道”。

这不但为“征圣”提供了进一步解释，而且还就如何“征圣”提供了具体可操作的路径：“情”与“辞”。也就是说，“情”与“辞”是“圣人”“明道”“垂文”的手段。在“去圣久远，文本弥甚”的时代，只有通过圣人之的言辞，方可窥见圣人之情，并由此体悟圣人之情，从而参悟“道”之所在。因此，“道—圣—文”的生发机制里，内在地蕴含着“道—圣—文(情、辞)”的内在思路，这应是《征圣》篇提出“情见乎辞”这一重要命题的重要原因所在。由此，刘勰才提出了“志足言文”、“情信辞巧”与“正言精义”三个命题，作为对“文”之情志与语言两个方面的基本要求。而这三个命题，又与“圣人之文”在人间社会的重要性，即“政化贵文”、“事绩贵文”与“修身贵文”的重要功能紧密联系，故不可不重视：“先王声教，布在方册；夫子风采，溢于格言。是以远称唐世，则焕乎为盛；近褒周代，则郁哉可从：此政化贵文之征也”(《征圣》)，此是从国家政治教化层面言“文”的重要性：先王之声威教化及孔子的思想光辉都是借助于典籍、格言而传于后世的，唐尧、西周的灿烂文化也都是“文”的表征，故国家政治教化须以“文”为贵。“郑伯入陈，以文辞为功；宋置折俎，以多文举礼：此事绩贵文之征也”(《征圣》),这是以从国家外交事务和军国大事层面需要文采横溢的辞令支撑角度来说明“文”的重要性。“褒美子产,则云‘言以足志,文以足言’;泛论君子,则云‘情欲信,辞欲巧’:此修身贵文之征也”(《征圣》),这是引用孔子褒奖扬子之例,强调德才兼备的君子不但应具有良好的道德修养,还应具有较高的文辞修养,以此说明“文”对于个人修身养性的重要性。因此,“圣人之文”,于国而言有益于政治教化;于人而言,能够成就不朽大业;于己而言,亦可修身明德。由此,“道—圣—文”的内在生成机制中,“圣人”之“文”成为“道”的显现,再次得到充分论证。

从刘勰对“圣”的定义及他对圣人谱系从伏羲、文王、周公,乃至孔子的追述、对圣人的独特才能认知以及“圣人之文”的重要性阐释可以看出,在刘勰这里,“圣人”不但是生而知之者,其聪明才智与其对人间社会的影响力乃常人所无法企及,而且“圣人”已经成为了一个高度道德化的人格主体存在了。在“去圣久远”的现实社会中,尤其是面对魏晋“文人无行”的现状,刘勰“道—圣—文”的内在思想理路里,也潜藏着他对“圣人”之后的文人德性取向的强烈渴望和对理想文人的追求。这在《诸子》、《程器》等篇中体现得较为明显。

因为,在“道—圣—文”的结构中,“文”并不是后世意义上的纯文学概念,所谓“圣贤书辞,总称文章,非采而何”(《情采》),举凡一切包括历史、政治、伦理、文学作品在内的“圣贤书辞”,皆是“文”的范畴。而刘勰所谓的“文人”,也就不只是纯文学创作者了,而是包括了《程器》篇所谓的一切“贵器用而兼文采”的“梓材之士”。魏晋六朝时期,“文人无行”成为一种普遍的社会现象,曹丕在《典论·论文》中列举了“文人相轻”、“贵远贱近”、“向声背实”等“文人无行”的具体表现,并提出“古今文人,类不护细行”的判断,得到了大多数人的认可。刘勰《程器》篇则在遍举十六位文人品行上确实存在的瑕疵外,又列举了七位在品德上同样有瑕疵的古代将相,并与六位如“屈贾之忠贞”、“邹枚之机觉”等具有美德的文人例子来对比说明,并非所有的文人都无行的。“圣人”之外的“文人”,也有如屈、贾、邹、枚、黄、徐等那样既有品德高尚，又有文采斐然的人。因此，作为理想文人的“梓材之士”，可以通过“师乎圣”的方式，以“士之登庸，以成务为用”的思想为指导，内外兼修，“蓄素以弸中，散采以彪外，楩柟其质，豫章其干。摛文必在纬军国，负重必在任栋梁，穷则独善以垂文，达则奉时以骋绩”，如此就能“瞻彼前修，有懿文德”。（《程器》）这些论述与“文以行立，行以文传”（《宗经》）、“立诚在肃，修辞必甘”（《祝盟》）、“曾是莠言，有亏德音”（《谐隐》）及“立德何隐？含道必授”（《诸子》）、“君子处世，树德建言”（《序志》）等，都在反复强调文人之“德”对于“言”的重要性。其实，“德”作为人可见的美好品德称谓，从一开始产生的时候就与“文”的内在含义具有了内在联系，这与刘勰《原道》篇中在“天—人—地”三材中来阐释“文”的思想也是一致的。如，《诗经·周颂·维天之命》中说“文王之德之纯”，《国语·鲁语上》中说“文王以文昭”等。在这些褒扬中，能够用“文”来指称的人，即是有“德”（包括个人品德、政治道德或文德）之人。《逸周书·谥法解》中也说：“经纬天地曰文，道德博厚曰文，勤学好问曰文，慈惠爱民曰文，愍民惠礼曰文，赐民爵位曰文。”因此，从《周易·小蓄》“君子以懿文德”开始，到《礼记·表记》“君子耻有辞而无其德，有其德而无其行”及孔子“有德者必有言，有言者不必有德”（《论语·宪问》）等，再到刘勰“道—圣—文”的思路里，无论是从“文”的发生看它落实到人的具体行动中先天具有的德性倾向看，还是从扭转魏晋“文人无行”的现实需要看，以及“圣人”在连接“道”与“文”过程中个人品德和文德上的表率作用看，“道—圣—文”的生发机制，从一开始就对文人的德性取向要求进行了潜在规定。刘勰之后，唐宋时期古文运动家再次强调“立行”先于“立言”等的鲜明重视文人道德倾向的论述，以至清代章学诚《文史通义》中专设《文德》、《史德》篇论述对文人道德取向的要求等，与刘勰的论述乃是一脉相承而来，对中国古代文学创作及文学评论产生了深刻影响。

“圣人”作为一种先天具有独特能力的道德人格，能够洞晓“道心惟微”的“道”之奥妙所在。因此，“师乎圣”，一方面向圣人学习，不断完善自我道德人格修养，另一方面，以圣人所创作的文本为体道、悟道的经典之作并作为后世文人的文体范式，也就是“论文必征于圣，窥圣必宗于经”便成了我们的必然选择。

三、正本归末：文的示范与依经立义的言说方式

由于“道心惟微”的存在，在“道—圣—文”的生发机制中，能够真正体现隐藏在“天—人—地”三材宇宙结构其后生生之道的“文”，乃“文章奥府”和“群言之祖”，也就是“经”，是谓：“三极彝训，其书言经”。按照刘勰的论述，在“去圣久远”的历史变迁中，虽然每个时代都有“文”出现并流传下来，但非“圣人”所作的当世之文，“往往间出，并未能振叶以寻根，观澜而索源。不述先哲之诰，无益后生之虑”（《序志》），“是以楚艳汉侈，流弊不还，正末归本，不其懿欤”（《宗经》）。因此，从“文”的重要性与规范性而言，为了在溯源追本中正本归末，就必须返回圣人所作之文，也就是返回“五经”中体悟先哲精义：“故论说辞序，则《易》统其首；诏策章奏，则《书》发其源；赋颂歌赞，则《诗》立其本；铭诔箴祝，则《礼》总其端；纪传铭檄，则《春秋》为根：并穷高以树表，极远以启疆，所以百家腾跃，终入环内者也。”（《宗经》）。包括“逮至七国力政，俊蜂起”（《诸子》）的诸子百家时代，虽然出现了中国文化史上百家争鸣的局面，但在刘勰看来，百家之说“繁辞虽积，而本体易总，述道言治，枝条五经”（《诸子》），诸子百家依然还是通过“还宗经诰”（《通变》）的方式向“开辟草昧”的中国文化起源之始探询并作文的。

刘勰在这里提到的五大类二十种文体，基本上囊括了《文心雕龙》后文“论文叙笔”的绝大多数文体，并且从“文”的历史发展角度高度概括梳理了各种文体的源流所在，这就从本体论角度为“夫文章者，源出五经”（《颜氏家训·文章》）提供了历史性合理依据。如，《明诗》篇述“春秋”以前的诗歌和上古有关帝王政绩的歌谣，《乐府》篇着重论述民间乐府歌辞，《诠赋》篇叙述西周前期的政治活动，《颂赞》篇记载“自商已下，文理充备”的歌颂所在，《祝盟》篇重在备述“祝”之祭

祀仪式,《铭箴》篇记录夏商周"铭"类、"箴"类之文,《诔碑》篇记有"上古帝皇"与"周穆纪迹"各类"碑"文情况,《哀吊》篇备述上古吊的礼仪与神的往临应验之事迹。"叙事如传,结言摹体"(《哀吊》),从历史发展来看,以上这些篇章乃为从"言"到"诗"的过渡,故《杂文》与《谐隐》两篇归于"论文叙笔"中"结言摹诗"的最后,因而没有对上古事件的记录。"叙事如传"的开篇《史传》篇追溯三代史籍,《诸子》篇所述皆为周代圣贤之文,《论说》篇论述自孔子起产生"论"的名目与三代人物所作之"说",《诏策》篇追溯自轩辕唐虞到三代"诏"的文体变化,《檄移》篇论述后起之"策"与"移",《封禅》篇亦有"逛德高岳"通神之论,《章表》篇叙章表之历史渊源,《奏启》篇释"奏"、"启"之义,《议对》篇得三代以前"对"类之事而不得"议"类,《书记》篇追溯符、契、券、刺、谚等文体之渊源。由此可见,由圣人所作的《诗》、《书》、《礼》、《易》、《春秋》"五经"涉及到了中国古代文化的各个方面,具有高度的典范性,体现着"恒久之至道,不刊之鸿教也"(《宗经》),再次印证由"道—圣—文"流出的"经",具有"正本归末"的重要参考价值及意义,必然是"文"之创作的最高标准,这就一方面在强调"文"的政治教化作用的实用功能的同时,也更加注意了对各种文体自身艺术范式与艺术品格的追求,而这也正是刘勰"文的自觉"时代在文论领域的必然投射。因此,对于魏晋之前对"文"的创作重要影响的纬书和骚体,刘勰有必要进行专门辨析。

首先,由于"道心惟微",且"去圣久远",故对于"圣人"依据具有神秘色彩的河图洛书所创造的纬书,有必要进行一番辩证性思考:"夫神道阐幽,天命微显,马龙出而大易兴,神龟现而洪范耀。故《系辞》称河出图,洛出书,圣人则之,斯之谓也。但世敻文隐,好生矫诞,真虽存矣,伪亦凭焉。"(《正纬》)也就是说,面对"以纬乱经"的情况,刘勰指出了纬书可能存在的"四伪":"今经正纬奇,倍摘千里,其伪一矣……圣训宜广,神教宜约,而今纬多于经,神理更繁,其伪二矣。有命自天,乃称符谶,而八十一篇皆托于孔子,则是尧造绿图,昌制丹书,其伪三矣。商周以前,图策频见,春秋之末,群经方备,先纬后经,体乖织综，其伪四矣。”（《正纬》）在刘勰看来，这些纬书“事丰奇伟，辞富膏腴，无益经典，而有助文章。是以后来辞人，采摭英华”（《正纬》），这应是造成近世“辞人爱奇，言贵浮诡，饰羽尚画，文绣鞶帨，离本弥甚，将遂讹滥”（《序志》）的一个重要原因之一，因此，纠正经、书不分，辨析附在图谶之上的伪造谶纬，使纬书的性质和功能得到正确的认知，重在酌取纬书辞采之华对于丰富“文”之创作素材与开启创作主体浪漫文思的作用，是“正纬”的目的和意义所在，也就是《正纬》篇末“赞语”所云“芟夷谲诡，采其雕蔚”。可见，《正纬》的出发点和落脚点依然是在“道心惟微”的存在状态下，围绕“道—圣—文”的内在逻辑关系而展开的必然论述。

其次，从“圣人”的严格意义上说，“五经”也非全是“圣人之作”。《礼记》只是记载了圣人之言，而《诗》也只是经过被刘勰尊为了“圣人”的孔子所整理删定而成。只是，在刘勰的眼里，《诗》由于“圣谟所析，义已明矣”（《明诗》），且具有“雅润为本”的特点而对后世抒情性文类具有重要的典范意义，因此将其归入“经”中。从“文”之通变发展历史上看，屈、宋的作品楚辞乃“轩翥诗人之后，奋飞辞家之前”（《辩骚》），上承《诗》而下启汉赋，且“衣被词人，非一代也”（《辩骚》），后世文人莫不祖述其式，“才高者菀其鸿裁，中巧者猎其艳辞，吟讽者衔其山川，童蒙者拾其香草”（《辩骚》），因此，所谓“辩骚”，实乃重在说明楚辞对《诗》之创作经验的发展创新上，从中总结提炼出对“文”的创作具有指导意义的原则方法。这样，《辩骚》篇便与《正纬》篇一起，面向“去圣久远”、“鲜克宗经”（《宗经》），“竞今疏古”、“近附而远疏”（《通变》），“远弃风雅，近师辞赋”（《情采》），及“文体解散”、“文贵浮诡”（《序志》）的现实，从文术角度共同形成了对《宗经》篇的深化拓展，希望通过“原道—征圣—宗经”的路径来实现“正末归本”（《宗经》）的目的，由此形成了全篇“文之枢纽”的内在思路及“纲领”、“毛目”的具体展开。因此，《辩骚》与《正纬》一样，其用意依然是围绕着“道—圣—文”生发机制下“文”的重要性而展开的必然论述。

也正是由于“道心惟微”的存在，故在“道—圣—文”生发机制中形成的圣人所作之“五经”，就是尽善尽美的“文”之典范：“经也者，恒久之至道，不刊之鸿教也。故象天地，效鬼神，参物序，制人纪，洞性灵之奥区，极文章之骨髓者也。”(《宗经》)也是“有心之器”的普通人向“圣人”学习的文之范式所在：“若禀经以制式，酌雅以富言，是仰山而铸铜，煮海而为盐者也。故文能宗经，体有六义：一则情深而不诡，二则风清而不杂，三则事信而不诞，四则义贞而不回，五则体约而不芜，六则文丽而不淫。”(《宗经》)同时，刘勰还从“文”的价值功能属性上，对“五经”所指涉的内容及特点进行了较为清晰的说明：“《易》惟谈天，人神致用；《书》实记言；《诗》主言志；《礼》以立体；《春秋》辨理。”(《宗经》)这与《原道》篇对世界的认知把握和对“文”的概念认知是高度统一的。在刘勰这里，“文”作为“道”的显现形式，举凡一切政治、思想、历史、文学等，都是“文”的范畴，这与《序志》篇对“文”的功能认知也是高度统一的：“唯文章之用，实经典枝条，五礼资之以成，六典因之致用，君臣所以炳焕，军国所以昭明，详其本源，莫非经典。”因此，刘勰的“文”，从一开始便不是我们后世意义上所谓的“纯文学”。文皆出于经，然而文体繁变，故在后文论述每一种具体文体写作要旨的时候，刘勰总是以“稽古宗经”的方式在文体的具体发展历史中，于“宗经”与“通变”的辩证性关系中来确定各种文体的写作之道。如，从《神思》篇开始到《隐秀》篇论述“文”之创作方法的篇章中，都体现了这种“终古虽远，旷焉如面”(《时序》)的写作特点：《通变》篇叙述了九个朝代的歌咏情况，《声律》篇说“声会宫商，肇自血气，先王因之”，《章句》篇言“寻二言肇于黄世……三言兴于虞时……四言广于夏年……五言见于周代”，《丽辞》篇记有唐虞时皋陶的赞、易的文辞等，《比兴》篇设有《诗经》专论，《夸饰》篇再论《诗》、《书》，《练字》篇循时间线索追述文字创造发展历史，《隐秀》篇谈及《易》之“互体变文，而化成四象”，《指瑕》篇提及“翼氏鲜射”的古老传说，《养气》篇有言“三皇辞质，心绝于道华；帝世始文，言贵于敷奏”等，《时序》篇和《才略》篇则集中论及“与世推移”中的诸多大臣、文士等。

这一切阐释，再次说明刘勰对“文”及其中“经”的理解认知与定位，是在洞察中国古代文化政治、经济、伦理、文化一体化现象基础上对“道沿圣以垂文，圣因文而明道”心理结构的深刻把握，其价值理想直接指向“文”的社会功用，也就是刘勰再三反复强调的“文之用心”所在：“唯文章之用，实经典枝条，五礼资之以成，六典因之致用，君臣所以炳焕，军国所以昭明”（《序志》），“经纬区宇，弥纶彝宪，发挥事业，彪炳辞义”（《原道》），“摛文必在纬军国”（《程器》）；诗歌要“顺美匡恶”（《明诗》），乐府音乐要“务塞淫滥”并达到“情感七始，化动八风”（《乐府》）的效果，赋则应反对“无贵风轨，莫益劝戒”（《诠赋》）的弊端而高度重视其讽谏功能，哪怕是谐辞隐语，也同样要以“大者兴治济身，其次弼违晓惑”（《谐隐》）为目标追求，史传则当“彰善瘅恶，树之风声”并“举得失以表黜陟，征存亡以标劝戒”（《史传》），等等。因此，在刘勰“道—圣—文”的生发机制中，圣人所作经典之外的所有“文”，皆应在“师乎圣”、“宗法经”、“酌乎纬”与“辩乎骚”的基础上“自铸伟辞”，才可成就“道之文”。这应是中国古代文论“依经立义”传统的一个重要原因所在。

其实，在《文心雕龙》前，“依经立义”的现象就已经在一定范围内存在了。特别是西汉“独尊儒术”的提出，使尊圣宗经的潜意识强化到了对儒家之道和儒家经典之作的推崇上来。如，司马迁《报任安书》中著名的“发愤著书”说：“昔西伯拘羑里，演《周易》；孔子厄陈、蔡，作《春秋》；……《诗》三百篇，大抵贤圣发愤之所为作也。”便是将《易》、《书》、《诗》、《礼》、《春秋》奉为“圣人”所作“五经”。此外，班固论述了《诗经》对汉赋的影响，王逸将《楚辞》源头推至《五经》，等等，在这些思想认识中，都隐含着了将圣人及其作品作为效法对象的“依经立义”之潜意识。魏晋时期，曹丕《典论・论文》中“是以古之作者，寄身于翰墨，见意于篇籍，不假良史之辞，不托飞驰之势，而声名自传于后。故西伯幽而演《易》，周旦显而制《礼》，不以隐约而弗务，不以康乐而加思”对“文”之价值的讨论，以及陆机《文赋》中的儒家“六艺”是“伊兹事之可乐，固圣贤之所钦”中的所谓“圣贤”等，同样也都是以周文王、周公旦这样的“圣人”及其作品为效法对象来谈论的。到了刘勰这里，通过“道—圣—文”的内在思路及由此而来的《宗经》、《正纬》与《辨骚》只内在思路论证及对各文体“原始以表末”、“敷理以举统”和“释名以章义”(《序志》)的详细阐释，使得文论领域内“依经立义”的意义生成与言说方式得到了进一步的明确化。只不过，《文心雕龙》的“依经立义”，主要是依据圣人所创的五经为对象来进行意义阐发与言说的，在《文心雕龙》之后，“依经立义”意义生成与话语言说方式所依的“经”，则扩大到了更大范围内的经典文献，对后期中国文论的话语生成机制产生了深刻影响。

因此，《文心雕龙》作为中国文论史上第一部“体大思精”的著作，在深刻体悟“道心惟微”存在状态的基础上，面向天文、地文与人文并存的世界，在儒学与魏晋玄学思想资源的影响下，以充满智慧的诗性语言对“道—圣—文”的生成机制进行了较为圆融的阐释论证，揭示了在中国古代天人合一的文化语境中，面向人生的文学本质之生成、德性取向的文人之要求以及“依经立义”文论言说方式之发生的必然，并形成了《文心雕龙》自我“文之枢纽”与“纲领”、“毛目”的内在合理思想理路，对后期中国文论史上的文道关系论、文德论和文学批评模式等重要诗学问题，产生了深刻影响，传递出中国古代文论与西方文论不同的诗性文化气质与自我建构方式，从而成为一座具有开创性意义的里程碑式旷世之作。

（云南师范大学文学院）

“以技为喻”与《文心雕龙》批评话语的生成*

赵忠富

内容摘要：“以技为喻”是中国文学批评中一种独特的譬喻方式，它基于百工技艺与作家创作之间的相通性与相似性，是象喻思维向文学批评领域辐射的产物。刘勰的《文心雕龙》所以能够截断众流、拔萃出类，其关键正在于“以技为喻”批评范式的大量运用。在《文心雕龙》中，举凡文学创作之“雕缛”、“符采相济”的体制特征，讲求法度、重视模范的理论主张，以及中和、余味的审美理想，刘勰皆援百工技艺以出之。刘勰借助“以技为喻”，在实现百工经验向文学创作领域迁移的同时，也完成了技艺术语向批评话语的转换。

关键词：《文心雕龙》；“以技为喻”；象喻

* 项目基金：国家社科基金重点项目“儒家早期文学价值观研究”(16AZW001)的阶段性成果。

"Taking Technology as Metaphor" and the Generation of Critical Discourse of *Wenxin Diaolong*

Zhao Zhong-fu

Abstract: "Taking technology as metaphor" is a unique way of metaphor in Chinese literary criticism. It's based on the connection and similarity between craftsmen's technology and writers' creation, which is the product of the radiation of figurative thinking to the field of literary criticism. The widespread using of "Taking technology as metaphor" is also the key factor of Liu Xie's *Wenxin Diaolong* out-standing among the literary theory works. In *Wenxin Diaolong*, whether the system features of "embellishment" and "unity of content and form", or the theory of standard and model, as well as the aesthetic ideal of neutralization and aftertaste are all based on craftsmen's skill as metaphor. Liu Xie all used with the help of "taking technology as metaphor". He realized the transfer of craftsmen's experience to the field of literary creation, and also completed the transformation of technical terms to critical discourse.

Keywords: *Wenxin Diaolong*; "Taking technology as metaphor"; Xiang-yu

文学批评中的"以技为喻"将原属百工领域的技艺经验,通过譬喻的方式投射于文学创作领域,这是一种重要的知识融通方式,它实现了百工御物、制器与作家驭文谋篇之间的经验互通与话语共享。百工技艺与作家创作之间的天然联系与相似性,是"以技为喻"的学理依据,华夏民族古老象喻思维则是它得以生成的理论之源。刘勰的《文心雕龙》因主要"是一部讲讨文学技术和形式的书"[①],故而对

① 顾随《顾随讲〈文心雕龙〉》,河北教育出版社,2013 年,第 6 页。

“以技为喻”批评范式的运用最为频仍，“以技为喻”也因之成为《文心雕龙》批评话语生成的基本路径。但对于《文心雕龙》“以技为喻”现象，学术界似乎并未给予足够重视。[①] 有鉴于此，本文拟从三个方面展开论述：一是从知识学角度回顾“以技为喻”的渊源与流变；二是在文本统计基础上分梳《文心雕龙》“以技为喻”的具体用例；三是探讨“以技为喻”范式之于《文心雕龙》批评话语生成的意义。

一、“以技为喻”的渊源与流变

华夏民族古老的象喻思维是文学批评“以技为喻”传统的长河之源。所谓象喻思维，指“以‘象’为思维纽结，以天地人互通为平台而构成的整体思维方式与运思模式”[②]。它以“观物取象”为逻辑起点，以“立象见意”为目的旨归，被广泛运用于社会生活的各个领域，属于人们日用而不知的致思与话语方式。《周易》之卦象、《诗经》之比兴、医学之脉象、音乐之乐象、文字之象形等，皆是象喻思维的生动体现。与以概念、判断为核心要素的逻辑思维重视分析、强调推理不同，象喻思维以整体性、直观性、经验性为特征，它绕过繁复琐屑的推理过程，通过象征、联想、类比等方式，实现对未知世界的认知与言说。考

---

① 据我们所见，目前就《文心雕龙》“以技为喻”现象展开针对性论述的，仅有陆晓光的《〈文心雕龙〉中的“工匠”慧识》（《社会科学报》2017 年 09 月 14 日）一文。不过在涉及《文心雕龙》“以人造物为喻”现象的研究方面却积累了相当可观的成果：如古风的“锦绣之喻”，包括《丝织锦绣与文学审美关系初探》（《文学评论》2007 年第 2 期）《刘勰对于“锦绣”审美模子的具体运用》（《文学评论》2008 年第 4 期）《“以锦喻文”现象与中国文学审美批评》（《中国社会科学》2009 年第 1 期）等；闫月珍的“器物之喻”，包括《器物之喻与中国文学批评——以〈文心雕龙〉为中心》（《中国社会科学》2013 年第 6 期）《容器之喻——中国文学批评的一个特点》（《文学评论》2014 年第 4 期）等；文爽等的“金玉之喻”，包括文爽的《〈文心雕龙〉“符采”说释义》（《北京市社会科学》2015 年第 2 期）和吴中胜的《金玉崇拜与〈文心雕龙〉的金玉之喻》（《人文杂志》2015 年第 9 期）等。虽然这些研究也或多或少触及了“以技为喻”的问题，如古风、闫月珍曾分别指出在“织锦”与“作文”、“器物制作”与“文学创作”之间存在相似与相通之处，但就其大体而言仍把重点放在了技艺的成果——器物、锦绣、金玉上，而不是技艺本身，这与《文心雕龙》侧重创作的旨归尚有龃龉、隔膜之憾。

② 夏静《礼乐文化与中国文论早期形态研究》，中华书局，2007 年，第 164 页。

虑到古代社会逻辑推理条件尚不充分，象喻思维在彼时具有更为突出的优势。“以技为喻”的批评范式，正是象喻思维向文学创作这一未知领域辐射的产物。

百工技艺与文人创作间的相通性、相似性，是文学批评“以技为喻”的学理依据。《周易》曾从发生学的意义上揭示了文学创作与手工技艺之间的同源关系，“易有圣人之道四焉：以言者尚其辞，以动者尚其变，以制器者尚其象，以卜筮者尚其占”(《系辞上》)。对于这段话孔颖达的解释是：“《易》有圣人之道四焉者，言《易》之为书，有圣人所用之道者凡有四事焉。‘以言者尚其辞’者，谓圣人发言而施政教者，贵尚其爻卦之辞，发其言辞，出言而施政教也。‘以动者尚其变’者，谓圣人有所兴动营为，故法其阴阳变化。变有吉凶，圣人之动，取吉不取凶也。‘以制器者尚其象’者，谓造制刑器，法其爻卦之象。若造弧矢，法睽之象，若造杵臼，法小过之象也。‘以卜筮者尚其占’者，策是筮之所用，并言卜者，卜虽龟之见兆，亦有阴阳三行变动之状。故卜之与筮，尚其爻卦变动之占也。”[①]从中可以看出，“言者”的“发其言辞”与“制器者”的“造制刑器”均源出于《易》，并以“爻卦之辞”和“爻卦之象”为法度、模范。[②]

中国古代无比丰富的技艺经验，为文学批评“以技为喻”提供了厚重的知识基础。中国的技艺历史极其悠久，以现有的文献资料和考古发掘很难探究它的原始发生，但至迟在距今约180万年的旧石

---

① 《周易·系辞上》，阮元校刻《十三经注疏》，中华书局，1980年，第81页。

② 这里的“言者”并不等同于今天的诗人作家，其范围要广大得多。同样“制器者”也不等同于今天的手工艺人，古人认为最初的“制器者”是“圣人”、“知者”，百工只是述而守之，《周礼·冬官·考工记》就说“知者创物，巧者述之，守之世，谓之工。百工之事，皆圣人之作也”，而彼时所制之器虽也包括日用所需之物什，但更主要是别异尊卑的礼器。不过，这对于理解文学创作与手工技艺的同源关系似乎没有太大的影响，设若我们从更宽泛的意义上考察“制言”与“制器”，这一理解反倒具有更为明显的指引作用。在两汉以前数千年的历史中，“制言的文学”和“制器的手工艺”均可归入礼乐文化的大范畴，《礼记·乐记》有“故钟鼓管磬，羽籥干戚，乐之器也。屈伸俯仰，缀兆舒疾，乐之文也。簠簋俎豆，制度文章，礼之器也。升降上下，周还裼袭，礼之文也”，这里“簠簋俎豆”属于“器”，“制度文章”属于“文”，两者均是“礼”的核心要素。

器时期，我们的祖先便掌握了打制简单石器的技艺[①]，在距今7000年左右的"仰韶文化"、"河姆渡文化"时期，我们的祖先又学会了制陶、纺织、雕刻等技艺[②]。夏商周三代，手工技艺更是获得了突飞猛进的发展，除之前的制陶、纺织等外，还产生了以青铜器铸造为代表的辉煌灿烂的冶金技艺，以及需要多工种配合完成的造车技艺。正是在三代技艺实践的基础上，才产生了《考工记》这样一部集百工技艺之大成的总结性著作。《考工记》加上《周礼》其他相关篇目为后世文学批评的"以技为喻"贡献了无比丰富、且极具阐释力的话语资源，如纺织之经纬、织综，造车之规矩、绳墨，雕刻之切磋、琢磨等技艺术语都演变成了后世所习见的文学批评话语。

作为一种极具穿透力的言说方式，"以技为喻"并不是文学批评领域所独有的现象。在文学尚未从礼乐背景走出的先秦时期，"以技为喻"便已经是百家诸子所娴熟的公共话语方式了。儒家每援技以论礼，用百工技艺比譬君子养德修文。夫子即曾以"绘事后素"(《论语·八佾》)，喻示先德行后礼仪、先质素后文饰的修身次第，以"不曰坚乎，磨而不磷；不曰白乎，涅而不缁"(《论语·阳货》)，比譬君子品格之坚贞、德性之高洁。子贡援《诗经》"如切如磋，如琢如磨"(《论语·学而》)的成句，说明君子修身当如匠人治玉一般切之、磋之、琢之、磨之，如此方能通体光华。孟子以射为喻，比方仁者修养中"正己"与"自省"的工夫，"仁者如射，射者正已而后发。发而不中，不怨胜己者，反求诸己而已矣"(《孟子·公孙丑上》)。荀子亦曾以颜料萃取与车轮鞣曲的工艺，说明教化与学习对于个体成长的重要意义，所谓"青，取之于蓝，而青于蓝""木直中绳，鞣以为轮，其曲中规，虽有槁暴，不复挺者"(《荀子·劝学》)。

道家出于其无为而治的政治主张，反对过度工巧的手工技艺。[③] 老

---

① 严文明《中国史前文化的统一性与多样性》，《文物》1987年第3期。

② 田自秉《中国工艺美术史》，知识出版社，1985年，第2、3页。

③ 对于过度工巧的手工技艺，儒家也持否定态度，并目之为"奇技淫巧"，《礼记·月令》即有"毋或作为淫巧，以荡上心"的诫言。

子认为“人多伎巧，奇物滋起”(《老子》第五十七章)，庄子甚至提出“毁绝钩绳而弃规矩，攦工倕之指，而天下始人有其巧矣”(《庄子・胠箧》)的建议。不过对于普通的“制器”活动，老子并不反对，“常德乃足，复归于朴。朴散则为器，圣人用之则为官长”(《老子》第二十八章)，他还经常援技以论道，如以制轮、制陶、筑室等技艺说明道本虚无、以无为用的本质属性，又以烹饪技艺指示“道之出口，淡乎其无味”(《老子》第三十五章)的外在表徵。庄子论道更是塑造了诸如削木为鐻的梓庆(《庄子・达生》)、斫轮的轮扁(《庄子・天道》)、解牛的庖丁(《庄子・养生主》)、承蜩的痀偻者(《庄子・达生》)、蹈水的吕梁丈夫(《庄子・达生》)、制钟的北宫奢(《庄子・山木》)、大马之捶钩者(《庄子・知北游》)等“进乎技矣”的大匠、神匠，成为后世文学与艺术批评连类取譬的渊薮。

儒道而外，墨法等家对于“以技为喻”也多有取用，常援之以论政。如墨子的“古者之置正长也，将以治民也，譬之若丝缕之有纪，而罔罟之有纲也”(《墨子・尚同中》)，“我有天志，譬若轮人之有规，匠人之有矩。轮匠执其规矩，以度天下之方圜……我得天下之明法以度之”(《墨子・天志上》)，韩非的“释法术而心治，尧不能正一国。去规矩而妄意度，奚仲不能成一轮……使中主守法术，拙匠执规矩尺寸，则万不失矣”(《韩非子・用人》)，“为治者用众而舍寡，故不务德而务法……自直之箭，自圆之木，百世无有一，然而世皆乘车射禽者何也？隐栝之道用也”(《韩非子・显学》)，皆是援技为喻来说明纲纪法度在国家治理中的重要作用。在《难二》篇，韩非引叔向、师旷答晋平公问也是“以技为喻”的典范，叔向云“管仲善制割，宾胥无善削缝，隰朋善纯缘，衣成，君举而服之，亦臣之力也，君何力之有”，师旷曰“凡为人臣者，犹炮宰和五味而进之君，君弗食，孰敢强之也”，两人虽观点迥异，但援技论政的方式却是相同的。

儒家的以技喻礼、道家的以技喻道、墨法等家的以技喻政，虽于文学无涉，但却对后世文学批评“以技为喻”产生了直接的启发和深远的影响，两汉文学自觉的萌芽即与之密切相关。汉人的文学意识正是在与百工技艺，尤其是纺织技艺的比譬对照中才渐趋清晰的。彼时赋体文学大盛，诗歌较前代也有了一些新的变化，故而带动了文学观念的进步，“文”、“文学”、“文章”不再是先秦礼乐文化背景下典章制度与思想学术的笼统形态，其美的特质渐渐为人们所认可。① 而每当论及文学形式美的特点时，汉人惯以锦绣及其制作为譬喻，司马相如说“合綦组以成文，列锦绣而为质，一经一纬，一宫一商，此赋之迹也”（《西京杂记》卷二），汉宣帝说“辞赋大者与古诗同义，小者辩丽可喜。辟如女工有绮縠，音乐有郑卫”（《汉书·王褒传》）。即使是对汉赋丽靡之风颇多微词的杨雄和王充，在对汉赋进行批评时也多以女工和锦绣为取譬对象，杨雄说赋如“雾縠之组丽”，乃“女工之蠹矣”（《法言·吾子》），王充说“文如锦绣”（《论衡·定贤》），“学士有文章，犹丝帛之有五色之巧也”（《论衡·量知》），可见风会所趋、陶染所凝。

另外，汉人文学观念的演进和以织锦比譬文学的风尚还体现于辞书的编纂中，许慎《说文解字》对“文”的解释是：“错画也，象交文。”段玉裁注援引《周礼·冬官·考工记》“青与赤谓之文”，认为许慎“象交文”的意思是“像两纹交互也”，同时还指出“纹者，文之俗字”。“纹”字《说文解字》没有收录，《玉篇》对它的解释是“绫纹也”，《类篇》的解释是“织文”，《篇海》的解释是“凡锦绮黼绣之文皆曰纹”（见《康熙字典》）。在段玉裁看来，许慎对于“文”的解释虽未直说它与纺织、织物的关系，但却明显指向织物之纹。段玉裁的推断大致是不错的，这可以从许慎对“彣”、“彰”、“彩”等相关文字的解说中看出。如果说许慎对于文学创作与纺织技艺、文学作品与锦绣的关系揭示得还不够明朗的话，那么刘熙的《释名》则将这一问题说得更为明了，“文者，会集众彩以成锦绣，会集众字以成辞义，如文绣然也”（卷四）。

---

① 先秦各家对于文章形式美都不大认可，道家有“信言不美，美言不信”的观点（《老子》第八十一章），儒家虽提出“言之无文，行而不远”的说法（《左传·襄公二十五年》），但仍认为“巧言令色，鲜矣仁”（《论语·学而》），法家也反对巧饰，韩非即曾指出“夫物之待饰而后行者，其质不美也”（《韩非子·解老》），至于墨家，从荀子“墨子蔽于用而不知文”（《荀子·解蔽》）的评价，尤可看出他们尚用、崇俭，反对文饰的一贯主张。

魏晋时期，文学批评更加活跃，以百工技艺言说文学的现象更为普遍，取譬范围也更加宽广。两汉风行的纺织与锦绣范式更频繁地运用于文学批评，孙绰用之以评潘岳文曰“烂若披锦，无处不善”（《世说新语》）（李充也有“潘安仁之为文也，犹翔禽之羽毛，衣被之绡縠”的评语，见严可均辑《翰林论》佚文），鲍照用之以评颜延之诗曰“若铺锦列绣，亦雕缋满眼”（《南史·颜延之传》），蔡洪用之以论创作曰“著文章为锦绣，蕴五经为缯帛”（《世说新语》）。同时，其他种类的“以技为喻”也开始出现，如葛洪以庖人之技来说明古代文化遗产对于创作的作用，“古书者虽多，未必尽美，要当以为学者之山渊，使属笔者得采伐渔猎其中……云梦之泽，孟诸之薮，鱼肉之虽饶，而未可谓之为煎熬之盛膳，渝狄之嘉味也”，以纺织和制车工艺的不断提升来阐释文学由古至今的发展进步，“罽锦丽而且坚，未可谓之减于蓑衣；辎軿妍而又牢，未可谓之不及椎车也”（《抱朴子·钧世》）。在《文赋》中陆机更是以纺织（“若五色之相宣”“虽杼轴于予怀”）、烹饪（“阙大羹之遗味”）、斫轮（“轮扁所不得言”）等多种技艺来比譬文学创作。

经过先秦以讫魏晋的长期知识积累与批评实践，作为文学批评范式的“以技为喻”日趋成熟。正是在此基础上，刘勰对于“以技为喻”的运用才能臻于炉火纯青之化境。需要指出的，“以技为喻”只是《文心雕龙》象喻话语系统的一个分支，此外尚有以人体为喻、以自然物为喻、以人造物为喻、以音乐为喻、以舞蹈为喻等诸多类型。[①] 刘勰

① 《文心雕龙》的六种象喻类型中，“以人造物为喻”、“以人体为喻”、“以自然物为喻”学术界关注较多，“以人造物为喻”的相关成果前已注明。“以人体为喻”方面以钱锺书《中国固有的文学批评的一个特点》（《文学杂志》1937年第4期）和吴承学《生命之喻——论中国古代关于文学艺术人化的批评》（《文学评论》1994年第1期）的研究最有代表性，此外尚有韩湖初《“生命之喻”探源——对一个中、西共同的美学命题的认识与思考》（《文学评论》1995年第3期）和吴中胜《〈文心雕龙〉与中国文论成熟期生命力话语的建构》（《中国文学研究》2018年第1期）等。“以自然物为喻”方面则有吴中胜《文学如水——中国古代文论以水喻文批评》（《理论月刊》2004年第7期）、廖建荣《论〈文心雕龙〉的山水为喻》（《集美大学学报（哲学社会科学版）》2012年第3期）、冯晓玲《自然物之喻与中国文学批评》（《文艺理论研究》2019年第3期）等。而“以技为喻”、“以音乐为喻”、“以舞蹈为喻”则很少被论及。

对于“象喻”这种“不涉理路，不落言筌”（《沧浪诗话·诗辨》）的独特话语方式相当稔熟，他既有充分的理论自觉，也有堪称经典的创作实践。《比兴》、《事类》篇可看作刘勰对文学批评象喻话语方式的理论总结，而《文心雕龙》五十篇则是对此一话语方式的具体实践。刘勰在《文心雕龙》中建构了一个贯通三才、涵容万有的象喻话语系统。不过在上述各类象喻话语中，“以技为喻”运用的频次最为可观，个中原因应是《文心雕龙》虽体大虑周、笼罩群言，但其根本宗旨仍“在于讲明作文的法则”[①]，故才将与文学创作存在诸多相通性的百工技艺作为取譬拟喻的重点领域。

二、刘勰对于“以技为喻”的具体运用

如前所述，按照顾随和范文澜先生的观点，刘勰的《文心雕龙》主要“是一部讲讨文学技术和形式的书”，其根本宗旨“在于讲明作文的法则”。文学技术和作文法则的讲讨并非一件轻易的事情，陆机在《文赋》中既曾指出“放言遣辞，良多变矣”、“随手之变，良难以辞逮”，刘勰自己也感慨“文情难鉴，谁曰易分”（《知音》）、“言不尽意，圣人所难”（《序志》），讲明鉴赏尚且不易，剖析创作尤为艰难。每遇创作理论中不可言说或难以言说的问题，刘勰就会采用和陆机一样的话语策略，援百工技艺以为譬喻，用工匠们在长期实践中积累的技艺经验来诠释文学创作中的规律性问题。而文学创作的无限复杂性，就使得《文心雕龙》“以技为喻”话语不仅数量巨大，而且种类繁多。为方便讨论计，我们也须效法刘勰，先做一番“囿别区分”的工作。

《文心雕龙》的“以技为喻”，从其形式而观之，有“完形话语”和“简省话语”的不同：所谓“完形话语”者，是指诸如“纬之成经，其犹织综，丝麻不杂，布帛乃成”（《正纬》）、“事得其要，虽小成绩，譬寸辖制轮，尺枢运关也”（《事类》）等有本体、有喻体，有时还有比喻词的完整形态的譬喻；所谓“简省话语”者，则是指那些不采用完整譬喻形

① 范文澜《中国通史简编》（第二编），人民出版社，1964年，第416页。

式，而只借助各类技艺术语的简省形态，如“织综比义，以敷其华”（《比兴》）、“檃括情理，矫揉文采”（《熔裁》）等，“织综”为织工行话，“檃括”“矫揉”则是木匠术语，这里均用来指称文学创作。若就其内容而论之，《考工记·总序》有“审曲面埶，以饬五材，以辨民器，谓之百工”，刘勰虽未将百工技艺悉数取譬，而是有选择地征引比附。即便如此，《文心雕龙》中“以技为喻”取譬种类之繁复还是十分惊人的。《考工记》将手工艺人按其加工材质与工序的不同，划分为“攻木之工七，攻金之工六，攻皮之工五，设色之工五，刮摩之工五，抟埴之工二”六大门类，《周礼》尚有《天官》之“庖人”、“内外饔”，《夏官》之“御史”、“大驭”等工种。据此，我们将《文心雕龙》中的“以技为喻”按其取譬的领域，大体划分为“攻木之技”、“攻金之技”、“抟埴之技”、“设色之技”、“刮摩之技”、“庖饔之技”、“驭御之技”等七种。①

为了获得对《文心雕龙》“以技为喻”现象的整体把握，我们在爬梳文本的基础上，按照前面由内容区分出的七种类别，将其用例表列如下：

《文心雕龙》“以技为喻”用例统计表

类型及数目	具体用例及所在篇目
攻木之技（95）	《原道》：**斧藻**群言；《征圣》：文成**规矩**；《宗经》：禀经以制**式**；《诠赋》：殷人**辑**颂、雅文之**枢辖**；《颂赞》：**规式**存焉；《祝盟》：祈祷之**式**、祭奠之**楷**；《铭箴》：**准矱**武铭；《诔碑》：古**式**存焉、遂为后**式**；《哀吊》：始变前**式**、正义以**绳**理；《史传》：**取式**《吕览》、虽殊**古式**、莫有**准**的、宗经**矩**圣、纪传为**式**、万代一**准**；《诸子》：纯粹者**入矩**、踳驳者**出规**；《论说》：**论如析薪**、**斤利**者、可为**式**矣；《封禅》：**辑**韵成颂；《章表》：未变**古式**、台阁为**式**、章**式**炳贲；《奏启》：辟礼门以悬**规**、标义路以植**矩**、旧**准**弗差、敛饬入**规**；《议对》：**楷式**昭备、言中理**准**；《书记》：诡丽**辐辏**、肃恭之**遗式**；《神思》：志气统其**关键**、辞令管其**枢机**、**枢机**方通、**关键**将塞、寻声律而**定墨**、窥意象而**运斤**、**规矩**虚位、轮扁不能**语斤**；《体性》：

① 需要指出的是，此七种类型并不能涵盖《文心雕龙》“以技为喻”的全部，只是取其大端而已。

续　表

类型及数目	具体用例及所在篇目
	熔式经诰、斫梓染丝、辐辏相成；《风骨》：跨略旧规、确乎正式；《通变》：矩式周人、檃括乎雅俗之际、置关键。《定势》：圆者规体、方者矩形、模经为式、准的乎典雅、楷式于明断、厌黩旧式、湍回似规、矢激如绳；《熔裁》：裁则芜秽不生，熔则纲领昭畅，譬绳墨之审分，斧斤之斫削矣、檃括情理、矫揉文采、规范本体谓之熔、先标三准、绳墨以外、美材既斫、三准既定、句有可削；《章句》：莫见定准；《声律》：文章关键、神明枢机、廉肉相准、甚于枘方、免乎枘方；《夸饰》：义成矫饰；《事类》：事得其要，虽小成绩，譬寸辖制轮，尺枢运关也、夫山木为良匠所度，经书为文士所择，木美而定于斧斤，事美而制于刀笔、经籍之通矩、后人之范式、众美辐辏、文梓共采；《隐秀》：斫卉刻葩、雕削取巧；《指瑕》：檃括于一朝；《附会》：夫能悬识腠理，然后节文自会，如胶之粘木，石之合玉矣；《总术》：不截盘根，无以验利器；不剖文奥，无以辨通才、备总情变，譬三十之辐，共成一毂；《物色》：不加雕削；《才略》：循规以温雅、准的所拟、规旋以矩步；《程器》：朴斫成而丹雘施；《序志》：何能矩矱
攻金之技（42）	《原道》：熔钧六经；《征圣》：陶铸性情；《宗经》：若禀经以制式，酌雅以富言，是即山而铸铜，煮海而为盐也、据事制范、性灵熔匠、渊哉铄乎；《辨骚》：取熔经旨、自铸伟辞；《赞颂》：或范《駉》、《那》；《铭箴》：始范《虞箴》；《诏策》：垂范后代、百辟其刑；《奏启》：立范运衡、理有典刑；《议对》：前代之明范、酌三五以熔世；《神思》：陶钧文思；《体性》：情性所铄、熔式经诰；《风骨》：捶字坚而难移、熔铸经典之范、《定势》：熔范所拟、师范于核要、模经为式者；《情采》：设模以位理；《熔裁》：职在熔裁、规范本体谓之熔、熔则纲领昭畅、练熔裁而晓繁略、非夫熔裁；《丽辞》：扬马张蔡，崇盛丽辞，如宋画吴冶，刻形镂法；《事类》：后人之范式；《隐秀》：无待于裁熔、锻岁炼年；《养气》：销铄精胆；《物色》：模山范水；《才略》：师范屈宋、吐纳经范
抟埴之技（5）	《原道》：熔钧六经；《征圣》：陶铸性情；《宗经》：义既埏乎性情；《神思》：陶钧文思；《体性》：陶染所凝
设色之技（114）	《原道》：剬诗缉颂、组织辞令；《正纬》：纬之成经，其犹织综，丝麻不杂，布帛乃成、体乖织综；《诠赋》：丽词雅义，符采相胜，如组织之品朱紫，画绘之著玄黄、品物毕图、荀结隐语、色虽糅而有本、写物图貌、蔚似雕画；《颂赞》：陈思所缀、结言于四字之句；《铭箴》：崔胡补缀；《诔碑》：缀采也雅而泽；《哀吊》：结言摹诗、隐心而结文；《杂文》：业

类型及数目	具体用例及所在篇目
	深综述、结采绵靡;《谐讔》:图象品物;《史传》:左氏缀事、编年缀事;《诸子》:青史曲缀于街谈、事核而言练;《论说》:弥纶群言、多抽前绪、弥缝莫见其隙;《封禅》:经道纬德;《议对》:不以繁缛为巧;《书记》:杼轴乎尺素;《神思》:左思练都以一纪、并资博练、临篇缀虑、杼轴献功;《体性》:陶染所凝、馥采典文、斫梓染丝、因性以练才、雅丽黼黻;《风骨》:结言端直、缀虑裁篇、练于骨者、结响凝而不滞、雕画奇辞、风辞未练、空结奇字;《通变》:青生于蓝,绛生于蒨,虽逾本色,不能复化、练青濯绛,必归蓝蒨;矫讹翻浅,还宗经诰、参伍因革;《定势》:绘事图色,文辞尽情、色糅而犬马殊形,情交而雅俗异势、虽复契会相参,节文互杂,譬五色之锦,各以本采为地矣、综意浅切者;《情采》:情者文之经,辞者理之纬、文不灭质,博不溺心,正采耀乎朱蓝,间色屏于红紫、综述性灵、织辞鱼网之上、缛采名矣、五色杂而成黼黻,……五性发而为辞章、联辞结采;《熔裁》:夫美锦制衣,修短有度,虽玩其采,不倍领袖、缀辞尤繁;《声律》:缀文难精、非可缕言、诗人综韵、练才洞鉴;《章句》:外文绮交、弥缝文体;《丽辞》:扬马张蔡,崇盛丽辞,如宋画吴冶,刻形镂法;《比兴》:图状山川、织综比义;《事类》:渐渐综采、综学在博、校练务精;《练字》:并贯练《雅》、《颉》,魏代缀藻,非博学不能综其理,缀字属篇,参伍单复;《隐秀》:润色取美,譬缯帛之染朱绿、朱绿染缯;《养气》:仲任置砚以综述;《附会》:弥纶一篇,使杂而不越者也。若筑室之须基构,裁衣之待缝缉矣、画者谨发而易貌,射者仪毫而失墙,锐精细巧,必疏体统、然后品藻玄黄、缀思之恒数、无棼丝之乱、统绪失宗、悬绪自接;《总术》:多欲练辞、共相弥纶;《时序》:德琏综其斐然之思、太冲动墨而横锦、结藻清英、流韵绮靡、练情于诰策、文变染乎世情;《物色》:写气图貌、摛表五色、若青黄屡出、参伍以相变;《才略》:一朝综文,千年凝锦、丽缛成文、《新序》该练、图物写貌、士龙朗练、孙楚缀思;《知音》:敬礼请润色、缀文者情动而辞发;《程器》:然推其机综;《序志》:雕缛成体、饰羽尚画、文绣鞶帨、弥纶群言、环络藻绘之府
刮摩之技(55)	《原道》:云霞雕色、符采复隐、雕琢性情、研神理而设教;《宗经》:雕玉以作器、符采相济;《正纬》:采其雕蔚;《辨骚》:金相玉式;《明诗》:各有雕采;《诠赋》:符采相胜、蔚似雕画;《颂赞》:镂影摛声;《诔碑》:石墨镌华;《诸子》:研夫孟荀所述、辨雕万物;《论说》:研精一理、钻坚求通;《诏策》:符采炳耀;《檄移》:文不雕饰;《奏启》:砥砺其气;《神思》:研阅以穷照、刻镂无形、张衡研京以十年、研虑方定、刻镂声律;《体性》:童子雕琢;《风骨》:雕画奇辞、能研诸虑、符采克炳;《情

续 表

类型及数目	具体用例及所在篇目
	采》：镂心鸟迹之中、藻饰以辩雕、研味《孝》、《老》，雕琢其章；《声律》：剖字钻响；《丽辞》：玉润双流，如彼珩佩、刻形镂法、联璧其章、节以杂佩；《比兴》：刻鹄类鹜；《事类》：研思之士；《隐秀》：斫卉刻葩、非研虑之所课、雕削取巧；《指瑕》：钻灼经典；《养气》：钻砺过分、沥辞镌思；《附会》：夫能悬识腠理，然后节文自会，如胶之粘木，石之合玉矣；《总术》：莫肯研术；《时序》：集雕篆之轶材；《物色》：钻貌草木之中、不加雕削；《才略》：竭才以钻思；《程器》：垣墉立而雕杇附、雕而不器；《序志》：雕缛成体
庖饔之技(35)	《宗经》：余味日新；《正纬》：辞富膏腴；《明诗》：成帝品录、清典可味；《乐府》：宰割辞调、子政品文；《诠赋》：膏腴害骨；《颂赞》：挚虞品藻；《祝盟》：修辞必甘；《史传》：信有遗味、品酌事例之条；《议对》：腴辞弗剪；《神思》：伊挚不能言鼎；《体性》：志隐而味深；《情采》：研味《孝》、《老》，味之必厌；《声律》：声得盐梅，响滑榆槿、滋味流于下句、割弃支离；《丽辞》：精味兼载；《事类》：操刀能割、必裂膏腴；《隐秀》：味之者不厌、余味曲包；《养气》：常弄闲于才锋，贾余于文勇，使刃发如新，腠理无滞；《附会》：品藻玄黄、辞味必乱、道味相附；《总术》：义味腾跃而生、味之则甘腴；《物色》：味飘飘而轻举；《才略》：品藻流别、皎然可品；《序志》：铨品前修之文、品列成文
驭御之技(45)	《辨骚》：凭轼以倚《雅》、《颂》，悬辔以驭楚篇，顾盼可以驱辞力；《明诗》：纵辔以骋节、望路而争驱、驱辞逐貌；《诠赋》：无贵风轨；《颂赞》：鲜有出辙；《谐讔》：未免枉辔；《论说》：转丸骋其巧辞；《封禅》：必超前辙；《章表》：执辔有余；《奏启》：辞有风轨；《议对》：空骋其华；《神思》：驯致以怿辞、驭文之首术；《体性》：方轨儒门；《通变》：骋无穷之路、轩翥出辙、长辔远驭、庭间之回骤、万里之逸步；《定势》：执正以驭奇、因利骋节、枉辔学步；《情采》：按辔于邪正之路、可以驭文采；《丽辞》：若两事相配，而优劣不均，是骥在左骖，驽为右服也；《指瑕》：东野败驾；《附会》：是以驷牡异力，而六辔如琴，驭文之法，有似于此。去留随心，修短在手，齐其步骤，总辔而已、绝笔断章，譬乘舟之振楫；会词切理，如引辔以挥鞭、驱万涂于同归；《总术》：夫骥足虽骏，纆牵忌长，以万分一累，且废千里。况文体多术，共相弥纶，一物携贰，莫不解体、控引情源、执术驭篇、前驱有功；《时序》：驰骋石渠、稍改前辙、驭飞龙于天衢、驾骐骥于万里；《才略》：凭经以骋才、发轸以高骧；《序志》：以驭群篇、按辔文雅之场、环络藻绘之府

说明：

1.《文心雕龙》"以技为喻"用例数量惊人，虽经我们细心爬梳，但遗珠之憾恐亦难免；

2."以技为喻"与以人造物为喻虽各有畛域，但其间有机之关联令二者无法判别，故表中个别用例会有以人造物为喻的色彩；

3.《文心雕龙》"以技为喻"就其取譬对象而言概有上表所列七种之分类，但从其形式来看尚有"完形话语"和"简省话语"的不同，为示区别，"完形"者以粗体加下划直线为标志，"简省"者以粗体加下划曲线为标志；

4.《文心雕龙》中还有"连类而譬"的现象，亦即一句之中包含多个譬喻，若所连之类为同一技艺，如"譬绳墨之审分，斧斤之斫削矣(《熔裁》)"，则计为一例，若所连之类为不同技艺，像"如胶之粘木，石之合玉矣(《附会》)"，则分别计之。

5.《文心雕龙》"以技为喻"用例数量庞大，出处注释篇幅过大，故而从略。

三、《文心雕龙》"以技为喻"的批评意义

从认知语言学视野加以考察，文学批评中的"以技为喻"，可以理解为百工技艺与作家创作之间的"隐喻投射"(metaphorical projection)[①]，在这组隐喻关系中，"百工技艺"为投射的"源域"(source domain)，"作家创作"为投射的"靶域"(target domain)[②]，隐喻投射旨在打破学科间固有的藩篱，跨越逻辑分类的鸿沟，实现不同概念域之间的经验互通与话语共享。在《文心雕龙》中，刘勰每将诗人作家譬诸"良工"、"锦匠"，并以工匠之技艺类比作家的创作，刘勰如此青睐"技艺"，他想借此完成怎样的经验投射与话语建构呢？我们认为，刘勰论文的"以技为喻"，总括而言主要取技艺经验之两端：一曰工巧[③]，一曰数术。刘勰借助"以技为喻"，在实现技艺经验向文学创作领域迁移的同时，也完成了技艺术语向批评话语的转换。技艺经验与技艺术语两者犹如指与月、筏与渡般是相融而莫分的一体

① Mark Johnson, *The Body in the Mind*, The University of Chicago Press, 1987, pp. XIV–XVI.

② Bipin Indurkhya, *Metaphor and Cognition*, Kluwer Academic Publishers, 1992, p. 271.

③ 此"工巧"之"工"不是名词意义的"工匠"，而是形容词意义，即《说文解字》"工，巧饰也"之意。

关系，经验的投射必然伴同着话语的共享。①

《考工记·总序》说“天有时，地有气，材有美，工有巧，合此四者，然后可以为良”，刘勰取譬百工，首先关注的就是他们技艺经验中的“工巧”。刘勰在论文时也尤爱使用“巧”字，《文心雕龙》中“巧”字凡54见，除《序志》篇援引《巧心》书名成辞外，尚有53处之多。“工”字在书中也出现了13处，除“画工”“良工”“天工”三处外，其余10处也是形容词性。正是因为重视为文的工巧，刘勰才对诗人作家寄予了如下的期许：“裁霞制云，不让乎天工；斫卉刻葩，有同乎神匠”（《隐秀》），“木美而定于斧斤，事美而制于刀笔，研思之士，无惭匠石”（《事类》）。

“工巧”而外，刘勰也非常重视百工经验中所蕴藏的“术数”，“术数”即是通常所说的“技道”，“术”为“技”指向形下操作层面，“数”为“道”指向形上哲学层面。这里之所以舍“技道”而取“术数”，乃是为了与刘勰的用语习惯相一致。《文心雕龙》中“技”字仅出现一次（“战代技诈”《养气》），加上“伎”字（“伎数之士”《正纬》）也不过2次，而“术”字出现了54次之多。《文心雕龙》中“道”字侧重于儒家圣贤之道，“技道”之“道”在书中由“数”字来表示，“数”字在《文心雕龙》中出现了43处。故而，我们才以“术数”替代“技道”。如前所述，“术”乃形下层面，主要指各门技艺的操作规范，大致是可言说的部分；“数”乃形上层面，主要指各门技艺共通的超验哲学，属于不可言传的部分。但两者并非泾渭分明、判然有别，存在“技进乎道”、“道进乎技”的沟通可能，并且技艺的理想至境正是“体用不分”、“道器一如”的状态。陆德明《经典释文》中在释解《庄子·天道》“不徐不疾，得之于手而应于心，口不能言，有数存焉于其间”中“有数”一词时指出“数，术也”，可见“术数”也是一如的。

① 本文第一部分已经指出，“以技为喻”批评范式在刘勰之前经过很长一段时间的知识积累与实践探索，同样技艺术语与批评话语的转换共享也不是始于《文心雕龙》。不过，为了行文的便利，在接下来的论述中，我们只探讨《文心雕龙》“以技为喻”式批评话语的生成，而不去区分何者为刘勰所首创，何者为承继了前贤。

按照《文心雕龙》“以技为喻”之“工巧”与“术数”两类经验指向，大体可以将“设色之技”和“刮摩之技”归入“工巧”，而将“攻木之技”、“攻金之技”、“抟埴之技”、“庖饔之技”、“驭御之技”归入“术数”。[①] “工巧”者，即是以“设色之技”（主要为纺织、画缋）、“刮摩之技”（主要为治玉）比譬文学创作，意在喻说文学创作要像纺织、画缋、雕玉技艺一样，讲究“雕缛成体”（《序志》），追求“符采相济”（《宗经》）。纺织、画缋以文饰为能，《考工记·画缋》曰，“青与赤谓之文，赤与白谓之章，白与黑谓之黼，黑与青谓之黻，五采备谓之绣”，“杂四时五色之位以章之，谓之巧”。治玉讲究“雕琢”，“雕琢”也即是“文饰”，《说文解字》释“彫”（“雕”之古字）曰“琢文也”。《诗经·大雅·棫朴》有“追琢其章，金玉其相”，毛传曰“追，彫也。金曰彫，玉曰琢。相，质也”，郑玄笺云“追琢玉使成文章”。刘勰就此取譬，把纺织、画缋、治玉之文饰、雕琢的技艺经验投射于文学创作领域，同时也将“缛”、“采”、“锦”、“缛采”、“缀采”、“结采”、“馥采”、“横锦”、“凝锦”、“黼黻”、“绮交”、“结藻”与“雕”、“镂”、“镌”、“刻”、“雕缛”、“雕琢”、“雕蔚”、“雕采”、“雕饰”、“雕削”、“雕朽”、“刻镂”等技艺术语转化为文学批评话语。

文饰雕琢不可过，过犹不及，所谓“雅丽黼黻，淫巧朱紫”（《体性》）是也。故而，刘勰又提出了“符采相济”的主张。“符采”一词原为偏正结构，指美玉上的横纹，刘勰用为并列结构，“‘符’即‘质’、‘采’即‘文’，‘符采’二者并列，表示‘质’和‘文’的对立统一关系”[②]。“符采相济”、“文质彬彬”的文学经验在《文心雕龙》中也主要靠取譬技艺而获得表达。纺织、画缋之妙，在于“素以为绚”[③]，《考工记·画缋》就说“凡画缋之事，后素功”；雕刻之美，在于“金相玉式”，前引《诗经·大雅·棫朴》“追琢其章，金玉其相”句，孔颖达疏曰“言治宝物为

---

① 这种划分只是出于论述的方便，就其大概而言，实际情况要远为复杂，几乎每种技艺都是“工巧”与“术数”兼而有之。

② 冯春田《〈文心雕龙〉释义》，山东教育出版，1986 年，第 34 页。

③ 此四字应为《诗经·卫风·硕人》逸文，《论语·八佾》卜商引诗时曾出现此四字。

器，所以可雕琢其体以为文章者，以金玉本有其质性故也”，朱熹集解亦云“追之琢之，则所以美其文者至矣；金之玉之，则所以美其质者至矣”。刘勰就此取譬论文，则有“丽词雅义，符采相胜，如组织之品朱紫，画绘之著玄黄；文虽新而有质，色虽糅而有本”（《诠赋》），“练青濯绛，必归蓝蒨；矫讹翻浅，还宗经诰”（《通变》），“虽复契会相参，节文互杂，譬五色之锦，各以本采为地”（《定势》）等完形技喻话语，及“本色”、“本采”、“正采”、“符采复隐”、“符采相济”、“符采炳耀”、“符采克炳”、“金相玉式”等简省技喻话语。①

相较“工巧”而言，“术数”之意蕴要丰厚许多。概而言之，所谓“术数”者，就是以“攻木之技”、“攻金之技”、“抟埴之技”、“庖饔之技”、“驭御之技”等比方文学创作，以诠释文学创作之操作规则与工艺哲学。分梳而言，刘勰援“攻木之技”主要是用以说明文学创作的法度问题，当然“百工从事者亦皆有法”（《墨子·法仪》），“工”字本身即有法度的意思，许慎《说文解字》解“工”除前注引“工，巧饰也”外，尚有“象人有规矩”的释文，据考证甲骨文“工”为象形字，象画直角和方形的曲尺，曲尺就是“为方之器”的矩②。不过，相较而言，百工之中尤以木工最讲法度，《考工记·舆人》有“是故规之以视其圜也，萬之以视其匡也，县之以视其辐之直也，水之以视其平沈之均也，量其薮以黍以视其同也，权之以视其轻重之侔也。故可规、可萬、可水、可县、可量、可权也，谓之国工”。“萬”字，郑玄注曰：“等为萬蒌，以运轮上，轮中萬蒌，则不匡刺也。故书‘萬’作‘禹’。郑司农云：‘读为萬，书或作矩’”，由此可知“萬”与“矩”意同，也是“正方之器”。“水”即“准也”，《说文解字》云“准，平也”，意为以水测平。《淮南子·时则训》有“阴阳大制有六度：天为绳，地为准，春为规，夏为衡，秋为矩，冬为权”，《考工记》“可规、可萬、可水、可县、可量、可权”与《淮南子》

① 关于《文心雕龙》以“纺织”、“治玉”比譬文学创作的现象，可参看古风《“以锦喻文”现象与中国文学审美批评》（《中国社会科学》2009 年第 1 期）、文爽《〈文心雕龙〉“符采”说释义》（《北京市社会科学》2015 年第 2 期）等文。

② 徐中工主编《甲骨文字典》，四川辞书出版社，1989 年，第 494 页。

的“六度”，除“可量”外其余都可对应，均是指法度而言。刘勰运用“攻木之技”的譬喻，主要也是取其重规则、讲法度的技艺经验，这从《文心雕龙》论文之习用话语中即可看出，是书中“规矩”凡 2 见、“矩式”1 见、“规式”1 见、“矩矱”1 见、“准矱”1 见、“绳墨”2 见、“规”12 见①、“矩”5 见、“式”26 见、“准”11 见、绳 3 见、墨 1 见，以“攻木之技”的术语说明为文之法度者，共计 66 处。②

援“攻金之技”“抟埴之技”，刘勰更侧重于阐释文学创作的模范问题。“攻金之技”、“抟埴之技”的模范问题与“攻木之技”的规则、法度问题密切相关，是规则、法度在这两个领域的延伸。想要制作出符合法式、法度的器物（主要为金属器物与陶土器物），必须借助于体现法式、法度的“制器之器”——“镕”、“型”、“模”、“范”（古字为“笵”，有时也写作“範”）等。“镕”字，《说文解字》释为“冶器法也”，徐锴《说文系传》云“亦模範也，古言镕裁出于此”，段玉裁《说文解字注》引《汉书·董仲舒传》，“曰：‘犹泥之在钧，唯甄士者之所为；犹金之在镕，唯冶者之所铸也’。师古曰：‘镕，谓铸器之模範也’”，朱骏声《说文通训定声》引《通俗文》“木曰模，水曰法，土曰型，竹曰笵，金曰镕”，释义渐趋明晰，颜师古“铸器之模範”可谓一语中的，朱骏声“木曰模，水曰法，土曰型，竹曰笵，金曰镕”之引文更是触类旁通，将相关名物悉数开列。“型”字，《说文解字》释为“铸器之法也”，段注亦引《通俗文》“以木为之曰模，以竹曰笵，以土曰型”。“模”字，《说文解字》释为“法也”，段注“以木曰模，以金曰镕，以土曰型，以竹曰笵，皆法也”。“笵”字，《说文解字》释文与“模”同，还是“法也”，段注亦与“模”相近，“以土曰型，以金曰镕，以木曰模，以竹曰笵”。同时段玉裁还指出“型”、

① “规”字在《文心雕龙》中共出现 24 处，表示“正圆之器”的是 15 处。这里的“12 见”已经排除了“规矩”“规式”词组里的 3 例，以下单字统计结果均已经排除在词组中统计的数目。

② 关于《文心雕龙》以木工技艺喻为文法度，闫月珍《器物之喻与中国文学批评——以〈文心雕龙〉为中心》（《中国社会科学》2013 年第 6 期）一文有较为透辟的论述，我们也从中获得了较多启发，可参看。

“镕”、“模”、“笵”是“一物材别也”，可见四者虽材质有别，但用归一途，均是“铸器之模範”。刘勰也每将这些技艺术语引入文学批评，用以阐释文学创作的模范问题。《文心雕龙》中，“熔范”1 见(“熔”即“镕”字)、“熔”14 见[①]、“刑”2 见(“刑”即“型”字)、“模”3 见、“范”14 见[②]，共计 34 处均有模范之意，区别在于有时是名词性意指“学习之对象”，有时为动词性意指“学习之行为”[③]。至于文学创作模范的对象，刘勰认为主要还是儒家的经典，所谓“熔钧六经”(《原道》)、“模经为式”(《定势》)、“吐纳经范”(《才略》)等就是此意。

如果说刘勰援引上述“攻木之技”、“攻金之技”、“抟埴之技”，是侧重于说明文学创作操作层面之“技”与“术”，那么“庖饔之技”、“驭御之技”则主要被用来阐释文学创作哲学层面之“道”与“数”。先看“庖饔之技”，中国人以食为天，尤其注重烹饪技艺，在长期技术实践的基础上逐渐形成了博大精深的烹饪哲学，其中尤以伊尹的“五味调和说”为代表。《吕氏春秋·本味》载：

> (伊尹)说汤以至味……凡味之本，水最为始。五味三材，九沸九变，火为之纪……调和之事，必以甘酸苦辛咸。先后多少，其齐甚微，皆有自起。鼎中之变，精妙微纤，口弗能言，志不能喻。若射御之微，阴阳之化，四时之数。故久而不弊，熟而不烂，甘而不哝，酸而不酷，咸而不减，辛而不烈，淡而不薄，肥而不腠。

这里的“调和之事，必以甘酸苦辛咸”，就是后世广为流传的“五味调

---

① 《文心雕龙》中，“熔”字凡 15 见，其中一处是《熔裁》的篇名，篇名中的“熔”，按照刘勰“规范本体谓之熔”的释名，可知此“熔”字亦是“模范”之意，故而计入总数。

② 《文心雕龙》中，“范”字凡 22 见，“熔范”一词去其一，此外，《正纬》之“《洪范》”、《论说》之“范雎”、《书记》之“范宣”、《比兴》之“范蔡”、《时序》之“何范”、《才略》之“范雎”、《序志》之“弘范”7 处为书籍、人物之专有名词，也须摒除，余下为 14 处。

③ 《文心雕龙·定势》有“是以模经为式者，自入典雅之懿”“熔范所拟，各有司匠”两句，詹锳义证“模”为“取法”，“熔范，此处指学习对象”，前者是“学习之行为”，后者为“学习之对象”。(见刘勰撰，詹锳义证《文心雕龙义证》，上海古籍出版社，1989 年，第 1117、1119 页)

和说”，由此可见，在古人看来烹饪的精妙少关宰割烹煮，而多在于“调和之事”。故而古代负责膳食的工匠除了“膳夫”、“庖人”、“内饔”、“外饔”、“亨人”外，还有“食医”一种，据《周礼·天官》“食医掌和王之六食、六饮、六膳、百羞、百酱、八珍之齐”的记载，其职守是“掌和”，亦即《吕氏春秋》所说的“调和之事”，“调”指的是食材、佐料的调剂与配伍，而“和”则是“调”的结果，也即《吕氏春秋》所说的“甘而不哝，酸而不酷，咸而不减，辛而不烈，淡而不薄”，这是烹饪事的旨归所在。刘勰论文非常重视“中和之美”，“中和之响，阒其不还”（《乐府》）“妙才激扬，虽触思利贞，曷若折之中和”（《章句》），所以也曾取“庖饔之技”以为譬喻，如“声得盐梅，响滑榆槿”（《声律》）即是。“盐梅”者，《尚书·说命下》有“若作和羹，尔惟盐梅”，孔安国注曰“盐咸，梅醋，羹须咸醋以和之”；“榆槿”者，《周礼·天官》有“凡和，春多酸，夏多苦，秋多辛，冬多咸，调以滑甘”，郑玄注引《礼记·内则》“枣栗饴蜜以甘之，堇荁枌榆娩槁滫瀡以滑之”，贾公彦疏曰：“‘滑’者，通利往来，亦所以调和四味……‘堇荁枌榆娩槁滫瀡以滑之’者，证经滑之所用之物。”所以不管是“盐梅”还是“榆槿”均取其调和饮食意，刘勰借之以说明声律对于文章的调和作用。至于调和之后，文学将会达到怎样一种状态？刘勰同样是借助“庖饔之技”来加以描述的。他将“信有遗味”（《史传》）、“精味兼载”（《丽辞》）、“余味曲包”（《隐秀》）等技艺术语引入批评领域，正是为了喻示文学诸种要素搭配、调和之后所达到的审美境界。

除了“庖饔之技”，刘勰还多以“驭御之技”为譬喻阐述文学创作的“中和之道”。“若能凭轼以倚《雅》、《颂》，悬辔以驭楚篇，酌奇而不失其真，玩华而不坠其实，则顾盼可以驱辞力，欬唾可以穷文致”（《辨骚》），文学创作需“凭轼《雅》、《颂》”、“悬辔楚篇”、调和奇真、折中华实，如此方能“奇正”“俱通”（《定势》）、“华实相扶”（《才略》），这就是“驭御之技”中“六辔如琴”的境界。《附会》篇“是以驷牡异力，而六辔如琴，驭文之法，有似于此”，此处刘勰援引《小雅·车舝》“四牡騑騑，六辔如琴”的诗句，但是将“騑騑”改换成了“异力”，此一变动甚是高明。他以“驷牡”譬喻文学创作之“奇”与“正”、“华”与“实”等不同质素，以“驷牡异力”比方文学创作中“奇”与“正”、“华”与“实”等不同质素之间的冲突，以此强调文学创作折中、调和之道的重要意义。[①] 伴同“驭御之技”的经验投射，“总辔”、“悬辔”、“执辔”、“按辔”、“引辔”等技艺术语也被导入文学批评话语体系之中。

值得注意的是，《附会》篇的“六辔如琴”，属于《文心雕龙》全书中非常罕见的“喻中喻”，也即是“譬喻之譬喻”，“六辔如琴”本身就是以音乐比譬“驭御之技”，刘勰援之喻文已属双重譬喻。音乐重“和”，是中国自古以来的传统，《尚书·舜典》就有“八音克谐，无相夺伦，神人以和”的论述。在《文心雕龙》中以乐论文的音乐譬喻所在皆是，且多取其“和声”(《乐府》)、“和律”、“和韵”(《声律》)之意，“如乐之和，心声克协”(《附会》)者是也。古时乐师亦在百工之列，本应将其纳入“以技为喻”的范畴，所以弃置，一则以现代眼光看去，音乐艺术与百工之技还是判然有别，二则对于《文心雕龙》的“以音乐为喻”，我们拟以专文探讨，此处不予论列。

至此，刘勰借助“以技为喻”范式，探讨了文学创作中“雕缛”、“符采”、“法度”、“模范”、“中和”、“余味”等关键问题，在完成百工经验向文学创作领域迁移的同时，也实现了技艺术语向批评话语的转换。中国文论“以技为喻”批评范式，经先秦的理论奠基和两汉魏晋的批评实践而逐步走向成熟，终于在刘勰手中大放异彩。“以技为喻”批评范式的自如运用，正是《文心雕龙》能够截断众流、拔萃出类的关键所在。

（曲阜师范大学文学院，唐山学院文法系）

---

① 《车舝》诗句本身即蕴含“调和”之意，郑玄笺注有云“其御群臣，使之有礼，如御四马騑騑然。持其教令，使之调均，亦如六辔缓急有和也”，孔颖达疏亦曰“如善御者，使四牡之马騑騑行而不息，进止有度，执其六辔，缓急调和，如琴瑟之相应也”。(见阮元校刻《十三经注疏》，中华书局，1980 年，第 482 页)不过，刘勰的改动确实让“调和”的意思变得更加朗豁了。

“愤激的反驳”与“文人的出路”：《文心雕龙·程器》篇新读*

朱供罗

内容摘要：不少学者从“文德”角度来理解《文心雕龙·程器》篇主旨，似有不妥。《程器》篇主旨表现在两方面，一是愤激反驳曹丕“古今文人类不护细行，鲜能以名节自立”之论点，从而在道义上为“文人的出路”争取机会；二是正面提出“君子藏器，待时而动”的主张。从正反两方面看，《程器》篇是文论史上第一篇为文人谋出路的论文。因此，《程器》篇的重要性还有待重新认识。

关键词：《程器》；“愤激”；“文人无行”论；“藏器待时”；出路

* 基金项目：国家社科基金西部项目“《文心雕龙》‘依经立义’研究”（16xzw001）。

"Angry Retort" and "The Way Out for the Literati": A New Reading of *Chengqi* in *Wenxin Diaolong*

Zhu Gong-luo

Abstract: It seems improper for many scholars to understand the theme of *Chengqi* in *Wenxin Diaolong* from the perspective of "Wende". The theme of *Chengqi* is shown in two aspects. One is to refute Cao Pi's argument that most literati in ancient and modern times did not pay attention to the details, and seldom could stand on their own merits, so as to fight for the opportunity of "the literati's outlet" morally. The other is to make a point that the gentleman should hide its strength, then wait the appropriate time to take action. From both positive and negative aspects, *Chengqi* is the first paper in the history of literary theory to seek a way out for the literati. Therefore, the importance of *Chengqi* remains to be reconsidered.

Keywords: *Chengqi*; "indignant"; the tradition view that the moral of literati usually is not good; "Hiding his strength, then wait the appropriate time to take action"; outlet

《程器》篇是《文心雕龙》(下文简称《文心》)全书的最后一篇[①]。关于《程器》篇的主旨,学界有不少人从"文德"角度进行解读。如祖保泉认为:"《程器》篇从文、行两方面统一立论。"[②]周振甫认为,本篇讨论作品的品德才干问题。[③] 张立群认为,《程器》篇明确提出"文德说",集中探讨了作者及其文学作品的思想道德倾向问题,是中国古

① 《序志》篇是序言,不是全书真正意义上的末尾。

② 祖保泉《祖保泉选集 · 文心雕龙解说》,安徽教育出版社,2012 年,第 809 页。

③ 周振甫《文心雕龙今译》,中华书局,1986 年,第 442 页。

代作者批评的重要内容。[①] 周兴陆认为:“《文心》虽然没有为‘文德’立目,但是……《程器》篇专门论述了这一问题。”[②]笔者认为,《程器》有和“文德”相关的内容,但将本篇看作“文德论”专篇,似有不妥。笔者以为,《程器》的基本思路是在简述文坛“务华弃实”现状的基础上引出“文人无行”论及其影响,再反复批驳“文人无行”论,并正面提出“藏器待时”的主张,从而为文人的出路而谋划。

一、“务华弃实”的文坛现状

《程器》篇一开头即引用《周书》,主张“梓材之士”兼具器用与文采:

> 《周书》论士,方之梓材,盖贵器用而兼文采也。是以朴斫成而丹雘施,垣墉立而雕杇附。

《周书》谈论士人,用木工制器相比。木工制器既重实用又要文采,所以文士之修炼也要兼顾器用与文采。但是,现实的情况却令人失望:“而近代词人,务华弃实。”晚近的作者务求华采,舍弃政治实才,这不符合“梓材之士”的标准。近代词人“务华弃实”可能受到了东晋玄学思想的影响。《明诗》篇有言:“江左篇制,溺乎玄风,羞笑徇务之志,崇盛忘机之谈。”致力于政务的心志被人耻笑,陶然忘机的清谈反大受推崇,这样的“玄风”影响了两晋及南朝文士。另一方面,近代词人“务华弃实”也与当时文坛“争奇追新”的时尚有关。所谓“俪采百字之偶,争价一句之奇,情必极貌以写物,辞必穷力而追新:此近世之所竞也”(《明诗》),这种追求骈俪之长、语句之奇、辞语之新、写物之极的时尚,助推了文坛的虚华风气。

二、追溯“文人无行”论及其影响

针对当时文人“务华弃实”的现状,刘勰不由得追溯曹丕的“文人

① 张利群《〈文心雕龙〉体制论》,广西师范大学出版社,2010 年,第 247 页。

② 周兴陆《〈文心雕龙〉精读》,北京大学出版社,2015 年,第 238 页。

无行”论：

> 故魏文以为“古今文人，类不护细行”，韦诞所评，又历诋群才。后人雷同，混之一贯。吁，可悲矣！

“古今文人，类不护细行，鲜能以名节自立”，这是曹丕的“文人无行”论，本来与文人“务华弃实”、缺少“器用”没有关联，刘勰为什么会将两者联系起来呢？这其中的逻辑是这样的：文人没有“器用”的话，不受重用是无话可说；可是曹丕的话引导人们重点针对文人的德行缺失，这就使得文人即使有“器用”也不能得到重用了。

“文人”作为一个以“文”为专业的类群，其出现的背景和东汉的学术分化有关。王充《论衡·超奇》篇曾将整体性的文人分列四类，“能说一经者为儒生；博览古今者为通人；采掇传书，以上书奏记者为文人；能精思著文，连结篇章者为鸿儒”，“儒生过俗人，通人胜儒生，文人逾通人，鸿儒超文人”。[①] “文人”的一般涵义和特定涵义都出现了，可以看出“文人”至晚在东汉初期就有了独立身份。到了东汉后期的光和元年（178），汉灵帝设立鸿都门学，招揽“以词赋小技掩盖经术”的鸿都门人，为此类文人晋身朝廷创造机会，招致传统鸿儒士人如蔡邕、杨赐等人的激烈抨击[②]，其抨击所指，除了出身卑贱外，就是品行不端[③]。这是群体概念的“文人”第一次因“无行”而受到众人责难。

建安二十三年（218），曹丕怀念往昔与建安七子的情谊、赞扬徐干等人的人品与文章，写下《与吴质书》，其中有言：“观古今文人，类不护细行，鲜能以名节自立。而伟长独怀文抱质，恬淡寡欲，有箕山之志，可谓彬彬君子者矣。著《中论》二十篇，成一家之言，辞义典雅，足传于后，此子为不朽矣。”[④]可见，曹丕本是为了突出徐干的高雅情志才拿一般文人来作铺垫，当然，这些“不护细行”的文人也是对较长

---

① 郭绍虞主编《中国历代文论选》第一册，上海古籍出版社，2001 年，第 109 页。

② 《文心雕龙·时序》篇：“杨赐号为驩兜，蔡邕比这俳优。”

③ 参看周兴陆《〈文心雕龙〉精读》，北京大学出版社，2015 年，第 239 页。

④ 郭绍虞主编《中国历代文论选》第一册，上海古籍出版社，2001 年，第 165 页。

时期内的文人(包括鸿都门学文人在内)的整体性判断。因为曹丕后来成为魏文帝,其“文人无行”论也广为人知;而且,“文人无行”论可以找到众多例子支撑印证因而成为对“古今文人”的基本评判,其流传更为深广。

韦诞也对多位文人一一指摘。他说:“仲宣伤于肥戆,休伯都无格检,元瑜病于体弱,孔璋实自粗疏,文蔚性颇忿鸷……其不高蹈,盖有由也。”①不过,尽管指出五人都有缺点,韦诞还是根据孔圣“君子不责备于一人”的精神,从文学角度给予五人肯定评价,“然君子不责备于一人,譬之朱漆,虽无桢干,其为光泽亦壮观也”②。

与魏文帝言论相较而言,韦诞的评论还算客观,给了“光泽壮观”的肯定评价;另一方面,五人“无桢干”之器,“不甚见用”“盖有由也”,韦诞毕竟只是针对王粲等五人,不像曹丕那样针对几乎所有的文人;此外,“元瑜病于体弱”,也与德行无关。所以可以想象,韦诞所评对文人出仕的影响微乎其微,但魏文帝乃一国之尊,他的“文人无行”论对文人出仕的负面影响就太大了。颜之推《颜氏家训·文章篇》即谓:“自古文人,多陷轻薄:屈原露才扬己,显暴君过;宋玉体貌容冶,见遇俳优……”③颜氏一口气举出了36位“翘秀”文人的“轻薄”,显然受到了曹丕“文人无行”论的影响。还有众多有关文人的定性或评论也是沿袭曹丕的论调,所谓“后人雷同,混之一贯”。

在这种情况下,哪怕是有“军国之器”“桢干之质”的文人也不会得到公平的对待了。刘勰对此不禁发出感叹:“吁,可悲矣!”这一声叹息也拉开了刘勰愤激情绪的闸门。

三、“愤激的反驳”

引出魏文帝“文人无行”论及其影响后,刘勰集中反驳该观点。不过刘勰的反驳是先从顺承魏文帝思路开始的。

---

①② 《三国志》,中华书局,1959年,第604页。

③ 颜之推撰,王利器集解:《颜氏家训集解(增补本)》,中华书局,1996年,第237页。

（一）**“略观文士之疵”——反驳的前奏**

刘勰先简略梳理文士瑕疵，承认不少文人的确德行有亏。

> 略观文士之疵：相如窃妻而受金，扬雄嗜酒而少算[①]；敬通之不修廉隅，杜笃之请求无厌；班固谄窦以作威，马融党梁而黩货；文举傲诞以速诛，正平狂憨以致戮；仲宣轻锐以躁竞，孔璋惚恫以粗疏；丁仪贪婪以乞贷，路粹餔啜而无耻；潘岳诡祷于愍怀，陆机倾仄于贾、郭；傅玄刚隘而詈台，孙楚佷愎而颂府，诸如此类，并文士之瑕累。

刘勰举这些例子，一是顺着魏文帝的意思说，二是为下一步的反驳打下基础：文人有这些缺点，武士就没有吗？与武士的缺点相比，文士的缺点又如何呢？

（二）**“古之将相，疵咎实多”——第一次反驳**

在刘勰看来，“古之将相，疵咎实多”。像管仲偷窃，吴起贪财好色，陈平行为有污点，周勃、灌婴谗言嫉才，“沿兹以下，不可胜数”。刘勰特别提到孔光和王戎，并以他们为参照为其他文人辩护。孔光位为丞相，却向董贤献媚，何况班固、马融职位卑微，潘岳地位低下呢？王戎是开国大将，却卖官鬻爵引世俗热议，何况司马相如、杜笃生活拮据，丁仪、路粹贫穷寒微呢？两个让步从句带着强烈的反诘语气，表达了刘勰的愤慨：与取得高位的武将们相比，文士们的那些瑕玼更不值一提啊！

然而这些瑕疵并不妨碍孔光被称为名儒，也不妨碍王戎被列入竹林七贤（“然子夏无亏于名儒，浚冲不尘乎竹林者”）。个中原因，恐怕是因为孔光、王戎名位高了，受到的讥讽也减少了。“名崇而讥减”是普遍现象，其中原因除了人们怕得罪位高权重者给自己带来危险的惧罪远祸心理外，还和儒家推崇的“为尊者讳”的伦理思想有关系。《公羊传·闵公元年》：“春秋为尊者讳，为亲者讳，为贤者讳。”[②]武人

---

① “少算”应指扬雄缺少谋算，未能保持气节，终因赞美王莽新朝而遭致诟病。

② 何休注，徐彦疏《十三经注疏·春秋公羊传注疏》，上海古籍出版社，1997 年，第 2244 页。

多参与军国大事，有武功，有权位，故成为尊者，“为尊者讳”，其他人对武士（有功名者）要注意避讳，对于他们的讥讽就会减少。

需要说明的是，纪昀在“况马、杜之磬悬，丁、路之贫薄哉”后加注“此亦有激之谈，不为典要”①，这里的“有激之谈”涉及的是一大段话：从“文既有之，武亦宜然”的“亦”字就可以看出刘勰的不平之气；此后的“古之将相，痴咎实多”也反映了刘勰想要论道论道并举例证明的意味；“沿兹以下，不可胜数”反映了刘勰对武士瑕痴数不胜数的轻蔑之意；此后的两个反诘式让步丛句，明显表露了刘勰对文人的辩护。

（三）“岂曰文士，必其玷欤？”——第二次反驳

刘勰对魏文帝“文人类不护细行”的观点，提出第二次反驳：文人未必都是“不护细行”，也有“无玷瑕”的文人。

> 若夫屈、贾之忠贞，邹、枚之机觉，黄香之淳孝，徐干之沉默，岂曰文士，必其玷欤？

像屈原、贾谊忠诚正直，邹阳、枚乘机敏警觉，黄香至孝，徐干沉静淡泊，这些都是正面例子，谁说文士就一定有缺点呢？这是直接针对“文人无行”论的反驳，是有力的反证。当然，“岂曰文士，必其玷欤”这样的反问句式，也以一种不容置疑的语气表达了刘勰的愤慨。

（四）“自非上哲，难以求备”——第三次反驳

刘勰认为，“人禀五材，修短殊用”，人禀有五材之质，或长或短表现不同，“自非上哲，难以求备”。这显然与《论语·微子》“无求备于一人”的思想相通。可以说，“自非上哲，难以求备”是刘勰对“文人无行论”的第三次反驳。这一次反驳直接以圣人之言为依据，反驳很有力度。不过，此次反驳是从普遍意义上辩驳，并不是专门针对“文人”而言。

（五）“江河腾涌，涓流寸折”——第四次反驳

刘勰又把有瑕疵的文人武士所受到的不同待遇作了对比：

---

① 刘勰著，黄叔琳注，纪昀评，李详补注，刘咸炘阐说，戚良德辑校《文心雕龙》，上海古籍出版社，2015年，第285页。

> 然将相以位隆特达，文士以职卑多诮，此江河所以腾涌，涓流所以寸折者也。名之抑扬，既其然矣，位之通塞，亦有以焉。

同样是有瑕疵，将相因为地位崇高而特别显达，文人因职位卑微而多受讥诮，这就是大江大河所以浪腾波涌，小水小溪所以曲折难行的原因吧。“江河腾涌，涓流寸折”这一对比鲜明的境遇不禁让刘勰大发感慨：名声的抑扬就是这样啊！官位的通达还是不畅，也是有原因的啊！

王元化认为，从这段话里，我们可以清楚看到，刘勰对于当时等级森严的门阀制度产生的种种恶习所感到的愤懑和不平。[①] 笔者赞同此观点，认为这段话既反映了刘勰对当时的门阀制度的愤懑不平，也是对曹丕“文人无行论”的反驳。如果说门阀制度是决定士人出路的一种基本制度[②]，那么曹丕“文人无行”论则是强化门阀制度不公平性的主流论调，两者共同作用，对“文人”（特别是出身寒门的文人）造成了合力性打击，造成文人“涓流寸折”、前路不畅的结果，与武士的“江河腾涌”相比，简直天壤之别。从这个角度讲，专门针对“文人瑕累”的“文人无行”论本身就不公平，这是刘勰对曹丕“文人无行”论的第四次反驳。

（六）“士之登庸，成务为用”——第五次反驳

经过四次对“文人无行”论的反驳后，刘勰还对曹丕的“文人无行”论进行了第五次反驳：“士之登庸，以成务为用。”

> 盖士之登庸，以成务为用。鲁之敬姜，妇人之聪明耳，然推其机综，以方治国。安有丈夫学文，而不达于政事哉？

士人被重任为官，以能成就事务为准则。所谓的“成务”，是指具有现实的政治才干，“达于政事”。鲁国的敬姜，是妇人中的聪明人，她都

---

① 王元化《刘勰身世与士庶区别问题》，载《文心雕龙讲疏》，广西师范大学出版社，2004 年，第 14 页。

② 事实上，门阀制度是三国两晋南北朝时期的选官用人制度，此前的汉朝采用的是察举制，此后的隋唐等都是实行科举制。

就织机加以推论，来比喻治理国家[①]；哪有丈夫学了文章，却不通达政事的呢？“安有丈夫学文，而不达于政事哉”，也是愤激之言，既表达了对大丈夫还比不过妇人的不服，也表达了刘勰对自己“学文”而“达于政事”、兼具“文采”与“器用”的自信。

为了说明“成务为用”的准则，刘勰从三个方面举例。首先，举“有文无质”的扬雄、司马相如为例：

> 彼扬、马之徒，有文无质，所以终乎下位也。

司马相如、扬雄之类文人“有文无质”，没有实际的才干，只能写些“劝百讽一”的辞赋，所以最终处于低下的位置。可见刘勰论人，重点是处理现实政治事务的识见与才能。[②]

其次，举“勋庸有声”而“文艺不称”的庾亮为例：

> 昔庾元规才华清英，勋庸有声，故文艺不称，若非台岳，则正以文才也。

从前庾亮才华清新英秀，功业卓有声望，所以他的文章技艺不被称扬；倘若不是身居高位、功勋卓著，那他应该也是以文才著称啊！此处对庾亮的称赞，暗含对“位高权重者，怠其职责，而以文采邀誉”（刘永济语）[③]的讥讽，也表明了刘勰虽然看重“文艺”但他更加看重“武功”，更加看重“成务为用”。

最后，举“文武相宜”的郤縠、孙武为例。

> 文武之术，左右惟宜。郤縠敦《书》，故举为元帅，岂以好文而不练武哉？孙武《兵经》，辞如珠玉，岂以习武而不晓文也？

刘勰认为，文士也好，武人也好，都应该像郤縠、孙武那样兼有“文”、“武”之术。“岂以好文而不练武哉？……岂以习武而不晓文也？”这

---

① 《列女传·母仪》：文伯相鲁，敬姜谓之曰：“吾语汝：‘治国之要，尽在经矣。夫幅者所以正曲枉也，不可不强，故幅可以为将。画者所以均不均，服不服也，故画可以为正。……推而往引而来者，综也；综可以为関肉之师。”

② 周兴陆《刘勰“文德”论新探》，《文艺理论研究》2015年第1期，第123—129页。

③ 刘永济《文心雕龙校释》，中华书局，2007年，第169页。

两个反问句，也有愤激之气，表面是说郤縠、孙武是能文能武的人，兼备器用与文采、能够成就事务；言下之意是自己何尝又不是能文能武之人，只是没有上位的机会，没有施展政治才干的机会啊！正如纪昀所评："观此一篇，彦和亦发愤而著书者。观《时序》篇，此书盖成于齐末。彦和入梁乃仕，故郁郁乃尔耶？"[①]的确，刘勰有材而久不见用，故胸臆间郁积了愤愤之气。

刘勰强调"成务为用"，即强调文人经世达政的实才。[②] 在用人的标准上，到底是坚持器用、才能为先，还是坚持德行为先，是一个长期以来充满争议的话题。儒家一直遵行德行为先的评价标准与用人标准。但曹操在《求贤令》发出质疑，"若必得廉士而后可用，则齐桓公其何以霸世"，并第一次旗帜鲜明地喊出了"唯才是举"的口号。[③] 刘勰没有曹操那么大的气魄，不敢直接质疑"孔门四教，德行为首"，也没有曹操那样的地位和权势，不可能搬出"唯才是举"的口号，而是用"依经立义"的方式建构一个观点——"士之登庸，以成务为用"。"登庸"，登用，语出《尚书·尧典》"畴咨若时登庸"[④]；"成务"，成就事务，语出自《周易·系辞上》："夫《易》，开物成务。"[⑤]"士之登庸，以成务为用"乃依经立义——强调政事实才，重实才而忽德行。曹丕"文人无行"论恰恰相反，突出了德行而无视实才。从这个意个讲，"士之登庸，以成务为用"是对曹丕"文人无行"论的反驳，是第五次反驳。

四、"文人的出路"

通过对"文人无行"论的五次反驳，刘勰大体为兼具器用与文采、

---

① 刘勰著，黄叔琳注，纪昀评，李详补注，刘咸炘阐说，戚良德辑校《文心雕龙》，上海古籍出版社，2015 年，第 285 页。

② 周兴陆《〈文心雕龙〉精读》，北京大学出版社，2015 年，第 246 页。

③ 郭绍虞主编《中国历代文论选》第一册，上海古籍出版社，2001 年，第 165 页。

④ 孔安国传，孔颖达等正义《十三经注疏·尚书正义》，上海古籍出版社，1997 年，第 122 页。

⑤ 王弼等注，孔颖达等正义《十三经注疏·周易正义》，上海古籍出版社，1997 年，第 81 页。

文武兼备之士人的入仕争得了机会。当然，这只是从道义、道理上为“文人的出路”争机会。此后，刘勰便正面讨论文人的出路问题：

> 是以君子藏器，待时而动。发挥事业，固宜蓄素以弸中，散采以彪外，楩楠其质，豫章其干。摛文必在纬军国，负重必在任栋梁，穷则独善以垂文，达则奉时以骋绩。若此文人，应《梓材》之士矣。

刘勰认为，文人要想有出路，要做好两个方面：一、“君子藏器”；二、“待时而动”。

（一）君子藏器

刘勰认为，君子（具体而言指“文人”）应该怀藏利器，等待时机趁势而动。“君子藏器，待时而动”，来自《周易·系辞下》：“君子藏器于身，待时而动。”[①]关于“时”的问题，下文再讨论，此处先讨论“器”的问题。

“器”在本篇出现四次，分别是题目的“程器”，开头的“贵器用而兼文采”，文末的“君子藏器，待时而动”以及赞语中的“雕而不器，贞干谁则”。关于“器”的内涵，有不同说法。叶长青说：“‘形而上谓之道，形而下谓之器’，器者所以求道。彦和首《原道》而终《程器》，示我周行矣。”[②]叶长青所谓“器者所以求道”“道器周行”，是把“器”理解为与“道”相对应的“形器”。张国庆认为：“《原道》篇首论‘文’的本质，以引出其后各篇所论‘文’的种种具体表现，这正显出‘道’的真正精神和意义（道生万物，赋予万物生命、生机）；与此相应，《程器》篇自亦当以论‘文’的大用作结，总括以上各篇所论‘文’的无限丰富与精彩以烘托出‘道’的遍在和伟大，这终显出‘器’的真正精神和意义（万物生于无限，一本于道）。这样论述，‘道’‘器’相符，体用圆转。”[③]张国

---

① 王弼等注，孔颖达等正义《十三经注疏·周易正义》，上海古籍出版社，1997年，第81页。

② 叶长青《文心雕龙杂记》，福州职中印刷厂，1933年，第116页。

③ 张国庆《〈文心雕龙〉瑕疵辨析》，《上海师范大学学报（哲学社会科学版）》2016年第3期，第68—75页。

庆对“道”与“器”的内涵及其相互关系的论述堪称精妙，不过他似乎也是从“道生万物，万物本于道”的道家哲学角度来理解“器”（万物），而刘勰所说的“器”有其特定内涵——刘勰所谓的“器”是从儒家思想的内涵来使用的。

“器”本指“器具”，尤其是和军国大事联系在一起的“器具”，如《左传·隐公五年》：“公将如棠观鱼者，臧僖伯谏曰：‘凡物不足以讲大事，其材不足以备器用，则君不举焉。’”杜预注：“大事：祀与兵戎。材：谓皮革、齿牙、骨角、毛羽也。器用，军国之器”[①]；后来引申指人的“才能”，尤其是和军国大事联系在一起的“才能”。由此又衍生出“器”的另一个内涵：“量才使用”。这就由名词性的“军国之器”（《左传》杜预注）延伸到动词性的“度才而任官”（《论语》孔安国注）。“器”的内涵还包括以下几种：指有形的具体事物——“形器”，与“道”相对；器量；器官；赋税等。[②]《程器》篇的“器”并非“形而下者谓之器”的“器”（“形器”），而是指“军国之器”，即实际的政事才干，它有着特定的儒家“达政成务”的内涵。

《程器》篇共有四处谈到“器”。题目“程器”即衡量一个人的器用与政治实才。开头所谓“贵器用而兼文采”，明确指出“器”是“器用”，主张“梓材之士”应该既有政治实才，又能兼顾文采。文末的“君子藏器”的“器”也是指“器用”。在现实政事中发挥才能（“发挥事业”），本来就应该培养才德以充实内心之美（“固宜蓄素以弸中”），散播文采以显现外在之美（“散采以彪外”），拥有楩木楠木那样坚实的质地，枕树樟树那样高大的树干（“楩楠其质，豫章其干”）。铺摛文彩一定和军国大事相关，担负重任可成为国之栋梁。从“发挥事业”、“纬军

① 杜预注，孔颖达等正义《十三经注疏·春秋左传正义》，上海古籍出版社，1997年，第1726页。

② 《汉语大词典》第3卷，汉语大词典出版社，1989年，第521页。原文有12个义项，略举如下：“1.用具；器具。2.古代标志名位、爵号的器物。3.指宝器。鼎彝等传国之重器。亦指政权。4.指躯体或器官。5.指有形的具体事物。与‘道’相对。6.度量；胸怀。7.犹‘性’。8.才能；能力。9.比喻人才。10.器重，重视。11.谓量才使用。12.指国家的赋役。”

国”、“任栋梁”可以看出，“君子藏器”的“器”和“军国之器”相关。此外，“楩楠”、“豫章”两个词也可旁衬出“器”的内涵。陆贾《新语》有言：“楩柟豫章，天下之名木也……立则为大山众木之宗，仆则为万世之用。”[①]刘勰正以“楩楠豫章”比喻君子能“用之于世”。至于赞语中“雕而不器，贞干谁则”，意思是说，如果能雕饰文彩却没有政治实才，这样的人怎能称之为“贞干”之才呢？可见，赞语中的“器”也是指“军国之器用”。

还有一点需要说明，本篇五次批驳“文人无行”论，为文人之用世而呼吁，确实称得上是“耿介于《程器》”，其意乃在期待“文人之用”。赞语的最后一句说“岂无华身，亦有光国”，这里的“华身”，即“身之华”，意同“身之文”，《左传・僖公二十四年》介之推曰：“言，身之文也。”所以，这里的“华身”，是指文人能“言”；这里的“光国”，典出《周易・观卦》，其六四爻辞曰“观国之光，利用宾于王”[②]，意为观仰王朝的光辉盛大，利于成为君王的贵宾；既然才士希望成为君王的贵宾，那也说明君王礼尚贤宾，所以《观卦》六四象曰“观国之光，尚贤也”[③]。刘勰用此典故，正希望国君能以贤为尚，重用文人。文人之用，于己于国，都能显耀，当然，“华身”也好，“光国”也好，靠的不是其他，靠的正是“文武兼备”[④]的“器用”。

（二）待时而动

君子（“文人”）只有“藏器于身”、“蓄素以弸中”，才有可能“散采以彪外”。换句话说，并不是所有的“藏器于身”的“文人”都能“为世所用”，这里面还有一个“时运”的问题。

刘勰认为，“梓材之士”应该正确对待“时运”。不得志就培养品德以著作传世（“穷则独善以垂文”），得志就及时建功立业（“达则奉

---

① 王利器校注《新语校注》，中华书局，1986 年，第 101 页。

②③ 王弼等注，孔颖达等正义《十三经注疏・周易正义》，上海古籍出版社，1997 年，第 36 页。

④ 《章表》篇亦有言：“既其身文，且亦国华。”说的是章表的写作既要有“言”之文采，也要体现国之光华。

时以骋绩”）。“穷”与“达”，是不同的“时”，要“待时而动”——或“独善以垂文”，或“奉时以骋绩”。“穷则独善以垂文，达则奉时以骋绩”，与《孟子・尽心下》“古之人，得志，泽加于民；不得志，修身见于世。穷则独善其身，达则兼善天下”[①]相通，也是依经立义。

联系刘勰自己的生平，对于“君子藏器，待时而动”或许会有更深刻的理解。刘勰“早孤，笃志好学。家贫不婚娶，在依沙门僧佑，与之居处，积十余年”[②]。此时的刘勰无法实现自己的宏伟抱负，可谓“穷”矣。期间，他撰成《文心》一书，其实也是在“藏器于身”。一方面，《文心》有着庞大的结构、完整的理论体系，有骈文的体式、华丽的辞藻，有对前代典故的巧妙运用等，这些都体现了刘勰的“文采”；另一方面，《文心》论述了各类应用文体的释义、源流、名篇、及写作要领，比如“祝盟”、“铭箴”、“诔碑”、“诏策”、“檄移”、“封禅”、“章表”、“奏启”、“议对”等，这些又说明刘勰具有写作政用文之“器用”。“文采”与“器用”显现于《文心》之书，也可以说涵藏于刘勰之“身”，所以说刘勰撰写《文心》是“藏器于身”，当时的际遇可谓“穷则独善以垂文”。

《文心》既成，未为时流所称，刘勰“乃负其书候约出，干之于车前，状若货鬻者”[③]，这是刘勰的“待时而动”。此次献书得到了沈约的器重，刘勰也可能得到了沈约的推荐，所以在入梁后不久即入仕，任临川王萧宏记室，迁车骑仓曹参军，出任大末县令，改官仁威南康王萧绩记室、兼东宫通事舍人等，此时的刘勰正可谓“达则奉时以骋绩”。当时天子七庙的祭祀，已受佛教的影响用蔬果来代替牛羊，而祭祀天地、社稷还宰杀牲畜，于是刘勰上表，请求祭祀天地社稷和祭祀七庙一样改用蔬果做祭品。这是刘勰第二次“待时而动”。此次上表也得到了采纳，刘勰也因此迁步兵校尉，兼东宫通事舍人如故。东宫昭明太子萧统爱好文学，深爱接纳刘勰。此时的刘勰仍可谓“达则奉时以骋绩”。

---

① 杨伯峻译注《孟子译注》，中华书局，2008 年，第 236 页。

② 《梁书》卷五十《刘勰传》，中华书局，1973 年，第 710 页。

③ 《梁书》卷五十《刘勰传》，中华书局，1973 年，第 712 页。

后来刘勰的恩师僧祐于天监十七年(518)去世,刘勰受皇帝命回定林寺与慧震重新整理佛经,接替僧祐未竟的事业。佛经整理完毕,刘勰请求出家,先削发明志。皇帝批准后刘勰即出家为僧,改名慧地。不到一年,刘勰就死了。

可见,从刘勰的生平来看,他做到了"君子藏器,待时而动",也践行"穷则独善以垂文,达则奉时以骋绩"的准则。当然,刘勰的选择出家并先期削发明志,恐怕也是因为他明白像他这样的文人,已经没有大的政治前途了。因此,关于"文人的出路",除了"藏器待时"外,恐怕也有许多不可控的因素。

五、《程器》篇的重要意义

《程器》篇中刘勰虽不时有愤激之语,实则耿耿于怀的是文人的出路问题,文章通过对"文人无行"论的五次反驳,提出了文人应兼具器用与文采并"藏器待时"的主张,全篇逻辑严密。周兴陆说:"刘勰在《程器》篇里批驳'文人无行'论是富有特见卓识的。如果刘勰在《文心雕龙》这样一部'论文'的著作中也持有'文人无行'论的偏见的话,那么众多文人更可能生前寂寞,死后沉沦了。"[①]此论高妙。笔者认为还可补充一点:刘勰批驳"文人无行"论不仅是为了抒发愤激之情,更是要为文人的出路发言,要为文人的入仕与上位争机会。

魏伯河认为,《程器》篇"蕴含了刘勰强烈的干进意图,不啻为一篇向统治者进献的有关人才问题的策论"[②]。此文看到了《程器》篇中刘勰谋求仕进的干进意图,有其合理性,但刘勰反复批驳"文人无行"

① 周兴陆《刘勰"文德"论新探》,《文艺理论研究》2015 年第 1 期,第 123—129 页。

② 参看魏伯河《〈文心雕龙·程器〉之干进意图揭秘——兼与张国庆先生商兑》,《中国文化论横》2018 年第 1 期,第 225—239 页。按:说"《程器》篇是一篇向统治者进献的有关人才问题的策论",也不准确。一是《程器》篇五次反驳"文人无行"论,其愤慨的语调并不符合进献策论的语气;二是《程器》篇"藏器待时"的主张显然是以"文人"为潜在的阅读对象的。

论并正面提出“藏器待时”的观点，并不是为个人仕进而考虑，而是为了整个“文人”群体发声，是为文士阶层谋出路，如果仅仅将其限定在个人仕进的范围，则大大掩盖了本篇的意义。由于此前还没有这样的为文人出路反复辩驳、正反论辩的专篇论文，我们可以说，《程器》篇是中国文论史上第一篇为文人谋出路的论文。

当然，一种定型的社会观念不会因刘勰一个人的反驳而顿然改变，“文人无行”论在刘勰之后仍继续流行[①]。梁朝萧子显评论谢超宗时也还是引用魏文帝“文人无行”论：“魏文帝云‘文人不护细行’，古今之所同也。”[②]北齐杨遵彦作《文德论》，以为“古今辞人皆负才遗行，浇薄险忌，惟邢子才、王元景、温子升彬彬有德素”[③]。颜之推《颜氏家训·文章篇》也说：“自古文人，多陷轻薄。”[④]北宋的刘挚也对“文人”有偏见，“其教子孙，先行实，后文艺，每曰：‘士当以器识为先，一号为文人，无足观矣’”[⑤]，言下之意“文人”既无德行，也无器识。顾炎武也说：“以文人名于世，焉足重哉。”[⑥]尽管“文人”的具体内涵各有不同，但对于文人的指责与轻视却几乎一致，可见“文人无行”论的影响之深广，文人几乎承受了不堪承受的批评压力。后世之中，似乎只有唐太宗李世民、北宋司马光可以引为刘勰之知己。唐太宗说：“君子用人如器，各取所长。”[⑦]司马光说：“为政得人则治，然人之才，或长于此而短于彼，虽皋、夔、稷、契各守一官，中人安可求备？……若指瑕掩善，则朝无可用之人；苟随器授任，则世无可弃之士。”[⑧]由此也可反

---

① 周兴陆《刘勰“文德”论新探》，《文艺理论研究》2015年第1期，第123—129页。

② 《南齐书》，中华书局，1972年，第644页。

③ 《魏书》，中华书局，1974年，第1876—1877页。

④ 颜之推撰，王利器集解《颜氏家训集解（增补本）》，中华书局，1996年，第237页。

⑤ 《宋史》卷三百四十，中华书局，1977年，第10858页。

⑥ 顾炎武著，黄汝成集释，乐保群校注《日知录集释》，中华书局，2013年，第1106页。

⑦ 司马光《资治通鉴》卷一百九十二，《四部备要》第39册，中华书局，1989年，第2260页下。

⑧ 《宋史》卷一百六十，中华书局，1977年，第3746页。

观刘勰《程器》篇愤激反驳曹丕“文人无行”论、积极为文人谋出路具有重要的意义。从这个意义上讲，《程器》篇的重要性还有待重新认识。

（昆明学院人文学院）

弦外遗音：王元化《释〈比兴篇〉拟容取心说》的争论

——以王元化和《文学评论》编辑部两封未刊信为主疏考

徐庆全

内容摘要：王元化《文心雕龙创作论》一书，在"龙学"界影响巨大，至今仍被视为存在的高度。但该书在1979年10月出版时，囿于当年"以古证古"、"以今论古"的学术和政治氛围，其开拓性的、方法论意义上的研究则被一些人视为"异途"，并挑起争论。本书之一节《释〈比兴篇〉拟容取心说》在《文学评论》1978年第1期发表后的争论，即是最典型的例证。但是，这一例证并未被王元化以及《文心雕龙创作论》的研究者所重视。本文从两封未刊信入手疏考，梳理争论过程以补缺。

关键词："亮相"；《文心雕龙》；"比、兴两法"；"戴帽穿靴"

The Unspoken Details about the Debate on Wang Yuanhua's "Theory of Imitating Tolerance and Taking Heart in the Interpretation of Bixing": Through Two Unpublished Letters from the Editorial Department at the *Literary Review* Journal

Xu Qingquan

Abstract: Wang Yuanhua's *The Literary Mind and the Carving of Dragons* has a great influence in the field of "Dragon". Even now, it is still regarded as one of the best work of its kind. However, when the book was first published in October 1979, its pioneering and methodological research was regarded by some people as an outlier, due to the academic and political environment of "proving the ancient with the ancient" and "discussing the ancient with the present", which leads to the provocation of various controversy. A typical example is the arguments following the publication of one of the sections in the book, called "On the theory of imitating tolerance and taking heart in the interpretation of Bixing", on the first issue of the *Literary Review* journal in 1978. However, this typical example has not been investigated thoroughly by researchers who studies Wang Yuanhua and *The Literary Mind and the Carving of Dragons*. Thus, this paper contributes to the literature by further complementing details regarding this arguments through analyzing two unpublished letters.

Keywords: "Debut"; *The Literary Mind and the Carving of Dragons*; "Two methods namely Bi and Xing"; "Wearing hats and boots"

1982 年 1 月 8 日，周扬召集贺敬之、顾骧等人谈制定“文艺十条”的设想。谈到“要建立我们自己的马克思主义的文艺理论”时，他特别提到了对文艺理论研究有贡献的人，如敏泽、郭绍虞、王元化、王文生，以及人民文学出版社搞文艺理论的同志，认为他们都在整理阐发中国文论上作了努力。[①]

其中所提到的王元化先生，1955 年被归为“胡风反革命集团”的一“分子”，经过审查后“戴罪”流放到上海作家协会文学研究所，1960 年开始潜心于《文心雕龙》研究，汇总成《文心雕龙创作论》专著，由上海古籍出版社 1979 年 10 月出版。这是粉碎“四人帮”以后第一本具有开拓性的、方法论意义上的《文心雕龙》研究著作，反响巨大。

学界对王元化《文心雕龙创作论》一书研究甚多，但多关注于写作过程、修订前后学术观点的比对研究，未曾涉及到本书之一节《释〈比兴篇〉拟容取心说》在《文学评论》1978 年第 1 期发表后的争论过程。这一节因最早释放出本书“异途”[②]于当时弥漫的“以古证古”、“以今论古”学术和政治氛围的信号，故而被《文学评论》编辑部拉入双重考量并挑起争论。

在那个乍暖还寒的特定时代，王元化本希望通过一篇署名文章“亮相”以求脱“戴罪之身”，遭到诘难后急于辩解；而《文学评论》编辑部则明显予以抵制，以“拖”字诀颟顸应付。“官司”直接打到这一领域的主管者周扬（时任中国社会科学院副院长）那里，留下了生动展现这一过程的两封信（二信为私人藏品，未曾公开）。从两封未刊信入手疏考，梳理争论过程，既可为王元化和《文心雕龙创作论》的研究提供史料，又可为当时政治空间和学术空间的相互博弈留下解剖标本。

---

① 周扬《关于新“文艺十条”的谈话》，1982 年 1 月 8 日。

② 陆晓光《王元化的〈文心雕龙〉研究——有情志有理想的学术》，上海市社会科学联合会编《现代人文·中国思想·中国学术》（上海市社会科学第六届学术年会文集·2008 年度），上海人民出版社，2008 年，第 118 页。

一、王元化和《文学评论》编辑部致周扬信

（一）王元化致周扬信

周扬同志：

最近听说你身体不太好。殊念，望珍重！

七月初由京返沪后，见到《文学评论》第三期发表了两篇商榷文章，最近我写了一篇答辩，现奉寄请您批评指正。如您认为可以发表，我希望予以披露。

《文学评论》第一期发表了拙作，不久即得北京一位同志来信，说编辑部有同志有意见，打算立即写文章争论。我曾给编辑部去信，希望听到我那篇文章发表后的反映，帮我提高，但未得回信。同时在上海一位研究我国古典文论的同志告诉我，《文学评论》编辑部去信向他组稿，主要是问他对我那篇文章有什么不同看法。这期间有些久无音讯的同志见我文章发表，写信给我请编辑部转交，这些信上都写明我的姓名，嘱交我收。其中有的信转来时已被拆封，编辑部来信说明，怕是读者对我文章提意见所以误拆了。这种种情况我一直未向您反映。现趁寄奉我的答辩文章的机会，告诉您，让您知道编辑部发表我那篇文章后的一些态度。请您原谅我拿这些琐事打扰您。

上次《上海文艺》几位同志去京，带回您的话，谢谢您对我的关心。我在上海的工作问题，现在分派在《上海文艺》（目前请假把手边的稿子弄好，未上班），由于五五年问题未解决，在安排使用上都很困难。比较接近一些的工作岗位（如古籍、研究等），由于出版局领导关系，不愿吸收我。我没有别的要求，只希望能有一个比较可安心搞点研究工作的条件和机会。但看样子，在上海是无法解决的。如果您说的北京文研所的“通讯”办法可以实现，那将是最理想的了。

听说您年内拟来沪一行，倘能实现，我希望有机会见到您。

敬礼

王元化手上

按：

一，信未具日期，但王元化致陈冰夷信曾两次提到寄周扬信稿事。第一，“一九七八年（？月）”信云：“我寄周扬同志的信稿是十月二十四挂号发出，直寄中国社会科学学院的（今天我已嘱邮局查询，一星期后可得回报）。”[①]第二，同署“一九七八年（？月）”信云：“昨天又寄老姜一信，请他再问问周扬：我于十月二十四日寄去的信稿是否收到。”[②]据此，信应写于“一九七八年十月二十四日”。

二，信中所言“《文学评论》第一期发表”的“拙作”，即《释〈比兴篇〉拟容取心说》（以下简称“《释》文”）；寄给周扬转《文学评论》（以下简称“文评”）的“答辩”，即《再释〈比兴篇〉拟容取心说》（以下简称“《再释》文”）；“文评”第3期发表的“两篇商榷文章”，即曾祖荫《对〈释《比兴篇》拟容取心说〉的商榷》（以下简称“《商榷》文”）和文铨《关于“比”、“兴”的一点浅见》（以下简称“《浅见》文”）。

三，信中言，“《释》文”发表后不久，“即得北京一位同志来信，说编辑部有同志有意见，打算立即写文章争论”，似有迹可循。第一，第3期发表的两篇商榷文章之一的“《浅见》文”，署名“文铨”，当是笔名，或取“夫铨叙一文为易，弥纶群言为难”（《梁书·刘勰传》）之意？若如此则署名上就对“《释》文”有轻藐之意。第二，通读全文，作者对古人关于文艺理论的论述随手拈来，文笔老到，口气也大，显然在此领域浸淫多年，非初出茅庐者手笔。据此，我认为，“文铨”即王元化所言编辑部“有意见”的“同志”，虽不能断定是谁的手笔，但说此文体现编辑部的组织和安排（以下简称“编辑部安排

① 《王元化集》第9卷，湖北教育出版社，2007年，第232页。

② 《王元化集》第9卷，湖北教育出版社，2007年，第236页。

文”)，应符合实际。[①]

（二）“《文学评论》编辑部”致周扬信

周扬同志：

转来王元化同志的《再释〈比兴篇〉拟容取心说》，我们已在本年第一期增刊发表，并已写信通知作者，请勿念。

王元化同志的“拟容取心说”去年在本刊发表以后，曾收到许多来稿，对王文提出不同的看法，为了展开争鸣，我们在我刊上选发了一部分。这些文章发表后，引起了王元化的误解，以为我们是对他个人有“成见”，文章是专门组织来的。事情完全不是这回事，我刊发的和他商榷的文章，没有一篇是我刊主动组织的，这一情况我们除写信给王元化向他说明外，特向你汇报如上。

王元化给你的信附上，请收。

致以

敬礼

文学评论编辑部（公章）

十·一

按：

《文学评论》编辑部信（下文简称“编辑部”），是针对王元化信给周扬的答复。日期只具“十月一日”，未具年份，信中有“王元化同志的‘拟容取心说’去年在本刊发表以后”之语，即发在1978年第1期的“《释》文”，此信写于1979年10月1日。

（三）两信疏考

王元化致周扬信所言在“文评”遭遇的“琐事”，有三件：第一，得

① 第一，利用目前“知网”、“读秀”等搜索工具，在文论界，“文铨”署名文章似仅此一篇。第二，编辑部对所刊发的文章有意见而撰文批驳或希望就此展开争鸣的，以笔名发文也是惯例作法。这一点，在刊物工作过的编辑大都有体会。第三，2020年3月7日，我致电《〈文学评论〉编年史稿（1957—2010）》作者王保生先生，请教“文铨”署名问题，他大致同意我的这是笔名的意见，至于是谁他也未考。

知“编辑部有同志有意见，打算立即写文章争论”时，主动致函编辑部，但“未得回信”，也就是不理；第二，得知编辑部针对他的文章向上海学者组稿；第三，读者通过编辑部转交给他的信被拆封。

其中第二件事，“编辑部”致周扬信断然否定，各执一词；第三件事，“编辑部”信中未予解释，属王一面之词，“羚羊挂角，无迹可寻”。那以下就说第一件事。

在正常学术氛围情况下（特殊政治运动时期除外），一般说来，一家刊物发表作者文章后，如接到不同意见的争鸣文章，都当主动联系作者，有必要的话也请作者予以答复。但是，“文评”编辑部显然未做到这一点，即使王去信编辑部也“未得回信”，并在第3期上就刊登两篇针对作者的反驳文章。从这一点来说，王元化有怨气实属正常。

值得注意的是“编辑部”信中第一句话：“转来王元化同志的《再释〈比兴篇〉拟容取心说》，我们已在本年第一期增刊发表，并已写信通知作者，请勿念”。从后面的情况看，所言并非事实：

第一，信中所谓“增刊”，是指“《文学评论》编辑部”编辑的《文学评论丛刊》（以下简称“丛刊”）。查“丛刊”，没有所谓“本年（即1979年）第一期”的标号，“丛刊”也如正刊一样，期数标号是连续的。第1辑出版于1978年10月，1979年2月出刊第2辑，1979年7月出刊第3辑。王文在第3辑中才刊出。王寄给周扬信稿，至迟在1978年11月25日就转到“文评”编辑部①，但编辑部一未安排在“文评”正刊刊发，而拖延了七八个月后才刊发在“丛刊”。说他们有意轻慢王的稿子，当不过分。

第二，“编辑部”致周扬信是1979年10月1日，王的文章明明在“丛刊”第3辑发表，且已面世两三个月了，此信却告诉周扬“已在本年第一期增刊发表”。说编辑部此举有搪塞领导之嫌，当也不过分。

凡此种种，或许只有一种解释：不愿意发，但领导交办又不得不

---

① 1978年11月25日王元化致许觉民信云：“前将拙作《再释〈比兴篇〉“拟容取心”说》一稿寄周扬同志，顷得通知周已转给您。”《王元化集》第9卷，湖北教育出版社，2007年，第242—243页。

办。那就只先念“拖”字诀，再念“搪”字诀了。

而采取“拖”和“搪”，从王元化“《再释》文”的遭遇可以看得更清楚。

1978 年 7 月前后，读到“文评”第 3 期“《商榷》文”和“《浅见》文”后，王元化即开始写答辩文章。10 月 24 日将稿子并附信挂号寄给周扬后，一直未得音信。11 月中旬，他将“《再释》文”修改稿寄给老友陈冰夷，请他转给文研所许觉民。①

11 月 25 日，从周扬处得到消息，稿子已转时任“文评”编辑部主任、主持工作的许觉民，他立即致信陈冰夷夫人（陈不在京），请她帮忙找出这份修订稿转给许。为保险起见，他又单写一封致许的信附上，请她在转交稿子时交给许。“此事是否可行？得信后请即复。”②信末两句，对此稿能否被接纳的焦灼之情溢于言表。

12 月 2 日，在“《文学评论》至今没有来信通知”，“转许觉民同志信亦未见复”情况下，他又致信陈冰夷，希望老友“再助一臂之力”：“我希望得一确信，到底《文学评论》如何处理，不用即请他们退回。如拟发表，则请务必以修订稿发表。”③

1979 年 1 月 13 日，王元化致陈冰夷信透露稿子已被“文评”接纳：“有便请问问许觉民，投《文学评论》那篇答辩何时可刊出？虽然已说定发表在今年第一期上，但迄未通知我。请你和他们再谈谈，是否有变化？”④这大概是王通过陈从许觉民那里得到的答复。

王元化的担心果然成为现实。就在同一天，他接到“文评”编辑部“有变化”的信件。他致信陈冰夷说：“刚刚从机关发出一信，回家后即得《文学评论》编辑部来信，说我那篇答辩，因正刊稿挤，要耽误时间，所以发表在今年丛刊第一期上。我想既然如此，就发表在第一期丛刊算了，以免对方说我‘太疙瘩’。”又叮咛陈，转告许觉民，“务请

① 《王元化集》第 9 卷，湖北教育出版社，2007 年，第 242 页。

② 《王元化集》第 9 卷，湖北教育出版社，2007 年，第 241—243 页。

③ 《王元化集》第 9 卷，湖北教育出版社，2007 年，第 243 页。

④ 《王元化集》第 9 卷，湖北教育出版社，2007 年，第 248 页。

编辑部以我交给兄的修订稿发排，而不要用那篇周扬转去的初稿，因为初稿中有错误。我怕编辑部疏忽，故只好麻烦兄‘盯’住此事”，“因据以往经验，编辑部是写了信去，向不回复的”。他又说：“如来得及并方便，我还是想看看校样，这样比较放心一些。”①

文章被从正刊被移到丛刊发表这一“变化”，王元化当然只能无奈接受。他希望早日见刊的心情很迫切，生怕提出异议被“文评”编辑部认为“太疙瘩”而耽搁发表。

1 月 30 日，王元化接到“文评”编辑部寄回的校样，编辑部并告，只有两天的时间就得退厂。这就有点难为人了。试想，在那个年代通讯落后的情况下，怎么能赶得及？“文评”此举，既折腾了王元化，又为“《再释》文”延迟发表推卸责任——你校稿不能及时返回，我就可以有理由不上稿。但王依然认真对待，他利用当年最快捷的通讯方式退回校样：接到校样后一小时即看完，立即奔邮局，以航空挂号将改样退回编辑部，并给许觉民打电报告知。

2 月 4 日，王元化接到陈冰夷的来信得知，2 日上午陈见许时，许并未收到他的电报。他又听罗荪说“文评”编辑部搬家了，就“又担心起来”。他在当天致陈信说：“寄《文学评论》旧地址会不会收不到？会不会在时间上漫无限度地积压？……我想目前我国通讯联络办法，除电报外再也没有表示发电者的‘急迫心情’了。发报时，邮局告我当天下午可达，而今迟了两天尚未收到。《文学评论》旧地址收发处大概没急速转去，压下来了。因此在同时用航挂寄回的修订稿（发信时邮局告我次日即三十一日下午可达）也一定压下来了。”他只好又求助陈：“你得信后，请把此情况通知《文学评论》编辑部其他负责同志（因许已动身），麻烦他们向旧地址管收发的同志查查看。”

为稿子能够按时返回，王元化寄回时先跟邮局确认到达北京的时间，担心不能及时到，怕给耽误了；又电报告知许觉民，如果航挂一

---

① 《王元化集》第 9 卷，湖北教育出版社，2007 年，第 249 页。

旦延迟到，希望许能等等稿子，以“表示发电者的‘急迫心情’”。如此煞费苦心，天真得让人心酸。

或许，在给陈冰夷回信时他也意识到什么，信中吐露了对“文评”的意见：“关于拙稿事，还要唠叨几句，请原谅我的琐碎，实在我和《文学评论》打交道以来，经验教训够多了，每次都不幸虑中。”①

以上述过程而言，这次他不用“虑”就“中”了，“文评丛刊”第 2 辑并未刊发他的稿子。

为这篇稿子兴师动众——陈冰夷、姜椿芳②、周扬、许觉民——一场，被“文评”编辑部折腾来（从正刊移到丛刊）折腾去（两天退厂时间），王元化的心情可想而知。1979 年 6 月 22 日，他在致陈冰夷信中，借着文学研究所编辑的《文学研究动态》“去头去尾”发表他在一次座谈会上的讲话一事，向老友一吐郁闷：

> 老实说，我对《文学评论》实在领教得够了，吃足了它的苦头。此间一位同志告诉我《文学评论》掌握古代文论的是……而编《动态》的也是他。此人过去是我的学生（胜利后在北平铁院），我一直把他当做熟人看待。但昆明会后，回到上海见到《文评丛刊》又发表几篇所谓的“商榷”文章，而把我的答辩压下来，这次又看到《动态》，才使我不得不怀疑。有人告诉我他在《文学评论》能量很大，我不懂他为什么要这样对我歧视。他在做学生时，我把我的一篇小说给他看，不料他竟用了别的署名，一字不改地拿到北京的一个文艺刊物上发表了，稿费也被他吞没。事前未告诉我，事后也未向我交代。为了息事宁人，我没说过一句话。只觉得此人心术手段不正。数十年过去了，他在反右时栽过筋斗，我想人是会变的，曾同情他的遭遇。因此在昆明时还与他

① 1978 年（?）月 4 日致陈冰夷信。《王元化集》第 9 卷，湖北教育出版社，2007 年，第 252—253 页。按，此信应写于 1979 年 2 月 4 日。

② 1978 年 11 月 14 日王元化致姜椿芳信，请他便中问一下周扬是否收到 10 月 24 日寄稿。《王元化集》第 9 卷，湖北教育出版社，2007 年，第 445 页。

通过信。如果《文学评论》与《动态》事件都是他搞的，我真不懂他何以非对我加以打击不可。[①]

一般说来，编辑部轻慢和搪塞作者的稿子，基本上都是作者的观点与编者的观点有冲突；编辑部在第3期安排了两篇商榷的稿子（其中有一篇还是"编辑部安排文"）不通知他，就说明不同意他的观点嘛。对王元化来说，"不幸"中的幸运是，这篇稿子是周扬交办的，编辑部再压再拖也还是会发出来的——总得给周扬一个交代。

王元化用"我不懂"、"我真不懂"来描述遭遇编辑部对他打压的茫然。我想，王元化并非看不懂这一点，只是当时他的聚焦点都在尽快发表这篇答辩文章上，无暇其他而已。这件事尘埃落定之后，他已然明白，体现他《文心雕龙》研究方法的这篇"《释》文"，是对既往"以古证古"和"以今论古"研究方法上的挑战，招来商榷文章是必然的。关于这一点，且按下不表。

现在，本文关注点是，王元化并非初出茅庐的写作者，何以对"《再释》文"的发表如此重视？

二、王元化"亮相"与周扬

王元化将信稿转给周扬，因为"《释》文"的发表，周扬是推手。这是他的"亮相"文章。

"亮相"一词，本是戏曲领域内的一种表演动作。主要角色上场时、下场前，或者是一段动作舞蹈后的一个"定格"，以显示人物的精神状态。这个词，常常游离于舞台出现在我们的社会政治生活中，直到今天还在用。与此相关的还有一个词"名单"，二者异曲同工。

从1949年到1970年代末，中国政治与社会生活有一个关键词，即"运动"。每一次运动中，都有一批知识分子失去发表文章的权利。当政治大气候稍好一些，或者冤案得以平反后，他们可以署

① 《王元化集》第9卷，湖北教育出版社，2007年，第234—235页。

名（本名）发表第一篇文章时，通常被称之为“亮相”：一个人只要署名文章见诸于报刊，就代表他“没问题”了。而对于在政治运动中遭遇打击的高层领导来说，只要报纸上出现名字，尤其是出席大会的名单，哪怕是在“还有”中[①]，都意味着这个人“解放”了，可以安排工作了[②]。

1976年10月到1980年代初，中国处于通常称之为“拨乱反正”的时期，这也是历史上新旧交替的转折年代。恢复大批政坛领导人物的名誉，解放历次政治运动的知识分子，成为“拨乱反正”的重要内容之一。所以，这一时期，“亮相”和“名单”二词格外流行。

在“拨乱反正”时期推动文艺界平反冤假错案的张光年，曾对笔者说：那时，文艺界积案如山，按程序解放文艺界人士比较难，也比较慢，我就从推动他们在报刊上“亮相”入手，我掌握着《人民文学》，《诗刊》也有点发言权，这两个刊物当年发挥了很大作用。[③]

王元化的《释〈比兴篇〉拟容取心说》就是这样的一篇“亮相”文章。

1996年6月18日，王元化致高增德信中说：“一九六零年【应为1962年——引者】，我因周扬支持发表了两篇文章，一在《文艺报》（一九六一年【应为1962年——引者】，此文系据《文心雕龙》谈山水

① 1995年春季，笔者采访谷牧先生时，他问笔者：“你这么年轻，是怎么知道我的？”笔者答：“我是小时候听广播知道的。每次大会报名单时，你和余秋里都在‘还有’里边。”谷牧先生哈哈大笑，说：“这个‘还有’很重要啊，说明我没倒嘛。那时候这叫‘名单学’。在那个时候，‘名单学’是一门特别‘高深’的学问啊。一切政治动向，都能从‘名单’上得到解释。”

② 1977年10月1日，周扬出现在《人民日报》那一长串出席国庆招待会的名单中，意味着他复出了，不久就接到远在新疆的王蒙、浙江的陈学昭等人来信；他蛰居的万寿路中组部招待所也开始宾客盈门。这就是一个鲜活的例子。参见徐庆全《名家书札与文坛风云》，中国文史出版社，2009年，第178—187，244—248页。

③ 1998年12月30日笔者采访张光年记录。关于这一点，在文艺界人士的回忆中可以得到印证。《光明日报》2013年11月14日在张光年百年冥诞发表记者梁若冰署名的长文《诗人光未然：黄河的歌者》，也提到文艺界人士的回忆。

诗起源，未收入集中)，一在《中华文史论丛》谈虚静说。一九五五年后仅正式发表过这两篇文章(用本名)……”[①]

信中特意强调“用本名”，说明这两篇也是那个时代王元化的“亮相”文，周扬也是推手。

溯源王元化与周扬的关系，1949 年前，他们应该没有交往；1949 年后到 1978 年 6 月，他们有可能见面，但似乎并没有深层接触。不过王元化却一直在周扬的视线之内，究其原因，多半是因为王深厚的文艺理论素养，以及夏衍对王的评价。1955 年，由于受“胡风反革命集团案”牵连，王元化被隔离审查。周扬得知后，托人带话给他：只要承认是“胡风反革命集团”的一“分子”，就可作内部矛盾处理。王拒绝了周的好意，拒不承认并为此遭受磨难。[②]

1960 年，王元化下放到上海市作协文学研究所后，又拾起十几年前对《文心雕龙》研究，因为在他看来，这“总比把时间和精力消耗在去搞那些时髦的热点理论或创作要好多了”[③]。他开始潜心撰写《文心雕龙柬释》，他致高增德信中提到的两篇文章，就是《柬释》中的系列研究成果。

1962 年 1 月 9 日，在上海市出版局任职的丁景唐为《辞海》事在广州见周扬。谈话中，周扬特意要求上海市委领导关照王元化：第一，改善王的副食品供应；第二，可以公开发表文章。丁景唐向上海市委汇报后并负责落实。王元化将《文心雕龙柬释》之一篇《〈明诗篇〉山水诗兴起说柬释》直接寄给周扬，发表在《文艺报》1962 年第 3 期。另一篇交给丁，因已有周扬指示在先，丁就转给上海古籍出版社

---

① 《王元化集》第 9 卷，湖北教育出版社，2007 年，第 472 页。

② 李子云《我所认识的王元化》，《天涯》2001 年第 4 期。

③ 歌德等《莎剧解读》，张可、王元化译，上海教育出版社，1998 年，第 28 页。又，王元化后来回忆说：他被安置到作协文研所后，“所里一些年青人要我给他们讲授《文心雕龙》。从这时开始，我的研究方向转向了《文心雕龙》方面，一直延续到文革后七十年代末我的《文心雕龙创作论》为止。”见《王元化集》第 10 卷，湖北教育出版社，2007 年，第 333 页。

社长李俊民，得以发表在《中华文史论丛》上。[①] 由此，王元化实现了“署名权”的“零的突破”。这种“恢复法权意义上的‘署名权’”，也就是“亮相”，“向世人宣示，他还不至于是永远沉沦、不得翻身的贱人”[②]。

在“胡风反革命集团”案上，周扬无力将王元化剥离出去，但在中央大气候相对宽松的1961年到1962年上半年，在力所能及的范围内，周扬对王元化生活上予以照顾，学术上为其发表文章、恢复正常的学术地位“亮相”——须知，在1961年王元化和父亲王维周共同翻译的《太平天国革命亲历记》还只能“单署王维周名”出版，王元化并没有“亮相”的权利。[③] 不过，到了1962年9月，中共八届十中全会重提“阶级斗争”后，中央大气候逐日紧张，周扬无暇自保，王元化“亮相”之后也只能复归于沉寂了。迁延至“文革”，就更不用说了。

但是，逆境中的王元化仍在砥砺前行，未曾中断对《文心雕龙》的研究。书稿被查抄但幸运地得以复还后，他继续修改，及至粉碎“四人帮”后，书稿也大致誊抄完毕，并定名为《文心雕龙创作论》。

据“王元化学术年表”，1978年，他“将《文心雕龙》手稿副本（抄本）寄给北京的姜椿芳，希望由他转给赵朴初，以请教有关佛学问题。姜椿芳把稿子送给周扬。周扬读后，将其中《释〈比兴篇〉“拟容取心”说》一章推荐给正准备复刊的《文学评论》杂志”。[④] 年表言1978年，当有误。

1978年1月21日，王元化致姜椿芳信云：

> 得你信的前两天，文化局来通知我《文学评论》要发表

---

① 丁景唐口述，朱守芬整理《三访周扬话〈辞海〉》，《史林》2004年增刊号。“王元化学术年表”云：“友人彭柏山建议王元化将《文心雕龙柬释》寄给周扬、夏衍。王得二人回信，鼓励他写下去。周并将文章转《文艺报》发表。”见《王元化集》第10卷，湖北教育出版社，2007年，第334页。

② 夏中义、何懿《论王元化“文心雕龙研究”版本修订——从“心史裂痕”到“潜反思”》，《华东师范大学学报（人文社会科学版）》2012年第1期。

③ 《王元化集》第10卷，湖北教育出版社，2007年，第337页。

④ 《王元化集》第10卷，湖北教育出版社，2007年，第341页。

我的文章，嘱我即打长途电话去。次日一早即与北京通话，他们通知我将发表释《比兴篇》那一组，拟刊载于第一期复刊号上。我告他们，笔名用我本名。次日我又发一航空信提出发表时的一些技术性问题。①

据此推算，王元化接到《文学评论》用稿通知当在1月18日。设若王元化是1978年1月初将稿子送姜椿芳，仅仅十几天时间，诸事繁多的周扬就将一部书稿看完并选出释《比兴篇》那一组送交"文评"，基本不可能；更不用说还要给"文评"留出看稿的时间了。笔者推测，王元化大致应该是在1977年11月或12月将书稿寄给姜椿芳的。②

在这个"拨乱反正"的时期，周扬再一次助推王元化"亮相"，与其说是从学术上考量，倒不如说是从政治上考量来得实在。王元化当然也意识到周扬此举对他目前在政治上恢复名誉的意义。为此，他特意告《文学评论》编辑部"笔名用我本名"——如1962年一样，既然周扬认可"亮相"，他当然要真名示人了。他在接到样刊后给姜椿芳信云：

此文发表，对解决问题促进极大。你们为我作了大量工作，尤其是你在百忙中为我多方设法和奔走使我既感且愧。今后我只有以此作为自己的鞭策，方不负所望。③

所谓"解决问题"云云，自然是指解决自己的政治身份、推动冤案平反。

《文心雕龙创作论》出版后，王元化将此书送周扬，并附信云：

这部书完全是在您的帮助和支持下，才得以完成并出版的。我渴望您向我直率地指出在内容、方法、方向和写作

① 《王元化集》第9卷，湖北教育出版社，2007年，第441页。这里写信的月份以"?"不确定，应为1月。《文学评论》为双月刊，第1期1978年2月25日出版。此信不会写于2月，更不会在2月后，只能是1月。

② 笔者甚至觉得应该更早。1976年9月上旬到10月上旬，姜椿芳在上海旅居一个多月后返回北京。王、姜老友相聚。很有可能是王让姜将书稿带回北京的。参见杨哲、宋敏《姜椿芳传》，中国文联出版社，2007年，第261—262页。

③ 《王元化集》第9卷，湖北教育出版社，2007年，第445页。

上还存在哪些问题，这对我今后的研究工作将会具有指导意义。[①]

周扬两次助推王元化“亮相”，对于王《文心雕龙》研究的支持有始有终。故信中这番表述不是一般的客套话，应为由衷之言。

“亮相”文章如此重要，不料却横生波折，“文评”第3期竟发表“两篇商榷文章”，而且“戴帽穿靴”、“上纲上线”[②]到“在阐释比兴时没有遵照毛泽东援用朱子的阐释是错误的”[③]的高度。本以为“亮相”有助于政治问题的解决，岂不知却招来新的帽子。王元化焉能不急？

三、“《释》文”为何“孤鸣咤绣衣”？

现在，可以回到前文“按下不表”的话题：王元化的研究方法与既往“以古证古”和“以今论古”有何不同？换句话说，“《释》文”为何会招来数篇商榷文章？

谈到这一话题，笔者首先想到学术大家郭沫若的《中国古代社会研究》。1929年，郭沫若完成这本书时在自序中写道：

> 本书的性质可以说就是恩格斯的《家庭、私有制和国家的起源》的续篇。研究的方法便是以他为向导，而于他所知道了的美洲的印第安人、欧洲的古代希腊、罗马之外，提供出来了他未曾提及一字的中国的古代。”[④]

这本书被称为以马克思主义观点研究中国古史的先声，奠定了郭氏

---

① 1980年3月5日王元化致周扬信。此信为私人藏品，未曾公布。

② 王元化《〈文心雕龙创作论〉第二版跋》，《文心雕龙讲疏》，上海三联书店，2012年，第347页。这里的“戴帽穿靴”一词，当是1978年至1980年前后有识者对于仍在流行的“文革”文风的总结语。王元化的老朋友、主掌出版局的陈翰伯在1979年给《读书》编辑部写下的“11条格言”，要求编辑部“改进文风”。其中第二条指出：“不要穿靴、戴帽”，并附说明：“戴帽指文章第一段必须说上‘自从粉碎四人帮以来如何……’。穿靴指文章最末一段必须说上‘为什么而奋斗’、‘……而贡献力量’。”见沈昌文《陈翰伯对刊物的11条格言》，《出版参考》2007年第32期。

③ 《王元化集》第9卷，湖北教育出版社，2007年，第232页。

④ 《郭沫若全集·历史编1》，人民出版社，1982年，第9页。

在中国古史研究领域的地位，成为此后很多年中国古史研究走向的里程碑。

无独有偶，王元化的《文心雕龙》研究则是从马克思那里获得的“极大启发”。他说：

> 我最初想到把古与今结合起来，是萌生于马克思在《政治经济学批判导言》中所说的：“人体解剖对猴体解剖是一把钥匙。低等动物身上表露的高等动物的征兆，反而只有在高等动物本身已被认识之后才能理解。因此，资产阶级经济为古代经济提供了钥匙。”这几句话给我以极大启发。由此引申开来，就势必会引起这样的推想：对于萌芽形态尚未成熟的文学现象，只有用后来已经成熟的发达形态的文学现象才能加以说明。……这样，我们就需要把古与今和中与外结合起来，进行比较对照，分辨异同，以便找寻出在文学发展上带有规律性的东西。最近，我在新出版的拙著《文学沉思录》中，曾把这种方法称作“综合研究法”（参见该书五十五页至六十一页）。我要再说一遍，我考虑到这种方法主要是受到上引《政治经济学批判导言》中马克思说的那段话的启示。①

王元化所说的“综合研究法”是“三个结合”，即“古今结合，中外结合，文史哲结合”。在具体阐述刘勰的理论观点时，他所坚持的是“根柢无易其固，而裁断必出于己”的原则。王元化数次提到这一原则并予以阐发。他说：“这句话很重要。今天我们以马克思主义观点剖析佛学，一方面应切忌简单化的一笔抹煞，单是斥责它的迷信虚妄蠹国殃民，从而把历史上出现的这一有着深远影响的学说或思潮，看成一无所是全盘错误的陈迹。另一方面也应切忌简单化的生吞活剥，没有切实理会其来历，便望文生解，逞臆妄说，只是在行文中徒有

---

① 王元化《〈文心雕龙〉创作论第二版跋》，《文心雕龙讲疏》，上海三联书店，2012年，第351—352页。

其表地点缀着一些新名词、新术语，而对于探究佛书的真面目却毫无裨益。”[①]这说的虽是佛学研究的问题，但他也融会在《文心雕龙》研究以及中国古典文艺理论研究中。

“三个结合”和一个原则，使《文心雕龙创作论》“这部著作将刘勰的文学观点与西方类似的文学理论进行了有意识的比较和比照”，“以现代西方文学理论体系来观照、诠释《文心雕龙》，以‘创作论’为契机，成功地将《文心雕龙》这部中国古代文论巨著与现代文艺理论连接了起来。这不仅在‘龙学’上是一大突破，拓宽了研究《文心雕龙》的视野，也从方法论上给比较诗学以新的启示”。[②]

正如郭沫若的《中国古代社会研究》引起争论一样，王元化的《文心雕龙创作论》因“在当时中国文艺界与潮流异途”[③]，也同样引起了争论。争论的发端，即首先见刊的“《释》文”。

在1978年前后，“当时中国文艺界与潮流”研究的“同途”是什么？基本上还是拘泥于“以古证古”的范畴。单说《文心雕龙》研究界，著名龙学研究专家牟世金当年曾有总结。他说：“过去研究《文心雕龙》的人，则往往是用古人的观点来说明古人，一部《文心雕龙》在他们的笔下，就不外论文体和修辞二事，……像刘勰所论想象构思的问题，内容和形式的问题等，均未只字提及。”[④]这实际上就是“以古证古”的方法。

“异途”于“以古证古”的常规研究，王元化对《文心雕龙》的研究，研究方式上就单开一路：有“释义”，有“附释”。“释义”侧重于《文心雕龙》原文考疏，“附释”则以西方文论或现代文艺理论烛照，方法论意义凸显。即以“《释》文”看，“释义”后有三个“附释”，其中“刘勰的

① 王元化《文学沉思录》，上海文艺出版社，1983年，第158页。

② 向天渊《逐点点燃的世界：中西比较诗学发展史论》，文心出版社，2009年，第189页。

③ 陆晓光《王元化的〈文心雕龙〉研究——有情志有理想的学术》，上海市社会科学联合会编《现代人文·中国思想·中国学术》(上海市社会科学第六届学术年会文集·2008年度)，上海人民出版社，2008年，第118页。

④ 牟世金《雕龙集》，中国社会科学出版社，1983年，第140页。

譬如说与歌德的意蕴说”和“关于‘由抽象上升到具体’的一点说明”两文，即是如此。

那时的政治大势半昧半明，“同途”者众，“异途”者少，“异途”近乎于“异端”，即使引领文学批评潮流的“文评”编辑人员也未及转换思维。王元化“在这一方面着了先鞭”（季羡林语），成了“出头鸟”，“子规声里雨如烟”（宋翁卷《乡村四月》诗），必然会有“孤鸣咤绣衣”（唐李白《初出金门寻王侍御不遇咏壁上鹦鹉》诗）的遭遇，出现如王元化致周扬信中所言的“文评”编辑部的表现，实属正常。这也是“文评”对他的“《再释》文”一拖再拖、一压再压的原因之一。

既然有“原因之一”，也就有“之二”。那“原因之二”是什么？

王元化在《〈文心雕龙〉创作论第二版跋》说：“我以为，拘泥于以古证古的办法，往往不免陷入以禅说禅的困境，而永远不能用今天科学文艺理论之光去清理并照亮古代文论中的暧昧朦胧的形式和内容。持这种主张的人有一种根深蒂固的偏见，以为只有以古证古才不会产生比附之弊，殊不知，以古证古同样会出现比附。”他又说：“目前有大量以今论古的文章，我除了读到报刊发表的这类论文外，也收到一些嘱我提意见的论文。确实其中有很多比附的毛病。这一事实是不容掩饰的，我认为，无论出于什么原因，比附总是要反对的。”

王元化这里说了两种“比附”，一种以古证古的比附，一种以今论古的比附，他认为，无论哪一种比附，“总要反对的”。

何谓比附？就是忽略事物之间的根本差异，只看到他们表面的相似之处，以此强相比较。古语所云“比附内典，外书‘格义’”是也。

以古证古，比附是常见的现象。以今论古的比附是什么？王元化未作解释。但联系到他的“《释》文”和“《再释》文”发表时的年代背景，就很容易作出解释。

1978 年至 1979 年，“文革”虽已宣告结束，但彻底否定“文革”还是两年以后的事。人们的记忆并未开始剥落，对那个以今论古的比附达到极致的年代记忆犹新。那时，比附的载体就是“影射史学”，文史哲领域都在其中。这种比附，有一个基本的套路：“寻章摘句”论点

(摘取只言片语)——以今论古"生搬硬套"论证——"戴帽穿靴"结论。吾辈年过半百者,对此多"心有戚戚焉,然心戚戚矣"(《孟子·梁惠王上》)。

历史是有惯性的,紧急刹车可以,但惯性的历史延伸依然存在。时在过,境未迁;时已过,境亦未迁。比附的基本套路也附着在历史的延伸线上。

"拨乱反正","乱"有多种,比附的基本套路所带来的上纲上线、穿凿附会的大批判文风,在文学艺术界也是需要"正"的内容之一。应当说,知识分子大都受过这种文风的骚扰和困扰,摒弃它是共识,但在新旧交替的转折年代,身处其中的人,所处纬度不同,看问题的维度也不同。蹑屩趋新者、抱守残缺者以及半新半旧者,缤纷呈现。文风可以摒弃,但改变习惯的思维"套路"则难以一蹴而就,以至于那时节的文坛煞是热闹:前有陈荒煤与文化部关于电影《阿诗玛》解禁不解禁的争论,中有姚雪垠对臧克家《忆向阳》诗作的批判[①],后有丁玲对沈从文的斥责[②]。诸如此类,不一而足,且争论的出发点大多基于对当时政治态势走向的不同认识。

在这个大背景下看,王元化的"《再释》文"被从"正刊"移到"丛刊"且一拖再压,而针对"《释》文"的"《商榷》文"和"《浅见》文"等批评文章一发再发,也就不奇怪了。这大抵也可归于文坛"诸如此类"争论的"类"中了。

以今论古比附,要有可以比附的对象。在王元化"《释》文"被安排发表前后,整个文艺界正聚焦于一件最为轰动的大事:《毛主席给陈毅同志谈诗的一封信》的发表。这件大事绷紧了当年文艺界所有人的神经,也给"《商榷》文"和"《浅见》文"对"《释》文"的批驳,提供了以今论古比附的对象。

《毛主席给陈毅同志谈诗的一封信》发表于《诗刊》1978 年第 1

---

① 徐庆全《名家书札与文坛风云》,第 259—272,284—299 页。

② 王增如、李向东编著《丁玲年谱长编》(下),天津人民出版社,2006 年,第 553—556 页。

期。原信写于1965年7月21日，被认为具有极其深远和重大的意义。于是在《诗刊》出刊之前（1978年1月1日出刊），造势便已开始。12月31日，《人民日报》1版先于《诗刊》发表这封信，2版发表“座谈会纪要”，4版配发了林默涵、臧克家、孟伟哉等人的学习体会。

毛泽东这封信谈诗的信有这样几句：“又诗要用形象思维，不能如散文那样直说，所以比、兴两法是不能不用的”。“宋人多数不懂诗是要用形象思维的，一反唐人规律，所以味同嚼蜡。”“要作今诗，则要用形象思维方法，反映阶级斗争与生产斗争，古典绝不能要。”寥寥几句话，在出席《诗刊》座谈会者眼中，即成了“否定形象思维，实质上就是否定文艺工作者深入斗争生活的必要性”。

复刊后的“文评”第1期出版较晚（2月25日出刊），时势如此，也得紧跟。这一期“文评”中文章的政治意味非常浓厚，王朝闻《艺术创作有特殊规律》、蔡仪《批判反形象思维论》、唐弢《谈诗美》，都是配合学习毛泽东谈诗那封信的；何其芳遗作《回忆周恩来同志》，以及冯牧、柯灵、洁泯、秦牧、赵寻、水夫、京南、谢华等批判“文艺黑线专政”论文，都属于政治类文章。只有余冠英、王水照的《唐诗发展的几个问题》，王元化的《释〈比兴篇〉“拟容取心说”》，“是学界久违的研究文章”①。

王元化的“《释》文”发表前，接到“文评”用稿通知在1978年1月18日，此时，“学习《毛主席给陈毅同志谈诗的一封信》”热潮正方兴未艾。王元化仿佛视而不见，他除了致信编辑部将笔名换成本名“亮相”、提出发表时的一些技术性问题外，他并未想到“跟风”去以今论古比附，也给自己的文章“戴帽”。在那个新旧交替的时节——这是一直需要强调的，王元化做到这一点殊为不易。

反观“《商榷》文”和“《浅见》文”，两位作者批评的是王元化的观点，比附的“论点”则来自于毛泽东谈诗的这封信。王元化所言“以今论古比附”，在此可以得到印证。

---

① 王保生《〈文学评论〉编年史稿》，社会科学文献出版社，2015年，第77页。

四、商榷与答辩

针对“《释》文”的“《商榷》文”和“《浅见》文”，前一篇指名道姓；后一篇只在需要时才提到作者。应该说，两文的作者，对于我上文提到的摒弃大批判文风是有共识的，商榷的论述也是从学理出发，文章有其学术性。但王元化所指出的以古证古和以今论古的两种“比附”杂陈其间，加之“历史延伸”所带来的流风余韵，“戴帽穿靴”仍不可避免。①

“《商榷》文”首先对“《释》文”关于“比”、“兴”的解释提出异议：

> 王元化同志把比兴和塑造艺术形象联系起来解释是很正确的，但是，他把比说成是描写“个别的、具体的东西”，只要“知觉”就行了，而兴是摄取“现实意义”，才是“理性认识”，这不仅把“比、兴两法”割裂开来、对立起来了，而且实际上就是把典型化的个别化和概括化割裂开来、对立起来了。典型化过程中的个别化和概括化是在文艺创作从感性到理性认识过程中交织进行的，把个别化简单地理解为感性认识阶段，把概括化简单地归入理性认识阶段，认为作家在创作过程中实现个别化可以不要理性认识，概括化时可以排斥感性材料，这不仅不符合文艺创作规律，用这个办法来套用“比、兴两法”也是不恰当的。

这一断语的直接“论点”，就是毛泽东给陈毅谈诗那封信。作者写道：

> 毛主席在给陈毅同志谈诗的信中指出：“比、兴两法是不能不用的”。这就深刻地揭示了形象思维的重要特点。如果说比只是一种“知觉”，仅仅停留在感性阶段；兴又只“取义”，排斥感性材料，那这“两法”和形象思维的特点还有什么联系呢？王元化同志也许是把“比兴”作为一个“词”来

① 考虑到篇幅因素，这里不一一比对“《再释》文”对“《商榷》文”和“《浅见》文”答辩内容，只择其要者叙述，有兴趣的读者可自行参看。

> 解释“一种艺术性的特征”，这可以研究。但毛主席把比兴作为形象思维的特点时说的是“比、兴两法”，这是值得我们深刻领会的。如果我没有理解错的话，那么，毛主席不仅没有把比兴当作是一回事来看待，刘勰也没有把比兴当作是一回事来看待。事实上，比也好，兴也好，它们作为形象思维的特点，都标志着作家在运用比兴反映社会生活时，思维运动始终伴随着具体的感性材料。比或兴，脱离了具体感性材料，都无法进行。如果比只取具体材料，兴只取“现实意义”，那么，无论那一“法”，都和形象思维联系不起来，即都不能说是形象思维的特点了。

文章最后断言：“我们在研究古代文艺理论家对比兴的解释时，不能简单地把前人的解释和我们今天运用马克思列宁主义对艺术形象或形象思维的解释等同起来。”

文铨的“《浅见》文”开篇写道：

> 《诗刊》一九七八年一月号发表了……在这封信中，毛主席教导说：“又诗要用形象思维，不能如散文那样直说，所以比、兴两法是不能不用的。赋也可以用，如杜甫之《北征》，可谓‘敷陈其事而直言之也’，然其中亦有比、兴。”毛主席在这里既提到了“形象思维”，又提到了“赋”、“比”、“兴”的手法。那么这两者是什么关系呢？

上来“立论”就很明确。此后，“论证”过程中也数次提到《毛主席给陈毅同志谈诗的一封信》中的内容，王元化的“《释》文”也数次被拉出来作为批评的靶子。文章最后说：

> 对于古代的文学批评著作中的术语，我们应该仔细研究，并运用现代的语言来说明它们的含义。这样才能更好地了解这些著作，批判地继承其中有益的东西。但是，在进行这项工作时，必须严格地按照这些术语本来的涵义来加以发挥、阐述。如果简单地把它们和现代文艺理论中一些略为相似甚至仅仅有某些联系的概念等同起来，那就很不

妥当。这样很可能歪曲了古人的论点，或者把它们改变为今天的观点。这样做都是违反历史主义原则的。

如此"大义凛然"，如不答辩，王元化"戴罪之身"外岂不是又要被加上别的帽子？言及至此，便应明白王元化"功名万里外，心事一杯中"(唐高适《送李侍御赴安西》诗)的胸臆，为何"急急如律令"般为这篇稿子兴师动众了。

王元化作答文章"《再释》文"耗时三个月左右，10 月 24 日寄给周扬后仍在修改。虽是作答，但文章并未指名道姓。对于"《商榷》文"，他用"那篇商榷文章"代指，对于"《浅见》文"他用"那篇评论文章"代指。他当然看出了"《浅见》文""高屋建瓴"和"大义凛然"的用意，所以"《再释》文"先"《浅见》文"后"《商榷》文"，逐一答辩。

既然无论是"《商榷》文"还是"《浅见》文"均以毛泽东的"比、兴两法"及"形象思维"为"论点"，他作答的落脚点是："关键问题也还是对于刘勰的比兴概念究竟应该怎样理解"——直截了当地对着"以古证古"、"以今论古"论述。他用了近一半的篇幅来钩沉比兴这一概念历史源流及历代演进。对于两文"戴帽穿鞋"的指责，他当然也反驳，但多是从学理出发带出观点。

针对"商榷文章"所持"毛主席不仅没有把比兴当做一回事来看待，刘勰也没有把比兴当做一回事"的观点，他说："诚然，毛主席说的是'比、兴两法'，但这并不是在阐释刘勰的观点。问题在于刘勰除了分论比、兴外，是不是也把比、兴连缀成词，作为一个整体概念？如果回答是肯定的，根据又在哪里？"他认为："刘勰赋予比兴的这种意蕴，用马克思列宁主义的现有观念去比附自然不行，用我们以为妥切的比兴概念去强解也解不通，我以为只有实事求是地探讨刘勰的原旨，尽可能把它本来的面目揭示出来。如果说刘勰认为比、兴在取义取象上完全一样，只是一种同义反复，那么，怎样去解释我作为根据的上述说法呢？"

针对两篇文章都引用朱熹关于赋、比、兴的解释来衡量他"释义的尺度"，他说："如果因为毛主席援引朱说，就把朱熹的三经三纬说句句奉为圭臬，以为一字不可更易，那也不是科学的态度。”又说：“朱熹的赋、比、兴，简要明快，在前人诸说中通俗易晓，可为一家之言（这是就作诗的表现方法而论，并不指它对六诗六义原旨的考辨）。但这也并不等于说他的三经三纬说完美无缺，就不再容有讨论的余地。相反，我们应该在前人的基础上，使这个问题的研究更向前发展才对。”①

王元化答辩的“《再释》文”，因“文评”编辑部一拖再拖，一压再压，到刊出时已经是 1979 年 7 月了。

此时，“沉舟侧畔千帆过，病树前头万木春”（唐刘禹锡《酬乐天扬州初逢席上见赠》诗），新旧交替仍是大势，但除旧布新更是潮流，尽管“戴帽穿靴”的文风也未绝迹，但已渐行渐远了。“《商榷》文”和“《浅见》文”也成“隔年皇历”矣，作者可以敝帚自珍②，但“古调虽自爱，今人多不弹”（唐刘长卿《听弹琴》诗），在此后王元化参与推动的《文心雕龙》研究热潮中，鲜见有研究者引述，甚至遭到诟病③。而“《释》文”和“《再释》文”，一直是一版再版的《文心雕龙创作论》修订本的重要章节。

五、从不释怀到释怀

收到“文评丛刊”第 3 辑时，王元化正在校对《文心雕龙创作论》样稿。近一年来“《再释》文”的遭遇让他心气难平，在“校后记”最后，

---

① 这里引用的“《再释》文”，据王元化《文心雕龙讲疏》，上海三联书店，2012 年，第 178—201 页。

② 吴平安《心灯且伴桂香传——和曾祖荫先生再续师生缘》，载《华中学术》第 15 辑，华中师范大学出版社，2016 年。文中写道，曾祖荫“1978 年在《文学评论》上发表《对释比兴篇拟容取心说的商榷》，标志着他正式登堂入室，从此在古典文论研究领域里攀登跋涉”。

③ 著名《文心雕龙》研究专家牟世金在 1983 年 8 月“文心雕龙成立大会”上讲话特别指出了这种情况。他说：“还有个别同志自己似乎无意于研究什么，却瞪大眼睛盯着别人，而人家的意见尚未看清楚，就左一‘商榷’，右一‘商榷’。学术上的商榷，辩论或创新，都是完全必要的，但必须有一个最起码的出发点：实事求是地研究问题。”牟世金《〈文心雕龙〉研究的回顾与展望——祝〈文心雕龙〉学会成立并序〈文心雕龙研究论文选〉》，《文心雕龙学刊》第二辑，齐鲁书社，1983 年，第 48 页。

他写下了这样一段话：

> 从我开始写作本书的那天起，我就以马克思《资本论》第一版《序言》的最后一段话作为鞭策自己的良箴，现在我还要把它援引在下面：
>
> 任何的科学批评的意见我都是欢迎的。而对于我从来就不让步的所谓舆论的偏见，我仍然遵守伟大的佛罗伦萨诗人的格言：
>
> 走你的路，让人去说话！①

1983年6月6日，王元化为这本书第二版作"跋"时，尽管学界已逐渐认识到他在《文心雕龙》研究方法上的开拓性意义，他也感到欣慰，但"《再释》文"发表的波折仍然难以释怀。他写道：

> 回顾四年多前，本书的一章先以单篇论文在杂志上发表时，虽然得到一些至今使我感念不已的默默支持，但也遭到不少苛刻的挑剔吹求。某些责难因其无理地上纲上线、戴帽穿靴而难以令人心折，可是由于没有击中要害，却并不使我怎么懊丧。……但是，对于那种舆论偏见，或者如黑格尔所指摘的那种愈是空疏，愈是理智上衰竭无能，就愈显出一种压倒千古大哲的虚骄之气的评论，我觉得，我当以那些坚贞的理论工作者为楷模，无论是现在或将来，绝不对之妥协让步。但我也不准备纠缠在无助于推动理论前进、只是为了逞强好胜的无谓争论之中。②

2007年中秋节，已入耄耋之年的王元化，又一次对《文心雕龙创作论》予以修订（1992年修订版更名为《文心雕龙讲疏》），并更名为《读文心雕龙》。他在"小引"中写道：

> 我不想妄自菲薄，我曾以多年的心血写成的这本著作，并没有随时间的流逝而消亡。无论在材料上、方法上、观点

---

① 王元化《文心雕龙讲疏》，上海三联书店，2012年，第345页。

② 王元化《文心雕龙讲疏》，上海三联书店，2012年，第347页。

上，我在当时是用尽力气去做的，我的劳力并未白费，它们对今后的读者有可能还有些参考价值。但我也感到有不足的方面，我没有将我近十多年来所形成的对中国文论的新看法表述在本书中。①

至此，当年的种种不释怀，也"随时间的流逝而消亡"了。

有道是"书比人长寿"。2008 年 5 月 9 日，王元化先生魂归道山，但他在《文心雕龙》研究领域乃至中国文艺理论研究领域至今地位不可撼动。《文心雕龙创作论》的修订版《文心雕龙讲疏》、《读文心雕龙》依然一版再版。

唐人崔涂有诗曰："自是不归归便得，五湖烟景有谁争。"（《春夕》）对当年的遭遇，王元化先生生前释怀也罢，不释怀也罢，也只是为"有谁争（锋）"的《文心雕龙创作论》增添了一段可循的历史沉积而已。笔者将之作一钩沉、梳理，意为新旧交替的转折年代学术和政治氛围除旧布新之际的历史，留下一个可供解剖的标本。

谨以此文纪念王元化先生百年冥诞！

（华东师范大学历史系）

① 王元化《读文心雕龙》，新星出版社，2007 年，第 2 页。

从反传统到珍视传统

——王元化论京剧艺术表现力的民族性

吴琦幸

内容摘要：作为文学理论家，王元化不仅在《文心雕龙》研究中有着开创性的学术贡献，而且在传统京剧研究方面也有独到的研究和阐述。更有意思的是，他从早年接受五四反传统精神，对于京剧采排斥的态度，认为其中封建落后的内容是中国文化中的糟粕。到晚年他对中国思想史和文化史反思，对京剧的文化传统和艺术表现形式也进行了深刻的研究和思考。本文从意识形态史和中外艺术比较研究的角度分析王元化关于京剧表现艺术与西方艺术异同的论述，并对王元化于传统文化和艺术价值理论的第三次反思进行客观评价。

关键词：传统文化；京剧艺术；表意型；王元化

From Anti-tradition to Cherishing Tradition: Wang Yuanhua's Artistic View of Peking Opera

David Q. Wu

Abstract: As a literary theorist, Wang Yuanhua is not only unique in the study of *Wenxin Diaolong*, he also has a unique research on traditional Peking opera. From the early years of accepting the "May 4th" spirit of literary and artistic warriors to reflecting on the history of modern Chinese thought in his later years, Wang Yuanhua also had profound research and thoughts on the cultural traditions and artistic expressions contained in Peking Opera. This article analyzes Wang Yuanhua's thinking on Peking Opera on the background of ideological history and comparative study of Chinese and foreign art, and makes an objective evaluation of Wang Yuanhua's third reflection on traditional culture and art value theory.

Keywords: traditional culture; Peking opera art; ideographic type; Wang Yuanhua

一、与京剧的渊源

王元化出生在一个基督教家庭中，在西化的清华园[①]环境中成长。从小学到中学都在教会学校中求学，接受的是完全的西式教育。此种家庭的熏陶、清华园的影响以及中小学的教育，都在青少年王元化思想中留下深刻的印象。王元化的外祖父桂美鹏是一名传教士，

① 此处"清华园"指的是清华大学的前身清华学校。始建于1911年，因北京西北郊清华园得名。初为清政府利用美国退还的部分庚子赔款所建留美预备学校"游美学务处"及附设"肄业馆"，于1925年始设大学部，并创立国学门，聘请王国维、陈寅恪、赵元任、梁启超四大导师。1928年改为国立清华大学。

曾经担任基督教圣公会鄂西片区的第一位牧师，并在湖北江陵创办了基督教堂圣公堂并附设第一所分班制的教会学校。王元化的祖父母及父母均为虔诚的教徒，父亲王芳荃则是在这所教会学校中培养成长的。西方的文学艺术、文化甚至宗教的影响，对王元化的青少年时代是很深的。他在青少年时代喜爱西方 19 世纪文学作品，这在王元化一生中留下了深刻的痕迹。作品中的精神和人格力量一直鼓舞着他去战斗，长期以罗曼・罗兰作品中塑造的人物约翰・克里斯多夫为榜样，在实现自己的理想中跋涉于崇山峻岭之中，并在艰难困境中阅读研究莎士比亚，给予他生活的勇气。直到晚年，在病榻上他还最后一次请人阅读《约翰・克里斯多夫》的一些章节。

尽管如此，王元化的家庭中却不乏中国传统的教育。他的父亲很早就对他的国学教育予以关心，并在他五年级时买来石印本七十回金圣叹批《水浒传》，使他第一次接触了中国古典小说，在他成年之后还聘请家庭教师如汪公严、任铭善等为他教授国学。王芳荃本人对于中国文化甚为热爱，尤其是中国的传统书画，本人不仅可以写诗作画，还写的一手好字。这直接影响了少年王元化，他很早就开始了练习书法。王元化的母亲桂月华对于中国传统和民间文学也有着浓厚的兴趣，旧时的弹词唱本例如《天雨花》、《再生缘》之类均能够颂读。虽然他们全家对于当年在北平城里的红遍天下的四大须生和四大坤旦未必喜爱，但是王元化的外祖母江太夫人却是京剧的爱好者。王元化父母两家都是湖北人，京剧与湖北有着千丝万缕的“血缘关系”，几乎就是家乡的地方戏，王元化爱好京剧或曰受到京剧熏染的童子功，就是从他的外祖母那里得到的恩惠。他晚年与刘曾复先生忆及这段生活，以见过杨小楼演戏为毕生荣幸。

1925 年北方军阀混战，北京城内发生战事，打破了生活的稳定。王芳荃在暑期中将 5 岁的王元化和两个姐姐送到上海，与外祖母和三姨桂德华居住。王元化回忆那段生活，最令他印象深刻的又是跟着外祖母听京戏。朦朦胧胧的他，第一次在京剧的锣鼓中感受到了中国传统戏曲的唱念做打的表演方式，虽然他根本不懂京剧的形式和内容，却在心中植下了对于京剧正面的温馨印象。

抗日战争激发了少年王元化的爱国精神，1937年底随全家逃难到上海，1938年初加入中共地下党，组织上安排王元化联系上海的戏剧交谊社，与上海的各大专业和非专业的剧社有了广泛的联系，从此开始对戏剧有了职业性的爱好。当时他与姐姐王元美、后来成为王元美丈夫的杨村彬，以及后来成为他妻子的张可、张的哥哥满涛以及陈西禾等人，都是戏剧爱好者，从1940年代末到1950年代初，他们经常在一起观看各种戏剧，包括话剧、京剧、评剧、昆曲、汉剧等，并在一起热烈地讨论戏剧的表演，从唱词到舞台布景、人物形象的刻画等无所不谈，王元化的见解往往一针见血。但是，受到"五四"新文化运动的影响，他们自然也接受了反传统的意识形态，认为京剧继承了传统中保守落后的一面，是阻碍中国走向科学与民主的绊脚石。在"五四"代表人物中，王元化最服膺的是鲁迅，而以鲁迅、胡适、陈独秀等为代表的激进的反传统主义者，把京剧归于旧道德、旧文化的封建糟粕，认为应予以剔除，这种意识形态认为对京剧的反对就是在进行新文化的传播。事实上不仅是京剧，"五四"运动领袖人物揭橥五四新文化运动的大旗，凡属宣扬旧道德、旧传统的文艺样式，均视为糟粕。京剧仅是其中最具代表性而影响也最大的一种。胡适直到1961年还在日记中批评京剧道："京剧的音乐简单，文词多不通，不是戏剧，不是音乐，也不是文艺，所以我不看京戏的。"[①]"五四"以来新文艺阵营的人多持这种态度。京戏的内容不外乎表现传统的忠孝仁义、贞妇节妇内容。虽然胡适等人从小接受了这种民间文化的影响，甚至常常以观看京剧、讨论京剧为业余爱好，却站在"五四"的立场上视京剧为不齿的旧文化。作为左翼的战斗青年，王元化自然也受到这种影响。在"五四"反传统的思潮影响下，王元化也对代表封建传统道德的京剧的内容和表演方式进行了批评。他自言："我本人也有过

① 王元化《胡适与京剧偶记》，见王元化《清园谈戏录》，上海书店出版社，2007年，第119页。

同样的经历，多达十余年之久。主要原因就在于用西方的标准去衡量中国传统文化，从而采取了一种偏激态度，认定新的一定比旧的好。就以力求公正持平的胡适来说，他纵使谈到自己所钦佩的乾嘉诸老时，也仍以西学为标准，说他们的成就远远逊于更懂得科学精神和科学方法的西方学者。他对于京剧的批评，正如他对《红楼梦》的批评一样。……他认为京剧不值一顾，是因为没有西方戏剧'最讲究经济方法'的三一律。"[①]王元化承认自己在"三四十年代，我和我的朋友也是如此。我们都是五四时代的儿子，对五四时期的各种观念，不论是什么，一概奉行不渝"[②]。五四前的京剧舞台上，都是宣扬封建时代忠孝节义的道德观念，这对于五四人物要建立新的科学民主自由的观念是一种阻碍。作为旧传统道德的外在表现形式的京剧，也是如此。正像后来王元化反思的那样："五四观念中就是新的一定胜过旧的。谁也不会否认社会是向前发展的，但这是从总的方面和大的方面来说，而并不意味着任何时候和任何事物新的都好旧的都坏，或新旧之间没有持续关系，而只能是彻底决裂。"[③]他举了一个例子："那时满涛是很懂也喜欢京戏的，不过他一直没有声张，直到被我发现后，他才带着愧色向我招供，他有一种'不良嗜好'，这就是看京戏。解放后，举行了几次戏曲会演，我们才改变了。"[④]晚年的王元化反思自己当年反对京剧为代表的旧戏曲的立场是"自以为在坚持进步，坚持科学，坚持新潮流。抱这种态度的不止我们这一代，至今还有不少中青年也是如此。我以为这和五四时代的庸俗进化观点多少有点联系"[⑤]。

从1930年代开始一直到1950年代初，王元化对于京剧的表现形式均持批评态度。在1953年撰写的关于汉剧《宇宙锋》的评论文章中，他通过对汉剧的赞美而否定京剧的程式化表现方式，认为是形式主义："我们比较更喜欢汉剧《宇宙锋》，主要的恐怕是它没有京戏

---

① 王元化《关于京剧与文化传统答问》，载《中国文化》1995年第2期，第25—26页。

②③④⑤ 王元化《胡适与京剧偶记》，见王元化《清园谈戏录》，上海书店出版社，2007年，第120—121页。

的某些形式主义的毛病。京戏在其他许多方面也许的确是超过了汉剧；在舞蹈化的动作上，它可能是更凝练一些；在结构布局上，它可能是更紧凑一些；在分配角色和使用角色上，它可能是更经济一些……但是，讲究淳朴典雅往往失去了蓬勃的生气，讲究形式上的美往往冲淡了原有的民间色彩。（我想，京戏中的这些毛病，和京戏本身曾进过宫廷，恐怕是有很大关系的）。就我个人来说，我是更喜欢粗糙一些，却更多的保存了民间活力的作品。”[①]

这个关于京剧经过宫廷之后变得典雅和讲究形式美的观点显然来自鲁迅，鲁迅曾经针对梅兰芳的表演说过，梅兰芳在俗人中得到欢迎，但是被士大夫下手改成典雅的之后，犹如将民歌《竹枝词》改成文言，将“小家碧玉”改成姨太太，就远离民间的活泼泼的生气了。使得多数人都不爱看了。[②] 这些对青年王元化的思想都有很大的影响。

被当时的王元化指责最激烈的莫过于京剧的程式化表演，斥之为矫揉造作。他比较了汉剧与京剧在同一个剧目《宇宙锋》中不同表现手法，指出：“有人曾举出赵艳容准备装疯之前的一个表演：这时她咬紧牙关，张开五指，狠狠抓破自己的脸皮。这种表演不是像京剧中一般所用的办法，挡起水袖，伸出兰花指，象征性的在脸上比划一下。自然，后一种动作是更合乎程式化的，但是前一种动作，不是更能传达人物的经过了极痛苦过程所下的决心么？因而它也就更能使观众感到震撼。”[③]

二、对样板戏的批评

王元化后来重拾 1950 年代关注京剧的由头是从批评样板戏开始的。

---

① 王元化《汉剧〈宇宙锋〉》，见王元化《清园谈戏录》，上海书店出版社，2007 年，第 168—169 页。

② 鲁迅《略论梅兰芳及其他（上）》，见《鲁迅全集》第 5 卷，人民文学出版社，2005 年，第 609 页。

③ 王元化《汉剧〈宇宙锋〉》，见王元化《清园谈戏录》，上海书店出版社，2007 年，第 169 页。

“文革”结束后，到了1988年，中国大地上又开始重新蔓延着样板戏的演出并再度传唱样板戏，电视和电台中经常播出，不少年轻人甚至年长者也都认为样板戏虽然是“四人帮”和“文革”的产物，但毕竟是集体创作、并由一些名家表演的精华戏曲，江青等人只是剽窃了艺术家的集体成果，由此样板戏开始重新出现在舞台上。王元化第一个站出来并顶着压力从理论的高度对“样板戏”的实质进行了深刻的阐述，认为应该抵制样板戏的演出和流行。他从四个方面来谈样板戏。

（一）样板戏的主导思想。每一部样板戏都有其内在的指导思想，那就是英雄人物伟岸英勇、一贯正确，敌对方则渺小卑微、不堪一击。用“三突出”方式在文艺创作中进行造神和宣扬个人迷信。所谓的“三突出”，即“在所有人物中突出正面人物；在正面人物中突出主要英雄人物；在主要英雄人物中突出最主要的即中心人物”的理论，把英雄人物塑造成“超凡入圣的神人，可以藐视小小地球，把认为敌人的人当作蚂蚁和苍蝇，以巨人的雄伟气魄在芸芸众生的伧夫俗子之间高视阔步”。这种精神实质就是个人崇拜。

（二）贯穿其中的斗争哲学。在样板戏中人与人之间充斥着斗争的关系，替代了其他亲情、友情等关系。由此而将人际之间的关系扭曲成阶级斗争关系。样板戏是在“文革”中大字报、批斗游街、“文攻武卫”、“夺权”与“反夺权”的“交响曲”中的一个与之相应的音符。在这场斗争中，斗争使人性扭曲，发生了令人毛骨悚然的自我异化——“一方面使少数人异化为神和先知，另一方面又使多数人异化为兽。人与人之间的正常关系：尊重、友爱、互助……没有了，只有猜忌、仇恨、伤害”①。王元化深刻地揭露了样板戏的根本要害。他的这个观点正式发表之后，在社会上和学术界都引起了很大的反响。其中不少人反对王元化的观点，甚至去信谩骂。

① 王元化《论样板戏及其他》，见王元化《传统与反传统》，上海文艺出版社，1990年，第104页。

（三）社会大众喜欢样板戏曲调的原因。为什么会有很多人尤其是年轻人喜欢样板戏的曲调和唱腔，从而使当年的样板戏又成为新的时髦？王元化从艺术传播理论上回答了这个问题，要接受并欣赏一种艺术，需要相当长的一个过程去适应，去熟悉，去习惯，去理解。他认为由于京剧有着该剧种的程式化表演方式作为写意表现形式，它的曲调和特定语言以及虚拟性的表演方式就是比较难以接受的艺术语言之一。他举自己接受京剧的例子说："我在五六岁时被喜爱京剧的外祖母经常带到剧场去看戏，往往不到终场即已昏昏入睡，散场后由家里人抱着回家。有好一阵，如果不是孩子爱热闹的心理，我对剧场中刺耳的锣鼓喧哗是难以忍受的。我也害怕老生或老旦一直呆坐着或站着大段干唱。我看武戏开打才感到有点意思。但我并不懂功架身段，只知道黑花脸杀出红花脸杀进，打旋子，翻筋斗，耍枪花……这些近于杂技式的功夫。后来年岁渐长，在较长的看戏过程中，由于耳濡目染潜移默化，也由于大人和同学在闲谈中无形的点拨，才逐渐习惯于那以程式作为写意表现手段的京剧语言，才喜欢上京剧。"[①]他认为那些年轻人在"文革"时也只有几岁，那个时候天天听天天看，甚至还跟着唱，潜移默化中熟悉了样板戏的唱腔和语言，很容易对此产生了依赖，同时也产生了感情。

（四）京剧的写意型表演体系。在讨论样板戏的过程中，他提出了京剧的唱念做打以及包括服饰、道具、布景等的程式化，"不是公式化，也不是象征化，而是一种具有民族艺术特点的写意型表演体系"[②]。这个提法有别于前人简单地用象征化或公式化。梅兰芳曾经在 1934 年说："中国旧戏原纯是象征派的，跟写实的话剧不同。"[③]后

① 王元化《论样板戏及其他》，见王元化《传统与反传统》，上海文艺出版社，1990 年，第 107 页。

② 王元化《论样板戏及其他》，见王元化《传统与反传统》，上海文艺出版社，1990 年，第 108 页。有关写意型表演体系，前人也曾提出过以"写意"来概括京剧表演艺术，作为体系，则是王元化第一个提出。见本文第四部分。

③ 犁然《在梅兰芳马连良程继先叶盛兰的欢宴席上》，载《大晚报・剪影》1934 年 9 月 8 日。

人沿用这种说法。促使王元化对于京剧写意型表演体系进行研究的最初思考，是 1960 年代开始撰写《文心雕龙创作论》时就萌发了：那就是中国的传统艺术，从诗词、书法、绘画到戏曲存在着与西方艺术不同的表现方式。他认为：

> 中国艺术讲究含蓄，讲究意会，所谓意到笔不到，言有尽而意无穷等大量艺术格言，都是需要从写意这一特点才能理解，才能解释的。最明显的就是写意画，这是人人熟知的。中国戏曲的特点也是写意的。在戏曲舞台上任何写实的东西都变成实中有虚和以虚带实的写意性的程式化的东西。上楼不需要楼梯，上马没有真的马，《空城计》中诸葛亮站在一块幕布后当作高矗的城墙，司马懿带领四龙套代表一支庞大的军队，这些观众一看就明白，并且马上进入境界。①

他批评了当时的京剧改革为了引进话剧表演和布景，硬是把写实的东西强加到舞台上，结果就破坏了京剧以程式化为手段的“写意表演体系”。他举例《三岔口》中摸黑一场，“把原来灯火通明改成仅有微光以表现暗夜，结果也同样破坏了写意的特点。需知摸黑中的开打虽在灯火通明的台上进行，可是演员的动作就完全可以使观众明白并理解他们是在夜里厮杀”②。正是因为在灯火通明的台上表现暗夜厮杀这一情节，更显示出京剧的写意的绝招，观众从演员的动作上来体会暗夜厮杀的紧张和惊险。

对于京剧唱词的俚俗句子甚至文理不通的唱词，王元化认为是“老艺人根据表演经验的积累，以音调韵味为标的，去寻找适当的字眼来调整，只要对运腔使调有用，词句是文是俚，通或不通，则在其次，因为京剧讲究的是‘挂味儿’。可以说京剧虽在遣词用语上极其粗糙，但在音调韵味上却是极为精致的，目前其他剧种尚无出其右

---

① 王元化《论样板戏及其他》，见王元化《传统与反传统》，上海文艺出版社，1990 年，第 108 页。

② 王元化《论样板戏及其他》，见王元化《传统与反传统》，上海文艺出版社，1990 年，第 109 页。

者”。作为文艺理论大家，王元化这里对京剧的俚俗风格作了极为精辟的分析，也可见他对京剧艺术的深刻理解。同时，他广征博引：“记得国外一位戏剧家说过，好演员读菜单也能令人下泪。我觉得这一说法用来说明京剧的唱词与唱腔是十分合适的。”①

当时王元化提出的有关样板戏理论在中国文艺界引起很大的反响，批评、质疑甚至詈骂的文章、评论、来信不断来袭，王元化不为所动，坚持自己的意见。

三、传统道德的可分性

从上述内容可以看到，王元化对于京剧的感受不仅是一种幼童时代留下的印象，而且在艺术理论上对京剧进行了很深的研究，对京剧的社会影响也做了深刻的分析。但在五四人物的影响下，他早年无法对京剧作出客观的评价，也就影响了他深入挖掘京剧深层次的传统内涵和艺术表现力。从 1980 年代开始，他对“文革”的反思并导致了他对京剧样板戏的实质进行剖析，开始介绍传统京剧的艺术表现手法、舞台艺术的特色，与西方戏剧进行比较，从而在戏剧研究领域中独树一帜，极大地扩大了从戏剧到一般文艺研究的广度和深度。

进入 1990 年代之后，伴随着王元化第三次反思的成熟，他对京剧艺术进行了进一步的思考和研究，将可见到的古今中外的资料和理论收于囊中，对京剧表演艺术及其在传统中的地位重新厘定。在他这次“都要一一重新思考”②的反思中，他认为传统京剧作为中国传统文化中的重要资源，切不可采取粗暴态度去斫伤，而要多方面多角度地进行分析研究，从而形成了一套独特的京剧文化及艺术的理论。

王元化的第一个切入点是从大传统和小传统两个视角来分析京剧在中国文化中的地位。这两个概念来自西方的文化人类学理论。

---

① 王元化《论样板戏及其他》，见王元化《传统与反传统》，上海文艺出版社，1990 年，第 109 页。

② 丁东《长者的风范》，原载《书屋》2000 年第 5 期。另见《王元化集》第 10 卷，湖北教育出版社，2007 年，第 424 页。

文化人类学者、著名的芝加哥学派代表罗伯特·芮菲德(Robert Redfield)1956 年提出大传统与小传统(Great tradition and little tradition)的理论,这是在其专著《乡民社会与文化:一位人类学家对文明之研究》(*Peasant Society and Culture: An Anthropological Approach to Civilization*)一书中被首次阐发的概念,藉以说明乡民社会中存在着的两种不同文化传统。芮菲德研究拉丁美洲的乡民社会多年,在田野调查中发现乡民社会中存在两种不同的文化传统:一种是由国家与住在城镇的士绅与市民们所掌握、书写的文化传统;另一种则存在于乡村之中,乡民藉由口传等方式流传的大众文化传统。他认为,由于乡民具有两种性质:对于土地的热爱与追求(不只是利益,还包含熟悉度、亲切感与价值判断等)促使他们愿意以祖先的方式依附土地渡过一生,但另一方面,他们却不同于与世隔绝的部落社会,必须与邻近城镇的居民打交道,接受外在社会的新事物引入或影响。因此,大传统与小传统间藉由士绅与乡民这两者相互依赖,构成整个乡民社会的文化传统。

此概念后被其他人类学家莫里斯·弗里德曼(Maurice Freedman)、史坦利·谭拜亚(Stanley Tambiah)等运用扩展至汉人研究与印度社会学等领域,台湾的文化人类学家李亦园则将大小传统的概念具体运用于中国文化的研究,提出了对应于中国的雅文化和俗文化的观点。王元化阅读其研究成果后深受启发,他长久思考的关于京剧等戏曲在中国文化的地位由此而确定,他引李亦园的解释:"大传统是指上层士绅、知识分子所代表的文化,多半是由思想家或宗教家反省深思所产生的精英文化(refined culture)。与此相对所谓小传统,则是指一般社会大众,特别是乡民或俗民所代表的民间文化(相当'五四'时期所说的平民文化)。精英文化与民间文化也可称作高层文化与底层文化。"[①]这两种文化与中国过去所说的雅文化与俗文化,以及今天所说的高雅文化与大众文化是比较接近的。进而,他的京

---

① 王元化《关于京剧与文化传统答问》,载《中国文化》1995 年第 2 期,第 19 页。

剧代表的俗文化就从文化结构中的大众文化谈起。

王元化认为，京剧属于大众文化中最典型的例子，两百年来的京剧在民间文化中占有十分重要的地位，其中的道德观念和审美趣味，影响了不止一代的中国人。他认为："今天许多人的历史知识不是来自正史，而是来自广为流传的小说戏曲，甚至知识阶层的许多人也不例外。清末王梦生撰《梨园佳话》称'二十四史忽化声能语，自声入而心通'，即名此义。大传统既然以小传统作为中介传播到民间去，因此它就不可能完全保存其原来面目，而是经过民间的筛选和转述。在这一过程中，不仅有取舍，也有引申、修订、加工和再创造。李亦园曾举小传统把儒者心目中的非人格化的天和俗世的皇帝融合在一起，转变为人格化的玉皇大帝。在大传统的宗教文化中，儒释道的源流派别是分辨的清楚的，但在民间祭奠文中就只有三教合一的民间信仰。……作为小传统的京剧，它是大传统的媒介，也是载体。"①

结合自己的切身体会，王元化认为："在这两百年中的几代人，不仅把京剧作为调剂精神的娱乐手段，而且无形之中也成为陶冶情操、增长见闻的教育手段。恐怕到今天，许多人的历史知识、道德观念、文化修养，很多都是从民间文化中经过潜移默化的过程而获得的，在这中间，京剧更是起着积极的作用。"②

京剧及其他形式的民俗文化既然成为小传统传播的载体之后，王元化认为就必然要在内容和形式上体现出大传统文化，也就是儒家正统的仁义道德等基本观念。他举例说："我小时候在偏远的乡间曾见到很多贞节牌坊，那些殉节的妇女大多并不识字，她们从那里得到儒家传统的贞节观念并以它作为自己的信念呢？"他认为："这些妇女没有读过儒家的书，儒家的观念是通过许多中间媒介（民间文化）

---

① 王元化《京剧与传统文化丛谈》，见王元化《清园谈戏录》，上海书店出版社，2007年，第6页.

② 王元化《中国京剧　角色·风格·流派》，载《上海戏剧》2004年第4期，第1页。

渗透到她的生活中去的。”[①]这些中间媒介就是以戏曲、传说、民间故事、民谣等为代表的民间文化。

不仅是不识字的乡间妇女，即便是在知识精英中，受到这种传统影响的人不在少数，那也就说明了在传统文化中有着辩证“可分性”的资源，即既含有需要打倒的封建糟粕，同时又有着可以吸取的传统资源。他举鲁迅和胡适的孝道为例。虽然他们成为五四新文化运动的主帅，反传统中也包含了对京剧这种形式的反对，但他们还是不自觉地接受了小传统所传播的伦理道德。“五四时代反封建的先驱人物是以非孝作为突破口的。但其中两位主要人物胡适和鲁迅，在实际生活中对于母亲的孝道行为却是十分感人的。是他们言行不一吗？不是的。他们都坚决反对封建制度附加给孝道精神的派生条件（即当时梁漱溟所谓‘古代礼法，呆板教条，以致偏欹一方，黑暗冤抑，痛苦不少’方面）。我们必须把他们身体力行的孝道的根本精神和他们反对的那些派生条件严格地区分开来。但倘硬说他们的孝道和传统的孝道是毫不相干的两回事，那是牵强的，难以令人折服的。”[②]

这是一个很大的课题，中国传统文化中的忠孝仁义、三纲五常等，从董仲舒《春秋繁露》以阴阳五行而衍生出“天人感应”说，到集阴阳、谶纬为一体的《白虎通义》，就把“君为臣纲、父为子纲、夫为妻纲”作为传统社会政治伦理的最高准则，在儒家的历代讲坛上世代讲授，并以此作为科举考试的内容和晋官加爵的依据。作为封建社会官方的主要指导思想，在今天的现代化进程中，如何汲取其中进步的、在现代社会还可以发挥其引导作用的内容，或者是将其全部予以剔除，这是现代海内外中国学研究者莫衷一是的讨论课题。新儒家的代表杜维明等认为忠孝仁义、五常五伦等均可以利用其有益于社会稳定的资源，自由主义思想家如林毓生等认为必须对传统进行创造性的

---

① 王元化《大传统与小传统》，载《民族艺术》1998 年第 4 期，第 202 页。

② 王元化《京剧与传统文化丛谈》，见王元化《清园谈戏录》，上海书店出版社，2007 年，第 11 页。

转化方可为当今中国社会所用。王元化在思想上既有自由主义的观点，他也自认是自由主义者，但在关于传统的问题上又有其独立的思想。在有关京剧与传统文化的问题上他提出了“传统是可分的”观点。他对传统京剧剧目中宣扬忠孝仁义、三纲五常的所谓封建道德进行了分析，认为在这些观念的流传中，需要将其中由历史派生给这些剧目的陈旧落后的一面剥去，而显露出中国文化中的进步、崇高的一面：“岳飞、文天祥的事迹今天仍会使我们感动，可是他们的社会意识是充满忠君色彩的。我们对于皇帝再也不会产生神圣的感情了，为什么还会被这些充满忠君感情的人物所打动了呢？这并不是由于我们像他们一样，对皇帝抱着同一种神圣感情，而是从他们的忠君意识中领会到另一种崇高精神。我们是被它所打动的。这种崇高精神固然蕴涵在他们的忠君意识中，可是我们却在无形之中把两者分离开来了。事实上，我们对岳飞、文天祥的景仰是他们的爱国精神，而不是他们的忠君意识。今天看戏的观众也只是本他们的爱国精神所打动，而很少会被他们身上所附加的忠君思想所打动。也可以反过来说，他们不会因这些人物身上附加有忠君意识，就不会被他们的爱国精神所打动了。这也说明思想的根本精神和附加给它的派生条件，这两者是可分的。至于屈原就更是一个复杂人物，但是谁会因为他的忠君意识而否定他的坚贞而博大的爱国情怀呢？”①

他认为现代观众或受众接受传统艺术表现形式如京剧的时候，已经抽离了其中时代所赋予的意识形态内容，仅仅接受了其中流传有绪的精神。以至“今天看戏的观众也只是被他们的爱国精神所打动，而很少会被他们身上所附加的忠君思想所打动。也可以反过来说，他们不会因这些人物身上附加有忠君意识，而不会被他们的爱国精神所打动了。这也可以说明思想的根本精神和附加给它的派生条

① 王元化《大传统与小传统》，载《民族艺术》1998年第4期，第202页。又见王元化《清园谈戏录》，上海书店出版社，2007年，第9页。

件，这两者是可分的”[①]。这一个理论框架，是了解王元化对传统的看法的重要一环。也可以说王元化从京剧中的旧传统与受众之间的关系来考察传统的衍生路径，也是他提出的文艺学中一个重大理论问题，即传统如何通过剥离而去其落后的不适合时代社会的部分，而成为今天的精华。他通过京剧作为一个样本，也类似文化人类学中田野调查中的(sample)采集。依据这一思路，就某个传统样式进行调查，我们可以从中发现中国文化传统在现代是如何继承、分化、淘汰和转化的。[②]

四、中西艺术特点

王元化曾经在1980年代中继承前人的学说，提炼出京剧写意型的特征，在1990年代的反思中，他将此课题置于东西文化传统的比较及其异同的更大背景下进行了重新表述，使这一论断更加深刻并具有理论性。他又提炼出东西方艺术传统的不同特点是：“西方艺术重在摹仿自然，中国艺术则在比兴之义。”两者都具源远流长的传统。西方的摹仿理论最早见于亚里士多德的《诗学》，而中国的比兴理论最早见于《周礼》的六诗说和《诗经》的六义说。六义说从汉代以后就有不同的解释，王元化将六诗说和六义说概括为“比兴”一词。“刘勰撰《文心雕龙》，其创作论有《比兴篇》。而中国艺术中的比兴之义，所显示的艺术特征与西方艺术是很不同的。这种不同主要表现在对待和处理心与物(审美主体与审美客体)的关系上。摹仿说重自然，在艺术创造过程中，以物为主，以心服从于物。比兴之义则重想象，表现自然时，可不受身观限制，不拘受于自然原型，而取其精髓，借以唤起读者或观众的想象，去补充那些笔墨之外的空白。”因此，联想和想象就成为比兴的重要方法，《文心雕龙》中所谓的“由此及

① 王元化《京剧与传统文化丛谈》，见王元化《清园谈戏录》，上海书店出版社，2007年，第11页。

② 王元化晚年对三纲六纪、五常五伦等传统文化的核心都有这方面的延伸思考，此处不拟展开。

彼，或由此物去认识彼物”、“思表纤旨，文外曲致，言所不追，笔故知止”等表述，即“意谓艺术有一种幽微奥秘难以言传的意蕴，不要用具有局限性的艺术表现使它凝固起来变成定势，而应为想象留出回旋的余地”。①

这种依凭想象通过主客共同完成的审美趣味，在中国的传统文论（尤其是在诗词创作）、画论、书法理论中都有精彩的论述，如“言有尽而意无穷”、“意到笔不到”、“不似之似”、“手挥五弦，目送飞鸿”、“此时无声胜有声”以及书法中的“飞白”等。而京剧的舞台布景中上下楼没有楼梯，骑马没有马，推门没有门，留给观众想象的空间，在在凸显了写意型的特点。

事实上用写意型的特点来概括京剧的特征，并非自王元化始，早在“五四”时期，《新青年》曾专辟一栏来讨论京剧的特点和生存。胡适、刘半农、钱玄同、周作人、傅斯年发表了京剧落伍、是封建糟粕的文章，但在当时民主自由的学术讨论中，该刊同时也发表了为京剧辩护的文章，包括宋春舫、张厚载、齐如山等人均从专家的角度对京剧做了实事求是的评价和分析。张厚载用“假象会意，自由时空”八个字来精确地概括京剧的特征。后来，余上沅将中西戏剧进行了比较，首次提出了中西戏剧的不同乃在于“一个重写实，一个重写意”的观点，将京剧归为写意的表演方式。王元化则发展了这种观点，采撷了中国古代文论中有关艺术创造的理论，认为京剧通过虚拟性程式化删繁就简的特点，与中国传统艺术理论“以少总多”的原则相关。他比较了西方戏剧的表现形式：西方艺术重在摹仿自然，中国艺术则重在比兴之意，也即与自然保持一定距离，形成主观上的想象来补充自然。王元化进一步运用了刘勰《文心雕龙》论创作时所用的“比兴”，即心与物的主客观关系创造性地就此作了阐述。他认为摹仿说以物为主，以心服从于物，即以客观为主，主观需服从客观，进入客观

① 王元化《大传统与小传统》，载《民族艺术》1998 年第 4 期，第 202 页。又见王元化《清园谈戏录》，上海书店出版社，2007 年，第 13 页。

世界。比兴说在重想象，在表现自然时，不受身观限制，就可以不拘自然原型，取其精髓，也就是取其意，用观赏者的想象去补充客观之外的空白。从客观自由地反入主观，主客观之间的自由来往，所谓的“善入善出”，即此意。中国传统的国画、古琴艺术、书法等都采此法，用空白艺术来创造具象之外的意境。

我们要特别注意王元化提炼出的中国思维模式的特色，即：“中国的思维方式缺乏思辨思维和形式逻辑，主要强调直观和经验，把一切都同伦理道德挂钩。……从亚里斯多德《诗学》开始，西方人提出自然的模仿说，中国没有自然的摹仿说，因而很少有史诗、长篇叙事诗，这就跟思维方式相关。”[①]王元化的这个看法综合了文艺、历史、哲学学科中的一般化思维方式，点出了中国思维的特点，后来也一再强调中西思维模式的不同。他的京剧表演艺术的中国特点就是在这一思辨的高度提出的。

比前人更精彩的是，王元化还运用了西方戏剧理论来比较研究京剧表演艺术。他引进法国著名戏剧家老柯克兰新的三一律和布莱希特的理论，即演员在舞台上的三个自我与京剧舞台上的表演艺术相比较，深化了这一理论，并为京剧表演提出了一个重要的民族性模式。两者的区别即写意和写实。这就导致了在对待或处理审美主体(心)和审美客体(物)的关系上所遵循的不同立场和原则。这三个自我即演员本人、出演的角色和观众，演员的第一自我是他自己，第二自我是他扮演的角色。而观众的第一自我是他自己，第二自我是看戏进入角色的境界，也即自己化身到戏剧的境界之后的设身处地，完全离开了现实生活。西方理论要求演员一旦进入角色之后，他的第一自我就要“终止”在第二自我身上。这也就是王元化说的心与物的关系交融在一起了，不可分别。王元化举例说：“这种观点为西方艺术界普遍认同。有一篇记载说，当巴尔扎克写羊时，他自己也几乎变

① 王元化《关于目前文学研究中的两个问题》，见王元化《传统与反传统》，上海文艺出版社，1990年，第76页。

成了羊。”①

王元化比较中西两种戏剧的异同时说:“这种第一自我沉没在第二自我中的故事,在西方剧场里是很普遍的,相传契诃夫的《海鸥》在多次上演失败后,史坦尼斯拉夫斯基决定将它上演来挽救处在岌岌可危境地的艺术剧院。《海鸥》演出了第一幕,大幕徐徐落下,剧院工作人员焦急地等待着反应,可是一片沉寂,一点动静也没有。在令人窒息的两三分钟后,观众席上突然爆发起震耳的掌声。发生在西方剧场中的这种情况,是不会发生在京剧的戏院里的。在京剧的剧院里,尽管台上演的是催人泪下的《六月雪》、《搜孤救孤》这类感人的悲剧,观众不会出现艺术剧院演《海鸥》时的现象。相反,甚至当观众看到窦娥负屈含冤行将就戮或公孙忤臼行将就义的悲惨场面时,还会为演员(假定是出色的演员)的动人唱腔或优美身段鼓掌叫好。”②而这两种不同的反应正式东西方文化不同背景下所形成的不同戏剧观念。王元化从理论上说明这就是审美主客观(心与物)的关系上不同立场和原则。西方观众观剧时,他们的心完全沉浸在审美客体(物)中去了,故而在一霎那结束之后无法恢复过来,无法从客体转换到主体,所以会出现短暂的沉寂,等到从角色或剧情中脱身而出,并恢复了自我,才会站在主体立场上,对客体报以欣赏的掌声。而京剧的观众,则始终保持着观众主体的自我独立性,虽然被客体的喜怒哀乐表演所感染,但他们始终保持着观众所具有的观赏性格,故而当他们被情节角色所感染时,仍能击节赞赏。

五、京剧改革的方向

需要补充的是,西方的话剧与中国的京剧表演形式的不同也给予了欣赏角度的不同。西方的摹仿说,完全用生活中的语言和道具

① 王元化《京剧与传统文化丛谈》,见王元化《清园谈戏录》,上海书店出版社,2007年,第19页。

② 王元化《关于京剧与文化传统答问》,载《中国文化》1995年第2期,第22—23页。

来再现生活的真实，因此观众比较容易忘我地进入剧情中去。而京剧的表演形式与生活有着隔离，唱腔、念白都是一套独特的形式，甚至角色之间的唱腔对白都不同，重要的是这种语言形式的不同，就自然地将观众和生活的真实疏离开来，这也是造成京剧观众可以保持观剧时的独立性，然后可以善入善出地加以欣赏。

当中国观众观看西方式的话剧时，他们所表现出来的也是进入到角色和剧情中。1945 年在延安演出歌剧《白毛女》，发生了战士义愤填膺地举枪要打地主黄世仁的场面。就是因为表现生活真实的歌剧接近生活原型，更会引起观众沉浸在角色里无法恢复过来的缘故。

那么，京剧拥有如此丰富的传统文化要素，是否就不需要改革？事实上，从民国初到建国后，关于京剧改革的问题就从来没有间断过。但如何来进行改革，从哪个方面着手，戏曲界的理论家和在第一线的演员都有不同的看法。王元化认为，需要艺术把握艺术表现的总原则，即从表现形态上分析。京剧讲究写意型，通过虚拟性程式化的手段删繁就简，这是中国传统艺术理论中的"以少总多，情貌无遗"(《文心雕龙·物色》语)的原则，所有的改革不能够离开这一总的原则上。如果用写实代替写意，就很少没有不以失败告终的。民国初开始就有改革京剧的呼声。为此，梅兰芳曾经试图改革京剧的布景，用写实的装饰和实物道具来代替传统的虚拟化。王元化说："梅兰芳……民国十七年，他上演齐如山编的新戏《俊袭人》。台上布置两间相连的房间，一间卧室，一间书房，把家里缀玉轩中的花梨、紫檀木器、太师椅、多宝格也搬到台上。这齣戏有四个人物，梅兰芳扮演袭人、姜妙香扮宝玉、萧长华扮茗烟、姚玉芙扮四儿。阵容也算不错了，满想一炮打响。没料到因限于布景，演技施展不开，那三人上上下下成了活道具，梅兰芳也只能在两间房里活动，没有机会使身段，只卖几段唱腔。"建国之后的一个例子是裘盛戎演《雪花飘》，有人提出要用实景飘落雪花，裘盛戎反问"布景用实在的，再下雪，在台上要我干什么?”[①]演员就是要演出那种下雪的味儿。王元化认为,改革京剧最容易犯的毛病就是往往忘记写意的特点,而用模仿的手段去向写实靠拢,认为只有写实才可以表现生活的真实。王元化批评了这种观点不了解真实有“形、神”两方面的真实,有的剧种就是追求“神”的真实,所谓的“以神传真”,下面这话道出了真谛:“京剧以神传真往往体现在唱念做打所显示出来的情绪和气质上面,其中尤以唱占主要地位。”

京剧改革的另一个问题是不可用己所短去迎合观众审美趣味,这种盲目的改革恰恰丢了传统京剧的特色。因为趣味是有多种多样的,如果出于一种意图伦理,认为戏曲应该为广大民众所喜闻乐见,去迎合群众的趣味,这种改革将会使传统戏曲抛弃固有的特色。王元化引周作人 1924 年撰写的《中国戏剧的三条路》中所说:“我相信趣味不会平等,艺术不能统一,使新剧去迎合群众与使九局来附和新潮,都是致命的方剂,走不通的死路。我们平常不承认什么正宗或统一,但是无形中总不免还有这样思想。近来讲到文艺,必定反对贵族的而提倡平民的,便是一个明证。”[②]周作人在五四中是反对京剧的,但是他能够在五四之后五年再提出这个观点,受到王元化的重视,王元化认为:“五四时期虽然倡导学术民主思想自由,但能够在行动上体现民主自由精神的却不多见。我甚至要说周的上述议论可以称作是超脱五四时期的意图伦理的声音。”[③]

至于鲁迅在“五四”反京剧思潮中,曾经说过一些过激偏颇的批评京剧的话。他在论京剧以及梅兰芳的表演艺术时,曾发表了数篇杂文进行抨击和讽喻。这是当时的时代大潮。其中特别是评论梅兰芳的《天女散花》和《黛玉葬花》两出戏的文字[④],常被时人引用作为鲁

① 两例均见王元化《京剧与传统文化丛谈》,见王元化《清园谈戏录》,上海书店出版社,2007 年,第 40 页。

② 王元化《九十年代日记》,浙江人民出版社,2001 年,第 451 页。

③ 王元化《京剧与传统文化丛谈》,见王元化《清园谈戏录》,上海书店出版社,2007 年,第 19 页。

④③ 鲁迅《略论梅兰芳及其他(上)(下)》,见《鲁迅全集》第 5 卷,人民文学出版社,2005 年,第 609—620 页。

迅否定京剧的看法。王元化也受到影响。到了反思的1990年代中，王元化认为需要重新分析、正确理解。鲁迅在1934年以笔名张沛发表在《中华日报·动向》上的文章《略论梅兰芳及其他(上)(下)》，引起研究者的争议最大。其中一个比较重要的观点是，认为鲁迅的意思是主张要梅兰芳进行京剧改革，将传统的京剧改成能够引起现代人以及中国人以外的观众的兴趣。王元化认为恰恰相反，鲁迅的意思认为京剧原来是“俗的，甚至于猥下，肮脏，但是泼辣，有生气”，因此他就成为“俗人的宠儿”，这是肯定梅兰芳的原本的表演艺术的。鲁迅接着指出，这就要使士大夫敢于下手来“夺取民间的东西的，将竹枝词改成文言，将‘小家碧玉’作为姨太太，但一沾着他们的手，这东西也就跟着他们灭亡”[②]，他们于是将梅兰芳“从俗众中提出，教他用多数人听不懂的话，缓缓的《天女散花》，扭扭的《黛玉葬花》，先前是他做戏的，这时却成了戏为他而做，凡有新编的剧本，都只为了梅兰芳，而且是士大夫心目中的梅兰芳。雅是雅了，但多数人看不懂，不要看，还觉得自己不配看了”[③]。

王元化认为，这两出戏是齐如山编的新戏。“把具有综合艺术特点的京剧变成以舞蹈为主。它走的是缠绵悱恻的路子。”这样的改编就是被士大夫把原来泼辣有生气的京剧改坏了。因此王元化认为这些戏和梅兰芳的《宇宙锋》等其他剧目相比，虽然谈不上是失败，也只能说是下乘之作。后梅兰芳将这两出戏带到国外去上演，也不被那里的观众所欢迎。甚至齐如山本人也认为这并不能代表京剧的传统风格。“齐如山说有些看过京剧的外国人主张在国外演出《天女散花》，是因为他们看的京戏不多，对京戏没有研究，才喜欢华美灿烂的歌舞剧。但齐说：‘我却大不以为然。虽然梅兰芳的新戏都创自我手，但这种戏不能完全代表中国戏，也不能尽梅兰芳技艺的能事。’”[③]为了某种票房或者环境的要求，梅兰芳的戏并不是每一部都

---

② 鲁迅《略论梅兰芳及其他(上)》，见《鲁迅全集》第5卷，人民文学出版社，2005年，第609页。

③ 王元化《京剧与传统文化丛谈》，见王元化《清园谈戏录》，上海书店出版社，第46页。

按照中国传统的方式来演出的。这是对鲁迅批评梅兰芳两出戏的比较中肯的评价。也即传统的艺术一旦为了某种功利的需要去改动，丢掉了传统的特色，反而会导致观众的不认可。

（美国加州大学圣地亚哥分校中国研究中心
Center for China Studies，University of California，San Diego）

叶嘉莹"兴发感动"说的诞生、逻辑层次及生命诗学意味*

朱兴和

内容摘要：叶嘉莹的"兴发感动"说酝酿于1950年代末，基本成型于1970年代初。此后数十年，叶嘉莹从未停止继续修正和阐发的工作。"兴发感动"理论有三个逻辑层次。第一次层涉及诗兴的发生和文本的生成。第二层涉及文学的审美特征和文学的本质。第三层涉及文本的接受和文学的功能。"兴发感动"说与叶嘉莹的说诗实践在本质上高度契合。"兴发感动"不仅是会通中西文论之后发展出来的一个诗学理论体系，同时，也具有生命诗学和文化诗学的意味。

关键词：叶嘉莹；兴发感动；逻辑层次；生命诗学

* 本文是教育部人文社科重点研究基地重大项目"守正以创造：古今中西之争与后五四时代建设性的中国文论研究"（16JJD750016）和国家社科基金一般项目"近代中国古典诗歌中的'现代性'研究"（20BZW009）的阶段性成果。

The Developing Process, Logical Levels and Life Poetics Meaning of Yeh Chia-ying's Xing-Fa-Gan-Dong Theory

Zhu Xinghe

Abstract: Yeh Chia-ying's Xing-Fa-Gan-Dong Theory was brewed in late 1950s, and matured in early 1970s. During the following decades, Yeh Chia-ying never stopped revising and developing the theory. There are three logical levels in this theory. The first level relates to the birth of inspiration and the formation of text. The second level relates to the aesthetic characteristics and the essence of literature. The third level relates to the text reception and the function of literature. Yeh Chia-ying's theory and critical practice keep growing in harmony. As a mixed-blood of Chinese and Western literary theories, Xing-Fa-Gan-Dong is full of meaning of life poetics and cultural poetics.

Keywords: Yeh Chia-ying; Xing-Fa-Gan-Dong; Logical Levels; Life Poetics

叶嘉莹曾将文学批评比作一幢建筑物，而将中国诗学关于“感发”作用的诗论比作建筑物的根基[①]。自 1950 年代开始，叶嘉莹在大量的批评实践和理论阐发中发展出一套以“兴发感动”为纲领的诗学理论体系，在海内外学界产生深远的影响。近年来，已经有不少学人(主要是硕士生、博士生和青年教师)开始研究这一理论体系，撰写和发表了一系列文章。[②] 但是，在理论生成的具体细节、理论的内在逻

① 叶嘉莹《中国古典诗歌中形象与情意之关系例说》，《迦陵论诗丛稿》，北京大学出版社，2014 年，第 34 页。该文写作于 1981 年，1982 年发表于《古代文学理论研究(第六辑)》(上海古籍出版社)。

② 相关文章至少有十余篇。直接相关的期刊文章有朱巧云的《叶嘉莹“兴发感动”说的创新意义》(《宁夏社会科学》2005 年第 4 期)、何春环的《叶嘉莹先生诗词学中的 (转下页)

辑及理论的思想意义等方面，仍然留有深入探究和继续阐发的空间。本文试图厘清这一理论发展的时间脉络，精细呈现它在各个逻辑层面上的理论经络，探析深蕴其中的生命诗学和文化诗学意味，并借此机会向学界同仁请教。

一、“兴发感动”说的酝酿、诞生和发展

叶嘉莹的“兴发感动”说不是凭空出现的，而是根植于深厚的中国诗学传统并大量吸纳西方理论的结果。从思想亲缘的角度来说，“兴发感动”说与顾随、王国维、张惠言三人的关系最为密切。

叶嘉莹的诗学思想深受顾随的影响。她曾反复追忆当年跟从顾随学诗的细节，甚至还有过这样的表述：“先生对诗词的感受之锐、体会之深，其灵思睿智，就我生平阅读交往之所接触者而言，实更无一人可相伦比。”①自 1940 年代起，叶嘉莹一直将当年听课的笔记带在身边，直至将其精华整理、出版为《驼庵诗话》。在顾随的诗学思想中，其实也有一个内在的“兴发感动”的理论经脉。比如，《驼庵诗话》开篇就说：“诗根本不是教训人的，只是在感动人，是‘推’，是‘化’。”终章又说：“子曰：‘兴于诗。’诗是感发。”“诗人应感觉锐敏，神经如琴弦。”该书中

（接上页）“兴发感动”说》(《南都学坛》2006 年第 2 期)、林秀艳的《叶嘉莹“兴发感动说”的理论内涵》(《湖北经济学院学报(人文社科版)》2009 年第 10 期)、李小贝的《从“兴”到“兴发感动”——试论叶嘉莹自成体系的“兴发感动”说》(《郑州航空工业管理学院学报(社会科学版)》2011 年第 5 期)、朱维的《叶嘉莹“兴发感动”理论对王国维“境界”的体系化及反思》(《重庆师范大学学报(社会科学版)》2012 年第 6 期)、龙珍华的《生命的“感发”——论叶嘉莹古典诗歌研究特色》(《华中学术》2016 年第 4 期)。相关的学位论文有王晓岗的《叶嘉莹的中西比较诗学研究》(广西师范大学硕士学位论文 2005 年)、王建浩的《叶嘉莹“兴发感动”说初探》(天津师范大学硕士学位论文 2007 年)、张冬的《叶嘉莹“兴发感动”说研究》(河南大学硕士学位论文 2010 年)、朱巧云的《跨文化视野中的叶嘉莹诗学研究》(暨南大学博士学位论文 2004 年)、张春华的《叶嘉莹中国古典诗词诠释体系研究》(山东大学博士学位论文 2009 年)。其中，以李小贝、朱维、朱巧云、张春华等人的四篇论文最有参考价值。但本文的细部考索和评析角度均与上述论文不同。

① 叶嘉莹《顾随先生〈诗文丛论〉序言》和《纪念我的老师清河顾随羡季先生》，叶嘉莹《迦陵杂文集》，北京大学出版社，2014 年，第 155、119 页。

间部分与“兴发感动”有关的论述随处可见，比如：“诗人情感要热烈，感觉要锐敏……感觉敏锐故能使诗心活泼泼的，而又必须恬静、宽裕，才能‘心’转‘物’成诗。”“作诗最要紧的是‘感’”，“作诗时要有心的兴发，否则不会好”，“诗要有心有物，心到物边是‘格物’，物来心上是‘物格’。即心即物，即物即心，心物一如，此为诗前之功夫，如此方能开始写诗”①，等等。这些论述涉及到诗兴之发生、心物之关系、诗歌之功能等理论问题，后来，在叶嘉莹那里都得到了充分的展开。

王国维及其文学理论是叶嘉莹一生理论建构和批评实践的基础。自少年时代开始，叶嘉莹一直在研读和阐释王国维。她曾说过，《人间词话》是她学习诗词评赏过程中“开启门户的一把锁钥”②。1970 年代初，正是借助对王国维文学思想的阐发，叶嘉莹在《王国维及其文学批评》一书中建立起一个逻辑谨严的诗学体系。而且，其实她也是通过王国维而接触到张惠言和常州词派的。王国维涉及常州词派的某些断语（比如：“固哉，皋文（张惠言）之为词也！飞卿《菩萨蛮》、永叔《蝶恋花》、子瞻《卜算子》，皆兴到之作，有何命意？皆被皋文深文罗织。”③）是诱导叶嘉莹深研常州词派的重要索引。事实上，在撰写《王国维及其文学批评》之前，她已完成《常州词派比兴寄托之说的新检讨》一文。在这篇文章中，她发现王国维虽然对常州词派颇多讥议，实际上又深受常州词派的影响。④ 这篇文章所征引的“兴于

---

① 详见顾随《驼庵诗话》，生活·读书·新知三联书店，2018 年，第 3、198、202、12、24、36、37 页。按，《驼庵诗话》的内容是叶嘉莹当年的听课笔记，内容和结构实际上都是叶嘉莹整理和安排的，其中自然也蕴含着叶嘉莹本人的诗学思想。

② 叶嘉莹《唐宋词名家论稿》，北京大学出版社，2014 年，前言第 1 页。

③ 详见王国维《人间词话未刊稿》第二十九则，周锡山编校《王国维文学美学论著集》，北岳文艺出版社，1987 年，第 377 页。

④ 详见叶嘉莹《常州词派比兴寄托之说的新检讨》，叶嘉莹《清词丛论》，北京大学出版社，2014 年，第 190 页。该文写于 1969 年，1973 年 11 月发表于台湾《现代文学》第 51 期。叶嘉莹早期的文章基本上都发表在台湾地区刊物上，时代久远，连她自己也记不清具体的刊名、卷期和发表时间。这些信息的重要性不言而喻。本文涉及到的相关期刊信息大多来自于台生徐芷萱同学的查考。芷萱同学系上海交通大学中文系 2018 级硕士研究生。新冠疫情期间，一直滞留台湾，却意外地为本文的写作提供了很大的帮助。在此谨致谢忱！

微言，以相感动”（张惠言《词选序》）成为她后来反复阐发的重要词论[①]，实际上也是“兴发感动”的主要词源。显然，“兴发感动”是对“兴于微言，以相感动”的重新整合。总之，“兴发感动”是叶嘉莹在顾随、王国维和张惠言的直接启发下，从古典诗学语料库中提炼出来的四字要诀。

“兴发感动”说诞生之前，有一个很长的酝酿过程。早在1957年，叶嘉莹就在《温庭筠词概说》一文中分析了“美感经验”与直觉形象之关系，认为好的作品是“移情于物”、“因物寄情”的结果，而“有心托喻”的作品则有两种类型：一类虽无“动念之际”的“因物触情”或“以情托物”，但仍能“情物交感，内外如一”，所以能触发读者丰富的联想，另一类则“虚伪造作”，只能带来穿凿附会之说。[②] 这种表述已经涉及到诗兴发生、心物关系、文本生成和文本接受等各个理论层次。从1950年代末到整个1960年代，这些问题一直是叶嘉莹关注的核心问题。比如，在1959年发表的《几首咏花的诗和一些有关诗歌的话》中，叶嘉莹开篇就从《诗品序》“气之动物，物之感人，故摇荡性情，形诸舞咏”和《文心雕龙・明诗》“人禀七情，应物斯感，感物吟志，莫非自然”谈起，一直讲到宇宙的“大生命”和“运行不息与生生不已的力量”，又从“情”、“物”感应的角度出发，对文艺演进的历程有精彩的归纳，认为从“兴”到“象征”乃是文艺演进的必然趋势（具体过程可图示如下：兴→比→比兴→托喻→象征）。[③] 在同年发表的《由〈人间词话〉谈到诗歌的欣赏》一文中，叶嘉莹以“联想”阐释“比”“兴”，认为联想的作用在于引起读者与作者之间的相互“触发”和“感应”，这

---

① 详见叶嘉莹《常州词派比兴寄托之说的新检讨》，《清词丛论》，北京大学出版社，2014年，第164页。

② 叶嘉莹《温庭筠词概说》，叶嘉莹《迦陵论词丛稿》，北京大学出版社，2014年，第11—14页。该文写于1957年九月中旬至十月中旬，发表于《淡江学报》1958年第1期。

③ 叶嘉莹《几首咏花的诗和一些有关诗歌的话》，叶嘉莹《迦陵论诗丛稿》，北京大学出版社。2014年，第136—154页。这篇文章1959年4月发表于夏济安主编的《文学杂志》第6卷第2期。

也是王国维论词的好处。[①] 多年以后，叶嘉莹回忆说，这篇文章是她后来研究《人间词话》和词学理论的基石。[②] 1964 年，叶嘉莹在《杜甫秋兴八首集说》"代序"中提出感性和知性具美而均衡的说法，认为艺术发展的必然趋势是由平直的摹写现实再到错综地表现意象，由诉诸理性的知解再到"唤起感性的触发"[③]。1966 年，叶嘉莹在《拆碎七宝楼台》一文中，高度评价吴文英真幻杂糅和时空错综的笔法，认为他在"感性之触发与联想"方面给中国诗学带来新的变化。[④] 1969 年，叶嘉莹写作《常州词派比兴寄托之说的新检讨》一文，从"情物交感"的角度重释常州派比兴寄托之说，并提出爱之"共相"与"共感"的说法。[⑤] 1970 年，叶嘉莹发表《从比较现代的观点看几首中国旧诗》一文，认为一首好诗的基本要素是"能予人以一种真切可感的意象"，陶诗富于意象是"以心托物"之结果，杜诗富于意象是"以情入物"的结果，而李商隐诗则是"缘情造物"的结果，此外，这篇文章还谈到意象的"确解"与"确感"的问题。[⑥] 可以发现，"感性"、"感应"、"感触"、"触发"是叶嘉莹频频提及的关键词。这些现象表明，在过去十余年中，叶嘉莹一直对以"心"、"物"关系为核心的诗学发生学及相关理论问题有着浓厚的学术兴趣，正试图创造一个新的理论术语来统摄这些问题。"兴发感动"四字是她最终提炼出来的理论纲领。

1970 年代初，叶嘉莹在哈佛大学燕京图书馆完成《王国维及其

① 叶嘉莹《由〈人间词话〉谈到诗歌的欣赏》，《清词丛论》，北京大学出版社，2014 年，第 283—289 页。该文 1959 年 5 月发表于台湾《文学杂志》第 6 卷第 3 期。

② 叶嘉莹《我的自述》，《迦陵杂文集》，北京大学出版社，2014 年，第 521 页。

③ 叶嘉莹《杜甫秋兴八首集说》，北京大学出版社，2014 年，"代序"第 47 页。

④ 叶嘉莹《拆碎七宝楼台》，《迦陵论词丛稿》，北京大学出版社，2014 年，第 119 页。该文写于 1966 年，1968 年 2—4 月发表于台湾《纯文学》第 3 卷第 2—4 期。

⑤ 叶嘉莹《常州词派比兴寄托之说的新检讨》，《清词丛论》，北京大学出版社，2014 年，第 188、190 页。该文写于 1969 年，1973 年 10 月发表于台湾《现代文学》第 51 期。

⑥ 叶嘉莹《从比较现代的观点看几首中国旧诗》，《迦陵论诗丛稿》，北京大学出版社，2014 年，第 155—186 页。该文写作于 1970 年，1970 年 3 月发表于台湾《现代文学》第 40 期。

文学批评》一书。[1] 在该书的后半部分，特别是“余论”部分(即“《人间词话》境界说与中国传统诗说之关系”一节)，叶嘉莹以“兴发感动”贯通王国维与中国诗学大传统，正式提出“兴发感动之作用，实为诗歌之基本生命力”的说法。[2] 如上文所言，“兴发感动”的理论灵感来自于顾随、王国维和张惠言的直接启发，而顾、王、张的理论又根植于历史悠久的中国诗学传统。叶嘉莹也多次在她的论著中提及自《论语》、《诗大序》、《诗品序》、《文心雕龙》以来的中国诗学论述和大量的中国诗学理论家。与此同时，叶嘉莹还受到一些“西方美学家”的刺激[3]，其中，非常重要的一位学者是《文学理论》的作者韦勒克(René Wellek)[4]。在下文的陈述中，我们将体会到“兴发感动”说在逻辑层次上与韦勒克的理论之间的内在关联。

“兴发感动”说的理论框架基本上在《王国维及其文学批评》一书中已搭建完成。但在接下来的几十年中，叶嘉莹从未停止继续修正和阐发的工作。1975 年，她在《钟嵘〈诗品〉评诗之理论标准及其实践》一文中认为，钟嵘欣赏的是“心物交感的性情之作”，这是诗歌的本质和生命。[5] 1976 年，她在《碧山词析论》中重复“兴发感动之作用，实为诗歌之基本生命力”的观点，并提出“对于诗歌的评赏，自然

---

① 1968 年 9 月，叶嘉莹结束在哈佛大学的访问学习，回台湾大学教书。行前，哈佛大学海陶玮教授请她提交再来哈佛的研究计划。她提交的课题是“王国维及其文学批评”。1969 年，由于被美领馆拒签，叶嘉莹不得不转赴加拿大，在 UBC 谋到一份教职。此后几年，她经常利用假期去哈佛从事研究工作。1970 年代初期，终于在哈佛完成《王国维及其文学批评》。相关章节零星发表于《香港中文大学学报》、台湾《文学批评》和香港《抖擞》等刊物。1980 年，该书首次由香港中华书局出版。1982 年，由广东人民出版社在大陆再版。此后，多次重版。

② 叶嘉莹《王国维及其文学批评》，北京大学出版社，2014 年，第 284 页。

③ 叶嘉莹《温庭筠词概说》，《迦陵论词丛稿》，北京大学出版社，2014 年，第 11 页。

④ 1970 年，叶嘉莹在《从比较现代的观点看几首中国旧诗》一文明确提及“《文学的理论》(*Theory of Literature*)”一书及其作者“伦卫里克”(Rene Wellek)。伦卫里克即韦勒克。《迦陵论诗丛稿》，北京大学出版社，2014 年，第 157 页。

⑤ 详参叶嘉莹《钟嵘〈诗品〉评诗之理论标准及其实践》，《迦陵论诗丛稿》，北京大学出版社，2014 年，第 114—135 页。该文 1975 年 9 月发表于台湾《中外文学》第 4 卷第 4 期。

应当以其能否传达出这种生命，及其所传达的质量的纯驳、多少为主要之标准”的说法[①]，将“兴发感动”当作诗歌评赏的主要标准。此后，她还在《古典诗歌兴发感动之作用》(1980)、《论辛弃疾词》(1986)、《〈诗馨篇〉序说》(1991)、《谈古典诗歌中兴发感动之特质与吟诵之传统》(1992)、《谈中国旧诗之美感特质与吟诵之传统》(2012)等文章中[②]，从多种角度继续阐发“兴发感动”的意蕴。此外，她还在大量的讲演、学术写作和诗词普及活动中频频提及“兴发感动”的理念，实例不胜枚举。甚至在最近的著作《小词大雅》(北京大学出版社，2015年)中，她仍在追求“兴于微言，以相感动”的言说效果。总之，“兴发感动”可以说是叶嘉莹一生诗学思想的精华和总纲。

二、“兴发感动”与诗兴发生和文本生成

“兴发感动”说涉及到的问题非常复杂，但是，正如曾经深深影响叶嘉莹的结构主义文论那样，“兴发感动”说也有一个内在的理论结构，在笔者看来，至少包含着三个层面的诗学论述。第一层涉及文学发生学和创作论。第二层涉及文学本质论。第三层涉及文学功能论。同时，“兴发感动”说又直接指导了叶嘉莹的批评实践。下文试图在各个层面上展现“兴发感动”的内在逻辑，在具体的陈述中不再局限于理论发展的时间线轴。

“兴发感动”说的第一理论层次是文学发生学和创作论，即关于作者感知世界的模式、诗兴(即美感经验)的发生及文本之生成等复杂经验和过程的深层描述，切入点则是以“心”、“物”关系为核心问题意识的哲学认识论。

叶嘉莹对此问题的论述始于早期对“情物交感”的关注，后来演变为对“心”、“物”关系的思考，最终在对《人间词话》境界说的阐发中

① 叶嘉莹《迦陵论词丛稿》，，北京大学出版社，2014年，第171页。

② 详参叶嘉莹《迦陵论词丛稿》，“代序”；《唐宋词名家论稿》，第209—213页；《迦陵杂文集》，第275—285页；《迦陵论诗丛稿》，第36—74页；《谈中国旧诗之美感特质与吟诵之传统》，《文学与文化》2012年第2期。

得到比较清晰的表达。叶嘉莹认为，王国维境界说的基础主要是诗人“感受经验之特质”[①]，而诗人的感受经验主要是主体与客体即诗人与外在世界互动过程中的种种体验。她认为境界说对这些体验及其表达过程有一系列精微的论述。在她看来，一切文学活动都是围绕“感发”而产生的，感发的主体是诗人即作者，感发的客体则是包括景物和人事在内的外在世界，即“宇宙”和“人生”。[②] 她认为“有我之境”与“无我之境”是王国维根据康德和叔本华的美学理论对“‘物’、‘我’关系所形成的美感之根本性质”所作出的两种根本性的区分。[③] “有我”与“无我”的关键并不是有没有“我”，而是“我”与“物”的关系是否谐和。“有我之境”中，“我”与“物”仍有冲突，即诗人的意志或欲望仍然经常性地与对外在世界处于对立之状态。“无我之境”中，“我”与“物”的冲突基本消失，“无利害相对之关系”，因此能“达到一种泯然合一的状态”。[④] 同样，她认为关于“写境”和“造境”的理论是王国维对“心”、“物”关系的另一辨析，所谓“造境”是诗人以理想主义的眼光观照世界，所谓“写境”是诗人以现实主义的眼光观照世界。[⑤] 她还认为，“境界之大小”是王国维关于“作品中取景之巨细及视野之广狭”的一种区分[⑥]，问题的核心仍然是“心”、“物”关系。至于《人间词话》中提及的“主观之诗人”与“客观之诗人”、“入乎其内”与“出乎其外”及其所涉及的艺术起源学说（比如“游戏说”）[⑦]，也都是从诗人与世界关系的各个侧面所展开的论述。

“心”、“物”关系考察的核心问题是作者感知世界之模式和诗兴

① 叶嘉莹《王国维及其文学批评》，北京大学出版社，2014年，第206页。

② 叶嘉莹所说的“物”的概念极为宽泛，包括自然景物，也包括人生、社会诸相，包括“自然界之节气景物”，也包括“人事界之生活遭际”，详参《王国维及其文学批评》，北京大学出版社，2014年，第273页。

③ 叶嘉莹《王国维及其文学批评》，北京大学出版社，2014年，第190页。

④ 叶嘉莹《王国维及其文学批评》，北京大学出版社，2014年，第189—192页。

⑤ 叶嘉莹《王国维及其文学批评》，北京大学出版社，2014年，第200页。

⑥ 叶嘉莹《王国维及其文学批评》，北京大学出版社，2014年，第201页。

⑦ 叶嘉莹《王国维及其文学批评》，北京大学出版社，2014年，第226页。

发生之过程，与此密切相关的是文本之生成即诗性写作如何完成的问题。叶嘉莹对此问题的认识也是通过阐释王国维而获得比较清晰的表述的。在王国维那里，关于诗兴发生与文本生成的理论通常是纠缠在一起的，而叶嘉莹则借用“能感之”与“能写之”两个概念将问题切割开来，从而使两个层面的理论都能得到更为明晰的表述。① 她认为，所谓“有境界”是指作者对“景物及情意”具有“真切之感受”，并且又“具有能予以真切表达之能力”②，所谓“不隔”是指作者“有真切之感受，且能作真切之表达”③，所以，有无境界、隔与不隔的问题，实际上是诗人体验世界之深浅、文字表达之精粗以及作品与存在感受之贴合度的问题。而王国维对“代字”、“隶事”、“游词”之反感，也是因为深恶作者感知世界之肤浅以及表达之浮泛。④ 所以，除了对“物”的世界必须有真切深刻的感知之外，诗人还必须有精细准确的文字表达能力，唯有作者将自己的感发真切精微地表达出来，才可能通过作品而引起读者的感发。

在 1980 年代的《灵谿词话》中，借着论述辛弃疾之机，叶嘉莹对心物关系及其表达又有了新的体悟，她说：“一般而言，要想在诗歌之形象中传达出一种感发的力量，则首在具眼，次在具心，三在具手。”⑤所谓“具眼”，是作者通过敏锐之观察而掌握一切事物鲜明的特

① “能感之”和“能写之”本是王国维在《清真先生遗事·尚论三》中提出来的一对概念，详见周锡山编校《王国维文学美学论著集》，北岳文艺出版社，1987 年，第 425 页。叶嘉莹则借用这对概念，对诗兴发生与文本生成做出了更加精细的区分。

② 叶嘉莹《王国维及其文学批评》，北京大学出版社，2014 年，第 206 页。

③ 叶嘉莹《王国维及其文学批评》，北京大学出版社，2014 年，第 207 页。

④ 叶嘉莹并不是无条件地附和王国维的观点。叶嘉莹有时候会发现王国维理论中的深层矛盾和问题，比如，她发现王国维对“隶事”的态度前后有矛盾：一方面，王国维反对隶事，但他又对喜欢隶事的辛弃疾曾大加赞赏。叶嘉莹认为隶事未必就隔。详见《王国维及其文学批评》，北京大学出版社，2014 年，第 214、216 页。后来，她曾在论吴文英和王沂孙词时，一再表达对王国维理论的修订意图。

⑤ 《灵谿词话》由上海古籍出版社出版于 1987 年。后来，叶嘉莹将自己写作的部分单独出版，更名为《唐宋词名家论稿》。详参叶嘉莹《论辛弃疾词》，《唐宋词名家论稿》，北京大学出版社，2014 年，第 238 页。

色；所谓“具心”，是作者心中对外物有真切活泼的感受；所谓“具手”，是作者能以丰美之联想和切当之语言来表达内心之感受。这是对心物关系和文本生成过程的进一步深化。

叶嘉莹还试图从中西比较诗学的角度对此问题做出新的阐释，特别是对“赋”、“比”、“兴”有非常清晰的阐发。她认为西方诗学注重对外在世界的描述，发展出八种表达“形象”（image）与“情意”（feeling）关系的技法，即明喻（simile）、隐喻（metaphor）、转喻（metonymy）、象征（symbol）、拟人（personification）、举隅（synecdoche）、寓托（allegory）、外应物象（objective correlative）。与西方诗歌不同的是，中国诗歌注重内在生命的兴发感动，传达内心感动的则是“赋”、“比”、“兴”三种技法。而且，“赋”、“比”、“兴”不仅是表达情意的技巧，“更是对于情意之感发的由来和性质的一种区分”。她认为，所谓“赋”不仅只是敷陈其事，而且也重视“形象”（即“意象”image），只不过不是“物象”而是“事象”而已，“赋”是直接陈述作者对情事的感受，并以直接陈述的方式引起读者的感发；“比”是作者借用物象表达自己对情事之感受，并以物象引起读者之感发；“兴”是物象引起作者之感发，而作者又以此种感发唤起读者之感发。就“心”、“物”关系的本质而言，“赋”是“即物即心”的“直接叙写”，“比”是“心在物先”的“借物为喻”，“兴”则是“物在心先”的“因物起兴”。“兴”在西方诗学中找不到对应的字词，说明西方诗学对这一类感发并不重视，因此，“兴”是最具中国特色的诗学理论。[①] 总之，从主客关系入手，叶嘉莹对诗歌发生过程中的诸多细节及相关技法做出了非常细腻而富于学理的辨析。

三、“兴发感动”与文本接受和文学功能

“兴发感动”说的第二层次是文学本质论，第三层次是关于文本

---

① 本段内的引文均来自叶嘉莹《中国古典诗歌中形象与情意之关系例说》，《迦陵论诗丛稿》，北京大学出版社，2014 年，第 8—35 页。

接受和文学功能的理论阐发。为了行文的方便，先说第三层。上文所提及的“能感之”既有文学发生学层面的意味，同时也有文本接受和文学功能层面的理论意味。在发生学层面，作者必须深刻敏锐地感知世界，并将感受精准地记录在文学文本之中。在功能说层面，文学文本必须能在读者那里引发一系列精微深刻的感应。叶嘉莹认为，中国诗学传统一向注重对读者的兴发感动。《论语》中的“兴于诗”、“诗可以兴”以及《毛诗序》中的“永歌之不足，不知手之舞之足之蹈之也”和“正得失、动天地、感鬼神，莫近于诗”等说法，“所强调的实在乃是诗歌的一种强大的兴发和感动的力量”。[①]

叶嘉莹吸纳了大量的西方文论，特别是现象学、结构主义语言学、接受美学和诠释学，来阐明阅读过程即从作品到读者之间的种种环节。比如，捷克结构主义学者莫卡洛夫斯基(Jan Mukarovsky)认为，一切艺术品未经读者的再创造之前，都只不过是艺术成品而已，只有经过欣赏者的再创造，才能成为美学客体。[②] 波兰现象学家茵伽登(Roman Ingarden)认为，作品本身只能提供一个具含很多层次的架构，其中留有许多未曾明确之处，需要读者去做具体化的呈现。[③] 德国美学家沃尔夫冈·伊赛尔(Wolfgang Iser)认为，文学作品有两个极点(Two poles)，一方是作者，另一方是读者，读者对作品的反应永远也不可能被固定，阅读的快乐正在于不被固定的活动性和创造性，而且，文本的潜力正是在读者的阅读过程得以完成的。[④] 德国学者姚斯(Hans Robert Jauss)认为，一篇诗歌的内涵可在读者多次重复阅读中呈现出多层含义，而且读者并不一定要对作品的本义负责。[⑤] 意大利学者墨尔加利(Franco Meregalli)提出三类读者的说法：普通读者不能分析和解说作品，超一层的读者有一种分析和评说作品的意图，第三种读者则能通过自己的想象对文本做出创造性

---

① 叶嘉莹《〈诗馨篇〉序说》，《迦陵杂文集》，北京大学出版社，2014 年，第 277 页。

②③ 叶嘉莹《词学新诠》，北京大学出版社，2014 年，第 178 页。

④ 叶嘉莹《词学新诠》，北京大学出版社，2014 年，第 46、179、180 页。

⑤ 叶嘉莹《词学新诠》，北京大学出版社，2014 年，第 46、179 页。

的解读，甚至是"创造性的背离"。[①] 被频频提及的还有德国哲学家伽达默尔（Hans-Georg Gadamer）的"诠释之循环"（hermeneutic circle）。伽达默尔认为，诠释永远不可能与作者的本意相同，所有的诠释都是一个循环，最后都要回到诠释者本身。[②] 此外，叶嘉莹还曾提及李查·庞马（Richard Palmer）、赫芝（E. D. Hirsch）等人的诠释学理论。比如，赫芝认为，作品不过是提供意义的一个引线，诠释者才是意义的创造者。[③] 借助这些理论，叶嘉莹试图展示文学文本在感发读者过程中的复杂性。

借助中国文学的批评实践，叶嘉莹还试图对阅读过程中的"兴发感动"做出更加精微的描述。她认为小词对读者的"兴发感动"可以分为三个层次：第一层次是通过触引读者的官能而产生"美感之感知"，比如温庭筠之《菩萨蛮》就可以引发此种效果；第二层次是通过触引读者之情感而产生"情意之感动"，比如韦庄的言情小词；第三层次则是在心灵和哲思层面引发感动与联想，比如南唐中主的《摊破浣溪沙》。[④] 在这三个层次中，超越官能和情感的感发与联想是最成功和最深刻的兴发感动。这其实是结合词史和中国诗词的阅读经验对西方文本接受理论的精细阐发与补充。

叶嘉莹认为中国诗学中的诸多理论，如"诗无达诂"，常州派词论之"作者之用心未必然，而读者之用心何必不然"（谭献《复堂词录叙》）[⑤]，以及王国维之词论，都与接受美学和诠释学颇多暗合之处。比如，王国维曾经说过，关于"诗人之境界"，读者"亦有得有不得，且得之者亦各有深浅焉"[⑥]，这就与墨尔加利的理论不谋而合。王国维断章取义地摘取宋人名句而创造的三境界说，既是诠释者的一种"衍

---

① 叶嘉莹《词学新诠》，北京大学出版社，2014 年，第 47、179 页。

②③ 叶嘉莹《词学新诠》，北京大学出版社，2014 年，第 4 页。

④ 叶嘉莹《唐宋词名家论稿》，北京大学出版社，2014 年，第 33、94 页。

⑤ 叶嘉莹《词学新诠》，北京大学出版社，2014 年，第 5、45 页。

⑥ 叶嘉莹《词学新诠》，北京大学出版社，2014 年，第 47 页。

义”[①]，也是一种创造性的背离。换言之，她试图用西方理论来激活和逻辑化中国诗学中原本存在的关于文本接受和文学功能的相关论述。

特别值得注意的是，叶嘉莹对中西诗学中的读者反应论和接受美学的本质差异也有清晰的认知，非常强调文本接受过程中的中国文化特性。她曾明确说过，虽然中国诗学中的“兴发感动”与西方文论颇多相通之处，但二者也存在根本的不同[②]。她还曾引述台湾学者张淑香的观点，论证中国诗歌在“兴发感动”方面与西方的差异：西方的世界观是宇宙两分二元的，所以，西方文学强调人与外界或命运之冲突，而中国人则认为万物是浑然一体的，所以，中国诗歌之“兴发感动”从本质上说是“万物一体”之感应[③]，中国诗歌必然要由个人心灵的感发而延展到社会人心的感发。于是，中国诗歌可以像老子的宇宙衍生模式那样，产生一生二、二生三、三生万物般的链锁反应[④]，从而生成一个绵延不断的生命感发之长流。所以，西方诗学强调充满个性的创造性阅读，而中国诗学则强调“生命的共感”，西方诗学强调读者独特感受的抒发，而中国诗学则强调读者对文化长流的体认，强调“诗之为用乃是要使读诗者有一种生生不已的富于感发的不死的心灵”[⑤]，而这“不死的心灵”的本质则是“仁”。所以，叶嘉莹非常认同马一浮对“兴”义的阐发。一方面，她认为马一浮所说的“如迷忽沉，如梦忽醒，如仆者之起，如病者之苏，方是兴也”与接受美学有不少暗合之处，但同时又认为，“这种兴发感动乃是一种‘仁心’本质的苏醒”，中国式的阅读过程虽然也有大量的自由联想，但最终要达到一种“进德修业的效果”[⑥]。她认为从中国诗学的源头开始，关于“兴”

---

① 叶嘉莹《词学新诠》，北京大学出版社，2014 年，第 5 页。

② 叶嘉莹《词学新诠》，北京大学出版社，2014 年，第 181 页。

③ 叶嘉莹《〈诗馨篇〉序说》，《迦陵杂文集》，北京大学出版社，2014 年，第 284 页。

④ 叶嘉莹《〈诗馨篇〉序说》，《迦陵杂文集》，北京大学出版社，2014 年，第 285 页。

⑤ 叶嘉莹《迦陵论诗丛稿》，北京大学出版社，2014 年，第 53 页。

⑥ 叶嘉莹《谈古典诗歌中兴发感动之特质与吟诵之传统》，《迦陵论诗丛稿》，北京大学出版社，2014 年，第 53 页。

义的阐发都与《论语》“诗可以兴”的精神是一脉相承的，比如，《周礼·春官》中的“大司乐……以乐语教国子，兴、道、讽、诵、言、语”，郑玄之训“兴”为“以善物喻善事”[①]，都有非常明显的伦理感发的意味。她认为中国诗教的第一目的“当然应该先培养出一种善于感发的能力”[②]，这就是《周礼·春官》在“以乐语教国子”时将“兴”列在第一位的原因。因此，她非常认同吟诵这一古老的诗歌传承方式，认为吟诵是通过声音来对诗歌所作出的一种诠释，每个人的诠释也都是“出自自我仍复归于自我的一种诠释的循环(hermeneutic circle)”。[③] 她甚至尖锐地批评“五四”以来对背诵为主的古典教学方式的盲目反对，认为这是中国诗学“兴发感动之传统”日渐没落消亡的重要原因。[④] 很明显，这样的阐释是重新逻辑化却又以中国文化为本位的接受美学。

四、“兴发感动”与审美特征和文学本质

文学文本为什么有兴发感动之功？这就不可回避地要涉及到文学的审美特征、文学的本质以及文学评赏的标准。所以，“兴发感动”说同时也是一种关于文学本质的理论论述。奥斯汀·沃伦(Austin Warren)曾在《文学理论》第三章中展示了西方理论界关于文学功能的种种讨论，最后却强调：“诗歌可以有多种作用，而忠实于它的本性是它基本的和主要的作用。”[⑤]所谓“文学的本性”其实就是文学的审

---

① 叶嘉莹《谈古典诗歌中兴发感动之特质与吟诵之传统》，《迦陵论诗丛稿》，北京大学出版社，2014年，第39页。

② 叶嘉莹《谈古典诗歌中兴发感动之特质与吟诵之传统》，《迦陵论诗丛稿》，北京大学出版社，2014年，第41页。

③ 叶嘉莹《谈古典诗歌中兴发感动之特质与吟诵之传统》，《迦陵论诗丛稿》，北京大学出版社，2014年，第67页。

④ 叶嘉莹《谈古典诗歌中兴发感动之特质与吟诵之传统》，《迦陵论诗丛稿》，北京大学出版社，2014年，第54页。

⑤ 勒内·韦勒克、奥斯汀·沃伦《文学理论》，刘向愚等译，文化艺术出版社，2010年，第30页。

美特性和文学文本的本质。这是文学研究的核心问题，而文本接受和文学功能层面的种种讨论其实只是关于文学的外部研究。不谋而合的是，“兴发感动”说关注的核心问题同样也是中国文学的本质。叶嘉莹在这一层面思考得最多、最深，相关阐发也最具原创性。

对于中国文学作品能感发生命的根本原因即中国文学本质的问题，叶嘉莹很早就有思考，但有一个不断深入的过程。1970 年代初，她将“境界”说视为探寻文学本质的重要理论，意识到优秀的说诗人必须有强大的诠释能力，不仅需要“探触到诗歌中真正生命之所在”，“分辨其‘境界’之有无深浅”，还必须“对之作精密的分析和说明”，“发展成精密完整的理论体系”。[①] 她认为王国维的“境界”说之所以是“探本之论”，根本原因是“境界”说探触到了“诗歌中真正生命之所在”，对于中国诗歌中“感发之生命”，较之以前的说诗人，“有着更为真切深入之体认”。[②] 围绕“境界”说，叶嘉莹建立了一个立体网状式的诗学阐释学体系。其中，很多方面都涉及到文学作品的审美特征及其本质。她对《人间词话》中的系列概念（如，境界、无我之境与无我之境、造境与写境、境界之大小问题、隔与不隔、诗人之境与常人之境等）和系列印象式批评术语（如，骨、神、象象、格调、格、情、气、韵、悲壮、洒落、豪放、沉着、凄婉、凄厉等），都有非常精微的辨析。

此后，叶嘉莹从未停止过对中国文学审美特征和文学本质的思考。应该说，最初，她在一大堆西方理论中有些迷离。比如，她曾引用过燕卜荪（William Empson）的一诗多义说（plurisignification）和维姆萨特（W. K. Wimsat）之“意图谬误”（the intentional fallacy）[③]，解释作品之所以引起丰富联想的原因。这种理论兴趣暗示着 1970 年代初期叶嘉莹对中国诗歌本质的认识还处于暧昧、多义的阶段。后来，她越来越转向语言学、符号学、接受美学和诠释学，从中汲取理论灵感，并在英美新批评的文本细读和“张力”说的协助下，对中国文

---

① 叶嘉莹《王国维及其文学批评》，北京大学出版社，2014 年，第 285 页。

② 叶嘉莹《王国维及其文学批评》，北京大学出版社，2014 年，第 280 页。

③ 叶嘉莹《王国维及其文学批评》，北京大学出版社，2014 年，第 258 页。

学的本质有了越来越精微而确定的认识。总体的趋势是由"多"而定于"一"。她最大的理论创辟是对词体审美特质的认识。早在1960年代，她曾用"窈眇幽微"来概括李商隐诗歌的特质[①]，后来修正为"要眇幽微"说，并越来越频繁地以此术语描述小词的审美特质，逐渐发展出一套关于词体本质的理论论述。她认为由于书写美女和爱情，词体比诗体保留着了更多的作者的"潜意识"，因而充满"微言"。由于存在大量的"文化符码"（culture code）或"显微结构"（microstructure），词体中充盈着丰富的感发"潜能"（potential effect），因此，能够引发丰富的联想，并最终感动读者。[②] 进入1990年代之后，叶嘉莹又从"要眇幽微"说中发展出"弱德之美"的说法，认为词体中之所以具备"要眇幽微"的审美特性，从根本上说，是因为其中蕴含着弱者的德性和力量。做为弱者的作者，既可以是女性，也可以是处于弱势地位的男性。弱德之所以美，因为蕴含着弱者对正义、道德和审美等正面价值的坚守、对暴力的消极抵抗和对苦痛的承受。"微言"、"潜能"、"要眇幽微"、"弱德之美"诸说，虽然主要是关于词体本质的阐发，但对于诗体乃至于整个中国文学，其实都有触类旁证式的映照，因此，实际上也是叶嘉莹对整个中国诗学精神的新阐发。显然，这样的论述与西方文论中的文学本质说完全不同，但又的确探触到中国诗学和中国文化的基本精神。

五、"兴发感动"与叶嘉莹的批评实践

"兴发感动"理论与叶嘉莹一生的说诗实践虽有分别，在本质上却是高度契合、难分彼此的。最初，叶嘉莹是凭借直觉中的"兴发感动"来说诗。后来，又从说诗实践中慢慢提炼出"兴发感动"的理论。

---

① 参见叶嘉莹《迦陵论诗丛稿》，北京大学出版社，2014年，第294页。1970年，叶嘉莹在《从比较现代的观点看几首中国旧诗》一文中，再次以"窈眇幽微"论诗，并以李商隐为例，详参《迦陵论诗丛稿》，北京大学出版社，2014年，第157页。

② 相关表述在叶嘉莹的著作中大量存在。最新、最浓缩的表述见于《小词大雅》，北京大学出版社，2015年。

最后，则在“兴发感动”理论的指引下进行了大量的批评实践。

叶嘉莹是一个善于兴发感动的阅读者和阐释者。最初，她不是通过理论阐发，而是凭借天赋的锐感细腻，直接进入诗歌的内核，并用感性的语言来表达自己的感受。比较典型的是早年的几篇说诗作品。在最早的那篇文章即 1956 年的《说静安词〈浣溪沙〉一首》中，叶嘉莹对王国维词中的悲哀痛苦和“自感糜烂”，流露出“极悲而深惜”之意。① 可以感觉到，在批评者与作品之间，已经出现深层的心灵交感。同样，在 1957 年的《从义山〈嫦娥〉诗谈起》中，叶嘉莹以“寂寞的悲哀”解说李商隐的《嫦娥》诗，无论是批评对象的选择还是批评的过程，都可以说是“灵心锐感，一往情深”，并透露出说诗人当时的存在感受。② 同一时期，叶嘉莹还在《几首咏花的诗和一些有关诗歌的话》中，从《诗品序》和《文心雕龙·明诗》的感应说出发，解析了六首咏花诗作。这是她首次有意识地在“感发”理论的指引下进行的批评实践，每一首诗歌的解说也都有她本人情感的投射，在解说陈宝琛落花诗时表现得尤为明显。③

1950 年代末到 1970 年代初，叶嘉莹转向对理论问题的探讨。正如上文所言，这是“兴发感动”说酝酿和成型的关键时期。相关文章中，频频出现理论探讨与批评实践之间的互相嵌入与深度磨合：一方面是对理论的不断提炼，另一方面则是一如既往的对具体作品的精锐感发。比如，她认为，大晏词的特点是闲适中有优美纤细之感，伤感中有旷达的怀抱，纤敏直感之中还有一种“面对现实的理性”和“节制”，在理性的操持下，婉丽与刚峻达到了一种矛盾的统一和复杂

① 叶嘉莹《说静安词〈浣溪沙〉一首》，详见叶嘉莹、安易《王国维词新释辑评》，中国书店，2006 年，第 114—121 页。该文写于 1956 年夏天，1957 年 8 月发表于台湾《教育与文化》第 136 卷。后来收入各种著述中。

② 叶嘉莹《从李义山〈嫦娥〉诗谈起》，《迦陵论诗丛稿》，北京大学出版社，2014 年，第 276—285 页。

③ 叶嘉莹《几首咏花的诗和一些有关诗歌的话》，《迦陵论诗丛稿》，北京大学出版社，2014 年，第 136—154 页。当时，叶嘉莹将这两首落花诗误认为是王国维的作品。后来，她对此有所更正。

的调和。[①] 显然，没有无比精妙的心灵感应就不可能有如此到位的赏析。在关于陶渊明的赏析文章中，叶嘉莹解读出一个伟大的灵魂如何从矛盾、寂寞、痛苦中自力更生地挣脱出来，转悲苦为欣愉，化矛盾为圆融，融七彩于一色的生命历程。[②] 在关于《燕台四首》的解说文章中，叶嘉莹令人惊异地进入李商隐"梦幻般的内在生活"和"充满梦魇的心灵之幻想"，解读出李义山诗歌"情感之本质"和"生命被挫伤的痛苦"[③]，展示出非凡的心灵感应能力。在《一组易懂而难解的好诗》中，她对古诗十九首特别是"努力加餐饭"的赏析也有非常精彩的情感带入。[④] 关于吴文英的人与词、心灵的醇与疵、内心深处的挣扎、矛盾、张力和创痛及其"感性的修辞"[⑤]，叶嘉莹有细致微妙的体会。关于温庭筠之"精美微妙"、韦庄之"深挚真切"、冯延巳之"深美闳约"、李后主之"纯真直感"，叶嘉莹也都有非常精妙的体悟和感发。[⑥] 这些文章充分展示了叶嘉莹体贴入微、感发精妙的说诗风格，实际上已基本奠定她在古典文学批评领域的地位。

1970年代初期，叶嘉莹在《王国维及其文学批评》中首次明确地提出"兴发感动"的说法。此后，这一理论直接指引了接下来的说诗实践和诗歌普及活动。比如，1976年，叶嘉莹以"兴发感动"说阐释

---

① 详见叶嘉莹《大晏词的欣赏》，《迦陵论词丛稿》，北京大学出版社，2014年，第99—112页。该文1960年发表于台湾《文星》第6卷第3期，写作时间在1958年左右。

② 详见叶嘉莹《从"豪华落尽见真淳"论陶渊明之"任真"与"固穷"》，《迦陵论诗丛稿》，北京大学出版社，2014年，第214—221页。该文发表于台湾《中国时报》1964年10月26日。

③ 叶嘉莹《旧诗新演——李义山〈燕台四首〉》，《迦陵论诗丛稿》，北京大学出版社，2014年，第286—366页。该文1967年8月发表于台湾《纯文学》第2卷第2期。

④ 详见叶嘉莹《一组易懂而难解的好诗》，《迦陵论诗丛稿》，北京大学出版社，2014年，第196—213页。该文1968年11月发表于台湾《文学季刊》第7卷第8期。

⑤ 详见叶嘉莹《拆碎七宝楼台》，《迦陵论词丛稿》，北京大学出版社，2014年，第113—169页。该文写作于1966年，1968年发表于台湾《纯文学》第3卷第2—4期。

⑥ 详见叶嘉莹《从〈人间词话〉看温韦冯李四家词》，《迦陵论词丛稿》，北京大学出版社，2014年，第32—98页。该文1969年分三次发表于台湾《纯文学》第5卷第5期、第6卷第2—3期。

王沂孙，在互文理论的指导下深挖文本背后的事典，解读出王沂孙词背后的故国之思，还从接受美学的角度分析王沂孙的接受史，认为过分安排事典会造成“对于直接感发力量的一种斫丧”。[①] 1980年代初，叶嘉莹在《说杜甫〈赠李白〉诗一首》中，非常精彩地展示了李白与杜甫“生命与心灵上的相通”和“心弦之相撼拨、相触击所发出的音响与光亮”。[②] 论文表面上是在论述李、杜二人天才之寂寞与知音之渴求，其实是在借机表达她与缪钺先生的知音之感。1983年，在《论柳永词》一文中，叶嘉莹以“兴发感动”说纵论两汉、六朝、盛唐诗歌，也以这一理论解析柳永之“对潇潇暮雨洒江天”，认为柳词中也有风骨与兴象。[③] 1986年，叶嘉莹曾在《论辛弃疾词》中认为“内在的作者的感物之心的本体之资质”与“外在的感心之物的生活中的现象与遭遇”相触发，才形成诗歌中“感发之生命”，并以“兴发感动”说纵论中国诗史，认为伟大诗人如屈原、陶潜、杜甫、李煜、晏殊、欧阳修、苏轼、辛弃疾等，都是以一已之精诚和全部的生活来实践其作品，所有才具有兴发感动的力量。[④] 基于“兴发感动”的批评标准，她认为小晏纵然颖秀多才，但相较于大晏来说不免狭隘、幼稚得多，因为父子二人感发之生命本有深浅、厚薄、广狭、大小之不同。她又认为，由于缺少专一和倾心相许的情意，晏几道词兴发感动的层次没有李后主深。[⑤] 事实上，1982—1986年间，在与缪钺合撰《灵谿词说》的整个过程中，叶嘉莹虽有意回避理论，但“兴发感动”实是她评词实践的理论基础，甚至在长于思力安排的周邦彦词中，也能发现“感发生命之质素”。[⑥]

---

① 详见叶嘉莹《碧山词析论》，《迦陵论词丛稿》，北京大学出版社，2014年，第170—204页。

② 叶嘉莹《说杜甫〈赠李白〉诗一首》，《迦陵论诗丛稿》，北京大学出版社，2014年，第256、257页。该文原发表于《北京师范大学学报(社会科学版)》1982年第3期，题目有所不同。

③ 叶嘉莹《论柳永词》，《唐宋词名家论稿》，北京大学出版社，2014年，第63—85页。

④ 叶嘉莹《论辛弃疾词》，《唐宋词名家论稿》，北京大学出版社，2014年，第209—212页。

⑤ 详见叶嘉莹《论晏几道词在词史中之地位》，《唐宋词名家论稿》，北京大学出版社，2014年，第87—101页。

⑥ 详见叶嘉莹《论周邦彦词》，《唐宋词名家论稿》，北京大学出版社，2014年，第189页。

1987 年，叶嘉莹从“感物吟志”的文类传统讨论王沂孙咏物词的价值，贴合度很高。[①] 1990 年，叶嘉莹解读出陈子龙的双重性格和两种深情。[②] 1991 年，在对纳兰词的解读中，叶嘉莹带入了很深的民族意识和身份认同感，对纳兰性德的“纤美柔善”、“凄婉深蕴”和“深隐难言之痛苦”，都有精微的体认。[③] 1993 年，她解读出朱彝尊词中的“真情苦意”和“以折为深之特色”，将朱彝尊幽情之“隐秘深微”解读得“使人怦然心动”。[④] 1994 年，叶嘉莹为浩然小说《艳阳天》重版作序，对《艳阳天》中蕴含的“兴发感动的力量”赞不绝口。[⑤] 1995 年，叶嘉莹对张惠言五首《水调歌头》又有非常精妙的体认，不仅解析出“要眇深微之特美”，还解读出张惠言学道途中“研寻与自得”的种种曲折和乐趣，其实也有夫子自道之意味。[⑥]

总之，叶嘉莹总能对有“兴发感动”潜力的文本产生精微的“兴发感动”，而她的“兴发感动”又能“兴发感动”大批现代的读者。于是，通过大量的说诗实践，叶嘉莹在现代读者与古典诗人之间成功地扮演了一个“转译者”的角色。她的解读每每给人一种知音之感。根本原因在于她有一颗善于“兴发感动”的心灵，善于以多情锐感之心灵与形形色色的多情锐感之心灵坦诚相见。正因为她自己是一个无比

---

① 详见叶嘉莹《王沂孙其人及其词》，《迦陵论词丛稿》，北京大学出版社，2014 年，第 205—221 页。

② 详见叶嘉莹《论陈子龙词》，《迦陵论词丛稿》，北京大学出版社，2014 年，第 222—253 页。该文 1990 年 6 月发表于台湾《中外文学》第 19 卷第 1 期。

③ 详见叶嘉莹《论纳兰性德词》，《清词丛论》，北京大学出版社，2014 年，第 128—160 页。该文 1991 年 1 月发表于台湾《中外文学》第 19 卷第 8 期。

④ 详见叶嘉莹《从艳词发展之历史看朱彝尊爱情词之美学特质》，《清词丛论》，北京大学出版社，2014 年，第 38—93 页。该文写于 1993 年，1994 年 12 月和 1995 年 1 月分两次发表于台湾《中外文学》第 23 卷第 7—8 期，并同时刊发于《四川大学学报(哲学社会科学版)》。

⑤ 详见叶嘉莹《〈艳阳天〉重版感言》，《迦陵杂文集》，北京大学出版社，2014 年，第 109—117 页。

⑥ 详见叶嘉莹《说张惠言〈水调歌头〉五首：兼谈传统士大夫之文化修养与词之美感特质》，《清词丛论》，北京大学出版社，2014 年，第 193—246 页。

敏感的心灵“传感器”，所以她才能如此成功地将“兴发感动”的理论贯彻到批评实践中。对叶嘉莹而言，理论与批评实践不是游离的，而是互相映照的，正如她曾说过的：“惟有自己有充沛之生命的人，才能体察到洋溢于其他对象中的生命，惟有自己能自内心深处焕发出光彩来的人，才能欣赏到其他心灵中的光彩。”[①]

六、“兴发感动”与生命诗学和文化诗学

“兴发感动”不仅是会通中西文论之后发展出来的一个诗学理论体系，同时，也具有生命诗学和文化诗学的意味。

从理论原发的角度来看，“兴发感动”首先是一种生命诗学。它不是理论先行或逻辑推演的结果，而是从长期的批评实践中提炼出来的。批评实践源于文学阅读，文学阅读则源于生命中的困惑和苦痛。因此从根本上说，“兴发感动”的原动力是叶嘉莹的生命困惑和生命痛楚。

叶嘉莹的文学学术写作始于《说静安词〈浣溪沙〉一首》(1956年夏)。这一年，她已经32岁，已经经历过两次巨大的人生打击(分别是抗战期间的丧母和居台初期的人生磨难)。其中，第二次人生打击即丈夫的入狱以及由此带来的生存压力、人情冷暖和家庭裂隙，给叶嘉莹带来了深重的精神苦难，深刻地影响了她一生的存在感受和学术生涯。如上文所述，在她早期的几篇评赏性文字中，都有非常强烈的情感带入。因为她自己非常痛苦，所以才能读出王国维《浣溪沙》中的“自感糜烂”。因为她自己有浓重的悲哀寂寞之感，所以才选择性地阅读李商隐的《嫦娥》诗，并解读出其中的“悲哀寂寞”。因为她在1950年代初期体验过“孤寂无亲，一寒彻骨”之苦痛，所以才会将此种感受当做解说落花诗的出发点。[②] 生

① 详见叶嘉莹《说杜甫〈赠李白〉诗一首》，《迦陵论诗丛稿》，北京大学出版社，2014年，第256页。

② 详见叶嘉莹《几首咏花的诗和一些有关诗歌的话》，《迦陵论诗丛稿》，北京大学出版社，2014年，第148页。

命中的痛苦迫使她选择性地择取阅读材料，而且，生存的压力（即当时她由中学进入大学教书，必须发表学术文章）迫使她不得不将这些存在感受和阅读体验用感性的语言表达出来。所以，最初那些文字多半是感性的文学批评。后来她曾承认，在说《嫦娥》诗时“投注有我自己在经历忧患之后的一种主观的感性的情意”①。借助文学评赏，她部分地宣泄了积压在心中的痛苦，然后转向对生命和文学的理性反思。后来她也曾承认，当她“已经将自己内心中的一些情绪发抒得差不多了，所以，遂有了从主观转入客观的一种倾向”②。《温庭筠词概说》是叶嘉莹从主观发抒转向客观评赏节点上的一篇文章。正是在这篇文章中，她第一次表现出对“情物交感”“动念之际”等文学原理性问题的理论兴趣，并且表现出对理性与感性兼具的“二重性格”的自我反思。在《大晏词的欣赏》中，叶嘉莹继续表现出对“明决的面对理实的理性”的高度关注。在《杜甫秋兴八首集说》“代序”中，她提出感性与知性具美而均衡的说法。在关于陶渊明诗歌的评赏文章中，她强调挣脱苦痛的自力更生的能力。经过十多年的生命苦痛和学术探索，她才在 1970 年代初写出《王国维及期文学批评》。显然，“兴发感动”提出之前，有一个从生命困惑到文学阅读、再到感性批评、最后走向理性反思的发展过程。在叶嘉莹那里，理论不是外在的，而是从生命苦痛中自然而然地生长出来的，因为她必须以理论和理性来消解生命的困惑和苦痛。因此，“兴发感动”对于叶嘉莹而言，首先不是一种客观的理论建构，而是一种化解存在危机的生命诗学。

当叶嘉莹完成《王国维及其文学批评》时，已届“知命”之年。随着职业压力的缓解（她在 UBC 获得稳定的教职并且工作压力逐渐减轻）和国际格局之变化（如中加建交、中国开始改革开放），她的生命

① 详见叶嘉莹《谈多年来评说古典诗歌之体验》，《迦陵论诗丛稿》，北京大学出版社，2014 年，第 375 页。该文写于 1982 年。

② 详见叶嘉莹《〈我的诗词道路〉前言》，《迦陵杂文集》，北京大学出版社，2014 年，第 329 页。该文写于 1996 年。

感觉慢慢由悲观绝望转向从容淡定[1]，从小我转向大我，从对一己得失之关注转向对国族和文化命运之关注，于是，“兴发感动”说越来越表现出浓郁的文化诗学意味。进入1990年代之后，叶嘉莹步入晚年，更加认本归根，“从心所欲而不逾矩”，于是，关于文本接受和文学功能的阐述越来越偏向于仁心本质的激发、社会和谐的生成以及文化精神的传承，甚至走向诗歌普及和吟诵推广等具体的社会实践活动。整个思想发展的逻辑非常清晰：生命困惑催生出早期的直觉阅读和感性批评，感性批评又诱导出中期对知性与感性平衡的追求，情智平衡促成“兴发感动”的成熟，理论的成熟消解了生命的困惑并最终走向宏大的文化关怀。令人惊讶的是，虽然在具体环节上有很多的修正，但叶嘉莹诗学思想发展的逻辑居然与《大学》中的“三纲领八条目”非常相似，即，由“明德”而“亲民”而“止于至善”，由“格物”、“致知”、“正心”、“诚意”而“修”、“齐”、“治”、“平”[2]。这样的结果决非巧合。从根本上说，中国诗学是一种以儒家思想为主体、不断吸纳道、释二家思想的生命诗学和文化诗学。两千多年来，总能通过不断吸纳各种的思想资源而焕发出新的活力。近代以来，中国诗学遭遇到前所未有的文化冲击，但同时也在不断吸纳新的养分，不断复制原有的文化基因。作为“后五四”文论中非常有特点的一种诗学论述，“兴发感动”说成功地借助西方文论的逻辑工具，贯通了中国诗学批评史，一路上溯到中国诗学的“轴心时代”，在很大程度上激活、修正和发展了古老的儒家诗学。

（上海交通大学人文学院中文系）

---

① 详见1978年叶嘉莹为《王国维及其文学批评》出版所写的《后叙》，《王国维及其文学批评》，北京大学出版社，2014年，第302页。

② 朱熹《四书章句集注》，上海古籍出版社2001年版，第4、5页。

再论“弱德之美”*

曾庆雨

内容摘要：“弱德之美”是叶嘉莹先生论词之美感特质时提出的一个概念。“弱德”与儒家心性之学颇有相通之处，具有柔韧性、内在性、亲证性等特点。“弱德之美”的形成，需要具备一定的主客观条件；其生成过程亦可结合儒家心性之学来探究，却又不为儒家心性之学所拘囿。“弱德之美”固属文学范畴，然亦可引申开来，发掘其现实借鉴意义。

关键词：叶嘉莹；弱德之美；儒家心性之学

Further Discussion of “Beauty of Passive Virtue”

Zeng Qingyu

Abstract: “The beauty of passive virtue” is a concept proposed by Ye

* 本文是教育部人文社会科学研究基地中国现代思想文化研究所重大攻关课题“守正以创造：古今中西之争与后五四时代建设性的中国文论”（编号16JJD750016）以及贵州哲学社会科学国学单列课题“中国美感研究：古典资源的再发现与现代重建”（编号18GZGX01）的阶段性成果

Jiaying when she comments on aesthetic characteristics of Ci. There are lots of similarities between "passive virtue" and the Mind-Nature study of the Confucian Theory. "Passive virtue" also has the characteristics of being gentle and resilient, internality and personal-proofing. The formation of "the beauty of passive virtue" requires certain subjective and objective conditions. The process of its formation can also be explored in combination with the Mind-Nature study of the Confucian Theory, but it is not restricted by the Mind-Nature study of the Confucian Theory. "The beauty of passive virtue" belongs to the category of literature, but it can also be extended to explore its practical significance.
Keywords: Ye Jiaying; The beauty of passive virtue; the Mind-Nature study of the Confucian Theory

"弱德之美"是叶嘉莹先生论词之美感特质时提出的一个概念。关于弱德之美，叶先生在《朱彝尊之爱情词的美学特质》、《神龙见首不见尾——谈〈史记·伯夷列传〉的章法与词之若隐若见的美感特质》、《荔尾词存》序言以及《从文学体式与性别文化谈词体的弱德之美》[①]等文章中均有论及。概括说来，这种美感体现为"在强大的外势压力下"而"不得不采取约束和收敛的属于隐曲姿态的一种美"。"弱德之美"不止体现于词这种文体，只是词体以其特殊的形式特点，尤其适合表现此种美感特质而已。

叶先生在对具体作者及作品的分析中提出"弱德之美"的概念，却并没有对此概念进行学理方面的深入剖析。诸多涉及"弱德之美"的研究，或以"弱德之美"为立论依据来阐释他

① 《朱彝尊之爱情词的美学特质》连载于《四川大学学报(哲学社会科学版)》1994年第1—3期，后收入《清词丛论》，题目改为《从艳词发展之历史看朱彝尊爱情词之美学特质》，正文亦有改动，河北教育出版社，1997年；《神龙见首不见尾——谈〈史记·伯夷列传〉的章法与词之若隐若见的美感特质》，见《天津大学学报(社会科学版)》1999年第1期；《荔尾词存》，作者为石声汉，中华书局，1999年；《从文学体式与性别文化谈词体的弱德之美》，《人文杂志》(西安)2007年第5期。

人作品[①];或从弱德之美出发讲述叶先生的生活细节[②];或将与叶先生关于"弱德之美"的论述集中起来并加以引申[③],均未能对此概念有深入的理论诠释与发掘。亦有论者将词体"弱德之美"作为一种审美范式,试图总结该范式的美学意义,并进一步探究其成因,然而将"弱德之美"说成是"弱者之情",先已背离了此概念的本意;认为"弱德之美"的特点表现在"以悲为美",亦不免只看到弱势者困境中幽约怨悱的表象;而认为"弱德之美"之"弱"源于宋代士人的弱者心态,尤其与此概念超越时代、身份等等的普遍性不相符。[④]

对"弱德之美"展开深入理论探讨的主要有赵庆庆的《弱德之美——叶嘉莹词学新论和词作评析》,王磊、钟锦《哲学视域中的叶嘉莹词学》以及钟锦《从词学史的演进看叶嘉莹师的"弱德之美"说》[⑤]几篇文章。赵文从哲学视野、语言视野和美学视野三方面对"弱德之美"展开论述,第一部分哲学视野的观照,是结合中国传统哲学中的儒、道两家思想来诠释"弱德"之定义;钟文则在西方哲学的视域中观照"弱德之美",以康德哲学中道德与幸福的二律背反现象作为"弱德之美"的学理根据,并在词学史演进流程中观照"弱德之美"词论的意义。三文各有其开创性的理论意义,然而对"弱德之美"的理论诠释

---

① 如刘帆《由弱德之美到自我之美——浅析潘向黎小说〈白水青菜〉》,《名作欣赏》2013年第36期;余柱青《王士祯词的"弱德之美"与清初的雅正词风》,《名作欣赏》2014年第20期;程文、王芳《三个叛逆的女性——从崔莺莺、杜丽娘、林黛玉看中国传统女性的弱德之美》,《阜阳职业技术学院学报》2018年第3期;李林《论纳兰性德词的弱德之美》,《牡丹江大学学报》2019年第8期;马婷婷《论稼轩词的弱德之美》,陕西师范大学硕士学位论文2011年;赵雅娟《"弱德之美"——秦观词的文化意义探究》,《新疆大学学报(哲学·人文社会科学版)》2016年第1期。

② 如尽心《叶嘉莹:弱德之美》,《文学自由谈》2008年第4期。

③ 如熊芹艺《叶嘉莹弱德之美研究》,云南大学硕士学位论文2012年;彭博《叶嘉莹"弱德之美"概念的提出及内涵界定》,《美与时代》2019年第10期。

④ 周燕明《词体"弱德之美"审美范式研究》,《辽宁教育行政学院学报》2018年第3期。

⑤ 以上三篇文章,赵文收录于叶嘉莹《弱德之美:谈词的美感特质》,商务印书馆,2019年;王、钟之文发表于《兰州学刊》2004第5期;钟文收录于《叶嘉莹教授八十华诞暨国际词学研讨会纪念文集》,南开大学出版社,2005年。

仍有不少有待进一步挖掘之处，个别细节也值得商榷。即如赵文以“水德”比“弱德”，自是妙喻，然将孟子“人性之善也，犹水之就下也”（《孟子·告子上》）释为“人在自己处于不顺时，不仅能坚持自我，还能顾念别人”的“善德”，似乎过于深解了孟子以水往低处流之特性喻人之善德源于天性的原意。此外，汪梦川《迦陵词学中的“弱德之美”》[①]一文简明扼要地澄清了对“弱德之美”这一理论的理解上可能存在的偏颇，辨明其中的细微分际，其论弱德之美是“文学与人生的统一”及“弱德”似道实儒等观点，皆有其独到见地。

笔者2011年写有一篇总论叶先生诗词曲的文章，其中也谈到弱德之美，主要探讨了“弱德”之所以能成为“美”的原因，弱德之美的构成以及复杂性，并结合这种理论来观照叶先生本人的词之创作，探析“弱德之美”在叶先生词中的具体体现及发展过程。[②] 然而理论阐释部分仍嫌单薄。以叶先生思想体系中占重要地位的儒家思想来观照“弱德之美”这一概念，进一步探讨其特征、形成条件、具体生成机制以及当代意义，正是本文所要解决的问题。

一、“弱德之美”概念的提出及“弱德”之特征

叶先生是在《朱彝尊之爱情词的美学特质》一文中最早提出的“弱德之美”：

> 这种美感所具含的乃是在强大的外势压力下，所表现的不得不采取约束和收敛之姿态的一种美。如此我们再反观前代词人之作，我们就会发现凡被词评家们所称述为“低徊要眇”“沉郁顿挫”“幽约怨悱”的好词，其美感之品质原来都是属于一种“弱德之美”。不仅《花间集》中男性作者经由女性叙写所表现的“双性心态”，是一种“弱德之美”，就是豪

① 此文发表于《中国社会科学报》2010年3月30日。

② 该文未刊，其中论叶先生词的部分后来整理成一篇文章，题为《论“弱德之美”及其在叶嘉莹先生词中的体现》，收入《叶嘉莹教授九十华诞暨中华诗教国际学术研讨会论文集》，中华书局，2017年。

放词人苏轼在“天风海雨”中所蕴含的“幽咽怨断之音”，以及辛弃疾在“豪雄”中所蕴含的“沉郁”“悲凉”之慨，究其实，也同是属于在外在环境的强势压力下，乃不得不将其“难言之处”变化出之的一种“弱德之美”的表现。[①]

可见，“弱德”之弱，并非“弱者”之弱，而是“弱势”之弱以及弱势处境中有持守的个体所呈现出的偏于阴柔的姿态。所谓“弱德”，是身处弱势而不弱其志，苦难中不肯放弃，承受中仍有坚持，这与儒家心性之学颇有相通之处。具体可从以下几个方面来看其特征。

（一）从“南方之强”看“弱德”之柔韧性

《说文解字》解“儒”曰：“柔也。”段玉裁《说文解字注》曰：“儒之言优也、柔也。能安人，能服人。又儒者，濡也。以先王之道能濡其身。”[②]可见，儒者之言与儒家之道的外在表现即有柔性特点，故能呈现出一种宽和温厚之气象，所以不但能安人之志、服人之心，且能潜移默化，润物无声，沾溉人于不自知之间。正因柔而不靡，柔中有韧，所以，儒家之“柔”有时亦与“强”并论。即如子路问“强”，夫子曰：“宽柔以教，不报无道，南方之强也，君子居之。”朱熹释此句曰：“‘宽柔以教’，谓含容巽顺以诲人之不及也；‘不报无道’，谓横逆之来，直受之而不报也。南方风气柔弱，故以含忍之力胜人为强，君子之道也。”[③]“弱德”所体现出的品性，正类似于这种含容巽顺、逆来顺受的“君子之道”，然宽柔包容的姿态中自有其坚忍不移的精神内核，故似弱实强，亦能胜人。当别人问及叶先生经历诸多苦难，何以仍能支撑下来的原因，先生答曰：“在一切的压力之下，我不是斗争、反抗，而是承受，我是坚持。”[④]隐忍承受皆具柔性外在特征，而承受中的坚持则

---

① 叶嘉莹《朱彝尊之爱情词的美学特质》，《四川大学学报（哲学社会科学版）》1994年第2期。

② 许慎撰，段玉裁注《说文解字注》，上海古籍出版社，1988年，第366页。

③ 朱熹注《中庸集注》，《大学 中庸 论语》，上海古籍出版社，1987年，第4页。

④ 钟锦、安易《“遗音沧海如能会，便是千秋共此时”——叶嘉莹教授词学访谈录》，《南阳师范学院学报（社会科学版）》2005年第1期。

表现出柔中有韧、外柔内刚的特点。

（二）从“为己之学”看“弱德”之内在性

儒家为学，强调“为己”之学，即旨在进德修业，提升自我，而不是炫耀于人，以博虚荣，如此才能有精神生命的真实受用。“弱德”也有这样的特点。在强大外势摧抑下，之所以仍能保持一贯持守，而不至于一蹶不振与自暴自弃，这并非刻意以“有德”之形象呈现于人，以博取他人之钦羡或敬重，而是一种基于近乎本能的自珍自爱，但行其心之不容已者，非如此不可安顿此心，唯如此方可自视为人。如孔子所谓：“君子无终食之间违仁，造次必于是，颠沛必于是。”（《论语・里仁》）这原是一种有德生命的常态。发于天性，固不可移，如孟子所谓“水之就下”般自然而然，无丝毫做作。况周颐论词，强调作者之“天分”、“学力”、“性情”、“襟抱”四端，认为“性情与襟抱非外铄我，我固有之”，故称词为“君子为己之学”[①]，即着眼于词体中所体现出的这种“内在性”特点。叶先生曾在一次访谈中说：“我之为人，我之做事，我是不求，……我不是由于道德，我不是以为这样我就高尚，这样我就是有品格，我从来没有这样想过，而真的是我的天性，……我这不是在说谎话，不是在说大话，不是在欺骗人，而是无可奈何的这么一件事情。”[②]《中庸》讲“君子素其位而行，不愿乎其外”，务本而不逐末，重内省而不假外求，“弱德”正有这种“内在性”的特点。

（三）从重视行履看“弱德”之亲证性

儒家向来强调践履躬行的重要性。《论语》中即曾多次提到“行”之重要及难能，并常常将“行”与“言”对比来说，如：“古者言之不出也，耻躬之不逮也”，“君子欲讷于言而敏于行”，“文莫吾犹人也，躬行君子则吾未之有得也”，等等。所以当子贡问孔子何谓“君子”时，孔子说：“先行其言而后从之”。“弱德”正是在人身处现实困境时才得以磨砺并彰显的一种品质，与生命实践密不可分。所以，“弱德”之美

---

① 况周颐撰，屈兴国辑注《蕙风词话辑注》，江西人民出版社，2000 年，第 355 页

② 钟锦、安易《“遗音沧海如能会，便是千秋共此时”——叶嘉莹教授词学访谈录》，《南阳师范学院学报（社会科学版）》2005 年第 1 期。

虽由叶先生对具体作家作品的评论中总结出来，成为她论词之美感特质的一个概念与标准，却又不能仅视为一个文学术语，而是与她个人的际遇遭逢以及挫折困境中的人生体悟密切相关，是在其生命践履中不断得以亲证的切实体验。同样，凡作品中体现出弱德之美的作者，也必然在其生命中确曾有过强大外势压力下种种不得已的经历，有过压抑中种种挣扎与痛苦，以及痛苦中仍不改变的持守与追求。就作者而言，只有在人生经历中有过类似的亲证，才会在作品中不经意地呈现出这种特美；就读者而言，只有披文入情，知人论世，并结合自己的生命体悟，才能在作品中更真切地感受到这种美。

（四）本质的一贯性与表现形态的丰富性

按照叶先生的说法，凡被词评家们所称述为“低徊要眇”、“沉郁顿挫”、“幽约怨悱”的好词，其美感本质皆可归结为外势压力下将心中难言之处变化出之的“弱德之美”。就态度方面而言，外势压力下主体并非硬抗而是含忍；就表达方面而言，欲有所表达却因内心之不得已而变化出之，此为“弱德之美”本质上一贯之共性。与此同时，因“弱德”与不同个体的不同生命实践密不可分，所以，同样是强大之外势压力下个体的自我约束、承受、隐忍与坚持，同样是内心有种种不可明言却又不能不言的所谓“不得已”之情，这种“不得已”之情却往往因结合了不同作者的身世经历而有不同方面的侧重，如温庭筠词侧重于“仕宦不偶的才人失志之悲”，韦庄词侧重于“身经亡国乱离的死生离别之痛”，冯延巳词侧重于“深感国势岌危而不能有所匡救的危苦烦乱之心”，辛弃疾词侧重于“壮志难酬而历经挫抑的苍凉沉郁之怀”。不同人生遭际所造成的“不得已”之情既已千差万别，加之不同作者的志意襟抱不同，才性禀赋各异，将这种种难以言说的“不得已”之情表现出来，自然也是千姿百态。即如温庭筠等花间词人表现为男性作者经由女性叙写的“双性心态”，冯延巳词中表现为内心对干戈扰攘的时代大环境之忧患意识与表面对歌舞升平的偏安小环境之叙写所形成的“双重语境”，苏轼词表现为“天风海雨”中所蕴含的“幽咽怨断之音”，辛弃疾词表现为“豪雄”中所蕴含的壮志难酬的“沉郁”、“悲凉”之慨，朱彝尊爱情词则表现为“内在之欲求”与“外在之拘限”的矛盾中不得不强加敛抑的“曲折之笔”。[①] 凡此种种，皆为“弱德之美”在表现形态上的丰富性。

二、“弱德之美”得以形成的条件

按照叶嘉莹先生的说法，弱德之美是在两种力的摩荡推排中产生：一种是来自于外的强势之压力，另一种是发自于内的在隐忍敛抑中仍能有所持守之力。下面即从内、外两方面来看“弱德之美”得以形成的主客观条件。

关于外在压力对创作的影响，可溯源到《周易》中。《系辞》曰：“作易者，其有忧患乎？”正因作易者“外内知惧”的忧患意识，故“其言曲而中，其事肆而隐”；其后，司马迁在其《报任安书》中列举了古来一系列受现实压抑而以著述表见于后世的例子，提出的“发愤著书”之说，指出这些作者皆因“不得通其道”而有所“郁结”，故“述往事，思来者”；韩愈上承“发愤著书”之说，提出的“不平则鸣”的观点，所谓“有不得已者而后言”；欧阳修发展了“不平则鸣”之说，提出“穷而后工”的理论，所谓“凡士之蕴其所有而不得施于世者”，“内有忧思感愤之郁积”，故能“写人情之难言”。以上所举诸例，无论《系传》中所说的言之“曲”、事之“隐”，司马迁所说的“郁结”之思，还是韩愈所说的“不得已”之言和欧阳修所说的“郁积”、“难言”，都包含了一种外在强势压力下所呈现出的隐曲伊郁的意味。来自于外的强势之压力，正是弱德之美产生的客观条件。叶先生经常引用王国维所谓的“天以百凶成就一词人”，也是着眼于此。

但即使同样面对外在强势之压力而处于弱势地位，不同个体的应对与表现也各有不同，是否能激发出弱德之美，还需要具备相应的主观条件。具体说来，在无法改变的外在压力之下处于弱势的个体，

---

① 叶嘉莹《朱彝尊之爱情词的美学特质》，《四川大学学报（哲学社会科学版）》1994年第2期。

一般会有三种选择与相应的不同结果：一种是因无法忍受而选择直接对抗，结果往往是失败甚至毁灭，是为刚者强者，虽抑或表现出一种刚烈之德与悲壮之美，却不属于弱德之美，此处不论。一种是因自知无力对抗而选择消极承受，以麻木自欺或自轻自贱来缓解压力与痛苦的程度，甚至以欺辱更弱者来维持心理平衡，典型者如鲁迅笔下的阿 Q 一类。对于大多数意志不足够坚强、人格不足以挺立，却又无力与强势对抗的芸芸众生而言，当身处被侮辱被损害的境地时，大多数也会选择隐忍与承受，但这只是一种消极的承受。第三种，在巨大的外势压力下，既无勇气直接对抗，又做不到麻木自欺、因循苟活，于是压抑痛苦渐积渐深，终至超出心理承受的极限，最后被哀情吞没，心如死灰，而身死继之。以上三类中，后二种虽“弱”，却未能彰显其“德”，因此均谈不上“弱德之美”。所以叶先生强调：“并非所有以柔婉见称的词都具有弱德之美。”①

还有一种，意志坚韧，使其有足够耐性在强势压迫下隐忍下去，而不至于以卵击石，正面、直接去对抗远非自己所能抗衡的外部力量，以至迅速走向毁灭；胸襟开阔，使其有足够心量来消纳并包容常人难以承受的种种艰难，而不至于被挫折击垮，一蹶不振，甚至逐渐走向消亡；心智成熟，清明的理性使其对自己与他人的处境以及何以会造成此种处境有清醒的认识，而不至于麻木自欺，亦不会欺辱更弱小者以维持虚假脆弱的心理平衡；人格挺立，这样在持久的压力下才不至于屈节折腰，丧失自我，相反，压力会成为一种淬炼，反过来不断激发并增进其意志的强度、心灵的广度与担荷的力度，成为在困境中继续坚持下去的支撑。此类虽亦表现为承受的姿态，却不同于麻木苟且、被动消极的承受。这种外在压力下的承受与坚持所呈现出的人格美，即弱德之美。而意志的坚韧、胸襟的开阔、心智的清明、人格的挺立等，则是弱德之美得以形成的主观条件。陈廷焯论词特标“沉郁”，认为沉郁之词“匪独体格之高，亦见性情之厚”（《白雨斋词话》），

① 汪梦川《迦陵词学中的“弱德之美”》，《中国社会科学报》2010 年 3 月 30 日。

即从词之佳作中窥见创作主体独特的人格魅力。

三、“弱德之美”的生成

“弱德之美”从根本上既源于外势压力下所凸显的主体人格之美，与人生修养密切相关，其生成过程亦可结合儒家心性之学来探讨。

《中庸》曰：“天命之谓性，率性之谓道”，天地化生万物，万物各禀天地所赋之性，寻常日用之间，各“循其性之自然”，则自有其“当行之路”。[①] 从天道讲虽理当如此，然而由于不同个体之禀性不同，习染各异，在各种内外因素影响下，往往违背此性，偏离此道。能守住此道者，是为有德。对于有德者而言，守本心之正，蹈当行之路，自是无须外在强制与导引的自觉行为，唯如此方能心安，唯如此方觉充实。既是“求仁得仁”，按理说应该无悲无怨，然伯夷叔齐固守其道，饿死前所唱之歌却似有怨声；渊明任真固穷，安贫乐道，却亦有“终晓不能静”的悲叹。因为人生而兼有形体与精神，精神上本能地追求合于道的理想境界，但由于某些未必合于道却无力改变的强大外势压力，坚守的结果却往往要付出牺牲现实利益与幸福的代价，比如伯夷叔齐不食周粟就会付出饿死首阳的代价，渊明不为五斗米折腰就会付出贫困甚至不得不乞食的代价，此即康德所谓“道德与幸福的二律背反”的原则[②]。即使如此，果为有坚定持守之人，自不会以身殉利，为追求“幸福”而放弃“道德”，因为放弃“道德”对此类人意味着更大的不幸福，此即渊明所谓“饥冻虽切，违己交病”（《归去来兮辞》）。按照朱熹的说法，原于“性命之正”者为“道心”，生于“形气之私”者为“人心”，二者“杂于方寸之间”，而“上智不能无人心”，“下愚不能无道心”（《中庸章句序》）。正因人人兼具“道心”与“人心”，若守道与现实利害发生冲突而必须有所抉择时，人多会有义利之间的矛盾与挣扎。

---

① 朱熹注《中庸集注》，《大学 中庸 论语》，上海古籍出版社，1987 年，第 1 页。

② 钟锦《从词学史的演进看叶嘉莹师的“弱德之美”说》一文对此原则有详细论述，《叶嘉莹教授八十华诞暨国际词学研讨会纪念文集》，南开大学出版社，2005 年。

然而贤人君子与普通人的最大分际在于，后者最终会以利害为转移，为“人心”所左右；前者则最终会以是非为标准，遵从“道心”与良知。始终能超越利害之上、守本心之正者究属寥寥，正如经历岁寒，方见后凋之松柏。就履道者本人而言，为自己所崇尚之理想而甘愿舍弃现实利益与世俗幸福，坚守寻常人所不能坚守之信念，本身即会油然升起一种类似殉道的庄严。牺牲越大，持守越艰难，这种庄严感也就越强。扩而充之，在每个人的经历中，大抵皆有过天人交战的体验，皆知攸关切身利益的抉择中始终坚守正道之不易，正因其难能，方益见其可贵，故对此类人格美之欣赏感动，可谓人同此心；其感动的程度，一般也会与所观照之对象牺牲的程度成正比。此为“弱德之美”之所以不但能被人感受，且能令人感动、欣赏并产生不同层次之审美愉悦的心理机制。

再从情感形态及表达来看，对逆境中的坚守本心者而言，精神上虽能得到求仁得仁、尽其在我的快慰与充实，身体却要承受这种抉择带来的切实痛苦。痛苦激发反思，于是多有不平之鸣。可是，一方面，强势的外在压力之下明朗直截的表达易招来祸患，使处境更加艰难；另一方面，此种痛苦原是自我坚守本心而连带付出的必然代价，情感上难忍而理智上却不得不忍，如此内心便生出许多回环往复、欲言又止的曲折。形之于言，其难言处多以隐曲姿态变化出之，这样势必增加很多含蕴吞吐之致。因此这类作品往往“深文隐蔚，余味曲包”，得刘勰所谓“隐秀”之美；欲露不露，反复缠绵，得陈廷焯所谓“沉郁”之美；兴于微言，幽约怨悱，得张惠言所谓“低徊要眇”之美。在众多文学体式中，由于词体之句式长短参差不齐，音韵节奏错落有致，尤其适合传达一种幽约难言之思，深隐曲折之情，所以“弱德之美”在词中体现得最为集中且鲜明。从词学及具体词人词作角度出发探讨“弱德之美”的文章已有不少，对此，本文不再赘述。

此外需要补充说明的是，“弱德之美”来源于逆境中不变的持守，体现于具体作品中，不同作者所持守者也各有不同，并非仅限于儒家正统伦理道德。无论所持守者为何，其美之所以打动人的程度，仍主要取决于作者对其所坚守之对象的精诚。这也是朱彝尊之爱情本事虽不合于传统伦理，而其《静志居琴趣》中的佳作仍具有“弱德之美”的缘故。

四、“弱德之美”的当代意义

“弱德之美”虽然是叶嘉莹先生论词之美感特质时提出的一个概念，原属于文学范畴，但由于先生见理之透彻，使得此概念具有了超越文体、性别、时代等诸多范畴的内涵，具有广泛的现实借鉴意义。

从国际关系层面而言，“和平发展”、“合作共赢”既是符合各国人民意愿而不可阻挡的历史潮流，也是世界各国互利互惠、长治久安的基本前提与保障。然而世界局势纷纭复杂，有著名的“修昔底德陷阱”之说。萧功秦先生从人类历史经验出发，认为一个曾因落后而被欺辱、后又在经济上迅速强大起来的国家，一旦经济出现滑坡，国内矛盾就会得以突显；此时若发生国际冲突，就很难避免“经由历史悲情而激发起来的高调虚骄的民族主义的膨胀”[①]，萧先生举二战前的德国与日本等国作为前车之鉴，认为在充满各种不确定因素的国际局势中，尤其需要理性地反思历史并调整现实策略。自近代以来中国饱受帝国主义侵凌，割地赔款与各种不平等条约的签订充满一部近代史，深深的自卑与屈辱感也沉淀于几代人的心埋中。改革开放以来，随着经济的迅速发展与综合国力的显著提高，民族自豪感也迅速得以提升，扬眉吐气之余，沉淀于意识深处的自卑与屈辱得到补偿与宣泄，此时尤其要警惕高调虚骄的民族主义可能带来的偏颇。[②] 摩拳擦掌、咄咄逼人的态度显然与以和平发展、合作共赢为主流的时代主题不和谐。为走出近代社会“百年屈辱”后能有一个理性和平、着眼全局的“重新自我定位”，宜避免一切“过”与“不及”。特别是在后疫情时期更加风云变幻、错综复杂的国际局势下，宽柔含容的“弱德”

---

① 萧功秦《从中日两场战争中汲取历史警示》，《同舟共进》2014 年第 12 期。

② 参看萧功秦《远离虚骄的民族主义》，《经济观察报》2010 年 8 月 21 日。

修养、朝乾夕惕的忧患意识以及“和而不流”的中道精神，正有助于预防或纠正国际关系中可能出现的偏颇，避免非理性因素所造成的恶性互动。谦退低调不代表怯弱无能，宽柔巽顺无伤于心有定见，“韬光养晦”与“有所作为”原可并行不悖。

从个人修养层面而言，自“五四”时“孔家店”被“打倒”以后，“温良恭俭让”等儒家传统道德被视为陈腐落伍的象征，达尔文进化论所谓的弱肉强食、物竞天择等理论进一步催化了社会丛林法则，竞争与做“强者”成为社会文化中的主流，如此则有走至极端之虞，一定程度上影响到人的健康人格的养成。如此递相影响，自然会影响到整体国民素质的提高。就学术界而言，久而久之，或但以自我为中心，一心追求达成“学术市场”各种“指标”的所谓“卓越”[①]，对他人则严重缺失同情心与同理心。如今国家倡导“全面复兴传统文化”，对传统文化的学习固然需要扬弃的态度，而“躬自厚而薄责于人”、“行有不得，反求诸己”等传统儒家的修身准则显然属于传统中的有益资源，有助于调和并缓解紧张的人际关系、撕裂的价值观以及长期积聚的戾气。以谦逊退让、含忍宽容为特点的“弱德”，如一副清凉剂，或可纠正竞躁、亢悍与浮嚣之偏，弥补当代社会中人格教育及心灵教育的欠缺与不足。

五、结语

以上笔者主要从特征、条件、生成以及当代意义等几方面，探讨“弱德之美”这一理论。因为叶嘉莹先生自幼深受儒家思想的影响，其“弱德之美”理论与儒家心性之学颇多相通之处，所以本文阐述“弱德之美”，也主要引儒家经典为据。

总之，“弱德之美”体现为外在强势压力下的个体不得不承受含容，并将其不得已之情变化出之而呈现出的一种美。弱势者虽不能

---

① 参见胡晓明、张玲《什么是真正的人格成长？——关于林森浩案的心理学与人文教育对话》，《文汇报》2014 年 3 月 20 日第 11 版“笔会”。

改变外在之势，却可持守内心之道，故弱中有德。需要注意的是，“弱势”、“强势”有时只是相对而言，不同个体在与不同他者及不同境遇的对待关系中，强与弱无一定之势。即使同一个体，在其生命成长的不同阶段，外在的压抑摧伤与内在的隐忍承受作为一个对立统一的矛盾体而互相推排消长，随着阅历的积累与体悟的深化，其“弱德之美”的具体表现也并非一成不变，而是一个流动变化的过程。

《易经》中乾坤二卦的象辞分别曰：“天行健，君子以自强不息”，“地势坤，君子以厚德载物”。君子之强乃“自强”之强，而非“强人”之强。“强人”之强向外，乃竞于人；“自强”之强向内，重内自省。自强不息，如水盈科而后进，健行不已，永无止息。同时，处于卑势，至柔至顺，博厚含容，有容乃大。王船山曰：“乾以刚修己，坤以柔治人”，“修己治人，道之大纲尽于乾坤矣”[①]，同样，“弱德”之大意亦尽于乾坤矣。

（华东师范大学图书馆）

① 王夫之《周易内传》，《船山全书》第一册，岳麓书社，1996年，第55页。

颜、谢之争：元嘉诗学的复与变*

付利敏　曹　旭

内容摘要：颜延之与谢灵运是刘宋时代文学创作中的双璧。颜、谢二人的文学创作，对文学正统的复归与通变，对晋宋玄言诗风的涤荡，乃至对齐梁绮靡繁富文学的开启都产生了不可估量的影响。比较颜、谢的文学创作及其文学观，并放置于生命、审美、影响等动态的链条上，深入探究颜、谢之争的内涵，展示其文学发展的精神内核。就会对颜、谢等革新玄言诗风、奠定元嘉文学、开启齐梁文论，有更进一步的认识。

关键词：颜延之；谢灵运；颜、谢之争；诗学；复与变

* 本文为国家社科基金重大项目《东亚〈诗品〉、〈文心雕龙〉文献研究集成》(批准号14ZDB068)阶段性成果。

The Contending Between Yan Yanzhi and Xie Lingyun: The Revival and Change of Poetics in Yuan Jia Era

Fu Limin　Cao Xu

Abstract: Yan Yanzhi and Xie Lingyun are two stars in the literary creation in the Liu Song Dynasty. The literary creations of Yan and Xie have had an inestimable impact on the revival and change of literary orthodoxy, the cleansing of the poetic style of Metaphysical Poetry in the Jin and Song Dynasties, and even the opening of the beautiful, intricate and prosperous literature in Qi and Liang Dynasties. Compare Yan and Xie's literary creations and their literary views, place them on the dynamic chains of life, aesthetics, influence, etc., in-depth explore the connotation of Yan and Xie's contending, show the spiritual core of their literary development, and we will have a better understanding of Yan and Xie's reform of the poetic style of Metaphysical Poems, the establishment of the Yuanjia literature, and the opening of literary theory in Qi and Liang Dynasties.

Keywords: Yan Yanzhi; Xie Lingyun; the contending between Yan and Xie; poetics; the revival and change

颜、谢齐名，南北朝已定论。自沈约《宋书》为二人独立作传，称自陆机、潘岳后，“文士莫及也，江左称颜、谢”①。而后裴子野《雕虫论》、萧子显《南齐书·文学传论》、萧纲《与湘东王书》、刘勰《文心雕龙》及北朝邢劭等，莫不以颜、谢并举。至南朝梁，钟嵘《诗品》将颜、谢五言诗之渊源、风格、文学地位加以品铨，称颜祖陆机，谢宗曹植；

① 《宋书》，中华书局，1974年，第1904页。

引惠休“颜如错彩镂金”、“谢如芙蓉出水”[①]之说，为颜、谢风格定评；称谢为元嘉之雄，颜为辅助，开启优劣之分。盛唐虽间举颜、谢，但更推崇谢灵运的神思与诗才。至宋代，严羽《沧浪诗话》承颜、谢优劣之说。明清两代，大都摘句点评，其中以王夫之、方东树为“扬谢”的代表。所以我们今天尤其有必要对颜、谢之争与元嘉诗学的复与变，作一番探讨。

一、颜、谢生命、创作的平行与交叉

颜、谢在晋宋之际宦途几近同步升沉，其诗文也齐名江左，其人也意气相投。

（一）颜、谢文学观的不同

颜、谢审美趣味的冲突体现在对盛行的乐府民歌的批评接受不一。

颜延之诗承《国风》一脉，尚风雅。其曾论：“《雅》、《颂》之乐篇全矣，以是后之诗者，率以歌为名。秦勒望岱，汉祀郊宫，辞著前史者，文变之高制也。虽雅声未至，弘丽难追矣。及逮李陵众作，总杂不类，元是假托，非尽陵制。至其善写，有足悲者。”[②]在颜看来，《诗经》风雅代表最高的艺术标准。秦汉之制，比之风雅不足，而弘丽有余。而后至李陵之作，文多悲怆，亦足观之。颜延之对曹植四言、五言诗歌的推崇和学习，应制诗文的错彩明密，皆可见颜延之对风雅文风的主张和践行。因此，颜延之尚雅鄙俗的态度，就决定了其时下日益流行起来的乐府民歌持反对态度。颜延之反对惠休的诗风：“惠休制作，委巷中歌谣耳，方当误后生。”[③]颜延之认为惠休诗只是里巷消遣的有韵小文，不登台面，对后生无益。惠休，今存乐府 7 题 11 首，其往往巧借女子口吻传达相思、恋情之苦，钟嵘称其“淫靡，情过其才”。

---

① 钟嵘撰，曹旭集注《诗品集注（增订本）》，上海古籍出版社，2011 年，第 351 页。

② 严可均校辑《全上古三代秦汉三国六朝文》，中华书局，1958 年，第 2637 页。

③ 《南史》，中华书局，1975 年，第 881 页。

鲍照是惠休好友，所作乐府 26 题 79 首，三、五、七言等抑扬参差，发调醒目，清朗俊逸，具有民歌的特征。钟嵘谓之"险俗"，"伤清雅之调"。颜延之论文时曾将二者并举，羊曜璠曾将其行为解读为"是颜公忌照之文"[①]。颜延之将休、鲍并论，有着鲜明的诗歌发展观，休、鲍制作，象征着新的五言诗深入民间质料的浸润，已然勃兴。作为一代阁老，颜延之自然抵不住新的审美、新的气脉，不免固步自封。但颜延之对古乐府的态度是肯定的，其创作古乐府如《秋胡》五言九章，写景古迈有"椅梧倾高凤，寒谷待鸣律"，慷慨明义有"君子失明义，谁与偕没齿"。颜延之更不反对借用女子视角表情达意，其作《为织女赠牵牛》则以女子惆怅忧思的口吻寄寓慕君之怀，被《玉台新咏》收录。一望而知，颜延之并不绝对排斥民间文学，而其对惠休的贬斥实则针对当下惠休、鲍照引领起的淫靡倾魄、险俗乱雅的流调进行的批评。

谢灵运较颜延之具有融通的文学观念，表现在其主动吸收吴声西曲等民间文学的优秀特质。谢灵运是中国文学史上第一位有意识地整理乐府诗集的文人。《隋书·经籍志》载谢灵运《新撰录乐府集十一卷》，实为乐府整理之首功。另，谢灵运还创作乐府诗共计 17 题 18 首，可知谢灵运对优秀乐府的模仿和学习。谢灵运认为民歌与诗歌同样能感发情感的审美功能，其《山居赋》自注曰："叩弦是《采菱歌》。《江南》是相和曲，云江南采莲。秦筝倡《蒹茄》篇，《唐上》奏《蒲生》诗，皆感物致赋。鱼藻苹蘩荇，亦有诗人之咏，不复具叙。"[②]在谢灵运的眼中，悲情艺术载体可以不一，民歌曲调同样具备诗文赋等文学正统体裁的感荡心灵的审美享受。谢灵运毫无差别地将歌辞曲调引入诗赋，表达哀伤的情感，其云："采菱调易急，江南歌不缓。"(《道路忆山中》)"歌白华而绝曲，奏蒲生之促调。"(《伤己赋》)谢灵运不仅注意到民歌表情达意的功能，而且还能灵活汲取民歌歌辞的艺术技巧。谢灵运五言诗《东阳溪中赠答》即采取民歌的体裁，五言短句，通

---

① 钟嵘撰，曹旭集注《诗品集注(增订本)》，上海古籍出版社，2011 年，第 560 页。

② 严可均校辑《全上古三代秦汉三国六朝文》，中华书局，1958 年，第 2605—2606 页。

俗直白，迭章回沓，明显是受了吴声西曲的影响。王运熙先生也认为："谢灵运《东阳溪中赠答》就是模仿吴声西曲民谣的体裁，风格类似《子夜》、《读曲》吴声。"[①]另外，谢灵运对族弟谢惠连文章十分赞赏。谢惠连乃"工为绮丽歌谣，风人第一"[②]。谢惠连有集六卷（《隋书·经籍志》），现存诗歌 28 首，乐府居半。《秋怀》、《捣衣》最负盛名，清何焯谓其《秋怀》"一往清绮而不乏真味"（《义门读书记》）。风人歌谣的形式特征主要表现迭字和顶真，用以描摹自然景物情态，如"皎皎天月明，奕奕河宿烂"（《秋怀》）。谢灵运五言诗常用到这两种修辞，兹不例举。顶真修辞如《酬从弟惠连》，章法绵密，每四句为一章，一章一次顶真，有音节流转、情志往复的艺术效果。此等艺术技巧是相互借鉴学习的结果。

总言之，颜延之尚雅鄙俗的文学观决定了其不能接受时下流行起来的绮靡淫调的吴声西曲，但对古朴质健的乐府仍然持肯定态度。而谢灵运的文学观显得更加融通、多元化，不仅能够客观看待新诗体新曲调的兴起，而且能够汲取优秀的艺术技巧，并灵活运用到五言诗的创作中。

（二）颜、谢文学审美趣味的冲突

颜延之曾问鲍照自己与谢灵运优劣，鲍照回答："谢五言如初发芙蓉，自然可爱；君诗若铺锦列绣，亦雕缋满眼。"[③]当时鲍照的好友惠休也持类似论断："谢诗如芙蓉出水，颜如错彩镂金。"[④]这两种风格的形成与颜、谢自身的审美趣味紧密相关。朱光潜在《谈美》一书中论及造成审美趣味分歧的三个要素：资禀性情；身世经历；传统习尚。正是颜、谢之间命运共同体使其有着不谋而合的文学审美，同时因各自禀赋喜好、知识沉淀的差异又使其滋生冲突。

颜、谢审美趣味的一致性体现在对建安、西晋文风美学精神的

---

① 王运熙《乐府诗述论》，《王运熙文集》，上海古籍出版社，2014 年，第 263 页。

② 钟嵘撰，曹旭集注《诗品集注（增订本）》，上海古籍出版社，2011 年，第 372 页。

③ 《南史》，中华书局，1975 年，第 881 页。

④ 钟嵘撰，曹旭集注《诗品集注（增订本）》，上海古籍出版社，2011 年，第 351 页。

体认。

颜延之《庭诰》曰："五言流靡，则刘桢、张华；四言侧密，则张衡、王粲；若夫陈思王，可谓兼之矣。"[①]于五言诗风格，颜延之以"流靡"简括，实由陆机"诗缘情而绮靡"而来。于五言诗人，颜延之推举曹植、刘桢、张华等三人。以"侧密"称四言诗风亦为独创，推举曹植、王粲和张衡。其中论粲四言见盛而五言不如，这是以往任何一诗论所不曾见的。谢灵运也推崇曹植、王粲、张华。谢灵运称："天下才共有一石，子建独得八斗，我得一斗，自古及今同用一斗。"[②]又将好友何长瑜誉为"当今仲宣"[③]。而对于西晋文坛坐标人物张华，谢灵运更时时婆娑其文，虽讥之"虽复千篇，犹一体耳"[④]，但论文又常常以张华为标尺，每感慨族弟谢惠连文："张华重生，不能易也。"[⑤]谢康乐尤其推重左思与潘岳，曰："左太冲诗，潘安仁诗，古今难比。"[⑥]又："安仁、士衡才为一时之冠。"[⑦]可见谢对建安、西晋文学的推崇与体认。

颜、谢对曹植、刘桢、王粲、潘岳、陆机等专题评价，直接或间接影响到齐梁年间的诗学批评。尤其对曹植评价直接影响南朝文论家刘勰、钟嵘等，促进曹植诗歌地位的经典化。同时，颜、谢俱以创作实践响应了自己的主张。颜延之作《五君咏》对嵇康、阮籍、阮咸、刘伶、向秀等五人的操行和创作都给予歌咏。颜还为阮籍诗集还作注解，但始终"怯言其志"[⑧]。这可看作颜延之在对名士操行、明哲保身的精神回归。同样，谢灵运作《拟魏太子邺中集诗》对曹丕、曹植、王粲、刘桢、陈琳、徐幹、应玚、阮瑀等，尤其重视作家个性、经历对文风形成的

---

① 严可均校辑《全上古三代秦汉三国六朝文》，中华书局，1958 年，第 2637 页。

② 李瀚撰，徐子光补注《蒙求集注》，中华书局，1985 年，第 91 页。

③ 《宋书》，中华书局，1974 年，第 1775 页。

④ 钟嵘撰，曹旭集注《诗品集注（增订本）》，上海古籍出版社，2011 年，第 275 页。

⑤ 《南史》，中华书局，1975 年，第 537 页。

⑥ 钟嵘撰，曹旭集注《诗品集注（增订本）》，上海古籍出版社，2011 年，第 193 页。

⑦ 《南史》，中华书局，1975 年，第 526 页。

⑧ 钟嵘撰，曹旭集注《诗品集注（增订本）》，上海古籍出版社，2011 年，第 151 页。

影响。其论曹植:“公子不及世事,但美遨游;然颇有忧生之嗟。”[①]其论王粲:“家本秦川,贵公子孙,遭乱流寓,自伤情多。”[②]实际上是借为他人之作序抒发自己的怀抱。颜、谢开创的这类传记组诗,无疑是对建安、正始时代精神的回归。

颜、谢对建安、西晋诗风的审美体认最突出的表现在对形式美学的继承。颜、谢处于最富有天然生机的审美链条上——山水美。[③] 山水在刘宋文人眼中逐渐褪去玄言的外衣,呈现本来的色彩和流丽。颜延之认为:“咏歌之书,取其连类合章,比物集句。”[④]“比物连类”者,讲究言繁辞广,运用对仗、排沓、典故等多种艺术手法,铺张渲染以营造出错综繁富的审美视觉。颜延之诗用典繁密,对仗谨严。宋张戒《岁寒堂诗话》卷上载:“诗以用事为博,始于颜光禄而极于杜子美。”[⑤]清吴乔《围炉诗话》卷一称颜:“后世对偶之祖也。”[⑥]用典、对仗在谢诗中的运用也十分显著,黄节《谢康乐诗注序》中论述谢诗:“合诗、易、聃周、骚辨、仙释以成之。”[⑦]宋严羽《沧浪诗话》:“灵运之诗,已是彻首尾成对句矣。”颜、谢对用典、对仗的运用如此用力,一方面是对传统艺术技巧的拓展,另一方面则做出了突破,即对声色美学的发现。颜、谢注意到诗歌与音律的关系。不仅在理论上讲究“律吕音调”,而且在创作实践中大量使用双声迭韵之词。陈美足《南朝颜谢诗研究》据此分三类:双声相对者、迭韵相对者、双声迭韵相对者。兹不列举。颜、谢对审美对象的感知是共通的,体现在诗中运用大量色彩词汇,成为了元嘉诗歌的特质。如,颜诗中“丹”、“金”、“葱”、

---

① 严可均校辑《全上古三代秦汉三国六朝文》,中华书局,1958 年,第 2617 页。

② 严可均校辑《全上古三代秦汉三国六朝文》,中华书局,1958 年,第 2616 页。

③ 曹旭《论宫体诗的审美意识新变》将魏晋南北朝整体的审美分为六个层次:一建安风骨美,一田园美,一山水美,一庭园建筑美,一物器美,一人体美。详见《文学遗产》1988 年第 6 期。

④ 严可均校辑《全上古三代秦汉三国六朝文》,中华书局,1958 年,第 2637 页。

⑤ 张戒《岁寒堂诗话》,中华书局,1985 年,第 2 页。

⑥ 吴乔《围炉诗话》,中华书局,1985 年,第 42 页。

⑦ 黄节《谢康乐诗注序》,黄节《谢康乐诗注 鲍参军诗注》,中华书局,2008 年。

“青”、“绿”、“翠”、“素”、“皓”等；谢诗中更俯拾即是：如“白”、“丹”、“朱”、“红”、“黄”、“绿”、“碧”、“青”、“紫”等。这种摄取自然的色彩，给五言诗注进了新的血液，焕发诗歌的生意。再者，颜、谢对客观对象的观察和认知的基础上，运用审美的特殊能力：想象力。相比之下，颜延之侧重于具体的想象，强调“《易》象写形”（《与王微书》）；谢灵运侧重于具体和抽象的想象，追求“会性通神”。在物与我的关系中追求一种和谐、平衡、愉悦的境界。对物色的捕捉、描摹和会意，凸显出以声色为美的文学艺术特征。如颜诗“阴风振凉野，飞云瞀穷天”（《北使洛诗》），尚有高古之意；“春江壮风涛，兰野茂荑英”，亦俱清喜可嘉。颜延之止于寓目静想，而谢灵运则亲身体验和追求景致，移步换景，体验高情，其可“扬帆采石华，挂席拾海月”（《游赤石进帆海》）；其移情于景，“池塘生春草，园柳变鸣禽”（《登池上楼诗》）；景自生情，“海鸥戏春岸，天鸡弄和风”（《于南山往北山经湖中瞻眺诗》）。谢灵运的审美更多是一种生命状态，通过视觉审美而与对象融为一体，体验、情感和想象融合在一起，物我可以暂时两忘。颜、谢此等形式美学的开拓，使得刘宋诗坛声色大开，无疑不是受建安、西晋艺术传统孕育之功。

（三）颜、谢在南北朝的影响

颜、谢对风雅精神的回归以及形式美学的开拓，擅名后世，在齐梁享负盛名，成为皇室及其文人不断模仿、学习的对象。

颜延之以雅正典丽、体裁明密的艺术风格，成为宫廷应制文学的典范。颜延之的接受作家群在宋齐时首屈一指。从近处讲，颜延之诸子皆习得父风。《南史》卷三十四载：“（文）帝尝问以诸子才能，延之曰：‘竣得臣笔，测得臣文，奂得臣义，跃得臣酒。’”[①]颜测所作《九日坐北湖联句诗》“亭席敛徂蕙，澄酒泛初兰”，从用字、用势等莫不有家父之风。至齐，颜延之便成为皇室钦定的学习对象，此等殊荣为同代人莫及。齐高帝萧道成劝诸子学诗应学陆机、颜延之，萧子显《南齐

① 《南史》，中华书局，1975年，第879页。

书》卷三十五载："晔刚颖俊出，工弈棋，与诸王共作短句，诗学谢灵运体，以呈上，报曰：'见汝二十字，诸儿作中最为优者。但康乐放荡，作体不辨有首尾；安仁、士衡深可宗尚，颜延之抑其次也。'"[①]诗学谢灵运能得其优，但学不当易沦为流宕疏散。潘岳、陆机、颜延之等诗风词彩典雅，规整有序，宜作为学诗的对象。钟嵘《诗品》将谢超宗、丘灵鞠、刘祥、檀超、钟宪、颜测、顾则心等七人同评："并祖袭颜延。欣欣不倦，得士大夫之雅致乎！余从祖正员常云：'大明、泰始中，鲍、休美文，殊已动俗。唯此诸人，传颜、陆体。用固执不移。颜诸暨最荷家声。'"[②]谢超宗是谢灵运之孙，在齐代深受高帝赏爱，帝将之比其祖："超宗殊有凤毛，恐灵运复出。"[③]谢超宗虽富文辞之美，但不从其祖谢灵运处来，转而祖袭颜延之，善制郊庙歌辞，辞义典雅，其《齐南郊乐章》十二首其中《肃咸乐》、《引牲乐》、《昭夏乐》等十一首皆为删颜辞而定。丘灵鞠善属文章，为宋孝武帝所赏，入齐后参掌诏策。《南齐书·文学传》载："宋孝武殷贵妃亡，灵鞠献挽歌诗三首，云：'云横广阶暗，霜深高殿寒。'帝擿句嗟赏。"[④]此句颇有颜延之"流云蔼青阙，皓月鉴丹宫"(《直东宫答郑尚书道子诗》)之绮丽典雅。檀超亦有文章之美，孝武帝时侍奉东宫，入齐与江淹一同掌管史职，诗文不存。钟宪五言诗如《登峯诗标望海》，顾则心(一作顾恩)诗如《望廨前水竹》，俱清雅丽辞，得颜延之错彩雅声。

自齐高帝提倡陆机、颜延之诗风，致使有齐一代效谢者未如学颜盛。但谢朓五言"奇章秀句，往往警遒"，谢家山水仍承独步。至梁，效谢逐渐碾压学颜。沈约有意在史书的构建中开启文学史的书写，其在《宋书·谢灵运传论》虽将颜、谢并举，而将声律说的提出置于《谢灵运传》，实则推重谢灵运变革文风的作用。齐高帝之孙、文史家萧子显针对当下日盛的文学创作分为三体：谢灵运体；傅咸、应璩

① 《南齐书》，中华书局，1972年，第624—625页。
② 钟嵘撰，曹旭集注《诗品集注(增订本)》，上海古籍出版社，2011年，第575页。
③ 《南齐书》，中华书局，1972年，第635页。
④ 《南齐书》，中华书局，1972年，第889页。

（颜延之体）；鲍照体。[①] 梁简文帝萧纲《与湘东王书》论"谢客吐言天拔，出于自然，时有不拘，是其糟粕"[②]。梁昭明太子萧统《文选》选录谢灵运诗40首，数量上仅次于陆机，位居第二。选颜延之诗18首，文赋6篇。徐陵《玉台新咏》选录颜、谢五言诗各二首。诸上所见，梁代对颜、谢的学习已然形成风气。其中，效谢灵运五言诗卓有成就者为伏挺和王籍。伏挺和王籍俱有才名，为沈约、任昉所赏，"（伏挺）有才思，好属文，为五言诗，善効谢康乐体。父友人乐安任昉深相叹异常，曰：'此子目下无双。'齐末，州举秀才对策，为当时第一"[③]。其五言诗《行舟值早雾诗》"日中氛霭尽，空水共澄鲜"直接化用谢灵运《登江中孤屿》"云日相晖映，空水共澄鲜"一句。与伏挺直接搬用谢诗不同，王籍得谢之神，"籍好学，有才气，为诗慕谢灵运。至其合也，殆无愧色。时人咸谓康乐之有王籍，如仲尼之有丘明，老聃之有严周"[④]。其《入若耶溪》"蝉噪林逾静，鸟鸣山更幽"一句启唐诗神韵，"江南以为文外断绝，物无异议。简文吟咏，不能忘之"[⑤]。此诗为王籍游会稽郡所作，盖取泽谢灵运之诗境，更富有神韵。此外，还如沈约《休沐寄怀》"园禽与时变，兰根应节抽"；任昉《赠郭桐庐山溪口》"亲好自斯绝，孤游从此辞"；何逊《日夕出富阳浦口和朗公诗》"山烟涵树色，江水映霞晖"；丘迟作永嘉郡太守所作五言《旦发渔浦潭诗》；江总《游摄山栖霞寺诗》自称学康乐之体，等等。以上无疑不是借鉴谢灵运山水诗的技巧。

一望而知，南朝祖袭颜、谢甚众，于颜而言，大多为馆阁侧侍之文

---

① "一则启心闲绎，托辞华旷，虽存巧绮，终致迂回。宜登公宴，本非准的。而疏慢阐缓，膏肓之病，典正可采，酷不入情。此体之源，出灵运而成也。次则缉事比类，非对不发，博物可嘉，职成拘制。或全借古语，用申今情，崎岖牵引，直为偶说。唯睹事例，顿失精采。此则傅咸五经，应璩指事，虽不全似，可以类从。次则发唱惊挺，操调险急，雕藻淫艳，倾炫心魂。亦犹五色之有红紫，八音之有郑、卫。斯鲍照之遗烈也。"

② 《梁书》，中华书局，1973年，第785—786页。

③ 《梁书》，中华书局，1973年，第719页。

④ 《南史》，中华书局，1975年，第580—581页。

⑤ 颜之推撰，檀作文译注《颜氏家训》，中华书局，2011年，第165页。

臣，其文风尚雅丽；于谢，上至皇室，下至游吏，俱能习得，文风趋向自然绮靡，且出佳语，如江总、何逊等。颜、谢成为南朝传习的对象，其代表的两种文风、两种审美何以能够并驾齐驱，是否存在深层的内涵呢？

二、颜、谢之争的内涵及原因

“谢诗如芙蓉出水，颜如错彩镂金。”[①]这一经典论断明确了刘宋元嘉前期以颜、谢两种不同的审美风格，为建安风骨、西晋风力后自然与雕饰并举的审美范式。休、鲍之论虽对颜、谢称美不凡，却也揭橥了颜、谢优劣论的线索。沈约、刘勰、邢劭、裴子野、萧子显、萧纲、萧绎等皆以颜、谢并举，唯南朝梁钟嵘异军突起。钟嵘认定这种称美蕴含着优劣之分，其《诗品》首次明确提出谢高于颜，置谢灵运于上品，灵运为元嘉之雄，而置颜延之于中品，为谢之辅助。钟嵘之评在颜、谢之争这一命题中，堪为执牛耳的地位，后世皆以此为本引申己意。然钟嵘之评，并非秤砣。颜、谢之争，其终究不是个人之间的较量，而是一场有关文体、文风、才学的博弈。

（一）曹刘与曹王之争

颜、谢之争，实质上是一场有关曹植、刘桢抑或曹植、王粲声名的争锋。

颜、谢对魏晋诗文传统的回归，同源却不同流。钟嵘论二人诗歌渊源，则称颜延之源于陆机，陆机源于曹植，属于《国风》一脉；谢灵运源于曹植、张协，兼取《国风》、《楚辞》两脉。一为风雅，一为风骚。陆机源于曹植，故而颜延之间接承袭曹植。谢灵运直接源于曹植，同时谢灵运对吴声西曲的学习与模仿，恰恰契合曹植重视民间文学的思想：“夫街谈巷说，必有可采；击辕之歌，有应风雅。”[②]这是颜延之所不能企及的。渊源溯流，是钟嵘标举颜、谢之优劣的有力论据。而此种

---

① 钟嵘撰，曹旭集注《诗品集注（增订本）》，上海古籍出版社，2011 年，第 351 页。

② 严可均校辑《全上古三代秦汉三国六朝文》，中华书局，1958 年，第 1140 页。

争锋，却是有局限性，其止于五言诗而言。

在涤荡晋末玄风、重回诗文传统的刘宋时期，颜、谢推重曹植，使得其地位的经典化势不可挡。钟嵘则称“陈思为建安之杰”[①]。当时能与曹植并称者有王粲、刘桢二人。曹刘、曹王之称可谓此起彼伏，江淹《杂体诗三十首并序》谓：“公干、仲宣之论，家有曲直。”颜、谢之争恰恰与曹刘、曹王之争暗含相同的规律，故而肃清个中缘由可以侧面阐释颜、谢之争的内涵。颜延之称：“至于五言流靡，则刘桢、张华；四言侧密，则张衡、王粲。至于陈思王，可谓兼之矣。”[②]因此，我们可以解读为四言称“曹王”；五言则“曹刘”。大体而言，王粲则以四言、辞赋为优，刘桢则五言为胜。曹刘之称，多以文气相从。谢灵运《拟魏太子邺中集诗》称刘桢：“卓荦偏人，而文最有气，所得颇经奇。”称王粲：“家本秦川，贵公子孙，遭乱流寓，自伤情多。”[③]曹刘称气骨，曹王称文情。施之颜、谢，以文体而论，《文选》择录颜延之四言、五言诗，赋、诔、哀、策、祭文等多为上乘之作；录谢灵运行旅、游览等五言山水诗 40 首，数量仅次陆机（选诗之冠）。其中，二者五言诗皆为警策者，颜以侍宴诗取胜，谢以山水诗成名。以文风而论，颜、谢俱以词彩华章称美当时，同时颜之错彩雕饰与谢之自然清芬形成鲜明的审美分野。

（二）守古与通变之争

颜、谢之争，实质上亦为一场守古与通变、执正与驭奇的争锋。

这里并不截然分裂二者的文学观以及文学价值，只是运用相对的概念厘清颜、谢在文学发展中的思想定位。颜延之敦经的家族传统以及经纶雅正的文笔，决定了其在这场古今战役的基本立场：守古。尽管颜延之提出言、文、笔之分，强调诗歌的音乐性和“连类可悲”的情感，这种文学辨体意识实质是通变用力中的复古倾向。颜延之对时下兴起的休、鲍之民谣诗体不满亦可为明证。而最有力的证

① 刘勰撰，范文澜注《文心雕龙注》，人民文学出版社，2014 年，第 673 页。

② 严可均校辑《全上古三代秦汉三国六朝文》，中华书局，1958 年，第 2637 页。

③ 严可均校辑《全上古三代秦汉三国六朝文》，中华书局，1958 年，第 2616 页。

明还要归于颜延之应制诗文的创作实践。以五言诗而言，颜延之着力于将传统的审美发挥到极致。如单纯描写皇室游览的仪仗："山祇跸峤路，水若警沧流。神御出瑶轸，天仪降藻舟。万轴胤行卫，千翼泛飞浮。"(《车驾幸京口三月三日侍游曲阿后湖作诗》)不惜连用藻舟、万轴、千翼等三组词反复表达船列之盛美，极为繁富藻绘。《车驾幸京口侍游蒜山作》一诗对皇权和圣恩的讴歌达到无以复加的程度。颜延之将应制诗发展为一种典范，是在有限的格局中释放出意外的灿烂，但是在挑剔刻薄的艺术家眼中，颜诗似乎依然缺乏某种东西不能标举百代。宗白华揭露了本质："学院主义往往是没有真生命、真气魄的，往往是形式主义的。真正的艺术生活是要和大自然的造化默契，又要与造化争强的生活。文艺复兴的大艺术家也参加政治的斗争。现实生活的体验才是艺术灵感的源泉。"[①]颜延之应制诗并不缺乏现实体验，其歌颂王游的风景极富动感，如"春江壮风涛，兰野茂荑英"(《车驾幸京口侍游蒜山作》)，"松风遵路急，山烟冒垄生"(《拜陵庙作诗》)，可谓五言中的一流之制。但颜延之关注的现实是皇权、是庙堂，其诗为服务政权而作，是少数精英文学，体现的是皇权的胜利和集体的荣耀。此种题裁，规定了诗歌雅正的用辞和风格。随着诗歌表现生命、个性、现实的艺术特征涌起，应制诗渐渐远离大众的审美情趣，又因其不能表现真性情便失去了精神和生机。

谢灵运恰恰预流于文学表现性情的潮流，其以游览的方式开辟出新奇的、符合大众的审美趣味。谢灵运顺从性情的美感体验以情赏为美。谢灵运诗集对"赏"、"赏心"等词的运用特别频繁。对谢灵运而言情赏使人健全和高尚。而谢灵运这种独特的心理体验首先源于幽独意识。孤独必然是件不快乐的事情，但不一定就是不好的事情。孤独静观使人与自然的关系更加亲近，使"我"更加的真实，能看到自然之美，听到自然之响，理解"我"的存在。金代元好问《论诗三

① 宗白华《美学散步》，上海人民出版社，2018年，第236页。

十首·二十》："谢客风容映古今，发源谁似柳州深。朱弦一拂遗音在，却是当年寂寞心。"[①]谢灵运有孤独的情怀，诗中对赏心人的呼唤和对真理的顿悟，饱含着纯真和寂寞。其次，谢灵运富有真美情操。宗白华《美学散步》认为："你的心不是'在'自己的心的过程里，在感情、情绪、思维里找到美；而是'通过'感觉、情绪、思维找到美。"[②]谢灵运将眼观耳听的形象赋予色彩、声音、韵律、情感等，将自己的情绪、体验转移到自然风物中，虚与实、动与静，让整首诗充满画面感和物我划一的哲思性。

谢灵运的山水诗是驭奇的典范，其关注人生，谱写自己，是充满生命感的诗歌。其以个人视角，展现大众情感的普遍共鸣，是一场艺术的胜利。根本的原因在于谢灵运对生活的体验、观察和感知要深刻。谢灵运两次流放（永嘉和临川），是其山水文学的温床；两次归隐故乡（始宁），是其文学思想的悟道；半官半遁的生活，出仕与隐逸的矛盾，是其山水文学的精神内核。因此在这一层意义上，谢诗格局注定广阔于颜诗。

（三）学问与才气之争

颜、谢之争，亦是一场学问与才气的争锋。

颜、谢皆为孤傲自负者。颜延之对傅亮、袁淑、谢庄、惠休等，皆有不客气的发论。"尚书令傅亮自以文义之美，一时莫及，延之负其才辞，不为之下。亮甚疾焉。"[③]袁淑小颜延之二十余岁，有文辞之美，不推重颜，颜乃当众忿折袁淑。颜延之调侃谢庄《月赋》："美人迈兮音信阔，隔千里兮共明月，知之不亦晚乎！"[④]又斥惠休之作为"委巷中歌谣"[⑤]。颜延之自负文辞，实质上为凸显自己文坛正统的地位。谢灵运则自负才气，尝以曹植作比："天下才共有一石，子建独得八斗，

① 元好问《遗山集》卷第十一，《四部丛刊》景明弘治本。

② 宗白华《美学散步》，上海人民出版社，2018年，第14—15页。

③ 《宋书》，中华书局，1974年，第1892页。

④ 孟棨《本事诗》，古典文学出版社，1957年，第22页。

⑤ 《南史》，中华书局，1975年，第881页。

我得一斗，自古及今同用一斗。”[①]由此可见，对比颜延之自负文义，谢灵运则自负才气。在颜、谢创作实践中，也得到了印证。《南史·颜延之传》载：“延之与陈郡谢灵运俱以辞采齐名，而迟速悬绝。文帝尝各敕拟乐府北上篇，延之受诏便成，灵运久之乃就。”[②]学有章法，悟无定术，乃有迟速之分。

才与学表现在颜、谢诗歌风格中，最显著区别为密与清。颜诗属密，整体上归于“体裁绮密”[③]，具体而微在于用辞注重连类比物，其中又资典故以美文义，故文义繁缛，而乖秀逸。谢诗属清，往往兴会所至，故铺文流宕，情辞优美，意能致远。颜、谢诗歌密与清的对比预流于诗歌发展的大浪潮中，前有陆机与潘岳，后有沈约与任昉。颜延之诗源于陆机，亦以侧密繁缛见长，尤“喜用古事”，开启用典为博的风气，颜博采典故，于宋末蔚然，梁时大盛，独立成体。梁世重文学，武帝及其文史学家王俭、沈约、任昉、陆澄、刘孝标等尤有隶事之好，常常相互争锋。谢灵运得曹植、张协之力，故诗有“清越夺琳珪”（颜延之）之誉。潘陆、颜谢、沈任皆为才学兼备者，运才者偏清，运学者偏密，运力各自不同耳，其声名齐年，文风制衡，彰显了诗歌发展的规律与魅力。

三、意义：魏晋正统——元嘉体——齐梁文论

（一）“元嘉体”的奠定：形式与声色并美

颜、谢运匠建安、西晋文人所开启的风骨、绮丽的美学传统，实现了五言诗向传统美学的回归及创新。颜、谢早以词彩齐名当时，鲍照为后起之秀，年晚颜、谢约三十年，其成名于元嘉末期，时谢灵运已逝，颜延之近古稀之年，因此，可以说，颜、谢二人奠定了元嘉体的基调，具体表现为：形式美与声色美。

---

① 李瀚撰，徐子光补注《蒙求集注》，中华书局，1985 年，第 91 页。

② 《南史》，中华书局，1975 年，第 881 页。

③ 钟嵘撰，曹旭集注《诗品集注（增订本）》，上海古籍出版社，2011 年，第 351 页。

形式美体现为：重词彩、尚巧似。刘勰《文心雕龙·时序》称："颜、谢重叶以凤采。"[①]裴子野《雕虫论》："爰及江左，称彼颜、谢，箴绣鞶帨。"[②]颜、谢雕饰词彩的功夫表现为，声音和色彩、空间和时间的有序转换，同时运用连模拟物、骈俪对偶、援引典故等修辞，讲求骈俪，极尽对偶，索辞必广，可谓"俪采百句之偶，争价一句之奇。情必极貌以写物，辞必穷力而追新"[③]。用事和骈俪，是颜、谢对建安、两晋以来形式美学的突破。颜、谢文集中对经史子集的旁征博引前古未见。颜、谢大量使用骈俪之语，使诗歌极尽整饬之美。"尚巧似"是整个刘宋诗坛的风气，钟嵘《诗品》评论谢灵运、颜延之和鲍照三者诗风皆使用"尚巧似"，可见一斑。刘宋时代是诗歌史上一大转关，处于"山水方滋"[④]这一审美链条上，因此，自然山水开拓刘宋诗人写作的新视角，启发写作的灵感，从而能够制辞偏向新奇、清丽。颜、谢所作极尽物态之声响、色泽、情致，因此引领刘宋诗歌走向"性情渐隐，声色大开"[⑤]的轨道。

颜、谢拓展的形式美学其实基于二者才高学博的知识积淀，能够灵活将文、赋的写作技巧引入诗歌。颜延之将山水诗引进应制诗，并且将最初运用于文章的将"连类比物"之修辞应用到诗歌等歌咏性质的有韵之文的写作中，为诗歌的写作正式提出了具体可行的艺术技巧和修辞方式，扩大了诗歌写作的艺术手法，开拓了不同于陆机《文赋》"立片言而居要"之新的审美模式，有意于寻求一种极貌繁富的审美情趣。谢灵运以赋入诗，他的山水诗更是明显借鉴了山水赋敷陈言志的写作技巧。二者奠定元嘉体的多元错综、富丽雅致的基调，使之成为南朝甚至整部诗歌史上的重要一脉。

（二）审美范式的确立：错彩镂金与芙蓉出水

颜、谢共同开启了刘宋文学"竞丹雘之奇"[⑥]之词彩华丽、声色大

---

① 刘勰撰，范文澜注《文心雕龙注》，人民文学出版社，2014 年，第 675 页。

② 严可均校辑《全上古三代秦汉三国六朝文》，中华书局，1958 年，第 3262 页。

③④ 刘勰撰，范文澜注《文心雕龙注》，人民文学出版社，2014 年，第 67 页。

⑤ 叶燮、沈德潜《原诗 说诗晬语》，凤凰出版社，2010 年，第 96 页。

⑥ 焦竑《谢康乐集题辞》，明万历刻本。

开的时代，创造了新奇并雅丽俱美的诗歌风格。这种新奇雅丽是承继汉魏两晋以来的形式美学，并在其基础上极力扩张文辞的雕饰、对仗、用事等修辞，整体上形成繁缛富丽的审美风气。而颜、谢在这一风气下各张旗鼓，以独有特质创造出“错彩镂金”与“出水芙蓉”齐头并进的审美范式。

以敦经守正、并以半生侍皇侧的颜延之，创造出名誉皇都、标举后世的《郊祀》、《曲水》、《侍奠》、《侍游》等应制之作，清王寿昌誉其“气体恢弘，堪嗣雅颂”[①]，可谓“庙堂大手笔”[②]。尊崇弘雅，斥休、鲍等所作里巷歌谣，形成尊雅斥俗的审美趣味。宫廷园囿最难出新，颜延之遂以经纶文雅之才，在雕饰词彩、采资古事、连类比事之修辞下尽功夫，形成错金镂彩的审美风格，于前有廓清玄言诗的魄力，于后有回归“雅正”文学传统的努力。

在这场雅正与新奇之间经久不息的较量中，谢灵运则偏向新奇，他选择了自然为审美对象，以自然作为书库，撷取质料和灵感，同时汲取吴声、西曲的迭字、朗快、顶真等优秀的特质，谢灵运逸兴明发，因此常常“吐言天拔”（萧纲《与湘东王论文书》），“输写便利、动无留碍”[③]。更为可贵的是，谢灵运有意识地将自己的行迹和心迹，在诗歌中进行实录的形式陈列展览，仿佛是一场我与自然、宇宙的对话，让释然、顿悟、寂漠等等在这场对话中得到安顿。如释皎然所言：“直于情性，不见文字。不顾词彩，而风流自然。”[④]自然天真，大概即“出水芙蓉”最好的注脚。

“错彩镂金”与“出水芙蓉”显然是两种不同的审美范式，宗白华认为，这“代表了中国美学史上两种不同的美感或美的理想”。“这两种美的理想，从另一个角度看，正是艺术中的美和真、善的关系问题。”[⑤]因

---

① 王寿昌《小清华园诗谈》，清道光七年(1827)刻本。

② 陈仅《竹林答问》，《四库未收书辑刊》第1250册，北京出版社，1998年，第765页。

③ 何文焕《历代诗话》，中华书局，1981年，第435页。

④ 皎然《诗式》，中华书局，1985年，第4页。

⑤ 宗白华《美学散步》，上海人民出版社，2018年，第36页。

此，真善美统一的美才是真正的艺术。从二者的精神内核上考究无疑也是一种突破。回到诗歌艺术的角度，这两种不同的审美理想一直延续各自的生命，也深入其他的艺术批评理论中。

（三）推进文学发展的自觉

颜、谢的诗文赋创作不仅成为文学史上的山林与庙堂的典范，开创了两种齐名的审美范式，而且在文学批评上促进了文学发展的自觉，开启了齐梁文论。

第一，有强烈的文集总结和文学辨体意识。颜、谢参与大量的文学总集整理和编纂工作，特别是谢灵运对诗文赋等各类体裁的归类整理，开启文学史上文集汇集的枢纽，大大推进了梁代大型文集总结高潮的到来。基于深厚的文化沉淀，颜、谢皆以相对开放的姿态看待文学的发展。如颜延之"言、文、笔"之分，单独称"文"，突出文章写作的声色艺术美，"言—笔—文"之间蕴藏着严密的逻辑关系：层层递进，逐步生长，渐而区分的内在规律，体现出强烈的逻辑分类意识和文学辨体意识，是基于刘宋时代文集整理和总结下的一种识辨和潮流，增强了文学独立价值。刘宋范晔《后汉书》首次单独立《文苑传》；南朝梁萧子显《南齐书》单独立《文学传》；南朝梁元帝萧绎《金楼子·立言》定义"文"、"笔"，勾勒出文学独立发展的线索等，皆是对颜延之理论的践行与发展。萧子显则提出更进一步的文学发展观，其称："若无新变，不能代雄。"[①]又："颜、谢并起，各自擅奇。"[②]可见，颜、谢亦预其新变之流。

第二，发掘诗和赋等文体的艺术技巧和审美领域。颜延之采取"以文入诗"，即将"连类比物"的技巧运用于诗歌写作。谢灵运则"文赋互用"，在赋体文学的退化潮流中异军突起，抬高赋文学的价值，标举赋体文学同于诗歌"抒情遣怀"的文体特征。最可贵的是，谢灵运开创了"山水美"这一审美领域，提出"情赏为美"的理论并作出实践。同时，颜、谢首次开启悲情文学，赋予了诗歌"诗缘情"、"吟咏情性"之

①② 《南齐书》，中华书局，1972年，第908页。

后更崇高的美学观，开启了梁代“以悲为美”的审美领域。注重连类比物、声色、情感，均是颜、谢二者寻求诗歌通变的方式。

第三，注重诗人与时代、个性的关系。颜延之《五君咏》与谢灵运《拟魏太子邺中集八首》，创新了诗的体裁：第一，首次以人物为主题，一人一诗；第二，开创了人物小传的类型；第三，以组诗的形式呈现，归一怀抱。此种文体深深影响了唐代诗圣杜甫，其《饮中八仙歌》则是对二诗的继承和发展。颜、谢注重时代与文人的关系，尤其注意文人的自身遭际、个性、气质对创作的影响，直接启发刘勰《文心雕龙》系统的文学与时序观。

（四）诗、画艺术理论互通的开启

刘宋时代尚巧似的审美风气与宗炳“以形写形，以色貌色”、“畅神”（《画山水序》），与王微“竟求容势”（《叙画》）的绘画理论是互通的。颜延之主张“象以见形”；谢灵运山水诗可视为宗炳《画山水序》、王微《叙画论》绘画理论的融通与践行，渐启后世诗画理论的阐发互映。谢赫《古画品录》讲作画六法之“气韵生动”、“应物象形”正是对魏晋南朝以来文学艺术创作的总结。

四、结语

颜、谢曾为命运共同体的文士，促使其关注现实与自我的精神回归。同时因不同的生命境界故生发迥异的诗歌精神。同师学魏晋，但各自汲取的精华颇不平衡。颜秉承风雅的诗歌精神，故其诗义正词华；谢秉承风骚的诗歌精神，故其诗兴高多奇，时有凄怆。颜、谢承继建安、西晋以来的优秀传统，处于“山水美”这一富有生机的审美链条上，以雕词采、尚巧似、摹声色、资典故等多样的修辞手法展现山水之美，使诗歌从玄言诗的枷锁解放，回归正统的轨道，奠定了元嘉文学的形式美学，其创作艺术技巧泽被后世。颜、谢位于文学通变的发轫期。其在诗歌创作上对修辞技巧、声色发掘、以悲为美的审美体验，以及对绘画艺术理论的融会贯通，尤其对文学本身审美和价值的发现，具有独创性与进步性，启发了齐梁文论。钟嵘提出颜谢之争，其终究不是个人之间的较量，而是一场有关文体、文风、才学的博弈，是诗歌中四言与五言、守古与驭奇、运学与运才之间不同力量的演绎。

总而言之，颜、谢各自以山林、庙堂分镳并驰，分别创造“错彩镂金”的应制诗歌典型与“出水芙蓉”的山水诗歌典型，影响深远。

（上海师范大学人文学院）

词话与清代词话

孙克强

内容摘要：词话是词学批评理论的最典型载体，清代词话代表了词话的最高水平。从南宋至明清，词话的内容由单纯记载本事演变为兼具鉴赏、批评、理论等。清代词话主要分为辑录类词话和原创类词话。从民国初年开始编纂整理清代词话，从《词话丛编》到21世纪以来多种大型词话丛编体现了对清代词话整理研究的新水平。新版《清代词话全编》的整理分为六类：单本词话，新辑单本词话，增补单本词话，词选评语辑录词话，重辑前人词话，书目提要。

关键词：词话；清代词话；《清代词话全编》

Ci Hua and Ci Hua in Qing Dynasty

Sun Keqiang

Abstract: Ci Hua is the most typical literature carrier of Ci-poetry criticism theory. Ci Hua in Qing Dynasty represents the highest level of Ci Hua compilation. From the Southern Song Dynasty to the Ming and

Qing Dynasties, the content of Ci Hua changed from simply recording the original events to appreciation, criticism and theory. Ci Hua in Qing Dynasty can be divided into two categories: compiled Ci Hua and original Ci Hua. Since the beginning of the Republic of China, the compilation and collation of Ci Hua in Qing Dynasty began. From *The Series of Ci Hua*(《词话丛编》) to the 21st century, a variety of large-scale Ci Hua series have reflected a new level of research on Ci Hua in Qing Dynasty. The new edition of *Complete Collection of Ci Hua in Qing Dynasty*(《清代词话全编》) can be divided into six categories: single edition of Ci Hua, new edition of Ci Hua, supplement of Ci Hua, Ci selection comment, compilation of Ci Hua of predecessors, and bibliographic summary
Keywords: Ci Hua; Ci Hua in Qing Dynasty; *Complete Collection of Ci Hua in Qing Dynasty*(《清代词话全编》)

词话是词学批评理论的最典型载体。词话与诗话、曲话、文话、赋话共同构成了中国文学批评文献的主要形式。词话借鉴诗话而来,滥觞于北宋,成熟于南宋,至清末已有近千年的历史。在历代词话中,清代词话不仅数量最多,品质最高,理论价值也最大,因而也最受研究者的重视。

一、词话的发展演变

词话作为一种词学批评文体有一个发展演变的过程。从宋代到明清,词话从单纯的记述本事,到阐发鉴赏批评理论,词话的内涵发生了深刻的变化。

词话产生于北宋,今存有杨绘的《时贤本事曲子集》残篇。宋人使用"词话"之名,仅指记述词本事的专书,这是词话的原始意思。宋代以"词话"为名的著作现存只有南宋杨湜的《古今词话》一种。词话之名借鉴于诗话。最早的诗话是欧阳修的《六一诗话》,欧阳修自序云:"集以资闲谈也。"郭绍虞教授指出诗话之体的特点:"诗话之称,当始于欧阳修;诗话之体,也创自欧阳修。……诗话之体原同随笔一样,论事则泛述闻见,论辞则杂举隽语,不过没有说部之荒诞语,笔记之冗杂而已。所以仅仅论诗及辞者,诗格诗法之属是也。诗话中间,则论诗可以及辞,也可以及事;而且更可以辞中及事,事中及辞。这是宋人诗话与唐人论诗之着之分别。"[①]从《六一诗话》的内容看,多记诗人逸事、诗作本事,与北宋之前的诗格、诗法、诗品、诗评等著作的内容有明显的不同。宋代的词话也是如此,杨湜的《古今词话》正如赵万里先生所指出的,"其书采辑五季以下词林逸事,乃唐来说部体裁","此书乃隶事之作,大都出于传闻。且侧重冶艳故赏,与《丽情集》、《云斋广录》相类似"。[②] 由此可知,最早以"词话"作为书名的《古今词话》乃是记逸事、录本事为内容的,与《六一诗话》的性质相同。从现存宋代的词学专书来看,如果不是记逸事、录本事者,则不以"词话"名之,如南宋王灼的《碧鸡漫志》、沈义父的《乐府指迷》、张炎的《词源》。

元明之后"词话"的意涵发生了一些变化,指所有论词专书,既有记词本事的,也有评词论词的,如明代俞彦的《爰园词话》、清代的毛奇龄的《西河词话》、郭麐的《灵芬馆词话》、陈廷焯的《白雨斋词话》,等等。这些专书虽然使用"词话"之名,但是已经没有"词话"记本事的原始意义了,这种词话观念的变化与宋代诗话观念的变化较为相似。宋之后的诗话已经没有诗话、诗论的区别了,如《四库全书总目提要》将《六一诗话》与宋之前的《文心雕龙》、《诗品》以及宋之后的诸多词话皆列入"诗文评"类中。何文焕的《历代诗话》收录的"诗话"也与此相类。这种诗话概念的变化与词话的情况相同,《四库全书总目提要》在"词曲类"之下列有"词话之属",共收五部:《碧鸡漫志》(王灼)、《乐府指迷》(沈义父)、《渚山堂词话》(陈霆)、《词话》(毛奇龄)、《词苑丛谈》(徐釚);在"词曲类存目"之中又列五种:《词源》(张

① 郭绍虞《宋诗话辑佚序》,中华书局,1978年。

② 赵万里《〈古今词话〉题记》,唐圭璋编《词话丛编》,中华书局,1986年,第17页。

炎)[①]、《词旨》(陆辅之)、《古今词话》(沈雄)、《古今词论》(王又华)、《填词名解》(毛先舒)。这其中既有记述本事的,也有阐述词学主张、品评词人词作的内容。近人谢之勃《论词话》云:"词话者,纪词林之故实,辨词体之流变,道词家之短长也。"[②]已经是此种"词话"的概念了。此类词话书名除了"词话"之外,多用"词论"、"词评"、"词学"等。

除了传世的单本着作称之为"词话",清代之后词学家对古人词学文献加以辑录整理的专书也称为"词话",原为诗话、笔记、词选的部分内容,并非专书,经汇辑整理后已经以专书面貌出现。以《词话丛编》所收为例,由诗话、文集、笔记中辑出的词话,如《能改斋词话》由《能改斋漫录》卷十六、十七辑出而成,《苕溪渔隐词话》由《苕溪渔隐丛话》前集卷五十九、后集卷三十九抽出合编而成,张侃的《拙轩词话》是由文集《拙轩集》卷五抽出。由词选批语辑成的词话,如《词洁辑评》、《词综偶评》、《张惠言论词》、《蓼园词评》、《宋四家词选目录序论》等,皆是此类词话。

词话的内涵从单纯记述本事到记述、评论兼而有之,成为词学批评理论的主要载体。尤其是到了晚清,词话呈现理论系统化的特点,以"晚清三大词话"为例,其主要特征表现为主旨的明确性,如陈廷焯的《白雨斋词话》以"沉郁顿挫"为主旨,况周颐的《蕙风词话》以"重、拙、大"为核心范畴,王国维的《人间词话》标举"境界"说。虽然词话的外部形式依然是文言语句,片断语录体,但内涵却在发生着深刻的变化。

二、清代词话的分类

清代词学理论繁荣,其主要标志之一即词话著作数量和样式较多。概括起来,词话专书从内容看可分为两类:辑录他人词学言论的辑录类词话和阐述自己的词学主张的原创类词话。

---

① 《四库全书总目》署为"《乐府指迷》宋张炎撰",实为《词源》。

② 谢之勃《论词话》,《国专季刊》第一期,1933年5月。

（一）**辑录类词话**

辑录类词话是以汇集词学文献为特征的，并非辑者的撰述。这一类词话的特点是“辑”而不是“撰”，与表达作者观点的原创型词话不同，是收集他人言论的汇编型词话，并不一定代表自己的观点。从编纂的目的来看，辑录类词话又可分为四类：

第一，以分门别类保存文献为宗旨者。如徐釚《词苑丛谈》十二卷、沈雄辑《古今词话》八卷、王弈清等辑《历代词话》十卷、冯金伯辑《词苑萃编》二十四卷、江顺诒辑《词学集成》八卷等。这一类词话的价值除了文献的保存之外，更突出体现在对词学文献的分类形式和标准，以及所体现出的词学批评理论的思想。此类词话的编辑者为使纲目清晰，便于读者检阅，在分类上多用心思。有些是以朝代分卷，如王奕清《历代词话》，从唐代到明末，展示词学史的进程；但更有意义的是以内容分类的。如清初徐釚辑的《词苑丛谈》十二卷分为七类：一体制、二音韵、三品藻、四纪事、五辨证、六谐谑、七外编。江顺诒《词学集成》则分为八类：词源第一、词体第二、词音第三、词韵第四、词派第五、词法第六、词境第七、词品第八。此类词话以辑录他人的词论为主，但从其编排方式和类别区分仍可表现出一定的词学思想。

首先，体现了辑录者在对词学文献分类的思考，其分类方式直接影响到后世乃至当代的对词学研究领域的分类。《词苑丛谈》中的《体制》中引用的文献涉及到词的起源、词体特征，《音韵》涉及词律、词韵、词谱，《品藻》涉及评论，等等，与《词学集成》的词源、词体、词音、词韵等的分类大体吻合。现代学者关于词学研究的分类即是建立在清人此类词话分类的基础之上，龙榆生《研究词学之商榷》将词学分为：图谱之学、词乐之学、词韵之学、词史之学、校勘之学、声调之学、批评之学、目录之学等八类；唐圭璋《历代词学研究述略》又分为词的起源、词乐、词律、词韵、词人传记、词集版本、词集校勘、词集笺注、词学辑佚、词学评论等十个方面。通过比较，现代学者借鉴《词苑丛谈》、《词学集成》的分类模式的方法是显而易见的。从清初到当代，词学家对词学研究领域分类的认识在不断深化，演进的轨迹十分清晰。

其次，体现了辑录者对每一类词学领域特点的缜密思考，如宗山评论江顺诒《词学集成》的“词源类”云：“析津沿支，每况愈下。正畀闰统，祧豖鼻祖。循乃故辙，溯厥本根。为民祈祀，必先追源。集词源第一。”又如评“词派类”云：“滚滚词源，横拥其派。泛涉者疏，专攻者隘。风归丽则，语芟荑稗。南北江河，入海而会。集词派第五。”[①]可以看到缉者已经注意到某类词话的特点、意义及各类之间的相互关系。

第二类，以宣扬某种主旨、提供词学规范为目的者。此类词话借前人的词学著述或表现自己的主张，或展示入门路径。与第一类辑录词话所不同的是对文献的选择性，按照自己的标准辑录材料，不合自己主旨者不录，如姚燮辑录的《玉遂楼词学标准》其内容有十部分：(1) 张叔夏《词源》录要；(2) 方氏《词麈》论律要旨；(3) 汪葵田《词谱宫调》；(4) 沈伯时《乐府指迷》；(5) 陆辅之《词旨》；(6) 冯冶亭《词苑萃编》；(7)《灵芬馆诗话论词》；(8) 郭频伽《十二词品》、杨伯夔《续十二词品》；(9) 诗家纪律；(10) 余识。可见所辑录的内容多为前人有关词律的论述。所谓“标准”点明了其主旨在于为习词者提供可资遵循的规范。又如小相如辑的《倚声宝筏》一卷，与《玉遂楼词学标准》相类，也是辑录各家词话而成。有词源、制曲、句法、字面、虚字、清空、意趣、用事、咏物、节序、赋情、离情、令曲、杂论、玉田奇对、玉田警句、属对、警句、词眼、单字集虚等。主要是张炎《词源》、陆辅之《词旨》的内容，突出了词体格律规范的要求。

第三类，附于词选或词别集的辑录类词话，多选当代词坛名家的词论，目的是为该词选或词别集起造势作用。如蒋景祁选编的《瑶华集》附有《名家词话》，共收录俞彦、刘体仁、贺裳、毛先舒、彭孙遹、董

① 宗山《词学集成序》，《词学集成》卷首，唐圭璋编《词话丛编》，中华书局，1986 年，第 3207 页。

以宁、邹祗谟、王士禛等八人的言论，八人皆当时词坛名家，借助名家效应以提高词选的名气，亦可扩大销路。与此相类似的还有在词别集上所附的词话，也是选取当代名家的评论。这种词话的命名往往在别集之名上加“词话”而成，如龚鼎孳《香严斋词》所附词话就称《香严斋词话》，汪懋麟《锦瑟词》所附词话称《锦瑟词话》，即为“专门评论某词人之词话”。清人在刊刻词别集的时候，将诗朋词友（多为名人）对该词人、词作的评论汇辑起来，附于别集中，既是宣传广告，也表现朋友情谊。其内容当然多溢美之辞，但也有不少精妙的评论。

第四类，将一些材料简单罗列的词话，更像词学文献汇编，如宋代的《苕溪渔隐词话》、《魏庆之词话》等。例如《苕溪渔隐词话》汇集了《后山诗话》、《漫叟诗话》、《西清诗话》、《雪浪斋日记》中论词的材料以及缉者“苕溪渔隐”（胡仔）自己的词论。后世词话中有一些亦属于此类，如清初王又华《古今词论》，汇集了杨守斋、张玉田（张炎）、王元美（王世贞）、杨升庵（杨慎）、徐天池、陈眉公、张世文、徐伯鲁、沈天羽、俞仲茅、刘公勇（刘体仁）、贺黄公（贺裳）、卓珂月、顾宋梅、彭骏孙（彭孙遹）、董文友、邹程村（邹祗谟）、王阮亭（王士祯）、沈去矜（沈谦）、张祖望、李东琪、张砥中、李笠翁、毛稚黄、仲雪亭、查香山等人的词论。

（二）原创类词话

原创类词话即指体现撰写者意旨的词话。唐圭璋《词话丛编》所收，除了上文所提到的《古今词话》、《历代词话》、《词学集成》等之外大多是原创类词话。原创类词话按照文献的原始形态又可分为若干类型，《词话丛编》所收的清代词话大体可分三类：

一是原为单本专书的词话。专书是各种批评理论的典型载体形式，此类词话在《词话丛编》中数量最多，清代词话多半是此类，如李渔的《窥词管见》、谢章铤的《赌棋山庄词话》、陈廷焯的《白雨斋词话》、王国维的《人间词话》，等等。

二是汇编前人文献而成的词话。此类词话是后人或当代人（如龙榆生、唐圭璋、胡念贻等）对前人词学文献加以辑录整理的专书。

原为诗话、笔记、文集以及其他词学文献的部分内容，并非专书，后人将这些文字辑录成为词话专书。如清人周济的《介存斋论词杂著》原附周氏《词辨》后刊行，唐圭璋予以单列。清人谭献的《复堂词话》就是由其弟子徐珂从谭氏日记、序跋、批注等文献中辑录而成。龙榆生辑录朱祖谋论词语为《彊村老人评词》。唐圭璋辑录况周颐《蕙风词话》之外的论词之语，编成《蕙风词话续编》二卷。

三是由词选批语汇集而成的词话。如《词洁辑评》乃胡念贻先生从清人先著、程洪编选的《词洁》中的评语辑出的；清人许昂霄曾点评朱彝尊选编的《词综》，许之门人张载华将其中的评语辑录为《词综偶评》。《蓼园词选》由清人黄苏编选，词下有笺注、词话、点评，唐圭璋辑其评语为《蓼园词评》；《宋四家词选目录序论》乃周济选编《宋四家词选》撰写的《序论》，唐圭璋将《宋四家词选》中的目录绪论及评语缉出。唐圭璋还辑录张惠言《词选》评语和序跋为《张惠言论词》，辑录王闿运《湘绮楼词选》评语为《湘绮楼评词》。

三、清代词话编纂整理的回顾

清人对词话的整理已有相当规模，前文所述的辑录类词话将古今人的词话汇编起来，已有汇集词学文献的意识。清代编纂《四库全书》，在“词曲类”之下列有“词话之属”，此举在词话史上具有重要意义，它首次将词话视为一个单独的文学批评文体类别，将体现创作的词与体现批评理论的词话区别开来，成为词话丛书的滥觞。

清代词话代表了古典词学批评理论的最高水平，研究者对清代词话的整理研究一直予以高度重视。词学研究史上第一部纯粹的词话丛书是况周颐与王文濡合辑《词话丛钞》，此套丛书共收入词话 10 种：俞彦《爰园词话》、沈雄《柳塘词话》、邹祇谟《远志斋词衷》、彭孙遹《金粟词话》、王士禛《花草蒙拾》、贺裳《皱水轩词筌》、刘体仁《七颂堂词绎》、宋翔凤《乐府余论》、孙麟趾《词径》、蒋敦复《芬陀利室词话》。其中 9 种是清代词话，开汇编清代词话的先河。虽然这套丛书尚存一定瑕疵，但其文献形式及其体现出来的词学思想，无疑具有重要意义。

民国时期的《续修四库全书提要》的词话部分也值得注意。《续修四库全书提要》的词学部分提要文字多出词学家孙人和之手。在“词话类”中收录词话 51 种,其意旨在于继《四库全书总目提要》之后,为传世词话作一个总结。该《提要》将民国时期所见词话悉数收录,并详考各种词话的作者身份、版本流传、内容特点等,是继《四库全书总目提要·词籍提要》之后的重要词学研究文献。

较早从事清代词话汇编工作的是词学大师唐圭璋。唐圭璋出版了两种《词话丛编》丛书,1934 年即出版了初印本《词话丛编》,共收 60 种词话(实为 61 种,周济的两种词话合为一种),其中清代词话 47 种(含民国初年词话)。1986 年中华书局出版增订本《词话丛编》共收 85 种词话,其中清代词话达到 68 种(含民国初年词话),多出 21 种。《词话丛编》可谓清代词话汇辑的集大成者。《词话丛编》是目前最权威的词话丛书,也是引用率最高的词学理论文献。《词话丛编》所体现出的词话形态观念影响深远,之后研究者对词话的分类认识以及文献整理编纂方法大体遵循《词话丛编》的模式,在当代词学研究史上产生了巨大影响。但限于当时的条件,《词话丛编》难免有搜罗未备的遗憾。唐圭璋先生在《词话丛编·例言》中特别指出:“如张星耀《词论》、许田《屏山词话》、王初桐《小琅環词话》……今并未得寓目。”[①]其未竟的工作成为后人努力的方向。

民国时期已开始利用现代学术方法对清代词话进行整理研究,至 20 世纪五十年代之前,陆续有研究或文献整理发表于期刊。20 世纪八十年代之后,清代词话的研究逐渐升温,新世纪以来,蓬勃发展。

21 世纪以来,清代词话的文献整理进入了新时代。张璋编《历代词话》(大象出版社,2002 年)和《历代词话续编》(大象出版社,2005 年)是一部规模较大的词话丛编,收入词话或论词文章,正编 128 种,续编 118 种,正续编共 246 种。其中清代词话 68 种。从所收

① 唐圭璋《词话丛编·例言》,中华书局,1986 年。

篇目看,《历代词话》正、续编与唐圭璋的《词话丛编》相同的篇目有54种,收录了唐圭璋《词话丛编》未收的清代词话十余种,如张星耀《词论》、徐涵《芙蓉港词话》,应该说《历代词话》有新发现之功。整体来看《历代词话》作为文献著作存在一些明显的问题:其一,所收词话有些是节录,如《听秋声馆词话》、《赌棋山庄词话》、《白雨斋词话》,皆为节录,影响了文献价值;其二,不辨真伪,如托名彭孙遹的《词统源流》、《词藻》,李良年的《词坛纪事》、《词家辨证》,实为书商伪作,应予剔除。其三,收录了大量论词文章,如词籍序跋、论文,甚至还有民国时期词学家以及编者本人的论文,说明该书编者对"词话"这一概念的理解与学界的共识有所不同。

唐圭璋《词话丛编》出版之后,不少学者对《词话丛编》进行增补,较具规模的有以下三种:朱崇才编《词话丛编续编》5册(人民文学出版社,2010年)、葛渭君编《词话丛编补编》6册(中华书局,2013年)、屈兴国编《词话丛编二编》5册(浙江古籍出版社,2013年)。这三部丛书有共同之处,即为了接续唐圭璋《词话丛编》,补《词话丛编》之未备,凡是《词话丛编》收录的词话不再收入。三种丛书中均包含了一定数量的清代词话,综合来看,诸编由于各自用功,造成重复收录的词话颇多。合并各丛书重复收录,计有84种。此84种清代词话(含民国初年的词话)可分为三类:

第一,原为清人单本词话者28种。如徐喈凤《荫绿轩词证》一卷,张星耀《词论》一卷,王昶《西崦山人词话》,王初桐《小嫏嬛词话》三卷等。在原为单本词话中,《重辑复堂词话》一种是对《词话丛编》中《复堂词话》的增编;《柳塘词话》乃由沈雄《古今词话》中辑录,《南州草堂词话》乃从徐釚《词苑丛谈》种辑录,不应作为单本词话,此正是唐圭璋先生未将此两部词话收入《词话丛编》的原因。

第二,《论词绝句》组诗,仅有宋翔凤、冯煦、潘飞声三种。按照古籍整理的一般规则,像《论词绝句》这类文献,如果收录则应求全;否则一概不录。如果收录论词绝句的话,据考察可以收录的至少还有数十种[1]。

第三，新辑清人词话53种。新辑清人词话可分为两类：其一，辑人词话，即以人为主题从各种文献中辑录的词话，如《曝书亭词话》乃以朱彝尊为主题；其二，辑书词话，即以书为主题从诗话、词选本、笔记等文本中辑录的词话，如《兰皋明词汇选辑评》、《倚声初集辑评》等。

除了上述大型丛刊汇编了所发现、整理的清代词话之外，不少学者对清代词话个案进行了文献整理研究，近数十年各种学术期刊发表了一批清代词话的整理本。发表清代词话文献整理较多的刊物有：《词学》、《中国韵文学刊》、《古代文学理论研究》、《中国诗学》、《文学与文化》、《中国文哲研究通讯》等。如《词学》，第十五辑(2004年)发表了马兴荣先生整理的《张皋文手批〈山中白云词〉》，第十八辑(2007年)发表了王兆鹏整理的《稀见清人夏基〈词话〉辑录》，第二十一辑(2009年)发表了彭国忠整理的清人王昶的《西崦山人词话》。台湾《中国文哲研究通讯》也刊载有整理的清人词话，如林玫仪整理的《邹祗谟词评汇录》连载于第十三卷第四期、第十四卷第一期、第十四卷第三期，使得清代词话的发现和整理又迈进了一步。总体来看，以《词话丛编》、《词话丛编续编》、《词话丛编补编》、《词话丛编二编》为主体的清代词话汇集整理取得了较大成绩，清人词话文献得到极大的丰富。

在清代词话文献研究方面的成果，应以王熙元《历代词话叙录》[2]、朱崇才《词话学》[3]、谭新红《清词话考述》[4]为代表。三部著作都对《词话丛编》所收及未收清词话进行了考述，提供了许多稀见词话的线索，基本掌握了清代词话全貌。其中又以谭著后出转精，最为全面系统。

---

① 参阅孙克强、裴喆《论词绝句二千首》，南开大学出版社，2015年。

② 王熙元《历代词话叙录》，台湾中华书局，1973年。

③ 朱崇才《词话学》，台北文津出版社有限公司，1995年。

④ 谭新红《清词话考述》，武汉大学出版社，2009年。

以上有关清代词话的整理和研究，为《清代词话全编》的编纂打下了坚实的基础，在编纂《清代词话全编》时参考了前贤时彦的成果，在此谨表谢忱。

四、《清代词话全编》的编纂

《清代词话全编》对清代词话的整理编纂，基本沿用清人的词话理念，大体遵循唐圭璋先生对词话的分类认识及文献整理编纂方法。

《清代词话全编》乃断代的文献总集，汇集清人的词话著作。首先应从历史视角对"清代"、"清人"的概念做出界定。《清代词话全编》所收词话大致按照清代的起讫时间为准，即以清代立朝定鼎(1644)为始，以辛亥革命逊位(1911)为终。生活于其时段者即为"清人"。由于涉及到明清易代及清代民国政权更替，《清代词话全编》采用较为宽泛的时间认定标准。在清王朝起讫历史时间的规定下，适当从宽掌握。对于跨越两个时代的词话作者，明清之际的词话作者，虽为明朝遗民，只要该词学家的词学活动在清代，则划入清代；清末民初，凡是曾在清代从事词学活动、有词学论著问世，无论其人在民国时期生活多久，亦视为"清人"，所作词话则视为"清代词话"。不少词学家生活跨越清、民两代，一生撰着有多部词话，且刊发时间亦分处清、民国，《清代词话全编》则以人为准，将其全部词话一并纳入本书。

《清代词话全编》在前贤成果的基础上进行整理工作，共收入词话 117 种。清代词话的整理工作主要内容有：

其一，单本词话，如毛先舒《填词名解》、许田《屏山词话》、查礼《榕巢词话》、王初桐《小嫏嬛词话》等。

其二，新辑单本词话。清代许多词学家没有词话传世，但是他们的词学批评又是整个词学史不可或缺的组成部分，如毛先舒、厉鹗、姚燮、王鹏运、李慈铭等，《清代词话全编》将其散见之词话、词籍序跋、论词诗词及评点、书札等词学文献加以整理，成为新辑词话。清初的毛先舒有词话多种如《鸾情词话》、《词辨坻》等，但皆散佚，《清代词话全编》则加以辑录，再从《诗辩坻》、《古今词论》、《百名家词钞》、《烟柳词评》、《菊庄词话》各书中辑录增补而成新辑《词辨坻》。

其三，增补单本词话。一些词论家已有词话著作，如王士禛有《花草蒙拾》，况周颐有《蕙风词话》。然而在传世词话之外，二人的论词语录尚有许多，《清代词话全编》予以辑录成为新的单本词话，如《渔阳评词》、《新辑蕙风词话续编》五卷。

其四，词选评语辑录词话，如《浮玉词初集辑评》、《万青阁诗余辑评》、《林下词选辑评》、《松陵绝妙词选辑评》、《众香词辑评》、《词轨辑评》、《云韶集辑评》、《词则辑评》，等等。

其五，重辑前人词话。传世的一些清代词话或由于编者所受条件限制，随时随手辑录，留下了增补的空间，需要重新整理，如谭献的《复堂词话》、郑文焯等人词话均如此，故《清代词话全编》将其重新编排。例如郑文焯的《大鹤山人词话》乃龙榆生先生汇辑，后收入《词话丛编》。龙氏所编《大鹤山人词话》内容分为正编一种：《东坡乐府》批语；附录四种：《郑大鹤先生论词手简》、《大鹤山人词集跋尾》、《大鹤山人论词遗札》、《大鹤先生手札汇钞》。《清代词话全编》将郑文焯散见的词话文献按照体裁分类，同类文献合卷，新编为五卷：卷一，词籍批语；卷二，论词书；卷三，序跋；卷四，校议及其它；卷五，大鹤山人遗著。新编《大鹤山人词话》字数较旧本增加十倍，更能展示郑文焯词学批评的全貌。

其六，书目提要类，如《四库全书总目提要·词籍提要》，阮元的《四库未收书目提要·词籍提要》。

笔者进行《清代词话全编》的编纂工作已经近二十年。早在20世纪九十年代初笔者撰写博士论文《清代词学理论研究》（后以《清代词学》之名出版，中国社会科学出版社，2004年）时开始注意到清代词话文献尚待整理的问题，曾专门列出附录《清代词话简表》，其中分为三类：一、《词话丛编》收录之清代词话；二、《词话丛编》之外今存之清代词话；三、仅见引述或著录之清代词话。2000年申请获批全国高校古委会古籍整理重点项目《况周颐词学文献辑考和研究》，

2004 年、2014 年先后申请获批国家社科基金项目《清代词话考述》、《况周颐词学研究》，开始对清代词话进行全面系统的整理。概括起来所做的工作可以分为四个方面：

第一，系统地整理了部分清代词学大家的词话文献。清代一些词学大师终生从事词学著述，一生着有多种词学著作，历时长、数量大、互见多、散见各处且遗失现象严重，因而其词学文献显得十分繁杂。笔者集中整理了三家：

(1) 郑文焯，在龙榆生《大鹤山人词话》的基础上，按照郑氏的词籍批语、论词书、序跋、校议及其他、大鹤山人遗著等五类词学文献，编成新版《大鹤山人词话》(与杨传庆合编，南开大学出版社，2009 年)。

(2) 陈廷焯，汇辑陈氏《词坛丛话》、《云韶集辑评》、《词则辑评》及十卷本《白雨斋词话》，编成《白雨斋词话全编》(中华书局，2013 年)。

(3) 况周颐，辑考了况氏《香海棠馆词话》、《餐樱庑词话》、《珠花簃词话》、《蠲兰堂室词话》、《词学讲义》、《蕙风词话》、《织余琐述》、《历代词人考略》等词学著述，前后撰写了《况周颐词学文献考论》(《文史哲》2005 年第 1 期)和《况周颐词话综考》(《国学学刊》2018 年第 4 期)等论文。编成《况周颐词话五种(外一种)》(浙江古籍出版社，2014 年)和《况周颐词话全编》。

第二，搜寻稀见的清人词话。如许田《屏山词话》，王初桐《小嫏嬛词话》，袁学阑《适园论词》(载日本宋词研究会刊《风絮》第 5 号，2009 年 3 月)，查礼《榕巢词话》(载《中国诗学》第 21 辑，人民文学出版社，2016 年)，况周颐《蠲兰堂室词话》(与和希林合署，载《文学与文化》2011 年第 3 期)等。

第三，新辑清人词话和清人词选评语。如毛先舒词话(《毛先舒〈词辨坻〉汇辑》，载《词学(第十七辑)》，华东师范大学出版社，2006 年)，况周颐词话(《珠花簃词话》，载《词学(第三十一辑)》，华东师范大学出版社，2014 年)，李慈铭词话(《越缦堂词话》，载《词学(第三十五辑)》,华东师范大学出版社,2016 年),杨希闵《词轨》(《〈词轨〉辑评》,载《中国文论的学术史(古代文学理论研究第四十三辑)》,华东师范大学出版社,2016 年),王鹏运词话(《半塘词话》,载《文学与文化》2018 年第 2 期)等。

第四,清人词话考辨与词话文体论析。

(一) 考证文章。如考证清初《词统源流》、《词藻》、《词坛纪事》、《词家辨证》四部词话为伪作(《〈词统源流〉等四部词话伪书考》,载《文学遗产》2004 年第 6 期);考证《历代词人考略》的作者为况周颐(《小议〈历代词人考略〉作者及学术价》,载《文学遗产》1997 年第 2 期;《〈历代词人考略〉作者考辨》,载《文献》2003 年第 2 期);辨析况周颐《餐樱庑词话》的传世情况(《况周颐〈餐樱庑词话〉考辨与辑佚》,载《中华文史论丛》2006 年第 2 期)。

(二) 词话文体辨析论文:《词话考论》(《中山大学学报(社会科学版)》2009 年第 6 期),《清代词学文献的整理和研究》(《河南大学学报(社会科学版)》2005 年第 5 期),《沈雄《古今词话》的文体特点文献价值及其意义》(《南开学报(哲学社会科学版)》2010 年第 3 期)等。

以上工作皆围绕《清代词话全编》开展,解决了一些历史悬案,拓展了今见清代词话的范围。由此亦可见出编纂《清代词话全编》的进程。

《清代词话全编》的编纂得到了学界朋友提供的帮助,在词话辑录整理方面有彭玉平教授整理的《人间词话》,胡可先教授辑录的《浮玉词初集辑评》,彭国忠教授整理的《西崦山人词话》,陆有富教授辑录的《纯常子词话》,杨传庆博士辑录的《万青阁诗余辑评》,张海涛博士辑录的《国朝词综偶评》,于家慧老师辑录的《小眠斋词话》,韩鹏飞博士重辑的《渔洋词评》,郑学博士重辑的《复堂词话》,胡永启博士整理的《唐五代宋辽金元名家词集六十种辑提要》等。在此对以上各位表示衷心的感谢。

需要说明的是,《清代词话全编》与孙克强、杨传庆、和希林编纂的《民国词话丛编》(社科文献出版社,2020 年)有接续关系,分别为清代、民国的词话总集。

清代是中国文学批评集大成的时代，清代的词学批评是清代文学批评的重要方面，也代表着中国词学批评史的最高水准。清代词学史称“中兴”，“中兴”的内涵既包括词的创作，也包括词学批评理论。清代词话是清代词学文献最主要的载体，把握清代词话的全貌，方能对清代词学有更深刻的认识。对清代词话的全面整理编辑无疑能推进清代词学的研究，进而深化对中国词学史的研究。

（河南大学文学院）

论吴闿生《晚清四十家诗钞》的诗学观及其价值*

刘宏辉

内容摘要：《晚清四十家诗钞》颇受学界关注，但对其桐城派诗选的定性，却容易遮蔽其诗学特质。诗选所录诗人身份多样，既有桐城派诗人，也不乏同光时期的诗坛名家。不少诗人无论是从诗学活动地域，还是从师承、诗风角度都难以归入桐城派。诗人诗作的卷次安排，体现出吴闿生"师友源澜"与"海内名流"并重的诗选观。诗钞是由吴闿生编选、由其门人校阅刊刻的，编纂缘起是纪念其父吴汝纶、其师范当世，编纂目的则是示后学作诗门径。通过考察诗钞的选诗与评点，可以得知吴闿生具有诗文一理、熔铸唐宋、重"奇""气"、推重李杜韩黄的诗学观。诗钞在保存近现诗坛史料、近代诗的经典化方面具有重要价值。

关键词：吴闿生；《晚清四十家诗钞》；近代诗选

---

* 基金项目：2018 年国家社科基金重大项目"全清诗歌总集文献整理与研究"（项目编号：18ZDA254）。

Study on the Poetics and Value of Wu Kaisheng's *Forty Poets' Poem Selection in Late Qing Dynasty*

Liu Honghui

Abstract: Forty Poets' Poem Selection in Late Qing Dynasty has attracted much attention from the academic circles, but the qualitative poem selection of Tongcheng School is easy to obscure its poetic quality. The poets had various identities, including poets of Tongcheng School and famous poets in Tongzhi and Guangxu period. Many poets, whether from the area of poetic activities or from the perspective of relationship or poetic style, were difficult to be classfied as poets of Tongcheng School. The volume arrangement reflected Wu Kaisheng's poetics that famous poets were as important as teachers and friends. The poem was selected by Wu Kaisheng and edited by his students. The compilation was a memorial to his father Wu Rulun and his teacher Fan Dangshi, its aim was to show how to write poetry. By examining the poems and comments, we can know Wu Kaisheng's poetics. He thought poetry was the same as prose, it should combine Tang with Song. He also emphasized peculiarity and spirit of poem, admired Li Bai, Du Fu, Han Yu and Huang Tingjian. It had great value in preserving historical materials and the classicization of modern poetry.

Keywords: Wu Kaisheng; *Forty Poets' Poem Selection in Late Qing Dynasty*; poem selection in modern times.

近现代是中国传统诗学结穴与转型的重要时期。这一时期出现了大量的清诗选集，如陈诗《近人诗录》、董沛《四明清诗略》、徐世昌《晚晴簃诗汇》、陈衍《近代诗钞》等，其中吴闿生编纂的《晚清四十家诗钞》是一部颇具特色的晚清诗选集。目前虽然已有学者就此选集展开研究，取得了一定的研究成果。[①] 但对该选是桐城派诗选的定性，却遮蔽了其诗学特质；在该选的编纂、选评及意义等方面，也还有进一步探讨的空间。本文拟就此展开论述，以弥补学界对该诗选研究之不足。

一、《晚清四十家诗钞》的编纂问题

《晚清四十家诗钞》最早由文学社刊行于民国十三年(1924)；2006年寒碧以范当世裔孙范曾家藏残本为底本，以北京图书馆藏本补足，由浙江古籍出版社出版整理本。以上两种版本之外，尚未见其他版本行世，可见此书流传并不广。但此书保存不少近代诗坛史料，对研究近代诗歌有参照意义，因此这里分别就该选的评选者、校阅者、编选缘起、选录原则等加以考述。

《晚清四十家诗钞》的评选者吴闿生(1878—1949)为桐城派殿军。据刘声木《桐城文学渊源考》、吴闿生《北江先生文集》等可知，吴闿生原名启孙，字辟疆，号北江，安徽枞阳人，吴汝纶之子。吴氏生有异禀，自幼秉承家学，又师事贺涛(字松坡，河北武强人)、范当世(字肯堂，江苏通州人)、姚永概(字叔节，安徽桐城人)等人，诗文成就极高；在京师讲学十余年，弟子众多，较著者如吴兆璜(字稚鹤，江苏南京人)、贺培新(字孔才，河北武强人)等。[②] 所著有《北江文集》七卷，《诗集》五卷；编纂有《国文教范上下编》二卷，《古今体诗约选》四卷，《孟子文法读本》七卷卷首一卷，《晚清四十家诗钞》三卷等。

---

① 相关研究成果主要有：寒碧《重印〈晚清四十家诗钞〉序》(吴闿生评选、寒碧点校《晚清四十家诗钞》，浙江古籍出版社，2006年)；闵定庆《桐城诗学的一记绝唱——论〈晚清四十家诗钞〉的宗杜取向》(《南昌大学学报(人文社会科学版)》2007年第4期，第95—100页)、《〈晚清四十家诗钞〉与桐城诗派的最后历程》(《中国韵文学刊》2008年第2期，第78—85页)；刘和文《〈晚清四十家诗钞〉与桐城诗学》(《内蒙古大学学报(哲学社会科学版)》2010年第4期，第87—92页)；高平《吴闿生〈晚清四十家诗钞〉所收日本汉诗考》(《古典文献研究》第十八辑，凤凰出版社，2016年，第178—190页)。

② 参见刘声木《桐城文学渊源考》(直介堂丛刻本)、吴闿生《北江先生文集》(文学社藏版)。

《晚清四十家诗钞》自光绪三十年(1904)草创,历二十年而成书,曾克端《〈晚清四十家诗钞〉序》云"积载二十,乃克成书"[①],可见吴氏在编选诗选时颇费心血。诗钞的刊刻,得到吴闿生弟子贺培新及其他弟子的帮助,贺氏《〈晚清四十家诗钞〉序》云:"吾师北江先生钞晚清以来古今体诗,凡四十有一家,都为三卷,培新与同门诸子谋而刻之。"[②]贺培新与吴闿生颇有渊源:贺培新祖父贺涛为吴汝纶高足,吴闿生为贺涛入室弟子,1921年,贺培新又得以投入吴闿生门下。

在成书过程中,参与校阅的尚有四人:第一卷末署门人李相珏、贺又新校,第二卷末署门人臧绛月、臧霁月校。四人当中,李相珏、贺又新事迹略详。李相珏,桐城李德膏(字光炯)之女。李光炯曾从学吴汝纶,为吴氏所重,又曾跟随吴氏到日本考察教育,吴氏病逝时也在左右。因这种渊源关系,李相珏得以跟从吴闿生求学,后执教于金陵大学文学院。贺又新为贺涛之孙女、贺性存之女、贺培新之妹,有《吟香咏絮诗稿》三卷。

吴闿生编选《晚清四十家诗钞》的直接缘起,与其父吴汝纶、其师范当世的相继离世有关。吴汝纶于1903年病逝,郭立志《桐城吴先生年谱》"光绪二十九年癸卯,公年六十四岁"条下载:"正月十二日,公病卒于家。"[③]其时,正在日本留学的吴闿生闻讯匆忙回国,也未及见其父最后一面,悲痛之情溢于言表,《北江先生文集》卷二收有《先府君行述》、《先府君哀状》等文,甚为悲戚。而范当世因肺疾于光绪三十年(1904)卒于上海。父与师的相继离世,吴闿生悲痛之余,通过整理遗集、选录诗作的方式加以纪念。《桐城吴先生全书》即于吴汝纶去世次年编次刊行。《晚清四十家诗钞》没有选录吴汝纶诗作,是

① 曾克端《晚清四十家诗钞序》,吴闿生评选,寒碧点校《晚清四十家诗钞》,浙江古籍出版社,2006年,序言第27页。

② 贺培新《〈晚清四十家诗钞〉序》,吴闿生评选,寒碧点校《晚清四十家诗钞》,浙江古籍出版社,2006年,序言第29页。

③ 郭立志《桐城吴先生年谱》,沈云龙主编《近代中国史料丛刊》第七十三辑,台北文海出版社,第202页。

因为吴闿生已整理、笺注父诗，收录到《桐城吴先生全书》中；而范当世则是《晚清四十家诗钞》中最为重要之诗人，共选录101首，约占全书六分之一。诗钞选录有较多的悼念追忆吴汝纶、范当世的诗作，如李刚己的《读桐城先生遗集》、《读范先生遗诗》，姚永概的《不忍池有怀至父先生》，韩缄古的《哭桐城先生诗》等；同时不少诗作的评注歌颂吴汝纶功业、称赞范当世诗学成就，如吴汝纯《赠仲兄》评语“此三诗皆咏冀州开渠，开渠之役创始至难，故以移山为比”，“此惜先公经世之略仅施之于一郡也”，范当世《次韵恪士并怀至父先生》评语“其四句，先大夫曰：公此等风格，正觉涪翁去人不远”等，足见吴闿生纪念其父、其师之意。吴闿生《〈晚清四十家诗钞〉自序》云：“当二先生（指贺涛、范当世）从先公游，闿生方始髫岁，奉觞跪起……时事日非，前踪日远，然后咨嗟太息，以为此数公者，皆千古不常见之人也。”[①]这说明直到《晚清四十家诗钞》成书，吴氏始终不忘其父、其师之教诲。

《晚清四十家诗钞》编纂的目的是示后学作诗门径。曾克端《〈晚清四十家诗钞〉序》指出该选是“拟于惜抱先生今体诗选”[②]，论者或以为《晚清四十家诗钞》编辑体例是仿照姚鼐《今体诗钞》。实际上姚鼐《今体诗钞》是按“五言今体诗钞”、“七言今体诗钞”编排，以体裁分类；《诗钞》则是以诗人为纲目，古今体诗夹杂：二者体例完全不同。曾氏所言“拟于惜抱先生”，是指《诗钞》的编纂动机与姚鼐《今体诗钞》相同。吴汝纶《姚慕庭墓志铭》指出：“至姚郎中乃以诗法教人，其徒方植之东树益推演姚氏绪论，自是桐城学诗者一以姚氏为归。”[③]姚郎中即指姚鼐，其编选《今体诗钞》的目的就是“以诗法教人”。而《诗钞》的目的也是指导初学者学诗，即曾克端《〈晚清四十家诗钞〉序》所

① 吴闿生《〈晚清四十家诗钞〉自序》，吴闿生评选，寒碧点校《晚清四十家诗钞》，浙江古籍出版社，2006年，第24页。

② 曾克端《〈诗钞〉序》，吴闿生评选，寒碧点校《晚清四十家诗钞》，浙江古籍出版社，2006年，总目第27页。

③ 吴汝纶《姚慕庭墓志铭》，《桐城吴先生集》，广陵书社，2016年，第498页。

云:“示天下学诗者所从入之途,固莫捷于是矣。此吾师北江先生选录近代四十家诗之微意也。”[①]

《晚清四十家诗钞》的编选是“以师友源澜为主”[②],学界对这一准则已有深入的探析,但对所选诗人为“海内名流”、所录诗作必为“佳章”这一原则尚未论及。《诗钞》分三卷,“都四十一家,古今体诗六百四十六首”[③]。前二卷编排较好地体现了“师法”、“家法”的原则[④],如吴汝纶友人日本汉诗人森槐南、永阪石棣编入第二卷末尾,以及前二卷有吴闿生门人的校阅,都说明前二卷较好地体现了“以师友源澜为主”的准则。但第三卷所选,如陈宝琛、俞明震、易顺鼎、郑孝胥、陈三立等人,多为同光时期大诗人,活动之地域不属于“直隶—冀州—莲池”一带[⑤];从师承角度来说,也与桐城诗派相距甚远,并不属于吴闿生的“师友”范围。其实他们属于“海内名流”。吴闿生在《诗钞》目录之后云:“夙不能诗而颇知好慕。交游师友以及海内名流,每有佳章未尝不流连钞诵。既久,积卷若干卷,稍加诠次,写为一编。”[⑥]以此选录原则,我们可以推断《诗钞》前二卷重在“交游师友”,第三卷则重在“海内名流”。因为第三卷所选非师友姻亲,吴闿生也未遣门人校阅,体现他在编选《诗钞》时严谨、谨慎的态度。

---

① 曾克端《〈晚清四十家诗钞〉序》,吴闿生评选,寒碧点校《晚清四十家诗钞》,浙江古籍出版社,2006年,总目第27页。

② 吴闿生《〈晚清四十家诗钞〉自序》,吴闿生评选,寒碧点校《晚清四十家诗钞》,浙江古籍出版社,2006年,第24页。

③ 吴闿生评选,寒碧点校《晚清四十家诗钞》,浙江古籍出版社,2006年,总目第5页。

④ 《晚清四十家诗钞》第一卷突出吴汝伦“幕后宗主”与范当世承前启后的地位和作用;第二卷则树立桐城姚氏“家法”的传承。参见闵定庆《〈晚清四十家诗钞〉与桐城诗派的最后历程》(《中国韵文学刊》2008年第2期,第78—85页)。

⑤ 闵定庆《〈晚清四十家诗钞〉与桐城诗派的最后历程》认为诗钞前两卷构建了一个以吴汝纶为核心的北传桐城诗派的力量组合,建立了“直隶—冀州—莲池”统绪,从地域上对桐城诗派加以梳理,可以参考。

⑥ 吴闿生《记》,吴闿生评选,寒碧点校《晚清四十家诗钞》,浙江古籍出版社,2006年,总目第5页。

二、《晚清四十家诗钞》的评点与诗学

选本和评点是中国文学批评的重要方式。《诗钞》既是选本，又有吴闿生的评点，能较好地体现吴氏的诗学观。在选录方面，吴氏通过选录与否、入选诗人位置排列、诗作数量多寡等展现以范当世为中心的师法、以姚永概为中心的家法、以海内名流为中心的诗法。在评点方面，吴氏通过对诗人整体诗风的评论及对诗作和诗句的评论来表现“诗文一理”、“熔铸唐宋”、重“奇”“气”的诗学观，同时最为推重李白、杜甫、韩愈、黄庭坚，并以范当世直继苏黄，表现出极强的诗学传承自信。

首先，对诗歌的篇法、结构、句法、节奏等进行分析，以文法解诗法，强调诗文互通，体现出“诗文一理”的观念。曾克端在《〈晚清四十家诗钞〉序》中指出以诗鸣者必须注重“格律、声色、神理、气味”[①]，这其实出自姚鼐《〈古文辞类纂〉序》所言“凡文之体类十三，而所以为文者八：神、理、气、味、格、律、声、色。神、理、气、味者，文之精者也；格、律、声、色者，文之粗也”[②]。吴闿生在选评时，将姚鼐的文章精粗之评融入诗评之中。这里以范当世名作《过泰山下》为例：

> 生长海门狎江水，腹中泰岱亦峥嵘。空余揽辔雄心在，复此当前黛色横。蜿蜒癡龙怀宝睡，蹒跚病马踏砂行。嗟余即逝天高处，开阖云雷傥未惊。

吴闿生点评云：“刚己日记载先生自评云：此等题无他难，但若将泰山看得绝大，而求为震撼之词，则便竭蹷支持不能佳矣。又曰：我诗何足与杜公比论，要其一起一收，规模颇好。中四句亦蹈大方也。”[③]吴氏转

① 曾克端《〈晚清四十家诗钞〉序》，吴闿生评选，寒碧点校《晚清四十家诗钞》，浙江古籍出版社，2006年，总目第26页。

② 吴孟复、蒋立甫主编《古文辞类纂评注》，安徽教育出版社，2004年，第18页。

③ 有研究者对此段文字标点，断句为：“此等题无他难，但若将泰山看得绝大，而求为震撼之词则便，竭蹷支持不能佳矣。”文意完全相反，似不妥。

引范当世弟子李刚己的记述，虽说是范氏自评，其实也是赞同范氏之说的。这首诗首联颇有气势，钱仲联评道："是何气概雄且杰！"[①]但如果不是心中有包举之气，则为泰山之绝大所震慑，"竭蹷支持"，难以抑之"腹中"，此两句正好一起一收。范当世对写诗的"放"、"炼"之法曾有论述云："我与子瞻为旷荡，子瞻比我多一放。我学山谷作遒健，山谷比我多一炼。"[②]范氏从杜甫、苏轼、黄庭坚等人处学来的起收放炼之法，与桐城古文讲究的结构谋篇之法颇为相似。另外，吴闿生又通过圈点方法，将首联、尾联点出，同时指出中间四句亦"气势一贯"。这种讲究开合照应的结构之法，实际上也是桐城派解读古文时常用之法，如方苞就曾言"古文之法，首尾一线"[③]。

在诗歌的篇法结构方面，吴氏之评与桐城派古文的评文之法暗合。如吴汝纯《和范肯堂元韵》，夹评有云"四句从忆李佛生起"，"以上皆忆佛生。'惊涛'二句横插篇中，取势最为突兀"，"以上慨濂翁师弟"，"四句总收"，等等，这是就诗的起笔、行文、照应、总收等篇章之法展开论述。方苞的《古文约选》点评，也常在起笔、转折、收束之处加以评论，如《过秦论》夹评"以上论攻，以下论守"，"以下论攻守之势异"[④]等；姚鼐《古文辞类纂》亦沿用这一方法，可见桐城派的诗文评点之法是一脉相承的。

其次，评点注重对诗歌内容进行品评，所选诗歌题材多与近代史实相关、具有"诗史"的性质，强调诗歌经世与写实的功能。一方面，诗钞所录诗作，多有直接吟咏近代历史事件者。近代的历史大事如洋务运动、甲午中日战争、戊戌变法、义和团运动、清末新政等，诗钞所选诗歌多有反映。如徐铁华《感春》尾评"此章讥效西法"，"此讥师

---

① 钱仲联编《近代诗钞》，江苏古籍出版社，2001年，第976页。

② 范当世《除夕诗狂自遣》，范当世著，马亚中、陈国安校点《范伯子诗文集》，上海古籍出版社，2003年，第260页。

③ 方苞《古文约选评文》，王水照主编《历代文话》，复旦大学出版社，2007年，第3957页。

④ 方苞《古文约选》，上海图书馆藏清雍正刻本。

法日本之非”；常济生《杂感》尾评“中四句谓拳民不量轻弱与外国为敌，其愚忠非畏死之徒所能及”等。另一方面，很多看似与史事无关的怀古诗，其实也是借古讽今，达到讽喻时事的目的，吴氏评点也多加以揭示，如郑孝胥《张玄》评语云“借喻时事”，严复《绿珠词》评语云“此慨德宗也”。

第三，评语以李白、杜甫、韩愈、黄庭坚、元好问为高标，展现了“熔铸唐宋”[①]的诗学观，这一诗学观受其父吴汝纶影响甚大。标举李白，是从诗篇跌宕起伏、气势变化角度来说，如评范当世《次韵王义门景沂见赠之作》曰：“先大夫云：‘跌宕自喜，大似太白。’”评范当世《从謇博借得李莼客集叠韵题其端以示謇博》曰：“先大夫曰：‘肯堂此等境界得之太白，其倏忽变转亦似之。’”推崇杜甫、元好问，是从沉郁感慨、现实主义诗风角度而言的。吴汝纶曾评元好问诗云：“遗山沉痛激烈，神似杜公，千载以来不可再得者。读之最能增长笔力，是少陵嫡派也。”[②]《诗钞》所选录日本诗作有吟咏史实之作，吴闿生评《蒙古来》、《骂龙王》曰：“此二诗绝高古，不似日本人口吻。向见赖山阳纪蒙古事一章，词亦芜累。意者朱舜水之徒为之润色者欤?”吴氏对日本汉文学有轻视态度[③]，因此推测诗作得到中国诗家的润色。吴闿生与其父吴汝纶曾在日本，又与日本汉诗人论诗，席间必定谈及对日本诗坛影响甚大的朱舜水，而朱舜水的重要诗学观点之一就是将元好问与杜甫并举。日本的林春信曾问朱舜水：“元次山一代之才子耳，公乃以诗圣之少陵并称，其说如何?”朱氏回答说：“少陵圣于诗，但就诗言耳。元次山无限情事，尽见于诗。其治道州也，绝无牢骚佻达之态。台兄乃以才子少之耶。”[④]吴汝纶的元好问为“少陵嫡派”观点是

① 张裕钊《国朝三家诗钞序》称：“姚姬传氏自述其作诗之旨，在熔铸唐宋。”参见张裕钊著，王达敏校点《张裕钊诗文集》，上海古籍出版社，2007 年，第 211 页。

② 高步瀛选注《唐宋诗举要》，中华书局，1959 年，第 697 页。

③ 高平《吴闿生〈晚清四十家诗钞〉所收日本汉诗考》一文认为，“从我们的民族立场来说，《诗钞》将《蒙古来》入选是不合适的”，同时指出吴闿生有轻视日本汉诗的倾向。这一观点颇有见地，值得参考。

④ 参见朱舜水著，朱谦之整理《朱舜水集》，中华书局，1981 年，第 384 页。

与朱舜水一致的。吴闿生选录这些诗作并加以评论，与其父在日本品评汉诗是密切相关的。

黄庭坚也是吴闿生强调的诗学取法对象。汪辟疆云："近代皖派诗家，以桐城吴汝纶行辈为早，吴氏习闻姬传姚氏之说，为诗以山谷为宗，辅以杜韩，故其诗平实稳顺，绝无俗韵。"[①]钱仲联亦指出："桐城派古文家兼为诗人的，自姚鼐以后一直到方东树、吴汝纶，都曾取径山谷。"[②]《诗钞》评点屡见推重山谷之意，如评范当世《天津问津书院姜坞先生主讲于此者八年外舅重游其地感欲为诗乃约当世同用山谷武昌松风阁韵》曰："先大夫曰：吾尝论山谷七古，推松风阁为第一，气骨高邈，杳然难攀。此诗殆欲追而与之并。"评范当世《赠謇博》云："先大夫曰：后四句大气标举，最是山谷长处。"

吴闿生颇为推重韩愈诗文，这一点尚未引起研究者重视。贺培新《北江先生诗集序》云："先生每语学者，必曰：'为诗文，必以杜韩为主，以其惊天拔地、歌泣鬼神之致，上与骚赋同旨，而肸蠁于二十八篇、三百篇，使读者神惊魄动，目眩心骇，不能自已。'"[③]吴闿生以杜诗、韩文为极则，同时韩诗也成为师法之对象。吴氏推重韩诗，有三方面的原因。一方面，晚期桐城派弟子在为文、写诗方面都学习韩愈，吴闿生也继承了这一传统。钱基博《现代中国文学史》在论述贺涛门人张宗瑛、李刚己、赵衡、吴闿生等人时，均指出学韩的倾向，如论张宗瑛"今观其文，专志于韩，得其雄奇，而模拟之迹太甚"，评李刚己"其诗则由李长吉以学韩愈"等。吴闿生更是深受韩愈之影响："早濡家学，作文呈父，奇许之曰：'琢炼警耸，可以学韩。'"[④]苦学韩文的经历，让吴闿生对韩诗亦推崇备至。另一方面，韩愈是"以文为诗"的首倡者、实践者，韩愈打破诗文文体界限，将为文之法引入诗歌，苏轼

① 汪辟疆《汪辟疆说近代诗》，上海古籍出版社，2001年，第29页。

② 钱仲联编《近代诗钞》，江苏古籍出版社，1993年，第976页。

③ 贺培新著，王达敏、王九一、王一村整理《贺培新集》，凤凰出版社，2016年，第17页。

④ 参见钱基博《现代中国文学史》，中国人民大学出版社，2004年，第144—146页。

曾说“诗格之变自退之始”[①]。这种诗文破格的诗学实践，与桐城诗派以文法解诗法是暗合的，这也是吴闿生诗文一体诗学观的体现。再次，《诗钞》的重要批评特点之一是以“奇”论诗，如评范当世《同何眉孙张季直夜登狼山宿海月处》“造意奇崛”，评孟君燕《秋风动》原唱“先大夫曰：怪驍奇倔，冯虚欲仙”等。而韩愈诗即以奇崛取胜，吴乔《围炉诗话》云：“于李杜后，能别开生路、自成一家者，惟韩愈退之一人，既欲自立，势不得不行其心之所喜奇崛之路。”[②]《诗钞》中以韩诗为高标的评语有多处，如评范当世《看保安沙还至上海和敬如见怀》：“先大夫曰：此篇似韩。”吴氏还将范当世比作韩愈，将其弟子孟君燕、李刚已比作孟郊、李翱，在评《秋风动和孟君燕》云：“先大夫曰：气势驱迈，雄怪惊人。韩门以镌鑱造化为能事，孟李二子真范公之郊翱乎。”以范当世比附韩愈，由此可以看出吴闿生宗韩的取向。

第四，《诗钞》极度推崇范当世，在诗歌长河中将范氏与李杜苏黄并举，表现出极强的桐城诗派传承自信。姚鼐《今体诗钞》、曾国藩《十八家诗钞》等选本多以古为师法对象。吴闿生《诗钞》则以近代诗人为纲，将古体、今体融入一选，“精加点评”，以达到“分别途径”的目的。吴氏的诗学观讲究不拘一家、多方师法，评语如“沉郁可追《离骚》”，“高古直逼汉魏”，“作者沉郁温厚处最为独绝，与子建五古异曲同工”，“纵宕变化处颇似太白”，“绝似盛唐”，“沉痛似杜”，“似韩”，“晚近作者力振唐音”，“数诗苏黄余韵”，“似放翁”[③]，等等，由此勾勒出《诗》、《骚》、汉魏、曹植、盛唐、李白、杜甫、韩愈、苏轼、黄庭坚、陆游、元好问等“正宗诗学”，然后以范当世直追前贤。曾克端《〈晚清四十家诗钞〉序》指出：“覃及胜清之末，肯堂范先生卓然起江海之交，忧时愤国，发而为歌诗，震荡翕闢，沉郁悲壮，接迹李杜，平视坡谷，纵横

---

① 胡仔纂集，廖德明校点《苕溪渔隐丛话》前集卷十七，人民文学出版社，1962年，第109—110页。

② 吴乔《围炉诗话》，郭绍虞编《清诗话续编》，上海古籍出版社，1983年，第560—561页。

③ 评语均引自吴闿生评选，寒碧点校《晚清四十家诗钞》，浙江古籍出版社，2006年。

七百年间无与为敌，洵近古以来不朽之作也。”曾氏所为序，实际上是对其师吴闿生诗史观的一个概括。《诗钞》之前的桐城诗史观，是到陆游、元好问即止，桐城诗派认为王士禛、姚鼐维续了这一诗脉；王、姚之后，吴闿生又将其师范当世拈出，以指示学诗从入门径，使得桐城诗学得以从“当代”逆溯而上，达到维持其“诗学正宗”的目的，这实际是体现了吴闿生的诗学自觉与独立。

三、《晚清四十家诗钞》的价值

吴闿生作为桐城文学的殿军，他的诗学活动影响深远，对近现代诗坛的发展有着重要影响；《诗钞》是晚期桐城诗学观影响下的一个最重要选本，它的编纂亦有着重要意义。

其一，《诗钞》的编纂有助于了解晚期桐城派的诗学观。桐城诗派自姚范发始，经姚鼐、曾国藩、张裕钊、吴汝纶等人倡导，得以发扬光大。钱基博指出：“姚氏自范以诗古文义授从子鼐；嗣是海内言古文者，必曰桐城姚氏。而鼐之诗，则独为其文所掩。自曾国藩昌言其能以古文之义法通之于诗，特以劲气盘折；而张裕钊、吴汝纶益复张其师说；以为天下之言诗者，莫姚氏若也。于是桐城诗派始称于世。”[1]桐城诗派是讲究家法与师承的诗人群体，但是由于吴汝纶、范当世等人的离世，桐城诗学遂归于沉寂。吴闿生通过编选《诗钞》，以吴汝纶垂教北方三十余年的师友弟子为主，这就接续了桐城诗派到曾国藩、张裕钊、吴汝纶为止的谱系，建构起了“冀州—莲池”诗人群体的谱系。[2] 吴闿生又在京师垂教十余年，门人曾克端、吴兆璜、贺培新、李相珏、贺又新、臧霁月、臧绛月等人为辅，则20世纪三四十年代桐城诗派的发展亦有迹可循，这就维系了桐城派诗学的发展脉络。另一方面，在《诗钞》第三卷中，吴闿生又将同光体诗人纳入诗法之范围，一方面是理清同光体诗派与桐城派的渊源关系，钱仲联指出：“以

① 钱基博《现代中国文学史》，中国人民大学出版社，2004年，第155页。

② 参见闵定庆《〈晚清四十家诗钞〉与桐城诗派的最后历程》，《中国韵文学刊》2008年第1期。

学习黄庭坚为中心的同光体诗派，它的远源实导自桐城派古文家。”[①]另一方面也反映了桐城派诗学观呈现开放的姿态，不断吸纳近代诗坛的新观点。

其二，《诗钞》保存不少近代诗坛史料，也留存了近代诗学批评资料，对于近代诗学研究有着重要的参考价值。一方面，《诗钞》选录多有反映近代诗人出游、交友、追悼之作，这对考察近代诗坛风貌意义重大。如范当世《燕南并辔》“官中念师友，车马犯严冬”，吴闿生注云“共访濂亭于保定”。濂亭即张裕钊（1823—1894），由此可知吴闿生少年时曾随其师范当世拜见张裕钊，在研究吴闿生生平与诗学时，就不能忽略这一宝贵材料。另一方面，《诗钞》本身就是近代诗学批评的重要资料，吴闿生慧眼点评近代诗人，颇有启发意义。如评易顺鼎《阿育王寺观舍利塔歌》后云：“实甫豪纵处足追太白，但太枝蔓，欠裁剪。晚年则弥放诞矣。”[②]钱仲联评易顺鼎晚年诗云：“他后期的诗作，老笔颓唐，率多游戏。这种诗风，或许也同他晚年追求名士风流甚至名利的生活有关系。”[③]两相比对，观点颇有相似之处。

第三，《诗钞》丰富了中国评点文学史以及近人选评近代诗的内容。学者在研究中国评点文学史时，多以吴汝纶、梁启超作为评点文学的殿军[④]，实际上吴闿生的评点成就在近现代学人当中，也是首屈一指的。吴闿生在经学、史学、文章学、诗学等方面，均有评点之作存世，这些都还有待进一步深入研究。近人选近代诗，虽然已有陈诗《近人诗录》、孙雄《道咸同光四朝诗史》、雷瑨《近人诗录》等，但这些诗选大多有选无评，择取不严。近人选近代诗影响较大的是陈衍《近代诗钞》，此书有选有评，又与《诗钞》刊刻于同一时期。二书可以说是近人选评近代诗的双璧。

---

① 钱仲联编《近代诗钞》，江苏古籍出版社，1993年，第976页。

② 吴闿生评选，寒碧点校《晚清四十家诗钞》，浙江古籍出版社，2006年，第233页。

③ 钱仲联编《近代诗钞》，江苏古籍出版社，2001年，第1113页。

④ 孙琴安《中国评点文学史》（上海社会科学院出版社，1999年）论及评点对近现代文学的影响，列举多位近现代评点大家，惜未提及评点成就杰出的吴闿生。

第四,《诗钞》的编选,有利于近代诗的经典化。选本、序跋、评点、诗话是诗学批评的重要方式,《诗钞》集选本、评点于一身,具有重要的诗学批评意义。就选本而言,龙榆生曾说:“典型之作,有足垂范后昆;或清丽之音,大为风行当世者;必有人出而抉择汇集,以适应时世之需要,而选本尚焉。”[①]龙氏所言,虽然是就词选本而言,其实同样适应于诗选。《诗钞》从两个方面确立近代诗经典,一是诗坛名家的甄别,二是名篇的选定。从《诗钞》选录数量来看,入选诗歌数量在20首及以上的诗人有范当世(101首)、李刚己(66首)、姚永概(66首)、王毓菁(58首)、秦崇(46首)、张裕钊(29首)、郑孝胥(27首)、易顺鼎(25首)。今天看来,除了王毓菁、秦崇所录数量与近代诗坛地位不太相称外,其余都可以说是近代诗坛的名家。从《诗钞》选录的诗作、点评的诗句而言,大多也是名篇佳句。如果将《诗钞》与陈衍《近代诗钞》、钱仲联《近代诗钞》等不同时代的近代诗选结合起来,就可以大致梳理出近代诗坛的名家名篇。

第五,吴氏编选《晚清四十家诗钞》是当时旧体文学遭遇新文学、新文化冲击时的“反弹”现象的反映。吴闿生编选诗钞时正是家国多事之秋。晚清以来,以黄遵宪等人为代表的诗界革命声势浩大,吴闿生不免受其影响,他在诗选中选录大量反映时代风貌之作,体现出与时俱进的诗学观。但是随着新文化运动展开、现代新诗兴起,传统的诗学受到极大的挑战。吴闿生在新文学如火如荼之际,努力担起维续诗学传统的重任,指导后学,欲绵传统诗学于不坠,这或许是《晚清四十家诗钞》最大的意义所在。

(上海大学文学院)

---

① 龙榆生《选词标准论》,《龙榆生学术论文集》,上海古籍出版社,2017年,第183页。

秦汉律令文体的制度化生成和演进*

——以王言与制度的关系为中心

余煜珣

内容摘要：秦汉法律文体以律令为核心。作为制度的律令与作为王言的诏令关系密切：具有长期效力的特定诏令，经一定程序可制定为律令。诏令是律令的直接来源，律令是诏令的制度化。王言与制度存在张力和相互制衡，王言有绝对掌控力，但法制在形式上相对独立也是事实。制衡关系在文体现象上的反映，就是法律范畴的“令”作为王言的代表而从诏令中别置而出，向制度靠拢，形成介乎律和一般诏令之间的文体。律与令的功能和形态由此分化：律是在制度意义上相对独立于王权的稳定形式，剥落王言形态而条文化；令则是为张扬王权而形成的变通和补充形式，仍保留王言形态。尽管王言势力强大，制度化仍是律令生成和演进的方向。制度文体尤其法制文体的传统，在律令的制度化生成中起到关键作用。律令生成之后，其制度化的因子仍在逐步累积，继

* 基金项目：中国博士后科学基金第66批面上资助项目“先秦至唐代文体程式范本的形成及其文体学价值”(2019M663341)；中山大学高校基本业务费项目“古代法律文化与文学批评关联研究”(20wkpy31)。

续指示着律令的发展方向，促使律令在魏晋发展成为更成熟和纯粹的制度化文体。
关键词：律令；王言；制度；法律文体

The Institutionalization of Formation and Evolution of Lv-Ling in the Qin and Han Dynasties: Based on the Relationship Between Imperial Edict and Legal System

Yu Yuxun

Abstract: The legislative genres of Qin and Han Dynasties take Lv and Ling as its core part. As a part of the legal system, Lv-Ling is closely related to the imperial edicts which stand for the words of the sovereign power. Specific imperial edicts with long-term legal validity can be formulated into Lv-Ling texts through certain procedures. The imperial edicts are the direct source of the Lv-Ling, and Lv-Ling institutionalizes the edicts. There are tensions and interactions between imperial edicts and the legal system. Imperial edicts have absolute control, but it is also true that the legal system is relatively independent in form. As a result of the interaction between imperial edict and Lv-Ling, the Ling text, which belongs to the legal category, and which is also a representative of imperial edict, has been distinguished from the imperial edicts and drawn closer to the legal system, and become a genre that lies somewhere between the laws and the general imperial edict. The functions and forms of Lv and Ling are thus differentiated. Lv is a stable form which, as a part of the system, is relatively independent of the imperial power; it has gradually shaken off the form of imperial edicts, and adopted the form of laws. While Ling is a flexible and supplementary form that is designed to propagate the imperial power; it retains the form of imperial edicts. Despite imperial edict's powerful influence, institutionalization is still the target to which the progress of the formation and evolution of Lv-Ling is pointed. The tradition of institutional genre, especially which of legal genre, plays a key role in the institutionalization of Lv-Ling. After the formation of Lv-Ling, its institutionalized factors are still gradually accumulating, which continue to direct the development of Lv-Ling, and at last promote the development of Lv-Ling into a maturer and purer institutionalized genre in the Wei and Jin Dynasties.

Keywords: Lv-Ling; imperial edict; legal system; legal genres

法律与文体之间存在密切联系。大体而言,法律的制定与发布(立法)、解释及司法过程均需要特定的文字载体。从一定意义上说,贯穿于法律活动的就是一条文本与文体之链。法律文体尤其立法文体,与一代政治制度息息相关,在文书体系中占据重要地位。考察法律文体的生成演进,不仅是法制史上的重要课题,也具有文体史意义。

古代立法文体,自秦汉起主要以律令为核心和典型。这是从专门性和制度化的狭义角度上说的。因此尽管在古代语境中,王言当然也是广义上的法,但毕竟与律令有着不同的品格,此处不拟将诏令文书也纳入法律文体体系中,而是考察两者的关系。律令作为国家的立法载体,与君王诏令同属最高位阶的文书文体,而侧重点不同:前者是较稳固的制度规范,后者为流动的命令。两者有着复杂的历史纠葛,既有亲缘关系,又互相对立制衡。这种纠葛自秦汉始便深刻影响了立法文体的发展历程。秦汉时期是律令的生成阶段,也蕴含着进一步演进的因子。王言与制度的关系是理解这一进程的关键。

一、律令的王言来源

一般认为,秦汉法律体系包括了律、令、科、比等形式。其中律与令是最主要的立法文体。先秦文献已有法、律、令连用的个别文例,到秦汉,律令并称已成常态,并且时常作为法律的代名词。其时也有将律与令编订在一起的做法，可证于张家山汉简《二年律令》、武威汉简等出土文献。这时期的律令多是经由一定程序，从王言编定而来的，与王言渊源颇深。总的来说，王言是律令的直接来源，律令是王言的制度化。

（一）**从王言到"律"**

"律"的本义，一般认为与音乐有关，指截竹而成的律管，用以定音调，引申为音律，又演为法律、规矩。[①] 先秦的法律规范，原多称"刑"、"法"。"律"作为法律之名，传统上认为源自商鞅"改法为律"，是为秦律，而后汉初萧何承秦律而作汉律九章。由"刑"、"法"而来的"律"，是一种专门性的形式，即用于制定法律规范。但其内容的来源和颁布的载体，又与一般性的王言息息相关。律的形成方式，除了整理此前既有的律（如汉初萧何整理秦律为汉律），通常是由某些特定王言编定而成。

早期的律，即有以纯王命形式出现的，如《睡虎地秦简·为吏之道》后附《魏户律》、《魏奔命律》两条律文。下引《魏户律》为例：

> 廿五年闰再十二月丙午朔辛亥，〇告相邦：民或弃邑居壄（野），入人孤寡，徼人妇女，非邦之故也。自今以来，叚（假）门逆吕（旅），赘壻后父，勿令为户，勿鼠（予）田宇。三枼（世）之后，欲士（仕）士（仕）之，乃（仍）署其籍曰：故某虑赘壻某叟之乃（仍）孙。　魏户律[②]

这是魏安釐王向相国下达的一条命令。[③] 大庭脩认为这是"王命直接成为律文"。[④] 祝总斌也认为这是一种"律"的原始形式，"名虽称

① 祝总斌则认为律管之说并无依据，其从"聿"字入手，认为"聿"原义为"笔"，具有区分之义，进而有"界限、标准、行列之义"，故从聿之律有"固定不变、规范、准绳等义"，被用为音律、法律。见祝总斌《关于我国古代的"改法为律"问题》，《材不材斋文集：祝总斌学术研究论文集》（上编），三秦出版社，2006 年，第 333 页。

② 《睡虎地秦墓竹简》，文物出版社，1978 年，第 292—293 页。

③ 整理组注称"廿五年"为魏安釐王二十五年（前 252）。又注："'告'字上应为'王'字，可能是由于抄写者有所避忌而去掉。"

④ 大庭脩《秦汉法制史研究》，徐世虹等译，中西书局，2017 年，第 10 页。

'律',实和殷周以来君主发布的诰令、单行法令在形式上颇为相似"。① 而同墓出土的诸多秦律,已是后世常见的条文形式,如:"官啬夫节(即)不存,令君子毋(无)害者若令史守官,毋令官佐、史守。置吏律"②与魏律不可同日而语。但细读某些律条中的用词,仍可发现其中隐含了制定之初命令的痕迹。如《睡虎地秦简·效律》第一简:"为都官及县效律:其有赢、不备,物直(值)之,以其贾(价)多者罪之,勿赢(累)。"③值得注意的是"为都官及县效律"一语,整理组译为"制订都官和县核验物资财产的法律",是恰当的。类似文例可见青川郝家坪秦墓木牍所载秦武王二年(前309)十一月武王的命令:

> 二年十一月己酉朔朔日,王命丞相戊(茂)、内史匽氏臂更脩(修)为《田律》:田广一步,袤八则,为畛。畮(亩)二畛,一百(陌)道。……④

"更脩为《田律》",或以为"为"字属下读,当是"更脩《为田律》",《为田律》即治田之律。学者已指出其实不确。⑤ 从两处"为某律"的文例看,"为"字释为"修订"也是更合适的。如此再看《效律》,在一册已条文化的律文中,于律文之前出现"制订某法律"的文字恐怕是不伦的。这正提示我们,"为都官及县效律"一语应如青川木牍所示,是一道命令的残存之语。

大体而言,秦时律文已从王言形式中抽离而出,确立了往后的律文形式。而若从内容判断,仍可见王言依然是秦汉律的直接来源。如张家山汉简《二年律令·具律》中有:

> 上造、上造妻以上,及内公孙、外公孙、内公耳玄孙有罪,其当刑及当为城旦舂者,耐以为鬼薪白粲。

---

① 祝总斌《"律"字新释》,《材不材斋文集:祝总斌学术研究论文集》(上编),三秦出版社,2006年,第405—412页。

② 《睡虎地秦墓竹简》,文物出版社,1978年,第95页。

③ 《睡虎地秦墓竹简》,文物出版社,1978年,第113页。

④ 陈伟主编《秦简牍合集(贰)》,武汉大学出版社,2014年,第190页。

⑤ 相关争论见陈伟主编《秦简牍合集(贰)》,武汉大学出版社,2014年,第192页。

公士、公士妻及□□行年七十以上，若年不盈十七岁，有罪当刑者，皆完之。[①]

整理组指出律文见《汉书·惠帝纪》。其文曰：

(高帝)十二年四月，高祖崩。五月丙寅，太子即皇帝位，尊皇后曰皇太后。赐民爵一级……上造以上及内外公孙耳孙有罪当刑及当为城旦舂者，皆耐为鬼薪白粲。民年七十以上若不满十岁有罪当刑者，皆完之。[②]

杨振红从后文的"又曰"推断这段记载最初是以诏书形式发布的[③]，可信。两相比照，汉简《具律》之文显然从此诏而来，后来被编定为具律，其先后关系不言而喻。同样，《二年律令》的《贼律》、《钱律》中均有条文可证明来源于吕后元年、二年所下的诏令。[④]

诏令编定为律，最直接的方式是在诏令中直接著明"定律"。如景帝元年下诏："加笞与重罪无异，幸而不死，不可为人。其定律：笞五百曰三百，笞三百曰二百。"[⑤]此诏先说明定律的缘由，"其定律"之后的内容则是被编为律的条文。以上诸例应当也通过此种方式确立为律文。

(二) 从王言到"令"

"令"的问题比"律"复杂。首先在于"令"的内涵更为多元、模糊。《说文解字》："令，发号也。"[⑥]"令"本义为号令，上级对下级的命令均可用"令"，其中以君王之令等级最高。令有普通的命令，也有专门性的法令、政令、军令等。

秦始皇二十六年(前221)，秦始皇命大臣讨论新名号，其中对天子之言的称谓作出重大改革："'命'为'制'，'令'为'诏'。"[⑦]先秦时代

---

① 《张家山汉墓竹简(二四七号墓)：释文修订本》，文物出版社，2006年，第20页。

② 《汉书》卷二《惠帝纪》，中华书局，1962年，第85页。

③④ 杨振红《从〈二年律令〉的性质看汉代法典的编纂修订与律令关系》，《中国史研究》2005年第4期。

⑤ 《汉书》卷二三《刑法志》，中华书局，1962年，第1100页。

⑥ 许慎撰，段玉裁注《说文解字注》，浙江古籍出版社，2006年，第403页。

⑦ 《史记》卷六《秦始皇本纪》，中华书局，1959年，第236页。

的“命”、“令”变为皇帝专属的“制”、“诏”，其后皇后、太子、王侯则称“令”。《文选·宣德皇后令》刘良注：“秦法，皇后及太子称令。”[①]不过，天子之言仍会称“令”，这在秦汉文献记载中十分常见。不必说出土文献中出现的诸多秦汉令名，传世文献中即载有“金布令”、“功令”、“挈令”、“令甲”等一系列称名。贾谊《新书·等齐》：“天子之言曰令，令甲令乙是也。”[②]

然而，又需要特别留意，在文献中天子之“令”实有两种，即“诏令”与“法令”。诏令之令，是天子所颁下的制诏之文。[③] 如《汉书》载汉文帝遗诏：“其令天下吏民，令到出临三日，皆释服。”第二处“令”字颜师古注：“令谓此诏文也。”[④]在皇帝的命令中，法令又具有特殊的独立品格。《汉书·食货志下》载贾谊文曰：“令禁铸钱，则钱必重。”颜师古注：“令，谓法令也。”[⑤]法令，即律令之令。沈家本就曾总结道：“令者，上敕下之词，命令、教令、号令，其义同。法令则著之书策，奉而行之，令甲、令乙是也。”[⑥]

法令源出于诏令，由诏令制定法令要履行一定程序。体现这一程序的关键词，如“具令”、“著令”，见诸史书颇多。如《汉书·文帝纪》载文帝元年三月下养老诏，文末有“具为令”。[⑦] 清末沈家本和日本学者中田薰都留意到这是立法过程的特殊用语。另一日本学者大庭脩集其大成，对汉令立法程序作出了经典阐释，提出著名的“制诏三形式”说。他从史料出发，将汉代制诏归纳为三种形式。第一种形式用于皇帝单方下达命令，在启用立法权时，有时带有“著令”、“著为令”等。第二种形式是官吏提出议案并获得许可。第三种形式是第

---

① 萧统编，李善等注《六臣注文选》，中华书局，1987年，第670页。

② 贾谊撰，阎振益、钟夏校注《新书校注》，中华书局，2000年，第47页。

③ 由于秦汉的制、诏在形式和功能上往往不易区分，每连用而泛指，故本文所称“制诏”、“诏书”、“诏令”均统指成文下达的“王言”，不具体区分“制”、“诏”等。

④ 《汉书》卷四《文帝纪》，中华书局，1962年，第132页。

⑤ 《汉书》卷二四《食货志》，中华书局，1962年，第1155页。

⑥ 沈家本撰，邓经元、骈宇骞点校《历代刑法考》，中华书局，1985年，第812页。

⑦ 《汉书》卷四《文帝纪》，中华书局，1962年，第113页。

一与第二种形式的复合，用于皇帝表示了政策大纲或意志指向，然后将具体立法委托给部分官僚之时。此时第一种形式的制文末尾，带有“具为令”、“议为令”、“议著令”等用语。官吏覆奏文中的新律令内容若得到制可则加入法典。汉代的立法通过第一、三种形式进行。这三种形式可简单表述为：(1)诏(带有“著令”、“著为令”)；(2)奏请＋制可；(3)诏(带有“具为令”、“议为令”、“议著令”)＋奏请＋制可。其中带有“著令用语”的制诏会成为特殊的法令，与其他一般制诏相区别。

二、王言与制度的相互制衡

天子诏书是律令的基本来源，但并非所有诏书都会成为律或令。① 如《后汉书》载：“建初中，有人侮辱人父者，而其子杀之，肃宗贳其死刑而降宥之，自后因以为比。是时遂定其议，以为轻侮法。”汉章帝时有此先例，和帝时定为法律，张敏上驳议说：“夫轻侮之法，先帝一切之恩，不有成科班之律令也。……若开相容恕，著为定法者，则是故设奸萌，生长罪隙。”②章帝当初判决的制诏，其后只是作为“比”，即可以比附的判例。张敏认为这是“先帝一切之恩”，不可定为条规而列入律令。那么怎样的诏书可以成为“律令”？张敏将“一切之恩”与“律令”对举就正好说明这一点。“一切”意为“权时”③，章帝的轻侮判决是一时一事的恩典，律令则有长久效力，是“定法”。有些诏只是针对具体人事，如汉文帝即位：“于是夜下诏书曰：‘……朕初即位，其赦天下，赐民爵一级，女子百户牛酒，酺五日。’”④这种诏只执行一次，不能反复适用。效力是临时还是长期，是律令与一般制诏的主要区

---

① 关于诏、令、律三者有别，法、史学界目前已基本取得共识。相关意见除前引沈家本、大庭脩等，还可参陈梦家《汉简缀述》，中华书局，1980年，第278页；张伯元《律注文献丛考》，社会科学文献出版社，2016年，第255—262页。

② 《后汉书》卷四四《张敏传》，中华书局，1965年，第1502—1503页。

③ 《汉书·平帝纪》：“一切满秩如真。”颜师古注：“一切者，权时之事，非经常也。犹如以刀切物，苟取整齐，不顾长短纵横，故言一切。”《汉书》卷一二《平帝纪》，中华书局，1962年，第349页。

④ 《史记》卷一〇《文帝本纪》，中华书局，1959年，第417页。

别，至少从通常观念上说是如此。

一般而言，能被制定为律令的，应是具有长期效力、可反复适用的规定。“律”本身即有“常法”之义，《尔雅·释诂》：“律，常也。”邢昺疏：“律者，常法也。”[①]与之相对的“令”在效力上亦然。有些令便带有“以为恒”之语。如：“制曰：史上请、对、奏者，皆傅牒牍数。节(即)不具而却，复上者，令其牒牍毋与前数同。以为恒。　廷卒乙”[②]“恒”即恒常，“以为恒”就是将本条命令确立为法律，使之长期有效。又如汉平帝元始元年王太后下诏封王莽为“安汉公”，赐府第，末称“定著于令，传之无穷”[③]，明见“著令”是为了永久性。

诏令代表了临时性或是可作为定制的皇帝意志，律令代表的则是一种法律定制。而这两者之间，又存在着张力和相互制衡的关系。《汉书·杜周传》所载的一组对话颇能体现这种张力。杜周为廷尉时，断狱不依律令，而唯皇帝意志马首是瞻，故招致非议：

> 周为廷尉，其治大抵放张汤，而善候司。上所欲挤者，因而陷之；上所欲释，久系待问而微见其冤状。客有谓周曰：“君为天下决平，不循三尺法，专以人主意指为狱，狱者固如是乎？”周曰：“三尺安出哉？前主所是著为律，后主所是疏为令；当时为是，何古之法乎！”[④]

“客”与杜周分别代表了法律本位和君主本位两种立场，也反映了两个基本事实：法律的相对独立，皇帝意志的绝对权威。

首先，时人对杜周的质疑反映了律令之于时任皇帝意志的相对独立性，时人对此已有较明确的区别意识。这当中揭示的事实就是，在法制建立和完善的过程中，若从形式立法和制度设计的角度而言，法律一定程度上具有独立于皇帝临时意志的地位。除了效力是否长久的区别，皇帝制定法律，形式上仍须履行一定的程序，以此将律令

---

① 郭璞注，邢昺疏，李传书整理《尔雅注疏》，北京大学出版社，2000年，第17页。

② 《岳麓书院藏秦简(伍)》，上海辞书出版社，2017年，第118、129页。

③ 《汉书》卷九九《王莽传》，中华书局，1962年，第4047页。

④ 《汉书》卷六〇《杜周传》，中华书局，1962年，第2659页。

从一般命令中区隔出来。此外，法律对皇帝诏书的制约也有一定的制度保证。汉代诏书除了皇帝亲自起草外，一般由尚书郎根据皇帝旨意起草，再经皇帝审查，而后“以朱钩施行”，即批准下达。但在正式下达给百官执行之前，大多还要经过御史、丞相，其中一项功能是为了再次审查诏书：“诏书下，有违法令，施行之不便，曹史白封还尚书，对不便状。”[①]诏书内容一旦对固有法令有所违碍，不便施行，相关部门有权力进行封还，不予下达。西汉王嘉、东汉陈蕃都曾行使这一权力。[②]

在司法中，当皇帝意志与既有的法律相冲突时，法律的独立性和制约性也有可能被不同程度地强调。汉文帝时的廷尉张释之就曾在皇帝面前两次维护法律的独立和公正。其一，有人无意惊扰到文帝的乘舆马，文帝下令抓捕，张释之却只依法判决“此人犯跸，当罚金”。文帝大怒，以为判罚过轻。张释之则据理力争：“法者天子所与天下公共也。今法如是，更重之，是法不信于民也。”最终文帝也只能认可这个判罚。其二，有人盗窃高庙座前玉环，张释之“案盗宗庙服御物者为奏，当弃市”。文帝大怒，称：“吾属廷尉者，欲致之族，而君以法奏之，非吾所以共承宗庙意也。”张释之则称：“法如是足也。”认为按法律规定仅此而已。经过一番说辞，文帝同样认可了判决。[③]

法律的相对独立，还体现在它“往往是以祖制的神圣面目出现的”，这对时主同样有某种约束力。[④]《汉书·东方朔传》记载汉武帝的姐妹隆虑公主病重时，曾以重金为其子昭平君预先赎死罪，武帝许之。公主死后，昭平君果然犯罪，廷尉请武帝决断。武帝最终并未赦免其罪，而是“为之垂涕叹息，良久曰：‘法令者，先帝所造也，用弟故

---

① 卫宏《汉旧仪》，孙星衍等辑、周天游点校《汉官六种》，中华书局，1990年，第71页。

② 事见《汉书·王嘉传》、《后汉书·党锢·李膺传》。关于汉代诏书的草拟、下行、审查，参见汪桂海《汉代官文书制度》，广西教育出版社，1999年，第112—119，153—155页。

③ 《汉书》卷五〇《张释之传》，中华书局，1962年，第2310—2311页。

④ 周良霄《皇帝与皇权》，上海古籍出版社，1999年，第354页。

而诬先帝之法，吾何面目入高庙乎！又下负万民。’乃可其奏，哀不能自止，左右尽悲”。[①] 武帝所谓“法令”，是泛指既有的律令而言。他最终依法不徇私，理由是法律是“先帝所造”，不能“诬先帝之法”而愧对祖上。尽管未必是真实的考虑，但以此作为理由还是体现了祖制法律的一定约束力。

另一方面，杜周的回应则指出律令实质就是皇帝当时意志的产物，并无须泥于古法定制。这是对律令的极大解构，但正中要害。在君主专制时代，“法自君出”，法律本质上是皇权的延伸。在立法上，诏令是律令的直接来源和颁布载体，皇帝还掌握着制定、更改和废除法律的大权。在司法中，当关涉皇帝一方时，皇帝意志往往才是实际上的决定力量。事实上，上述维护法律公正独立的事件也仅是个例。尽管官员可以据理力争，但假如皇帝不予采信，法律也将失去独立性。法律、祖制对皇帝来说，说到底只是一种自我约束，遵守也只是出于皇帝的自觉与自愿。[②] 法律与皇帝意志谁占上风，仍取决于皇帝当时的考虑，以及皇帝与下属司法者的力量对比。

不过，制度上的设计和实质上的运作应当区别看待。本文的讨论着眼于制度设计的层面。从这个角度讲，法律确有其制度独立性，王言与制度之间存在着张力，两者相互制衡，而不是王言绝对压倒制度。这种关系深刻地影响了秦汉律令在文体功能上的分化格局，其文体形态差异也由此而来。

三、“令”的生成与律令的功能形态分化

相比于皇帝的一般诏令，律、令都是更具有稳定性和长期效力的文体形式。但具体而言，律令在功能上仍有区别。《汉书·宣帝纪》文颖注：“萧何承秦法所作为律令，律经是也。天子诏所增损，不在律上者为令。”[③]学界通说认为，律是以往既定的稳定法律；令则是“天子诏所

---

① 《汉书》卷六五《东方朔传》，中华书局，1962 年，第 2851—2852 页。

② 周良霄《皇帝与皇权》，上海古籍出版社，1999 年，第 354—355 页。

③ 《汉书》卷八《宣帝纪》，中华书局，1962 年，第 252 页。

增损”用以补充律的“副法”、追加法，即随时而立的补充、变通形式。秦汉时人对“律”、“令”的区分，就主要在于稳定与变通的功能之别。

这一格局的形成，关键就在于法律范畴之“令”的形成。“令”作为律的补充形式出现，一方面是由于制定法总有不足，不能全然适用于随时变动的新状况，故又有令、比、故事等法律和行政依据，以适应时事。其中在正式立法层面，修补律文的权限只能由皇帝行使，故以天子诏增损之而成“令”。另一方面也是出于张扬王权的需要。虽然已存在“律”这种理论上和形式上相对独立于皇权的“常法”，但又必不能抹杀皇帝意志的权威统摄。为了确保皇帝的话语权和统治力，便以王言形式向律的制度性靠拢，形成介乎律与一般王言之间的“令”——作为制度中的王言，王言中的制度。这对于“律”或者说既定法律而言，既是补充和变通，也是突破和制衡。同时，“令”之所以向制度性靠拢，以获得长期的法律效力（制度性体现在需要履行一定程序，比如标记“著令”用语并进行令集的编纂），也正在于法律独立性是皇权也不能不承认的事实，这就是法律对王言的制衡。王言成为这种“令”之后，也成为了常法定制，理论上也相对独立于皇帝意志，需要时任和继任皇帝遵守。“令”的形成，就是王言与制度制衡关系在文体现象中的直接反映。

“令”也由此具有特殊的文体意义。皇帝制诏固然也是令，但当其被“撷取”、“别置”而与律相对，并且不称“诏”而专称为“令”时，就被赋予了全新的文体意涵，也就是在王言命令之上增添了法制之意，从文体功能的角度看，便等于增加了一种新的文体类型。于此亦可见文体生成中的实用因素和现实考量。

需要说明的是，“令”的这种文体意义是在秦汉的时代背景下才得以更显豁地彰示的。令作为君王或上级的命令，在先秦时代自然也包含了法制内容，但总体而言，这些法令、政令尚未十分清晰而有意识地从普通命令中区隔出来。到秦汉时期，法律制度和各类文书文体都已长足发展，文书体类的界限有了更清晰的划定和规范，专门的法律文体（如“律”）也获得了相对独立的资格。“令”的新内涵就是在与“诏”和“律”的功能分立中突显出来的。与诏相比，令是有意识地对特定诏令进行别置。与律相比，则出现了稳定与变通的区别意识，也发展了对律令相同法制功能的认识。这些现象都表明秦汉“令”已具有了不同以往的文体品格。

律令功能的分化也就意味着其文体形态的差别——律作为稳定法制，是剥去诏令形式、保留规范内容的条文体；令作为补充变通的特殊诏令，故仍为诏令之体。这大体不错。但随着更多出土材料的发现，秦汉令的面目又变得扑朔迷离了。目前所见的出土秦汉令有两种形式。其中一种是保留了诏令形式，常有“制诏某官”之语，或“某官言”而末有“制曰可”。比如岳麓秦简的部分秦令及《二年律令·津关令》：

> 东郡守言：东郡多食，食贱，徒隶老、瘩（癃）病、毋（无）赖，县官当就食者，请止，勿遣就食。它有等比。制曰可。[①]
>
> 制诏御史：其令诸关，禁毋出私金器□。其以金器入者，关谨籍书，出复以阅，出之。籍器，饰及所服者不用此令。[②]

另一种则呈现较纯粹的法条形式。[③] 如岳麓秦简有：“令曰：邮人行书留半日，赀一盾；一日，赀一甲；二日，赀二甲；三日，赎耐；三日以上，耐。卒令丙五”有论者就认为，秦令存在着仅就规定内容拔萃书写的情况，秦令的形式、内容均与律相同。[④]

这需要进一步反思出土文献的有效性。以往从史籍中辑出秦汉律令佚文已取得不少成果，但由于史书普遍存在的节录现象，对文体形态的考察变得困难重重。幸而律令简牍的大量出土，使得这一工作有了新的希望。然而，一个不可忽视的事实是，这些普遍由摘抄而

---

① 《岳麓书院藏秦简（肆）》，上海辞书出版社，2015 年，第 214 页。

② 《张家山汉墓竹简（二四七号墓）：释文修订本》，文物出版社，2006 年，第 84 页。

③ 从行文格式判定秦令，可参陈松长《岳麓秦简中的令文格式初论》，《上海师范大学学报》2017 年第 6 期。

④ 广濑薰雄《秦汉律令研究》中的观点，参见徐世虹《百年回顾：出土法律文献与秦汉令研究》，《上海师范大学学报》2011 年第 5 期。

成的简牍文本与原始文本无疑又存在一定差距。从出土文献去截然判定律令的原始文体形态仍有一定风险，须更为审慎。

事实上，对于律令的文体形态，还需要进一步区分其“编著形态”与“实用形态”。所谓“编著形态”，就是律令在制定之初被编著保存为国家档案并下行时的原始形态。而“实用形态”是实际运用时在编著形态基础上加工而成的形态。这当中有援引和摘抄两种方式。其一，日常中需要用到律令之文时，往往不会全文引用，而是援引其中所需的部分内容。如汉章帝元和六年诏：“律云：掠者唯得榜、笞、立。又令丙：箠长短有数。”[①]以往所辑律令佚文多属此类，仅见片言只语。其二，摘抄是出土律令简牍的一大性质。典型如《睡虎地秦简》中有两种《效律》，《秦律十八种》中的数条《效律》便可见是摘录自另一更完整的律篇[②]，其他律文都存在这种情况，故不能直接等同于原本的编著形态。

以此再次检视出土文献中律令的形态。律尽管已经过摘抄处理，但从目前所见材料看，除了早期律文以及后来残留的王言形式痕迹，并未发现完整的王言形态。作为一种制度化程度较高的稳定性形式，认为其已然以条文形式固定下来，应是可信的。律从内容上可以吸收相关诏令、奏议的文字，但形式必自为一体而不与诏令、奏议相杂，其编著形态和实用形态只是文字多寡详略的区别，而非体式上的质变。至于令，秦简中以“令曰”起首、或标记令名的令文，往往不含王言痕迹，而是提取规范内容，即是论者所谓“拔萃书写”，但能否视为类似“律条”的“令条”形式，笔者持保留意见。居延汉简中有三条法条形式的“功令第卌五”令文，其内容一致而行文不同，大庭脩认为这是对同一母本的不同节抄，这母本即是制诏的全文著录。[③] 文献中也多存在“令曰”形式的局部援引。汉宣帝诏书曾引“令甲：死者

---

① 《后汉书》卷三《章帝纪》，中华书局，1965 年，第 146 页。

② 《睡虎地秦墓竹简》，文物出版社，1978 年，第 112 页。

③ 大庭脩《秦汉法制史研究》，徐世虹等译，中西书局，2017 年，第 67—68 页。

不可生，刑者不可息”①，此语来源于文帝时的缇萦上书，文帝曾因此制定除肉刑令，按诏书体式，上书内容也成为完整诏令的一部分。宣帝所引文字是陈情说理的内容，并非具体规范，可见其母本应是包含了说理与规范的完整诏令。由此，我们只能说，“令”在实际运用中，会由援引、摘抄等方式形成类似条文的形制，但并不能据此断定“令”本身在王言形式之外还存在这样一种特殊形式。因此，认为令在形式上原本仍是较完整的王言，其实用形态对于编著形态又有着体式上的质变，应该是更为妥当的。

律令的文体形态差异，就在于王言形式的去留，这反映了不同的制度化方式。诏书成为律，是将其中的规定性内容裁剪出来，剥落王言形式而成为条文，并归类编入相关律篇中。诏书成为令，则并不剥离王言形式，只是择取带有制度性质的特定诏令整理编排入集，并且编号，以此与一般诏令相区别，本质上则仍是诏令，形成的令集就如同一部具有特定功能的“诏令选集”（如《二年律令・津关令》）。从制度化方式的角度说，律令都是从诏书体中“撷取”并且“别置”的别种文体，区别在于令对于诏来说只是被选取区隔而别置一处，律则还进一步被编辑剪裁而成。别置和编辑，是两种特别的文体生成方式。

制度化方式的区别，即剪裁编辑与否，直接导致两种文体语言特征的不同面貌。律的文体特征是鲜明地突出规定性话语，少大发议论和繁复论证，较为刻板严谨。令的语言风格则大体与一般诏令别无二致，既有规定性话语，又可容纳议论甚至抒情话语，主观色彩更浓，保持了“告语”的自由性，较为灵活生动。

需要说明的是，律令的编著形态固然重要，但考察其实用形态仍有相当意义。律令二体尽管在原初编著形态和语言风格上呈现差异化发展，却可以在实用形态中实现趋同，即被摘抄、援引的令文也可能条文化，而近乎律文。所摘抄、援引的内容，除了少数是陈情说理

① 《汉书》卷八《宣帝纪》，中华书局，1962 年，第 252 页。

（如宣帝引缇萦上书），多数是令文中核心的规定性文字。这同样体现了摘抄者、援引者对其中规范性内容的关注和有意突出，这就是对文体实际功能的洞悉和把握。因此，律令的实用形态其实更能体现人们对这两种文体的实际态度和认知：在实践中，对文体实用功能的关注强于文体形式。对实用功能的强调，对王言形式的脱离，也是大势所趋。令在后世的编著形态最终得以与律同化，其实用形态的频繁使用应当起到重要作用。

四、律令生成演进的制度化方向及其文体因子

王言文体与制度文体，分别来自不同传统，其分立自先秦而然。前者在先秦有命、令、训、诰、誓等，秦汉则有制、诏、策、诫敕等。除了策等少数文体，均是以行为方式命体的，突显了即时性告语的文体特性。而法、律、典等制度性文体，其命体则少有彰显言语或行为方式的，多是直接突出制度、规范的特性。

秦汉时期，两种传统始终并行不悖。不过就专门性的法律文体而言，整体趋势是王言向制度靠拢，制度化是律令生成的方向。特定王言不仅被编辑为律，也被别置为制度性强于一般王言的令。其中，本以行为方式命体的令，转化为与律并立的制度文体，颇能体现这种制度化趋势。王言制度化，当然是出于法制建立及完善的需要。而从文体角度说，自先秦以来的制度文体尤其法制文体的强大传统，是这场文体转化中起到关键作用的文体因子。

首先是典制文献的传统。伴随着制度的施行，规定和记录相关制度的文献也应运而生。先秦政治体制中很早便形成了各类典制文献。如《周礼·天官·大宰》载大宰所执掌的“六典”、“八法”、“八则”等文献，便具有法典性质。以“典”类文献为例，“典”有典则、常法、制度之义[①]，故“典”可作为设官分职和刑法类文献，或载录前圣遗训[②]，

① 《尔雅·释诂上》：“典，常也。”《尔雅注疏》，北京大学出版社，2000年，第17页。

② 过常宝《制礼作乐与西周文献的生成》，中国社会科学出版社，2015年，第156—157页。

为人所遵循奉行。其中便包括了刑法制度，如大宰所掌建“六典”中即有“刑典”，大司寇又掌建“三典”，即轻典、中典、重典。这些文本集中体现了一种“典”的意识，影响深远。

先秦礼法一体，礼乐制度最为主要，笼罩了政治和社会运作的方方面面。由此撰作的相关礼书，是此时期典制文献的代表。如《仪礼》所载的礼仪规定巨细靡遗，条列谨严。《周礼》带有理想化色彩，从编撰角度看可见其制度设计的高度严谨和体系性，制度化的意识十分强烈。秦汉之后法制一定程度上从礼制中独立出来，但其时律令也依然涵盖了许多礼仪、官制方面的规定，在一定范围内“覆盖”了礼的部分功能。总之，礼书与律令皆属规定性文本，也都处于“典制”的大传统之下。礼书的编撰，在功能和形式上都应影响了律令文本的制度化过程。

其次是刑法文献的传统。除了前述与法制相关的“典”类文献，先秦还有其他专门性的刑法文献，即通常所谓“刑书”。相传夏有“禹刑”，商有“汤刑”，周有“九刑”、“吕刑”。春秋战国时期，各国多有制作刑书的立法活动，如齐国“宪法”，晋国“被庐之法”，楚国“茅门之法”、“仆区之法”，郑国刑鼎、竹刑，等等。影响最大的属战国魏国李悝所作的《法经》。《唐律疏议》载：“周衰刑重，战国异制，魏文侯师于里悝（按，即“李悝”），集诸国刑典，造《法经》六篇：一、《盗法》；二、《贼法》；三、《囚法》；四、《捕法》；五、《杂法》；六、《具法》。商鞅传授，改法为律。汉相萧何，更加悝所造《户》、《兴》、《厩》三篇，谓《九章之律》。”[①]尽管学界对于《法经》的真伪与性质和商鞅“改法为律”的说法仍有争论，但秦汉律由先秦各类刑书直接承袭发展而来，其间的脉络是清晰的。这体现了专门性、独立性的法制文本的悠久传统。

经过先秦法家的倡导和统治者的采用，随着法制的完善，这种传统愈加巩固。“法”是法家思想中的重要概念，理论涵义是制度、规范

---

① 刘俊文笺解《唐律疏议笺解·名例》，中华书局，1996年，第2页。

与刑罚，具体则表现为律令等法律文本。法家十分强调法的统一性和稳定性，如韩非子说："法莫如一而固。"[①]又说："法者，编著之图籍，设之于官府，而布之于百姓者也。"[②]法律统一编著、藏守，便是要确保法的统一、稳定和权威。这种制度化意味着法律在各种政治文件中独占一席，自成体系，相对独立于一般命令。那么一般命令要获得"常法"的地位，也往往需要经历制度化的过程，"令"由此也拥有了制度化的涵义。

律令制度化的趋势是强大而持续的。制度文体的传统不仅影响了秦汉律令的生成，也进一步加深了律令中"典"的意识和文体纯化、独立的意识。在律令生成之后，其制度化的因子仍在逐步累积，继续指示着律令的发展方向。其中颇为重要的因子，是编辑与编纂的持续活动。

先秦诸子尤其法家、兵家、墨家的著述中，已出现不少经过编辑整理的法条体文字。例如战国以后已有专门的军令，如《尉缭子》有《兵令》、《伍制令》、《分塞令》、《经卒令》、《将令》、《勒卒令》、《踵军令》等篇，《墨子》有《号令》篇。[③] 许多令文已高度条文化，如《商君书》有《境内》一篇，"只见方法，不见说明，像法令的体裁"，"疑本篇是商鞅所行法令残留下来的一部分"。[④] 这些文献有时也存在说明性文字，可能本自诸家的理论构想，未必全是实际运用的法令，但其对规范性文字的整理、条列已与后世律令十分类似。这在秦汉时期的体现，就是诏令成为律需要经过编辑，剥落王言形式。而原本保留王言形式的令在实用中也会形成条文形态。律令尤其令的这种编辑和写作的方式，从另一角度体现了制度化的方向，即去王言而条文化，使法律文体的形式更加纯粹和独立。

---

① 王先慎撰，钟哲点校《韩非子集解·五蠹》，中华书局，1998年，第448页。

② 王先慎撰，钟哲点校《韩非子集解·难三》，中华书局，1998年，第380页。

③ 陈伟武《简帛兵学文献探论》，中山大学出版社，1999年，第59页。

④ 陈启天《商鞅评传》，商务印书馆，1935年，第131—132页。此外，《商君书》另有《垦令》篇，从行文看，更像是商鞅上陈的法令建议书，而非纯粹的法令。

《晋书》称汉律令“集类为篇,结事为章”[①],已具备一定体系性,其中有编纂活动的功劳。先秦的典制文献和刑法文献,有些已经过一定程度的编纂整理。秦汉律令的整理、归类和编集的倾向更加明显,初步的分类整理较为频繁。如有多种整理方式的令:(1)干支令,即冠以甲、乙、丙等干支的令集,所谓令甲、令乙、令丙;(2)事项令,即以事项类别划分的令,如《津关令》、《功令》等;(3)挈令,即根据官府或地域的需要从国家法令中提起而进行二次编录的令,如《廷尉挈令》、《乐浪挈令》等。此外还有如睡虎地秦简中的秦律十八种、秦律杂抄,和张家山汉简中原简题为《二年律令》的律令汇编。律令整理中还出现了编号和编目。干支令中的甲、乙、丙即是表示按一定顺序编排的,每种干支令之中也有序列,如“令甲第六”[②]。此外,岳麓书院藏秦令简、张家山汉简《津关令》和《功令》,均见大量编号。还更进一步编订了律令目录,如居延新简有“西汉施行诏书目录”,或以为即“令甲”目录[③],张家界古人堤简牍有汉代《贼律》、《盗律》的目录[④]。于是,在历次删定、编集中,律令趋于固化和封闭,“典”的意识逐渐加深,由“集”而“典”成为可能,这是制度化的另一方向。

持续累积的制度化因子,促使律令在魏晋发展成为更成熟和纯粹的制度化文体。先是作为过渡,曹魏在汉律令基础上编订了《新律》十八篇,《州郡令》四十五篇,《尚书官令》、《军中令》合百八十篇。[⑤] 这三种令的类别,就是汉代干支令与挈令合二为一并加入战时军中令的产物[⑥],可见编纂活动的影响。而后在此基础上,西晋泰始

---

① 《晋书》卷三〇《刑法志》,中华书局,1974年,第923页。

② 《续汉书·律历志》,《后汉书》,中华书局,1965年,第3032页。

③ 陈梦家《西汉施行诏书目录》,《汉简缀述》,中华书局,1980年,第275—284页。大庭脩《居延出土的令甲目录》,徐世虹译,《汉简研究》,2003年,第150—157页。

④ 张春龙、胡平生、李均明《湖南张家界古人堤遗址与出土简牍概述》,《中国历史文物》2003年第2期。

⑤ 《晋书》卷三〇《刑法志》,中华书局,1974年,第923页。

⑥ 冨谷至《通往晋泰始律令之路(Ⅱ):魏晋的律与令》,朱腾译,徐世虹校译,《日本学者中国法论著选译》,中国政法大学出版社,2012年,第172页。

四年(269)颁布律二十篇,令四十篇。泰始律令的颁布,标志着古代真正意义上的成熟法典的诞生,具有划时代的意义。[①] 所谓成熟,包括功能和形制两方面。秦汉律令在内容上并无严格区分,自晋律令始则形成了"律以正罪名,令以存事制"[②]、"律以正刑定罪,令以设范立制"[③]的内容及功能分化格局,近于今日所谓刑法典与行政法规。两者也都已高度制度化,形成了更具体系性和封闭性的法典形态,其文体形态也已基本完成法条化,这就奠定了往后律典、令典的基本样态。

关于魏晋法律形式的变化,法制史研究多集中于刑罚与事制的功能分野。本文且不涉及这一方面,而重点关注法律文体的制度化趋势。纵观法律文体从先秦、秦汉到魏晋的发展,其"制度化"可概括出三层含义:第一,文体功能的特殊性、独立性被突显,即专用于制度等方面的强制规范,且具有一定程度的永久性和稳固性,因此会与其他政治文献相区隔而别置一处、自立一体。第二是编辑层面,篇章内部的语言一定程度上剥落王言或多余成分而呈条文化,不与王言相混。第三是编纂层面,篇章之间实现一定程度的封闭性和体系性,从而典籍化。这三种制度化在秦汉律令中的实现程度是不同步的。功能的独立与文体的别置、创立,是秦汉律令首先取得的成果,这大体可归功于典制文献的普遍传统与刑法文献的专门传统的作用。后两种制度化则还不够成熟,有待于编辑与编纂活动的影响,这累积的制度化因子同样是秦汉律令的宝贵成果。

制度化是秦汉律令生成和演进的方向,但王言的传统与势力并非就此消弭。秦汉之后,尽管制度看似取得胜利,王言却绝不会被法典取代,而是仍以不同面目与制度化法典继续纠结。如前所述,秦汉时期在定律之外,为了同时保证王言的权威和效力,设置了处于定律

① 堀敏一《晋泰始律令的制定》,杨一凡总主编《中国法制史考证》丙编第二卷,中国社会科学出版社,2003年,第282—301页。

② 《太平御览》卷六三八《刑法部》,中华书局,1960年,第2859页。

③ 陈仲夫点校《唐六典》,中华书局,1992年,第185页。

与一般王言之间的“令”。而后西晋确立了律、令两部法典，又在律令与一般王言之间增加了作为王言编集的《晋故事》这一法律规范，俨然汉时令集。魏晋至隋唐掀起了制定法典的热潮，律令之外的特定王言被逐步纳入和规范为“格”、“式”两部新法典，最终形成唐代律、令、格、式四部法典的格局，法典占了上风。但唐中期这个体系瓦解之后，宋明清又回到秦汉律令体制的轨道上去，王言重新占据优势。事实上，“今上制敕与法典的关系”正是帝制时代法制的核心问题，贯穿于整部古代法律史。[①] 这对关系的变动直接推动了法律文体的生成和演化。在这种历史视野下，秦汉律令的历史意义便被突显起来。正是秦汉法制的正式独立和突显，开启了王言与制度长达两千年的紧张关系。秦汉律令是这一关系推动下第一阶段的产物，也奠定了后世王言与制度的基本关系模式。

五、余论

秦汉律令的影响甚巨。由于处于法制的草创阶段，秦汉律令在形制和功能等方面都是尚未完全成熟的，但在法律文体的发展史上无疑占据关键位置，具有历史典范意义。律令从此被正式确立为古代法律文体的代表。从文体并称角度来看，律令并称，浑言则同，体现对文体的识同；析言则异，体现对文体的辨异。在辨异方面，秦汉“律令”并称的内涵与后世大相径庭：秦汉主要是定律与王言追加法的功能分化，后世则俱为稳定法典，但体现为刑罚与事制之分。这主要在于秦汉的“令”仍为诏令，与后世令典迥异，此其时代特色。但在识同方面，秦汉已将“律令”并称作为法律泛称，于是被作为指代法律的成语，为后世承继不息，体现文体识同的强大辐射。这是秦汉律令在文体史上留下的宝贵遗产。

律令也跃出法律的范畴，变为更广泛意义上的规范和权威的象

---

① 以上可详参：楼劲《魏晋南北朝隋唐立法与法律体系：敕例、法典与唐法系源流》，中国社会科学出版社，2014 年。

征。律令在秦汉确立了在政治、社会和文化生活中的普遍权威，权威性向多个领域渗透。有一种观点认为，秦汉墓葬中的法律文书，可能是用以镇墓、辟邪的随葬品，律令在现世生活中的权威被借用于冥世。[①] 与此类似的还有“如律令”一语的演变。汉时“如律令”成为官文书中的惯用套语，“言当承宪履绳墨，动不失律令也”[②]，原本体现的是律令的权威。而后其应用范围扩大，镇墓文、买地券、道教咒语也纷纷效仿官文书，广泛使用“如律令”、“急急如律令”等语。这些现象都映射出律令的巨大权威性和威慑力。

律令是古代颇为重要的文体。但相比于诏令类文体，作为法律文体的律令，较少被以往的文章学、文体学关注。[③] 何种文体会被关注，原因是多元的，包括时代文风、文体的时代变迁、文体观念的偏重、文体学者的个人旨趣等，对此须作“了解之同情”。不过以现代眼光看，就律令在政治、文化各方面的作用而言，“制度”在文体学中失落或许是一种偏颇和失衡。今天重述文体史与文体学史，不仅要总结和继承古代智慧的遗产，还应超越古人的眼界和论域。重审和总结律令文体在文体学中的地位、意义及可注意之处，有助于我们在现代视野下构建更完善的古代文体体系。

（中山大学历史学系）

---

① 冨谷至《江陵张家山二四七号墓出土竹简——特别是关于〈二年律令〉》，李力译，《简帛研究 2008》，广西师范大学出版社，2010 年，第 309 页。

② 应劭撰，王利器校注《风俗通义校注・佚文》，中华书局，1981 年，第 584 页。

③ 笔者管见所及，涉及法、律、令（指法令、令典）等法律文体的文章选本和批评著作，大致有刘勰《文心雕龙・书记》，明代谭浚《言文》、黄佐《六艺流别》、朱荃宰《文通》，清及近代王兆芳《文章释》、王葆心《古文辞通义》、章太炎《文学论略》和《文学之派别》，及刘师培《论文杂记》等，其它著作较为少见。诏令类文体则为多数文体论著所论及。

琉球试帖诗与清代诗学流变*

吴留营

内容摘要：琉球汉诗，是东亚汉诗中后起而杰出的一脉。肇自清初，琉球诗人创作试帖诗者代不乏人，甚至出现了结集出版的试帖诗集。琉球试帖诗的兴衰历程，随清代科举改制与诗学宗尚的转徙而代变。乾隆朝恢复科举试诗，格调派主盟诗坛，"诗尊唐体"之说盛行，琉球试帖诗因之兴起，且皆从唐诗中摘句拟题；道光朝，经性灵说、肌理说的冲击，尊唐之风渐衰，宋诗风抬头，琉球试帖诗亦随之而变；同治间，宋诗派与汉魏六朝诗派之余绪交互影响，琉球试帖诗因之转向。清代中后期国难加深，文人士大夫期望重振风雅的努力亦可借琉球试帖诗以观。从摘句到自拟的命题创变，反映出琉球试帖诗渐臻成熟且趋于本土化的发展态势。

关键词：琉球；试帖诗；清代诗学；《琉球诗课》

* 本文系国家社科基金青年项目"明清中国与琉球交往诗歌文献整理研究"(20CZW026)、中国博士后科学基金项目"清代中国与琉球诗歌交流研究"(2020M670952)、国家社科基金重大项目"东亚汉诗史"(19ZDA295)的阶段性研究成果。

Ryukyu's Examination Poems and the Evolution of Poetics in Qing Dynasty

Wu Liuying

Abstract: Chinese poetry in Ryukyu is an outstanding branch of Chinese poetry in East Asia. Since the early Qing Dynasty, there have been many generations of Ryukyu poets who have created and even published poetry anthologies. The rise and fall of Ryukyu's examination poems changed with the reform of imperial examination and the change of poetics in Qing Dynasty. In the Chien Lung period, the imperial examination poetry was resumed, and the style school occupied the mainstream. The theory of "poetry respecting Tang style" prevailed. The title of Ryukyu's examination poems were all excerpted from Tang poems. In Tao Kuang period, the style of respecting Tang Dynasty declined gradually due to the impact of the theory of spirit and texture. The poetry style of Song Dynasty rose, and the poems of Ryukyu also changed accordingly. During Tung Chih period, the remaining thoughts of Song poetry school and Han, Wei and Six Dynasties Poetry schools interacted Poetry turns because of it. In the middle and late Qing Dynasty, when the national calamity deepened, the literati's efforts to revive elegance can also be seen from Ryukyu's poems. The creation of Ryukyu's examination poems tends to be mature and localized.

Keywords: Ryukyu; examination poems; poetics of Qing Dynasty; poetry collection of Ryukyu

自明代初年接受中国册封，确立宗藩关系以来，琉球社会文化深受中华文明沾溉。琉球汉诗，作为琉球海洋文化与中国大陆文化交流融合的结晶，经过明代长期的孕育萌发，在有清一代多次掀起创作高潮。发轫于清前期的琉球试帖诗，其兴衰历程，亦随清代诗学宗尚的流变而起伏。关于琉球试帖诗，虽已有个别中日学者涉及[①]，惜未深入展开论述，对其发展演变及与清代诗学的关系亦不甚注意。本文试图追溯琉球试帖诗诗题出处，并将其置于清代科举改制和诗风变迁的生态中考察，以观不同时代递嬗轨迹，揭示中国传统诗学与琉球汉诗创作的源流关系。

一、科举改制与琉球试帖诗的兴起

试贴诗是科举时代的一种应试诗体。中国古代诗歌源远流长、体式多样，而试贴诗是因应科举考试的要求产生的。隋代首开科举[②]，但其时并无试诗一说。唐高宗永隆二年（681），始将诗歌纳入科举考察范围，这是上层社会崇尚诗歌、诗歌在考试中地位提升的现实反映。试帖诗题前常冠以“赋得”二字，故而也称“赋得体”。试帖诗产生之初，出题范围与用韵要求均比较宽泛，玄宗开元年间始限定韵脚。唐宋时的试帖诗称为“唐律”，一般用四韵、六韵写成，偶用八韵。宋神宗时王安石变法，主张务实，取消了科考中的试帖诗。元明两代同样弃用，这或许是元明两代诗歌中衰的肇因之一。

科举无诗，封建统治者的意旨无法直接染指诗坛，儒家诗教也难以借助官方的力量弘扬。身份独立的诗人和诗社，不时冲击着封建正统秩序，引起了后世统治者的反思。清兴以来，顺治朝即有科举试诗的尝试。康熙十七年（1678），诏开博学鸿词科。次年召考，特试赋一篇、排律一首，取其优者选入翰林。朱彝尊、尤侗、毛奇龄等诗文大家都借此登科入仕。这可谓是时隔六百余年，再次出现“以诗取士”的盛况。

博学鸿词科，终清一代也只有两次。诗歌正式回归科举考试，是

---

① 高津孝《琉球诗课与试帖诗》，收入《科举与诗艺——宋代文学与士人社会》，潘世圣等译，上海古籍出版社，2013 年，第 186—199 页；严明《二林的试帖诗创作》，《近世东亚汉诗流变》，凤凰出版社，2018 年，第 675—682 页。

② 因对科举制的定义不同，学界另有观点认为科举制始于汉代、始于唐代，如黄炎培《中国教育史要》、何忠礼《科举制起源辨析——兼论进士科首创于唐》等。本文不展开讨论。

在乾隆二十二年(1757)。该年正月二十八日上谕曰:

> 嗣后会试第二场表文,可易以五言八韵"唐律"一首。夫诗虽易学而难工,然宋之司马光尚自谓不能四六。所有能赋诗而不能作表之人,断无表文华瞻可观,而转不能成五字试帖者。况篇什既简,司试事者得从容检阅,其工拙尤为易见。其即以本年丁丑科会试为始。①

以恢复试诗弥补八股取士之弊,皇帝的一道御旨,不仅令来自各省、云集京师参加会试的举子大为错愕,也波及汉文化圈中的周边国家。或早或迟,藩属国的取士制度也做出了相应调整。试帖诗,也开始见诸朝鲜、越南、琉球汉诗人的笔端。

具体到琉球,最早的科试始于"闽人三十六姓"聚居的久米村②,其即乾隆帝恢复试诗之后的乾隆二十五年(1760)之际,在时任久米村总役蔡宏谟的提议下开展的③。而蔡宏谟的叔叔蔡文溥、弟弟蔡宏训都曾就学于清朝国子监,蔡文溥父子及其族人曾多次往返于东海两岸,谙悉中国科举取士之制。科试在久米村的实行,选贤任能,相对公平地解决了人事问题。其后,又经进一步会商,细化"限期顶缺"的考试方案,实现了"诸生益励勉,各精其能"且公正无怨的社会效应。琉球国史《球阳》尚穆王十四年(乾隆三十年,1765)记此事甚详:

> 夏六月朔日,始定唐荣诸役限期顶缺。原是,唐荣诸役顶缺无期,迩来生齿浩繁,而役数却少,至老而不就职者亦多。故令唐荣诸大夫酌议,可否限期替换。诸人大各陈意见,因令御物奉行会同申口官再议。其覆曰:"讲谈师与读书师及通书并其相附役,本自习熟各有其能,随用随办。应限二十四月而替换。至于文组寄役与汉字御右笔相附,专掌表奏,其职虽重,而各有头目为之董率。应限三十六月而

---

① 《钦定大清会典则例》卷六十六,《四库全书》本。

② 最早被称为"唐营"或"唐荣",位于今日本冲绳县那霸市。

③ 《久米村诸役科业始候由来》,那霸市企画部市史编集室《久米村系家谱》,《那霸市史·资料篇》,冲绳那霸市企画部市史编集室,1980年,第944页。

> 替换。其余长史、文组师与汉字主取并其御右笔，宜如旧制，勿庸限期。应于诸役顶缺之时，着令各头目与前任其职者五六人立为主考，当面考试，仍令唐荣司长史加考，然后举之。则诸生益励勉，各精其能，而限期替换，则人易食俸而无怨矣。”法司据议具奏，奉命依议。①

19 世纪初，琉球王府开始采用科试，推及全国。② 乾嘉以来，试帖诗进入琉球科试范围，引发了试帖诗创作热潮。以至于琉球官生入学北京国子监时，主动请求研习帖体诗。道光年间国子监琉球官生教习孙衣言在《琉球诗课》序言中提道："闻之琉球诸生云其国先无试帖诗，乾嘉以来乃至以之取士，其慕效华风之诚如此，可嘉也。诸弟子入学即请为此等诗，余亦如其意授之。"③孙氏辑选琉球官生试帖诗并在评语中有"拗句可偶一为之，应试仍以谐协为是"④之类的指导应试之语。科考试诗的继续推行，使得琉球试帖诗创作不衰，同光年间亦如此类，直至琉球国灭。

笔者所见最早的琉球试帖诗，是蔡肇功《赋得寒杵捣郎心》。蔡氏曾于康熙十七年赴闽学习历法，有诗集《寒窗纪事》存世。其试帖诗虽仅有一首，且为七言四句，但破题承题、起承转合之法已初备，可视为琉球试帖诗之滥觞。较早且较为成熟的试帖诗由乾隆二十五年入国子监就学的琉球官生郑孝德所作。其时距离中国恢复科举试诗仅三年有余，可谓是最早体现在琉球诗人身上的改制效应。

> 其一
>
> 早秋城郭雨初晴，极目江山景色清。千里陌头金作绘，万家篱外菊含英。摊书细对梧桐月，隐几常通玉笛声。此

① 郑秉哲等《球阳》，《传世汉文琉球文献辑稿》第 18 册，鹭江出版社，2012 年，第 356—357 页。

② 田名真之《解说》，《那霸市史 · 资料篇》第一卷，那霸市役所，1992 年，第 111 页。

③ 孙衣言《琉球诗课序》，孙衣言辑《琉球诗课》，高津孝、陈捷编《琉球王国汉文文献集成》第 31 册，复旦大学出版社，2013 年，第 317 页。

④ 孙衣言辑《琉球诗课》，高津孝、陈捷编《琉球王国汉文文献集成》第 31 册，复旦大学出版社，2013 年，第 420 页。

日楼台多逸兴，谁家砧杵送离情。

其二

应时霖霈洒畿封，倏见晴辉照远峰。万片归云初拥树，一川余点不妨农。暑清绣陌风声细，日晒名园草色浓。雨后炎曦恩倍渥，欢歌处处庆时雍。①

此二诗其一题为《赋得秋色正清华》，句出杜牧《题白萍洲》诗。郑诗由早秋景色清华破题，落笔处以离别之情作结，可谓端稳。其二题为《赋得"既雨晴亦佳"》，句出杜甫《喜晴》诗。该诗以春雨润泽万物而不妨农事，类比出皇恩普惠，民乐雍熙，亦可谓深得试帖诗要旨。杜甫、杜牧诗句在清代科考中出现频率较高，郑孝德在国子监教习潘相②指导下拟作的试帖诗，可视为琉球试帖诗之发端。

试帖诗脱胎于律诗，两者又不尽相同。清代科举经历者和研究专家商衍鎏称："试律虽原于近体，但近体与试律实不相同。古近体义在于我，试帖义在于题；古近体诗不可无我，试帖诗不可无题，此其所以异者。"又言："一般考试之试律多用五言，召试与应制则有用七言或排律者。"③今存琉球汉诗以七言近体为主，郑孝德两首试帖诗亦均以七言作成，于科举五言体式不甚吻合，说明其时琉球诗人的试帖诗尚处于探索阶段，又体现出琉球帖体诗较高的创作起点。

二、"诗教说"影响下的试帖诗创作

以孔子学说为代表的儒家思想，倡导通过诗歌教化民众，即所谓"诗教"。该说最早可见于《礼记·经解》："温柔敦厚，诗教也。……其为人也，温柔敦厚而不愚，则深于诗者也。"中国文学向来重诗，诗

---

① 潘相《琉球入学见闻录》，《清代琉球纪录续辑》，台北大通书局，1984 年，第 167—168 页。

② 潘相，字润章，号经峰，湖南安乡人。乾隆六年经州试选为拔贡，入国子监深造，充武英殿校书。乾隆二十五年至二十九年间为琉球官生教习。在此期间，乾隆二十五年参加顺天府乡试中举；二十八年经会试、殿试中进士。

③ 商衍鎏《清代科举考试述录》，生活·读书·新知三联书店，1958 年，第 249 页。

又以言志抒情为旨归。而“温柔敦厚”的诗教说，则在抒情方面定下调子，树好藩篱，要求诗歌哀而不伤、怨而不怒。此说深合封建统治者的文治策略，因而为历代统治者所推赏。

如果说抒情只是一种文学反映方式，孔子只讲到了表达方式的“温柔敦厚”，那么后代正统诗论家进一步将其扩充衍化，要求诗歌内容上同样应做到中正典雅、温柔敦厚。康乾时期的诗学大家沈德潜即是将“诗教说”与“格调说”相结合的正统派诗学家，其诗歌和诗学得到了乾隆帝的首肯，进而主盟诗歌坛坫，数十年间“政教”与“诗教”高度切合而颠扑不破。之后，随着沈德潜的离世和袁枚性灵派的不断挑战，且乾隆时代结束之后，后继统治者难以具备染指诗坛的主观条件，“诗教说”逐渐式微，不再有一统天下的实力，但仍是诗论家品诗题序时常用的话语。而对于诗歌初学者来说，无论时代如何变迁，符合温柔敦厚美学风范的作品，无疑是最佳门径。

览诸今存琉球试帖诗，可谓均在“温柔敦厚”诗学观指导下创作而成。道光年间，琉球官生阮宣诏帖体诗集第一首即是《天颜有喜近臣知》，该句出自杜甫《紫宸殿退朝口号》，是老杜任左拾遗时，描摹早朝退朝时的情形。该诗风格浑雄大雅，有馆阁气象。诗中老杜以“天子近臣”自视，颇显得意。《唐诗镜》评该句曰：“‘天颜有喜近臣知’，无限恩幸，有味外味。”[①]阮宣诏就此题赋诗云：

> 盛世恩波广，千官觐玉墀。开颜天子喜，觌面近臣知。画黼春风暖，黄扉淑气滋。扶桑迥霁色，文竹副深期。狼堠韬烽日，鱼旗献瑞时。两行亲禹拜，八彩豁尧眉。咫尺威仍仰，都俞遇特奇。还将欢乐意，遥与万方宜。[②]

科考所要求的五言八韵，结构上应附合当时八股文体式，起、承、转、合得体；韵律上限用官韵，乡、会试帖体诗全用仄起格。阮氏该诗颇合规制。此外，因应帖体诗要求，该诗用典亦显熟稔妥帖。其中画

① 陆时雍《唐诗镜》卷二十六，《四库全书》本。

② 孙衣言辑《琉球诗课》，高津孝、陈捷编《琉球王国汉文文献集成》第31册，复旦大学出版社，2013年，第319—320页。

黼、黄扉、八彩眉、都俞[①]皆有典事，且与诗意相切甚当。孙衣言评其“深厚有力，‘时’字韵坐实，‘喜’字尤异凡手”[②]，可谓公允。

无独有偶，琉球诗人林世功帖体诗《炉烟细细驻游丝》，句出杜甫《宣政殿退朝晚出左掖》，可与阮诗同观：

紫禁春光驻，炉烟细最宜。暖痕熏小草，轻影荡游丝。鸭鼎香频爇，蛛檐网欲垂。白随飞絮舞，红罥落花迟。茗盌微芬处，筠帘未卷时。绪风摇不定，丽日照初移。着雨萦蕉幌，新晴挂柳枝。遥知宫阙晓，闻诵杜陵诗。[③]

该诗首联“破题”，将命题中的驻、炉烟细等字词融在句中；次联“承题”，将“游丝”一词嵌入；三联“起股”，写炉烟之香；四、五联“中股”写景，对仗工稳；六、七联“后股”，写风雨晴阴之景；结联“束股”，以宫阙呼应首联的紫禁，且以杜陵诗照应题目，也提升了本诗的品格。琉球官学教习徐幹评之曰“风华掩映，体贴入微”，亦无不妥。

杜甫其人其诗，历来被视为最合温柔敦厚“诗教说”的典范，琉球试帖诗多从杜诗中拟题。除此之外，王维、孟浩然山水田园一派亦不涉怨刺，为清代统治者及诗教论者所喜，王士禛“神韵说”、沈德潜“格调说”皆奉之为圭臬，琉球试帖诗题从中摘句亦多。笔者详考出处并以多寡排列如下表：

朝代	唐	唐	唐	唐	宋	唐	唐	唐	唐
诗人	杜甫	李白	王维	岑参	陆游	孟浩然	白居易	韦应物	柳宗元
数量	11首	7首	7首	5首	5首	4首	4首	4首	3首

表一　道光本《琉球诗课》所辑琉球试帖诗题出处一览（前9位）

① 《庄子集释》唐成玄英疏：“（尧）身长一丈，兑上而丰下，眉有八彩。”《书·益稷》：“禹曰：‘都！帝，慎乃在位。’帝曰：‘俞！’”后以“都俞”形容君臣论政问答，融洽雍睦。

② 孙衣言辑《琉球诗课》，高津孝、陈捷编《琉球王国汉文文献集成》第31册，复旦大学出版社，2013年，第320页。

③ 徐幹辑《琉球诗课》，高津孝、陈捷编《琉球王国汉文文献集成》第32册，复旦大学出版社，2013年，第93页。

由上表观之，琉球诗人所拟试帖诗多由唐代诗歌中摘句选题。通观道光本《琉球诗课》①，由唐诗中拟题者，数量大大超过其他各代的总和。唐代作为诗歌创作高峰以及试帖诗最为盛行的时期，留下的诗歌遗产足以垂范后世。从诗学宗尚上来看，这也是“尊唐”说在诗歌教学和创作领域里的具体体现。清代诗学上承明代，历经康乾时代“神韵说”、“格调说”的洗礼，“诗宗唐体”被定于一尊。虽经受乾嘉时代“性灵说”的冲击，道光年间琉球诗人所创作的试帖诗仍以尊唐为主。这是试帖诗作为科场正式诗体，必须遵循正统诗学的特质所决定的。

而诗必学古的思想，亦在琉球试帖诗中得到了贯彻。孙衣言在评阅琉球诗人东国兴试帖诗《天下几人画古松》时赞曰：“一气舒卷。此种神力，为帖体独辟一境，然非能古诗者终身梦不到耳。”②琉球官生在监学习期间，除了唐宋元明诗选外，《古诗纪》也被作为研习的教材。诗有源流，试帖诗作为诗歌之一种，亦须上承唐前经典。道光本《琉球诗课》由唐前诗文经典中选题者，有 8 首之多。

就内容来看，此一时期琉球试帖诗多以模山范水，伤春悲秋为主，无关时事，更不涉时弊。事实上，东国兴等琉球官生入学国子监当年，正值中英鸦片战争胶着之时，古老中华败于下风，面临千百年未有之变局。士大夫文人心灵同受创伤，包括琉球在内的东亚国家都大受震颤。但是在试帖诗中，看不到任何关于此事的蛛丝马迹，诗中的华夏依旧歌舞升平。

三、琉球试帖诗所见的诗学代变

同治间，国子监琉球官生教习徐幹仿孙衣言《琉球诗课》之例，辑选同名诗集，收录琉球官生林世功、林世忠试帖诗作。与道光间孙氏

---

① 本文将孙衣言所辑选《琉球诗课》略称“道光本”，将徐幹所辑选《琉球诗课》略称“同治本”，以便区别。

② 孙衣言辑《琉球诗课》，高津孝、陈捷编《琉球王国汉文文献集成》第 31 册，复旦大学出版社，2013 年，第 430 页。

所辑《琉球诗课》两相对照，可见诗学宗尚的代际之变。追本溯源，详考出处，同治本《琉球诗课》诗题出自前9位的诗人依次分列如下表：

朝代	唐	宋	唐	宋	南北朝	唐	唐	唐	唐
诗人	杜甫	陆游	白居易	苏轼	谢灵运	李白	王维	许浑	吴融
数量	10首	10首	5首	5首	2首	2首	2首	2首	2首

表二　同治本《琉球诗课》所辑琉球试帖诗题出处一览（前9位）

由上不难观知，由道光本《琉球诗课》中的尊唐抑非（出自唐诗的题目，远远超过其余各代的总和），到同治本《琉球诗课》，已然打破了以唐为尊的神话。宋诗及南北朝诗各得其所。就个体而言，道光本《琉球诗课》杜诗独领风骚，有11首之多，排列其次的李白诗7首、王维诗7首，均自盛唐。再次，盛唐的岑参以5首居于第三位，宋诗中最多的陆游仅与岑参同居第三位。而苏轼只得2首，与之名次并列的唐人甚多。

	先唐	唐	宋	金元明
道光本《琉球诗课》	8首(7.5%)	80首(74.8%)	11首(10.3%)	8首(7.5%)
同治本《琉球诗课》	17首(16.8%)	48首(47.5%)	31首(30.7%)	5首(5%)

表三　两种《琉球诗课》诗题源出时代所占比重

而在同治本《琉球诗课》诗题出处中，不再有10首以上一枝独秀的诗人。陆游以10首之多，与杜甫并列第一位。苏轼以5首之多与众唐的白居易并列第二位。长期被神韵派、格调派共同推尊的王维，与谢灵运、李白以及晚唐许浑、吴融等诗人同列第三位，居于陆游、苏轼之下。唐诗不复当年一体独大的至尊地位，宋诗、先唐诗所占的比重都有所提升，这与当时诗学流派的消长不无关系。道光、咸丰之际，面对国内外的变局，坚持“中学为体”的学者群体提出了诗学“宗宋”的观点，学习以苏轼、黄庭坚为主的宋人诗风，上溯开启宋代诗风的杜甫及韩愈。期以学问补充性情之不足，以文法入诗，同时以宋诗的开拓精神去扩大诗歌的表现范围。经程恩泽、何绍基、曾国藩等人的接续倡导,“宋诗风”成风靡之势。曾国藩自己亦曾言“自仆宗涪公,时流颇忻向”①。该运动一直延续至清末民初,“同光体”即为其后期代表。

同样是对宗唐派的反拨,崛起于咸丰间的汉魏六朝派,并不附和学宋之流。以湖湘诗人王闿运为领袖的诗人群体,心摹手追于汉魏六朝之间。在互相唱酬、追和中,不仅能摹六朝诗形貌,而且颇得其神理。故而汉魏六朝诗派亦在诗坛占得一席,其影响也延至民初。宋诗派与汉魏六朝诗派的交互影响,在琉球试帖诗中均有迹可循。

关于“取材汉魏,进而上溯风雅”的意图,孙衣言在为同治本《琉球诗课》所作的序言中再次重申道:

> 予尝闻中山人士虽尚试律,然其国人所为大率四韵而已,阮宣诏等人入监读书始有八韵之作。而徐君此录所载林生诗,尤为妥帖详雅,有中朝馆阁气象。则其文教之开而日新,尤可喜也。方今殿廷考试皆用八韵,馆阁之士类能出其绪余,为声韵俪偶之学。而其取材汉魏,导源风雅,以上溯夫温柔敦厚之遗者,盖不乏人。林生倘由此而求之,其可语于古诗之流也欤。②

孙氏曾充琉球官生教习,讲授诗文,并先后为道光本、同治本《琉球诗课》题序。三十年间诗学宗尚的转徙及琉球汉诗的发展流变,可谓了然于胸。序中既有对琉球文教“开而日新”的欣喜,又以诗学家的身份提出“取材汉魏,导源风雅”的期望,深显时代烙印。

此外,值得一提的是,出自经、史的典故更多地显现在琉球试帖诗命题中。“工夫在诗外”,在诗言诗,并不能做到诗有根柢。优秀的诗作,需要从经、史中大量汲取营养。试帖诗本身需要用典,而经、史

---

① 曾国藩《题彭旭诗集后即送其南归二首》(其二),王澧华校点《曾国藩诗文集》卷三,上海古籍出版社,2005 年,第 80 页。

② 孙衣言《琉球诗课序》,孙衣言辑《琉球诗课》,高津孝、陈捷编《琉球王国汉文文献集成》第 31 册,复旦大学出版社,2013 年,第 86—87 页。

典故用作试帖诗题，也并非是清代独有。早在唐代，宝历三年(827)的试帖诗题《求友》是从《诗·伐木》“嘤其鸣矣，求其友声，相彼鸟矣，犹求友声”中摘字；宣宗大中八年(854)的省试诗《振振鹭》，出自《诗·有駜》篇“有駜有駜，駜彼乘黄。夙夜在公，在公明明。振振鹭，鹭于下”；而《亚夫碎玉斗》诗题，典出《史记·项羽本纪》；《西戎献白玉环》诗题，典出《竹书纪年》“帝舜九年，西王母来朝。西王母之来朝，献白环、玉玦”之说，皆是明证。

与之相类，同治本《琉球诗课》中，试帖诗题《杀鸡为黍》出自《论语·微子》，晋人潘尼《赠司空掾安仁诗》引之入诗曰“何以备肴，杀鸡为黍”；《铸剑戟为农器》出自《孔子家语》；《腐草为萤》出自《礼记·月令》；《良玉比君子》出自《礼记·聘义》[①]；诗题《明妃出塞》言昭君出塞之事，《汉书》、《后汉书》有载，后世有明妃出塞图及诗词题咏；《赤壁烧兵》典出陈寿《三国志·周瑜传》；诗题《诸葛武侯八阵图》言诸葛亮事，典出《三国志·诸葛亮传》；《闻鸡起舞》出自《晋书·祖逖传》；《士先器识》出自《新唐书·裴行俭传》；《程门立雪》出自《宋史·杨时传》；《大富贵亦寿考》言唐代郭子仪事，典出宋人陈元靓《岁时广记》。

上述典事被翻作琉球试帖诗题，除了受宋诗派讲究“学问”观点的影响，亦投射出深刻的现实意义。道、咸之际，历经两次鸦片战争的失败，文人士大夫心灵遭受重创，留给同治帝的江山亦是废墟一片。面对此局，除了少数开眼看世界者之外，大多数士大夫文人在彷徨之余，选择从经史中追索、反思历代治亡兴衰之旨，期以重新负起士人的家国责任。《琉球诗课》中国子监教习所拟的试帖诗题，可见其在此方面的良苦用心。

四、从摘句到自拟的命题创变

乾嘉之际，琉球试帖诗的创作风气已由华人聚居的久米村向都

---

① 《礼记·聘义》载，孔子曰：“夫昔者君子比德于玉焉。温润而泽，仁也。”曹丕《与钟大理书》有云：“良玉比德君子，圭璋见美诗人。”

城首里推进，成为琉球王府官学的课业内容。此一时期的杨文凤，颇值得注意。文凤字兆祥，号经斋，官“察侍纪”。曾于嘉庆间奉使来华。嘉庆五年清廷派出赵文楷、李鼎元使团册封琉球，李鼎元在琉期间撰辑《球雅》，请法司官“择有文理通畅、多知掌故者常来馆中，以资采访”，琉球方面即以“文理甚通，能诗善书”[①]的杨文凤襄助，出力颇多。李鼎元在《使琉球记》提及杨文凤达 20 处之多，言“我来球阳所得诗友，君为第一也”[②]。其间，文凤与册封使唱和甚繁，《四知堂诗稿》可见当时盛状。

由历史文献观之，杨文凤曾任琉球王府官学教职。今存杨氏《四知堂诗稿》中所收《讲席间劝勉诸生》、《虎馆讲书有有感示诸生等赋二章》、《嘉庆戊午菊月二十四日圣上巡幸国学亲瞻学典小臣官微虽不得列鹓斑有感盛典恭纪》、《嘱诸生等》等诗亦可佐证。杨氏所作试帖诗即成于任职官学之时。览诸《四知堂诗稿》卷二，有《赋得霜叶红于二月花句》、《赋得谁家玉笛暗飞声句》、《赋得月落乌啼霜满天句》凡三首。不难看出，此三题分别出自杜牧《山行》、李白《春夜洛城闻笛》、张继《枫桥夜泊》，皆为唐诗经典名篇。题目直接从唐人佳作中摘句，且俱为七言四韵，与前述乾隆时期北京国子监琉球官生试帖诗体式相同。题目中虽尚未出现“得某字”的限韵要求，但就成诗来看，皆押题目中末字之韵，以为规范。试举《赋得谁家玉笛暗飞声句》一览：

> 春夜萧萧欲五更，谁家玉笛远传声。余音嘹亮随风散，逸韵悠扬带月清。乍拟马融歌隔院，旋疑桓子弄羌城。低回未解人何处，响遏行云动客情。[③]

试帖诗首要关键在于切题，清人朱琰所谓“试律则先立题而赋诗，大

---

① 李鼎元《使琉球记》，《清代琉球纪录集辑》，台北大通书局，1984 年，第 168 页。

② 杨文凤《四知堂诗稿》卷首，高津孝、陈捷编《琉球王国汉文文献集成》第 25 册，复旦大学出版社，2013 年，第 304 页。

③ 杨文凤《四知堂诗稿》卷二，高津孝、陈捷编《琉球王国汉文文献集成》第 25 册，复旦大学出版社，2013 年，第 426—427 页。

要以比附密切为主”[①]，即为此意。《馆课我法诗笺》中亦云“凡作诗须审题之轻重、为文之详略，勿不求本意，徒嚷闲文”[②]。李白原诗意在表达客居之人在夜深人静之时被笛声勾起的思乡之情。杨文凤诗紧扣此意，叙写天还未明，他乡游子的情思被清切低徊的笛声带回乡关。如前书所言，“诗贵审题，凡一题到手，须先看题眼在何字”。“谁家玉笛暗飞声”一题，题眼显然在“暗”字上。五更之夜，笛声远来，吹动游子的愁绪，却不知吹笛人在何处，与“暗”字深相切合。其外，此诗颔联对仗之精工，颈联用典之妥帖[③]，不止在琉球试帖诗中堪称佳作，置于清人同题材诗集中亦不遑多让。

琉球试帖诗从体式到内容的嬗变，蔡大鼎可谓是集中呈现这诸多变迁的典型诗人。大鼎字汝霖，久米村蔡氏后裔，著述甚丰。蔡氏曾多次求学或奉使中国，其汉诗文创作甚至延续至琉球国灭。在琉球诗人梁必达看来，蔡大鼎诗“清新典重，全无岛瘦郊寒，真是他日之名流”[④]。道光三十年(1850)蔡氏在琉球应庚戌科及第，独占鳌头，被授予“著作文章总师”之职，从事汉文表奏文书的编撰工作。就试帖诗而言，刻于咸丰年间的《钦思堂诗文集》卷三收录有 76 题 85 首之多，可谓是琉球赴华官生之外创作数量最多的。更为重要的是，作为琉球王国诗坛的殿军人物，其多种形态的汉文作品皆呈现出新变色彩。

最早可见的蔡氏试帖诗名为《和梁夫子赋得咬得菜根元韵二首》，虽是唱酬之作，步韵相和之外，仍以赋得体写成。试举其中一首：

---

① 朱琰辑《唐试律笺》卷首，乾隆二十三年(1758)明德堂刻本。

② 纪昀撰，郭斌评注《试律体例》，《馆课我法诗笺》卷首，嘉庆二年(1797)一枝山房刻本。

③ 萧统《昭明文选》言马融“既博览典雅，精核数术，性好音，能鼓琴吹笛。”《晋书》评桓伊(桓子)“善音乐，尽一时之妙，为江左第一”，杜牧《润州二首》诗云“月明更想桓伊在，一笛闻吹《出塞》愁”。

④ 梁必达《漏刻楼集序》，高津孝、陈捷编《琉球王国汉文文献集成》第 27 册，复旦大学出版社，2013 年，第 19 页。

儒生立志须勤俭，蓬户安心咬菜根。不恋繁华君子意，常甘淡泊古风存。瓦盆藜藿原为美，鼎食膏粱未足论。昔有箪瓢居陋巷，今看卿相出柴门。居然诵读随吾性，岂有逢迎趁俗喧。景仰文公醒世界，叮咛记取此佳言。[①]

该诗七言六韵，与前述乾隆以来琉球试帖诗体式均不相同。而从命意上看，以诗明志，表达其安贫乐道、不为世俗滋垢的人生态度。一改赋得体诗颂圣歌功的虚誉之风，抑或吟风赏月的空疏之弊。

在《钦思堂诗文集》第三卷，蔡氏试帖诗又有了新的特色。此85首，篇篇皆以五言命名，整齐划一。每诗皆为五言四韵。乾隆廿二年会试恢复试诗，试帖诗选与诗法类书籍纷纷问世，仅乾隆二十三年即至少刊行了14种[②]。就诗题而言，今所见清人试帖诗题目，无论出于科场，抑或场外仿拟，长度并无定数，从二字到七字不拘。返观蔡氏试帖诗题目，俱为五言，反映出琉球科考程式化、本土化的特点。清代恢复试诗以来，乡试、会试考五言八韵诗，童试难度有差，以五言六韵试之。而今所见道光、同治间琉球在华官生试帖诗为五言八韵，蔡氏等人的试帖诗为五言四韵，说明考虑到语言环境和士子水平，难度又有递降。

再看题目出处，既有"燕草如碧丝"、"好雨知时节"、"落日满秋山"、"青山郭外斜"者，分别自李、杜、王、孟等盛唐大家诗中摘句。又诸如"啼鸟惊残梦"、"春迟柳暗催"、"轻烟拂流水"、"深夜月当花"、"卿云霭九重"等出自杜审言、宋之问、戴叔伦、李商隐、和凝等初、中、晚唐五代诗人诗篇者，亦不少见。宋元则苏轼、黄庭坚、陆游、元好问等名家皆有诗句被引作题目。

值得一提的是，清人的好诗佳句亦被充作题目，这在以往的琉球试帖诗中并未有过。其如，"月白人归浦"一题，句出戴衢亨《渔舟唱

---

① 蔡大鼎《钦思堂诗文集》卷二，高津孝、陈捷编《琉球王国汉文文献集成》第27册，复旦大学出版社，2013年，309—310页。

② 见蒋寅《科举试诗对清代诗学的影响》，《中国社会科学》2014年第10期，第150页。

晚》。连同“山青客倚楼”二句成对，情景传神，境界超妙，曾被林联桂《见星庐馆阁诗话》推赏[①]。而这戴氏，官至尚书，兼翰林院掌院学士，拜体仁阁大学士。更重要的是，早在廿一岁时即趁乾隆巡行而献诗并受称赏，三年后中戊戌科状元。此后五主乡试，四典学政，三任会试总裁，二充殿试阅卷大臣。其诗其人，足受天下应举学子钦慕。

另有蔡氏试帖诗题源自清人试帖诗，而该清人试帖诗又以前人尤其是唐人佳句为题，可谓是题中有诗，诗中有题。其如“苑里花围锦”一题，语出王鸣盛试帖诗《赋得春色满皇州》[②]。王氏除以经学、史学成就著于后世，早年曾学诗于沈德潜，后得中甲戌科榜眼，平生吟咏甚富。而“春色满皇州”一句，最早见于南朝谢朓《和徐都曹出新亭渚诗》，唐元和十年作为进士科诗题，唐宋人拟作者众。无独有偶，“天边月恰升”一题，出自纪昀《我法集》中《赋得能使江月白》一诗[③]，而“能使江月白”句出自唐代常建《江上琴兴》。再如“新莺绕玉楼”一题，出自纪昀《馆课存稿》中《赋得莺啭皇州》[④]，而“莺啭皇州”源于岑参《奉和中书舍人贾至早朝大明宫》诗，更是试帖诗效法的典范。“霞明半照墙”一题从纪昀《我法集》中《赋得细雨湿流光》[⑤]一诗中摘句，祖源于冯延巳《南乡子》，亦同此类，兹不赘述。

不难观出，纪昀等清人诗作、诗法在琉球诗人创作中已然被奉作典范。如清代其他著作东传路径，纪氏之书或经过琉球贡使及官生携带回国，直接授予亦不无可能。依照清制，“贡使至京，先于礼部进

---

① 张寅彭选辑，吴枕、杨焄点校《清诗话三编》第6册，上海古籍出版社，2015年，第4040页。

② 王鸣盛《西庄始存稿》卷二，乾隆三十年(1765)刻本。

③ 纪昀《我法集》，《纪文达公遗集》卷十六，《续修四库全书》第1435册，上海古籍出版社，2002年，第671页。

④ 纪昀《馆课存稿》，《纪文达公遗集》卷十五，《续修四库全书》第1435册，上海古籍出版社，2002年，第655页。

⑤ 纪昀《我法集》，《纪文达公遗集》卷十六，《续修四库全书》第1435册，上海古籍出版社，2002年，第664页。

表。贡使暨从官各服本国朝服，由馆赴部，升阶皆跪，正使奉表授会同四译馆卿转授礼部堂官”[①]。此外，朝鲜、安南、琉球等国进贡，各在礼部筵宴二次。其即所谓“下马宴”、“上马宴”，以尽迎送之礼。宴会的具体情形，“琉球贡使朝见后，在部筵宴，以堂官主席”[②]。纪昀先以侍郎，后升尚书，以“堂官”身份任职礼部前后近二十年，自然有与琉球贡使直接交流的“时间窗口”。更重要的是，纪氏本人乐于结交域外文人，与朝鲜燕行使朴齐家、徐滢修、柳得恭均有笔谈，相与唱和，成为清代中叶中朝文学交流浓墨重彩的篇章。再看琉球，纪昀在《阅微草堂笔记》中记曰：“朝鲜、琉球、日本诸国，皆能读华书。……朝鲜、琉球之贡使，则余尝数数与谈。”[③]正面反映了其与琉球使者交往的事实。

从前人佳作中摘取碎金屑玉作为题目，无论是直接或间接，无论是摘自前人或清人，我们姑且都归为摘句一类。此类题目在蔡氏 85 首作品中仅居三分之一。其余试帖诗拟题之法则为化句和自拟。

相较于摘句，用化句之法来拟题，更有了创造的自觉。其如，“五更先吐日”，出自苏轼《江月》“五更山吐月”一句。“流萤入画檐”，陆游《夏夜》有“风劲流萤自入檐”一语。“蝉吟独树残”一题，唐人有“蝉鸣独树急”之句，蔡氏虽将“鸣”替换掉，仍以其为韵字。“芦花倚浅水”，化自司空曙《江村即事》“只在芦花浅水边”，加一“倚”字作为韵字。“秋声生蓼岸”，化自朱朝瑛《题画》有“日暮可怜红蓼岸，秋声一夜绕渔家”，蔡氏同样用一动词“生”来连接，而这“生”字也用来做韵字。“芝兰满室香”，化自魏了翁《廖巴州挽诗》“手种芝兰香满室”，移动了“香”字作为韵字。

又如“宿雨初收野(得鲜字)”一题，此句读来似不甚通，而乾隆帝

① 《清会典》卷三十九，中华书局，1991 年，第 350—351 页。

② 《钦定清会典事例》卷五一九，《礼部・燕礼・各国贡使来朝筵燕》，《续修四库全书》第 806 册，上海古籍出版社，2002 年，第 224 页。

③ 纪昀《阅微草堂笔记》卷二十，上海古籍出版社，2001 年，第 431 页。

弘历曾有“宿雨初收幂野烟”[①]诗句，蔡氏之诗亦用同韵，如此也是大有来历，只是进行了加工改造，删削重组。可见其将长句或数句裁剪、拼装乃至增删替补而成的五字之题目，并非无因无据。试帖诗终究要以颂圣为旨归，为此，蔡氏不惜将苏轼“五更山吐月”中的“月”字改为“日”字，且作为韵字。诗中以日光（而非月光）作喻，称颂帝王的德泽。若依当时眼光来看，却也改的有理。

蔡氏试帖诗 85 首虽未由经史中拟题，源于诗而不限于诗。其如“细雨黄梅湿”，句出元人白朴词《西江月 · 九江送刘牧之同知之杭》“共湿黄梅细雨”一语。“芙蓉窥镜里”，句出道咸词人黄燮清《满江红 · 水仙王祠神弦曲》。如此可见琉球汉诗人所涉猎的文学体裁丰富程度，多少有了几分“功夫在诗外”的意味。

单就诗题来看，蔡氏 85 首绝大部分是山水、雨雪、草木、虫鸟的自然画面，诗人由此铺陈，巧妙设喻，落笔点题。如《秋来零露白》尾联是“云浆能益寿，应献万年觞”，《细雨芦花岸》以“击壤颂皇朝”做结，可谓深得试帖诗真意。而《蝉声咽碧枫》仍有“借问含何恨，吟来意不平”的结题之句。在强调温柔敦厚、清真雅正的清代科场中似有违和，这也折射出琉球科试相对宽松的政治生态。

最有琉球特色之处在于封贡体系之下具有海洋性的题目和内容。其如，“绝岛浮云外”“怀柔逢圣代”“皇极本无私”等题，显然是希冀通过试诗，为选拔进贡使所做的准备。清代尤其是康乾、嘉道时期，皇帝在紫禁城或圆明园等处召见琉球进贡使，设宴款待并赋诗唱和，历任使者多有记录，甚至出现了《御诗唱和集》等专门的结集诗册。《绝岛浮云外》中“倘借仙槎便，蓬莱去复还”之句，《皇极本无私》中“欣遇唐虞世，梯航遍四陲”等句皆特色彰显，明白晓畅，自不待言。

---

① 弘历原诗题为《菜花》，诗云：“宿雨初收幂野烟，金英千顷远蔫绵。几株红杏低枝照，大似苏堤春晓天。”见《御制诗二集》卷六十二，《清代诗文集汇编》第 321 册，上海古籍出版社，2010 年，第 279 页。

五、结语

试帖诗仅是科举制度背景下的一种产物，试帖诗的创作技法却与传统诗学纵横交织，在有清一代恢复试诗的实践中对文学生态产生了重要影响。今从琉球汉诗观之，这一举措在域外文学世界也激荡出了不小的涟漪。观照琉球汉诗对中国诗学传统的扬弃、受容情况，有助于揭示中国诗歌范式在促进东亚诗歌繁荣和形成东方艺术传统过程中所起到的重要作用。

肇自明初，琉球社会沾濡中华文化而尊儒重教。乾隆时代中原王朝科举领域的动态，对琉球这一海外岛国的影响几乎是共时态的，这自然得益于双方频繁而密切的人员往来。由上文所述，无论是受业于北京国子监的琉球官生，还是任职琉球王府官学的本土教习，都积极创作试帖诗。唐人试律及清人试帖佳作皆被当作仿习的范本。纪昀等诗学大家所编诗选、所撰诗法，被琉球诗人奉为圭臬。由此推知，琉球王府国学的教习手中应该掌握了清代试帖诗选以及试帖诗法类的不少书籍。藉由这一视点，以小见大，可管窥其时琉球社会对清代诗学的吸收与内化。

有学者曾谓，试帖诗得某字中的"某"字要在诗的第二句或第四句的末尾把这个字用上，出现晚了不行[①]。就蔡氏 85 首观之，所得某字出现在第六句、第八句者亦间有之[②]，掌握了稳中有变的创作灵活度。试帖诗既为赋得体，对于题目出处尤须重视，甚至要明晰题目中每一字在原诗中的意涵，并在作诗中相与贴合。《馆课我法诗笺》云："题之本旨，题之出处，终须还明，方无添漏。否则是自作颂扬诗，不

① 郑天挺《清代考试的文字——八股文和试帖诗》，《清史探微》，商务印书馆，2017 年，第 529—539 页。

② 蒋金星据《清代硃卷集成》，统计分析清人试帖诗，认可了清代试帖诗得某字中的"某"字位置可处于任一偶句末尾。详见其《清代科举试帖诗"得×字"中"×"的位置》，《中国韵文学刊》2007 年第 1 期；《再论清代科举试帖诗得"某"字中"某"字的位置》，《教育与考试》2013 年第 2 期。

必曰赋得某题矣。”[①]所言即为此意。从蔡氏试帖诗 85 首来看，题目或源自前人佳句或经改造或自拟，皆在诗中紧密契合，体现了重视试帖诗准绳并因应琉球本土需要而作出的适当调适，由此也推动了试帖诗在琉球王国后期的繁荣。

综观琉球试帖诗的百年发展历程，其兴衰，随清代科举改制与诗学宗尚的转徙而代变。乾隆朝恢复科举试诗，格调派主盟诗坛，“诗尊唐体”之说盛行，琉球试帖诗因之兴起，且皆从唐诗中摘句拟题；道光朝，经“性灵说”“肌理说”的冲击，尊唐之风渐衰，“宋诗风”抬头，琉球试帖诗亦随之而变；同治间，宋诗派与汉魏六朝诗派之余绪交互影响，琉球试帖诗因之转向。国难加深，文人士大夫期望重振风雅的努力亦可借琉球试帖诗以观。除此之外，试帖诗在琉球诗人手中反复研习而不断创变，渐趋成熟且呈现出一定的本土化色彩，出现了足以颉颃清人试帖作手的优秀作品。诚然，琉球试帖诗仍是以儒家思想为内核的中华文化作为底色，正是有了这一共同的底蕴，双方在文化领域的交往才持久而硕果非凡。

（复旦大学中文系）

---

① 纪昀撰，郭斌评注《赋得东壁图书府》，《馆课我法诗笺》卷三，嘉庆二年（1797）一枝山房刻本。

试论谭献的骈文批评理论

刘红红

内容摘要：谭献是晚清骈文大家，其骈文批评理论内容丰富，包括骈散合一，回归汉魏的骈文思想；推崇“于绮丽丰缛之中，能存简质清刚之制”的骈文风格论；重视骈文潜气内转的文气论；梳理骈文发展流变的骈文史论；清代骈文作家论及选本批评等方面。谭献的骈文批评理论具有深远影响。

关键词：谭献；骈散合一；潜气内转

On Tan Xian's Parallel Prose Criticism Theory

Liu Honghong

Abstract: Tan Xian, a writer of parallel prose in late Qing Dynasty, his Parallel prose criticism theory is abundant. He combined parallel prose with prose and returned to Han Wei style of writing, agreed with the parallel prose style that has "the simple and fresh quality in the shape of beautiful and rich elaboration". Tan Xian pursued "Qianqi Neizhuan" on the view of literary spirit, combed the history of parallel prose, evaluated the prose writers and anthologies of Qing Dynasty.

Keywords: Tan Xian; combining parallel prose with prose; "Qianqi Neizhuan"

谭献是晚清著名的词学家，其编选的《箧中词》被视为清词选本的典范。然而，谭献的文学成就不局限于词学领域，他是晚清骈文大家，其骈文思想内涵丰富。然而目前学界对其骈文理论关注较少，本文即探讨谭献的骈文批评理论。

谭献一生曾多次评点李兆洛《骈体文钞》。《复堂日记》卷七光绪十四年戊子(1888)条载："校《骈体文钞》。是书予二十八岁时初评识于闽中者已亡佚，光绪乙亥再评于金陵贡院，阅五年，庚辰三评于全椒官舍。"[①]由这条材料及其他相关材料，我们可考索谭献评点《骈体文钞》的具体日期。首先，咸丰九年己未(1859)，谭献二十八岁时于闽中初评《骈体文钞》，该评点本已亡佚。其次，光绪元年乙亥(1875)，四十三岁的谭献再评《骈体文钞》于金陵贡院，该本为乙亥江宁试院读定本，识语甚略。复次，光绪六年庚辰(1880)谭献四十八岁时于全椒官舍第三次评点《骈体文钞》。最后，谭献在1881年，再次评定《骈体文钞》，是为第四次评定。光绪七年(1881)闰月十七日："《骈体文钞》两年来重加评定，往往携以行县，读于村舍。今日始卒业一过。以校乙亥江宁试院读定本颇有异同，所见固以时殊邪？"[②]谭献极为推崇李兆洛《骈体文钞》，在评点《骈体文钞》中体现了其追求汉魏义法及主张骈散合一的观点。

一、不拘骈散，回归汉魏的骈文思想

李兆洛在《骈体文钞》中，表现出折衷骈散的批评思想，这一思想深深影响了谭献的骈文思想。正如金秬香《骈文概论》所言："夫骈散不分之说，自汪中、李兆洛等人发之。其后谭献即以此体倡浙中，其

---

① 谭献著，范旭仑、牟晓朋整理《复堂日记》，河北教育出版社，2001年，第178页。

② 谭献著，范旭仑、牟晓朋整理《复堂日记》补录卷二，河北教育出版社，2001年，第298页。

风始盛。"[1]金秬香肯定了谭献对推广骈散不分理论的贡献。谭献继承了嘉道以来不拘骈散的思想，"论文多主张骈散合一，推崇汉魏六朝，以风清骨峻、华而不靡、辞理相扶、文质相参为尚"[2]。谭献即标举"汉魏义法"[3]。所谓"汉魏义法"，"即指辞意相称，文质谐和，辞与事符，骨肉停匀，而不是斤斤于词采声色"[4]。谭献评南朝王筠《昭明太子哀册文》云："文质适中。辞与事副，骨肉停匀。"[5]评谢朓《齐敬皇后哀策文》云："雅赡不缛。"[6]都体现了其"汉魏义法"的主张。谭献在《骈体文钞》的评点中提到了他认为优秀骈文的特点："四六之上驷。峭蒨丽密。"[7]"开阖动宕，情文相生，俪体之上驷也。"[8]"四六意对为上。"[9]"句法变换，四六所珍。"[10]由这些评语可知，谭献认为好的骈文除了具有辞藻密丽之外，更应具有思想内容与艺术表现的情文相生，句式章法的开阖变化。简言之，谭献不欣赏一味工稳整齐的骈文，而推崇骈文中有散体因素的骈散结合的文章。

谭献在《骈体文钞》的评点中申说其骈散合一的骈文理论。具体说来，包括如下三点：

首先，标举古文传统中的立意作为骈文的追求，为骈文指出向上一路。谭献评司马相如《喻巴蜀檄》云："意深重而语微婉，骨干大而脉理甚细，西京之文，去六艺未远。"[11]此条评语即体现了谭献对骈文立意、骨干、脉理的综合考量，他认为西汉文章语意深婉，具有质朴风貌。谭献极为重视骈文的立意，这是因为骈文往往辞藻华美，形式的

---

① 金秬香《骈文概论》，商务印书馆，1934 年，第 141 页。
② 孙福轩《清代赋学研究》，浙江大学出版社，2008 年，第 290 页。
③ 李兆洛选，谭献评《骈体文钞》，台北世界书局，2010 年，第 502 页。
④ 孙福轩《清代赋学研究》，浙江大学出版社，2008 年，第 292 页。
⑤ 李兆洛选，谭献评《骈体文钞》，台北世界书局，2010 年，第 107 页。
⑥ 李兆洛选，谭献评《骈体文钞》，台北世界书局，2010 年，第 106 页。
⑦ 李兆洛选，谭献评《骈体文钞》，台北世界书局，2010 年，第 433 页。
⑧ 李兆洛选，谭献评《骈体文钞》，台北世界书局，2010 年，第 64 页。
⑨ 李兆洛选，谭献评《骈体文钞》，台北世界书局，2010 年，第 336 页。
⑩ 李兆洛选，谭献评《骈体文钞》，台北世界书局，2010 年，第 695 页。
⑪ 李兆洛选，谭献评《骈体文钞》，台北世界书局，2010 年，第 284 页。

讲求容易遮蔽骈文思想内容的表达，故谭献讲求骈文的意旨，认为骈文若能“曲尽事理”，“自无浮靡之失，乃不为谈古文者鄙夷”。[①] 所谓“事理”即是对骈文立意的重视。如以下这些评语即体现出这一点。评袁彦伯《三国名臣序赞》云：“意存风教。”[②]评梁元帝《课耕令》云：“华辞尚以意运。”[③]评梁元帝《职贡图序》云：“立言有体，不徒浮藻。”[④]评邢子才《请置学及修立明堂奏》云：“彦和所谓扶质立干，垂条结繁之文。”[⑤]这里，谭献一再表明，骈文的华丽外表之下，需要以意运辞，他承认骈文的藻采之美，但也指出必须由文章的思想性作为中心，不能言之无物而一味讲求形式之美。谭献批评只讲形式的骈文，如评鲍照《侍郎报满辞阁疏》云：“琢句。句奇情短，徒以琢雕为长，敷奏之体，至此渐乖。”[⑥]评陈孔璋《檄吴将军校部曲》云：“讳饰语多，遂尔嗫嚅，文不可不先质也。”[⑦]这两个例子皆从反面强调骈文不能只讲求形式，忽视思想内容的表达。

除了对各类文体的零星评点中表现出谭献对立意的重视之外，谭献在《骈体文钞》卷二十八“七类”的评点中突出强调骈文立意的重要性：“《七林》闳丽，有章法有句格，骈俪家之科律也。权其利钝，则枚叔语语用意，高不可企。陈思郁伊，意内言外，非苟作者。景阳已病蔓辞，而形容变化，不无深沉之思。继此则斧藻而已。但后人运入杂文，便见遒厚，不可不习。”[⑧]自枚乘《七发》以来，曹植《七启》、张协《七命》，构成骈文中一个特殊的文体——七体。其辞意相称，代表着汉晋时代的文采特点。谭献强调“七体”要有“郁伊”之情，“意内言

---

① 谭献著，范旭仑、牟晓朋整理《复堂日记》卷四光绪四年戊寅(1878)条，河北教育出版社，2001年，第80页。

② 李兆洛选，谭献评《骈体文钞》，台北世界书局，2010年，第477页。

③ 李兆洛选，谭献评《骈体文钞》，台北世界书局，2010年，第147页。

④ 李兆洛选，谭献评《骈体文钞》，台北世界书局，2010年，第69页。

⑤ 李兆洛选，谭献评《骈体文钞》，台北世界书局，2010年，第212页。

⑥ 李兆洛选，谭献评《骈体文钞》，台北世界书局，2010年，第270页。

⑦ 李兆洛选，谭献评《骈体文钞》，台北世界书局，2010年，第288页。

⑧ 李兆洛选，谭献评《骈体文钞》，台北世界书局，2010年，第647页。

外"之旨，而不能徒饰曼辞，为苟作之篇。又谭献云："文字之用，不外事理，骈俪辞夸，不能尽理之精微、事之曲折，乃为谈古文者所鄙夷。承学之士，先习陆、庾连珠，沉思密藻，析理述事，充之何复所滞，庶有达者，识予卮言。"[①]他认为骈文的文辞如果用来表意，而非徒然讲求形式之美的话，可以尽理之精微、事之曲折。所以，学好骈文的文辞，有助于精微地分析事理，从而与古文的析理述事具有相同功能。换言之，谭献认为骈文的文辞美有助于增加文章思想内容的说服力，二者可以共存，相得益彰。

其次，与讲究骈文的立意相关，谭献在评点中注重骈文内在的气韵、风神，风骨等。提倡汉魏风骨，追求深沉博大的气格。谭献评司马相如《封禅文》云："迈往之韵，峻绝之骨，奇宕之气，萧疏之神。颂语不袭商周，几欲抗手。"[②]从气、韵、骨、神等方面肯定此文。《复堂日记》云："蒋《评四六》阅毕。苕生之意尊庾太过，几欲尽废齐梁，不知开府之文侧调宕词，繁简多失，情韵风骨间有不逮孝穆处。"[③]认为蒋士铨过度推崇庾信，在谭献看来，庾信文章藻饰太多，在情韵风骨方面不及徐陵。可见，谭献在骈文的主张上更为推崇文章内在的气韵风骨。如评谢希逸《求贤表》云："发言条达，能尽事理，亦以稍削藻词，风骨始振。"[④]评刘子政《上战国策叙》云："贯以劲气。不徒浑厚。"[⑤]评江文通《诣建平王上书》末尾云："开阖顿宕，气体岸异。"[⑥]评任彦昇《奏弹曹景宗》云："可谓笔挟风霜。骏迈曲折，气举其辞。"[⑦]评任彦昇《为齐明帝让宣城郡公表》云："刻挚奋发，气盛言宜。"[⑧]这些评

---

① 李兆洛选，谭献评《骈体文钞》，台北世界书局，2010年，第659页。

② 李兆洛选，谭献评《骈体文钞》，台北世界书局，2010年，第46页。

③ 谭献著，范旭仑、牟晓朋整理《复堂日记》补录卷二光绪七年(1881)孟秋晦日，河北教育出版社，2001年，第297页。

④ 李兆洛选，谭献评《骈体文钞》，台北世界书局，2010年，第200页。

⑤ 李兆洛选，谭献评《骈体文钞》，台北世界书局，2010年，第406页。

⑥ 李兆洛选，谭献评《骈体文钞》，台北世界书局，2010年，第276页。

⑦ 李兆洛选，谭献评《骈体文钞》，台北世界书局，2010年，第304页。

⑧ 李兆洛选，谭献评《骈体文钞》，台北世界书局，2010年，第273页。

点中提到的"风骨"、"劲气"、"气体岸异"、"气举其辞"、"气盛言宜"，表明了谭献对骈文风骨和气韵的强调。《复堂日记》谭献评陈寿祺骈文曰："编修于文事功力不深，又误于华缛，于经生词章二家均无当。骈文亦无气骨，未可与孙（星衍）、洪（亮吉）同年而语。"[①]显然，谭献不满于陈寿祺骈文的误于华缛及文无气骨两方面。在谭献看来，骈文应力避华缛，而必须讲求气骨。

最后，重视骈文的萧疏散淡风格。谭献曾以神情散朗、萧疏评价晋宋骈文。如评东晋戴安道《闲游赞》云："神情散朗，当时之体。萧疏是当时文体。"[②]评陶渊明《自祭文》云："神情散朗，称心而言。"[③]评东晋葛洪《抱朴子序》云："散朗修饬。"[④]评谢惠连《祭古冢文》云："文有萧澹之致。"[⑤]谭献对晋宋骈文的疏朴之风给予肯定。不惟晋宋，谭献对其他朝代有萧疏散淡风格的作品也表示赞同，如评蔡伯喈《迁都告庙文》："疏古跌宕。"[⑥]评萧子良《言台使表》："言甚切至，文气疏嗯，叙述之法，亦沾溉后人。"[⑦]皆表明谭献欣赏自然畅达的文风。

要而言之，谭献骈散结合，回归魏晋的骈文思想讲求文质并重，骈散兼行，注重骈文的内在气韵，推崇疏朗文风。这是当时文学思潮的体现，"由于时代变迁，从道咸以来骈文理论家和赋学家逐渐从俪语藻语的本色之争转向气韵风骨之辨，多从沉博绝丽的风格追求转向内在的气韵和风骨论，由六朝的绮艳而转向晋宋的疏散。寄寓个人生命悲吟和黍离之悲的作品，应和着经世致用思潮的再次兴起而成为时代主潮……骈散不是目的，而只有蕴蓄于其中的情感维度、气

---

① 谭献著，范旭仑、牟晓朋整理《复堂日记》补录卷一同治二年（1863）二月廿日，河北教育出版社，2001 年，第 212 页。

② 李兆洛选，谭献评《骈体文钞》，台北世界书局，2010 年，第 481 页。

③ 李兆洛选，谭献评《骈体文钞》，台北世界书局，2010 年，第 587 页。

④ 李兆洛选，谭献评《骈体文钞》，台北世界书局，2010 年，第 415 页。

⑤ 李兆洛选，谭献评《骈体文钞》，台北世界书局，2010 年，第 592 页。

⑥ 李兆洛选，谭献评《骈体文钞》，台北世界书局，2010 年，第 136 页。

⑦ 李兆洛选，谭献评《骈体文钞》，台北世界书局，2010 年，第 201 页。

骨风神和致用精神才是最为重要的”[①]。《复堂日记》言:“明以来,文学士心光埋没于场屋殆尽……予自知薄植,窃欲主张胡石庄、章实斋之书,辅以容甫、定庵,略用挽救,而先以不分骈散为粗迹、为回澜。八荒寥寥,和者实希。中白、谷成其谓之何?畴人中所可哆口者,惟曰有实有用而已。”[②]在谭献心目中,好的文章家须有胡承诺、章学诚之通识,汪中、龚自珍之艳才,然后骈散不分,撰为有实有用之文。从学术角度言之,则是“欲藉由汪容甫、龚定庵根柢经史,渊雅醇茂之文,而运以胡承诺、章实斋学术之深识,期能振救晚明以来视帖括桐城为学问文章之颓风”[③]。

二、风格论:绮丽丰缛与简质清刚的统一

“于绮丽丰缛之中,能存简质清刚之制”一语出自清代邵齐焘《答王芥子同年书》一文:“平生于古人文体,尝窃慕晋宋以来词章之美,寻观往制,泛览前规,皆于绮丽丰缛之中,能存简质清刚之制,此其所以为贵耳。”[④]邵齐焘认为骈文应将绮丽丰缛的语言形式与简质清刚的行文风格有机统一起来。骈文不仅要具有绮藻丰缛的词章之美,同时要有刚健之文气。这样才能避免骈文片面讲求形式华靡,从而达到丽而不靡的境地。

谭献认同邵齐焘的观点,崇尚“于绮丽丰缛之中,存简质清刚之制”的作法,并以之作为评价骈文风格的标准。谭献认为骈文不应局限于辞藻的丰缛绮丽,更应注重情感的古雅典则,风格的简质清刚。《复堂日记》言:“阅《骈体正宗》。叔宀、圃三渐入遒古,文章气运,旋

① 孙福轩《清代赋学研究》,浙江大学出版社,2008年,第294页。

② 谭献著,范旭仑、牟晓朋整理《复堂日记》卷三同治十二年癸酉(1873),河北教育出版社,2001年,第59页。

③ 蔡长林《文人的学术参与——〈复堂日记〉所见谭献的学术评论》,台北《中国文哲研究集刊》2012年第3期,第137页。

④ 邵齐焘《答王芥子同年书》,《玉芝堂文集》卷五,《四库全书存目丛书》集部第281册,齐鲁书社,1996年,第504页。

斡于不自知。朱石君稍着力。邵文有云‘于绮丽丰缛之中，存简质清刚之制’；此中真际，难言之。”[1]复堂认为绮丽丰缛的词章之美与简质清刚的风格之美达到统一，实属不易。又谭献以“于绮丽丰缛之中，存简质清刚之制”作为评价骈文的标准，如评方履篯骈文：“方彦闻《万善华室文》六卷，玉珊寄，江西新刻。方文密栗胜董兰石（董佑诚），而骀宕不逮，绮藻丽密而未尽简质清刚者与。并世有董，固当拍肩挹袖。”[2]又：“阅董方立遗文。骨体清峻，音节哀婉。故当弱于子山、浅于四杰，而抗希古学，泽以经术，遂有颉颃前贤之意。视彦闻整栗不如，而清转胜之，诚一时麟凤。”[3]评彭兆荪骈文：“极学陈隋，能密而不能疏，未免坠李义山五里雾中矣。”[4]这些评语表现出谭献对骈文辞藻密丽有余而文气疏散不足的批评。谭献认为方履篯骈文虽辞藻华美、整栗严密，却在风格上未做到简质清刚，不及董佑诚骈文文风的骀宕舒缓，有清刚之气。显然，谭献更为欣赏有简质清转之风的董佑诚骈文。又谭献以清刚的风格称许曾燠为骈文名家：“倚枕诵曾宾谷骈文。虽时堕宋调，而清刚可味，固是名家。”[5]《吴学士遗文叙》中评吴鼒《国朝八家四六文钞》云：“学士定八家之文，逸二汪之作，披文相质，落实取材。伐柯之则，在于简质清刚；相马之真，主于清转华妙。善于持论，夫子自道。”[6]认为简质清刚、清转华妙既是吴鼒《国朝八家四六文钞》入选骈文的标尺，又体现吴鼒本人对骈文风格的期许。

---

① 谭献著，范旭仑、牟晓朋整理《复堂日记》卷二同治七年戊辰（1868）条，河北教育出版社，2001年，第40页。

② 谭献著，范旭仑、牟晓朋整理《复堂日记》卷七光绪十二年丙午（1886）条，河北教育出版社，2001年，第161页。

③ 谭献著，范旭仑、牟晓朋整理《复堂日记》卷三同治十二年癸酉（1873），河北教育出版社，2001年，第63页。

④ 谭献著，范旭仑、牟晓朋整理《复堂日记》补录卷二光绪七年（1881）十二月初五日，河北教育出版社，2001年，第299页。

⑤ 谭献著，范旭仑、牟晓朋整理《复堂日记》补录卷二光绪元年（1875）十月初五日，河北教育出版社，2001年，第270页。

⑥ 谭献著，罗仲鼎、俞浣萍点校《谭献集》，浙江古籍出版社，2012年，第98页。

三、文气论：潜气内转

“潜气内转”一词，最早出现在三国时期繁钦《与魏文帝笺》一文中：“时都尉薛访车子，年始十四，能喉啭引声，与笳同音。白上呈见，果如其言。即日故共观试，乃知天壤之所生，诚有自然之妙物也。潜气内转，哀音外激，大不抗越，细不幽散。声悲旧笳，曲美常均。”[①]原文指的是一位驾车小童薛访车子的美妙歌喉，这位小童能凭内在功力控制自己的发声，使每个音符都能互相协调，造成动人的整体效果。可见，“潜气内转”最早用于声乐领域，其意义与“喉转”相同，是一个特定的声乐技巧概念。以喉啭的方式发音，“通过气息的控制和流转，在悲声外激之前，将即将发出的声音气流向内回环曲折，避免声音的过于抗越或过于幽散，从而将悲声的力度与厚度淋漓尽致地表现出来”[②]。清代以前，“潜气内转”一词多用于声乐领域。从清代开始，“潜气内转”较多地被用于书法与诗文批评中。[③]“潜气内转”的概念以音乐声调的起伏低昂，幽微要眇，引入诗文批评中，用以比拟文章意脉和情感的似断实连，若隐若现。

晚清谭献将“潜气内转”这一术语用于骈文批评中。谭献《〈续骈体正宗〉序》言：“夫车子一歌，潜气内转；中旗动操，用志不纷。士有憔悴失职，婉约言情，单词不足鸣哀，独思岂能无俪……发过人之哀乐，妙天下之语言。”[④]这篇序中谭献用到了“潜气内转”一词。他认为骈文和散文相比，节奏啴缓，适合表现哀感动人的情思，和“车子一歌”所形成的效果有相似之处。如果说谭献这里用到了“潜气内转”一词，是从其最初之声乐领域的概念出发的话，那么在《复堂日记》提

---

① 萧统编，李善注《文选》，中华书局，1977 年，第 565 页。

② 彭玉平《词学中的“潜气内转”》，《中国分体文学学史 · 词学卷》，山西教育出版社，2013 年，第 161 页。

③ 彭玉平《词学中的“潜气内转”》，《中国分体文学学史 · 词学卷》，山西教育出版社，2013 年，第 180 页。

④ 谭献著，罗仲鼎、俞浣萍点校《谭献集》，浙江古籍出版社，2012 年，第 95 页。

到的几则相关条目中，“潜气内转”则直接作为术语运于骈文批评中：

同治二年癸亥(1863)：“读《中论》。冲和古秀，潜气内转。东汉人未见其偶。宜张皋文先生叹绝伦也。”①

同治二年癸亥(1863)：“夜诵《珍艺宧文》，琅琅真作金石声。说《书》、《诗》数篇，风发泉涌，而渊渊罨罨，潜气内转。”②

光绪六年庚辰(1880)：“亡友刘履芬彦清《古红梅阁遗集》，骈俪源于洪北江，而植体清素，不为恢张，有幽咽潜转之妙；虽骨干差柔，音辞未亮，要自检点，情文不匮。”③

谭献以“潜气内转”一词评徐干《中论》、庄述祖《珍艺宧文》、刘履芬骈文。“不为恢张，有幽咽潜转之妙”，盖指其骈文气韵的内在运转。所谓“渊渊罨罨，潜气内转”，即以骈文技巧的最高礼赞来形容庄述祖之文，称许其文章在飘逸灵动之中，潜藏内敛的才气。这些评点表明谭献注重骈文的文气。谭献曾校定并评点《骈体文钞》，他在《骈体文钞》的评点中用到了与“潜气内转”表意相近的“内转”的概念，如评吕仲悌《与嵇茂齐书》云：“尚有内转之气，故丽而不缛。”④至于涉及转笔运气的评点就更多了，如评梁简文帝《东宫上掘得慈觉寺钟启》云：“转折有长篇法。”⑤评李公辅《霸朝集序》云：“归美推大，运转如意，颇觉规模闳远，而蹊隧分明，气已渐浊。”⑥运转而气浊，实已含有潜气内转之意。还有一些与“潜气内转”表意相同的评语。如评陆士衡《豪士赋序》云：“顿挫回薄，意内言外。”⑦评刘子政《上灾异封事》云：“章法之完密，提掇起伏之明画，往古未有，来者莫继。”⑧评邹阳

---

① 谭献著，范旭仑、牟晓朋整理《复堂日记》卷一，河北教育出版社，2001年，第6页。

② 谭献著，范旭仑、牟晓朋整理《复堂日记》卷一，河北教育出版社，2001年，第7页。

③ 谭献著，范旭仑、牟晓朋整理《复堂日记》卷四，河北教育出版社，2001年，第113页。

④ 李兆洛选，谭献评《骈体文钞》，台北世界书局，2010年，第331页

⑤ 李兆洛选，谭献评《骈体文钞》，台北世界书局，2010年，第699页。

⑥ 李兆洛选，谭献评《骈体文钞》，台北世界书局，2010年，第69页。

⑦ 李兆洛选，谭献评《骈体文钞》，台北世界书局，2010年，第410页。

⑧ 李兆洛选，谭献评《骈体文钞》，台北世界书局，2010年，第176页。

《狱中上书自明》云："断处仍连，正言若谲，文章至此，乃尽危苦之能，然亦可矜。"[①]所谓"顿挫回薄"、"提掇起伏"、"断处仍连"其实就是"潜气内转"的另外一种表述。

继谭献在骈文批评中提出"潜气内转"之后，光绪二十一年(1895)，朱一新在《无邪堂答问·答问骈体文》中具体阐明了"潜气内转"这一骈文批评术语的内涵："骈文自当以气骨为主，其次则词旨渊雅，又当明于向背断续之法。向背之理易显，断续之理则微。语语续而不断，虽悦俗目，终非作家。惟其藕断丝连，乃能回肠荡气。骈文体格已卑，故其理与填词相通。潜气内转，上抗下坠，其中自有音节，多读六朝文则知之。"[②]这段话提到的"潜气内转，上抗下坠"，从气韵的视角准确把握了骈文文体的内在特征。"骈文要以气骨为主心，在此基础上做到词旨渊雅，也要明白文章结构的向背断续之法；骈文不必语语续而不断，只有做到文辞句子表面'藕断丝连'而内部气韵不断，才能让人读出回肠荡气之魅力；文章的'气'要潜藏于内，在暗地里运转，通过骈偶文辞音节的高低抑扬来体现出来。"[③]谭献《复堂日记》对朱一新《无邪堂答问》多持肯定态度。[④] 继谭献之后，朱一新成功地将骈文理论从文辞评点的辞章之论过渡到气韵之论，完成了骈文理论从文章学理论到文学理论的转型。

四、骈文史论：梳理骈文发展流变

除了阐明骈散合一的思想之外，谭献具有较强的追本溯源意识，在对《骈体文钞》的评点中，梳理出骈文的发展脉络，总结不同时期的骈文特点，在其评点中呈现出隋朝以前的骈文发展史。因李兆洛《骈

---

① 李兆洛选，谭献评《骈体文钞》，台北世界书局，2010年，第255页。

② 朱一新《无邪堂答问》卷二，中华书局，2000年，第92页。

③ 莫道才《骈文文论：从辞章之论到气韵之说——论朱一新"潜气内转"说的内涵、来源与价值》，《文学评论》2013年第4期，第220页。

④ 谭献著，范旭仑、牟晓朋整理《复堂日记》，河北教育出版社，2001年，第395、398页。

体文钞》三十一卷辑入了先秦至隋的骈文[①]，故谭献在《骈体文钞》的评点中阐明了先秦至隋朝不同历史时期骈文发展的情况。谭献描绘出骈文发展的面貌为：先秦之浑穆、汉代多质朴之体、汉魏之整栗，晋宋齐梁的疏散之体、齐梁陈代之工纤，隋文之重返朴质、初唐之阐缓等。[②] 谭献在梳理骈文发展史时，表现出对汉代古朴文风、晋宋萧散文风的向往。从中可窥见谭献论文的倾向。谭献力主汉晋之文的遒厚与深情，文质相生，这与他的骈文观是相符的。谭献梳理隋朝以前的骈文史大致包括如下四点：

首先，先秦至秦汉时期文章。谭献总结先秦至秦汉文章风貌为自然质朴。先秦文章的特点是自然成文，有浑穆之气，谭献云："文之至者，曰自然风行水上，非晚周先秦之文不能当之。"[③]秦汉文章文气充沛，有浩然之势，"后人言浩乎沛然，惟秦汉人文耳"[④]。揭示此期是骈文发展的孕育期，如评李斯《上秦王书》云："是骈俪初祖。"[⑤]

其次，汉魏文章。第一，对两汉文章的肯定。"汉世文章，无论纯驳，原本经术，其味深长。"[⑥]汉代文章因与经学相联系，故有浑厚之气。谭献指明两汉文章由西汉疏拙文风向东汉整密文风的转变，这从谭献对《史记》和《汉书》的评价中可以看出。谭献极为赞成章学诚对《史记》、《汉书》的评价："《史记》、《汉书》自叙之篇章，章实斋所谓'圆以神，方以智'者，于此昭然若揭。乍读之，以子长疏拙处多，孟坚整栗处多，用韵亦班较密。"[⑦]谭献评东汉班固《高祖泗水亭碑铭》云：

---

① 李兆洛所言骈文非传统意义上步趋齐梁的骈文，而是指汉晋或宗法汉晋的骈散合一之骈文。（曹虹、陈曙雯、倪惠颖《清代常州骈文研究》，江苏人民出版社，2010 年，第 277 页）其骈文是广义的概念，包含所有采用偶句的文体，包括先秦诸子散文。

② 李兆洛选，谭献评《骈体文钞》，台北世界书局，2010 年，第 246 页。

③ 李兆洛选，谭献评《骈体文钞》，台北世界书局，2010 年，第 596 页。

④ 李兆洛选，谭献评《骈体文钞》，台北世界书局，2010 年，第 598 页。

⑤ 李兆洛选，谭献评《骈体文钞》，台北世界书局，2010 年，第 166 页。

⑥ 李兆洛选，谭献评《骈体文钞》，台北世界书局，2010 年，第 409 页。

⑦ 李兆洛选，谭献评《骈体文钞》，台北世界书局，2010 年，第 454 页。

"渐就整密，一变西汉之格。"[1]评班彪《王命论》云："起伏结撰，尽言尽意，遂成东京文体。"[2]表现出文章风格在两汉之间的变化。第二，魏朝文章表现出向情辞曲畅方向发展。谭献评魏朝高堂隆《谏明帝疏》云："汉代质朴之体稍变，而情辞曲畅，拔奇于仲宣、子建之外。"[3]

再次，晋代及南朝骈文。谭献评东汉刘陶《上桓帝书》云："骨气奇高，而华词已开晋宋文章气运。"[4]此句揭示出晋宋骈文转向华丽的趋势。谭献同时指出晋宋齐梁文章具有萧散之体。如评西晋潘岳《夏侯常侍诔》云："清空一气，破汉魏之整栗，成晋宋之运转。"[5]评东晋戴安道《闲游赞》云："神情散朗，当时之体。萧疏是当时文体。"[6]评庾信《贺平邺都表》云："章法兜裹，一变齐梁以来疏散之体。"[7]从这些评语可以看出，晋宋齐梁时期的骈文有萧疏散朗之风。到了南朝梁代的庾信、徐陵之时，骈文文风又有变动，"徐庾出而大变六朝之体势，比于诗家之沈宋"[8]。初唐的沈佺期、宋之问以律诗见长，其律诗属对精密，音韵谐调，"沈宋体"在律体定型中发挥了重要作用。谭献以诗家之沈宋比拟骈文中的徐庾。意在表明，徐陵、庾信二人在骈文朝精致工稳方向发展中作出的贡献。齐梁时期"以藻语推究事理，当时文体如此"[9]。"笔巧是当时文体。"[10]谭献同时指出梁代是骈文中四六之体的定型期，"四六之体至梁而成，昭明（萧统）尚有朴致，元帝（萧绎）、简文（萧纲）益巧构矣"[11]。由此可知，齐梁骈文出现了基本定型的四六之体，进一步发展了骈文的形式。这里说的四六之体，是由

① 李兆洛选，谭献评《骈体文钞》，台北世界书局，2010年，第5页。
② 李兆洛选，谭献评《骈体文钞》，台北世界书局，2010年，第362页。
③ 李兆洛选，谭献评《骈体文钞》，台北世界书局，2010年，第194页。
④ 李兆洛选，谭献评《骈体文钞》，台北世界书局，2010年，第188页。
⑤ 李兆洛选，谭献评《骈体文钞》，台北世界书局，2010年，第581页。
⑥ 李兆洛选，谭献评《骈体文钞》，台北世界书局，2010年，第481页。
⑦ 李兆洛选，谭献评《骈体文钞》，台北世界书局，2010年，第245页。
⑧ 李兆洛选，谭献评《骈体文钞》，台北世界书局，2010年，第343页。
⑨ 李兆洛选，谭献评《骈体文钞》，台北世界书局，2010年，第304页。
⑩ 李兆洛选，谭献评《骈体文钞》，台北世界书局，2010年，第117页。
⑪ 李兆洛选，谭献评《骈体文钞》，台北世界书局，2010年，第506页。

骈文而成的一种文体，由四六句组成。刘师培《文章源始》云："齐梁以下，四六之体渐兴，以声色相矜，以藻绘相饰，靡曼纤冶，文体亦卑。然律以沉思翰藻之说，则骈文一体，实为文体之正宗。"①

最后，隋朝骈文。相对南朝骈文的华丽，隋朝骈文有重返朴质及重视文章内涵的趋向。"隋世诗文，已将反质。"②谭献评隋朝李公辅《天命论》云："承华缛之末流，稍思反质，所以兆初唐也。"③相对于南朝对"文"的过度重视，隋朝重"质"以改良骈文因重文轻质带来的流弊。谭献对于隋朝骈文的重质倾向表示肯定："周隋文体，得趋于正。一气盘旋，去华反质之候。宇文一代朝宁，渐尚经训。"④这一观点再次体现了谭献重视骈文的立意。

除了梳理不同时代骈文的发展脉络及辨析不同时代骈文的特点之外，谭献在《骈体文钞》的评点中，对于开风气、示流变的骈文篇目往往予以特别指明，能够对文章的体貌风格作历时性考量。谭献评点《骈体文钞》中某些评语即与此相关，比如：

评蔡伯喈《伐鲜卑议》："文至中郎，渐讲间架。"⑤

评扬雄《十二州箴》："子云诸箴，质多于文，源出《诗》、《书》者也。"⑥

评袁千里《谢武帝启》："激越之响，下开宋四六安石、子瞻一流。"⑦

评王僧孺《奉府牋》："脱颖而出，渐开唐人平实之派。"⑧

评孔德璋《北山移文》："俗调开山。"⑨

---

① 刘师培著，陈引驰编校《刘师培中古文学论集》，中国社会科学出版社，1997年，第212页。

② 李兆洛选，谭献评《骈体文钞》，台北世界书局，2010年，第119页。

③ 李兆洛选，谭献评《骈体文钞》，台北世界书局，2010年，第402页。

④ 李兆洛选，谭献评《骈体文钞》，台北世界书局，2010年，第148页。

⑤ 李兆洛选，谭献评《骈体文钞》，台北世界书局，2010年，第220页。

⑥ 李兆洛选，谭献评《骈体文钞》，台北世界书局，2010年，第72页。

⑦ 李兆洛选，谭献评《骈体文钞》，台北世界书局，2010年，第280页。

⑧ 李兆洛选，谭献评《骈体文钞》，台北世界书局，2010年，第281页。

⑨ 李兆洛选，谭献评《骈体文钞》，台北世界书局，2010年，第718页。

评周义利《报羊希书》："杨恽、嵇康之间，然实开纤俗之派。"[①]

评梁简文帝《与湘东王论文书》："齐梁之间，有此不阡不陌一派。颇病其有句无篇。"[②]

评蔡伯喈《胡夫人黄氏神诰》："以不归葬为主，开后来以一事成文之法。"[③]

评蔡伯喈《光武济阳宫碑》："碑刻之文，至伯喈别成规矩，遂为千秋效法。"[④]

这些评语中，谭献或揭示文章的源流演变轨迹（"源出"），或寻绎骈文发展中的细微变化（"渐讲"、"渐开"、"下开"等），或表明文章的开山之绩（"开后来以一事成文之法"、"俗调开山"等）及典范作用（蔡邕碑文为千秋效仿的典范），或表明骈文的流派属性（平实之派、纤俗之派、不阡不陌一派）等。体现出谭献因流溯源的文章史观，反映出谭献对骈文的深刻认识及独到鉴赏力。

五、清代骈文作家论及选本批评

谭献于《复堂日记》中对清代骈文作家及清人编选的骈文选本均有所论及。

其一，谭献对清代骈文家的评论。谭献于清代推崇汪中（1744—1794）、孔广森（1752—1786）、龚自珍（1792—1841）之文。《复堂谕子书》云："吾于古人无所偏嗜……文章嗜汪容甫，龚定庵二先生。骈俪尤习孔巽轩。"[⑤]这三人的文章具有取法魏晋，语简意周的特点。谭献认为龚自珍文集为清代"别集第一，亦唐以来别集第一"[⑥]。谭献推崇

① 李兆洛选，谭献评《骈体文钞》，台北世界书局，2010年，第333页。

② 李兆洛选，谭献评《骈体文钞》，台北世界书局，2010年，第338页。

③ 李兆洛选，谭献评《骈体文钞》，台北世界书局，2010年，第526页。

④ 李兆洛选，谭献评《骈体文钞》，台北世界书局，2010年，第8页。

⑤ 谭献著，罗仲鼎、俞浣萍点校《谭献集》，浙江古籍出版社，2012年，第682页。

⑥ 谭献著，范旭仑、牟晓朋整理《复堂日记》补录卷一同治元年（1862）七月初四日，河北教育出版社，2001年，第215页。

汪中、龚自珍文章，盖缘于二人文章承袭汉魏，取材现实、呈现出风格遒丽富艳，用典属对精当妥帖的文风。谭献推崇孔广森的骈文，是因为孔广森骈文最得魏晋骈文三昧。刘麟生《中国骈文史》指出："骈文以六朝为极致，殆无异论。然骈文作家，亦岂不知此？特囿于俗尚，作品终难跻六朝人所造之领域。即以清代骈文而论，或失之藻密，或失之纤仄，补偏抹弊，自不得不以六朝人为依归。最初持此论而能实行者，厥惟孔广森。"[1]孔广森为文善于陶冶汉魏，取法六朝既自觉又得法，气格渊雅醇茂，成就突出。《复堂日记》谈及孔广森骈文："阅《骈体正宗》。此事莫盛于乾嘉之际。五音繁会，如容甫八代奔走，如巽轩先后骏雄，殆难鼎足。"[2]这里，谭献认为汪中、孔广森的骈文在乾嘉时期成就最高。谭献对汪中的评价尤高。汪中私淑顾炎武，为经世致用之学，在哲学、史学、文学方面都有一定成就。所作骈文，在清代骈文中被誉为格调最高。谭献对汪中骈文的肯定表现在如下两点。

首先，谭献对汪中骈文骈散结合作法的推崇。"其往复自道，一笔盘折，多至十数句；于叙事中多有此体，盖学襄昭以后《左氏传》耳。"[3]汪中骈文无论叙事抒情，都能吸收魏晋骈文之长，写得情致高远，意度雍容，而且用典属对，精当贴切。最难能可贵的是，汪中骈文具有充实的社会内容和真实的思想情感，所谓"声色情采兼备"。谭献评价汪中《自序》、《哀盐船文》、《宋世系表序》、《汉上琴台之铭》等骈文为振古奇作，认为可与汪中骈文比肩的有孔广森《戴氏遗书序》、孙星衍《防护昭陵碑》。李详《与钱基博四函》(之二)评汪中文章云："容甫先生之文，熟于范蔚宗书，而陈乘祚之《国志》在前，裴松之注所采魏晋文最佳，华而不艳，质而不俚，朴而实腴，淡而弥永。容甫窥得

---

① 刘麟生《中国骈文史》，商务印书馆，1980 年，第 129 页。

② 谭献著，范旭仑、牟晓朋整理《复堂日记》卷二同治七年戊辰(1868)条，河北教育出版社，2001 年，第 40 页。

③ 谭献著，范旭仑、牟晓朋整理《复堂日记》卷三光绪元年乙亥(1875)条，河北教育出版社，2001 年，第 67 页。

此秘，于单复奇偶间，音节遒亮，意味深长。……此其所以独高一代，而谭复堂先生推为绝学也。”[①]汪中之文有沟通骈散的倾向，其文奇偶相间，华实兼备，有魏晋文风，谭献因此对汪中骈文推崇备至。

其次，谭献评价他人文章以汪中骈文作为标准。《复堂日记》言："见张崇兰漪谷《悔庐文集》。气体高洁，语见真际。……俪体三五篇，结响遒雅，志趣固法容甫先生也。”[②]谭献认为张崇兰《悔庐文集》骈文结响遒雅，有追随汪中骈文的痕迹。甚至谭献自己所作《高古民丈行状》一文，因近似汪中文风而自豪。[③]

除了对汪中、孔广森骈文持褒奖的评价外，谭献对清代其他骈文家大多褒贬兼有。如评王昙《烟霞万古楼文》，既肯定其文有劲气直达之势，又指出其文有炫才之弊。评彭兆荪骈文有结调太熟之嫌。评吴锡麒骈文圆美可诵却古义稍失。评弟子胡念修《问湘楼骈文初稿》清婉无俗调，却有力弱之弊。评弟子徐珂："骈俪音采凡近，不见体势，情韵则非所长也。”[④]如此等等，既肯定其优点，又指明其不足。

其二，谭献对清人编选的骈文选本的批评。清代骈文复兴的表现是出现了大量骈文选本，这些骈文选本既有清人选清代骈文选本，也有清人选历代骈文选本。谭献对清人所编的骈文选本诸如吴鼒《国朝八家四六文钞》、张寿荣《后八家四六文钞》、曾燠《国朝骈体正宗》(收录嘉庆初年以前骈文)、张鸣珂《国朝骈体正宗续编》(收录嘉道以后代表性骈文)、姚燮《皇朝骈文类苑》、屠寄《国朝常州骈体文

① 李详《与钱基博四函》(之二)，《李审言文集》，江苏古籍出版社，1989年，第1050页。

② 谭献著，范旭仑、牟晓朋整理《复堂日记》卷八光绪十六年庚寅(1890)条，河北教育出版社，2001年，第189页。

③ 谭献著，范旭仑、牟晓朋整理《复堂日记》补录卷一同治八年(1869)十月十四日："撰《高古民丈行状》。文气盎淡，绝近容甫先生，非世俗所能知。”河北教育出版社，2001年，第243页。

④ 谭献著，范旭仑、牟晓朋整理《复堂日记》卷八光绪十七年辛卯(1891)，河北教育出版社，2001年，第195页。

录》、张惠言《七十家赋钞》、李兆洛《骈体文钞》、朱又笏《骈俪文林》(此书未刊行)、钟广《骈体文略》、彭元瑞《宋四六选》、陈均《唐骈体文钞》、蒋士铨《评选〈四六法海〉》等加以评点。在这些选本中，谭献对李兆洛《骈体文钞》的评点用力最勤。谭献作有《续骈体正宗序》、《吴学士遗文叙》、《文林叙》、《复朱又笏书》等文涉及对张鸣珂《国朝续骈体正宗》、吴鼒《国朝八家四六文钞》、朱又笏(名启勋)《骈俪文林》等骈文选本的评价。谭献对其他骈文选本则间有点评，不具系统性。"或从其选文风格，或从其整体特征，或从其作家考证等方面来立论，对于后人研究无疑具有启发作用。"[①]如谭献揭示《骈文类苑》与《后八家四六文钞》的关系，《后八家四六文钞》是从《骈文类苑》中抽出八家翻刻而成，流传于坊间，是《骈文类苑》的浓缩版。但因急于印行，错讹较多。"阅《骈文类苑》十四卷廿四册毕。姚燮梅伯选纂凌杂，不逮曾宾谷、吴山尊。本书又不完，阙四十许篇，郭晚香尝写示搜访，不知目录中何以不列。张寿荣刻此书先成张皋文(张惠言)、乐莲裳(乐钧)、王仲瞿(王昙)、王笠舫(王衍梅)、刘孟涂(刘开)、董方立(董佑诚)、李申耆(李兆洛)、金亚伯(金应麟)诸篇，坊间遂以《后八家》单行。予审定，随笔校正讹说，诚如落叶。似未付校勘，急于印行。"[②]谭献又提出自己对《后八家四六文钞》所选八人的看法："予谓皋文、申耆不当入此集。如甘亭、山尊、方彦闻、沈西邕、姚梅伯及近人顾祖香、刘彦清、王眉叔皆足名家，似不能以八家限也。"[③]谭献认为张惠言、李兆洛不该列入《后八家四六文钞》之中，因所选张惠言篇目风格高古，李兆洛文散行中多排偶之句，二人文风与四六文的风格有出入，非正宗的四六之文。故不应选入张惠言、李兆洛文。同时谭献认为四六文的名家还很多，不应该以八家为局限，他列举的彭兆荪、吴

① 吕双伟《清代骈文理论研究》，人民出版社，2011年，第228页。

② 谭献著，范旭仑、牟晓朋整理《复堂日记》卷六光绪十一年乙酉(1885)条，河北教育出版社，2001年，第142页。

③ 谭献著，范旭仑、牟晓朋整理《复堂日记》卷六光绪八年壬午(1882)条，河北教育出版社，2001年，第130页。

甗、方履籛、沈涛、姚燮、顾寿桢、刘履芬、王诒寿都是四六文创作的名家。谭献的这一观点，对于我们认识清代四六文的创作情况，不无裨益。

又如谭献与朱又笏商榷关于《骈俪文林》的入选篇目问题，认为应将钱仪吉骈文[①]及陈容叔《裕昆要录自序》[②]选入《骈俪文林》之中。谭献还提出有关《国朝常州骈体文录》编选者的问题："汪穰卿（汪康年）以《常州骈体文录》示我……正月在杭得庄思諴肇庆书，告我有此选，为吴翊宣孟棐与思諴同辑。吴君有序稿，亦雅令。今刻署'屠寄静山'名，而庄、吴入参校姓氏。兹事体小，度乡曲传写，亦不必借先哲以啖名。乃屠君一序远仿叔重，近学保绪，似以当大著作者，得毋齿冷邪？"[③]谭献认为《国朝常州骈体文录》当为庄蕴宽（字思諴）、吴翊宣二人共同辑纂而成，但《国朝常州骈体文录》一书在刻录之后，却署名屠寄，将庄、吴二人列入参与校勘的名单中。谭献认为该书广为搜录常州先哲骈文以成此集，有借先哲以啖名之嫌。但他肯定《常州骈体文录》的价值："偶阅《常州骈体文录》中可独造之文，可击节赏，可折节学者。"[④]谭献对这些骈文选本的评价，尽管多为分散的、感发式的点评，但对于深化清代骈文选本的研究，无疑具有重要的参考价值。

综上所述，作为晚清骈文大家，谭献的骈文批评理论内容丰富，包括骈散合一的骈文理论；"简质清刚"的骈文风格论；"潜气内转"的

① 谭献著，范旭仑、牟晓朋整理《复堂日记》卷八光绪十六年庚寅（1890）："阅钱先生《衎石斋纪事》。有道之士，有本之言，不事间架波澜，而温然粹然，望而生敬。叙事颇变化蹊隧，目光不落《旧唐书》以下。亦有锤字练采、近中唐人骈体者，权奇自喜。归告朱又笏，补入《骈俪文林》也。"河北教育出版社，2001年，第189页。

② 谭献著，范旭仑、牟晓朋整理《复堂日记》卷八光绪十七年辛卯（1891）："归安陈容叔同年录古近贤哲训迪子姓之文数十篇，手书刻行，曰《裕昆要录》。《自序》雅驯简远，可入朱又笏《骈俪文林》之选。"河北教育出版社，2001年，第198页。

③ 谭献著，范旭仑、牟晓朋整理《复堂日记》补录卷二光绪十七年（1891）三月廿五日，河北教育出版社，2001年，第345页。

④ 谭献著，范旭仑、牟晓朋整理《复堂日记》续录光绪二十五年（1899）十月朔日，河北教育出版社，2001年，第406页。

骈文文气论；梳理骈文发展流变的骈文史论；清代骈文作家论及选本批评等方面。这些丰富的理论在其评点《骈体文钞》及《复堂日记》中得到了充分的阐释。

（内蒙古科技大学文法学院）

吴伟业“题柳”作品的文体学和思想史意义

唐海韵

内容摘要：柳敬亭是明末清初著名的说书艺人，吴伟业与之交厚，并用诗、词、传、赞、引五种体裁写下“题柳”篇章，造就文学史上罕见的“一人同题多体”现象。通过相关分析，我们既能把握“文各有体”“文体互渗”等规律，又会对“柳敬亭题材”的本质及吴伟业的创作特征拥有更为深细的理解。同时，这些“题柳”作品又是晚明“儒学转向”进程中内在紧张的生动体现。身份寒微的柳敬亭能唤起吴伟业的膜拜，是“士庶合流”趋势下的有趣现象。但归根结底，柳敬亭在吴伟业笔下不过是一个政治寄寓。吴伟业的“题柳”作品为明清之际士人积极地走向群黎百姓，却无法完全背离精英意识的心理状况提供了一个鲜活的案例。

关键词：柳敬亭；吴伟业；一人同题多体；儒学转向；精英意识

The Significance of Stylistics and Intellectual History of Wu Weiye's Works Concerning Liu Jingting

Tang Haiyun

Abstract: Liu Jingting was a famous storyteller in the late Ming and early Qing Dynasties. Wu Weiye had a good relationship with him, and applied five different literary styles as Poem, Ci, Biography, Zan and Yin to present the legend of Liu Jingting, creating a meaningful phenomenon of literary stylistics called various styles of the same theme created by a person. By the means of correlation analysis, we can not only get a better understanding of the rules of "Each style has its own system" and "Stylistic mutual permeability", but also deepen the understanding of the nature of "Liu Jingting theme" and Wu Weiye's writing style. At the same time, those works were vivid manifestations of inner tension of "Diversion of Confucianism" in late Ming. Although Liu Jingting was humbled, he could win the respect of Wu Weiye, it was an interesting phenomenon in the trend of the confluence of scholars and common people. But ultimately, Liu Jingting written by Wu Weiye was a political token, his true character was absent. Those works of Wu Weiye provide a fresh example for scholars could not abandon elite consciousness while they were actively reaching out to the masses in Ming and Qing Dynasties.

Keywords: Liu Jingting; Wu Weiye; various styles of the same theme created by a person; Diversion of Confucianism; elite consciousness

一、引言

"题柳",指以柳敬亭为创作题材。[①] 柳敬亭(1592—?)是明末清

① 有学者用"赠柳"一词来指称此类题材的作品,不甚允当,因为并非所有 (转下页)

初的说书艺人，[①]本姓曹，名逢春，祖籍泰州(今江苏省姜堰市)。他曾入幕左良玉军中，亲历弘光王朝的党争与倾轧，又于左良玉逝世后盘桓于金陵等地，时常向人讲说南明旧事。精湛的技艺与传奇的生平令他获得士人青睐。顺康间，高官显宦多与其交接，“题柳”佳构不胜枚举，其中吴伟业的作品尤为精妙。

吴伟业应是在任职南京国子监司业期间与柳敬亭相识，二人的友谊是当时的文坛佳话。[②] 他对这位民间艺人钦佩不已，操觚染翰为之延誉，分别运用了诗、词、传、赞、引五种体裁，形成文学史上罕见的“一人同题多体”现象。这五种体裁在展现同一题材时有何异同？体现了怎样的文体学规律？[③] 吴伟业为何会对柳敬亭如此推崇？蕴藏着什么思想史内涵？本文拟就此展开讨论。

一、吴伟业“题柳”作品概览

首先我们对这五篇“题柳”作品进行简要评述。

(一)《楚两生行》是吴伟业为柳敬亭与苏昆生合写的七言歌行。[④] 全诗以苏柳二人的生平际遇为蓝本，通过个体命运在时代风浪中的浮沉来展现那段山崩海立的动荡岁月。苏柳二人虽然地位微

(接上页)以柳为题的篇章都为酬赠之作，如黄宗羲的《柳敬亭传》是有感于吴伟业的《柳敬亭传》“倒却文章家架子”而作，王士禛在《柳敬亭》一文中对柳大加贬斥，余怀《板桥杂记·柳敬亭》旨在记叙史实，均非为酬赠而作。

① 何龄修《关于柳敬亭的生年及其他——与陈汝衡先生商榷》一文认为柳敬亭生于1592年，卒年不详。见何龄修《五库斋清史丛稿》，学苑出版社，2004年，第513页。

② 叶君远《吴梅村传》，人民文学出版社，2012年，第57页。

③ 罗根泽说：“中国所谓文体，有两种不同的意义；一是体派之体，指文学的格(风格)而言，如元和体、西昆体、李长吉体、李义山体……皆是也。一是体类之体，指文学的类别而言，如诗体、赋体、论体、序体……皆是也。”见罗根泽《中国文学批评史》，上海古籍出版社，1984年，第146页。本文所指的“体”为“体类”之体。

④ 苏昆生是当时的曲艺名家，明亡前和柳敬亭同为左良玉门客，明亡后一度剃发出家，流落于太仓。王士禛：“柳敬亭、苏昆生者，一善说评话，一善度曲。良玉死，二人流寓江南，一二名卿遗老左袒良玉者赋诗张之且为作传。”见王士禛著，张世林点校《分甘余话》，中华书局，1989年，第52页。另，吴伟业还为苏昆生作过《口占赠苏昆生》二首。

贱,但是在左良玉幕府的经历让他们和整个弘光王朝有了千丝万缕的联系。他们的辛苦遭逢也折射出易代之际凋零败落的社会样态。全诗章法兀拔,作者在行文时没有像元白歌行那样平铺直叙,而是用灵活超忽的结构来展现摇曳多姿的情状,诗的主旨就在章节的错落和语调的咏叹中逐次深化。

(二)《沁园春·赠柳敬亭》是吴伟业的一首唱和词。曹禾的《珂雪词话》中有记载:"柳生敬亭以评话闻公卿,入都时邀致接踵,一日过石林,许曰:'薄技必得诸君子赠言以不朽。'实庵首赠以二阕,合肥尚书见之扇头,沉吟叹赏,即援笔和(韵)珂雪之词,一时盛传京邑。"[①]由此可知这次唱和的背景:在柳敬亭的请求下,曹贞吉首唱二词赠与他,柳敬亭将其书于折扇。龚鼎孳见此二词,亦随和二阕。作为京师词坛"辇毂诸公"之首座,龚鼎孳具有非凡的号召力,吴伟业也随兴而和。整首词以史料为词料,融合了身世之感与时事之慨,回荡着杜鹃泣血般的凄苦哀怨,悲壮的情韵弥漫于一种寥廓感中。

(三)和诗词曲相比,吴伟业之古文成就逊色了不少,但也绝非率不可读的低劣之作。他的文章取法于《春秋》、《汉书》,又兼收唐宋诸名家之长,酌以骈词俪语,在纡徐委婉中蕴宽博古朴之气。就人物传记而言,《柳敬亭传》当属上乘,交代了柳敬亭如何从一个"犷悍无赖"的少年变成誉满天下的说书艺人以及他与左良玉的深厚交谊。作者以传奇手法运笔,全篇充溢着浓郁的奇异色彩,姿态横生。

(四)最早的有稳定形式特征的赞体当属两汉时期兴起的人物画像赞,一般用来配合大型公示性教化类绘画,撰写铭刻在画像一侧,多为四言韵文,体制短小。后来,赞文逐渐从画像中剥离出来,以文本形式被收集和流传,于是人物赞出现。关于人物赞的特征,郗文倩有一段精炼的概括:"时人就干脆以纯文字形式对人物生平事迹进行记述、品评和赞美,这样,赞体也就逐渐脱离为图像服务的功能,从

① 曹禾《词话》,见曹贞吉《珂雪词》卷首,《清词珍本丛刊》第8册,凤凰出版社,2007年,第361页。根据万国花《诗家与时代:龚鼎孳及其诗论、诗歌创作研究》,这次唱和活动应在康熙九年至十年间,复旦大学博士学位论文,2011年,第192页。

而呈现出与依附图像时不同的修辞特点，比如说，像赞中说明性文字占有很大比重，而人物赞则以议论、评述为主，其中颇多褒美之辞，使得赞体本身称颂的功能进一步被强化。”[①]

吴伟业的《柳敬亭赞》就是人物赞，既保留了原始像赞描摹人物形态的因子，又有后期赞文以议论、评述为主的特征，其中蕴含着大量褒奖，凸显了赞体本身的称颂功能。

（五）被冠以“引”之名号的有两种文体。一种是韵文，如《秋风引》、《明月引》、《长沙女引》、《柘枝引》等。另一种是散文，即刘勰《文心雕龙·论说篇》中所说的“铨文，则与叙引共纪”[②]，是一种与叙类同的文体，隶属于“论”体，同时有次事、析理之功能[③]。

《为柳敬亭陈乞引》则属于散文体。开头总挈全篇，借助历史上冯谖和东方朔的典故阐明论点：士人倘若不能自给自足则应早作谋划，否则容易贫困潦倒。随后先是对柳敬亭曾经在左军帐下的奢华生活大肆渲染，接着收束笔锋，刻画他如今不名一钱的艰难处境。结尾处强化柳生不忘故主的德行，以曲折深迫之法道出了作者内心的隐痛，充分体现了“引”在次事之外兼又析理的特点。

二、吴伟业“题柳”作品的文体学意义

上述“题柳”作品虽是同一作家围绕同一题材的创作，因体制有别，各篇之间殊多不同，牵涉到文体学史上的经典命题：文各有体。

“文体学的基本理论认为，文各有体，每种文体都有自己独特的审美特性和表现手法。”[④]古人在进行文学写作或批评时，往往先考虑

① 郗文倩《汉代图画人物风尚与赞体的生成流变》，《文史哲》2007 年第 3 期，第 91 页。

② 刘勰著，詹锳义证《文心雕龙义证》，上海古籍出版社，1989 年，第 674 页；徐师曾说：“大略如序而稍为短简，盖序之滥觞也。”见徐师曾著，罗根泽点校《文体明辨序说》，人民文学出版社，1962 年，第 136 页。

③ 见郑伟《六朝“引”体考辨——以〈文心雕龙〉为中心》，《中南大学学报（社会科学版）》2012 年第 3 期，第 200—203 页。

④ 吴承学《中国古典文学风格学》，北京大学出版社，2011 年，第 98 页。

体制。《岁寒堂诗话》说："论诗文当以文体为先，警策为后。"[①]《文章辨体》也说："文辞以体制为先。"[②]从宋代以迄近代，主张辨明和严守各种文体规范的看法获得普遍认同。

通过对比吴伟业各篇"题柳"作品处理核心素材的方式，我们能够更加全面掌握它们之间的不同，试看下表：

篇名 素材	楚两生行	沁园春	柳敬亭传	柳敬亭赞	为柳敬亭陈乞引
人物样貌	无	无	无	(1) 颀而立，黔而泽，视若营，似有得。 (2) 丑而婉者其貌。	余视柳生长身广颡，面着黑子，须眉苍然。
柳生籍贯	无	无	柳敬亭者，扬之泰州人，盖曹姓。	为伧楚	无
说书技艺	一生扺颊高谈妙，君卿唇舌淳于笑。	(1) 正高谈扺颊，淳于曼倩。 (2) 楚汉纵横，陈隋游戏，舌在荒唐一笑收。	(1) 或问生何师，生曰："吾无师也……虽以行天下莫能难也"。 (2) 与人谈，初不甚谐谑……一坐倾靡。 (3) 既在军中久，其所谈益习，而无聊不平之气无所用，益发之于书，顾晚节尤进云。	(1) 文士舌。 (2) 为谐给。 (3) 斯真天下之辩士。	词辩锋出

① 丁福保《历代诗话续编》，中华书局，1983年，第459页。

② 吴讷著，于北山点校《文章辨体序说》，人民文学出版社，1962年，第9页。

续 表

篇名 素材	楚两生行	沁园春	柳敬亭传	柳敬亭赞	为柳敬亭陈乞引
德行品性	痛哭长因感旧恩，诙嘲尚足陪年少。	只有敬亭，依然此柳。	(1) 其处己也，虽甚卑贱，必折节下之；即通显，傲弄无所诎。 (2) 每被酒，尝为人说故宁南时事，则唏嘘洒泣。 (3) 左因彊柳生以官，笑弗就也。	(1) 佞而忠者其德。 (2) 人以为此柳可爱，而吾笑为麻中之直。	(1) 且左宁南将百万之众，一朝溃亡，其有追叙旧恩，反复流涕，俾宁南本志白于天下者，柳生力。夫大丈夫以壶飧一饭，死生契阔，没齿勿忘，况于乡曲故旧为营菟裘，其感慨之节又何如哉！ (2) 余故因其言为之请，且以明生之不背德焉。
名动公卿	无	眼中几许王侯。	(1) 后二十年，金陵有善谈论柳生，衣冠怀之辐辏，门车常接毂，所到坐中皆惊。 (2) 诸公以此重之，亦不尽以其技彊也。 (3) 当是时士大夫避寇南下……两家引生为上客。	而诸侯之上客也欤。	如是则柳生规陂池，连车骑，游说诸侯，称富人矣。

续　表

篇名 素材	楚两生行	沁园春	柳敬亭传	柳敬亭赞	为柳敬亭陈乞引
侠肝义胆	无	新知抵掌，剧孟曹丘	秀尝有急，生活之，具为余言救秀状。……其善用权谲，为人排患解纷率类此。	武士色	无
游幕左军	征南上客擅纵横。	(1) 记珠履三千宴画楼。 (2) 征南士马，恸哭西州。	(1) 宁南尝奏酒，思得一异客。 (2) 左丧过龙江关，生祠哭已。	无	当柳生客武昌时，居宁南帐下，遇诸帅椎牛大享……如是则柳生规陂池，连车骑，游说诸侯，称富人矣。
落魄晚景	(1) 途穷重走伏波军，短衣缚裤非吾好。抵掌聊分幕府金，褰裳自把江村钓。 (2) 失路徒贻妻子忧，脱身莫落诸侯手。坎壈繇来为盛名，见君寥落思君友。	(1) 叹伏波歌舞，凄凉东市。 (2) 雨打风吹絮满头。	逮江上之变，生所携及留军中者亡散累千金，再贫困而意气自如。	无	今乃入无居，出无仆，衣其敝衣，单步之吴中，日诙啁谐笑为人抚掌之资，而妻子羸饿，不能名一钱。

由上表可知，不同文体在核心素材的取舍和多寡上差别显著，受多种因素的制约，具体有以下几种：

（一）文体篇幅

内容往往决定形式，但形式也在某种程度上制约着内容。诗歌和词体篇幅较小，所以在叙事时，不适合用墨如泼，而是“咫尺应须论万里”[①]，用典故扩充容量，取得言简意丰的效果。而传记由于有纵横开阖的余地，所以能够曲尽形容。同是描述柳敬亭说书技艺高超，诗说“君卿唇舌淳于笑”，词说“正高谈拄颊，淳于曼倩”，运用历史上能言善辩的楼护、淳于髡和东方朔来比拟柳敬亭。传中却先浓墨重彩地交代他的学艺经过；接着描摹其苦学之后取得“澹辞雅对，一坐倾靡”的成就；篇末点明他经历陵谷之变后“晚节尤进”的状态。整个说书经过在文中回环往复，有层波叠浪式的艺术效果。

又如展现柳敬亭的机敏智慧、献计献策，诗歌说“征南上客擅纵横”，词说“记珠履三千宴画楼”，仅为浮光掠影。（按：纵横，指政治谋略。珠履三千，指有谋略的门客。）传记中却具体描写了他独闯杜军整治纲纪、谏言宁南天子赐姓、调和左阮二人关系、预言筑城必遭疑心等几件事，让柳生的形象更加生动立体。

（二）文体风格

“文体风格是人们在长期的创作过程中形成的相对稳定的独特风貌，是一种逐渐积淀的带有共性的审美倾向。”[②]文体风格是相对而言的，要在其他文体的参照下才能彰显。在作者相同、题材一致的情况下，各个文体之间的风格差异尤为突出。

就以柳敬亭不忘左良玉知遇之恩一事来说。诗歌说“痛哭长因感旧恩”，传说“每被酒，尝为人说宁南时事，则唏嘘洒泣”，赞说“佞而忠者其德”，引说“且左宁南将百万之众，一朝溃亡，其有追叙旧恩，反复流涕，俾宁南本志白于天下者，柳生力。”表述清晰，令人一目了然。

---

① 吴承学《中国古典文学风格学》，北京大学出版社，2011 年，第 77 页。

② 吴承学《中国古典文学风格学》，北京大学出版社，2011 年，第 99 页。

相对而言，词的表达含蓄朦胧。“只有敬亭，依然此柳，雨打风吹絮满头”乍看令人不明所以，熟悉柳敬亭的生平后，才能明白其中指涉的是他在舆图换稿之际不忘故主的德行。朝代鼎革、物是人非，唯有柳敬亭矢志不渝，纵然雨打风吹。这一句词锋执拗，为主题增加了千钧重量，其隐晦的表述和词体本身“要眇宜修”的风格特征有关。[①] 抒写同样的情志，词更为曲折幽微。

（三）文体功能

文体功能即文体在特定场合、特定情况下发挥的具体作用。正如论者所说：“每一种文体都萌发于特定的历史土壤，活跃在特定的历史语境，具有特殊的功能用途以满足特殊的精神需求，进而形成自身独特的修辞方式，并最终以文字的方式‘塑形’。”[②]

功能的差异会导致不同文体在材料的去取和用笔繁简上出入较大。同是写柳敬亭羁愁潦倒、旅食四方，诗中“失路徒贻妻子忧，脱身莫落诸侯手。坎壈繇来为盛名，见君寥落思君友”，表达对他处境的担忧；词中“雨打风吹絮满头”，写其途穷憔悴状；传记以传奇手法运笔，故写他“再贫困而意气自如”，展现其“忧道不忧贫”的君子品质。引则不同，从标题就可以看出，此文主旨就在于唤起大家的同情，帮柳敬亭度过经济危机，故而全篇着眼于“个人生计”这一点。开篇亮出士人应该早谋出路这一论断；接着大费周章，让柳生昔日的豪奢和今日的落魄形成鲜明对比，予读者以强烈的视觉冲击；最后揭示中心，希望大家能够帮助这样一位德艺双馨的高士。

再如，只有传记详细交代了柳敬亭的乡里籍贯和改名经过，这是因为“传”有“原始以表末”的文体内涵，传主的生平、经历、功过，要被充分展现，而其他文体则将这一内容草草勾勒。《柳赞》虽为人物赞，却保留了早期像赞多说明性文字的遗存，用“颀而立，黔而泽。视若

---

① “词之为体，要眇宜修，能言诗之所不能言，而不能尽言诗之所能言”，见王国维著，徐调孚、周振甫注《人间词话》，人民文学出版社，1960 年，第 226 页。

② 郗文倩《中国古代文体功能研究论纲》，《福建师范大学学报（哲学社会科版）》2010 年第 6 期，第 30 页。

营，似有得……丑而婉者其貌”来说明柳生之形态，纯情自然、多活泼机趣。

上述诗、词、传、赞、引之间的不同让我们知道：“柳敬亭题材”包孕深广，可以多角度开掘；吴伟业能够游走于各个文体，用笔极其变幻，感情表达忽而含蓄精警，忽而率真自然。

然而，不同文体虽然差异显著，但并非畛域分明、壁垒森严，而是有着相似的规律和法度。它们在产生、发展、演变的过程中是相互渗透的。古人在强调“辨体”的同时并非机械地拘守语言程式，也注意到“文体互渗”带来的新鲜美感。所以，尽管这五篇作品各具面目，毕竟针对的是同一题材，由同一作家铸造，因而也有诸多共通之处，具体表现如下：

（一）尽皆存史

“有明一代，史学最盛。”[①]整个明代，修史之风大炽。王朝末年，政治窳败，士人们目睹时艰，纷纷记传见闻，以谋恢复。时代风气的熏染令吴伟业自幼注重研习史籍[②]，加上他年轻时长期供职于翰林院，故而雅以著史自命，撰有《绥寇纪略》、《复社纪事》等史乘。

这种存史思想也渗入到他的艺术创作中。他的诗歌历来被目为“诗史”，一是指他在诗歌中大量运用典故，如王士禛所说，“娄东驱使南北史，澜翻泉涌，妥贴流丽，正是公歌行本色，要是独绝”[③]；二是指他注重选取易代之际的重要事件，如赵翼所说：“梅村身阅鼎革，其所咏多有关于时事之大者。如《临江参军》……《楚两生行》、《圆圆曲》、《思陵长公主挽词》等作，皆极有关系。”[④]其词亦有“词史”之誉，曹尔

---

① 谢国桢著，谢小彬、杨璐主编《谢国桢全集》，北京出版社，2013 年，第 599 页。

② 赵翼说：“梅村熟于两汉、三国及晋书、南北史。”见赵翼《瓯北诗话》，凤凰出版社，2009 年，第 114 页。

③ 孙克强、杨传庆、裴喆编著《清人词话》，南开大学出版社，2012 年，第 234 页。

④ 赵翼《瓯北诗话》，凤凰出版社，2009 年，第 112 页。

堪评曰："陇水呜咽，作凄风苦雨之声。少陵称诗史，如祭酒可谓词史矣。"①

相较于一些作家的"题柳"作品只着眼于柳敬亭的"奇人"品格和说书技艺（如张岱《柳麻子说书》、龚鼎孳《赠柳敬亭文》以及汪懋麟《沁园春·再赠敬亭，和升六韵》），吴伟业这五篇作品都关涉历史，企图以柳敬亭为点辐射出广袤的社会场景，展现当年诡谲复杂的政治斗争以及黑云压城的危急战事。在《柳传》末尾，吴伟业以"异史氏曰"的方式直接发表议论，透露出他模仿史家论赞的倾向，直接反映出其自觉的史官意识。

（二）叙事高妙

吴伟业的叙事技巧炉火纯青，主要体现在两个方面。首先，叙事模式。带有叙事成分的"题柳"诗、词、传、引都遵循着"前—后"与"安荣—危困"二元对立的模式。一方面呈现柳敬亭当年意气豪雄的荣耀，一方面刻画他后来萍飘南北的困苦。"征南上客擅纵横"和"失路徒贻妻子忧"；"眼中几许王侯，记珠履三千宴画楼"和"雨打风吹絮满头"；"衣冠怀之辐辏，门车常接毂，所到坐中皆惊"和"逮江上之变，生所携及留军中者亡散累千金"；"如是则柳生规陂池，连车骑，游说诸侯，称富人矣"和"今乃入无居，出无仆，衣其敝衣，……不能名一钱"。这种二元对立的叙述模式贯穿于吴伟业许多作品中，如歌行《圆圆曲》、《永和宫词》、《听女道士卞玉京弹琴歌》，戏曲《临春阁》、《通天台》、《秣陵春》等。② 通过层层铺排对比彰示人物的不幸，揭露了在混浊世态中个体生命微如草芥的境况。

其次，叙事顺序。吴伟业在叙事时往往回避一泻千里，而是充分调动倒叙、插叙、补叙等技巧，让文章既开阖变化又脉络清晰，给人耳目一新的感觉。杨义曾说："叙事结构顺序之妙，在于它按照对世界

① 吴伟业著，李学颖校点《吴梅村全集》，上海古籍出版社，1990 年，第 564 页。

② 见李瑄《"梅村体"歌行与吴梅村剧作的异质同构：题材、主题与叙事模式》，《浙江学刊》2016 第 1 期，第 105—111 页。

的独特理解，重新安排了现实世界中的时空顺序，从而制造了叙事顺序和现实顺序的有意味的差异。”[①]通过对叙事时间的干预，吴伟业含蓄地表达自己对历史的解释和传主的评价，制造了有意味的差异，以达到判断性评论的目的。

在《楚两生行》中，开端即用“黄鹄矶头楚两生，征南上客擅纵横。将军已没时世换，绝调空随流水声”揭橥主旨；随后追忆往昔，畅想柳生当年在左军幕下的种种荣宠，中间插叙苏昆生的经历，与柳之际遇交相辉映；最后又将视点重新落在柳敬亭身上。在《沁园春》中，上片聚焦于现实，刻画柳之形神和说书状态，过片转入回忆，倒叙当年的激越壮举，接着回转现实，俯仰古今、哀痛甚烈。《柳传》则将各种叙事技巧运用得更为充分。首先将柳生的生平籍里、改名经过粗略勾陈，突然跳转至柳已经蜚声四海的二十年后；接着另起一段，回到他天涯放游、求师问道的节点；行文至左良玉殒命九江时，又补叙一段当年柳敬亭智救陈起的故事，使他的侠义精神更为显耀。

（三）议论频现

除了赞和引这种本身带有议论属性的文体外，吴伟业将也将议论广泛地运用于诗、词、传中，在传中尤为显著。顾炎武说：“古人作史，有不待论断，而于序事之中即见其指者。”[②]为了达到记事客观化的效果，中国史家推崇寓论断于叙事的书写手法，鄙弃直白发露，因而在叙事时一般不作议论。

吴伟业的《柳传》则不然，在客观记录中又融入了主观叙述。[③] 在讲述柳敬亭智救陈起后，他突然跳出来说：“其善用权谲，为人排患解纷率类此”，将原本客观的叙事化为主观。这句主观评价的插入暂时

---

① 杨义《中国叙事学》，人民出版社，1997年，第62页。

② 顾炎武著，黄汝成集释，栾保群、吕宗力校点《日知录集释》，上海古籍出版社，2014年，第562页。

③ 所谓主观叙述，即“叙事者毫不掩饰自己在作品中的存在，他不但时时中断叙述站出来对情节中的人和事加以诠释和进行评论，而且在叙述时用感情倾向显露的语言以表达自己的爱憎”。见石昌渝《中国小说源流论》，生活·读书·新知三联书店，1993年，第43页。

截断了事件进程和人物行为，使本来流畅的叙事戛然停顿。利用这短暂的叙事空隙，吴伟业表达了对人物的击节赞赏，也让我们窥见了他的“心史”思想。

在为友人诗集所作的序中，吴伟业说：“映薇之诗，可以史矣！可以谓史外传心之史矣。”[①]所谓“心之史”，“指的是作者内心世界所感受到的那种历史，是融合着价值判断、美学理想的那种历史，一句话，是具有强烈主观色彩的那种历史”[②]。可见吴伟业虽有以文存史的愿望，但并非将文学作品视为历史的纯客观记录，而是会进行带有感情色彩的加工。

（四）风格趋同

德国学者威克纳格在《诗学·修辞学·风格论》说：“风格是语言的表现形态，一部分被表现者的心理特征所决定，一部分则被表现的内容和意图所决定……倘用更简明的话来说，就是风格具有主观的方面和客观的方面。”[③]文体风格尽管多样，但必须适应创作题材的本质特征，受其规约。题材就是风格形成的客观因素之一。另外，尽管一般认为作家个性要受到文体风格的制约，但是文学艺术作为精神产物，总是或浅或深地烙上作者的印记。正如论者所说：“在长期的创作实践中，作家的个性通过审美中介，形成对于生活独特的感受方式、理解方式和传达方式，从而进一步形成了创作个性，因而对作品的艺术风格起着主观制约作用。”[④]简言之，作家个性就是风格形成的主观因素。

大体说来，这五篇“题柳”作品各具风致，歌行缠绵温润、摇曳多姿；词作悲壮沉郁、激楚苍凉；传记浑朴古雅、奇趣盎然；赞文促拍跳荡、简练传神；引文笔力健举、精警动人。但是在题材一致作者相同的情况下，它们之间的风格又趋向统一。

---

① 徐懋曙《且朴斋诗稿》，光绪二十五年（1899）重刻本。

② 叶君远《吴梅村传》，人民文学出版社，2012年，第245页。

③ 歌德等《文学风格论》，王元化译，上海译文出版社，1982年，第18页。

④ 吴承学《中国古典文学风格学》，北京大学出版社，2011年，第25页。

检视清代百余篇“题柳”作品，可以看出人们对柳敬亭的形象认定主要集中在三个方面：首先是奇人，如“柳君柳君天下奇，姓名直走公侯知”[①]；其次是侠士，如“敬亭热肠侠骨，求之士大夫中不可多得”[②]；最后是遗民，如“重逢快说隋家事，又费河亭一日听”[③]。这就决定了“题柳”作品不能有寒瘦俭薄、绮丽芊绵之态，而应语言苍劲、气韵沉雄，有慷慨悲歌之势。同时，又需夸张、想象、排比等修辞方式的点染，使浓厚的奇异色彩流动在作品章句间。

吴伟业在《龚芝麓诗序》中说：“夫诗人之为道，不徒以其才也，有性情焉，有学识焉。”[④]具体说来，“才”指神思飞扬腾跃，“性情”指感情真挚充沛，“学识”指学养深厚、阅历丰富。这一观点虽然是就诗歌而发，但是被他在各体创作中忠实地践行着。

在“题柳”作品中，吴伟业频繁堆垛典故、阑入史实，才思如“奔雷驭电、泉涌风飞”，同时缘兴而发，激射出一股备受压抑的情波，以此倾泻郁积、一吐块垒，有极强艺术感染力。

由此可知，在题材和作家个性的双重规约下，五篇“题柳”在本质上有趋同的风格：博雅秀洁、骨气端翔，不以发唱惊挺、操调险急为旨归，不以任性率意、轻浅虚浮为鹄的。

上述五体之间的相同让我们看到，“柳敬亭题材”本质稳定，“奇人”、“侠客”、“遗民”的核心特征于各个文体；吴伟业创作理路连贯，以“才”、“性情”、“学识”为根基，借文存史、叙事精纯、好发议论。

但我们还要追问，为何吴伟业要变换文体来书写这一题材？缘由大体有二：

首先，为了展示多方面的才能。曹丕曾说：“文非一体，鲜能备

① 陈祖法《古处斋诗集》，《四库禁毁书丛刊》集部第 128 册，北京出版社，1998 年，第 643 页。

② 夏荃《退庵笔记》卷七，清钞本。

③ 冒襄《小秦淮曲》，见徐世昌《晚晴簃诗汇》第 1 册，中国书店，1988 年，第 120 页。

④ 吴伟业著，李学颖校点《吴梅村全集》，上海古籍出版社，1990 年，第 664 页。

善……唯通才能备其体。"[①]众体兼善向来被视为才学富赡的体现。明代王世贞尝试过赋、骚、古近体诗、拟乐府诗、传记、杂文、墓表等诸多文体，让胡应麟惊叹道："于是乎造物者始尽发天地之材，全畀名世之士，而弇州王先生巍然崛起东海之上，以一人奄古今制作而有之。"[②]尤侗在《梅村词序》中说："故予尝谓先生之诗可谓词，词可为曲，然而诗之格不坠，词曲之格不抗者，则下笔之妙非古人所及也。"[③]表现出对吴兼善诗词曲的称赏。吴伟业自己的集子中也有记、序、书、墓表、塔颂等各种文体，书写同一题材而变换文体也并非个例，如同是写杨廷麟的，《怀杨机部军前》和《再忆杨机部》为七律，《读杨参军〈悲钜鹿诗〉》为七古，《临江参军》则为五古。变换文体也许是他逞才炫博的一种方式。

其次，多角度传递信息。陆机《文赋》说，"体有万殊，物无一量"[④]，指出之所以会有诸多文体，乃是由于它所描写的客观世界本身千姿万态。每种文体都有一定的书写惯例，作家通过不同文体所能够传递的信息又是有限的，用不同文体来观照同一题材，可以寻到最适宜的书写形式，多维度、多层次传递信息，让读者对题材本身和作者思想有更深刻的体会。

举例说明，诗词中均提及柳氏之晚年穷愁困苦，却是浅尝辄止，令人疑窦丛生：柳生名播四海，门庭若市，怎会窘迫至此？传记由于篇幅广、容量大，又有"原始以表末"的属性，对此事予以详细阐发：虽然他"衣冠怀之辐辏，门车常接毂"，但是"好博，所得亦缘手尽"，又"逮江上之变，生所携及留军中者亡散累千金"，因而晚年穷困落魄。又由于引本身属于论说文体，要紧紧围绕一个中心来论述，所以作者省去了许多与柳经济状况无关的信息，开篇即暗示柳生不善谋划生计，同时与传中所说的"好博，所得亦缘手尽"相应。这样一来，诗、词

① 萧统选，李善注《文选》，商务印书馆，1936年，第1128页。

② 胡应麟《少室山房集》，上海古籍出版社，1993年，第484页。

③ 吴伟业著，李学颖校点《吴梅村全集》，上海古籍出版社，1990年，第1495页。

④ 陆机著，张少康集释《文赋集释》，人民文学出版社，1984年，第99页。

中未及说明的信息在传、引中得到了补充，彼此形成了一种互文性的阐释关系，也增进了读者对于柳敬亭的认识。

三、吴伟业"题柳"作品的思想史意义

吴伟业对柳敬亭的推崇溢于言表。一个重要的问题由此牵引而出，为何他会对一个艺人如此看重？毕竟在古代，艺人身份十分微贱，吴伟业蔚为文宗，却对柳敬亭倾心吟咏，实在有乖常理。

对此，学者李洁非的解释是，明清两代的"题柳"作品有八九十篇，作者六十人上下，除"江左三大家"钱谦益、吴伟业、龚鼎孳外，尚有张岱、冒襄、陈维崧、顾开雍、阎尔梅、毛奇龄等。古往今来，以一位艺人而倾倒天下如此，无过乎柳敬亭。他的技艺虽然精湛却绝非超迈，同时期可与他比肩者尚有广陵张樵、陈思和姑苏吴逸，这些人后来湮没无闻，独有柳敬亭的声望历久弥坚，根本是由于柳敬亭与左良玉过从甚密，东林、复社文人对左良玉抱有极大的政治幻想，认为倘若不是因为他中途暴毙，南明王朝还会延续；同时，他们坚信柳敬亭在左良玉麾下发挥了重要作用，而柳敬亭又懂得巧妙地利用和左良玉的关系来为自己宣传，故而获得了某种光环，化身南明王朝的一个文化象征，成为每个人争相一睹的对象。①

上述观点犁然有当，此处可做一个补充。柳敬亭故事之所以被传诵不绝，除了时代风云的激荡外，还有着深刻的思想渊源，那就是：明代中晚期的"儒学转向"。

正如学界所公认，新儒家在宋代后期逐渐分化为程朱和陆王两派。各派的"经世"理想是一致的，都想在"此世"全面地建造一个儒家文化秩序。同时，他们同样都以"天民之先觉"自居，把"觉后觉"（包括士、农、工、商四民）看作是神圣使命。但在怎样"觉后觉"的实施方法上，各家却龃龉不断。朱熹认为只有先使"士"阶层普遍觉醒，才能通过他们去教化其他三民。陆九渊的看法则与朱熹异趣，虽然

① 李洁非《柳敬亭：被删改的传奇》，《名作欣赏》2012年第22期，第96—109页。

主要还是以“士”为教导对象，但他也常常直接面向社会大众传教。可是南宋社会毕竟以士阶层为主导，陆九渊一派不容易大行其道。程朱一派专在士阶层中求发展，成为新儒家的正统。

在传统的价值体系中，商人排在“四民”之末，地位卑微，16 世纪以后商业迅速发展，许多才智之士出生于商人家庭，士商之间的界线已趋于模糊。商人不仅坐拥巨额财富，还手握许多操持社会公共事业的权柄。种种现象迫使人们对传统的四民理论进行思考。当时的商人王现就说：“夫商与士，异术而同心。”①归有光也说：“新安程君少而客于吴，吴之士大夫皆喜与之游……古者四民异业，至于后世而士与农商常相混。”②可知，士庶融合已渐次成为共识。

社会结构的改变为陆王一派的扩张带来了契机。王阳明比陆九渊更进一步，同时以四民为立教的对象，主张“虽凡人，而肯为学，使此心纯乎天理，则亦可为圣人”③，意为无论何人，只要肯下工夫“致良知”，恢复内心中的先天之道，即可成为圣人。这便是“在学术理念上便要赋予所有具有‘良知’的‘庸夫小童’以同等的优入圣域的资格”④。

王阳明的观点在社会上激起热烈反响，不少士人桴鼓相应。王艮就说：“自古农工商贾，业虽不同，然人人皆可共学。孔门弟子三千，身通六艺者才七十二，其余则无知鄙夫耳。”⑤罗汝芳也说：“由缙绅士夫，以推之群黎百姓，缙绅士夫，固是要立身行道，以显亲扬名，广大门户，而尽此孝弟慈矣。而群黎百姓，虽职业之高下不同，而供养父母，抚育了孙，其求尽此孝弟慈，亦未尝有不同者也。”⑥都表明无

---

① 《明故王文显墓志铭》，李梦阳《空同集》，上海古籍出版社，1991 年，第 420 页。

② 归有光著，周本淳校点《震川先生集》，上海古籍出版社，1981 年，第 319 页。

③ 陈荣捷《王阳明〈传习录〉详注集评》，华东师范大学出版社，2009 年，第 71 页。

④ 张循《精英意识与趋俗意念——晚明王学社会性格的内在紧张》，《天津社会科学》2017 年第 4 期，第 155 页。

⑤ 黄宗羲著，沈善洪主编《黄宗羲全集》第 7 册，《明儒学案》(上)，浙江古籍出版社，1992 年，第 866 页。

⑥ 罗汝芳著，方祖猷、梁一群、李庆龙等编校整理《罗汝芳集》，凤凰出版社，2007 年，第 232—233 页。

论身份贵贱，皆有“学”之资格的观点。

总而言之，王学的普及促进了儒学的转向，加速了士庶的融合。从此士人的重任由上行的“得君行道”改为下行的“化民成俗”。[①] 明代中晚期，举凡建宗祠、修宗谱、建书院、刊图书之类的民间事业都是士与商共同为之。市民阶层所嗜好的戏曲、小说也愈发受到士人的青睐，刘献廷甚至以小说、戏文比之六经，认为它们乃“明王转移世界之大枢机。圣人复起，不能舍此而为治也”[②]。另外，士庶联合对抗宦官所代表的专制皇权的故事也屡屡见诸记载，如陈继儒《吴葛将军碑》、张溥《五人墓碑记》和孙奇逢《乙丙记事》等。正如日本学者岛田虔次所说：“一言以蔽之，被称之为平民的抬头之现象，是中国近世史最中心的样式。”[③]

“士庶分别，国之章也。”[④]中晚明时期“四民”融合的浪潮曾对这一观念形成了不小的冲击。但我们能否就此遽然判定，盘踞于士人心头数千年的精英意识已然泯灭、荡然无存？

翻检文献可知，不少士人始终以文明先觉者自居，对王学的施教观念持有异议。黄宗羲说：“是故以中行为学，稍一不彻骨髓，其下场不及狂狷多矣。”[⑤]焦循也说：“至若行其所当然，复穷其所以然，诵习乎经史之文，讲求乎性命之本，此惟一二读书之士能之，未可执颛愚顽梗者而强之也。”[⑥]均透露出坚持士庶有别的执拗。

其实，“接引大众”和“有别于俗”之间的矛盾，王学信徒也无法完全调和。譬如李贽，他既说过“大抵我一世俗庸众人心肠耳，虽孔夫子亦庸众人类也”，也说过“佛法原不为庸众人说也，原不为不可语上

---

① 余英时《士与中国文化》，上海人民出版社，2003 年，第 457 页。

② 刘献廷著，汪北平、夏志和点校《广阳杂记》，中华书局，1957 年，第 107 页。

③ 岛田虔次《中国近代思维的挫折》，甘万萍译，江苏人民出版社，2005 年，第 139 页。

④ 《南史》，中华书局，1975 年，第 630 页。

⑤ 黄宗羲著，沈善洪主编《黄宗羲全集》第 8 册，《明儒学案》（下），浙江古籍出版社，1992 年

⑥ 焦循《雕菰集》，王云五编《丛书集成初编》，商务印书馆，1936 年，第 123 页。

者说也”[①]，浓厚的精英意识难以遮掩，左支右绌。即便是将王学“善与人同”之趋俗倾向发挥到极致的泰州诸儒，仍始终受到士人“有别于众”的传统心态的影响。延至清代，这种观念的余音嗣响依然不绝如缕。纪昀就在《阅微草堂笔记》中记载：“南宫鲍敬之先生言，其乡有陈生，读书神祠。夏夜袒裼睡庑下，梦神召至座前，诃责甚厉。陈辩曰：‘殿上先有贩夫数人睡，某避于庑下，何反获愆？’神曰：‘贩夫则可，汝则不可。彼蠢蠢如鹿豕，何足与较？汝读书而不知礼乎？盖《春秋》责备贤者，理如是矣。故君子之于世也，可随俗者随，不必苟异；不可随俗者不随，亦不苟同。’”[②]

这种普遍存在的精英意识与趋俗理念之间的冲突，岛田虔次强调其源于“士大夫存在的自我矛盾的构造”，即士大夫作为学问的独占者、政治的担当者，在其内部要坚信和维持明确的统一；但是科举制度的存在又使这个阶层在根本上呈现开放状态，因为庶民可以通过科举之途来进阶为士大夫。所以尽管晚明王学家尤其是“泰州学派显著地吸收了庶民的风气”，甚至“确立了与士大夫的理念完全不能相容的文化批判”，但“那决不是觉悟了的新兴阶级的意识之反映，实际上它只不过是原来界限就活动着的士大夫阶级内部统制极度弛缓时所发生的异端现象”而已。[③]

换言之，明代中晚期的商业发展和王学传播促使了士大夫精神中的“庶民性能量”激增，但并没有吞没原有的精英意识，只不过带来了些许调适，让他们以较为开放的胸襟来接纳庶民文化，却并非完全认同。

明乎此，我们就能对明末清初声势浩大的“题柳”现象拥有更为深细的理解。一方面，这种现象是“士庶融合”的产物，士人们能以比较豁达的心态来称赏一位操持“小道末技”的艺人。另一方面，他们

---

① 李贽《焚书·续焚书》，岳麓书社，1990年，第263、264页。

② 纪昀《阅微草堂笔记》，浙江古籍出版社，1997年，第85页。

③ 岛田虔次《中国近代思维的挫折》，甘万萍译，江苏人民出版社，2005年，第128、145页。

反复歌咏的并非真正是柳敬亭个体，而是将他视为南明王朝的一个文化符号，当成自己借杯浇臆的对象。这一点在吴伟业身上可以得到集中体现。

作为淹贯博洽的文坛耆宿，吴伟业多与才高学富之士俯仰共游，雅以“文章”自命，曾说：“平生以文章友朋为性命。”[①]他虽然也和一些庶人交情不浅，能热情赞美他们的优良品质，但依旧坚决地认为读书人胜出一筹。[②] 而文化根柢薄弱的柳敬亭能被吴伟业反复讴歌[③]，无非因为他发挥了以下两种功能：

首先，悲叹不遇的寄托。正如论者指出，吴伟业作品中，“不甘凡庸的自我意识”频频闪现，“与身份才艺相应的自我实现”是“梅村体”所有主角共同追求的目标。[④] 这一祈向也贯穿于“题柳”作品中。吴伟业反复渲染柳生技艺高妙和备受左良玉赏识的情景，如“正高谈拄颊，淳于曼倩；新知抵掌，剧孟曹丘”“与人谈，初不甚谐谑，徐举一往事相酬答，澹辞雅对，一座倾靡”，“左幕府多儒生，所为檄文不甚中窾会；生故不知书，口画便宜辙合”，“文士舌、武士色”等，又濡染了柳生在左良玉逝世后，辗转落魄、无所依傍的凄凉处境。其实，他是在柳敬亭身上叠合了自己的影子。

作为少年进士，吴伟业早早享尽了读书人梦寐以求的荣耀。明亡后他隐居十年，却并非真的是万念俱灰，如陈贞慧、黄宗羲那样匿迹深山，而是频繁参与社交活动，以求扩大影响力，最终出仕清朝又悻悻而归，一身才华无处施展。人生轨迹与柳敬亭有些合辙，故而他

① 吴伟业著，李学颖校点《吴梅村全集》，上海古籍出版社，1990 年，第 1178 页。

② 吴伟业曾在《汤节母赵氏传》里说：“节义之起也，岂不以读书知礼义哉？”这和“《春秋》责备贤者”的观念异曲同工，即礼义廉耻终归要靠读书人来贯彻。《吴梅村全集》，上海古籍出版社，1990 年，第 1068 页。

③ 黄宗羲《柳敬亭传》记载：“钱牧斋尝谓人曰：‘柳敬亭何所优长？’人曰：‘说书’。牧斋曰：‘非也，其长在尺牍耳。’盖敬亭极喜写书调文，别字满纸，故牧斋以此谐之。”可知柳敬亭文化素养欠佳。

④ 李瑄《“梅村体”歌行与吴梅村剧作的异质同构：题材、主题与叙事模式》，《浙江学刊》2016 年第 1 期，第 105—111 页。

将“柳敬亭形象”化作易代语境下政治仕途、文化话语权失落的代言，借他的遭际抒发一种身份的边缘感，顾影自怜。

其次，自我反思的明镜。明清之际，士人惯于将底层百姓描画成儒家道义的守护者，通过身份的倒置为故事增添趣味、强化自我反思的力度。如《五人墓碑记》：“嗟夫！大阉之乱，缙绅而能不易其志者，四海之大，有几人欤？而五人生于编伍之间，素不闻《诗》、《书》之训，激昂大义，蹈死不顾，亦曷故哉？……由是观之，则今之高爵显位，一旦抵罪，或脱身以逃，不能容于远近，而又有剪发杜门、佯狂不知所之者，其辱人贱行，视五人之死，轻重固何如哉？”[①]又如《贞妓王金芝传》：“呜呼！金芝一妓耳，妓非阀阅之传，诗书之泽，乃感知己恩，能不惜一死以殉之，有士君子所不易及者。金芝一妓耳，妓犹如此。噫！”[②]身份微贱的庶民在刀斧临头时尚能持守大节，饱读诗书的士大夫却往往斯文扫地，讽刺之情溢于言表。

吴伟业也延续了这一理路。五篇“题柳”作品反复突出的一个重要内容乃是柳敬亭对左良玉的忠心。诗歌中“痛哭长因感旧恩”；词中“只有敬亭，依然此柳，雨打风吹絮满头”；传中“每被酒，尝为人说宁南时事，则唏嘘洒泣”；赞中“侫而忠者其德”；引中“夫大丈夫以壶飧一饭，死生契阔，没齿勿忘，况于乡曲故旧为营菟裘，其感慨之节又何如哉！……余故因其言为之请，且以明生之不背德焉”。可以看出，吴伟业固然欣赏柳敬亭的说书技艺和侠士精神，但更让他敬佩的，还是柳敬亭不忘故主的美德。

借此我们可以窥知吴伟业的曲折心事。

柳敬亭于崇祯十六年(1643)入左良玉军幕，受到优待。弘光元年(1645)二月，柳敬亭奉左良玉命，以特使身份至南京，会见马士英、阮大铖等，“尝奉命至金陵，是时朝中皆畏宁南，闻其使人来，莫不顾

① 张溥《七录斋合集》，齐鲁书社，2015年，第220页。

② 汤显祖等原辑，袁宏道等评，柯愈春编纂《说海》，人民日报出版社，1997年，第1702页。

动加礼，宰执以下俱使之南面上坐，称柳将军，敬亭亦无所不安也”[①]。这是柳敬亭一生中最为风光显耀的时刻。随着左良玉的逝世，他的生存境况也急转直下。后来他虽然于顺治十三年(1656)又入马逢知军中，然马不过以倡优遇之[②]，因而他念念不忘左良玉的恩德，时常唏嘘感怀。

吴伟业年轻时承蒙圣恩，于崇祯四年会试得到皇帝“正大博雅，足试诡靡”的褒扬；随后又获赐“驰节还门里”，以完婚事；崇祯九年，年仅二十八岁的他被任命为湖广乡试主考；次年又迁东宫讲读；十一年，他就讲于文华殿，崇祯帝亲自到场垂问《尚书》大义。可以说，吴伟业身被故明诸多恩泽。

尽管如此，他还是出仕了清朝。虽然只有三年，却成了他一生的耻辱，让他受到社会舆论的强烈谴责。《广阳杂记》记载：“顺治间，吴梅村被召，士大夫皆集虎丘会饯，忽有少年投一绝句云：‘千人石上坐千人，一半清朝一半明。寄语娄东吴学士，两朝天子一朝臣。’”[③]这则轶事或为杜撰，却能真切反映人们对于他降身辱志的讽刺。吴伟业承受着人们的口诛笔伐，十分难堪。他性格优柔，既不敢像陈子龙那样决绝殉国，又不能如龚鼎孳一般坦然仕清，出处失据，可谓“沉吟不断，草间偷活”[④]。愧对先君的负罪感伴随了他一生，他自怨自艾道：“竟一钱不值何须说。”[⑤]柳敬亭眷念故主的高举触动了他，在频密书写柳敬亭忠诚的同时，他也在尽情抒发自己的忏悔。

总而论之，吴伟业的“题柳”作品看似在为一个艺人大张旗鼓，渗透着“士庶不分”的意识，实则为自我观照的产物。根据学者研究，柳敬亭的说书技艺远非超迈横绝，品节德行也并非孤傲纯洁，他在左军帐下究竟发挥了多大作用，无法在正规史传中钩稽参验，但他懂得把

---

① 黄宗羲著，王云五主编《南雷文定》，台湾商务印书馆，1970年，第164页。

② 余怀《板桥杂记》：“(柳)又游松江马提督军中，郁郁不得志。”江苏文艺出版社，1987年，第24页。

③ 刘献廷著，汪北平、夏志和点校《广阳杂记》，中华书局1957年，第10页。

④⑤ 吴伟业著，李学颖校点《吴梅村全集》，上海古籍出版社，1990年，第585页。

握遗民心理，在对左良玉感恩戴德的同时也会利用这层关系来为自己营销，最终成了名噪一时的“奇人”。[①] 可这些都不是吴伟业所关注的，他无意去厘清事件本相，无意去探触柳生内心，而是用主观意识构建人物，不惜笔墨地美化柳生形象，突出他在历史进程中的作用，使得他的真实个体沦于缺席，变成作者破碎心灵的寄托。

四、结语

吴伟业的“题柳”作品构成了文学史上罕见的“一人同题多体”现象，有着非凡的文体学价值。这些诗、词、传、赞、引之间的差异性和共通性，彰显了“文各有体”和“文体互渗”的规律，让我们窥见了“柳敬亭题材”的丰富性和稳定性、吴伟业创作的多元性和连贯性。吴伟业之所以变换文体来书写这一题材，也是为了展现多方面才能和从多角度传递信息。同时，作为明末清初“题柳”活动的有机组成部分，五篇作品又有着深刻的思想史内涵，是晚明“儒学转向”进程中内在紧张的生动体现。柳敬亭身份寒微，却能唤起吴伟业这样一位顶尖文人的膜拜，是“士庶合流”趋势下的有趣现象。但归根结底，“题柳”作品中的他不过是一个政治寄寓，承载着吴伟业的人生观念与审美理想，性格中的深层特征被有意无意地淡化。吴伟业的“题柳”作品为明清之际士人积极地走向群黎百姓，却无法完全背离精英意识的心理状况提供了一个鲜活的案例。

（四川大学文学与新闻学院）

---

① 李洁非《柳敬亭：被删改的传奇》，《名作欣赏》2012 第 22 期，第 96—109 页。

论清代文体分类的现代指向及其影响

罗　枫

内容摘要：清代文体分类在继承前代分类的基础上呈现出明显的现代指向，即摆脱具象思维模式下的“分体式”分类，演进为抽象与归纳主导的“归类式”分类。这个演进过程发轫于宋代，经过元、明两代缓慢的发展，在清代突然发生质变，向现代概括而简略的文体分类快速转进。这种文体分类意识的转变既是文体创作和应用促发的结果，也是清代“智识主义”学风积淀的结果。“归类式”文体分类的发展使秩序井然的文体谱系在清末得以建立，方便后人学习掌握文体创作，为文学和文化的普及创造了条件，也为后来现当代文体分类指引了方向。同时，这种方向的指引，也造成现当代文体分类对古代文体的丰富性和具体可感性的遮蔽。

关键词：清代；文体分类；归类；现代指向；影响

The Discussion on Modern Direction and Influence of Genre Classification of Qing Dynasty

Luo Feng

Abstract: On the basis of inheriting the previous classification, the genre classification in Qing Dynasty showed obvious modern direction. It means the genre classification evolved into "classification type" dominated by abstract and induction from "split type" of concretization. This evolution process began in Song Dynasty, and after a slow development of the Yuan and Ming Dynasties, a qualitative change of the genre classification quickly trended to the modern type characterized by simplicity, which suddenly occurred in the Qing Dynasty. The consciousness change of genre classification was not only a result of stylistic creation and application, but also a consequence of "intellectualism". The development of "classification type" established an orderly genealogy of genre in the late Qing Dynasty, which was convenient for future generations to learn and master stylistic creation, created the conditions for the popularization of literature and culture, and pointed the direction of genre classification in modern and contemporary. At the same time, under the influence of direction of genre classification, the richness and sensibility of ancient stylistic were decreased by the genre classification in modern and contemporary.

Keywords: Qing Dynasty; genre classification; classification; modern direction; influence

中国古代文体系统颇为繁杂，与现当代盛行的文体四分的简略方式截然不同。这多与古人"因文立体"、"体用不二"的文体思想有关，加上政治、经济、军事、文化、生活等方面的诸多差异，古代文体随使用场合的变化而体制各异则顺理成章。文体种类的丰富反映了古人文体创作的活跃，同时也为文体分类带来诸多不便。又因“古代中国人也不习惯于抽象而习惯于具象”①的思维特征，致使“古代中国人的‘分类’观念与西方的、所谓近代的‘分类’观念有一些不同，他们特别注意一个现象、一个事物可以感知的表象，并以此表象作为现象与事物分类的依据”②。这从中国古代的文体分类即可看出。一般而言，古人的文体分类方式不过两种：即郭英德所言之“类分”与“类丛”，亦吴承学所说之“分体”与“归类”。从文体分类的历史来看，“分体式”始终占据文体分类的主要舞台，“归类式”则多以“配角”的身份出现。这种分类态势正应和了中国人“惯于具象而不善抽象”思维特征。然而，正是这个小小的“配角”却昭示出文体分类的现代指向。

一

何谓文体分类的“现代指向”？

“现代”一词最早出现在西方，它是一个时间概念，也是一个相对的名称，任何时代都可以称自己为“现代”。它与“现代主义”(modernism)密不可分。“现代主义”是一种与传统相对立的文明方式，它有意与传统决裂，试图在思想和认知上突破“传统”。“现代”这一术语其实与“现代主义”“现代性”在含义上有一致性。从时间上说其与“古代”相对，从空间上说其与保留下来的“传统”相对。中国文学史中所说的“现代”当指“五四”以后形成的文学时期，这一时期最大的特点是对传统的突破。虽然1949年以后进入了新文学的建设时期，但“现代文学”中的许多特点仍然得到了保留。如文体的分类基本遵循了由西方文学“三分法”改进而来的诗歌、散文、小说、戏剧“四分法”③和中西都有的以记叙、议论等表达功能(或曰方式)分类的方法。这两种分类方式在现当代文学史和理论著作中多有出现，尤

① 葛兆光《中国思想史(第一卷)》，复旦大学出版社，2017年，第39页。

② 葛兆光《中国思想史(第一卷)》，复旦大学出版社，2017年，第41页。

③ 四分法，实际是中国学界在西方文学类型三分(诗歌、小说、戏剧)的基础上增加“散文”一类而形成的。

其是大、中、小学语文类教材多以此分类，甚至一些古代文学史著作也兼用这两种分类方法。以至于多数现代中国人谈及文体，言必称诗歌、散文、小说、戏剧或议论文、记叙文、说明文等，忘记了古代中国有丰富多彩的文体种类。这种情况的出现既有外因的影响，也是中国古代文体分类观念内在因素作用的结果——即“以简驭繁”的“归类式”文体分类方式的出现和逐渐成熟。二者合力，形成了现当代文体分类简略概括的特点。

所谓清代文体分类的“现代指向”，即指与传统分类有所区别，试图对传统有所突破，从而“指向”为后来——现代简略概括的文体分类方式。这种“指向”看似是文体分类方式的相似——即强调“归类”，其本质是思维方式的接近——重视抽象与归纳。清代文体分类的“现代”特征，不仅在于小说、戏剧等通俗文体进入文体分类系统，从而与现代“四分法”在文体种类的交集上继续扩大。更重要的是文体归类意识反映出的重抽象与归纳的思维方式，与西方和现当代有一致性。直白一点说，就是思维模式与现代人接近。

思维模式与现代人的趋近不是一蹴而就的，其如社会的现代转型一样漫长而复杂。这也昭示文体分类由古代走向当下、由传统转向现代是一个漫长的过程。文体分类的“现代指向”在这个过程中逐步孕育，它是传统分类中出现的变化。这种变化在清代突然加剧，呈现出向现代文体分类过渡的趋势。在这个变化过程中，文体分类的“现代指向”如何一步步呈现出来，以及对现代文体分类的完成有何影响，是一个值得深入探讨的问题。

二

文体分类的“现代指向”是一个逐渐显现的过程。从传世的古代文体资料来看，清人文体分类的“现代指向”最为明显。如清初储欣《唐宋八大家类选》将八大家古文分成奏疏、论著、书状、序记、传志、词章六大类，每类之下再分体；姚鼐《古文辞类纂》分文为 13 类 60 体；曾国藩《经史百家杂钞》分文为 3 门 11 类 84 体，等等。这种分类方式与前代编纂的总集明显不同，归纳的意识更强。这种“归类式”的分类是建立在清人对文体及其特征的认知之上。

实际上，清代以前人们对文体的分类已经有“归类”意识，其孕育与显现的过程与人们对文学认识的深化有极大关系。中国古代诸多文体自产生之日起，便由于功用的不同，其体制特点也不尽相同。创作和应用这些文体的古人对其文体特征早有认知，如对“诰”、“誓”、“训”、“命”、“盟”、“诔”的不同认知。但在古代早期，这种认知是模糊化的，非系统化的。直到魏晋南北朝时期，人们对文学的认识逐步深化，所以有了曹丕“四科八体”之分，陆机“文分十体”，更重要的是产生了《文章流别集》、《文选》等文学总集及文学理论名著《文心雕龙》。《文章流别集》已经亡佚，但据《隋书·经籍志》可知其文体分类意识已经很明显。《文心雕龙》将文体分为“文”和“笔”两类，按照前“文”后“笔”的方式排列论述各种文体。这种“文”与“笔”的区分过于宽泛，对具体文体的特征反映稍显简单，故对以后文学总集的编纂影响不大。《文选》作为现存最早的兼收多种文体的总集，其文体分类方式为后来总集的编纂树立了一种范式：

> 凡次文之体，各以汇聚。诗赋体既不一，又以类分。类分之中，各以时代相次。①

即先在第一层级上分为诗、赋、骚、七、诏、令、教、策、表等文体，然后在诗、赋等创作数量较多的文体之下，依据题材再行分类，形成文体二级分类法。这种“分体式”分类方式对后世影响甚巨，成为总集编纂中文体分类的主流，如《文苑英华》、《唐文粹》、《宋文鉴》、《文章辨体》、《文体明辨》、《文章辨体汇选》等重要总集和文体著作基本都采用这种二级分类的方式。后人的分类依据比较多样，或以体制分类，或以题材分类，或以时代分类，或以功用分类，众说纷纭，莫衷一是。各种分类也往往对文体的特点和种类认知不一，如《文选》分为 39 种、《文苑英华》38 种、《宋文鉴》59 种、《文章辨体》59 种、《文体明辨》

---

① 萧统编《文选》，上海古籍出版社，1986 年，第 3 页。

127种、《文章辨体汇选》132种。从宋到明，文体越分越多，越分越细。一些文体名异实同，但选家却强分彼此，颇为不妥。种类愈加繁多的古代文体，在今人看来，顿生一种作文而不知从何“体”开始之感。这种繁琐杂乱的分类说明古人多以具象思维分类，把对某种文体直观的认知作为分类的依据，缺乏抽象思维意识，不善于归纳概括，这种思维习惯给文体分类带来诸多麻烦。但人的思维意识也在发展变化，一般思维定势之下偶尔也会有特例出现。如南宋真德秀《文章正宗》将文体归为四类：“曰辞命，曰议论，曰叙事，曰诗赋。”[①]今人谷曙光、蔡德龙都认为这是一个转变。[②] 据蔡德龙考证，北宋的秦观、吴则礼都有过类似的论述，真德秀的“四分法”就是在这种“归纳式”分类思想基础上的具体实践。依笔者看，真德秀的归类标准其实并不统一：议论、叙事明显是表达方式（或曰功能），而辞令和诗赋有回到原来依体分类的老路上来。但我们不必过于苛责古人，毕竟有此转变实属不易。这个转变在当时及后来的影响主要在一些文论中，如宋濂《〈曾助教文集〉序》：

> 施之于朝廷则有诏、诰、册、祝之文；行之师旅则有露布、符、檄之文；托之国史则有记、表、志、传之文；他如序、记、铭、箴、赞、颂……[③]

王维桢《驳乔三石论文书》：

> 文章之体有二，序事、议论各不相淆，盖人人能言矣，然此乃宋人创为之。[④]

只是在总集编选方面影响并不大。但如吴承学所说：“《文选》是分体学的代表，而《文章正宗》则开创了归类学的总集传统。”[⑤]后来清代的

---

① 真德秀《文章正宗》，《景印文渊阁四库全书》集部第294册，台湾商务印书馆，1985年，第5页。

② 其实南北朝时期的“文笔之辨”也是一种文体归类，只是这种归类过于粗疏，在文体分类中影响不大。

③ 宋濂《宋濂全集》，人民文学出版社，2014年，第605页。

④ 黄宗羲编《明文海》，中华书局，1987年，第1527页。

⑤ 吴承学《宋代文章总集的文体学意义》，《中国社会科学》2009年第2期，第190—203页。

文体分类逐渐由“分体”向“归类”的转变，正是在宋明时期归类意识的基础之上进行的，只是这个转变过程漫长而艰辛。

三

清代的诗文总集大致可分为官方和私家编纂两种形式。官方编纂人员繁多，如果编纂中体例的制定和执行不能保持一致，所编总集的学术价值则大打折扣。以《御选全唐诗》为例，其编纂体例就颇为混乱，缺乏文体分类意识。《御选唐宋诗醇》选李白、杜甫、白居易、韩愈、苏轼、陆游等唐宋六家诗歌，其编选体制是诗人系诗，按作年顺序排列，诗歌也没有分体。《御选历代赋汇》在前人成果的基础上，广搜博采，按题材分类编排。每种题材之下，又按作者生卒年先后顺序排列。这些总集看不出编者有何文体分类思想，更多是古代文献的汇集而已。

但并非所有官编总集都如此不分体制，这种情况在更多总集中得到逐步改善。如《御选古文渊鉴》以朝代先后排序文章，汉代以前以《左传》、《国语》、《公羊传》、《谷梁传》、《战国策》等著作的先后排序，具体文章篇目系于著作之下，看不出有分体意识。但汉代以后以作者排序，先帝王，后公卿大臣，作者下面附文章，文章一般按官方应用文在前，日常应用文在后，如诏、书、奏疏等在前，记、赞、序、跋等在后。《御选宋金元明四朝诗》也先按朝代为断，每朝诗歌的排列是先帝制诗，后其他人诗。帝制诗一般不分体，按皇帝先后顺序排列。其他人之诗一般先按四言诗、乐府歌行、五言古诗、七言古诗、五言律诗、七言律诗、五言长律、七言长律、五言绝句、七言绝句、杂体诗等诗体分体排列，每种诗体下面再依诗人生卒年先后排序。《御选唐宋文醇》收录了唐宋时期韩愈、柳宗元、欧阳修等十家文。其分类先按生卒年排列作家，然后在作家名下按体排列文章。文章的分体顺序大致是赋、杂著、书、启、序、策问、论、记、议、疏、上书、札子、碑、祭文、墓志铭、状、表。《皇清文颖》总体上先分为诗、文两类，一般文在前，诗在后。只不过皇帝的特殊身份，让文体分类有些尴尬。编纂者必须先按康熙、雍正、乾隆三位皇帝顺序排列，皇帝名下系文与诗。文一般按论、说、解、序、记、碑文、杂著、连珠、颂、赞、箴、铭、赋等顺序排列；诗则按乐府、四言古诗、五言古诗、七言古诗、五言律诗、七言律诗、五言排律、五言绝句、六言绝句、七言绝句排列。其他人的作品则是先分为诗、文两类，两类之下再分体，分体顺序与皇帝的文、诗之下的分体大致相同。然后各体之下系以作者具体之文和诗，按作者生卒年排序。《御选历代诗余》则将词体按词调字数多寡排列，不用小令、中调、长调之称，始十四字，终二百四十字。每一调下按照词人生卒年的先后顺序排列。诗余调名有一体而分数名者，有词人自撰新名者，有同一调名而体有不同者，各注明于下，使词体的体制特征更加突出。相较于《全唐诗》，《全唐文》的编纂则相对严谨些。《全唐文》先按作者身份排序，其编次为首诸帝，次后妃，次宗室诸王，次公主；五代亦依此序次，十国主附五代后；然后才是臣工、释道、闺秀。至宦官四裔，各文无可类从，附编卷末。相关文章系于作者之下，一般文体的排列顺序是赋、颂、教、令、制、诏、敕、诰、状、书、表、疏、启，等等。

综上可知，清代官方编纂的总集的文体分类多不够严谨，分级时有文体与作者混杂的情况。尤其是《全唐诗》、《御选唐宋诗醇》，几乎没有分体意识。但总的来说，大多数官编总集基本采取了“分体式”的二级分类法，或先分体后系作者，或先列作者后系文体，或二者兼之。虽然皇帝的身份特殊，往往要单独列于总集的最前，使本来分类标准相对统一的总集变得有些凌乱，但这还是一种特殊的二级分类方式。官编总集受政治和编纂者自身学术修养等因素的影响，其文体分类的学术价值普遍不高。这种分类方式没有突破传统的“《文选》式”总集的分类方式，借鉴意义不大。

像这样采取“分体式”的二级分类方式在清代基本占主流，很多私家编纂总集也采取了这种分类方式。如黄宗羲编《明文海》、《明文授读》，薛熙编《明文在》，庄仲方辑《南宋文苑》、《金文雅》，彭元瑞编《宋四六选》，王仁俊辑《辽文萃》，董兆熊编《南宋文录》，张金吾编《金文最》，王昶编《湖海文传》，陆耀辑《切问斋文钞》，汪份编《唐宋八大家分体初集》，刁包编《斯文正统》，孙星衍编《续古文苑》，王崇炳辑《金华文略》，罗汝怀编《湖南文征》，袁文揆与张登瀛辑《滇南文略》，蔡士英编《滕王阁全集》，袁钧《四明文征》，等等。私家编纂总集多出自一人之手，编纂体例往往能贯穿始终，很少出现官编总集中帝王特殊身份对体例一致性的破坏。另据笔者统计，《清史稿·艺文志》及《补编》所收录的有文体分类意识的清代总集超过160种，其中大多数总集按照“分体式”方式分类，一般都采用二级分类，而引人瞩目的“归类式”文章总集也就10来种，在清代有文体分类意识总集中的占比实在太小。

清代文体论著中“分体式”与“归类式”的文体分类与上述总集中的分类情况基本一致。大多数文体论著在对具体文体的来源、名称及体制进行考证时，基本都是分体论述，较少对每种文体依据其文体特征进行归类，缺乏文体系统的清整。文体愈分愈细，动辄上百种，甚至近200种[①]，给人一种天女散花般的纷乱之感。与此同时，清人也试图在纷乱的文体中找出一条提纲挈领的线索，这种努力在一些总集的编纂和文体论著的撰写中有所显现。

四

由上文分析可知，采用“分体式”的二级分类方式编纂的总集和撰写的文体论著，在清代文体分类实践中始终占据主流。但这种分类方式，很难提纲挈领，使整个文体系统有条而不紊；也很难让人高屋建瓴，对中国古代文体特征及其系统有一个清晰的认知。这种分类方式下的中国古代文体，有树木，无森林。即使能看见森林的轮廓，森林中多种植被的生态体系却不明了。换言之，“分体式”的文体分类方法，只见具体文体的个体，难觅中国古代文体的体系和秩序。文体之间缺少比较和联系，文体特征的认知也是难以周全的。这些学理上的不周延造成的认知缺陷，既不利于具体文体的创作，也不利于文学的发展。

对“分体式”分类编纂总集存在的缺陷，清人的认知较前人更加

① 王兆芳《文体通释》收录143种文体另外还有56种合并于其中，总共约200种。详见吴承学《〈文体通释〉的文体学思想》，《古典文学知识》2007年第5期，第57—63页。

明确。尤其是清代部分私家编纂的总集往往能跳出这种“分体式”的二级分类模式，对总集的分类方式做出改变。如清初储欣（1631—1706）编《唐宋八大家类选》将八大家古文分成奏疏、论著、书状、序记、传志、词章六大类，每类之下再分体，如奏疏类有书、疏、劄子、状、表、四六表等6体；论著类有原、论、议、辩、解、说、题、策等8体；书状类有状、启、书等3体；序记类有序、记、引等3体；传志类有传、碑、志、铭、墓表等5体；词章类有箴、铭、哀辞、祭文、赋等5体，共计30体。这种分类，明显与前文所举官、私编纂总集不同。大部分官、私编纂总集只作分体，没有归类意识或归类意识不足。[①] 储欣《唐宋八大家类选》既有分体，更能将“体”归类，即今人何诗海所说之“归类与析类的结合”。这似乎让我们看到了南宋真德秀《文章正宗》“四分法”的影子。在文体论著方面，与储欣桴鼓相应的是王之绩（1663前—1703后）的《铁立文起》。王之绩在建构《铁立文起》的框架时，基本也采用了“归类＋分级”的方式，以便全书脉络清晰，有条不紊。王之绩先分文为“经世”、“非经世”两类；“经世”之下再分“王言”、“臣语”、“国事”、“后场”四类，“非经世”下分“叙事”、“议论”、“杂文”、“后世”、“四六”、“韵文”六类；然后第三层级则直接在十种文类下附以具体文体，如“叙事”下有序、后序、引、题辞、述、传、纪、表、志、记等12种文体，“议论”下有议、辨、说、解、释、戒、规、训、考、驳、评、原、喻等14种文体，……“王言”下有命、谕告、诏、玺书、制、诰、敕、敕牓、批答、御札、赦文、德音文、铁券文、国书、誓、令、册等17种文体，……总计10类103种。储、王二人大约生活于同一时期，《唐宋八大家类选》与《铁立文起》成书时间也非常接近，前者成书于1699年，后者刊刻于1703年。但从现存资料看不出二人有任何交集，很难说谁影响了谁，而且《唐宋八大家类选》的刊刻要到雍正元年（1723）。所以在文体分类方面的相似，我们也只能归结于观念相近。

① 《皇清文颖》先分文与诗两大类，文、诗之下再分体，有一定的归类意识，只是这种诗文分类意识古人早已有之，且《皇清文颖》文之下直接分体，没有归类。

这种归类意味着清初学人对文体的观念不仅有具象思维意识，而且明显有抽象和归纳的意识。抽象、归纳出文体的深层或本质特征，依据相似性把它们归为一类，以便建立一个层级分明、秩序井然的文体系统。这样的意识和努力在清代中后期常有人起而响应。如姚鼐《古文辞类纂》、梅曾亮《古文词略》、李兆洛《骈体文钞》、曾国藩《经史百家杂钞》、黎庶昌《续古文辞类纂》、王先谦《续古文辞类纂》等私家编纂的文章总集和吴曾祺《文体刍言》、来裕恂《汉文典》、刘师培《论文杂记》等文体论著采取了这种分类方式。现列部分总集与文体著作的分类情况如下：

<table>
<tr><th>编者与总集/论著</th><th>第一层级</th><th>第二层级</th><th>第三层级</th><th>备注</th></tr>
<tr><td rowspan="13">姚鼐《古文辞类纂》</td><td>论辨类</td><td>论、原、辩、对问、解、议、说、颂、书、志林</td><td rowspan="13"></td><td rowspan="13">共计 13 类 60 体</td></tr>
<tr><td>序跋类</td><td>序、书、文后</td></tr>
<tr><td>奏议类</td><td>对、议、说、谏、论、疏、表、策、札子、书、封事、奏</td></tr>
<tr><td>书说类</td><td>说、书、约、论</td></tr>
<tr><td>赠序类</td><td>序</td></tr>
<tr><td>诏令类</td><td>令、谕、告、诏、书、策</td></tr>
<tr><td>传状类</td><td>行状、传、事略、行略</td></tr>
<tr><td>碑志类</td><td>刻石文、铭、颂、碑志、墓志、墓表</td></tr>
<tr><td>杂记类</td><td>记</td></tr>
<tr><td>箴铭类</td><td>箴、铭</td></tr>
<tr><td>颂赞类</td><td>颂、赞</td></tr>
<tr><td>辞赋类</td><td>楚辞、赋、解、封禅文、讼、颂</td></tr>
<tr><td>哀祭类</td><td>祭文、吊文、辞赋</td></tr>
</table>

续 表

编者与总集/论著	第一层级	第二层级	第三层级	备注
李兆洛《骈体文钞》	上编：庙堂之制，奏进之篇	铭刻类、颂类、杂扬颂类、箴类、谥诔哀策类、诏书类、策命类、告祭类、教令类、策对类、奏事类、驳议类、劝进类、贺庆类、荐答类、陈谢类、檄移类、弹劾类		总计3编31类
	中编：指事述意之作	书类、论类、序类、杂颂赞箴铭类碑记类、墓碑类、志状类、诔祭类、		
	下编：缘情托兴之作	设辞类、七类、连珠类、笺牍类、杂文类		
曾国藩《经史百家杂钞》	著述门	论著类	论、辩、议、说、解、原、训、览	总计3门11类84体
		辞赋类	赋、辞、骚、七、设论、符命、颂、赞、箴、铭、歌	
		序跋类	序、跋、引、题、读、传、注、笺、疏、说、解	
	告语门	诏令类	诰、诏、谕、教、敕、玺书、檄、策命	
		奏议类	书、疏、议、奏、表、札子、封事、弹章、笺、对策	
		书牍类	书、启、议、牍、简、刀笔、帖	
		哀祭类	祭文、吊文、哀辞、诔、告祭、祝文、愿文、招魂	
	记载门	传志类	典、记、世家、列传、墓表、墓志铭、行状、家传、神道碑、事略、年谱	

续 表

编者与总集/论著	第一层级	第二层级	第三层级	备注
		叙记类	《尚书》、《左传》类之记事之文。	
		典志类	书、志、考、记、图	
		杂记类	记、碑	
来裕恂《汉文典》	叙记篇	序跋类	序、引、跋、题、书、读	共计3篇9类104体 诗之下又分五言古诗、七言古诗等6种体式，小说之下分传奇和演义二体，其分体层级实有四级
		传记类	传、纪、录、略、述、状、碑、碣、誌、铭、表	
		表志类	图、谱、表、志、记、注	
	议论篇	论说类	辨、原、论、说、解、释、义、书、评、驳、七	
		奏议类	奏、议、书、表、章、策、对、状、弹、启、连珠、上书、封事、笺、劄子、本	
		箴规类	箴、规、戒、训、铭、赞、喻	
	辞令篇	诏令类	诏、诰、命、令、制、谕、敕、玺书、策、批答	
		誓告类	誓、告、约、券、盟、祝、颂、册、符命、教、檄、露布、榜、移、牒、判、问、答、问答、答问、启事、书、简、牍、刀笔、帖、诔、祭文、吊文、哀辞	
		文词类	文、诗、赋、辞、乐府、小说	

注：此表中部分文体名称重复，但因其用途不一，体制相应也有所不同，故尊重编者，不作删改。

以上所举总集和著作的文体分类不管是两个层级，还是三个层级，甚或四个层级，其基本的分类思想是“归类”——以便“提纲挈领，以简驭繁”。何诗海认为清代的文体分类是趋繁与趋简并行，这基本概括了清代文章总集的文体分类特征。但大多数总集和文体论著还是采用传统的分体模式，这从两种分类方式编纂总集的数量之比即可明显看出。总的来说，趋繁仍是主流，且对趋简的分类方式仍有压倒性优势。但这种趋简的“归类式”分类方式昭示出人们对文体的不同认知，这种认知的差异才是清代文体分类的价值所在。其实这种差异发轫的远源在宋代，如前文所言北宋秦观、吴则礼关于议论、叙事之文的言论，南宋真德秀《文章正宗》的“四分法”。这种归类意识在元明两代的总集编纂和诗文论中几近湮灭，只有宋濂、王维桢等人的只言片语，而且影响甚微，所幸文体归类思想的火种并未完全熄灭。随着人们对文体特征认知的逐步加深（这从元明时期出现不少“假文以辨体”的总集即可看出），“分体式”分类方式造成文体系统纷繁凌乱的弊端势必引起后来有志于文者的不满，改变随之而来。对文体进行归类，形成一个层级分明的文体系统，便是改变的方式。不同于往代，这种改变意图在清代更加突出与持久，虽未占据主流，但却是历久不衰，时时有人起而继之。如前期的储欣、王之绩，中期的姚鼐、李兆洛、梅曾亮等，晚期曾国藩、黎庶昌、来裕恂等。

除此之外，清末王葆心等人“踵其事而增华”，使文体分类向现代的方向继续推进，其《古文辞通义》在评论前人的文体分类时，便有如下论述：

> 告语门者，述情之汇；记载门者，记事之汇；著述门者，说理之汇也。[①]

王氏所言与现代的以表达方式进行文体分类的方法已非常接近。更难能可贵的是，王葆心《古文辞通义》对真德秀、储欣、姚鼐、曾国藩等人以简驭繁的分类方式大加赞赏，并从文体分类发展史的角度分析，认为并非姚鼐、曾国藩等人比前人高明，只是文体分类的发展趋势到

---

① 王葆心《古文辞通义》，武汉大学出版社，2008年，第530页。

了这里，姚、曾等人顺势而为而已。如其所言：

> 友人李伟曰："从前文章只如散钱，至《昭明文选》分三十九类，始合为十。姚氏《古文类纂》分十三类，始合十成百。曾文正《经史百家杂钞》分三门十一类，始贯百成千。然纲举而目未尽张，虚朒短绌，实不满千。姚氏前储氏《八大家类选》分六门三十类，其奏疏书状即曾之告语门，其序记传志即曾之记载门。论著词章即曾之著述门，已几几乎合百成千矣。惟其所选仅及八家，未足网罗百代。宋真氏《文章正宗》擘分四类而子目不具，则又有千而无百。世无文正，生其后者虽欲以宏纲巨目笼盖往籍，何可得乎？今合真、储、姚、曾四家门目为目次异同比较表，以足满贯一千之数。其三门十五类，本曾氏序目而少增变之，间采姚氏之说以归完备，非后人果胜前人也。势积而备，理固然矣。"李君之言如此，吾更区分其十五类所属各体附列下方。[①]

"非后人果胜前人也。势积而备，理固然矣"，这句话振聋发聩。以历史的眼光，道明了中国古代文体分类逐代嬗递的趋势及特点。后来现当代文体分类的简化，就是顺着清代文体分类这股趋势逐步得以完成，王氏之言实有先见之明。

综上可知，清代的文体分类基本是沿着两个方向发展：一是《文选》的"分体式"，趋繁；一是发轫于真德秀《文章正宗》，发展于储欣、王之绩、姚鼐，完成于曾国藩《经史百家杂钞》、来裕恂《汉文典》的"归类式"，趋简。这两种文体分类方式体现的是两种思维模式：《文选》是典型的中国式具象思维模式，《文章正宗》、《经史百家杂钞》、《汉文典》则是非中国典型的抽象思维模式（或曰归纳式思维方式）。"分体式"使文体种类显得繁杂，"归类式"则显得层级明显、简要得当。清代文体分类虽然存在着趋繁与趋简的双重特点，但总的来说，分体式的分类方式更为盛行。官方编纂总集虽然有时体例混乱，但大多还

① 王葆心《古文辞通义》，武汉大学出版社，2008年，第516页。

是贯彻了“分体”的分类思想。私家编纂总集两者皆有，“分体”思想长期占据主导地位。“归类式”虽整体上不如“分体式”盛行，但后世影响却远远超过“分体式”。尤其是其三级、四级分类以简驭繁的特点，顺应了古人试图建立系统的文体秩序的趋势；小说、戏曲进入文体分类系统，呼应了文体古今演变的趋向。这些使清代文体分类呈现出明显的“现代指向”。

五

前文讲到，古代文体分类呈现出的现代指向在清代突然加剧，这当与清人对文体和文学的认知有关。这种认知的变化其根在学风。我们仔细清理一下古代文体学的发展，从宋到清，人们的文体意识在逐步加深。由宋代诗词之辨，到明代的“假文以辨体”及清代大量的文体考证，人们对文体的关注点扩大到整个文体系统。一般而言，“辨体”是文体学的基点与核心，因“辨”而“体”明，“体”明则有利于建构秩序井然的文体系统。但“辨体”方式的不同，则对文体的认知也会有所差异。如明人的“假文以辨体”则能通过具体文体作品直观地分辨文体外在体制特点的不同，但对诸种文体的源流变化、功能作用、语体风貌却是很难彰显，文体内在的特质很难把握，而对文体进行追根溯源式的考证则能弥补这些不足。由此结合清代盛行的考证学风，文体分类的现代指向在清代呈现的愈加明显就不难理解了。

明末清初，以儒学为中心的中国思想界发生了巨大变化，即由“尊德性”的层次转向“道问学”的层次。这一转变被余英时称为“儒家智识主义”的兴起，或者说是明代儒学“反智识主义”发展到高峰时开始向“智识主义”的转变。[①] 这种学术思想的转变促成了清代考证学的发展，使清代学术逐渐摆脱明代空疏学风的影响，由虚入实。考证之学在清代兴盛，波及各个学科，文体学亦不例外。清代文体考证

---

① 余英时《论戴震与章学诚——清代中期学术思想史研究》，台北三民书局，2018年，第21页。

的突出，堪与六朝文体学的整体建构、明代的辨体批评鼎足而立。[①] 文体考证的范式在六朝时期已经确立，即刘勰主张的"原始以表末，释名以彰义，选文以定篇，敷理以举统"。清人的文体考证工作基本沿着这个思路而来，勤奋的考据和相对严谨的考证态度，使各种文体的特征愈辨愈明，文体特征的明了为文体的归类提供了坚实的学术基础。前文所举的储欣、王之绩、姚鼐、梅曾亮、王先谦、黎庶昌、来裕恂等人无不在考据注疏方面下过不少功夫。

学术风气对文体分类转变的作用是间接的，属于"外缘影响"。与之相应，从文体学发展"内在理路"上说，文体的创作与应用才是促进文体分类发生变化的根本动因。如储欣编纂的《唐宋八大家类选》便是供后辈学习文章写作的范本，其门人吴振乾为《唐宋八大家类选》作序便言：

> 在陆先生别八家之类而分之，复比八家之类而合之。其分之者，使人由不类中以求其类，而悟行文之体之所以同；其合之者，并使人由类中以思其不类，而见古人之文之所以异。是则先生之志也……先生启迪后学，开示来兹，尤在《类选》一书哉。[②]

其在为储欣《七种古文选》所作之《西汉文选例言》中更加明确地说：

> 先生晚年课孙，自《左》、《国》、《史》、《汉》，下逮唐宋诸家，各有约选定本，而《八家类选》一书，尤便揣摩。[③]

《唐宋八大家类选》一书作为储欣指导孙辈读书的家塾读本，辨明文体并进行归类自然有利于初学者掌握各种文体的创作要点，这也是其成书后比较流行的原因。

与储欣编书指导孙辈不同，姚鼐编纂《古文辞类纂》意图对天下习文者有所影响，如其《〈古文辞类纂〉序》所言：

---

① 陈志扬《清代文体学的考证倾向及其成绩》，《贵州社会科学》2013 年第 10 期，第 96—105 页。

② 储欣编《唐宋八大家类选》，乾隆乙丑(1745)刻本。

③ 储欣编《七种古文选》，乾隆三十八年(1773)同文堂刻本。

夫文无所谓古今也，惟其当而已。得其当，则六经至于今日，其为道也一。知其所以当，则于古虽远，而于今取法，如衣食之不可释；不知其所以当，而敝弃于时，则存一家之言，以资来者，容有俟焉。于是以所闻习者，编次论说为《古文辞类纂》。其类十三，曰：论辨类、序跋类、奏议类、书说类、赠序类、诏令类、传状类、碑志类、杂记类、箴铭类、颂赞类、辞赋类、哀祭类。一类内而为用不同者，别之为上下编云。①

姚鼐编纂《古文辞类纂》的目的，是不满当时的文章选本而要与之争强，通过选本宣示自己的古文主张。他以“为用”作为标准使文章的分类得以简化，避免了交叉重复，突显了文体不同的表现方式，方便初学者学习。于是，《古文辞类纂》在写作实践中具有了传授价值和教材的属性。各类文体特色明晰，方便初学者快速掌握不同文体写作的奥妙，写出优秀的文章。桐城文派的形成与迅速壮大，当与《古文辞类纂》关系甚深。

曾国藩作为“桐城派”在晚清时期的代表人物，其编纂《经史百家杂钞》的意图是补姚鼐《古文辞类纂》之不足：

姚姬传氏之纂《古文辞》，分为十三类。余稍更易为十一类：曰论著，曰词赋，曰序跋，曰诏令，曰奏议，曰书牍，曰哀祭，曰传志，曰杂记，九者余与姚氏同焉者也。曰赠序，姚氏所有，而余无焉者也。曰叙记，曰典志，余所有，而姚氏无焉者也。曰颂赞，曰箴铭，姚氏所有，余以附入词赋之下编。曰碑志，姚氏所有，余以附入传志之下编。论次微有异同，大体不甚相远，后之君子，以参观焉。

村塾古文有选《左传》者，识者或讥之。近世一二知文之士，纂录古文，不复上及六经，以云尊经也。然溯古文所以立名之始，乃由屏弃六朝骈俪之文，而返之于三代两汉。

① 姚鼐纂《古文辞类纂》，上海古籍出版社，2016年，第1页。

今舍经而降以相求，是犹言孝者，敬其父祖而忘其高曾。言忠者曰："我家臣耳，焉敢知国？"将可乎哉？余钞纂此编，每类必以六经冠其端。涓涓之水，以海为归，无所于让也。

姚姬传氏撰次古文，不载史传。其说以为"史多，不可胜录也"。然吾观其奏议类中，录《汉书》至三十八首，诏令类中，录《汉书》三十四首，果能屏诸史而不录乎？余今所论次，采辑史传稍多。命之曰《经史百家杂钞》云。[①]

曾国藩补选"六经"与"史传"之文，彰明文章之源，强调文章的经世作用。希望后学能学文以知源、学文以致用。为了方便后学揣摩研习文章，他又将《经史百家杂钞》缩编为《经史百家简编》：

因思余所编《经史百家杂钞》，编成后，有文八百篇上下，未免太多，不足备简练揣摩之用。宜另钞小册，选文五十首钞之，朝夕讽诵，庶为守约之道。夜，将目录开出，每类选"经"一篇，"史"及百家文三篇，凡十二类，共四十八篇。[②]

最初曾国藩简编《经史百家杂钞》是为了其九弟曾国荃："咸丰十年，余选经史百家之文，都为一集。又择其尤者四十八首，录为简本，以诒余弟沅甫。"[③]曾国藩希望《简编》有助这位领兵之将因忙于战事而耽误的文章之业，那些喜爱文章却忙于俗务而无暇顾及的人也能从《简编》获益良多。后来王先谦、黎庶昌相继编纂《续古文辞类纂》与姚鼐、曾国藩沾溉后学的目的不无二致。两书收录文章多以清人为主，作品多出自"桐城派"、"湘乡派"、"阳湖派"作家之手。但两书的编纂宗旨却有不同，王氏编纂体例仿姚鼐；黎氏则继承其师《经史百家杂钞》，在选文领域和纂编体例等方面，匡补姚书之不足。另外，吴曾祺的文体专著《文体刍言》分文章为十三类，与姚鼐《古文辞类纂》毫无二致，并明言此书是为教人"作文之法"而撰。

清末，来裕恂编写《汉文典》，其教材属性愈加明显。来氏之孙来

---

① 曾国藩《经史百家杂钞》(上)，岳麓书社，2009年，第1页。

② 唐浩明《唐浩明评点曾国藩日记》，青岛出版社，2017年，第273页。

③ 曾国藩《曾国藩全集·文集(上)》，河北人民出版社，2016年，第52页。

新夏为《〈汉文典〉注释》出版时所作《说明》便是最好的明证：

> 《汉文典》书序记撰书缘起：内则以《马氏文通》“文规未备，不合教科”，外则以日人诸作“类皆以日文之品词强一汉文”，“乃返而求之于《尔雅》，于《说文》、《广韵》之书，于言文体、文法及选文、论文之书”，“以泰东西各国文典之书，详举中国四千年来之文字，疆而正之，缕而晰之，示国民以程途”。①

与储欣、姚鼐、曾国藩等人不同，来裕恂编写《汉文典》明确提出要“合教科”，其所期待的受众对象不再局限于儿孙、学生、亲戚和后学，而是全体国民，这与其长年从事文科教育工作有关。文章写作的下移有利于文化的普及，亦有利于开启民智。文化的普及、民智的开启，反过来又加深人们对文体的认知。

清人学风扎实，关于文体源流、特征的考证超过前人，加上清代各种文体创作的兴盛，人们对文体特征认识理应超过前代，这从其文体分类的变化已经显出端倪。但更让人叹服的是，曾国藩、来裕恂等人试图通过“归类＋分级”的方式建立一个层级分明、容易掌握的文体谱系。我们知道，人类文明之所以远高于其他生物，一个根本区别是人类有自己创立的社会制度。制度的存在使每一个人或阶层在社会中处于相应的位置，从而促使社会的稳定与发展。不同文明的先进与否，往往取决于制度的合理性。从清初的储欣、王之绩到中期的姚鼐，再到晚期的曾国藩与清末民初的来裕恂，他们不遗余力地清整繁复的古代文体系统，试图在纷乱的文体中建立一种制度，使文体的谱系愈加完善。这些努力处处逗露出向现当代文体系统转型的趋向。

六

我们说清代文体分类有“现代指向”，并不意味着就是现代式的

① 来裕恂著，高维国、张格注释《汉文典注释》，南开大学出版社，1993 年，第 4 页。

文体分类。它只是处于古人对文体及文体分类认知的新阶段，这个阶段是古典和现代的连接点。也可说是古代文体分类的末端、现代文体分类的前哨。

“连接点”的特性是其能同时适应两种事物，也就意味种这两种事物有共通于“连接点”的共性，或者说是相似性。所以清代文体分类的“现代指向”应是指其与后来的现当代文体分类方式有一定的相似性。即通过文体归类以便“提纲挈领，以简驭繁”，从而建立一个层级分明、秩序井然的文体谱系。

虽然有明确的方向，但清人毕竟染古已久，其分类仍然摆脱不了古代文体分类的影响，在分类标准上不能一以贯之。如储欣编《唐宋八大家类选》将八大家古文分成奏疏、论著、书状、序记、传志、词章六大类，前五类基本上是依据用途分类。第六类“词章”，从类名上看不出其与前五类有共同性，其所收文体也不全是应用之文。姚鼐《古文辞类纂》中“杂记”一类也与其他十二类以文体名称作类名有所不同。这皆反映出清代前中期文体归类标准不统一。清代后期通过减少文体归类的一级门类，增加分类层级，使分类的概括性愈来愈强。曾国藩《经史百家杂钞》分文体为三门：著述门、告语门、记载门，前人谓此以文体的功能特征分类，即“著述门主要为议论、抒情文体，告语门为官、私应用文书，记载门为史传类叙事文体”[①]。这种分类看似标准统一，可细究发现，著述、记载二门实际是表达功能的分类，告语门则是以文章的用途及应用者的身份分类的，分类的标准还是不够统一。来裕恂《汉文典》分文为叙记篇、议论篇、辞令篇三类，叙记、议论是表达功能的分类，辞令篇并列为三，明显不是同一个标准下的分类。后来，刘师培分“文”为“诗赋以外之韵文”、“分析理议事之文”、“据事直书之文”三类，亦是如此。这种文体分类标准的不统一，是古代文体种类繁多以及功用交叉造成的。

---

① 何诗海《从文章总集看清人的文体分类思想》，《中山大学学报(社会科学版)》2012年第1期，第31—36页。

以表达功能对文体进行归类的方式，不是中国一家所有。在西方以及近邻日本，都有对清代文体归类的呼应。《古文辞通义》中有一段记载：

> 今人《法兰西文学说例》谓法兰西之散文分五种，其中有三种：曰记事，即表中之记载门所属也；曰辩论，即表中著述门所属也；曰书牍，即表中告语门所属也。日本人曾合选记事、论说文为《文范》，其分类有三门中之二门。其《国民作文轨范》一书于记事、论说外增祝贺吊祭文，又有告语门之意，体尤全备矣。此中外文家之同轨者。[①]

这就是所谓的“东海西海，心理攸同”[②]。王葆心从中西对比中，揭示了未来中国文体以表达功能分类的内外驱动因素。

现当代的文体分类一般分为散文、诗歌、戏剧、小说四类，也就是我们常说的“四分法”。这种分法看似在西方文体“三分”的基础上增益而成，实际上是中国古代文体分类中归类意识的自觉。只不过这种自觉在文体分类发展的十字路口，恰巧遇上有同样意识的西方文体“三分法”，两者相向而行，便有了后来的“四分法”。归类意识的注入，使“散文”可将所有非“骈体”的文章统摄；“诗歌”可将古代的四言、五言、六言、七言、杂言各种体式的诗歌囊括殆尽，甚至连与“诗”在外在形式上有相似性的“词”都可包含在内；戏剧可以包含院本、杂剧、传奇等各种中国古代传统戏曲形式；小说亦是如此。再看现在教材里耳熟能详的记叙文、议论文、说明文，这些不是恰与曾国藩、来裕恂等人的“著述门”、“记载门”、“叙记篇”、“议论篇”等非常相似吗？这种相似绝不是后人的创造发明，而是前人留下的印记，我们践履而已。与其说西方文体分类方式影响了我们，不如说是近现代学人在继承古人文体“归类”思想后，对西方文体分类思想的主动接纳，这种接纳实际是“心理攸同”的自然结果。

---

① 王葆心《古文辞通义》，武汉大学出版社，2008年，第532页。

② 钱锺书《谈艺录》，商务印书馆，2011年，第3页。

通过分析可知，以上中西两种文体分类方式的核心思想是“归类”，即抽象出文体的重要特征，然后进行归类。从严格意义上说，这样归类而形成的不是某种单一的具体文体，而是包容性很强的一种文类。诸多文体特征的共性包含在这些“类”里面，文类成了多种文体的交集。

其实，中国古人早有过文体归类的意识，但“因文立体”的文体创作思想容易衍生出多种体制纵横交错的文体，归类便是一个十分棘手的事情，以上诸人的文体分类标准不一便可看出其中端倪。加上古代中国人习惯具象思维，“归类式”的文体分类方式很难突破思维定势的束缚。这些导致总集中的文体琳琅满目，愈加丰富。在具体的文体创作中，丰富繁杂的诸多文体往往使学习者“乱花渐欲迷人眼”，产生一种无从下手之感。这给初学和教授文章写作的人带来极大不便，也为文体分类方式埋下了求变的因子。清代出现的很多传授后进文章写作和观念的总集、专著，分类简略概括多与此相关。如前文所举《唐宋八大家类选》、《古文辞类纂》、《经史百家杂钞》、《文体刍言》、《汉文典》、《古文辞通义》(初名《高等文学讲义》)，这些文章总集和文体论著或多或少都有教材和讲义的性质。

文体分类简化，便于后人学习掌握。这就像中国古代政权的行政层级：皇帝之下分三省六部掌握中央行政大权，下面再分州郡，州郡下面分县，县下有乡里等等。这样从下到上，同一级别的行政单元逐级减少，最后统一到皇帝一人手里，国事“若网在纲，有条而不紊”。

如古人逐步建立社会制度一样，以曾国藩、来裕恂等人为代表的清代学人，也试图通过自己对文体的认知，建构一个相对完善的文体谱系，以便后人能快速掌握利用这些文体。

清人在文体分类方式上的创制和实践，为现当代文体分类指引了方向。然而，中国古代生成的文体过多，简便的文体归类容易掩盖文体之间的细微差异，无法全面反映中国古代文体的丰富性与具体可感性。如“散文”不能完全体现“书”、“说”、“序”等文体的体制和风格特征；“诗歌”这一文类也很看出律诗与古诗的区别；议论文可是散文，也可以用骈体；“叙事”可以用“记”，也可用“传”；“五言古诗”能抒情，“七言律诗”亦可。倒不是说这种分类方式混淆了文体，但过于重“类”而轻“体”，文体的体制特点反倒被遮蔽甚至消弭。现代一般人要写一篇祭文或者墓志铭，恐怕无从下手。即便古典文学爱好者，怕也得翻阅一下古代的经典文章选集，才不至于在篇制上乖离古人太远。不过，我们也不用苛求今人熟习古代各种文体，更不用试图改回到古人文体分类的轨辙上来。毕竟现代与古代的差异，使我们的世界很少产生古代那样的文体。今人不再需要创制古代的多数文体，强将回溯古代，只能是邯郸学步，贻笑大方。但对古典文学研究者来说，我们必须穿过现当代文体分类带来的“幕障”，清醒认知中国古代文体的多样化和特殊性，不至于使中华传统文化中的瑰宝淹没在现代文明华丽的外衣之下。

因此，我们应该辩证地看待清代文体分类的现代指向及其影响。

（华东师范大学中文系）

金圣叹小说戏曲评点术语与八股文术语之双向互渗*

贾艳艳

内容摘要：金圣叹评点深受八股文批评的影响。这主要表现在评和改两方面：在评上，金氏在八股尊题的影响下，形成尊题意识，运用一系列题目和解题术语，突出题目之于文章的统领意义，与此同时，又依据八股"起承转合"原理，生成一系列关于节点术语，准确揭示小说启、引、接、转、合等衔接处。在改上，遵循八股整体思维，运用重复或两极共构原理，大幅删改《水浒传》、《西厢记》，将其构建为首尾呼应或共构的整体。其评点之所以如此，与明末清初浓郁的八股风气、吴中地域的八股文风、个人的八股执念等密切相关。

关键词：术语；起承转合；首尾呼应；两极共构；因由

* 本文是国家社科基金重大项目"中国古代小说理论术语考释与谱系建构"(19ZDA247)的阶段性成果。

Mutual Infiltration of the Terms of Jin Shengtan's Novel and Opera Comment and the Terms of His Eight Part Essay Comment

Jia Yanyan

Abstract: Jin Sheng tan's critical terms are deeply influenced by the criticism of stereotyped writing. This is mainly reflected in the two aspects of evaluation and reform. In the review, under the influence of the title of eight part essay, he formed the title respecting consciousness, used a series of title and solving terms to highlight the leading meaning of the title to the article. At the same time, according to the principle of the eight part "transition", he generated a series of node terms to accurately reveal the connection of the novel, such as the beginning, the introduction, the connection, the transition and the combination. In the reform, following the stereotyped writing holistic thinking, he used the principle of repetition or two pole co construction, substantially delete the "Water Margin" and "the West Chamber", and construct it as a whole that echoes or co constructs. The reason for such comments is closely related to the strong eight part ethos in the late Ming and early Qing Dynasties, the eight part ethos in Wuzhong region, and personal eight part obsession.

Keywords: term; the four steps in the composition of an essay; head and tail echo; dual comlementarity; reason

众所知周，金圣叹评点呈现八股特质。清人昭梿在《啸亭续录》卷二《小说》中云："自金圣叹好批小说，以为其文法毕具，逼肖龙门。"[①]认为金氏文法毕具的评点形态与时文评点相类。胡适在《水浒

① 孙中旺编《金圣叹研究资料汇编》，广陵书社，2007 年，第 28 页。

传考证》说得更为具体:“金圣叹用了当时‘选家’评文的眼光来逐句批评《水浒》,遂把一部《水浒》凌迟碎砍,成了部‘十七世纪眉批夹注的白话文范’! 例如圣叹最得意的批评是指出景阳冈一段连写十八次‘哨棒’,紫石街一段连写十四次‘帘子’和三十八次‘笑’。圣叹说这是‘草蛇灰线法’! 这种机械的文评正是八股选家的流毒,读了不但没有益处,并且养成一种八股式的文学观念,是很有害的。”①尽管胡适批判金氏文法评点的八股特质,但却揭示了其八股式的评点视角。由此可知,金圣叹小说戏曲文法评点的八股化已是古今学人的共识。一提到金圣叹八股式评点,人们主要聚焦在其引用或脱化典型八股术语和八股编号式评点样态上。事实上,金圣叹评点的八股化远非如此,其字、句、部、章的解析都呈现八股痕迹,所以金批小说戏曲八股化尚有阐释空间。故本文以金氏评点术语为抓手,概括总结出术语运用的八股化特质,探寻隐含隐藏其间的八股思维,进一步寻绎其八股思维源头。

一、金圣叹小说戏曲评点术语的八股化

据笔者粗略统计,在小说戏曲评点中,金圣叹灵活运用了 400 余种术语,准确地揭橥小说戏曲叙事的核心秘密。事实上,这一术语群并非金氏凭空造就,而是博采众家,取自八股文、绘画、书法、戏曲、音乐、叙事、建筑等不同文体和学科。在上述门类中,八股文术语借用最多,约占术语总量的三分之一。从表面看,这些散落文本各处的八股术语互不相干,但将其析出则发现它们之间联系紧密,构成一套评点体系,指向小说戏曲的章法结构,进一步讲就是小说戏曲题目和内容结构的章法。

在评点中,金圣叹表现出强烈的“尊题”意识,有“题目是作书第一件事。只要题目好,便书也作得好”②,“未制文,先制题”③等之论。

① 姜义华主编《胡适学术文集:中国文学史》(下),中华书局,1998 年,第 669 页。

② 施耐庵著,金圣叹评《水浒传注评本》,上海古籍出版社,2015 年,第 998 页。

③ 施耐庵著,金圣叹评《水浒传注评本》,上海古籍出版社,2015 年,第 665 页。

凭实说，“尊题”是八股文的典型特质。众所周知，八股文是命题作文，题目来自《四书》、《五经》，旨在阐明经义。如果将题目暗含的经义比作道的话，那么文章就是传道之器。确切的说，题目是八股文的精神和灵魂，对文章内容和形式起到决定作用，所以明代文人在解题之前先吃透题目。明八股名家茅坤“论文四则”首条便是“认题”：“题中精神血脉处，学者须先认得明白，了了印之心中，方可下笔，然后句句字字洞中骨理。”[①]明凌义渠在《正文体疏》说的更为明了：“夫有题，然后有制义。”[②]可见，文人们对题目的重视。由于八股文为取士文体，其对明代文人和文学产生很大影响。诚如，郭绍虞《中国文学批评史》中说：“明代的文人，殆无不与时文发生关系；明代的文学或文学批评，殆也无不直接或间接受着时文的影响。”[③]金圣叹“以题为先”的说法承此一脉而来。在重题意识推动下，金圣叹将八股题目术语移至小说戏曲评点，比如，既有“截搭题”、“两扇”、“本题”、“题目”、“正经题目”、“题前”、“题后”、“难题”等题目术语，又有“提清题目”、“紧提题目”、“紧抱题目”、“借题作文”、“直解至题”、“解题”、“正题”、“大冒头”、“大眼目”、“擒”、“擒放”、“破的”、“破题”、“擒住”等解题术语。

“起承转合”是金圣叹章法结构评点的重心。其用此一法评点了小说、戏曲、诗歌、文等多种文体。在《读第五才子书法》中，金氏指出“起承转合”之于小说构建的作用：“《水浒传》七十回，只用一目俱下，便知其二千余纸，只是一篇文字。中间许多事体，便是文字起承转合之法。”[④]在《读第六才子书〈西厢记〉法》四十八条中用形象譬喻指出“起承转合”便于透视文章主旨：“比如文字，则双文是题目，张生是文字，红娘是文字之起承转合。有此许多起承转合，便令题目透出文

① 袁黄《〈游艺塾文规〉正续编》，武汉大学出版社，2009年，第185页。

② 凌义渠《正文体疏》，载《古今图书集成·理学汇·文学典》第一百八十卷，清雍正刻本。

③ 郭绍虞《中国文学批评史》，上海古籍出版社，1979年，第422页。

④ 施耐庵著，金圣叹评《水浒传注评本》，上海古籍出版社，2015年，第998—999页。

字，文字透入题目也。”[①]在《示顾祖颂孙闻韩宝昶魏云》中说：“诗与文，虽是两样体，却是一样法。一样法者，起承转合也。除起承转合，更无文法，除起承转合，亦更无诗法也。”[②]可知，金圣叹认为“起承转合”具有普适性，故“六部书，圣叹只是用一副手眼读得”[③]。

事实上，“起承转合”并非圣叹首倡，由前人承袭而来。其较早源于元人诗法，“具体说就是杨载《诗法家数》与傅若金《诗法正论》”，“杨载《诗法家数》于‘律诗要法’一段首列起承转合四字”，“傅与砺《诗法正论》讲起承转合，……内容较杨载之说为复杂”。[④] 至明代，伴随八股文取法诸家的浪潮，“起承转合”被征用至八股文。清人李树滋《石樵诗话》云：“今俚儒教人作文，必曰起承转合。不知四字乃言诗，非言文也。……移以入时文，应自明人始。”[⑤]明末清初，“起承转合”乘着八股东风深入明代文人肌理，成为八股的思维定式，于是文人们以此来创作和理解各类文体。在其拓展中，金圣叹首当其冲，将其应用范围由雅文体扩充至小说、戏曲等俗文体。

具体来讲，金圣叹“起承转合”这副手眼是关于小说、戏曲、诗、文等不同章法结构的理论，说明作品各部分内容之间的钩锁开合关系。[⑥]由于金圣叹“起承转合”的说法与八股评点所强调的别无二致，故对其内涵，不妨采用八股评点家之说。在诸多关于“起承转合”的解读中，刘熙载《艺概·经义概》界定最有代表性：“起、承、转、合四字，起者，起下也，连合亦起在内；合者，合上也，连起亦合在内；中间用承用转，皆兼顾起合也。”[⑦]

“起”是开启，意在引入下文。在小说戏曲评点，金圣叹侧重“起”

---

① 王实甫著，金圣叹评点《金圣叹评点〈西厢记〉》，上海古籍出版社，2008年，第11页。

② 金圣叹《贯华堂选批唐才子诗》，万卷出版公司，2009年，第64页。

③ 王实甫著，金圣叹评点《金圣叹评点〈西厢记〉》，上海古籍出版社，2008年，第7页。

④⑥ 蒋寅《起承转合：机械结构论的消长——兼论八股文法与诗学的关系》，《文学遗产》1998年第3期。

⑤ 李树滋《石樵诗话》卷七，道光二十七年（1847）湖湘采珍山馆刊本。

⑦ 刘熙载著，王气中笺注《艺概笺注》，贵州人民出版社，1980年，第451页。

的引入之用，概括总结出“作引”、“为下作引”、“引入”、“引文”、“虚写作引”、“虚点”、“逗一线”、“点逗”、“作线”、“伏线”、“线头”、“伏一奇笔”、“伏下一笔”、“轻轻一案”、“隔年下种，来岁收粮”、“行文闪烁之法”、“闪闪忽忽之极”、“忽然一闪法”等一系列“起”法。从“点”、“逗”、“虚”、“闪”等术语关键字看，“起”有易虚不易实，易浅不易深的特质，不妨称之为“曲起”。具体来讲，其为使下文出现的自然而不突兀，先在距离稍远处写其侧影或露其音信，然后循序推进，至主要关节处揭去面纱正面呈现。从金圣叹“起”法特质看，其与八股文“起讲”作法相对应。明人袁黄《游艺塾文规》卷三“起讲”阐释甚详：“起讲要春容，忌逼切；要冠冕，忌猥琐；要切题，又忌太着题。从浅入深，由虚入实，句句要是起语，方为本色。”[①]可知，金圣叹突出的由浅入深，由虚入实的“起”法直接源出于此。需要说明的是，虽然金圣叹之“起”与话本小说“头回”或“入话”的功能相似，以引子形式开启，但从适用范围看，前者应用广，无处不在，后者仅“用于每一篇话本之首”，“与正文情节相似或相反”[②]，所以两者不是一回事。

也就是说，金圣叹“起”的评点准则并非来自小说戏曲文本自身发展变化的启发，而借用了文本以外的八股评点准则来评点和审视小说戏曲，换言之，其将小说戏曲视为文章尤其是八股文来评点了。

“承转”是一体的，有承上启下之用。在评点中，金圣叹用不同术语形象地表达文章脉络起伏变化，比如有“结上引下”、“横云断山”、“过枝接叶”、“跨节生枝”、“接上卸下”、“千丈游丝，萦花粘草之妙”、“千丈游丝，忽然飘到”、“移云接月之巧”、“水穷云起之法”等。当然，金圣叹所言“承转”并非仅有承接变化一意，其内涵丰富，还包括接续的“承”、变化的“转”、相接的“合”三点。

“承”有接之意，是接续上文而来。在评点中，金圣叹时常以“接”代“承”，用“过接”、“承接”、“转接”、“重接头绪”、“过文法”等术语指

---

① 袁黄《〈游艺塾文规〉正续编》，武汉大学出版社，2009年，第50页。

② 《辞海 文学分册》，上海辞书出版社，1981年，第256页。

出不同承接之法，且进一步揭示它们“却恐文情太觉唐突”、“数语略递，便紧入”[①]、“过接长养”[②]等叙事目的。

“转”有转换变化之意。对文本中的变化转换，金圣叹通常用“转”、“脱”及其衍生词指出。其中，“转”生发出“转出”、“宽转”、“布局宽转”、“收转”、“转换”、“一宽”等不同转法；“脱”产生“脱卸”、“跳脱”、“脱化”、“脱换”、“脱换而下”、“交卸”、“卸出”、“卸出笋口”、“一接一卸”等。对于两者，“脱”最深受金圣叹推崇，其在五十一回夹批中对其作了界定：“文章妙处，全在脱卸，脱卸之法，千变万化，而总以使人读之，如神鬼搬运，全无踪迹，为绝技也。”[③]也就是说，其推重的是上下无痕的转换。事实上，“转”、“脱”亦非金圣叹独创，其在董其昌“九字诀”、李腾芳《文字法三十五则》等八股和古文批评中就已得到突出和强调。就意蕴而言，金圣叹此说深受“制意义天下共推之”[④]的董其昌“九字诀”的影响。所谓“九字诀”，即“宾”、“转”、“反”、“斡”、“代”、“翻”、“脱”、“擒”、“离”。其中，“转”法曰：“文章之妙全在转处，转则不穷，转则不板”；“脱”法云：“脱者，脱卸之意。凡山水融结，必于脱卸之后，谓分支擘脉，一起一伏于散乱节脉中，直脱平夷藏聚处，乃是绝佳风水，故青乌家专重脱卸。”[⑤]可见，金圣叹对“转”、“脱”的理解和阐释渊源于此。当然，借鉴并不意味着亦步亦趋的因袭，金圣叹亦有自己的理解，以“脱卸”为例，与董其昌侧重文章衔接前后的急缓节奏不同，其更倾向衔接处的技巧，故两者有所区别。由此可知，金圣叹借鉴的灵活性。

“承转”相接是金圣叹着重关照处，其从相接方式、程度、形态等方面，指出文本存在的情节衔接、叙事单元扣合、语句上下关联、文脉

---

① 施耐庵著，金圣叹评《水浒传注评本》，上海古籍出版社，2015 年，第 600 页。

② 施耐庵著，金圣叹评《水浒传注评本》，上海古籍出版社，2015 年，第 622 页。

③ 施耐庵著，金圣叹评《水浒传注评本》，上海古籍出版社，2015 年，第 731 页。

④ 西园老人口授，李尚絅补撰，李汉徵释《南吴旧话录》卷四，民国 4 年(1915)铅印本，第 18 页。

⑤ 西园老人口授，李尚絅补撰，李汉徵释《南吴旧话录》卷四，民国 4 年(1915)铅印本，第 15 页。

层层起伏递进等大大小小衔接。对此相连，金圣叹通常用“斗”、“合”、“锁”、“钩”、“对”等含有结合之意的字构词点出，诸如有“斗笋”、“紧笋”、“合笋”、“奇笋”、“斗笋接缝”、“陡然回合”、“一联”、“合缝”、“骤合”、“牵合”、“跳脱文字回环”、“回环踢跳，无句不钩”、“鸾胶续弦”、“锁”、“锁定”、“关锁”、“铁锤打锁”、“金锁玉钥”、“锁钥”、“无字不锁”、“对针”、“梭梭相逐”等，将其形象地展现出来。凭实说，此亦借鉴而来。事实上，对“相接”的关照始于宋代古文评点。宋代评点家吕祖谦、谢枋得等人在古文评点中就已指出，将相接称为“关锁”，比如吕祖谦《文章关键》有“关锁好”、“结上二句有力关锁”、“关锁切而当”等；谢枋得《文章轨范》有“应有关锁”、“有收拾有关锁”、“有照应有关锁”等。尽管其已指出这一现象，但并未对它们作详细阐释。至明代中叶，伴随唐顺之、茅坤、王慎中、归有光等掀起的以古文为时文的文学浪潮，宋代古文评点成为明代评点范式，其大多数评点术语亦沉淀下来成为明代常用批点术语。至万历，古文评点和时文评点进一步交融，文章“相接”在此融汇中得到评点家更为细致的阐释。李腾芳《文字法三十五则·锁》云：“有直到文字尽处锁者，有一步一步锁者，步步锁为妙，然须不觉重叠方得。……有连篇总锁者，有逐股分锁者，逐股分锁为难。……有连篇总锁者，有逐股分锁者，逐股分锁为难。”①其从类型、方式、方法等多方面对相接作了讨论。显然，至明末清初，金圣叹在其基础上，拓展了相接的范围、类型、形态等。

“合”是文章布局最后一步，又称为“收”，通常起总结上文、呼应开头或题旨的作用。在评点中，金圣叹常用“结”、“完”、“收”、“束”、“缴”、“了”等，并由此生成诸如“总结”、“绾结”、“一结结住”、“销缴”、“结缴”、“消缴”、“缴销”、“收拾”、“完缴”、“收绾”、“收束”、“结煞”、“结束”、“扫荡”、“收拾”、“收科”、“收煞”、“了”、“断”、“销一书之两

① 李腾芳《李宫保湘洲先生集·文字法三十五则》，《四库全书存目丛书》集部第173册，影印南京图书馆藏清刻本，齐鲁书社，1996年，第453页。

头”、“两头一结法”、“挽结”、“直绾”、“完”、“煞尾”、“结穴”、“跨节生枝又一住法”、“点睛结穴”、“作一束”等一系列“合”之术语，指向文本中一个事件、一段冒险、一回、一个叙事单元、一部书等的结束。就金氏“结穴”、“结股”、“收煞”、“收束”等术语来源看，其取自八股文“束中比”或“小结”批评术语。当然，“结”或“收拾”并非八股文的专利或特权，宋代古文评点中亦讲收拾，但将其推向极致的是却是八股文。明代成化年间，八股文已形成固定程式，其中“小结”是主要的构成部分，一般而言，“前面写得再好，小结做不好，全文就降了几等”①，故“结”十分重要。从金圣叹对结的重视看，其亦受八股之影响。

二、八股整体思维活跃于金圣叹小说戏曲评点中

众所周知，语言是思维的外在表征。金圣叹评点术语的八股化是其八股整体思维的反映或投射。所谓“整体性思维”是把整体视为由各个局部按照一定的秩序组织起来的，要求以整体和全面的视角把握对象，又称直觉思维，“天人合一”是其根本特点，是中国人主要的思维方式。明清时期，随着形式整饬八股文程式的确立，这种讲究整体性的思维方式得到极大的凸显和强化。套用现代“整体性思维”观念，我们不妨称之为“八股整体思维”。具体讲，“八股整体思维”主要表现在谋篇布局上：一题树标，八股归统；起承转合，勾连而成。前者强调题目和内容构成的外在整体，后者关注内在逻辑勾连的整体，前后两者内外结合共同构筑成文章的整体布局。由于长期浸润于此，明人形成整体性思维定式，以至其创作和评点“无不从整体上把握作品，注重内部的逻辑联系”②。金圣叹也不例外，评点呈现出鲜明的整体思维，注重探寻作品整体，大到关照作品的结构整体，小到由捉对出现的句子或词语构筑而成的两极共构整体。

金圣叹八股式整体思维落实到对戏曲小说作品内在构思和外在

① 龚笃清《明代八股文史》，岳麓书社，2015 年，第 188 页。

② 黄强《八股文与明清文学论稿》，上海古籍出版社，2005 年，第 377 页。

结构整体的关照上。就内外整体而言，金氏推崇先内后外。进一步讲，其认为作文要“意在笔先”，“轮回调叠于眉间心上”，“有全书在胸”，形成内部构思，“而始下笔”。这与建筑学中先有图纸，然后依图而建的原理相类。实际上，这与明代八股名家提倡的作文之法一脉相承。袁黄《游艺塾续文规》卷四《了凡先生论文》：“从首至尾，一篇文字完具胸中，然后下笔铸词。”[①]《游艺塾续文规》卷七《洪阳张先生论文》中说：“凡题目一到手，须先默会题旨，一篇体段及文之光景具在胸中，然后下笔，则文理贯通。”[②]可知，金圣叹是用惯常的八股整体思维来看小说戏曲的。从此种总揽视角出发，金氏剔除《水浒传》、《西厢记》繁复叙事，直接透视其内在构成骨架，直白说，其将厚重的一部书缩减为简单的结构框架，由此带来了传统意义上小说戏曲计量单位的改变，将“一部”改为“一篇”或“一章”，认为“《水浒传》七十回，只用一目俱下，便知其二千余纸，只是一篇文字”[③]，“一部《西厢记》，只是一章”[④]，形成自身独特的整体观念。

伴随内在结构整体的简化，与之相一致的外在结构整体也得到调整。金圣叹抛弃传统结构整体观念，对百二十回《水浒传》和三十一折《西厢记》进行大刀阔斧的删改：腰斩百二十回《水浒传》，将原本的引首和第一回合并为“楔子”，升第二回为第一回，以天罡、地煞散落起，删去七十回聚义之后四处征战，以天罡、地煞聚集收；将三十一折《西厢记》缩减为十六出，腰斩第五本《张君瑞庆团圆》，以梦起以梦结。对此删改版，金氏颇为满意，时常在贬低原版中凸显删改版。其在《水浒传》七十回回评中云：“一部书七十回，可谓大铺排，此一回可谓大结束。读之正如千里群龙，一齐入海，更无丝毫未了之憾。笑杀罗贯中横添狗尾，徒见其丑也。”[⑤]认为第一回放出三十六天罡和七

---

① 袁黄《〈游艺塾文规〉正续编》，武汉大学出版社，2009 年，第 212 页。

② 袁黄《〈游艺塾文规〉正续编》，武汉大学出版社，2009 年，第 246 页。

③ 施耐庵著，金圣叹评《水浒传注评本》，上海古籍出版社，2015 年，第 998—999 页。

④ 王实甫著，金圣叹评点《金圣叹评点〈西厢记〉》，上海古籍出版社，2008 年，第 10 页。

⑤ 施耐庵著，金圣叹评《水浒传注评本》，上海古籍出版社，2015 年，第 970 页。

十二地煞，七十回将其一并归拢，前后呼应，已经完结，后之所作都属狗尾续貂，多此一举。其又在《西厢记》四之四《惊梦》总评进一步发挥："旧时人读《西厢记》，至前十五章既尽，忽见其第十六章乃作《惊梦》之文，便拍案叫绝，以为一篇大文，如此收束，正使烟波，渺然无尽。"[①]推崇的是终止于未完的虚拟结局。由此可知，金圣叹追求外在整体是由前后呼应的结构和言有尽意无穷的结局构成。

事实上，这一整体的构成并非随意而为的，是依托相犯原理实现首尾呼应来完成的。金氏所谓相犯，就是现代意义上的重复，但又有不同，其重复是灵活多样的，既包含字、词、语句等"形"的重复，又包括构思、布局等"神"的重复。其运行原理是使重复的字、词、语句、构思等与原文形成对偶或对仗，进而构成首尾呼应关系，从此凸显整体。具体来讲，在《水浒》楔子和七十回中，"诗"、"石碣"、"天下太平"等被金氏刻意突出，有"一部大书，诗起，诗结；天下太平起，天下太平结"[②]，"一部大书数万言，却以'天下太平'四字起，'天下太平'四字止。妙绝"[③]，"一部大书七十回，以石碣起，以石碣止，奇绝"[④]等语。又在《西厢记》之《惊梦》总评中强调其首尾相同的写作方式："既已第一章无端而来，则第十五章亦已无端而去矣。无端而来也，因之而有书；无端而去也，因之而书毕。"[⑤]西方重复理论代表人物米勒在《小说与重复》中曾说："两次或更多次提到的东西也许并不真实，但读者完全可以心安理得地假定它是有意义的。"[⑥]事实上，金圣叹的重复也是一样，有结构文章的意义。不论是《水浒》楔子和七十回中出现的"诗"、"石碣"、"天下太平"等相同的意象，还是《西厢记》"无端而来"和"无端而去"相同的写作方式，它们有相同的作用，前者代表开始，后者意味结束，首尾彼此遥相呼应，重复将其黏合一处构成整体，金

---

①⑤ 王实甫著，金圣叹评点《金圣叹评点〈西厢记〉》，上海古籍出版社，2008年，第134页。

② 施耐庵著，金圣叹评《水浒传注评本》，上海古籍出版社，2015年，第2页。

③ 施耐庵著，金圣叹评《水浒传注评本》，上海古籍出版社，2015年，第12—13页。

④ 施耐庵著，金圣叹评《水浒传注评本》，上海古籍出版社，2015年，第11页。

⑥ J.希利斯·米勒《小说与重复：七部英国小说》，天津人民出版社，2008年，第3页。

圣叹赞之为“极大章法”。其实，金氏此种结构方式是取自八股文的。众所周知，八股文有“四股八比”的模式。与强调字句篇章变化的中国古代文章不同，八股文不仅“对偶句往往故意用相同的字眼”，而且“许多出句与对句之间往往以略有变化的重复来加强句意的”。[①] 由此可知，金圣叹将八股重复原理运用至小说戏曲评点。

金圣叹整体思维还表现在对“二元互补”双构性整体意识的关照。在评点中，金圣叹采用大量两极共构术语，诸如有“宾主”、“虚实”、“正反”、“顿挫”、“起跌”、“合纵”、“离合”、“顺逆”、“跌矗”、“疏密”、“冷热”、“出入”等，反映出共构的整体意识。对这一共构原理，杨义阐释甚明：“是两极对立原理，只要写了其中的一极，你就是不写另一极，人们心中已经隐隐地有另一极存在。”[②]也可以说，它们“为一个自足整体中互补的两面”[③]。实际上，这一原理源远流长，从中国传统阴阳、刚柔等哲学上发展而来。至明代，伴随八股文“四股八比”格式的定型，这种对偶或对仗意识得到极大强化。明人沈位在阐释举业作文之法，有“文要开合”条：“一篇中自有开合，一股中自有开合，如欲抑先扬，欲扬先抑，正题先反，反题先正，皆是也。文要照应。”又有“论股法”条：“有轻叙，有重发，有照应，有宾主，有反复，有疑问，有流水，有推说，有锁上，有起下，有转换，有操纵，有一层上一层。”[④]等等。强调文章一股之内和股法之中存在的各类共构关系，诸如抑扬、正反、宾主、上下等关联。可知，金圣叹的两极共构思维的形成与八股文法的训练有密切关系。

三、金圣叹小说戏曲评点术语八股化原因探析

从评点术语表象到整体构思，金圣叹小说戏曲评点呈现出鲜明的八股烙印。凭实说，这一印记是在明代八股氛围、地域八股文化、

---

① 吴承学《明代八股文文体散论》，《中山大学学报（社会会科学版）》2000 年第 6 期。

② 杨义《杨义文存·第 1 卷·中国叙事学》，人民出版社，1997 年，第 47 页。

③ 浦安迪《中国叙事学》，北京大学出版社，2018 年，第 62 页。

④ 袁黄《〈游艺塾文规〉正续编》，武汉大学出版社，2009 年，第 187—190 页。

个人因素综合作用下而形成的。

明末清初八股文泛化是金圣叹评点八股化的时代动因。八股文是明代科举考试文体，为士大夫进身之阶，占据文人们主要时间和精力，以至其难以旁及其他文体。明中期李东阳《春雨堂稿序》就已看到这一点："今之科举，纯用经术，无事乎所谓古文歌诗，非有高识余力，不能专攻而独诣，而况于兼之者哉！"[①]由于长期的八股浸润，即便士人旁及其他文体亦不脱八股之气。于慎行在《诗文》卷八云："著作之文由制举而敝，同条共贯则一物也。何者？士方其横经请业、操觚为文，所为殚精毕力、守为腹笥金籝者，固此物也，及其志业已酬，思以文采自现，而平时所沉酣濡胾入骨已深，即欲极力模拟，而格固不出此矣。"[②]可见，八股对明人影响至深。当然，八股对明代文学的渗透不是一蹴而就的，而是润物细无声式的由雅至俗，由创作到批评层层渗入的。随着八股思维成为明代士人的主要思维模式，其古文、词、诗歌等雅文学和戏曲、小说等俗文学都呈现八股样态。汤显祖在《张元长嘘云轩文字序》中指出其对古文词诗歌的影响："今之为士者，习为试墨之文，久之，无往而非墨也。犹为词臣者习为试程，久之，无往而非程也。宁惟制举之文，令勉强为古文词诗歌，亦无往而非墨程也者。"[③]曲家徐渭指出其对戏曲创作的浸润："以时文为南曲，元末、国初未有也，其弊起于《香囊记》。《香囊》乃宜兴老生员邵文明作，习《诗经》，专学杜诗，遂以二书语句匀入曲中，宾白亦是文语，又好用故事作对子，最为害事。"[④]在批评领域，八股对古文、诗等影响自不待言，至万历时期，八股评点样态被引入小说批评。其最早出现在袁无涯刊印于万历四十二年(1614)的《李卓吾批评忠义水浒全传》。谭帆在《中国小说评点研究》肯定了其开创之功："'袁本'是小说评点史上较早借用八股文法总结归纳小说文法的批评著作，其提出

① 李东阳撰，周寅宾，钱振民校点《李东阳集》第3册，岳麓书社，2008年，第959页。

② 于慎行《谷山笔尘》卷八《诗文》，中华书局，1984年，第84页。

③ 汤显祖《汤显祖集诗文集》，中华书局，1962年，第1078页。

④ 隗芾、吴毓华编《古典戏曲美学资料集》，文化艺术出版社，1992年，第101页。

的诸如'叙事养题'、'逆法'、'离法'等虽无甚价值，但可视为小说评点史上文法总结之开端。"[①]袁本恰恰是金批《水浒》的底本。由此可知，至明末，由雅至俗，从创作到理论，无不受八股影响。在这种八股文化洗礼下，金圣叹形成鲜明的八股思维，融前人各种文体八股评点于一炉，用一副八股手眼评点《离骚》、《庄子》、《史记》、《杜诗》、《水浒传》、《西厢记》等不同文体的作品。

吴中地域八股风气是金圣叹八股观念的沃土。吴中浓郁的八股之风浸润着金圣叹。万历三十六年(1608)，金圣叹生于苏州府吴县(今苏州)。就有明一代而言，此一地域八股文化底蕴丰厚，名家辈出，前有举业鼻祖之称的王鏊，中有"以古文为时文"的八股名家归有光，后有机法派代表董其昌，他们前后接续引领明代八股文风，故明清八股文无不受此地影响。金圣叹重视技法的理念和评点术语的运用多是受到这些先贤的影响。

对八股执念是金圣叹评点八股化的决定性因素。其如同多数的传统文人一样，科考多年不第，故有很深的科考执念。清人王应奎《柳南随笔》云："金人瑞，字若采，圣叹其法号也。少年以诸生为游戏具，补而旋弃，弃而旋补，以故为郡县生不常。"[②]尽管"补而旋弃，弃而旋补"举动展现出其游戏心态和炫才心理，但也侧面反映出其对科考的执着。虽然金圣叹颇有八股天赋，但由于个人和政治等因素，终其一生未踏进仕途。即便如此，其一生从未远离举业，以指导子弟举业的方式曲折地传达着对科考的执念。

这一执念主要表现为评点和编纂多种指导科举考试的书籍上。金圣叹一生著述颇丰，而给其代来名望的是其"才子书系"。从才子书系的名称看，其涵盖范围较广，几乎囊括所有文体，既有八股指导用书《程墨才子书》、《小题才子书》、《制义才子书》、《大题才子书》等[③]，又有"六才子书"《庄子》、《离骚》、《史记》、《杜甫诗》、《水浒传》、

---

① 谭帆《中国小说评点研究》，华东师范大学出版社，2001年，第19页。

② 孙中旺编《金圣叹研究资料汇编》，广陵书社，2007年，第23页。

③ 陆林《金圣叹史实研究》，人民文学出版社，2015年，第424页。

《西厢记》。尽管它们文体不同，但担负指导子弟创作的职责却是一样的。据《小题才子书序》可知其评点初衷，面对“二三子都苦才多，每日晨朝磨墨，伸纸摇笔，未几余试擎而视之，则已溢出题外”的创作瓶颈，意识到“四书白文之决不可以不讲，而先辈旧文之决不可以不读也”的迫切性，故“搜括宿肠，寻余旧日所暗颂者”编撰成书，指导创作。其在《读六才子书〈西厢记〉法》十四中说：“仆昔因儿子及甥侄辈，要他做得好文字，曾将《左传》、《国策》、《庄》、《骚》、《公》、《谷》、《史》、《汉》、韩、柳、三苏等书，杂撰一百余篇，依张侗初先生《必读古文》旧名，只加‘才子’二字，名曰《才子必读书》。盖致望读之者之必为才子也。久欲刻布请正，苦因丧乱，家贫无资，至今未就。今既呈得《西厢记》，便亦不复更念之矣。”[①]由此可见，金圣叹才子书系主要用于指导子弟八股创作。

具体来讲，其对子弟的指导主要集中在文法方面。在评点中，金圣叹毫不掩饰其强烈的文法意识，有“临文无法，便成狗嗥”[②]之语，故形成金氏重视文法的评点特质。这种文法意识具体表现为集中的文法讨论、细密的文法评点、提高子弟文法的评点目的。在小说戏曲评点中，金氏首开读法一栏，有《读第五才子书法》和《读第六才子书〈西厢记〉法》，集中讨论《水浒》、《西厢》所用之法，概括总结出多种具有普遍适用性的读法。该读法评点样态成为清代小说评点范式，小说评点家毛宗岗、张竹坡等人均受其影响，专章讨论读法。除独创外，金圣叹依据传统随文评点形式，对小说戏曲进行由小到大，由内容到形式、由构思到结构的绵密式评点，探寻《水浒》的字法、句法、章法、部法[③]和《西厢记》的“眼法、手法、笔法、墨法”。纵观小说戏曲评点，不论是刘辰翁、李贽、叶昼、余象斗等前人评点，还是毛宗岗、张竹坡、脂砚斋等后人，在细致程度方面，均难与金圣叹评点的绵密度相较。无怪乎，清初李渔有“圣叹之评《西厢》可谓晰毛辨发，穷幽极微，无复

① 王实甫著，金圣叹评点《金圣叹评点〈西厢记〉》，上海古籍出版社，2008年，第7—8页。

② 王实甫著，金圣叹评点《金圣叹评点〈西厢记〉》，上海古籍出版社，2008年，第8页。

③ 施耐庵著，金圣叹评《水浒传注评本》，上海古籍出版社，2015年，第999页。

有遗议于其间”“其长在密”[①]之说。事实上，其法密的特质与“时文法密”是一致的。

当然，金圣叹的重法并非仅指向文本内部，亦具有鲜明外倾性，表现为旨在培训子弟读法和写法。在《读第五才子书法》中，其云：“旧时《水浒传》，子弟读了，便晓得许多闲事。此本虽是点阅得粗略，子弟读了，便晓得许多文法；不惟晓得《水浒传》中有许多文法，他便将《国策》、《史记》等书，中间但有若干文法，也都看得出来。”[②]其在《西厢记》卷一之三“酬韵”中云：“我尝谓吾子弟，凡一题到手，必有一题之难动手处。但相得其难动手在何处，便是易动手之秘诀也。时贤于一切题，只是容易动手，便更动手不得。”[③]可见，金批的目的是在于指导子弟文法，故呈现出八股特质。李渔早就看到这一点，在《填词余论》中云：“圣叹所评，乃文人把玩之《西厢》，非优人搬弄之《西厢》也。文字之三昧，圣叹已得之；优人搬弄之三昧，圣坛犹待焉。”[④]

可知，金圣叹在浓郁的八股氛围和系统的八股教育中成长起来，形成八股思维定式，故其所批所点依据八股需求而为，呈现出八股样态。

总之，金圣叹评点术语八股化主要表现在评和改上：在评上，金氏突出蕴含义理的题目和由“起承转合”构成的章法结构；在改上，运用重复或两极共构原理，大幅删改《水浒传》、《西厢记》，将其构建为首尾呼应或共构的整体。其评改的八股化与明代八股风貌、地域八股风气、个人八股执念有关。

（山东大学文学院）

---

①④　李渔《闲情偶寄》，浙江古籍出版社，2011年，第33页。

②　施耐庵著，金圣叹评《水浒传注评本》，上海古籍出版社，2015年，第1004页。

③　王实甫著，金圣叹评点《金圣叹评点〈西厢记〉》，上海古籍出版社，2008年，第24页。

汉晋仙传的博物想象与仙家修辞

陈斯怀

内容摘要：汉晋仙传作为中国最早期的神仙传记，是构建神仙世界的主要作品。它们以故事性的传记形式吸收先秦以来的服食与博物文化，形成不同类型的服食求仙的博物传统：以《列仙传》为代表的世俗化草木博物，众多草木存在广泛的现实来源，与社会医疗关系密切；以《神仙传》为代表的方士化丹石博物，丹石的服食对技术和物质有更多要求，重视经方依据和专门知识的传承；以上清仙传和《汉武帝内传》为代表的虚幻化仙药博物，各种仙药多是对奇异之物的想象，或者经过特别的文辞修饰。汉晋仙传所记服食求仙的博物特征呈现出由实而虚的变化，想象的程度逐渐增强，这种变化与道教的发展紧密相连，确立了中国古代仙传服食求仙的博物特征和格局。

关键词：《列仙传》；《神仙传》；服食；博物

The Imagination of Natural History and Rhetoric of Xianjia in Immortal Biographies of the Han and Jin Dynasties

Chen Sihuai

Abstract: There are many stories about making transcendent by taking food in immortal biographies of the Han and Jin Dynasties. They formed different types of traditions of natural history. The first type is secularized plant represented by *Liexian Zhuan*. The second type is alchemical mineral represented by *Shenxian Zhuan*. The third type is illusory elixir represented by *Han Wudi Neizhuan* and immortal biographies of Shanqing. It is closely related to the development of Taoism that the way to making transcendent by taking food in immortal biographies of the Han and Jin Dynasties, which established the pattern of making transcendent by taking food in biography of immortals in ancient China.

Keywords: *Liexian Zhuan*; *Shenxian Zhuan*; taking food; natural history

汉晋时期是神仙传记的形成阶段，这个阶段的仙传奠定了中国古代仙传写作的基本面貌，深刻地影响后代的仙传写作以及古人对神仙世界的理解。服食是汉晋仙传描述的求仙途径中最为显著的一种，用以服食的物品种类繁多，从自然界的植物、矿物，到人工合成的丹药，再到神奇的仙药，构成复杂丰富的博物世界。博物本身也是仙传构造神仙世界的重要手段，通过撰述繁博的物事，不仅是服食之物，还有神异动物、生活器具、仪仗、建筑、山林河海等，仙传构造了一个包罗万象、光怪陆离的神仙世界，以此既呼应又区别于凡间，本文主要讨论的是汉晋仙传中服食求仙的博物问题。繁博的服食之物在仙传中是以"真实"的方式存在的，但这种"真实"是建立在某种虚构、想象的基础之上，所谓博物想象既指赋予现实社会中的各种物品以奇异的功用或对之进行改造，又指构想出现实社会中不存在的诸样物品。与之相关，仙家修辞是为了表达神仙信仰而采用的言说方式，具体落到仙传中服食求仙的博物问题上，它主要是指对服食之物的文辞修饰与编造。

不管是服食还是博物，它们在古代中国都形成源远流长的文化传统。以服食而言，《汉书》卷一〇《艺文志・方技略》列有"神仙十家，二百五卷"，主要包括仙道理论、服食、导引、行气等内容，其中的《黄帝杂子芝菌》十八卷、《泰壹杂子黄冶》三十一卷即属于服食类的神仙术。班固对此有一段概论："神仙者，所以保性命之真，而游求于其外者也。聊以荡意平心，同死生之域，而无怵惕于胸中。然而或者专以为务，则诞欺怪迂之文弥以益多，非圣王之所以教也。孔子曰：'索隐行怪，后世有述焉，吾不为之矣。'"[①]他认为神仙家是一种性命之学，可以修养心神，但对专门的求仙之举却予以否定。尽管如此，《汉书・艺文志》有关神仙家文献的著录，还是揭示了当时服食作为求仙途径之一已在流传。从名目看，《黄帝杂子芝菌》应是草木服食，《泰壹杂子黄冶》当为丹石服食。可惜两书均已亡佚，无法了解具体内容。大体传世的《神农本草经》和东汉张仲景的《伤寒杂病论》记有大量服食的内容，《山海经》、《史记》、《论衡》、《汉书》等典籍也散记有不少关于服食的言行与观念[②]，可见服食在先秦两汉时期并不少见。

---

① 《汉书》，中华书局，1962 年，第 1779—1780 页。

② 《山海经》记有服食植物、动物等的内容。例如《南山经》："有草焉，其状如韭而青华，其名曰祝余，食之不饥。"《西山经》："其草有萆荔，状如乌韭，而生于石上，亦缘木而生，食之已心痛。"《中山经》："有兽焉，其状如彘而有角，其音如号，名曰蠪蚳，食之不眯。"见袁珂《山海经校注》，巴蜀书社，1993 年，第 1、26、148 页。《史记》卷一二《孝武本纪》记有李少君、栾大等炼金服食的事迹，《汉书》卷二五下《郊祀志》写到成帝时服食求仙的言行。王充在《论衡》卷七《道虚篇》中主要批评当时的神仙观念，几次谈到服食求仙的问题。例如，他写当时的服食观念："闻为道者，服金玉之精，食紫芝之英。食精身轻，故能神仙。"又说："道家或以服食药物，轻身益气，延年度世。此又虚也。夫服食药物，轻身益气，颇有其验。若夫延年度世，世无其效。"见黄晖《论衡校释》第 2 册，中华书局，1990 年，第 324，337—338 页。

马王堆汉墓出土的帛书《五十二病方》、《养生方》、《杂疗方》，还有阜阳双古堆出土的汉简《万物》也都集中写到服食的内容，证明服食在当时的医疗和养生方面已相当流行。汉晋仙传既吸收早期服食的医疗治病、求仙长生两种因素，又特别彰显其中服食求仙的功能，积极地强化服食与神仙世界的联系。以博物而言，先秦时期巫史即需要博知多方，掌握各种知识，孔子也说学《诗》可以“多识于鸟兽草木之名”(《论语·阳货》)[①]，而《山海经》更是带有明显的博物性质。汉代随着疆域的开拓和中外交流的扩展，以及经学的兴盛等，博物之学继续流衍和变化，到魏晋时期蔚为大观。汉晋仙传将众多的服食物品编织入神仙世界，参与到先秦以来的博物传统之中，增强了博物之学的仙道内涵。

汉晋仙传通常只列举服食的物品名称，较少直接对它们展开具体的描写和说明，或许正是由于这个原因，学界在讨论中国古代的服食或博物问题时，没有对汉晋仙传加以重视。陈国符《中国外丹黄白术考论略稿》中列有历代服食书目数百条，蒋力生在其基础上增删而成《历代道教服食方著录书目汇辑》，仙传都不在著录之列，从文献角度看，它们被置于边缘状态。[②] 其他有关中国古代服食的研究，汉晋仙传即便被论及，一般也只作为普通的例证。博物研究方面，朱渊清、罗欣、张乡里、王昕等对中国早期博物学及其与文学的关系都有专论，汉晋仙传基本没有进入讨论范围。[③] 然而，如果注意到以下因素，就不难发现汉晋仙传的服食与博物是应该加以重视的问题。其一，仙传是中国古代传记写作发展到汉晋时期出现的一种新的传记

---

① 刘宝楠撰，高流水点校《论语正义》，中华书局，1990 年，第 689 页。

② 陈国符《道藏源流考(新修订版)》，中华书局，2016 年，第 357—410 页。蒋力生《历代道教服食方著录书目汇辑(一)》，《江西中医学院学报》2004 年第 4 期；蒋力生《历代道教服食方著录书目汇辑(二)》，《江西中医学院学报》2004 年第 5 期。

③ 朱渊清《魏晋博物学》，《华东师范大学学报(哲学社会科学版)》2009 年第 5 期。罗欣《汉唐博物杂记类小说研究》，中国社会科学出版社，2016 年。张乡里《唐前博物类小说研究》，上海古籍出版社，2016 年。王昕《论志怪与古代博物之学——以“土中之怪”为线索》，《文学遗产》2018 年第 2 期。

类型，它促使传记发生了从为“人”立传到为“仙”立传的本质性突破，并确立中国古代仙传写作的基本面貌。其二，汉晋仙传集中吸收了服食与博物两种文化传统，有意识地凸显其中的仙道内涵，服食与博物成为构造神仙世界的重要部分。其三，服食与博物在汉晋仙传中被嵌入到故事形式里面，它们伴随着具体可感的人物与情节展开，比起之前及同时代的理论式表述或分散式的存在，更加容易深入人心。概言之，汉晋时期的《列仙传》、《神仙传》、上清派的仙真传、《汉武帝内传》等实际上开启了仙传服食求仙的三种博物传统，在中国古代仙传写作及传记发展史上具有典范意义，也是后世的服食与博物观念的重要来源。

一、《列仙传》：世俗化的草木

《列仙传》是中国最早的仙传合集[①]，它借用先秦以来的史传形式为神仙立传，积极构造神仙世界，彰扬长生不死的神仙观念。邱鹤亭在《列仙传注译》的导言中对书里的服食内容有一段概述：“《列仙传》中，绝大部分神仙都实践过各类服食术。他们服食的内容非常广泛，以服用各种植物者为最众，以饵丹为最寡，但很少有以日常的谷类和动物肉类（仅桂父以龟脑做桂丸一例）为服食对象的记载。”[②]导言就此列有简表，按植物类、矿物类、化合物类分别罗列《列仙传》的服食内容。简表中遗漏涓子、吕尚、修羊公三人，而且将谿父误作啸父。本文对《列仙传》的草木类求仙服食物重作考订，统计如下：

---

① 关于《列仙传》的成书时间主要有三种观点：第一，旧题为汉刘向所撰，李剑国即持这一传统看法。详参李剑国《唐前志怪小说史》，人民文学出版社，2011 年，第 204—211 页。第二，成书于东汉，今本已经后人改动。详参余嘉锡《四库提要辨证》，云南人民出版社，2004 年，第 1018—1026 页。第三，今本《列仙传》成书于魏晋或其后。详参陈洪《〈列仙传〉成书时代考》，《文献》2007 年第 1 期；程亚恒《今本〈列仙传〉成书时代问题》，《长江学术》2011 年第 2 期。综合各种讨论，本文认为今本《列仙传》的基本内容成于东汉，间有魏晋人的掺入，也就是孙昌武所说的“一般推断该书出于东汉，经魏、晋人附益”。见孙昌武《道教文学十讲》，中华书局，2014 年，第 42 页。

② 邱鹤亭《列仙传注译 神仙传注译》，中国社会科学出版社，2004 年，第 3 页。

> 百草花、松实(松子)、松脂、松叶、苣胜实、朮、桃葩、李葩、蒲根、韭根、橐卢木实、芜菁子、荔枝葩、荔枝实、葵、桂、黄精、天门冬、茯苓、五色香草实、蓬虆根、瓜子、附子、桂实、桂芝、泽芝、芝草、地黄、当归、羌活、独活、苦参、菊花、地肤、桑上寄生、巴豆。[①]

总共是 36 种,分别出现在以下 25 篇仙传:赤将子舆、偓佺、关令尹、涓子、吕尚、师门、务光、仇生、彭祖、陆通、范蠡、寇先、桂父、修羊公、赤须子、犊子、园客、鹿皮公、昌容、谿父、山图、毛女、文宾、商丘子胥[②]、玄俗。草木类之外,《列仙传》中神仙的服食物还有水玉、云母、地髓、石钟乳(石髓)、龟脑、丹、石脂、霞、神沙飞雪(丹沙)、神泉、水澒、消石、五石脂,共 13 种[③],大体属于丹石类,分别出现在赤松子、方回、吕尚、邛疏、桂父、任光、赤须子、主柱、鹿皮公、赤斧、陵阳子明等 11 篇仙传。今本《列仙传》共 70 篇,服食求仙的篇目如上所列,剔除 4 篇重复之后,计有 32 篇,占到全书近一半的篇幅,足见服食是《列仙传》的主要求仙途径。其中,服食草木的篇数超过全书的三分之一,

---

① 所据文本为王叔岷《列仙传校笺》,中华书局,2007 年。松实和松子名异实同,可视为一种。师门"食桃李葩",分别为桃葩、李葩。务光"服蒲韭根",分别为蒲根(菖蒲根)、韭根。寇先"好种荔枝,食其葩实",分别为荔枝葩、荔枝实。桂父"常服桂及葵,以龟脑和之",突出的是桂、葵,不须炼化的程序,本文将之视为草木物品,分列为两种。谿父食"桂附子芷实",文义不通,《艺文类聚》卷八七"果部下"和《太平御览》卷九七八"菜茹部三"皆引作"附子桂实",依此分列为附子、桂实。见欧阳询撰,汪绍楹校《艺文类聚》,上海古籍出版社,1999 年,第 1503 页;李昉等撰《太平御览》,中华书局,1960 年,第 4334 页下。山图"服地黄当归羌活独活苦参散","散"不是炼化物,只是直接的粉末组合,所以将其中五种草木分列。《后汉书》卷八六《南蛮西南夷列传》李贤注和《初学记》卷二三"道释部"皆引作"服地黄当归羌活玄参",无"散"字。见《后汉书》,中华书局,1965 年,第 2854 页;徐坚等《初学记》,中华书局,1962 年,第 550 页。

② "商丘子胥",王叔岷《列仙传校笺》作"商邱子胥","邱"字是因清代雍正避讳而改,明代《正统道藏》、《汉唐三传》、《古今逸史》诸本所录《列仙传》皆作"商丘子胥",本文一律据此回改为"商丘子胥"。

③ 邛疏"煮石髓而服之,谓之石钟乳",石髓和石钟乳为一物。主柱和道士上宕山,"言此有丹沙……章君明饵沙,三年得神沙飞雪服之",神沙飞雪由丹沙饵成,故归为一物。见王叔岷《列仙传校笺》,中华书局,2007 年,第 40、114 页。

是书中服食求仙的主流。

草木类除松实（松子）同时见于偓佺、赤须子、犊子、文宾传，朮同时见于涓子、商丘子胥传，桂同时见于范蠡、桂父传，蒲根（菖蒲根）同时见于务光、商丘子胥传之外，其它草木在《列仙传》中都未重复出现。这显示出服食的草木品类较为普泛，存在一个比较广阔的现实来源，而不限于某个相对狭隘的范围。以出现频率最高的松实（松子）而言，包括与它直接相关的松叶、松脂，它们多次作为求仙服食物的重要原因之一，就在于它们与世俗社会存在密切的联系，有其现实的生活基础。小南一郎讨论东汉末期求仙的社会情况时认为："吃松叶和松籽而成仙的传说曾有过不少（如《抱朴子》内篇《仙药》所述），而作为这类传说基础的，则是为度过荒年所急需的救荒植物的传承。超俗的以成神仙为目的的服食术，至少是其中的一部分，其基础中包含着在乱世中求得生存这一极为现实的要素，这是不应忘记的。"[①]就这个问题，唐娜的《仙传小说中服食松柏成仙情节的现实背景》曾特别提出"疗饥"和"治病"是服食松柏的两项现实因素，"人们把流行的服食成仙思想与自己的现实生活相结合，创造了服食松柏成仙的故事"[②]。

《列仙传》中服食的草木品类具有较为广泛的现实性，表现出明显的世俗化特征。这些草木在生活中大多并不罕见，有的甚至就如上述松实、松叶、松脂等一样是日常习见之物，早期中国典籍对它们常有记载。马王堆汉墓出土的帛书《五十二病方》和《养生方》已用到数种后来在《列仙传》中出现的求仙服食草木。《五十二病方》多次用到桂、朮、茯苓、葵，《养生方》则写到桂、朮、茯苓、松脂。[③] 最集中的莫过于《神农本草经》，《列仙传》的 36 种神仙服食草木有 17 种载录于

① 小南一郎《中国的神话传说与古小说》，孙昌武译，中华书局，2006 年，第 210 页。

② 唐娜《仙传小说中服食松柏成仙情节的现实背景》，《南京师范大学文学院学报》2007 年第 1 期。

③ 裘锡圭主编《长沙马王堆汉墓简帛集成》，中华书局，2014 年，第 5 册，第 213—308 页；第 6 册，第 35—71 页。

此书，包括：松脂、苣胜实、术、桃葩、蒲根、天门冬、茯苓、蓬虆根、附子、地黄、当归、独活、苦参、菊花、地肤、桑上寄生、巴豆。[①] 另有桂、瓜子、芝草 3 种草木可能也在《神农本草经》中出现。[②] 据王家葵考证，《神农本草经》的成书年代在东汉早期[③]，这与今本《列仙传》的成书时间较为接近。也就是说，《列仙传》所记求仙服食的草木大约有一半见于同时或略早的《神农本草经》。类似的情况又见于东汉后期张仲景的《伤寒杂病论》，该书散佚后被分为《金匮要略》和《伤寒论》，两书也多次用到《列仙传》中神仙服食的草木。《金匮要略》记有桂（桂枝）、附子、术（白术）、茯苓、当归、地黄、巴豆、菊花、独活、瓜子、苦参、韭根，前 7 种重见于《伤寒论》。《伤寒论》还用到天门冬，这在《金匮要略》中没有出现。两书合计有 13 种草木与《列仙传》的服食草木相同，种类也是比较多的。这些都是医学类的著述，可见《列仙传》的服食草木存在深厚的社会医疗基础。

其它典籍所记与《列仙传》相同的服食草木虽不如医学著述这么集中，但也并不少见。桃花、李花、松、葵、韭、桂、菊花等早已见于《诗经》、《楚辞》。西汉史游的《急就篇》列有“葵韭葱䪥蓼苏姜”、“黄芩伏苓礜茈胡”、“乌喙附子椒芫华”、“芎藭厚朴桂栝楼”[④]，出现葵、韭、茯苓、附子、桂。韭和葵应该是当时较常见的种植食物，《汉书》卷八九《循吏传》记汉宣帝时龚遂任渤海太守，“劝民务农桑，令口种一树榆、

---

① 《神农本草经》有“胡麻”条目曰“一名巨胜”，巨胜即苣胜。又有“桃花”，桃花即桃葩。又有“菖蒲”，蒲根即菖蒲根。又有“蓬虆”和“地肤子”可与蓬虆根、地肤对应。详参张宗祥撰，郑绍昌标点《神农本草经新疏》，上海古籍出版社，2013 年，第 376、780、101、372、279 页。

② 桂，《列仙传》没有写是哪种桂，《神农本草经》载有牡桂、菌桂两种。瓜子，《列仙传》没有明确是哪种瓜子，《神农本草经》载有白瓜子。《列仙传》记鹿皮公“食芝草”，芝草大概不是具体草木名称，而是泛指芝类草木，《神农本草经》载有赤芝、黑芝、青芝、白芝、黄芝、紫芝等。

③ 王家葵《〈神农本草经〉成书年代新证——兼与贾以仁先生商榷》，《中医药学报》1990 年第 3 期；王家葵《论〈神农本草经〉成书的文化背景》，《中国医药学报》1993 年第 3 期。

④ 张传官《急就篇校理》，中华书局，2017 年，第 7、10 页。

百本韰、五十本葱、一畦韭”[1]。东汉崔寔《四民月令》写六月时令生活说:“是月六日可种葵。中伏后,可种冬葵;可种芜菁、冬蓝、小蒜,别大葱。”[2]这里提到的芜菁也是当时易于种植的食物,《东观汉记》载东汉桓帝曾下诏:“蝗水为灾,五谷不登,令所伤郡国皆种芜菁,以助民食。”[3]《三国志》裴松之注引胡冲《吴历》载刘备事迹曰:“备时闭门,将人种芜菁。”刘备为此还说:“吾岂种菜者乎?”[4]视种芜菁为种菜,芜菁为时人菜蔬可见一斑。芜菁既为菜蔬,芜菁子自是现实生活常见之物,《四民月令》记四月的活动,即有:“收芜菁及芥、亭历、冬葵、莨菪子。”[5]余欣在《中古异相》中撰有《芜菁考:菜茹的风华博物志》一章,揭示芜菁(包括子和花)从汉代到唐代曾深广地进入当时的社会生活。[6] 即便是汉代在北方罕见的荔枝也逐渐为时人所认识和接受。[7]《西京杂记》载:“尉佗献高祖鲛鱼、荔枝。”[8]这个事件如果属实,则荔枝在汉初已作为贡品进入关中。《三辅黄图》记汉武帝建扶荔宫,在其中种植荔枝,虽以失败告终[9],但司马相如写《上林赋》夸耀天子上林苑的物产,还是留下“隐夫郁棣,榙㯩荔枝”[10]之句。《西京杂记》还写到曹元理测算出家产丰饶的陈广汉家“厨中荔枝一柈”,书中说曹元理是汉成帝时玄菟人,那么,西汉后期富人家中已有荔枝出现,而出身于辽东的曹氏对荔枝也不感到陌生。[11] 到东汉中后期,王逸写有《荔支赋》对荔枝树和果实做了生动的描绘,由于看不到具体

---

① 《汉书》,中华书局,1962 年,第 3640 页。

② 崔寔撰,石声汉校注《四民月令校注》,中华书局,2013 年,第 51 页。

③ 刘珍等撰,吴树平校注《东观汉记校注》,中华书局,2008 年,第 125 页。

④ 《三国志》,中华书局,1982 年,第 875 页。

⑤ 崔寔撰,石声汉校注《四民月令校注》,中华书局,2013 年,第 33 页。

⑥ 余欣《中古异相》,上海古籍出版社,2015 年,第 217—247 页。

⑦ 惠富平、王升《奇果标南土——中国古代荔枝生产史》,《农业考古》2016 年第 4 期。

⑧ 葛洪撰,周天游校注《西京杂记》,三秦出版社,2006 年,第 145 页。

⑨ 何清谷《三辅黄图校释》,中华书局,2005 年,第 208 页。

⑩ 《史记(修订本)》,中华书局,2013 年,第 3647 页。

⑪ 葛洪撰,周天游校注《西京杂记》,三秦出版社,2006 年,第 162—164 页。

的创作背景，流传下来的又只是残篇，无法确切判断王逸在哪里看到荔枝树。实际上，荔枝在以岭南为中心的南方一带并不罕见，惠富平和王升考察荔枝生产史即认为："中国岭南地区荔枝栽培最早并逐渐向外传播。至迟在公元前 3 世纪后期(距今 2300 多年)广东、广西、云南以及四川宜宾一带，人们已经开始普遍栽培荔枝了，后来荔枝传播到了福建等更广泛的地区。"[①]以岭南为中心的荔枝种植区属于秦汉的疆域范围，而《列仙传》所记神仙籍贯和活动区域分布十分普泛，最南到达象林[②]，荔枝作为求仙的服食物自有其深厚的现实社会基础。

《列仙传》的服食草木既然大多是现实生活中的寻常之物，它们究竟有何功效，有助于成仙？《列仙传》对此虽然很少有具体的描述或说明，但有几处还是透露出重要信息。按它们在书中出现的先后为序，列举如下：

> 好食松实、天门冬、石脂，齿落更生，发堕再出。(《赤须子》)
>
> 食蓬藥根，往来上下，见之者二百余年，而颜色如二十许人。(《昌容》)
>
> 山中道人教令服地黄当归羌活独活苦参散，服之一岁，而不嗜食，病愈身轻。(《山图》)
>
> 遇道士谷春，教食松叶，遂不饥寒，身轻如飞。(《毛女》)
>
> 教令服菊花、地肤，桑上寄生松子，取以益气。(《文宾》)
>
> 问其要，言但食朮、菖蒲根、饮水，不饥不老。(《商丘子

① 惠富平、王升《奇果标南土——中国古代荔枝生产史》，《农业考古》2016 年第 4 期。

② 陈斯怀《〈列仙传〉〈神仙传〉所记神仙籍贯与活动区域分布》，收入王志民、刘焕阳主编《蓬莱仙道文化与中国古代文学》，人民出版社，2015 年，第 33—45 页。

胥》)[①]

归结起来,至少可以看到《列仙传》服食草木有治病、益气、不饥(寒)、轻身、不老五项功效。这些功效都是围绕“生命”而展开,正是在有益于生命的存在和延续的意义上,它们与成仙联系起来。这种认识不是《列仙传》所独有,而是部分当时人对草木功效的理解,《神农本草经》对此有相似的表述。《神农本草经》分药为三品,收药共 365 种,其《序录》曰:“上药一百二十种为君。主养命以应天,无毒,多服、久服不伤人。欲轻身、益气、不老、延年者,本上经。”[②]上文指出的《列仙传》与《神农本草经》相同的 17 种草木,除桃葩(花)、当归、苦参属于中品,附子、巴豆属于下品,其它 12 种都列在上品。《神农本草经》对这 12 种草木功效的具体说明正与《序录》的概括相符。例如,赤须子所服天门冬,书中说它“久服轻身益气延年”;昌容所食蓬虆根,书中记蓬虆功效为“久服轻身不老”;文宾所服菊花,书中说它“久服利血气,轻身耐老延年”;商丘子胥服食的朮,书中写它“久服轻身延年、不饥”,等等。列入中、下品的 5 种草木,各有其功效,其中桃花“令人好颜色”,似乎也含有耐老之意。[③]

既然《列仙传》中服食的草木多为世俗常见之物,而又具有轻身不老等功效,那么,“服食成仙”应该不算是一件特别困难的事,但是,如我们目前所能看到的,实际上早期中国文献记载的所谓神仙数量却不多。这里面有多种原因,其中一项是服食草木并非成仙的充要条件,服食草木有时只是求仙的环节之一。更为切要的是,如《神农本草经》对上品诸药的说明和概括所示,轻身、延年、不老等功效是建立在“久服”的基础之上。按之《列仙传》,确实也能够发现相应的线索。《仇生》、《彭祖》、《桂父》等传用“常”来描述传主的服食状态,而《涓子》记传主“好饵朮,接食其精,至三百年乃见于齐”,《犊子》载传

① 王叔岷《列仙传校笺》,中华书局,2007 年,第 101、122、127、132、138、140 页。

② 张宗祥撰,郑绍昌标点《神农本草经新疏》,上海古籍出版社,2013 年,第 45 页。

③ 张宗祥撰,郑绍昌标点《神农本草经新疏》,上海古籍出版社,2013 年,第 114、372、103、129、780 页。

主“少在黑山采松子茯苓，饵而服之，且数百年”，《鹿皮公》也写传主“食芝草，饮神泉，且七十年”，这些都传达出“久服”的意思。[①] 寻常的草木，超俗的效果——成仙，将这两者勾连起来原本就是容易引人生疑的事，而中间又加上“久服”这样的条件，需要长时间的坚持，更是构成巨大的障碍。对此，《列仙传》自身恰好提供了两处极佳的证据，一是《偓佺》的“以松子遗尧，尧不暇服也……时人受服者，皆至二三百岁焉”，二是《商丘子胥》说服食术等可以不饥不老，“贵戚富室闻之，取而服之，不能终岁辄止堕慢矣。谓将复有匿术也”。[②] 久服过于耗费时间，尧没有空闲践行，而富贵者也难以坚持，后者还理所当然地怀疑商丘子胥有所隐瞒，认为求仙不会是长期服食寻常草木这么简单。这种情况后来也被《神仙传》所提及，《王兴》一篇记曰：“武帝性好热食，服菖蒲每热者，辄烦闷不快，乃止。时从官多皆服之，然莫能持久。唯王兴闻仙人使武帝常服菖蒲，乃采服之不息，遂得长生。”[③]汉武帝等人虽然得到仙人的提示，获知服食菖蒲可以长生，却都不能坚持服食，中途放弃，反倒是无意中听到这个消息的王兴因为能够长期服食而终得长生。草木虽易得，久服却难以践行，成仙终归是罕能企及的目标。

如此，《列仙传》将先秦以来服食草木以治病和求长生的现象及观念大量引入仙传之中，进一步渲染和强化草木有益于生命的持存的功效，第一次集中且明晰地把服食草木与成仙对接起来，以具体的人物和故事加以展现。各类草木具有较为广泛的现实基础和社会医疗背景，它们作为求仙服食物被《列仙传》编织到鲜活的传记图景中，成为构建神仙世界的重要环节。《列仙传》以此开启的是仙传服食求仙的世俗化草木博物传统。由于作为求仙服食物的草木不再是以零散的方式出现，或不再像医经、医方中那样只以单纯的知识和理论的形式存在，而是频繁地和具体的人与事结合在一起，构成貌似真实可

---

① 王叔岷《列仙传校笺》，中华书局，2007 年，第 24、109、119 页。

② 王叔岷《列仙传校笺》，中华书局，2007 年，第 11、140 页。

③ 葛洪撰，胡守为校释《神仙传校释》，中华书局，2010 年，第 354 页。

感的经验，实际上不仅对后来的仙传写作，而且对世人的服食草木以求仙的观念都起到重要的“示范”作用。丹石在《列仙传》中还没有成为主流的求仙服食物，传中出现的又多为天然矿物，这是相对朴素、简单的服食形态，后来在葛洪的《抱朴子内篇》和《神仙传》中得到深刻的发展。

二、《神仙传》：方士化的丹石

晋代的葛洪撰写《神仙传》以彰显神仙实有、神仙可求，他有感于“刘向所述殊甚简要，美事不举”[①]，主要纂集《列仙传》未载的神仙，并有意将仙传内容写得更加丰富充实。葛洪是博学多能的修道求仙之士，而神仙观念发展到他所处的晋代也变得更为复杂，《神仙传》记载的求仙方法博杂多样，与《列仙传》相比出现明显的变化，但服食依然是主要的成仙途径。

以传中直接写明传主服食之物的情况统计，《神仙传》的神仙服食信息如下：

> 红泉神丹（沈文泰）[②]，水桂、云母粉、麋鹿角（彭祖），金液之药（白石生），百草花丸（凤纲），松脂、茯苓（皇初平），云母（卫叔卿、宫嵩），神丹（魏伯阳、沈羲、孙博、北极子、帛和），丹（班孟、玉子、绝洞子、太阳子、太阳女、太阴女、张道陵、王真），药（伯山甫、淮南王），朱英丸（刘政、灵寿光、刘京），珠醴（天门子），鍊丹（九灵子），云霜丹（南极子），太清神丹、大丹（马鸣生），太清神丹（阴长生），神楼散、神丹（李少君），松脂、茯苓、松实（孔元），黄精、（鍊）铅、青泥（王烈），灵飞散（东郭延），石脑（严青），松脂（赵瞿），芝、朮（葛玄），九转丹（左慈），七星散（陈永伯），朮（太山老父），水银（巫

① 葛洪《神仙传序》，见葛洪撰，胡守为校释《神仙传校释》，中华书局，2010 年，第 2 页。

② “红泉神丹”，《神仙传・沈文泰》中写作“江众神丹”，胡守为《神仙传校释》据《云笈七签》和《太平御览》等改订为“红泉神丹”。

炎），黄精（尹轨），菖蒲（王兴），胡麻、朮（鲁女生），天门冬（甘始），黄精、水银（封君达）。

今本《神仙传》共 84 篇，有 46 篇写到传主服食及所食之物，服食求仙的篇目超过全书一半，这还不包括述及传主服食而没有点明饵食之物的篇目。作为《列仙传》主流的草木服食在《神仙传》中得到延续，彭祖、凤纲、皇初平、孔元、王烈、赵瞿、葛玄、太山老父、尹轨、王兴、鲁女生、甘始、封君达、刘政、灵寿光、刘京共 16 人的服食都包含草木类，大约占上计服食篇目的三分之一。《列仙传》中非主流的丹石服食在《神仙传》中变得十分显著，沈文泰、彭祖、白石生、卫叔卿、宫嵩、魏伯阳、沈羲、孙博、北极子、帛和、班孟、玉子、绝洞子、太阳子、太阳女、太阴女、张道陵、王真、天门子、九灵子、南极子、马鸣生、阴长生、李少君、王烈、严青、左慈、巫炎、封君达共 29 人的服食涉及丹石类，占上计服食篇目近三分之二。从数量看，草木、丹石两类服食物品由《列仙传》到《神仙传》，其地位已发生互易，丹石成为《神仙传》主流的求仙服食之物。

不仅如此，这种转变在《神仙传》的服食观念上也有体现。《神仙传》多次强调服食丹石的重要性，而将草木服食放到次等的位置。《刘根》篇中认为：

> 药之上者，唯有九转还丹，及太乙金液，服之皆立便登天，不积日月矣。其次云母雄黄之属，能使人乘云驾龙，亦可使役鬼神，变化长生者。草木之药，唯能治病补虚，驻年返白，断谷益气，不能使人不死也，高可数百年，下才全其所禀而已，不足久赖矣。[①]

这是将服食药物分为三个等级，最好的是神丹金液之药，其次是矿石之药，再次才是草木之药。前两者属于丹石类，食之可登仙、长生，而草木类甚至被视为没有成仙的功效。类似的观念在《阴长生》中也有体现，该传谈到："不死之道，要在神丹。行气导引，俯仰屈伸，服食草

---

① 葛洪撰，胡守为校释《神仙传校释》，中华书局，2010 年，第 300 页。

木，可得少延，不求未度，以至天仙。”[①]《王真》写传主修习胎息、胎食、炼形之方，感慨说：“我行此术，唯可不死，岂及神丹金玉之方邪！”《李根》也写善于变化之道的传主跟弟子们说：“我不得神丹大道之诀，唯得地仙方耳。”[②]不仅是草木服食，还包括行气导引等其它求仙途径都被放在次要的地位，而服食金丹则被一致推为最高级的成仙之道。这种观念在葛洪编撰《神仙传》之前所作的另一部著作《抱朴子内篇》中已有多次表述，其《金丹》、《仙药》、《黄白》三篇最为典型。《金丹》开篇即说：“余考览养性之书，鸠集久视之方，曾所披涉篇卷，以千计矣，莫不皆以还丹金液为大要者焉。然则此二事，盖仙道之极也。”《黄白》篇又说：“朱砂为金，服之升仙者，上士也；茹芝导引，咽气长生者，中士也；餐食草木，千岁以还者，下士也。”[③]丹石为上，草木为下，葛洪在《抱朴子内篇》中表达的服食观念显然影响到《神仙传》的写作。

关于服食求仙观念的转变，陈国符《中国外丹黄白术考论略稿》认为：“自后汉至东晋，服饵求仙，逐渐流行。《抱朴子·黄白篇》谓晋代道士时时有知断谷及服诸草木药法。则当时服饵之法，最多者为断谷及服草木药。又云或得杂碎丹方，盖次之则为杂碎丹方。而知金丹者甚鲜。”[④]韩吉绍在《道教炼丹术与中外文化交流》中讨论中国炼丹术的起源也指出：“还丹理论出现后的很长一段时期内，由‘丹’而仙的思想仍然只是少数炼丹家的观念，它还没有上升为一种较为普遍的社会意识，故而炼丹活动极少出现在早期文献记载中。”[⑤]这样看来，汉晋时期的服食求仙，草木比丹石实际上要流行得多，服食金丹更是少见。那么，《神仙传》中显现的服食丹石多于草木的情况，其

① “不求未度”，《神仙传校释》引《云笈七签》作“不能永度于世”，又引《增订汉魏丛书》本《神仙传》作“不能度世”。

② 葛洪撰，胡守为校释《神仙传校释》，中华书局，2010 年，第 217、345 页。

③ 王明《抱朴子内篇校释(增订本)》，中华书局，1985 年，第 70、287 页。

④ 陈国符《道藏源流考(新修订版)》，中华书局，2016 年，第 369 页。

⑤ 韩吉绍《道教炼丹术与中外文化交流》，中华书局，2015 年，第 26 页。

实是一种新现象。这种新现象的出现与葛洪自身的知识背景和人生追求直接相关,他在《抱朴子内篇·金丹》中有一段自述:“昔左元放于天柱山中精思,而神人授之金丹仙经,会汉末乱,不遑合作,而避地来渡江东,志欲投名山以修斯道。余从祖仙公,又从元放受之。凡受《太清丹经》三卷及《九鼎丹经》一卷《金液丹经》一卷。余师郑君者,则余从祖仙公之弟子也,又于从祖受之,而家贫无用买药。余亲事之,洒扫积久,乃于马迹山中立坛盟受之,并诸口诀之不书者。江东先无此书,书出于左元放,元放以授余从祖,从祖以授郑君,郑君以授余,故他道士了无知者也。”[①]足见葛洪对丹石的重视源于他师承左慈以来秘传的炼丹术,此处提到的三种丹经应即《神仙传》中出现的《黄帝九鼎丹经》、《太清神丹经》、《九丹金液经》。他本人晚年为了求丹而南行,入罗浮山炼丹,身体而力行,可以说是金丹大道的宣扬者和践行者。[②] 对丹石特别是金丹的推崇,直接影响到葛洪编撰《神仙传》时的观念表述和材料选择。《神仙传》的金丹为上,重视丹石服食的观念,与服食丹石在篇目上的数量优势,两者互相呼应支持。

作为《神仙传》主流服食物的丹石如上文所列,属于自然物的有云母(粉)、青泥、石脑,更多的则是人工炼制的物品,有红泉神丹、金液之药、神丹、丹、珠醴、鍊丹、云霜丹、太清神丹、大丹、(鍊)铅、九转丹、水银。神丹和丹多次出现,这是相对模糊宽泛的表述,具体丹名或类属是什么,有的无法指认,有的尚可通过传中提供的信息加以推证。魏伯阳入山作神丹,曾用“转数未足,合和未至,服之暂死”的毒丹试探弟子,胡守为注“转数未足”,认为是指九转炼丹,并引《抱朴子

---

① 王明《抱朴子内篇校释(增订本)》,中华书局,1985 年,第 71 页。引文根据校释中的意见删掉“口诀”下原为衍文的“诀”字。《晋书》卷七二《葛洪传》也记载:“从祖玄,吴时学道得仙,号曰葛仙公,以其炼丹秘术授弟子郑隐。洪就隐学,悉得其法焉。”见《晋书》,中华书局,1974 年,第 1911 页。

② 韩吉绍认为:“自葛洪公开倡导金丹以后,炼丹术逐渐为世人所识,金丹理论对神仙方术带来的观念变革逐渐发生广泛影响。”见韩吉绍《道教炼丹术与中外文化交流》,中华书局,2015 年,第 27 页。

内篇·金丹》所述为证[①]，这是合理有据的解释。魏伯阳服用成仙的神丹，应该就是转数已足的九转丹。李少君从安期先生受《神丹炉火飞雪》之方，炼丹服食。他上汉武帝的表中谈到安期先生传授的金丹之方，有“郁砂虹飞，玄朱九转，剖六二而流精夺日，探霜雪而月光风卷”等说法[②]，描述的是以六一泥涂土釜，九转炼丹的方式，他服用的神丹也应是九转丹之类。帛和“见《太清中经》神丹方、《三皇文》、《五岳图》”，据以作神丹[③]，他所服神丹应与马鸣生、阴长生依《太清神丹经》合丹服食相似，属于太清神丹一类。张道陵得到《黄帝九鼎丹经》，据以修炼服食，其丹属于九鼎丹之类。另外，玉子、太阳子、太阴女服食的丹虽不知名称，但三人是前后师承关系，当是同一种丹。绝洞子传授太阳女，两人服食的丹也是同一种。

与《列仙传》以草木服食为主，体现为明显的世俗化特征不同，《神仙传》以丹石服食为主，其特征是方士化。

首先表现在丹石不像草木类自然物那样普遍易得，而是需要通过人工炼制、合成，对技术和物质条件有更多要求。《神仙传》的丹石以丹类为主，丹类的炼制通常需要准备各种材料，由掌握专门知识的方士进行操作。《李少君》是最典型和详尽的例子，传中写他得到安期先生的传授之后，不断变换身份和职业也没能攒下足够的财物以资炼丹，最后只能凭借汉武帝招募方士的机会，应招而获得炼丹的条件。李少君向弟子解释说：“财不足用，躬耕力作，商估求钱，必不致办合药。又吾亦羸，拙于斯事也，闻天子好道，请欲见之，求为合丹，可得恣意，无求不得。”[④]掌握相关技术的方士，需要通过积极筹备，获得足够的物质支持，炼丹活动才得以开展。《张道陵》也是很好的例

① 葛洪撰，胡守为校释《神仙传校释》，中华书局，2010 年，第 63、65 页。

② 葛洪撰，胡守为校释《神仙传校释》，中华书局，2010 年，第 208 页。胡守为认为“六二”恐是“六一”之误，注中引《汉武帝外传》正作“六一”，又引《云笈七签》卷七一《太清丹经要诀》的“造六一泥法”加以解释。

③ 葛洪撰，胡守为校释《神仙传校释》，中华书局，2010 年，第 251 页。

④ 葛洪撰，胡守为校释《神仙传校释》，中华书局，2010 年，第 206 页。

子，该传写天师张道陵带弟子隐居鹤鸣山，“既遇老君，遂于隐居之所，备药物，依法修炼，三年丹成”[①]。这是修道之士准备各种药物，按照一定的方法，经过长期修炼，才将丹炼成。

其次是丹石的炼制和服食注意丹经、丹方等神仙方术文献的依据。《神仙传》各传有名目的丹经、丹方包括《参同契》（魏伯阳）、《太清神丹经》（马鸣生、阴长生）、《黄帝九鼎丹经》（张道陵）、《神丹炉火飞雪》之方（李少君）、《太清中经》神丹方（帛和）、《九丹金液仙经》（葛玄）、《九丹金液经》（左慈）、《九丹》之经（介象），后三者应是同一种丹经。这类神仙方术文献是方士们研读、修炼的经典依据，成仙之后，他们也极重视此类经典对后来者的指引。《阴长生》写传主对丹经的态度堪为典型，传云：“阴君裂黄素写丹经，一通封以文石之函，著嵩山；一通黄柜简，漆书之，封以青玉之函，置大华山；一通黄金之简，刻而书之，封以白银之函，著蜀经山；一通白缣书之，合为一卷，付弟子，使世世当有所传付。”[②]如此不惮其烦地书写和保存丹经，足见此类方术文献在炼丹服食方面至关紧要。即便是自然的丹石服食物，像《王烈》记传主入太行山，“有青泥出如髓”，抟之而食，《神仙传》也不忘引用《仙经》加以说明：“神仙五百岁辄一开，其中有髓，得服之者，举天地齐毕。”[③]

再次是《神仙传》注意丹石的炼制和服食的师承，重视方术专门知识在师徒间的审慎传授。是否有高明的师傅可以指导，这是《神仙传》多次强调的问题。《介象》写传主“闻《九丹》之经，周游数千里求之，不值明师”，后来入山精思，终于遇到仙人以丹方相授。《李八伯》记汉中唐公昉“求道而不遇明师”，李八伯经过多方试探，才决定“以丹经一卷授公昉”。明师难求，好不容易遇到，还得经过种种考察。《马鸣生》写传主获悉救治自己的道士有长生之道，“遂久事之，随师负笈。西之女几山，北到玄丘山，南凑泸江，周游天下，勤苦备尝，乃受《太清神丹经》三卷”。这是长期坚持，历经苦难才获得丹经的传

---

① 葛洪撰，胡守为校释《神仙传校释》，中华书局，2010年，第190页。

② 葛洪撰，胡守为校释《神仙传校释》，中华书局，2010年，第172页。

③ 葛洪撰，胡守为校释《神仙传校释》，中华书局，2010年，第232页。

授。后来马鸣生再传给阴长生，同样十分慎重。《阴长生》记传主“执奴仆之役，亲运履之劳”，坚持二十多年，从不懈怠，“同时共事鸣生者十二人，皆悉归去，独有长生不去，敬礼弥肃”，终于获得马鸣生的认可。传授丹经时，“立坛四面”，很是讲究。[①] 安期先生传授李少君《神丹炉火飞雪》之方，也是长期考验之后才誓约相授。魏伯阳炼成神丹，服食之时知道有的弟子不够诚信，还先以毒丹加以考验。此外，《神仙传》中随处可见师承的脉络，最典型的莫过于安期先生传李少君，李少君传东郭延与蓟子训[②]，东郭延再传尹先生，蓟子训再传王真，王真又传给郄孟节。其它的如沈文泰传李文渊，帛和师事西城山王君，绝洞子传太阳女，玉子传太阳子、太阳子再传太阴女等，丹石的炼制和服食显然存在各种传承系统。

《神仙传》一方面延续《列仙传》服食草木以求仙的传统，另一方面其服食重点和观念发生变化，它吸收并调整了汉代以来的丹石服食技术与观念，把丹石的重要性置于草木之上，又把《列仙传》中以天然矿物为主的丹石服食发展成复杂的以“丹”为主的服食形态，充分而鲜明地将丹石服食确认为求仙的主要途径。各式丹石成为《神仙传》构造神仙世界的重要因素，书中的丹石服食表现出方士化的特征，《神仙传》由此确立的是仙传服食求仙的方士化丹石博物传统。从世俗化的草木到方士化的丹石，汉晋之际仙传的服食求仙观念有一个趋向专门化的过程。这种转变最为直接的原因当然是仙传作者葛洪对丹药的重视和提倡，而更为深广的原因则有两个方面，一是汉晋时期炼丹术的发展，二是汉末魏晋时期道教的发展。玄英的《太清：中国中古早期的道教和炼丹术》认为大约 3—6 世纪时中国存在一个太清传统，炼丹术是其主要内容，炼丹的教义基础、仪式、方法等一系列环节在 4 世纪后半叶道教降经出现之前已充分建立起来。[③]《神仙传》出

---

① 葛洪撰，胡守为校释《神仙传校释》，中华书局，2010 年，第 324、81、167、171 页。

② 《神仙传》有《蓟子训》一传，《李少君》中写作“蒯子顺”、“子训”，《王真》中写作“蒯子训”，应该都是指“蓟子训”。

③ 玄英《太清：中国中古早期的道教和炼丹术》，韩吉绍译，齐鲁书社，2016 年。

现的时间差不多是玄英所说的太清炼丹术的成熟期，方士化的丹石服食在《神仙传》中成为求仙主流，其重要背景之一即是炼丹术的发展。扩大范围看，所谓"太清传统"也只是道教的一部分，而道教从东汉后期兴起之后，在不同地区和不同阶层中传播，彼此互相竞争和影响，到魏晋时期已此起彼伏构成多个教团、道派。各个教团和道派为获得自身的地位，积极进行理论建构和修道实践，先秦两汉以来的神仙方术被道教吸收，在理论和技术上被改造得更加细致和深入。[①] 从《列仙传》到《神仙传》，服食求仙的专门程度显然增强，《神仙传》的丹石服食表现出鲜明的方士化特征，其大背景即道教在魏晋时期的迅速发展。

三、上清仙传及《汉武帝内传》：虚幻化的仙药

东晋，道教的上清派逐渐兴起，出现了《清虚真人王君内传》、《太元真人东岳上卿司命真君传》、《紫阳真人内传》、《南岳夫人内传》、《玄洲上卿苏君传》等上清派仙真传。陈国符认为："《上清经》法，以存想为主，并用符咒。"[②]上清诸仙传描写的即是以存想为主的求仙历程，与《列仙传》和《神仙传》记载的以服食为求仙的主要途径不同。但是，服食并没有被上清仙传摒弃，而是被编入层层上升的不同求仙阶段中，依然是求仙的途径之一。与上清派关系密切的《汉武帝内传》[③]甚

① 汉晋时期道教的发展概况可以参看：任继愈主编《中国道教史》，上海人民出版社，1990 年；卿希泰、詹石窗主编《中国道教通史》第一卷，人民出版社，2019 年。

② 陈国符《道藏源流考(新修订版)》，中华书局，2016 年，第 13 页。

③ 关于《汉武帝内传》的成书时间存在不同意见。小南一郎认为："《汉武帝内传》最后编集的时代，是较道教发展中'内传时代'落后一个阶段的、上清派教理已明显表现出自己所具有的倾向的时期。"见小南一郎《中国的神话传说与古小说》，孙昌武译，中华书局，2006 年，第 418 页。李丰楙通过详尽的论证推断《汉武帝内传》"造构的时间当在东晋孝武帝太元末年或安帝隆安年间"。见李丰楙《仙境与游历：神仙世界的想象》，中华书局，2010 年，第 233 页。赵益检讨《汉武帝内传》的文献问题，认为它"产生于上清经大出于世之前"，"作者不是上清系教内之人，而是东晋时期崇奉神仙信仰，熟悉南方神仙道教早期渊源的一位文士"。见赵益《六朝隋唐道教文献研究》，凤凰出版社，2012 年，第 73 页。本文倾向于接受李丰楙的基本判断，把《汉武帝内传》看成东晋后期作品。

至有一段文字专门列举不同等级的各种仙药。

草木类作为求仙的服食物同样存在于上清仙传中，一般被置于求仙的初级阶段，属于最低层的环节。《太元真人东岳上卿司命真君传》的草木服食物是山术，传中记茅盈十八岁入恒山求道，“采取山术而饵服之”①。这是茅盈求仙的初阶，他后来感降仙真，转进而向西城王君和王母求得上清存想、符咒之道。《玄洲上卿苏君传》的草木服食物是术精，与山术应同指一物。神仙涓子给弟子苏林留下的书札中自述求仙的历程，第一阶段即“饵术精三百年”，而后经由服气、精思、守三一、守洞房、守玄丹等逐层升进。“玄丹者，泥丸之神也”，由饵术精至守玄丹，实际就是由草木服食而升转到存想神真。涓子传授苏林真诀时还强调“凡欲求真，当先服制虫丸”，以此除去体内三尸，“建长生之根”。② 文中未说明作为求仙初始环节的服食物“制虫丸”的构成，而《紫阳真人内传》写苏林传道给周义山，恰好谈到涓子所传制虫丸之方，包括附子、麻子、地黄、茱萸根、术、桂、云芝英、菖蒲根、白蜜，显然是草木类服食物。《紫阳真人内传》还写到：“导引、服气，不得其理，可先服食众草，巨胜、茯苓、术、桂、天门冬、黄连、地黄、大黄、桃糉及皮任择焉。”③同样是将服食草木置于求仙的低端级次上。《南岳夫人内传》记魏华存尚未感降仙真之时，“服饵胡麻”④，后来得到清虚真人王褒传授她神真之道，先要去疾除病，依《甘草丸方》

---

① 张君房编，李永晟点校《云笈七签》卷一〇四《太元真人东岳上卿司命真君传》，中华书局，2003 年，第 2255 页。

② 张君房编，李永晟点校《云笈七签》卷一〇四《玄洲上卿苏君传》，中华书局，2003 年，第 2245—2246 页。

③ 《道藏》第 5 册，文物出版社、上海书店出版社、天津古籍出版社，1988 年，第 543 页下。

④ 李昉等撰《太平御览》卷六七八《道部二〇》引《南岳魏夫人内传》，中华书局，1960 年，第 3026 页下。《墉城集仙录》卷九《魏夫人》记魏华存“常服胡麻散、茯苓丸”。见杜光庭撰，罗争鸣辑校《杜光庭记传十种辑校》，中华书局，2013 年，第 700 页。《太平广记》卷五八《魏夫人》载魏华存“常服胡麻散茯苓丸”，见李昉等编《太平广记》第 2 册，中华书局，1961 年，第 356 页。

服食[①]。这也是在求仙的初始阶段服食草木类药物。

上清仙传也以丹石作为求仙的服食物，其级次在草木类之上。《太元真人东岳上卿司命真君传》记茅盈引导弟弟茅固、茅衷求仙，在他们修炼一段时间之后，“各赐九转还丹一剂，并神方一首，各拜而服之，仙道成矣”[②]。《玄洲上卿苏君传》写到想成为真人要先服食制仙丸，并说“制仙丸者，太上八琼飞精之丹”[③]。九转还丹、太上八琼飞精之丹都是丹石之类。《紫阳真人内传》写到道经的传授，有《金丹方》、《金液丹经》、《九鼎神丹图》，虽然没有明确点出服食问题，但所传这几种经方自是丹石服食之道无疑。

可见，上清仙传中存在世俗化的草木和方士化的丹石两种博物因素，与《列仙传》和《神仙传》彰显的服食求仙的博物传统有相通之处。但是，上清仙传更引人注意的是另一种情况——以虚幻化的仙药为服食物。上清仙传中出现了一些带有虚幻特征的仙药，物名奇异眩目，很难与现实性的事物联系起来，充满神异色彩。《清虚真人王君内传》记王褒分别从主仙道君、赤台童子、华盖上公、上清玉晨帝君、玄清六微元君那里得到云碧阳水晨飞丹腴、五云夜光云琅水霜、龙明珠绛和云芝。传中写到饮用龙明珠绛和云芝的效果是：“即身金色，项映圆光，七曜散华，流焕映形。”[④]《南岳夫人内传》写魏华存住世八十三年，清虚真人、东华青童于晋成帝咸和九年(334)传给她两种

---

① 土松年《仙苑编珠》，《道藏》第11册，文物出版社、上海书店出版社、天津古籍出版社，1988年，第29页下。《墉城集仙录》卷九《魏夫人》记清虚真人“因授《甘草谷仙方》，夫人服之”。见杜光庭撰，罗争鸣辑校《杜光庭记传十种辑校》，中华书局，2013年，第703页。《太平御览》卷六七一《道部十三·服饵下》引《上元宝经》称清虚真人授魏华存《谷仙甘草丸方》，文中对魏华存依方服食的情况有具体描述，实际上就是服食甘草丸。

② 张君房编，李永晟点校《云笈七签》卷一〇四《太元真人东岳上卿司命真君传》，中华书局，2003年，第2259页。

③ 张君房编，李永晟点校《云笈七签》卷一〇四《玄洲上卿苏君传》，中华书局，2003年，第2245页。

④ 张君房编，李永晟点校《云笈七签》卷一〇六《清虚真人王君内传》，中华书局，2003年，第2293页。

药物，一是隐迁白医川神散[①]，一是石精金光化形灵丸，魏华存服用七日之后托剑化形而去[②]。《紫阳真人内传》中苏林传给周义山石菌朱柯若乾芝，周义山斋戒存念至道七日七夜后服用这种神芝，“五年之间，视见千里之外，身轻能超十丈，日步行五百里，能隐能彰，坐在立亡”[③]。上清仙传的这几种仙药从名称到功能都相当奇幻，它们构成求仙过程的一个环节。

上清仙传的服食求仙既以草木为初阶，以丹石为更高级方式，又比《列仙传》和《神仙传》多了一项新的内容，出现虚幻化的仙药，这种情况在与上清派关系密切的《汉武帝内传》里得到集中而混杂的体现。《汉武帝内传》列有一份大约 600 字的仙药清单，从高到低，把仙药分为太上之所服、天帝之所服、飞仙之所服、下药（地仙所服）一共 4 个等级。[④] 这 4 个级别的药物之间缺乏相对明确的划分依据，植物、动物、矿物、仙物等混杂在一起，交错地散布在不同等级。《汉武帝内传》的药物清单中类属最清晰的是下药（地仙所服），这是最初级的药物，传中列举了松柏、山姜、泽泻、枸杞、茯苓、菖蒲、天门冬、巨胜、桃胶等药物，说是“草类繁多，名有数千”。[⑤] 明确指出下药是草木之类，不难看出它们与世俗化的草木服食大体一致。但是，再往上一层，到了飞仙之所服，药物的类属特征已开始模糊。从其中提到九丹金液、太清九转、太虚还丹、精石琼田等，可以看出和方士化的丹石服食存

① “隐迁白医川神散”，《墉城集仙录》卷九《魏夫人》和《太平广记》卷五八《魏夫人》皆作“迁神白骑神散”。

② 李昉等撰《太平御览》卷六七八《道部二〇》，中华书局，1960 年，第 3027 页。

③ 《道藏》第 5 册，文物出版社、上海书店出版社、天津古籍出版社，1988 年，第 544 页中。

④ 太上之所服的药物清单中间还出现了“太上之药”的字样，从整份清单 4 个等级的行文形式和结构看，“太上之药”不是另一个独立的等级。而且，如果太上之药是独立的等级，明显与太上之所服重复。这几个字可能是衍文，或者是行文上的疏忽。萧登福把 4 个等级理解为：生长于仙界，最上等的药物；生长于灵山圣地，奇珍异兽所形成的药物；人工合成丹药及仙道所生仙药；人间常见的养生药物（下药）。详参萧登福《〈汉武帝内传〉中所呈现的服食与养生思想》，《中国道教》2009 年第 4 期。

⑤ 王根林等校点《汉魏六朝笔记小说大观》，上海古籍出版社，1999 年，第 145 页。

在对应关系，但里面又还有紫华红英、五云之浆、元霜绛云、东瀛白香、炎洲飞生、威僖九光、盛次金兰、长光绿草、云童飞千等属性各异的仙药。由此再往上两层，仙药之间的归类依据更是难以辨别。天帝之所服提到的有八光太和、班龙黑胎、云浆玉酒、元圃琼腴、蒙山白凤之肺、灵邱苍鸾之血、太微嘉禾、赤河绛璧、太元之酪、兰圆之金精等30多种仙药。太上之所服包括昌城玉蕊、夜山火玉、风实云子、玉津金浆、月精万寿、蓬莱文丑、玄都之绮华、云山之朱蜜、夜河天骨、宜陵麟胆、九色凤脑、天汉巨草、南宫火碧等30多种仙药。它们基本一致的地方是带有明显的想象成分，表现出虚幻的特征。也就是说，《汉武帝内传》所列的仙药清单，由最低层向最高层呈现的是从真实到虚幻的转变，虚幻化的药物级别高，而且成为服食物中最显赫的部分。

《汉武帝内传》的这份仙药清单和《无上秘要》中抄录的《道迹经》、《洞真太上智慧经》的仙药明显重复，小南一郎按《无上秘要》由高而低分玉清药、上清药、太极药、太清药、天仙药、地仙药6个等级，列表就此做了对比。他认为《道迹经》对药品的等级区分层次分明，而《汉武帝内传》的区分显得模糊，更可能是《汉武帝内传》利用了《道迹经》，因此提出："对《内传》编者来说，必要的是伴随仙药名单的神仙气氛，那对应天界构造的药物与神仙的顺序等教理要素不一定是必要的。"[①]与此不同，李丰楙则认为《汉武帝内传》和《道迹经》都是分别各自袭用《消魔智慧经》，而《消魔智慧经》的大体即为收在《道藏》中的《洞真太上说智慧消魔真经》的卷一部分。他列表对比《消魔智慧经》、《汉武帝内传》，以及收到《无上秘要》卷七八的《道迹经》和《洞真太上智慧经》，并考察《汉武帝内传》与各种太清经的服食内容，从而指出："《汉武内传》的服食说乃整体袭自《消魔经》，并部分使用《九真中经》一类洞真上清经。"[②]两人观点虽然不同，但所论与《汉武帝内

① 小南一郎《中国的神话传说与古小说》，孙昌武译，中华书局，2006年，第386页。
② 李丰楙《仙境与游历：神仙世界的想象》，中华书局，2010年，第190—203页。

传》的服食紧密相连的《消魔智慧经》、《九真中经》、《洞真太上智慧经》、《道迹经》等都属于上清经，《汉武帝内传》的仙药与上清经所载在性质上是相通的。小南一郎说仙药清单在《汉武帝内传》中主要是营造神仙气氛，与教理的联系并非必要，他的这个判断几乎可以扩大到整个的上清仙传。服食不是上清派求仙的主要途径，不管是世俗化的草木，还是方士化的丹石，上清仙传将之纳入传中，更多的是对已有传统的借用，而虚幻化的仙药的出现，基本是一种虚构性的想象。与其说这些虚幻化的仙药对求仙有多大的指导作用，不如说它们构造了神仙世界的神奇性，渲染了上清仙传的神仙氛围。而且，同样是以虚幻化的仙药为求仙服食物，上清经重在知识说明和理论叙述，而上清仙传和《汉武帝内传》却是将之引入到情节更加突出的人物故事中。柏夷在讨论上清仙传对道教神系演化的贡献时认为："这些仙传也就充当了上清修法的见证和广告。"又说："这些仙传中充满了隐晦难懂的经典、修法、存思方法和丹药的名称。这些引述充当了上清经藏之丰富性的极佳广告。"[①]柏夷主要是从仙传传主身份的角度立论，看重的是仙传写的不是高不可及的仙真，而是可以接触到的低级神灵，但他说到的"见证"和"广告"的功能，同样适用于上清仙传和《汉武帝内传》作为传记的故事性对彰显虚幻化的仙药博物传统所起的推动作用。

如上所述，上清仙传和《汉武帝内传》在服食物上有别于《列仙传》和《神仙传》的地方是增加了一批性质不同的仙药，它们整体上属于更高的等级，其主要特征是虚幻化。这种虚幻化可以从两方面理解，其一是多种药物出于对奇异之物的想象，多虚构而少真实，其二是仙传通过文辞的修饰使得所指之物显得隐晦难解、美妙奇幻。

从第一方面看，《山海经》之类的志怪博物关于山川异物的记载，还有秦汉以来随着交通的拓展而形成的对殊方绝域物产的想象，以及早期神仙信仰本身对仙人饮食的遐想，诸种文化资源被上清仙传

---

① 柏夷《道教研究论集》，孙齐等译，中西书局，2015 年，第 130、137 页。

和《汉武帝内传》吸纳而推陈出新，编造出更为繁杂的名目。很多虚幻化的仙药从名称判断应属于植物、矿物，却不宜直接把它们归入世俗化的草木和方士化的丹石中，因有些植物明显缺乏现实社会基础，其虚构远超真实，不具有世俗的特征，有些矿物也没有方士以技术炼化自然物的因素，而是纯然的奇异之物。虚幻化的仙药中有不少是动物和云水物，这些动物大多不是人间所有，或者罕见得只是传说，而云水物要么直接出于虚构，要么是对天地精华的具象描写。上清仙传和《汉武帝内传》是在吸收已有文化资源的基础上，有意识地虚构出新奇的药物，以此增强神仙世界的神异色彩，构造属于自身的特色，从而与其它道教流派争胜。

从第二方面看，修辞是促成仙药虚幻化的一种方式。像石菌朱柯若乾芝、紫华红英之类的仙药，其实当为草木之类，可是加了若干修饰，一下子显得美妙而神秘。云碧阳水晨飞丹腴、五云夜光云琅水霜、石精金光化形灵丸之类的药物，实质与方士炼制的丹石无异，由于对物品名称加以摹绘，便产生了奇幻的效果。而像云浆玉酒、玉津金浆之类，既可能是对虚构的仙药的直接指称，也可能是以隐语的方式代指人体的津液(口中津液、肾水等)，金玉是修饰性的词语，以此引起非凡的美好想象。[①] 文辞的修饰实际包含两项值得留意的因素，一是道教的传承带有一定的私密性，东晋兴起的上清派对此尤为重视，其传授系统限定在严格的范围。陶弘景在《真诰·翼真检》中写到曾为"灵媒"的华侨"性轻躁，多漏说冥旨，被责，仍以杨君代之"[②]。杨羲之所以取代华侨成为许谧、许翙家的"灵媒"，很重要的原因即在华侨未能严守秘密。通过文辞的修饰将服食物虚幻化是一种自神其道的方式，既使得教外的人无从辨识，无法窥见上清派的奥妙，又在教内维持某种仪式感，形成神秘氛围。另一因素是上清派的信奉者

① 冯利华注意到中古道书中存在使用隐语的情况，并对道书中的隐语成因、功能、状况、文化内涵等做了分析。详参冯利华《中古道书语言研究》，巴蜀书社，2010 年，第 172—202 页。

② 陶弘景撰，赵益点校《真诰》，中华书局，2011 年，第 357 页。

多是具有较高知识修养的士人[①]，他们的仙传写作更加追求文字内容的美感，有意识地采用各种修辞技巧增强仙传的文学品质[②]。通过文辞的修饰，虚幻化的仙药参与营造了一个美妙而神奇的神仙世界，也展现了撰述者的才华和想象力。

四、结语

服食与博物都是先秦以来的文化传统，汉晋仙传把它们吸收到故事性的传记形式里，集中且自觉地强化其仙道内涵，将服食作为求仙的重要途径，以丰富多样的服食物品构造奇异的神仙世界。

《列仙传》的服食之物以草木为主，品种较少重复，覆盖面较广，大多数草木在现实生活中可得、易得，表现出世俗化的特征。这些服食以求仙的草木有不少也见于时代与《列仙传》相近的《神农本草经》和《伤寒杂病论》，跟当时的社会医疗环境关系密切。丹石在《列仙传》中也作为求仙服食物而存在，数量较少，而且以天然矿物为主，是一种素朴简单的服食形态。到了葛洪撰写的《神仙传》，丹石成为服食求仙的大宗，草木已不是主流，丹石也由天然矿物为主转以人工炼制的丹药为主流。这种以丹石为主的服食求仙对技术和物质条件有更多要求，丹石一般需要经由人工炼制合成，其炼制与服食特别注意以丹经、丹方等神仙方术文献为根据，重视方术专门知识在师徒间的审慎传授，表现出方士化的特征。这是葛洪重视丹道的观念体现，而更加深广的背景则是炼丹术和道教在晋代的发展。与《列仙传》和

① 任继愈主编《中国道教史》指出："在东晋南朝茅山上清派形成过程中有重要影响的高道，如葛洪、杨羲、许谧、许翙、葛巢甫、陆修静、顾欢、孙游岳、陶弘景等等，大多出自吴姓士族。"见任继愈主编《中国道教史》，上海人民出版社，1990 年，第 118 页。李丰楙分析《汉武内传》的"造构时期与人物"时推测该书的作者应是"王灵期等一类文士"。见李丰楙《仙境与游历：神仙世界的想象》，中华书局，2010 年，第 233 页。

② 李剑国一方面注意到《汉武帝内传》语言华丽铺张，具有强烈的形式美，另一方面又指出它雕缋过度，许多地方着意宣扬道术，枯燥乏味。见李剑国《唐前志怪小说史》，天津教育出版社，2005 年，第 243—246 页。赵益从"仪式的戏剧化再现"讨论过《汉武帝内传》的"文学性"。见赵益《六朝隋唐道教文献研究》，凤凰出版社，2012 年，第 84—93 页。

《神仙传》以服食为主要的求仙方式不同，上清仙传与《汉武帝内传》强调的求仙方式是存想，服食虽然是求仙之道但并非主流。上清仙传和《汉武帝内传》把各种服食之物编入逐层上升的求仙历程，既与《神仙传》一样把世俗化的草木类置于服食求仙的最初级，把方士化的丹石置于草木之上，又多出一批整体上更为高级的虚幻化的仙药。虚幻化的仙药既是对奇异之物的想象，也是文辞修饰的结果，其动因来自上清派建构自身特点的需要，以及上清仙传等的撰述者和上清派的信奉者多属于知识修养较高的士人阶层。从时间线索看，汉晋仙传所记服食求仙的博物特征呈现出由实而虚的变化，想象的程度逐步增强。整体上，汉晋仙传已经逐渐形成世俗化的草木、方士化的丹石、虚幻化的仙药三种服食求仙的博物传统，彼此各有侧重又互相交错，与道教的发展密切相关。

汉晋仙传是以故事性的传记形式构建神仙世界，有人物、有情节，这样的叙事型体裁有其特别的影响力。与诗赋中片段的、零散的神仙素材相比，它们描述的神仙世界更具完整性，而与道经中抽象的理论和较为纯粹的知识相比，它们所描写的神仙世界又更为具体可感。再加上产生的时间早，汉晋仙传对于神仙世界的构造存在举足轻重的作用，它们是影响古人神仙印象与观念的核心作品。特别要注意，汉晋仙传自身即是中古博物学的重要载体，它们为博物学提供的是“传记”这样一种叙事型的体裁，并且赋予博物学以鲜明的仙道内涵。后世的《洞仙传》、《续仙传》、《墉城集仙录》、《仙传拾遗》、《历世真仙体道通鉴》等仙传合集，或《三洞珠囊》、《仙苑编珠》、《三洞群仙录》等引录的仙传，它们在很多方面受到汉晋仙传的影响，其中的服食求仙基本是在上述三种博物传统的影响之下展开。

（河北师范大学文学院）

本生、地狱与志怪*

——从《法苑珠林》看佛教故事的经典化历程

张 煜

内容摘要：本文以唐代道世(？—683)撰集之佛教百科全书《法苑珠林》①为中心，对于佛教故事的分类与经典化历程，作一鸟瞰式考察，而尤其着重于本生、因缘、譬喻以及志怪。本生故事最为重要，是有关佛前世的故事，大致可以分为入海采宝、爱情、机智、社会经济生活、动物等类型；志怪故事则有很多是关于地狱游历与谈神论鬼的，还有一些取材于中土神话，本来与佛教并无关系，但被佛教徒们所吸收利用，共同参与构筑了《法苑珠林》超越现实的神奇世界。

关键词：本生；地狱；志怪；法苑珠林；佛教故事

* 本文受到上海市浦江人才项目"佛教本生故事研究"(项目批准号：17PJC092)及中央高校基本科研业务费资助。

① 道世撰集《法苑珠林》，据《影印宋碛砂版大藏经》影印，上海古籍出版社，1991年。

Jātaka Stories, Hell and Accounts of Anomalies: The Classicization and Canonization of Buddhist Stories in *Fayuan Zhulin*

Zhang Yu

Abstracts: Based on Daoshi(? - 683)'s Buddhist encyclopaedia *Fayuan Zhulin* (《法苑珠林》) in the Dang Dynasty, this article conducted a study on the classicization and canonization of Buddhist stories, especially Jātaka(本生), Nidāna(因缘), Avadāna(譬喻) and accounts of anomalies (志怪). The most important Jātaka stories are about Buddha's privious lives, which can be divided into the types of collecting treasure into the sea, love, wit, social and economic life, and animals. Most accounts of anomalies are about travel to hell and talking about gods and ghosts, and some of them are based on Chinese mythologies, which had nothing to do with Buddhism, but were absorbed and used by Buddhists to build a magical world beyond reality.

Keywords: Jātaka Stories; Hell; Accounts of Anomalies; *Fayuan Zhulin*; Buddhist Stories

从佛教传入中国的那一天起，佛教故事也就伴随着佛教教义在神州大地上流布，并对中国文学产生了巨大的影响。佛教故事的分类，以往的研究者们，如孙昌武《佛教与中国文学》，将佛典文学分为佛传文学、本生经、譬喻经、因缘经等[①]；吴海勇《中古汉译佛经叙事文学研究》，将佛经文学分为佛传、本生、譬喻、僧伽罪案文学与赞颂文学等五大类[②]。对《法苑珠林》之前佛教故事的研究，有台湾梁丽玲

① 孙昌武《佛教与中国文学》第一章《汉译佛典及其文学价值》，上海人民出版社，2007 年。

② 吴海勇《中古汉译佛经叙事文学研究》第一章《佛经翻译文学概说》，学苑出版社，2004 年。

《〈杂宝藏经〉及其故事研究》[①]、《〈贤愚经〉研究》[②]、《汉译佛典动物故事之研究》[③]；释依淳《本生经的起源及其开展》[④]；丁敏《佛教譬喻文学研究》[⑤]；以及大陆李小荣《汉译佛典文体及其影响研究》[⑥]等。唐代道世（？—683）撰集的《法苑珠林》，作为一部篇幅最大的百科全书式的佛教类书，在传播佛教的世界观与思想的同时，客观上也起到了保存、改编与流传佛教经典故事的效用，而在此之前比较著名的佛教故事类书则有南朝梁僧旻、宝唱等撰集的《经律异相》，之后则如唐玄奘《大唐西域记》记录各种佛教故事[⑦]，本文拟于佛教故事经典化历程的角度，以《法苑珠林》为中心，对此问题作一探讨。

其中本生类著名者，入海采宝则如《法苑珠林》卷二十七《至诚篇》之"大意抒海"。据陈明《抒海、竭海与拟海——佛教抒海神话的源流》[⑧]以及梁丽玲《〈贤愚经〉故事与相关佛教故事之比较》[⑨]，《六度集经》、《生经》、《摩诃僧祇律》、《四分律》、《佛说大意经》、《贤愚经》、《佛本行集经》与《经律异相》等中，都有此故事的记载。《大志经》当即《大意经》（宋求那跋陀罗译），相较而言，《贤愚经》（元魏慧觉等所译）中的记载与《大意经》最为接近，但要更为繁复。而《法苑珠林》又对《大意经》进行了缩写，尤其是经过银城、金城、水精城、琉璃城，而对大意抒海的情节则基本照旧：

> 海神便摇其手使珠堕水。大意自念：王与我言，此珠难保。我幸得之，今为此子所夺非趣也。即语海神言：我

---

① 梁丽玲《〈杂宝藏经〉及其故事研究》，法鼓文化事业股份有限公司，1998年。

② 梁丽玲《〈贤愚经〉研究》，法鼓文化事业股份有限公司，2002年。

③ 梁丽玲《汉译佛典动物故事之研究》，文津出版社有限公司，2010年。

④ 释依淳《本生经的起源及其开展》，佛光出版社，1987年。

⑤ 丁敏《佛教譬喻文学研究》，东初出版社，1996年。

⑥ 李小荣《汉译佛典文体及其影响研究》，上海古籍出版社，2010年。

⑦ 参陈引驰《佛教故事口传方式的存在：〈大唐西域记〉佛教传说考述》，收于氏撰《文学传统与中古道家佛教》，复旦大学出版社，2015年。

⑧ 陈明《印度佛教神话：书写与流传》第五章，中国大百科全书出版社，2016年。

⑨ 梁丽玲《〈贤愚经〉研究》第五章，法鼓文化事业股份有限公司，2002年，第452页。

自勤苦，经涉险阻，得此珠来。汝反夺我，今不相还，我当抒尽海水。海神知之，问言：卿志奇高。海深三百三十六万由旬，其广无涯，奈何竭之？如日终不堕地，如大风不可搅束。日尚可堕，风尚可搅，大海水不可抒令竭也。大意笑答之言：我自念前后受身，生死坏败，积骨过于须弥山，其血流过五河，尚欲断之生死之根本。但此小海，何足可抒？我昔供养诸佛誓愿言：令我志行勇于道决所尚无难，当移须弥山、竭大海水，终不退意。便一心以器抒海水，精诚之意，四天王来助大意，抒水三分已二。于是海中诸神皆大振怖，共议言：今不还珠者非小故也，水尽泥出坏我宫室。海神于是便出众宝以与大意。大意不取，但欲得我珠，终不相置。海神知其意盛，便出珠还之。大意得珠还其本国，恣意大施。自是以后境界无复饥寒穷乏之者。①

故事最后表明这是一个本生故事。此故事之要点，在于表现大意之精诚，感动天神相助。据王青《抒海（煮海）型故事及其发展》，还影响到元杂剧《张生煮海》。②

爱情类则如《法苑珠林》卷二十八《神异篇》“莲花夫人”故事，《经律异相》卷四十五，取材于《六度集经·布施度无极章》（三国吴康僧会译）卷三“第二十三”，而《法苑珠林》则取材于《杂宝藏经》卷一第八“莲花夫人缘”③。所不同之处在于，《杂宝藏经》中鹿女莲花夫人所生五百卵，被王夫人出于忌妒，换成了“五百面段”，而在《法苑珠林》中，则是“千叶莲花”被换成了“臭烂马肺”。而《六度集经》、《经律异相》（梁宝唱撰）中所产为百卵。后千子在下游他国长大成为一千力士，

① 道世撰集《法苑珠林》，据《影印宋碛砂版大藏经》影印，上海古籍出版社，1991年，第199—200页。

② 王青《西域文化影响下的中古小说》，中国社会科学出版社，2006年，第236—237页。

③ 吉迦夜与昙曜共译《杂宝藏经》，《大正藏》第4册，台北新文丰出版有限公司，1983年，第451—452页。

来攻打莲花夫人之国。关键时刻，莲花夫人登上百丈之台：

> 尔时千子欲举弓射，自然手不能举。夫人语言：汝慎莫举手向父母，我是汝母。千子问言：何以为验？母答子言：我若构乳，一乳有五百岐，各入汝口，是汝之母。若当不尔，非是汝母。即时两手构乳，一乳之中有五百岐，入千子口中。其余军众无有得者。千子降伏，向父母忏悔。诸子于是和合，二国无复怨仇。①

最后说明这是一个本生故事："佛言：欲知彼时千子者，贤劫千佛是也。尔时嫉妒夫人缦他目者，文鳞瞽目龙是也。尔时父者，白净王是也。尔时母者，摩耶夫人是也。"这个故事想象力惊人，富有文学意味。据刘守华《狸猫换太子的跨国之旅》，玄奘《大唐西域记》与法显《佛国记》中也叙及此事，且对中国"狸猫换太子"故事有影响。② 百卵成子、随流飘荡，都明显有印度文化的痕迹。如印度史诗《摩诃婆罗多》中，盲国王持国与蒙眼王后甘陀利所生百子，即从百卵中孵出。而般度的妻子贡蒂，少女时因为服侍仙人，而得到了能够召唤天神的咒语。她试着召来了太阳神，后者与她生出了一个自带铠甲与耳环的男孩迦尔纳。贡蒂因为还没结婚，所以只好把孩子放在篮子里，飘送去下游。③

又如《法苑珠林》卷八十《六度篇》"太子须达拏"故事，这个故事流传广泛，有梵文、汉文、藏文、于阗语、粟特语、回鹘语等多种版本。故事讲述须达拏太子因乐善好施，把国宝战象布施给了敌国，国王震怒，把太子放逐进深山十二年。太子妃带着一男一女两个孩子跟随太子入山，沿途他们又把马、车、随身衣服布施给了来行乞的婆罗门。

---

① 道世撰集《法苑珠林》，据《影印宋碛砂版大藏经》影印，上海古籍出版社，1991 年，第 207 页。

② 刘守华《佛经故事与中国民间故事演变》，上海古籍出版社，2012 年，第 70—73 页。另可参李小荣《〈狸猫换太子〉的来历》，《河北学刊》2002 年第 2 期；伏俊琏、刘子立《"狸猫换太子"故事源头考》，《文史哲》2008 年第 3 期。

③ 参张煜《印度史诗〈摩诃婆罗多〉与佛教、中国文学之关系》，《复旦学报》2018 年第 5 期，第 115 页。

入山后，一丑婆罗门又来求太子儿女为奴婢，太子依然应允。太子妃伤心欲绝，帝释天化作婆罗门，又来乞太子妃，太子依然慷慨应允。最后精诚感动天地，国王也原谅了太子，一家人喜得团聚。[1]《法苑珠林》所引出自《太子须达拏经》，这个故事婉转动人，细节描写也很真切，是本生故事中的精品。此故事又见于《六度集经》卷二第十四“须大拏经”、《经律异相》卷三十一等。

机智类则如《法苑珠林》卷三十一《潜遁篇》之“甥舅共盗”故事，亦为本生故事形式之智慧故事，摘自《生经》（西晋竺法护译）。故事大致讲述了甥舅共入王府行窃，舅为砍头，甥得逃脱。后国王以舅头、头骨、女儿、外孙作诱饵，想要抓捕此甥，但都被对方一一识破，成功逃脱。最后国王佩服此甥智慧，天下无双，心甘情愿把女儿许配给了他。佛告诉大家：“欲知尔时外甥者，则吾身是。外国王者，舍利弗是。其舅者，今调达是。”[2]此经在《经律异相》中已有选录，刘守华先生对此故事亦有相关研究。[3] 值得注意的是，这里的外甥的有些行为，在道德上并不是毫无瑕疵的，这也是令一些本生经研究者感到困惑的地方。如内奥米·安普莱顿（Naomi Appleton）在《小乘佛教中的本生故事：菩萨道的叙事》（*Jātaka Stories in Theravāda Buddhism: Narrating the Bodhisatta Path*）中所云：

> As in the previous example, the message here is that it is acceptable for the Bodhisatta to behave foolishly, but not for an entire life, for then his karmic fruits would be inevitable. Once again, therefore, the Bodhisatta's problematic behaviour is resolved within the course of the

① 道世撰集《法苑珠林》，据《影印宋碛砂版大藏经》影印，上海古籍出版社，1991 年，第 565—566 页。

② 道世撰集《法苑珠林》，据《影印宋碛砂版大藏经》影印，上海古籍出版社，1991 年，第 232 页。

③ 刘守华《机智而幸运的小偷》，载《佛经故事与中国民间故事演变》，上海古籍出版社，2012 年，第 51 页。

jātaka's story of the past. [①]

我们认为，这些故事本身毫无疑问是一些非常流行的民间故事，佛教对这些故事用本生的形式进行改造，虽然这些故事的主人公有些在道德上并非完美，但他们只是代表佛的前世，而且在性格上往往有很多常人不具备的优点，所以反而可以增强佛教的吸引力和传播力。

《法苑珠林》卷四十九《不孝篇》中的"弃老国"故事，也可以归入聪明机智类。故事讲述弃老国有遗弃老人的国法。有一位大臣偷偷把父亲藏了起来奉养，后来天神屡出难题考验国王，大臣回家请教父亲，帮助国王顺利解答。国王要奖赏大臣，大臣道出实情，国王因此改正了这条错误的法令。其中包括著名的称象故事：

> 又复问言：此大白象，有几斤两？群臣共议，无能知者。大臣问父。父言：置象船上，著大池中。画水齐船，深浅几许？即以此船，置石著中。水没齐画，则知斤两。即以此智，以答天神。[②]

陈寅恪先生《寒柳堂集》有《三国志曹冲华佗传与佛教故事》一文，认为曹冲称象的故事，实起源于此。[③] 此故事《法苑珠林》取自《杂宝藏经》卷一[④]，梁丽玲《〈杂宝藏经〉及其故事研究》亦有讨论[⑤]。

社会经济生活类则如《法苑珠林》卷四十九《忠孝篇》之"睒子"(Sāma)故事，讲述了一个感天动地的孝子故事，很适合中国文化的接受背景。故事讲述孝子睒服侍年老目盲父母，无微不至。因居于

---

① Naomi Appleton, "The Bodhisatta in Jātaka Stories," in *Jātaka Stories in Theravāda Buddhism: Narrating the Bodhisatta Path*, Farnham: Ashgate Publishing Limited, 2010, p. 27.

② 道世撰集《法苑珠林》，据《影印宋碛砂版大藏经》影印，上海古籍出版社，1991 年，第 364—365 页。

③ 陈寅恪《寒柳堂集》，生活·读书·新知三联书店，2001 年。

④ 吉迦夜与昙曜共译《杂宝藏经》卷一第四"弃老国缘"，《大正藏》第 4 册，台北新文丰出版有限公司，1983 年。

⑤ 梁丽玲《〈杂宝藏经〉及其故事研究》第五章，《〈杂宝藏经〉故事与其他经典之关系》，法鼓文化事业股份有限公司，1998 年，第 187 页。

山林，为父母取水，被打猎的国王误射致死。睒临终前，以父母之命相托。国王怀着无比懊悔的心情，一步一步向睒子父母住所走去，告诉了他们这个不幸的消息。最后盲父母呼天抢地，感动上天，睒子起死回生。结尾仍以本生故事惯有的模式结束。此故事《法苑珠林》摘自《睒子经》①，在《六度集经》②、《杂宝藏经》③、《经律异相》④、《大唐西域记》⑤中亦皆有记载。故事当来自印度，《罗摩衍那》中的十车王，也因射猎误杀孝子，不同的是他受到了盲父母诅咒，而得报应，后流放儿子罗摩，同样经历了亲人离别的痛苦。⑥ 金维诺先生《敦煌本生图的内容与形式》一文中，提到法显《佛国记》中，写师子国三月佛齿出时："王便夹道两边，作菩萨五百身已来种种变现，或作须大拏，或作睒变，或作象王，或作鹿、马。如是形像，皆彩画庄校，状若生人。"⑦是最早的中文出处。

动物类故事则如《法苑珠林》卷五十《背恩篇》之"九色鹿"⑧，这是一个谴责忘恩负义的美丽故事。故事讲述九色鹿于森林中救出水中溺人，溺人恩将仇报，反而去国王处告发九色鹿的行踪，欲取富贵。

---

① 圣坚译《睒子经》，《大正藏》第3册，台北新文丰出版有限公司，1983年。

② 康僧会译《六度集经》卷五第四十三"睒道士本生"，《大正藏》第3册，台北新文丰出版有限公司，1983年。

③ 吉迦夜与昙曜共译《杂宝藏经》卷一第二"王子以肉济父母缘"，《大正藏》第4册，台北新文丰出版有限公司，1983年。

④ 僧旻、宝唱等撰集《经律异相》卷十，宋碛砂版影印本，上海古籍出版社，1995年，第52页。

⑤ 玄奘、辩机原著，季羡林等校注《大唐西域记》卷二，中华书局，2000年，第254—255页。

⑥ 季羡林译《罗摩衍那》(二)，《阿逾陀篇》第57—58章，《季羡林全集》第23册，外语教育与研究出版社，2010年。另在迦梨陀娑《罗怙世系》第九章中也有记载，见黄宝生译注《罗怙世系》，中国社会科学出版社，2017年，第329—333页。详参陈明《〈大唐西域记〉故事及其图像在西域的流传》，《澎湃新闻》2018年9月25日。

⑦ 金维诺《敦煌本生图的内容与形式》，《美术研究》1957年第3期。章巽校注《法显传校注》，中华书局，2008年，第131页。

⑧ 道世撰集《法苑珠林》，据《影印宋碛砂版大藏经》影印，上海古籍出版社，1991年，第369页。

九色鹿被国王包围，无处逃生。临死前向国王告发溺人的背信弃义，并感慨道："此人前溺在水中。我不惜身命，自投水中负此人出。约不相导，人无反复，不如出水中浮木也。"最后国王颁诏保护此鹿，佛告诉大家九色鹿就是他的前生，而溺人就是佛的对头难达。《法苑珠林》引自《九色鹿经》。这个故事又见于《六度集经》①、《根本说一切有部毗奈耶破僧事》②、《菩萨本缘经》③、《经律异相》④等。关于文本与图像的进一步的研究，可参李小荣《论九色鹿本生的图文传播》⑤、刘震《德国佛教艺术史研究方法举隅：以九色鹿故事为例》⑥。

又如《法苑珠林》卷五十四《诈伪篇》"虬与猕猴"的故事⑦，讲述了母虬怀孕想吃猴心，公虬骗猴子下海；猴子发现上当后，灵机一动，称心忘记在了树上，需要去取。最后猴子又回到了树上，愚蠢的公虬还在傻乎乎地等待猴子下树，想继续行骗："善友獼猴得心已，愿从树上速下来。我当送汝至彼林，多饶种种诸果树。"而猴子则对它进行了辛辣的讽刺："汝虬计校虽能宽，而心智虑甚狭劣。汝但审谛自思忖，一切众类谁无心？彼林虽复子丰饶，及诸菴罗等妙果。我今意实不在彼，宁自食此优昙婆。"双方都采用了伽陀讽颂的形式，很有点像现代歌剧中的对唱。作为一个本生故事，我们可以看到佛在前世化身

---

① 康僧会译《六度集经》卷六第五十八"修凡鹿王本生"，《大正藏》第3册，台北新文丰出版有限公司，1983年。

② 《根本说一切有部毗奈耶破僧事》卷十五，《大正藏》第24册，台北新文丰出版有限公司，1983年，第175—176页。

③ 支谦译《菩萨本缘经》卷下"鹿品"第七，《大正藏》第3册，台北新文丰出版有限公司，1983年，第66—68页。

④ 僧旻、宝唱等撰集《经律异相》卷十一，宋碛砂版影印本，上海古籍出版社，1995年，第61页。

⑤ 李小荣《论九色鹿本生的图文传播》，《哈尔滨工业大学学报》2014年第4期。

⑥ 刘震《德国佛教艺术史研究方法举隅：以九色鹿故事为例》，《史林》2012年第1期。

⑦ 道世撰集《法苑珠林》，据《影印宋碛砂版大藏经》影印，上海古籍出版社，1991年，第392页。引自阇那崛多译《佛本行集经》卷三十一，《大正藏》第3册，台北新文丰出版有限公司，1983年。

大猕猴时,既有反应机敏的一面,但也存在着容易轻信的缺点。此故事又见于《六度集经》卷四第三十六“兄(猕猴)本生”、《生经》卷一“佛说鳖猕猴经第十”、《本生经》中的“鳄鱼本生”等。虬、鳖乃至鳄鱼虽然不同,但故事情节都大同小异,王青“‘鳖求猴心’故事的印度渊源”,对此有进一步的讨论。[①]

譬喻故事著名者则如《法苑珠林》卷四十四《君臣篇》之“攀藤食蜜”:

昔日有人,行在旷路。逢大恶象,为象所逐。狂惧走突,无所依怙。见一丘井,即寻树根,入井中藏。上有黑白二鼠,互啮树根。此井四边,有四毒蛇,欲螫其人。而此井下,有三大毒龙。傍畏四蛇,下畏毒龙。所攀之树,其根动摇。树上有蜜,五滴堕其口中。于时动树,敲坏蜂窠。众蜂散飞,唼螫其人。有野火起,复来烧树。大王当知,彼人苦恼,不可称计;而彼人得味甚少,苦患甚多。

这些譬喻分别代表的是:

旷野者,喻于生死。彼男子者,喻于凡夫。象,喻于无常。丘井,喻于人身。树根,喻于人命。白黑鼠者,喻于昼夜。啮树根者,喻念念灭。四毒蛇者,喻于四大。蜜者,喻于五欲。众蜂,喻恶觉观。野火烧者,喻其老迈。下有三毒龙者,喻其死亡,堕三恶道。是故当知,欲味甚少,苦患甚多。[②]

唐代义净(635—713)译《佛说譬喻经》,内容也与此故事相仿,只是最后多了一段偈颂。[③] 后秦僧肇等注《注维摩诘所说经》卷二《方便品第二》中,鸠摩罗什也提到这个故事,应该是比较早的中文出处。[④] “攀

① 王青《西域文化影响下的中古小说》,中国社会科学出版社,2006年,第394—397页。

② 道世撰集《法苑珠林》,据《影印宋碛砂版大藏经》影印,上海古籍出版社,1991年,第332页。

③ 义净译《佛说譬喻经》,《大正藏》第4册,台北新文丰出版有限公司,1983年。

④ 僧肇等注《注维摩诘所说经》,影印民国影印本,上海古籍出版社,1995年,第34—35页。

藤食蜜"后来在中国明清成为了一种绘画题材。而此故事的来源毫无疑问是印度,如《摩诃婆罗多》第十一《妇女篇》中即有此故事。[①] 甚至在耆那教的文献中,都能够找到这个故事的踪影。[②]

因缘故事则如《法苑珠林》卷五十八《谋谤篇》"微妙比丘尼"故事,讲述了微妙比丘尼因前世所作"业障"以及发下的"毒咒",在这世所遭遇的悲惨。[③] 故事摘自《贤愚经》卷三,陈引驰《佛教故事口传方式的存在:〈大唐西域记〉佛教传说考述》[④]、梁丽玲《〈贤愚经〉研究》[⑤]、陈寅恪《莲花色尼出家因缘跋》[⑥]于此故事均有探讨。《法苑珠林》卷六十六《怨苦篇》所引《妇人遇辜经》中亦载有此故事[⑦]。

又如《法苑珠林》卷七十六《十恶篇》之"丑女金刚"故事[⑧],讲述了波斯匿王的女儿金刚其丑无比,"身体粗涩,犹如蛇皮,头发粗强,犹如马尾"。婚后因为相貌丑陋,丈夫都不敢带她去参加朋友聚会。金刚精诚求佛,佛令其变得美若仙女。最后的结局皆大欢喜,富有喜剧色彩。佛告诉大家,金刚之所以此生生长丑陋,是因为上辈子曾经呵骂一辟支佛所致。此故事摘自《撰集百缘经》卷八[⑨],又见于《贤愚经》卷二、《经律异相》卷三十四、《杂宝藏经》卷二等。《敦煌变文校注》卷六收有《金刚丑女因缘》。[⑩]

---

① 毗耶娑《摩诃婆罗多》(四),黄宝生等译,中国社会科学出版社,2005 年,第 908—909 页。

② 参阿德尔海特·梅塔《以弃绝至解脱——耆那教经典诗选》"井中人的比喻",刘震译,台北新文丰出版公司,2018 年,第 46 页。

③ 道世撰集《法苑珠林》,据《影印宋碛砂版大藏经》影印,上海古籍出版社,1991 年,第 424 页。

④ 陈引驰《文学传统与中古道家佛教》,复旦大学出版社,2015 年,第 295 页。

⑤ 梁丽玲《〈贤愚经〉研究》,法鼓文化事业股份有限公司,2002 年,第 220 页。

⑥ 陈寅恪《寒柳堂集》,生活·读书·新知三联书店,2001 年,第 169 页。

⑦ 道世撰集《法苑珠林》,据《影印宋碛砂版大藏经》影印,上海古籍出版社,1991 年,第 485 页。

⑧ 道世撰集《法苑珠林》,据《影印宋碛砂版大藏经》影印,上海古籍出版社,1991 年,第 544 页。

⑨ 支谦译《撰集百缘经》,《大正藏》第 4 册,台北新文丰出版有限公司,1983 年。

⑩ 黄征、张涌泉校注《敦煌变文校注》,中华书局,1997 年,第 1102 页。

《法苑珠林》中还有不少起死回生、地狱游历与谈神论鬼的故事，这些故事主要来源于志怪小说[①]，被佛教加以利用，为其说教服务；也有一部分是佛教徒撰写的。如《法苑珠林》卷五十五《破邪篇》，讲述晋程道慧，“世奉五斗米道不信有佛”，后死而复苏，回忆被缚入地狱，“因自忆先身奉佛，已经五生五死忘失本志”，后被放还之事。[②] 此故事摘自南齐王琰《冥祥记》。又如《法苑珠林》卷六《六道篇》，讲述了南朝宋李旦从地狱回转人间的故事[③]，此故事摘自唐代唐临《冥报记》。又如《法苑珠林》卷十八《敬法篇》，讲述唐赵文信“暴死三日，后还得苏”及其在地狱的奇遇：

> 初死之日，被人遮拥，驱逐将行。同伴十人，并共相随，至阎罗王所。其中见有一僧，王先唤师，问云：“师一生已来，修何功德？”师答云：“贫道从生已来，唯诵《金刚般若》。”王闻此语，忽即惊起，合掌赞言：“善哉，善哉！师审诵《般若》，当得升天出世，何因错来至此？”王言未讫，忽有天衣来下，引师上天去。王后唤遂州人前：“汝从生已来，修何功德？”其人报王言：“臣一生已来，不修佛经，唯好庾信文章集录。”王言：“其庾信者，是大罪人，现此受苦。汝见庾信，颇曾识不？”其人报云：“虽读渠文章，然不识其人。”王即遣人，引出庾信，令示其人。乃见一龟，身一头多。龟去少时，现一人来，口云：“我是庾信。为生时好作文章，妄引佛经，杂糅俗书，诽谤佛法。谓言不及孔老之教，今受罪报龟身苦也。”

此故事亦引自《冥报记》[④]。大概庾信在唐初文名甚著，所以被佛教引

---

① 关于“志怪”的含义，参李剑国《唐前志怪小说史·志怪序略》，天津教育出版社，2005年，第12—13页。

② 道世撰集《法苑珠林》，据《影印宋碛砂版大藏经》影印，上海古籍出版社，1991年，第408页。

③ 道世撰集《法苑珠林》，据《影印宋碛砂版大藏经》影印，上海古籍出版社，1991年，第44页。

④ 道世撰集《法苑珠林》，据《影印宋碛砂版大藏经》影印，上海古籍出版社，1991年，第145页。

来作为反面典型。

《法苑珠林》卷二十八《神异篇》之“地狱四郎”故事，亦颇为传神。[①] 故事讲述唐初张某至太山谒庙，赞美府君第四子仪容秀美。后四郎告知张，今岁不合得官；其后果然，且遭劫掠，幸得四郎相救。后张某随四郎游地府，偶遇其妻，四郎又为设法赦免。后张回家，见其妻死而复生。此故事亦摘自《冥报记》。

写鬼则如《法苑珠林》卷六《六道篇》“宋定伯捉鬼”，诙谐风趣：

> 南阳宋定伯，年少时，夜行逢鬼。问曰：“谁？”鬼寻复问之：“卿复谁？”定伯诳之，言：“我亦鬼。”鬼问：“欲至何所？”答曰：“欲至宛市。”鬼言：“我亦欲至宛市。”遂行数里。鬼言：“步行太迟，可共递相担也。”定伯曰：“大善。”鬼便先担定伯数里。鬼言：“卿大重，将非鬼也？”定伯言：“我新死，故身重耳。”伯因复担鬼，鬼略无重。如是再三。定伯复言：“我新死，不知鬼悉何所畏忌？”鬼答言：“唯不喜人唾。”于是共行。道遇水，定伯令鬼先度，听之了无声音。定伯自度，漕灌作声。鬼复言：“何以声？”定伯曰：“新死不习度水故尔，勿怪吾也。”行欲至宛市，定伯便担鬼著头上，急持之。鬼大呼，声咋咋然，索下，不复听之。径至宛市中，下著地，化为一羊。便卖之。恐其变化，为并唾之。得钱千五百，乃去。于时石崇言：“定伯卖鬼，得千五百文。”[②]

此系《法苑珠林》摘自《列异传》，又见晋干宝《搜神记》卷十六[③]。

有写匪夷所思的人鬼恋情的，如《法苑珠林》卷七十五《十恶篇》（出《搜神记》卷十六）：

> 汉有谈生者，年四十，无妇，常感激读经书，通夕不卧。

---

① 道世撰集《法苑珠林》，据《影印宋碛砂版大藏经》影印，上海古籍出版社，1991年，第213页。

② 道世撰集《法苑珠林》，据《影印宋碛砂版大藏经》影印，上海古籍出版社，1991年，第45页。

③ 王根林等校点《汉魏六朝笔记小说大观》，上海古籍出版社，1999年，第402页。

至夜半时，有一姝女，年十五六，姿颜服饰，天下无双，来就谈生，遂为夫妇。言曰："我不与人同夜，君慎勿以火照我也。至三年之后，乃可照耳。"谈生与为夫妇。

生一儿，已二岁矣，不能忍，夜伺其寐，便盗照视之。其腰已下，肉如人，腰已上，但是枯骨。妇觉，遂去，云："君负我！我已垂变身，何不能忍一年而竟相照耶？"谈生辞谢。洟泣不可复止，云："与君虽大义，今将离别。然顾念我儿，恐君贫不能自谐活，暂逐我去，方遗君物。"谈生逐入，华堂兰室，物器不凡。乃以珠被与之，曰："可以自给。"裂取谈生衣裾，留之辞别而去。

后谈生持被诣市，睢阳王买之，直钱千万。王识之曰："是我女被，那得在市？此人必发吾女冢。"乃收考谈生。谈生具以实对，王犹不信。乃往视女冢，冢全如故。乃复发视，果于棺盖下得衣裾。呼其儿视，貌似王女。王乃信之，即出谈生而复之，遂以为女婿，表其儿为郎中。①

经典志怪故事则如"盘瓠"神话，摘自《搜神记》，收于《法苑珠林》卷六《六道篇·畜生部》，李剑国《唐前志怪小说史》认为干宝取材于《风俗通》和《魏略》，这个"故事是古时蛮族关于自己始祖及民族起源的推源神话"②。故事讲述五色犬盘瓠因衔得戎吴将军首级，获赐千金、少女。少女随盘瓠入山，"盖经三年，产六男六女。盘瓠死后，自相配偶为夫妻"，后王赐号"蛮夷"，"蛮夷者，外痴内黠，安土重赐。以其受异气于天命，故待以不常之伴。……今即梁、汉、巴、蜀、武陵、长沙、庐江群夷是也。周糁杂鱼肉，叩槽而号。每祭盘瓠，其俗至今。故世称'赤髀横顙，盘瓠子孙'"。③

---

① 道世撰集《法苑珠林》，据《影印宋碛砂版大藏经》影印，上海古籍出版社，1991年，第539页。

② 李剑国《唐前志怪小说史》，天津教育出版社，2005年，第318页。

③ 道世撰集《法苑珠林》，据《影印宋碛砂版大藏经》影印，上海古籍出版社，1991年，第49页。

《搜神记》中著名的“三王冢”、“韩凭夫妇”故事，则被收于《法苑珠林》卷二十七《至诚篇》[①]。《搜神记》中“李寄砍蛇”的故事，则收于《法苑珠林》卷三十一《妖怪篇》[②]。摘于《搜神记》的，还有“蚕马”神话，收于《法苑珠林》卷六十三《因果篇》[③]。故事讲述女儿思念远方的父亲，和家里养的公马开玩笑，说如果你能让我见到父亲，我就嫁给你。后公马果然把父亲找回，但女儿却没有兑现承诺，引起了公马的不满。父亲知情后，射杀公马，并把马皮晒在庭院。结果马皮居然把女儿卷走，“后经数日，得于大树枝间，女及马皮尽化为蚕，而绩于树上。其茧纶理厚大，异于常蚕。邻妇取而养之，其校数倍。因名其树曰桑。桑者，丧也。由斯百姓竞种之，今世所养是也。言桑蚕者，是古蚕之余类也。”这个故事美丽而又残酷，因为蚕首似马，所以在蚕与马之间建立起联想。这些故事，原本与佛教毫无关系，但也都被《法苑珠林》吸收利用，共同构成了《法苑珠林》超越现实的神异世界。

（上海外国语大学文学研究院）

① 道世撰集《法苑珠林》，据《影印宋碛砂版大藏经》影印，上海古籍出版社，1991年，第202页。

② 道世撰集《法苑珠林》，据《影印宋碛砂版大藏经》影印，上海古籍出版社，1991年，第240页。

③ 道世撰集《法苑珠林》，据《影印宋碛砂版大藏经》影印，上海古籍出版社，1991年，第465—466页。

欧阳修古文“风骨”儒学化及评骘清虚化*

许　光

内容摘要：欧阳修古文多以情韵取胜，偏于优柔一路，往往以“六一风神”见著于世。然而，北宋以降之学人却常以“风骨”评定其文。相较于魏晋文学“风骨”意涵的壮伟激越与遒劲坚实，欧阳修古文重铸“风骨”，以温柔敦厚之义去艰难劳苦之态，而有幽情雅韵之风。同时，“风骨”意涵实经历了一个历史的演进。宋儒出于对“文以载道”捍卫和政治交流的目的，将“风骨”指涉于论辩文和壮健气格，强调的是欧阳修文对人生社会的关注意识和褒贬美刺精神。明清时期，“风骨”被转涉于序记文和温柔闲兴，人生社会的贬褒精神被不断虚化，“情韵”与“风神”的审美意味得到突出强化。

关键词：欧阳修；风骨；儒学化；文体

* 2019浙江省教育厅一般科研项目（Y201942630）。

The Confucianism of "Feng-gu" and the Emptiness of Evaluation in Ouyang Xiu's Prose

Xu Guang

Abstract：Ouyang xiu's prose is often renowned with Liu-yi-feng-shen，which is characterized by the emotion and rhyme and expressed in a tactful way. However，scholars who have fallen since the Northern Song Dynasty often judge his writings by "Feng-gu". Compared with the strong，vigorous and solid meaning of "Feng-gu" in Wei and Jin literature，Ouyang Xiu recasts "Feng-gu" in ancient Chinese prose，with gentle and sincere meaning to go through hardship and toil，and has a delicate and elegant style. At the same time，the meaning of "Feng-gu" has experienced a historical evolution. For the purpose of defending and political communication of "writing to carry Tao"，Confucian scholars in the Song Dynasty refers to "Feng-gu" in argumentative writing and vigorous style，emphasizing Ouyang Xiu's concern for life and society and his spirit of praising and criticizing beauty and stinging. During the Ming and Qing dynasties，"Feng-gu" was transferred to preface writing and gentle leisure，the derogatory spirit of life and society was continuously weakened，and the aesthetic meaning of "emotion" and "spirit of style" was highlighted and strengthened.

Keywords：Ouyang xiu's prose；"Feng-gu"；confucian；style

"风骨"一词原本用于人物品评，后又用以评骘绘画，当其转用于文学批评时，融通而具弹性的本质特征的呈现一仍其旧。"风骨"不是简单对对象进行机械式的反映和直观化的诠解，而是审美主体进入审美过程之后所产生的一种感觉。它不是审美对象实有之貌，而是审美主体将体验带入审美对象中时所显现的艺术魅力与美感特质，因此，“风骨”作为“形象性概念”，缺乏明确、严格的限定，有只可意会不可言传的问题[①]，概念意涵实难明晰把握。而且，随着时代推移以及审美主体身份和审美准的变化，本就含混的意涵更易扑朔迷离，欧阳修古文的“风骨”评骘即是如此。

虽然“风骨”批评兴于魏晋时期，“中唐以后风骨不再是理论批评中心”[②]，但其传统依然没有中断。在此背景下，宋代以降之士人以“风骨”评骘欧阳修古文的现象络绎不绝，如朱熹云：“前辈文字有气骨，故其文壮浪，欧公、东坡亦皆于经术本领上用功，今人只是于枝叶上粉泽耳。”[③]吕祖谦评《朋党论》云：“议论出人意表，大凡文妙处，直臻神解，至《朋党论》，风骨愈坚。”[④]董应举评《祭吴尚书文》云：“辞气磊磊，而悯善惜贤之心掬然溢于笔端，祭文中之有风骨者。”[⑤]冯梦祯评《续思颍诗序》云：“有韵有骨。”[⑥]赖山阳评《岘山亭记》云：“八家中独擅风骨者，而一篇神理在此。”[⑦]欧阳修古文往往以“六一风神”见著于世，多以情韵取胜，偏于优柔一路[⑧]，然而，后世学人何以以“风骨”评定其文，抑或说在后世学人评骘视野中欧文何以致“风骨”，“风骨”意涵在评骘的时代演进中是否呈现出一定的层级规律性？这些问题实值得进一步讨论。

一、受命于儒家人文意旨

“风骨”讨论发轫于六朝时期，以《文心雕龙·风骨》为极则，因此，欲了解此一时期“风骨”的内涵，《文心雕龙》“风骨”论就具有很强

① 罗宗强《因缘集》，南开大学出版社，2004 年，第 165—167 页。

② 王运熙《中国古代文论管窥》，上海古籍出版社，2006 年，第 68 页。

③ 黎靖德《朱子语类》，中华书局，1986 年，第 3318 页。

④ 书巢居士批点《宋六一先生文钞》不分卷，清抄本。

⑤ 董应举《欧阳文选》卷下，明末刻本。

⑥ 冯梦祯选批《欧阳文忠公文抄》卷七，明末闵氏朱墨套印本。

⑦ 沈德潜著，赖山阳增评《唐宋八大家文读本》卷十二，日本安政二年(1855)玉严堂刻本。

⑧ 参见洪本健《略论“六一风神”》，《文学遗产》1996 年第 1 期。

的参照意义。虽然历来关于刘勰"风骨"范畴的论述聚讼纷纷，见仁见智[①]，但大都将其作为"浮靡"、"肤浅"、"香软"、"颓废"的对立面，指涉于一种刚健有力，郁勃向上的艺术风貌。"风"指于作品的情志，作品要述情达意，气韵生动，有艺术感染力。"骨"则是指文笔透辟，文辞精练，能生发出一种感动的力量。"风"蕴含"风情"与"气势"，"骨"则包含"骨力"与"体干"。"风骨"发端于作家的才气和情志，表达于文辞句法，彰显于明朗刚健、骏爽遒劲的感发力。

唐初，面对靡靡齐梁之体，陈子昂复论"风骨"，高呼"文章之道弊五百年矣！汉魏风骨，晋宋莫传"[②]，一扫六代之纤弱。中唐以后，讲求声律及辞藻的文章又充斥着文坛，为扭转这一局面，韩愈等发起古文运动，"风骨"也从诗歌体式中跳脱，以古文古道之复兴为契机，以古文理论与古文实践为其阐释形态而再次昌兴，如韩经太所论："兴起于中唐的古文革新运动是继陈子昂之后对建安风骨的再次弘扬，只是它又赋予此文学风骨以道德风化的目的论规定，从而使'风骨'本身成为受命于儒家人文意旨的儒家'风骨'。"[③]唐宋古文运动中，韩愈、欧阳修等具有强烈责任感和使命感，不仅要改革文体，同时还要

---

① 兹例举几家诠解，以概其要：一、黄侃："风骨，二者皆假于物以为喻。文之有意，所以宣达思理，纲维全篇。譬之于物，则犹风也。文之有辞，所以摅写中怀，显明条贯。譬之于物，则犹骨也。必知风即文意，骨即文辞，然后不蹈空虚之弊。或者舍辞意而别求风骨，言之愈高，即之愈渺，彦和本意不如此也。"（黄侃《文心雕龙札记》，中华书局，1962 年，第 99 页）二、郭绍虞："'风骨'一般指人的精神和体貌……'风'谓风采，'骨'谓骨相，一虚一实，组合成词……风能动物，犹文章之有感染力……骨是形体方面的东西，体待骨而树立，肉附骨而成体……《风骨》是在《体性》的基础上提出他对风格更高的要求，树立一个更高的风格的标准……'风骨'的表现力在于力，所以又可说成'风力'……'风骨'是思想性和艺术性的统一体，它的基本特征，在于明朗健康，遒劲而有力。"（郭绍虞主编《中国历代文论选》上册，中华书局，1962 年，第 200—201 页）三、"风骨中固然具有思想感情的内涵，而其主要所指，是一种表达思想感情的风清骨峻的艺术风格……刘勰认为具有风骨的作品，必然是思想感情表现鲜明爽朗，语言精要劲健，形成刚健有力的风格。这种风格是作家'意气骏爽'和'结言端直'的表现。"（复旦大学中文系古典文学教研组《中国文学批语史》上册，上海古籍出版社，1964 年，第 172 页）

② 陈子昂《陈伯玉文集》，商务印书馆，1936 年，第 12 页。

③ 韩经太《论儒家"风骨"的清虚化》，《中国社会科学》1996 年第 4 期。

恢复儒学传统，力图将复兴儒学和改革文体相结合，而“风骨”内涵着意于情志与文辞一统的内在之义正好与此相契合。

古文运动中，欧阳修“身为大儒，系道之废兴”[①]，在宋代复归“古道”的风气激荡中，欧阳修对“道”进行了深入的思考，扫却陈旧概念，重构了“儒道”。汉代以来，论儒道者众多，人各一论，愈说愈玄，难以问津，针对这种“务高言鲜事实”的丛弊，欧阳修重提“道不远人”，有廓清迷途之意。相对于以往偏于抽象玄理的“道”，欧阳修认为“道”不为玄虚高言，指于具体可感知的道德政教，切于人事，关注现实。当然若想传播这种“道”，文章是非常重要的途径之一。欧阳修将文章与儒家政治实用及儒家道德教化相钩连，呼唤“言志”传统复归，因而其典雅之文往往有关世教，“蔼然足以得祖宗致治之盛”[②]。《答吴充秀才书》一文中，他提出了“道胜文至”的理论：

> 盖文之为言，难工而可喜，易悦而自足，世之学者往往溺之，一有工焉，则曰吾学足矣，甚者至弃百事不关于心，曰吾文士也，职于文而已。此其所以至之鲜也。昔孔子老而归鲁，六经之作，数年之顷尔，然读《易》者如无《春秋》，读《书》者如无《诗》，何其用功少而至于至也！圣人之文虽不可及，然大抵道胜者，文不难而自至也……若道之充焉，虽行乎天地，入于渊泉，无不之也。[③]

“道胜者，文不难而自至”是欧阳修文道理论的核心。“道”是“治道”，是社会百态人生，文章是这些人世情状最集中的体现。与“道胜文至”相表里，欧阳修特别强调内在修养与精神面貌与文学创作的关系，主张“充于中者足，而后发乎外者大以光”。文家的道德修养是增强文章感染力的必要条件，文家若“多识前言德行以畜其德”，道德醇厚，文章自然臻于高妙：“闻古人之于学也，讲之深而信之笃，其充于

① 元好问《遗山先生文集》卷十七，《四部丛刊》景明弘治本。

② 陈亮《陈亮集》下册，中华书局，1987 年，第 246 页。

③ 欧阳修著，洪本健校笺《欧阳修诗文集校笺》，上海古籍出版社，2009 年，第 1177 页。

中者足，而后发乎外者大以光。譬夫金玉之有英华，非由磨饰染濯之所为，而由其质性坚实，而光辉之发自然也。《易》之《大畜》曰：'刚健笃实，辉光日新。'谓夫畜于其内者实，而后发为光辉者日益新而不竭也。"[①]"刚健笃实，辉光日新"源自《周易》，刘勰《文心雕龙》取之并以"缀虑裁篇，务盈守气，刚健既实，辉光乃新"论"风骨"，指涉"守气"与"风骨"的关系，"'气'蕴蓄于作者胸中，积之愈厚，发之于外愈显得有力"[②]。欧阳修继轨刘勰，将"守气"具实化并与道德治化相关联，发而为文，"风骨"内涵不言自足。可以说，"中充实则发为文者辉光"是道德文化和文章"风骨"的交扇，"气"和道德文化与"风骨"同一意度。实际上，无论是"中充实则发为文者辉光"还是"道胜文至"，实际上都与"刚健笃实，辉光日新"处于同一理论维度。"刚健笃实"的关键不在于外，而是要向内搜寻。若文家内在道德修养郁勃饱满，生发之辞章自然拥具"风骨""文明以健"；反之，若无文家主体修养萎弱不足，文章则会乏采"风骨"，极易落入雉窜文囿，鸷集翰林的窠臼。

欧阳修内中的儒学修养以及对日常"治道"追求，映射于文章中，时而有激荡健壮的风貌[③]，所以王安石《祭欧阳文忠公文》云："其雄辞闳辩，快如轻车骏马之奔驰。世之学者，无问乎识与不识，而读其文，则其人可知。"[④]李之仪亦云："窃闻平居专以欧阳永叔、王介甫之文，备肘后之索。甚矣，二人之文乃一时之宗也，长江秋霁，千里一道，滔滔滚滚，到海无尽。其如风雷雨雹之骤作，崩腾汹涌之掀击，暂形忽状，出没后先，耸一时之壮气，极天地之变化。"[⑤]值得注意的是，欧阳修这类笔势健达之文，如《上范司谏书》、《与高司谏书》、《纵囚论》、《〈五代史·宦者传〉论》等，大多集中奏议文和论辩文两类文体中，这

① 欧阳修著，洪本健校笺《欧阳修诗文集校笺》，上海古籍出版社，2009 年，第 1849 页。

② 周勋初《文心雕龙解析》下册，凤凰出版社，2015 年，第 491 页。

③ 参见卓希惠《雄奇劲健：欧阳修散文的别样风格》，《福建论坛》2015 年第 4 期。

④ 詹大和《王安石年谱三种》，中华书局，1994 年，第 467 页。

⑤ 李之仪《姑溪居士集》，卷十六，清文渊阁《四库全书》本。

和文体体性有密切的关联。这两类文体多就某种政治主张、国家制度和社会事件等，辩是非、别真伪，逻辑性强、观点清晰，风格纵横奔肆。可以说，这类文章六朝“风骨”明朗刚健的追求是一致的。然而，雄肆劲健之文毕竟在欧文中所占比重不高，最能代表欧文特质的还是那些温丽情深，不迫不露的情韵之作。这类怊怅述情之文融摄着温柔敦厚的儒学义旨，只是在外在风貌上由刚健明朗转为纡徐淡永。

“性情”论是儒道本体论的重要内容，素为理学家所重。而欧阳修却毅然抛却“性命”之谈，重践行，杜空言，直面世间人生百态，专就日常“人情”进行描摹，为时代文人树立亲民勤政的榜样。欧阳修的怊怅述情之文常常将朴实的人生感遇与人情事理写入文章中，因为写眼前事，常见景，所以其中的强烈生命体验和透辟的情理特别能引起共鸣。同时，他又善于综合运用虚词、转折、波澜等文辞之法，使得这种生命体验和情理跌宕纡徐，情韵动人。所以，朱自清说“欧文最以言情见长”①，林纾说“世之论文者恒以风神推六一，殆即服其情韵之美”②。欧阳修古文总是透发着生命的感慨与感动，吕思勉说：“今观欧公全集，其议论之文，如《朋党论》、《为君难论》、《本论》，考证之文，如《辨易系辞》，皆委婉曲折，意无不达，而尤长于言情。序跋如《苏文氏集序》、《释秘演诗集序》，碑志如《泷冈阡表》、《石曼卿墓表》、《徂徕先生墓志铭》，杂记如《丰乐亭记》、《岘山亭记》等，皆感慨系之，所谓六一风神也。”③情感性是“六一风神”的核心质素，感情来回跌宕，反复慨叹，风神之态摇曳多姿。当然，这种反复的感慨亦须通过平易畅达的言辞来生发。欧阳修古文情韵的抒发绝不轻易措笔，多通过文从字顺与“简而有法”的峻洁语言来表达④，因此，言辞中虽生发出感动的力量，但文章的柔和度仍在，感慨而不激越，深情而不

① 朱自清《经典常谈》，生活·读书·新知三联书店，2014年，第145页。

② 林纾《春觉斋论文》，人民文学出版社，1959年，第85页。

③ 吕思勉《宋代文学》，商务印书馆，1931年，第14页。

④ 欧阳修著，洪本健校笺《欧阳修诗文集校笺》，上海古籍出版社，2009年，第767页。

极端。

从“风骨”的结构看，魏晋“风骨”将“风”指于文章情志，强调感染力，将“骨”指于精炼简洁的言辞句法，强调文章的形式撰写，都与欧阳修的文章相暗合。不同之处在于，欧阳修将儒道的内涵注入“风骨”中，并通过叙写形式的变化，使文章在风貌上呈现平淡之态。魏晋“风骨”不仅经心于社会现实所激发的壮伟激越的风力以及刚健纯正的情志，而且亦着意于遒劲坚实和劲健峥嵘的言辞和笔力，而欧文则多以温柔敦厚之义，去雄健劳苦之态，而有幽情雅韵之风。然而，与其说这是一种时代的差异，不如说这是“风骨”的异代重铸。

二、证以文章

以上我们解析了欧阳修古文中所涵蕴的“风骨”结构理路，这确实为“风骨”评骘的出现提供了现实可能性。然而，创作和评价毕竟不在同一个维度上。后世的评价者能不能掘发“风骨”，他们将从何种角度进行掘发？这都有待进一步的探究。如果想厘清这个问题，不游离根柢，结合原典语境进行分析是极为必要的。

宋代古文运动中，欧阳修重铸“风骨”的古文实践不久就产生了影响，南宋以后，不少学者都注目于此。首先掘发并赞许欧阳修文章有“风骨”的是朱熹，他说：

> 前辈文字有气骨，故其文壮浪，欧公、东坡亦皆于经术本领上用功，今人只是于枝叶上粉泽耳。

虽然朱熹曾从道学的立场对欧阳修“言道不言性”有所訾议，但这里却给了欧文较为公允的评价。关于“气骨”，殷璠《河岳英灵集·集论》说：“言气骨则建安为传，论宫商则太康不逮。”①陆游《读近人诗》云：“雕琢自是文章病，奇险尤伤气骨多。”②刘咸炘也说：“气即风骨。其运者风也，其持而无暴者骨也。”③“气骨”和“风骨”基本处于同一意

---

① 傅璇琮主编《唐人选唐诗新编》，陕西人民教育出版社，1996 年，第 108 页。

② 陆游《剑南诗稿》，《陆游集》第 4 册，中华书局，1976 年，第 1822 页。

③ 刘咸炘阐说《文心雕龙》，上海古籍出版社，2015 年，第 183 页。

义序列，与雄强、高古、劲峭等审美范畴相关，所表现出来的是一种刚健有力的风貌以及英拔豪迈的精神力量。而朱熹这里所说的“气骨”，则更多是与内在儒学修养及人格性情相关。他又说：“古之圣贤，其文可谓盛矣，然初岂有意学为如是之文哉？有是实于中，则必有是文于外。”①这与欧阳修“充于中者足，而后发乎外者大以光”的修养理论几乎如出一辙。欧阳修的文章是儒者之文，虽然切于人情百事，畅达而淡永，但文中充满着由内而外的浩然正气和人格性情的力量，它有羽翼大道，扶持人心的功用。正因为如此，朱熹将欧阳修列为“气骨”文的代表，与那些为文而文的文章判然有别。

与对欧阳修文章的赞许相较，朱熹对王维诗的批评则毫不客气。他说：“王维以诗名开元间，遭禄山乱，陷贼中不能死。事平，复求不诛。其人既不足言，词虽清雅，亦萎弱少气骨。”②对王维诗歌艺术尚且是认可的，但对其政治上的失节则进行了尖锐的批评。因道德涵养不足，道德品质不显，人格气节不彰，王维诗终究不能登大雅之堂，落入萎弱一途，“气骨”顿衰。

如果说朱熹是从整体上肯定了欧阳修古文“风骨”的话，那么与朱熹同时，并与其并称“东南三贤”的吕祖谦则是从具体篇章入手来推扬欧文。《朋党论》是一篇围绕兴亡治乱之迹而推说的“世道之文”③。欧公围绕“小人无朋，惟君子有之”之论，反复阐明君主不应惧怕“朋党”，而应分辨真伪，进君子、退小人。吕祖谦评曰：

> 议论出人意表。大凡作文妙处，直臻神解，至《朋党论》，风骨愈坚。

吕祖谦涵养既久，学有根底，对欧阳修之文感同身受，所以他总结欧文之法说：“议论文字最反覆。学欧平淡，不可不学他渊源；徒平淡而无渊源，则萎靡不振。”④实际上，议论出新意并不是吕祖谦所关注的，

---

① 朱熹著，朱杰人等编《朱子全书》第23册，上海古籍出版社，2002年，第3374页。

② 魏庆之《诗人玉屑》，古典文学出版社，1958年，第315页。

③ 林云铭《古文析义》卷四十四，康熙五十五年(1716)林氏宏道堂刻本。

④ 吕祖谦辑评《东莱先生古文关键》卷首，清光绪二十四年(1898)江苏书局刻本。

议论背后所透视出的儒学道德学养是其最为看重的，而这类文章尤以论辩和奏议为最。凝结吕祖谦文章学思想的《古文关键》也是收录此类文为主，而且，评点《纵囚论》、《本论》、《上范司谏书》时，“有力”、“筋骨”、“有骨”、“精神”等随处可见，与《朋党论》的“风骨”评点形成了互文性的表达。值得注意的是，与朱熹重“经术本领”、鄙夷“枝叶上粉泽”相比，吕祖谦更强调“文之妙处”及“议论”，这赋予了“风骨”意涵儒学涵养承载以外的新的面向，即文章的形式美与儒学意可以同时兼具。

《续思颍诗序》是欧阳修为归隐地颍州所作诗歌而撰写的后序，以表求退归隐之志。文中“串叙”一段为全文核心：

> 自是误被选擢，叨尘二府，遂历三朝。盖自嘉佑、治平之间，国家多事，固非臣子敢自言其私时也。而非才窃位，谤咎已盈，赖天子仁圣聪明，辨察诬罔，始终保全。其出处俯仰，十有二年。今其年六十有四，盖自有蹉跎之叹，又复一纪矣。中间在亳，幸遇朝廷无事，中外晏然，而身又不当责任，以谓臣子可退无嫌之时，遂敢以其私言。天子恻然，闵其年犹未也，谓尚可以勉。故奏封十上，而六被诏谕，未赐允俞。今者蒙上哀怜，察其实病且衰矣，既不责其避事，又曲从其便私，免并得蔡，俾以偷安。此君父廓大度之宽仁，遂万物之所欲，覆载含容养育之恩也。而复蔡、颍连疆，因得以为归老之渐，冀少偿其夙愿，兹又莫大之幸焉。①

明人冯梦祯评曰：“串叙俯仰之情，有韵有骨。”冯氏此论在当时影响甚大，范围甚至远播日本。② “韵”往往与“风”并举，指涉于含蓄的柔

---

① 欧阳修著，洪本健校笺《欧阳修诗文集校笺》，上海古籍出版社，2009年，第1124页。

② 村濑诲辅编选的《续唐宋八家文读本》选录此文，尾评引录冯梦祯批语曰：“冯具区评：‘串叙俯之情，有韵有骨。’”村濑诲辅编选《续唐宋八家文读本》卷七，日本文政九年(1826)刻本。

和的生命容涵，它摆落了偏于壮盛生命活力的刚健。① “韵”为虚，“骨”为实；“韵”为风格，“骨”关事义。《续思颍诗序》“串叙”一段堪称“韵”“骨”结合的典范，欧阳修将私念与君恩、归隐之思与国家命运相结合，通过波澜纡徐的双层次结构，将其渴望归隐的流风余韵隐于儒者得位施事、心系苍生的感怆之下进行表达，情感含蓄蕴藉，来回波荡，极富感染力。

《祭吴尚书文》为一篇散体祭文，文章处处就友人吴育而发，情辞互见，读之令人感喟，而感叹世道沉浮之处更是悲婉动人，董应举评曰：

> 辞气磊磊，而悯善惜贤之心掬然溢于笔端，祭文中之有风骨者。

唐宋古文文体革新运动中，祭文也受到了重视，个人真情实感的注入使其与以往扬辞虚文的俗套形成了鲜明的对比，吴讷《文章辩体》中“祭文”对其间的变化作出过精彩的辨析：“若《文选》所载谢灵运之《祭古冢》、王僧达之《祭颜延年》，则不过叙其所祭及悼惜之情而已。后韩、柳、欧、苏与夫宋世道学诸子，或因水旱而祷于神，或因丧葬而祭亲旧，真情实意，溢出言辞之表，诚学者所当取法者也。大抵祷神以悔过迁善为主，祭故旧以道达情意为尚。”②欧阳修是文体改革的中坚人物，他的《祭吴尚书文》通篇感叹时事可悲：“呜呼公乎！余将老也，阅世久也。见时之事，可喜者少，而可悲者多也。”这句是全文的主脑，甚有洞见，故引起了历代读者的共鸣。接着，又分三个层次叙述。声名初可慕却少保终：“士少勤其身，以干禄仕，取名声，初若可爱慕者众也。既而得其所欲而怠，与迫于利害而迁，求全其节以保其终者，十不一二也。”看似康强却衰病很快：“其人康强饮食，平居笑言，以相欢乐，察其志意，可谓伟然。而或离或合，不见几时，遂至于衰病，与其俯仰旦暮之间忽焉以死者，十常八九也。”善人难得而易

---

① 参见陈伯海《中国诗学之现代观》，上海古籍出版社，2006 年，第 210—211 页。

② 贺复征编选《文章辨体汇选》卷七百四十九，清文渊阁《四库全书》补配清文津阁《四库全书》本。

失："呜呼公乎！所谓善人君子者，其难得既如彼，而易失又如此也。故每失一人，未尝不咨嗟殒泣，至于失声而长号也。"以上通过大量使用虚词，十一次使用转折意的"而"，九次使用"也"作韵脚，层层波澜，慢慢推进，将"悯善惜贤"的儒者情怀反复摩荡，最后情感喷薄而出，点醒主题："公材谋足以居大臣，文学足以名后世，宜在朝廷以讲国论，而久留于外；宜享寿考以为人望，而遽云长逝。此缙绅大夫所以聚吊于家，而交朋故旧莫不走哭于位，岂惟老病之人独易感而多涕也。尚飨！"

日本著名学人赖山阳更对欧阳修文推尊备至，他认为"欧公之文，非韩，非柳，非苏，自成一家"[①]。欧阳修之文因此也成为了山阳之范[②]。《岘山亭记》是欧公应友人史中辉之请而作。文章情韵跌宕，风神遒逸，最具欧阳修文章特质，姚鼐甚至将其视为绝世之文："神韵缥缈，如所谓吸风饮露、蝉蜕尘埃者，绝世之文也。"[③]赖山阳对此文有精到的评价：

> "将自待者"一转，是欧公惯用家法，八家中独擅风骨者，而一篇神理在此，上总杜羊，下起史中辉，皆以此意贯之，而读者不觉其紧要，寻绎乃知是欧文妙处。

本文从谋篇到构思，匠心独运。对岘山景色和兴废的描写只有寥寥数语，而对三个不同历史时期的政治家描写却占据了大部篇幅。作为后辈，欧阳修对先贤由衷的敬仰，盛赞他们的功业"足以垂于不朽"。而对于他们汲汲于身后名，则用疑问的句式表达自己的困惑，"余颇疑其反自汲汲于后世之名者，何哉?"发出了"将自待者厚而所思者远欤?"的讥评。而对于同辈友人史中煇，欧阳修还是用勉励的语气表达肯定："余谓君如慕叔子之风，而袭其遗迹，则其为人与其志之所存者，可知矣。襄人爱君而安乐之如此，则君之为政于襄者，又

① 赖山阳《赖山阳全书(文集)》，赖山阳先生遗迹显彰会，1931 年，第 404 页。

② 迁善之助《日本外史解题》，有朋堂书店，1921 年，第 12 页。

③ 徐树铮集评《诸家评点古文辞类纂》卷五十四，民国 5 年(1916)都门印书局铅印本。

可知矣。”希望他在政事上，奋发有为，追布先贤，不辜负襄人爱戴。赖山阳所说的“八家中独擅风骨者”，意指上文从侧面入手，下文从正面论述，通过顿挫转承之笔，将重实际，轻虚名的儒家政治胸襟以及追求立德、立功的人生价值和意义和盘托出。它寄寓于兴寄感叹，与抑扬有情、风藻摇曳的神韵关涉，是欧文精妙所在。

三、“风骨”评骘的历史关照

伊塞尔等人认为，文学作品的意义是由读者和文本共同作用完成的，读者阅读批评是作品意义的重要构成。[①] 依照接受美学的这个逻辑，欧阳修文的“风骨”评价实是参与了欧阳修文的儒学意义和文体典范的建构，尤其是在理学集大成者朱熹的倡发影响下，这几乎成了南宋后的不刊之论。然而，若审视这些“风骨”评骘，也会发现这些阐释者都在力图彰显欧阳修文的“原意”，可“原意”似乎只能是一厢情愿，可能的只能是接近。“风骨”评骘出自于不同时代、不同学人之手，这些人的阐释无法与其审美经验相分离，每个人只能带着历史赋予的经验去努力阐释，不同的阐释会有差别，这样，“风骨”内涵似乎就只是变量的存在，不可认知的虚无也似乎不可避免。

实际上，以上这对逻辑矛盾，若转换一下视角，又是可以理解的。欧阳修古文“风骨”评骘虽出自众手，是变量的存在，但既然批评对象都是欧阳修文，批评术语又都是“风骨”，那“风骨”历代评骘中总会有些不变的存在，也正是“风骨”概念存在的基础。结合本文第二部分的阐释，我们可以看出，欧阳修不是为文而文，他是有确定的“明道”宗旨的，这种宗旨被其用高妙的文法隐于文下，不易分辨。而“风骨”评骘者无论处于何种历史环境和现实状态，他们的阐释话语中总是能精准地把握住欧阳修文中的二元逻辑结构。他们阅读的是欧阳修作品的文本，但他们看重的却是文本背后所承载的儒学意义，他们欣

---

① 拉曼·塞尔登编《文学批评理论——从柏拉图到现在》，刘象愚等译，北京大学出版社，2000 年，第 224—227 页。

赏并自觉摹习这种文法与儒道相融的宋文典范。可是，由于古代的批评方式的局限，评骘者要想晓畅明达的揭示说明隐藏在作品文本背后的意义似乎难度很大，而通过与此具有相似逻辑的“风骨”来评价则容易多，也易于被理解。当然，从历时性来看，“风骨”阐释也有其历史的意义。它彰显于“风骨”阐释的差异之间，尤以文体为著。文体是文本约定俗成的规范和期望，对阅读文本有着定向指导作用。文体不同，往往会在形式和内容之外，再赋予文本不同秩序和意义。

朱熹宗孔嗣孟，集诸儒之大成，“绪千百年绝传之学，开愚蒙而立亿万世一定之归，穷理以致其知，反躬以践其实”①。吕祖谦“学以关、洛为宗，而旁稽载籍，不见涯涘。心平气和，不立崖异，一时英伟卓荦之士皆归心焉”②。朱、吕二人都是理学的宗师，影响力非一般小辈所能比肩。他们若就某一问题振臂高呼，呼应者将会不计其数。欧阳修古文在儒学思想维度的权威性就是在这种情势下被明确限定的。③ 看两则朱熹对欧阳修的评价，《白鹿书堂策问》云：“本朝儒学最盛，自欧阳氏、王氏、苏氏皆以其学行于朝廷，而胡氏、程氏亦有其学传之学者。”④《读唐志》云：“其文之妙，盖以不愧于韩氏，而其曰‘治出于一’云者，则自荀杨以下皆不能及，而韩亦未有闻焉，是则疑若几于道矣。”⑤结合朱熹的“风骨”的评价，这些似乎都是在说欧阳修的文章很妙，但更高妙的是儒学修养和见识，这是是欧阳修文的基础。吕祖谦虽与朱熹为友，然“所撰《文章关键》，于体格源流，具有心解。故诸体虽豪迈骏发，而不失作者典型，亦无语录为文之习，在南宋诸儒之中，可谓衔华佩实”⑥。诚如四库馆臣所说，与南宋诸儒相比，吕祖谦既崇儒学复重文章，可谓“衔华佩实”。他的《文章关键》是宋代最早的古

① 朱熹著，朱杰人等编《朱子全书》第27册，上海古籍出版社，2002年，第845页。

② 《宋史》，中华书局，1985年，第12874页。

③ 参见裴云龙《理学视阈下的多维解读——欧阳修散文经典化历程考论（1127—1279）》，《求是学刊》2016年第5期。

④ 朱熹著，朱杰人等编《朱子全书》第24册，上海古籍出版社，2002年，第3579页。

⑤ 朱熹著，朱杰人等编《朱子全书》第23册，上海古籍出版社，2002年，第3375页。

⑥ 《四库全书总目》，中华书局，1965年，第1370页。

文选本，开始突出“文”的地位，重视文章的体法、篇法以及句法，特别是在结构连接、起承转合方面的“变化”，为古文发展树立了标杆。

从内容上说，朱、吕二人都是理学宗师，他们的“风骨”论要求文章直接阐发儒道也在情理之中。从文体上说，最适合阐释儒道的文体就是论辩文，他们对此自然十分看重。他们强调“壮力”的审美风貌，要求见地真实、放手立论，而含糊立论、囫囵叙写，不免使得文章气息奄奄，“风骨”不存。值得注意的是，吕祖谦还于儒道之外，开始关注文学的表达与法度，由此开启了古文批评由文到法，由本体论向创作论，由空廓玄简向具体实在的新转向。

活跃于明代中后期文坛的冯梦祯生性儒雅，崇尚气节，政治热情不高，同时禅净双修，兼取老庄。大约同时期的董应举为人“廉直、劲挺、倜傥、磊落”①，虽然为官一生，立志报国，但终究未堪其用。赖山阳为日本江户后期的历史学家、儒学家与诗人，“虽不摒弃文学的道德境界，只是他的思想个性较为自由，他反对把道学理念当作先验的和绝对化的标准”②，思想灵动洒脱，往往能廓清“腐”气，新人耳目。随着这时期心学的兴起及士人审美思想的多元，这些评骘者身上的儒学化质素消弱了不少。他们慢慢地用一种宁静淡泊的意识流来冲洗刚健慷慨，而随着不平之气的消解，崇尚壮健气格的艺术心理亦将随之转型为容与闲适。

映射到评骘文体上，则是他们一改“风骨”与欧阳修论辩文相关涉的传统，对宋元诸儒很少着意的文体给予了很大的关注，《续思颍诗序》、《祭吴尚书文》和《岘山亭记》分属于序跋、哀祭和杂记文。这类文体恰恰是最有典范性的欧阳修文。这类文章弱化了儒学义旨的表达，强化了对文章形式的关注，载道辅时逐渐让位于情感的吟咏，典范性的梗概多气日渐消歇。他们多从虚处写起，喜欢虚词和转折，多用“借配”、“离合”、“宾主”等行文之法，不重逻辑而追波澜意度，章

---

① 董应举《崇相集》卷十九，明崇祯刻本。

② 曹虹《文章学的对话——沈德潜〈唐宋八家文读本〉与日本赖山阳“增评”本对读札记》，《文艺理论研究》2013 年第 4 期。

法严密波折，情韵跌宕动人。“风骨”审美风貌逐渐由高壮刚健向温丽清深一路发展。明清学人对颇为雄健的“风骨”内涵，不再给予无可挑剔的评价，而是在雄健之余，转而欣赏婉约情怀与风神韵致，为“风骨”内涵注入了风华韵味和顺婉情怀。

四、余论

中国古代的审美理想在唐宋间实经历了一个转变的过程，有学者概括说中国古代审美理想由壮美降转为优美，“转折实际上到了宋代，由于‘韵’的推重才得以完成……‘韵’以淡泊含蓄，清新自然取胜，虽少激扬壮阔之情，却多摇曳不断之意，使人能进入更为细腻的艺术感受和体验之中”[①]。欧阳修古文正是可以代表这种审美转变的成就。李光地评欧公《石徂徕先生墓志铭》曰：“古文至庐陵而一变，此等文清深中不少雄奇，读之不厌。”[②]已令人思索欧文中“清深”与“雄奇”的比例结构问题。事实上，欧文最具典型性的还是那些抽离了激越雄壮的跌宕遒逸之文，欧公将神韵风藻寓于顿挫之笔，反复摩荡，愈见风神。应该说，就“风骨”深沉古朴，生命郁勃的原生意涵而言，欧阳修古文不少篇章与之相符契，然“风骨”意涵实经历了历史的演进。宋儒出于对“文以载道”捍卫和政治交流的目的，将“风骨”指涉于论辩文和壮健气格，强调的是欧阳修文对人生社会的关注意识和褒贬美刺精神。而明清时期，士人思想多元并进，“风骨”被转涉于序跋、哀祭、杂记文和温柔闲兴。它对人生社会的现实批判精神被不断虚化，文章的形式美感得到强化。风力朗健之外，“情韵”与“风神”意味更为强烈。通过对欧阳修文“风骨”评骘的探讨，可以看出，中古被视为典范批评术语“风骨”，随着时代的发展逐渐流衍为清逸一路。

（浙江财经大学国际学院）

① 毛宣国《中国美学诗学研究》，湖南师范大学出版社，2003年，第258页。

② 李光地《古文精藻》卷下，清道光九年(1829)李维迪刻本。

何良俊的文艺理论及其松江文化背景*

汪 涤

内容摘要：针对何良俊研究中文学艺术理论研究涉及层面不足，理论术语表达相互矛盾歧义不断的问题，本文对何良俊诗文、戏曲与书画三大领域、五种艺术形式的理论进行了分析。探讨了何良俊复古文学艺术理论的独特性，分析了这些文学艺术理论之间的一致性所在。文章还探讨了何良俊率先提出系统、全面的复古文学艺术理论的松江文化背景。

关键词：复古；性情；本色

He Liangjun's Literature and Art Theory Based on Songjiang Cultural Background

Wang Di

Abstract: Aiming at the problems of He liangjun's literature and art

* 本课题为华东师范大学江南文化研究院研究项目“松江绘画与江南文化的渊源研究”(ECNU－JNWH－201908)、华东师范大学“幸福之花”基金先导项目“全球视域下基于道和老子思想的知识体系研究”(2019ECNU－XFZH010)之音乐、书法与绘画的知识体系研究的研究成果。

theory research in terms of the lack of involvement, the expression of theoretical terms contradictory and ambiguous, this paper analyzes He liangjun's poetry, prose, drama, calligraphy and painting, five forms of theory. This paper probes into the uniqueness of He liangjun's retro theory of literature and art and analyzes the consistency between these theories. The article also discusses Songjiang cultural background where He liangjun first proposed the systematic and comprehensive retro theory of literature and art.

Keywords: Retro; Temperament; Nature

何良俊(1506—1573)是明代中后期江南地区著名的文人学者，他的著述十分丰富，从仿照《世说新语》体例的《何氏语林》到个人诗文集《何翰林集》再到专论经学、历史、文学、戏曲、书画等多个门类的《四友斋丛说》。虽说何良俊并非明代文学艺术研究中最为热门的人物，但是涉及他的研究还是不少。只不过大部分研究集中于戏曲、绘画等单独门类，关注其本色、行家和戾家说的评价等，人们发现何良俊在文学艺术各门类中有不同的评价标准，比如戏曲崇尚北方杂剧，而绘画推崇元代文人画。何良俊似乎在文学艺术上是个充满矛盾、难以归类的人物。本文试图对何良俊整体的文学艺术观进行研究，疏通不同门类相互之间的关系，并从江南文化特别是松江文化的特点进行更为全面地阐释。

一

如果单就诗文论来看，何良俊从未跻身过明代第一流的文学批评家行列。这是因为他的许多看法宗派观念不明显，让人很难将其归入某一流派。不过诗文对于何良俊的重要性是无可置疑的。他将自己与庄子、王维和白居易并列为“四友”，前后五易住所，斋居都命名为“四友斋”。在《四友斋记》中他解释了原因，他说自己不敢将孔子作为好友，但是却对释迦与老子的别出者维摩诘和庄子十分倾心，因为维摩诘“纵浪无碍，尘累不能拘也”，而庄子更是“游尘累之外孰过庄子”。[1] 至于白居易，何良俊说其虽是儒家弟子，但是潇洒自然的性情则是通于释道的。对于四友的选择可以看出文学家性质的思想家或是具有自由思想的文学家是精神上的盟友。

何良俊不仅在精神上要与古人为友，在诗文上也有着很强的复古意识。在论文上，他说："古人文字自好，非后人所及。如《吴越春秋》，伍员谏伐齐云：譬犹盘石之田，无立其苗，甚为古雅，胜《左传》语。"[2]又说："唐人之文实，宋人之文虚；唐人之文厚，宋人之文薄。"[3]这里可以看到何良俊的文章观是复古的，大致在唐及之前。这似乎与前七子"文必秦汉，诗必盛唐"的主张类似，然而何良俊的复古并非一味崇古：

> 盖我朝相沿宋元之习，国初之文，不无失于卑浅。故康李二公出，极力欲振起之。二公天才既高，加发以西北雄俊之气，当时文体为之一变。然不过为我朝文人之雄耳。且无论韩昌黎，只如欧阳公《丰乐亭记》中间，何等感慨，何等转换，何等含蓄，何等顿挫。今二公集中，要如此一篇尚不可得，何论《史》、《汉》哉？[4]

何良俊对宋代文章的代表苏轼、黄庭坚等还是有很高的评价，能够看到其魏晋古意和妙意，"苏东坡才气浩瀚，固百代文人之雄。然黄山谷之文，蕴藉有趣味，时出魏晋人语，便可与坡老并驾。而其所论读书作文，又诸公所未到。余时出其妙语以示知者"[5]。即使对明初的文章，何良俊也不是一笔抹杀："沈石田不但画掩其诗，其文亦有绝佳者。余尝见其有《化须疏》一篇，用事妥切，铸词深古，且字字皆有来处，即古人集中亦不可多得。何况近代？今世后进，好轻诋前辈，动辄即谈《史》、《汉》，然岂能有此一字耶？"[6]评价另一位明代文人画家

---

① 何良俊《何翰林集》卷十五，《四库存目丛书》集部第142册，齐鲁书社，1997年，第126页。

② 何良俊《四友斋丛说》卷二十三，中华书局，2017年，第203页。

③⑤ 何良俊《四友斋丛说》卷二十三，中华书局，2017年，第206页。

④ 何良俊《四友斋丛说》卷二十三，中华书局，2017年，第208页。

⑥ 何良俊《四友斋丛说》卷二十三，中华书局，2017年，第210—211页。

文征明道："衡山之文，法度森严，言词典则，乃近代名作也。观诸公之以文名家者，其制作非不华美，譬之以文木为椟，雕刻精工，施以采翠，非不可爱，然中实无珠，世但喜其椟耳。"[①]显然，何良俊对嘉靖以来的文风并不满意，对像沈周、文征明这样吴门的文人画家之文章倒是赞赏有加。何良俊这种认识在高唱秦汉而推尊《史》、《汉》的风气中也是难能可贵的。

对于诗歌，何良俊的复古观念也有自己独特的主张，这就是对性情的强调，他认为诗歌，"其要则在于本之性情而已。不本之性情，则其所谓托兴引喻与直陈其事者，又将安从生哉？今世人皆称盛唐风骨，然所谓风骨者，正是物也。学者苟以是求之，则可以得古人之用心，而其作亦庶几乎必传。若舍此而但求工于言句之间，吾见其愈工而愈远矣"[②]。又说："诗以性情为主，三百篇亦只是性情。今诗家所宗，莫过于十九首……今人但摸仿古人词句，饾饤成篇，血脉不相接续，复不辨有首尾。读之终篇，不知其安身立命在于何处。纵学得句句似曹刘，终是未善。"[③]他在诗论中更突出性情的重要性而非虚空的妙悟，这是对元明以来狭窄的宗唐观念的修正：

> 严羽卿《论诗》，以为当如水中之月、镜中之花，此诗家妙语也。又引禅家羚羊挂角、香象渡河等语，正以见作诗者，当不落理路，不着言筌，学诗者诚不可不知此意。然观王右丞《辋川别业》与《积雨辋川庄作》、李颀《题璇上人山池》诸篇，皆从实地说，何曾作浮滥语。今人则全无血脉，一句说向东，一句说向西，以为此不落理路，不着言筌语，即水中月镜中花也。此何异向痴人说梦，而羽卿数语，无乃为疑误后人之本耶。[④]

何良俊在《孙王唱和集序》中说："今人多不喜杜诗，此何故耶？良俊曰先生重风骨，故喜杜。今人多重声调，故喜钱刘。钱刘非不流

---

① 何良俊《四友斋丛说》卷二十三，中华书局，2017 年，第 212 页。

②③ 何良俊《四友斋丛说》卷二十四，中华书局，2017 年，第 213 页。

④ 何良俊《四友斋丛说》卷二十四，中华书局，2017 年，第 223 页。

变可喜，然一诵则兴象都尽，岂得如少陵深厚隽永耶。”①可见，何良俊的性情不是大历诗人的兴象和严羽的羚羊挂角，而是类似于杜甫诗中的风骨，具有一种经史的底色。何良俊所谓的性情并非简单的才情，而是偏向古诗的风雅性情：“韦左司性情闲远，最近风雅。其恬淡之趣，亦不减陶靖节。唐人中五言古诗有陶谢遗韵者，独左司一人。”②对于元末另一位才情诗人杨维桢，何良俊这样评价：“元人最称杨铁崖，其才诚为过人，然不过学李长吉，其高者近李供奉，终非正脉。”③显然，何良俊将性情之正看作为诗文创作的正脉、正声。他对那些符合其审美理念的诗家都有褒扬，而这些人往往是非典型性诗人：“余于元人中，独取张外史、倪云林二人之诗。”④张外史、倪云林分别是元末著名文人书法家张雨和画家倪瓒。他又说：“右张外史古诗十首，余尝得一挂轴，乃倪云林作小楷书之者，书学大令，亦妙绝。每意绪不佳，即取出悬之。吟讽数回，觉形神俱畅。”⑤

何良俊的复古观在时间上正处于明代前后七子之间，前后七子的声望在当时是压倒性的，江南文人也大多随声附和，这其中就包括文坛大家徐祯卿、王世贞。何良俊功名、声望都不及七子，但是他敢于提出不同意见，甚至直接批评前七子的代表人物。在为张之象所写的《剪綵集序》中，何良俊说：“今观李（李梦阳）蹊径更甚徐生（徐祯卿），则知人复舍筏之言亦欺人也。”⑥何良俊还曾引用好友、南京复古派诗人顾璘说法：“李空同言作诗必须学杜。诗至杜子美，如至圆不能加规，至方不能加矩矣。此空同之过言也。夫规矩方圆之至，故匠

---

① 何良俊《何翰林集》卷十，《四库存目丛书》集部第 142 册，齐鲁书社，1997 年，第 90 页。

② 何良俊《四友斋丛说》卷二十四，中华书局，2017 年，第 225 页。

③⑤ 何良俊《四友斋丛说》卷二十四，中华书局，2017 年，第 231 页。

④ 何良俊《四友斋丛说》卷二十四，中华书局，2017 年，第 229 页。

⑥ 何良俊《何翰林集》卷九，《四库存目丛书》集部第 142 册，齐鲁书社，1997 年，第 81 页。

者皆用之。杜亦在规矩中耳。若说必要学杜，则是学某匠。何得就以子美为规矩耶？何大复所谓舍筏登岸，亦是欺人。”[①]何良俊将七子派中的徐祯卿与七子中的北方诗人进行比较：“徐昌谷之文，不本于六朝，似仿佛建安七子之作。出典雅于藻茜之中，若美女涤去铅华而丰腴艳冶，天然一国色也。苟以西北诸公比之，彼真一伧父耳。”[②]他还说：“南人喜读书，西北诸公则但凭其迅往之气，便足雄盖一时。惟崔后渠一生劬书，最号该博，然为文宗元次山，不免有晦涩之病。”[③]

从以上诗文批评中我们不难看到何良俊敢于挑战“文必秦汉，诗必盛唐”的主流文学观，他的复古诗文理论具有强调文人恬淡性情的特点，代表着江南文人独特的精神追求。

二

何良俊对于词曲的批评在文学研究中知名度最高。比如袁震宇、刘明今的《明代文学批评史》中的诗文部分没有何良俊的内容，主要集中在戏曲批评之中。该书将李开先、何良俊并列，并重点论述了由《四友斋丛说·词曲》所引发的关于《琵琶记》、《西厢记》、《拜月亭》的讨论。[④] 沈璟《词隐先生论曲》第一则就称赞道：“何元朗，一言儿启词宗宝藏，道欲度新声休走样。名为乐府，须教合律依腔，宁使时人不鉴赏，无使人挠喉捩嗓，说不得才长，越有才越当着意斟量。”[⑤]因此《明代文学批评史》等著作都公认其为沈璟曲论的先声。然而作为北方杂剧支持者的何良俊何以成为南方昆曲的理论先声，对于这一问题人们却解释不足。

在戏曲上何良俊秉持复古观念，对金元北方杂剧尤其推重：“近世北曲，虽郑卫之音，然犹古者总章北里之韵。梨圈教坊之调，是可证也。近日多尚海盐南曲，士夫禀心房之精，从婉娈之习者，风靡如

① 何良俊《四友斋丛说》卷二十五，中华书局，2017 年，第 234—235 页。

②③ 何良俊《四友斋丛说》卷二十三，中华书局，2017 年，第 209 页。

④ 袁震宇、刘明今《明代文学批评史》，上海古籍出版社，1991 年，第 329—432 页。

⑤ 蔡景康编选《明代文论选》，人民文学出版社，1999 年，第 241 页。

一。甚者北土亦移而耽之，更数世后，北曲亦失传矣。”[①]在何良俊的时代，北方杂剧已经面临衰弱，他对此有充分的认识：

> 余家《小鬟记》五十余曲，而散套不过四五段，其余皆金元人杂剧词也。南京教坊人所不能知。老顿言：顿仁在正德爷爷时，随驾至北京，在教坊学得。怀之五十年，供筵所唱，皆是时曲。此等辞并无人问及。不意垂死遇一知音，是虽曲艺，然可不谓之一遭遇哉。[②]

为了传承杂剧演出，何良俊还在南京聘请了老乐师顿仁到自己的家班，看重的也是他熟悉北方杂剧：“老顿于中原音韵琼林雅韵终年不去手，故开口闭口与四声阴阳字八九分皆是。”[③]何良俊并非高官巨贾，却出资供养杂剧，这种明知不可为而为之的做法，是出于对戏曲正统的重视。

何良俊在戏曲上的推崇金元北方杂剧，与明代中叶南方戏曲兴盛的实际状况有所不同。这主要体现在对具体经典的认识上，他说：“金元人呼北戏为杂剧，南戏为戏文。近代人杂剧以王实甫之《西厢记》，戏文以高则成之《琵琶记》为绝唱，大不然。”[④]又说：

> 余家所藏杂剧本几三百种，旧戏文虽无刻本，然每见于词家之书，乃知今元人之词，往往有出于二家之上者。盖《西厢》全带脂粉，《琵琶》专弄学问，其本色语少。盖填词须用本色语，方是作家。苟诗家独取李杜，则沈、宋、王、孟、韦、柳、元、白，将尽废之耶。[⑤]

何良俊对明代戏曲批评中树立的典范《西厢记》、《琵琶记》都颇有微词，认为其“本色语少”[⑥]。他还用诗学进行比喻，认为只学《西厢记》、《琵琶记》与独取李杜一样是不正确的：“夫诗变而为词，词变而为歌曲，则歌曲乃诗之流别。今二家之辞，即譬之李杜，若谓李杜之诗为

---

① 何良俊《四友斋丛说》卷三十七，中华书局，2017 年，第 336—337 页。

② 何良俊《四友斋丛说》卷三十七，中华书局，2017 年，第 340 页。

③ 何良俊《四友斋丛说》卷三十七，中华书局，2017 年，第 341 页。

④⑤⑥ 何良俊《四友斋丛说》卷三十七，中华书局，2017 年，第 337 页。

不工固不可。苟以为诗必以李杜为极致，亦岂然哉。”①

何为“本色语”呢，实际上何良俊指的还是性情：“大抵情辞易工，盖人生于情，所谓愚夫愚妇可以与知者。”②他把本色与当行联系起来，而将才藻和辞句放到相对次要的地位。在南戏中，何良俊提别推崇施君美的《拜月亭记》：“余谓其高出于《琵琶记》远甚，盖其才藻虽不及高，然终是当行。”③他还说：“《拜月亭》赏春惜奴娇，‘如香闺掩，珠帘镇垂，不肯放燕双飞。走雨内，绣鞋儿分不得帮和底。一步步提，百忙里褪了根儿’，正词家所谓本色语。”④显然，才藻和辞句在他看来不是本色，本色是一种蕴藉、自然的性情。他对于《西厢》的批评也是认为辞句过于华丽，而没有蕴藉的情趣。所谓蕴藉，就是他说的郑德辉词的“淡而净”，而非王实甫词的“浓而芜”。⑤

蕴藉、性情在何良俊那里还可以用风味来形容：“高则成才藻富丽，如《琵琶记》‘长空万里’，是一篇好赋，岂词曲能尽之。然既谓之曲，须要有蒜酪，而此曲全无。正如王公大人之席，驰峰熊掌肥腯盈前，而无蔬笋蚬蛤，所欠者风味耳。”⑥他说王实甫“丝竹芙蓉亭”杂剧中仙吕一套“通篇皆本色语，殊简淡可喜”⑦，又说郑德辉《倩女离魂》中的语言“清丽流便，语入本色，然殊不秾郁，宜不谐于俗耳也”⑧。可见，本色语是一种简淡、清丽的趣味。在何良俊看来，戏曲的辞句秾郁是一种不值得提倡的俗趣。

总之，何良俊的曲论在复古中是有所选择的，是借金元杂剧和中州音韵，提倡简淡、自然的美学。凡是与这种美学趣味违背的某些金元杂剧或是南戏都受到了他的批评。何良俊对北方杂剧的复兴虽然在实践中并不成功，但是他提倡的简淡、清丽的戏曲本色趣味，较之于同时代的魏良辅等昆曲实践家更系统、全面，对于声律的重视无疑

---

① 何良俊《四友斋丛说》卷三十七，中华书局，2017 年，第 337 页。

②⑧ 何良俊《四友斋丛说》卷三十七，中华书局，2017 年，第 338 页。

③ 何良俊《四友斋丛说》卷二十六，中华书局，2017 年，第 242 页。

④⑥ 何良俊《四友斋丛说》卷三十七，中华书局，2017 年，第 342 页。

⑤⑦ 何良俊《四友斋丛说》卷三十七，中华书局，2017 年，第 339 页。

对同时代南方昆曲的实践是很好的理论启发，这也是晚明江南地区众多戏曲理论家对其学说热烈讨论的原因所在。

三

何良俊在书法上的复古观点十分明显，这就是以六朝的晋宋人特别是二王为标准。他说："余以右军父子草书比之文章，右军似左氏，大令似庄周。由晋以来，难得脱然都无风尘气似二王者，惟颜鲁公、杨少师仿佛大令耳。"[①]对于后世的书法也都以是否得晋宋趣味为准绳。比如他评说："自唐以前，集书法之大成者，王右军也。自唐以后，集书法之大成者，赵集贤也。盖其于篆隶真草无不臻妙，如真书大者法智永，小楷法黄庭经，书碑记师李北海，笺启则师二王，皆咄咄逼真。而数者之中，惟笺启为尤妙，盖二王之迹见于诸帖者，惟简札最多。松雪朝夕临摹，盖已冥会神契。"[②]元代赵孟頫之所以被何良俊推尊，就是因为其临摹二王神似，真正得其精神。对于赵孟頫之后的元代书家，何良俊评价："元人中余最喜张贞居、倪云林二人之书。盖贞居师李北海，间学素师。虽非正脉，然自有一种风气。云林师大令，无一点俗尘。"[③]其标准非常明确，就是以晋宋为正脉，追求自然与风神。

何良俊的复古并非不知其所以然地摹古、泥古，对于二王的传世作品他有清晰的认识：

> 近来人又大喜法帖。夫二王之迹，所仅存者，惟法帖中有之，诚为可宝。但石刻多是将古人之迹双钩下来，背后填朱，摩于石上，故笔法尽失，所存但结构而已。若展转翻勒，讹以传讹，则并结构而失之。故惟淳化祖帖与宋拓二王帖为可宝，其余皆不足观。况近时各处翻刻，大费楮墨，可笑

---

① 何良俊《四友斋丛说》卷二十六，中华书局，2017年，第247页。

② 何良俊《四友斋丛说》卷二十七，中华书局，2017年，第250页。

③ 何良俊《四友斋丛说》卷二十七，中华书局，2017年，第251页。

可笑。[1]

他说《定武兰亭》这样的名迹:“今世士大夫若遇定武兰亭,虽残缺者,当不惜以重赀购之。然兰亭之刻甚多,宋时已有百余种。故古称兰亭为聚讼,不可不详辨也。”[2]他还说:“孙过庭论书,必傍通古篆,俯贯八分,包括章草,涵咏飞白,必如是而后为精艺也。不然,则刻鹄图龙,竟惭真体,得鱼获兔,犹吝筌蹄,未免凡近耳。”[3]可见,何良俊的复古绝非迷信古人、迷信古董,而是注重贯通,抓住古人精神实质。

何良俊收藏有大量的书法和绘画,晚年因为目力衰退,临摹书法减少,书法藏品大多散去,而绘画尚保留大部用于欣赏。何良俊在绘画上的鉴赏和评论最为精到,最能体现其文人艺术观。何良俊绘画的复古观首先体现在其收藏上,他曾经收藏汉画,画非缣非楮,乃画于车螯壳上,据他所称该画得自于山东某墓地,画法与隶释中有一碑上所画之人大率相类。更重要的是何良俊从中得出“其笔甚拙,顾、陆尚有其遗意,至唐则渐入于巧矣”[4]的意见。虽然何良俊得出结论的材料未必真实,他的利用出土文物的研究方法和考据源头的历史视野在明代中叶还是比较先进的。

人们都注意到何良俊推崇元画:“元人之画,远出南宋诸人之上。”[5]何良俊推崇元人的原因还是因为其有唐与北宋人的神韵,“文衡山评赵集贤之画,以为唐人品格。倪云林亦以高尚书与石室先生东坡居士并论。盖二公神韵最高,能洗去南宋院体之习。其次则以黄子久、王叔明、倪云林、吴仲圭为四大家。盖子久、叔明、仲圭皆宗董巨,而云林专学荆关”[6]。何良俊在绘画上的复古带有很强的正脉意识:“画山水亦有数家,关仝、荆浩其一家也,董源、僧巨然其一家也,李成、范宽其一家也,至李唐又一家也。此数家笔力神韵兼备,后之作画者能宗此数家,便是正脉。若南宋马远、夏圭亦是高手。马人

① 何良俊《四友斋丛说》卷二十七,中华书局,2017年,第252页。

②③ 何良俊《四友斋丛说》卷二十七,中华书局,2017年,第253页。

④ 何良俊《四友斋丛说》卷二十八,中华书局,2017年,第258页。

⑤⑥ 何良俊《四友斋丛说》卷二十九,中华书局,2017年,第263页。

物是胜，其树石行笔甚遒劲。夏圭善用焦墨，是画家特出者，然只是院体。”[①]何良俊在绘画上并非迷信某个朝代，而是能够看出一条画史线索，也就是其说所的正脉。他的复古很大程度上是要超越时人对南宋院体绘画的趣味，通过推尊五代、北宋大家来正本清源。他还说：“元代画家，且从荆关董巨中来，其传派又正，则安得不远出前代之上耶？乃知昔人所言，一须人品高，二要师法古，盖不虚也。”[②]

何良俊在书画上的正脉、正传主张是建立在艺术史的史实基础之上的，但有时一种带有个人判断的艺术批评。他强调复古、学古但是又对崇古、仿古保持着警惕之心。他的复古更强调精神的贯通与把握，通过复古实际上是在恢复一种文人的真性情。

四

何良俊的文学艺术理论最集中、系统地体现在其《四友斋丛说》中。该书是何良俊晚年从南京退职回乡后所作，比他的《何氏语林》(1550)、《何翰林集》(1565)编撰时间都要晚。根据其《初刻本自序》，在隆庆三年(1569)自定三十卷，以活字本形式流传。1573 年何良俊又增补了八卷，考虑重刻，但是不久就去世了。直到万历七年(1579)，才在地方官龚元成以及莫是龙等松江文人呼吁下，由何良俊的内侄张仲颐重新编撰出版。

《四友斋丛说》最大的特点在于门类的清晰和独创。无论三十卷还是三十八卷本都是何良俊本人编撰的，现有的结构体现了其学术主张，这就是以经史为根本，凡经术、文艺、人才、治纪、边防、兵食、民风、士论，先正之风猷，一时之谈谑，旁及字画歌曲之伎。[③] 该书经四卷、史十三卷，诗歌三卷，绘画二卷，文章、书法和词曲等各一卷。从涉及的文学艺术门类看，是非常全面的，尤其对字画词曲这样的小门类有专题论述。这可以比较同时代王世贞的《艺苑卮言》，该书最初

① 何良俊《四友斋丛说》卷二十九，中华书局，2017 年，第 264 页。

② 何良俊《四友斋丛说》卷二十九，中华书局，2017 年，第 263 页。

③ 朱大韶《初刻本序》，《四友斋丛说》，中华书局，2017 年，第 7 页。

写于1558年，共六卷，词曲包含在诗文之中。1572年，王世贞在增订两卷后，将词曲独立出来，编在附录之中，书画也在附录部分。《艺苑卮言》编写的时间早于《四友斋丛说》，但是在体例上却不如后者对词曲书画等小门类艺术重视。虽然何良俊自谦该书为丛说，类似传统的笔记，但是篇章结构却是严谨的。对于每一门类艺术都以历史的线索展开，而不做轶事的堆砌，重点探讨各类艺术中的正脉问题。

正是这种编撰思想，使得《四友斋丛说》中各门类论艺之间有着内在的关联。比如本色说，不仅出现在戏曲中，而且也出现在诗文中。何良俊说："六朝之文，以圆转流便为美，苟过於晦涩，失其本色矣。"[①]这里的本色还是强调六朝文章圆转流便的特点，是他所推崇的文章趣味。对于浓艳趣味的批评，也是何良俊论艺的共同倾向："夫语关闺阁，已是秾艳，须得以冷言剩句出之，杂以讪笑，方才有趣。若既着相，辞复浓艳，则岂画家所谓浓盐赤酱者乎？画家以重设色为浓盐赤酱，若女子施朱傅粉，刻画太过，岂如靓妆素服天然妙丽者之为胜耶？"[②]再联系何良俊诗文批评上对陶渊明、韦应物、倪瓒等推崇，平淡自然、清空流利显然是何良俊论艺的共同点所在。在《草堂诗余序》中，何良俊说诗余以婉丽流畅为美，认为周邦彦等人的词作柔情曼声，"正辞家所谓当行所谓本色者也"[③]。

行家、戾家的问题在何良俊的戏曲和绘画中也多次出现，不过其表述方式并不像本色那样统一。徐燕琳在《明代剧论与画论》中发现明代戏曲理论肯定"行家"，而绘画理论却以"戾家"(利家、隶家)为尊。她认为这和两种艺术的根源性质有关，戏曲因为民间属性、民间性质使得原来被成为戾家的职业演员成为行家而得到推崇。而绘画上则因为文人画势力的增强，将"戾家"(利家、隶家)变成至尊，贬抑

① 何良俊《四友斋丛说》卷二十三，中华书局，2017年，第210页。

② 何良俊《四友斋丛说》卷三十七，中华书局，2017年，第339页。

③ 何良俊《何翰林集》卷八，《四库存目丛书》集部第142册，齐鲁书社，1997年，第78页。

“行家”的价值。[①] 她认为戏曲理论因为其表演艺术的民间性、大众性而比较开放，不像绘画理论那样有强烈的阶级意识和宗派区分。[②] 她的观点代表了学术界的普遍看法，何良俊的文学艺术理论中存在着判断标准不同的问题，在戏曲上他是一位倾向于民间的进步人士，而在绘画上他则是倾向于文人士大夫，是保守的。

如果我们细读何良俊的文本，再比较宋元以来行家、戾家评价的演变，就会发现问题并没有那么简单。宋元时期，行家、当行往往受到好评，与本色联系紧密。严羽《沧浪诗话》就说诗歌：“惟悟乃为当行，乃为本色。”[③]“戾家”也指的是那些不入门的、技艺不专精的力把，“戾家”在戏曲领域指一些贵族、士大夫子弟客串表演，引申到其他文化艺术领域，其贬义成分居多。[④] 南宋人张端义《贵耳集》说：“文人才士无以自见，碌碌无闻者杂进。三十年间，词科又罢，两制皆不是当行，京谚云‘戾家’是也。”[⑤]宋人耐得翁《都城纪胜·四司六局》说：“凡四司六局人祗应惯熟，便省宾主一半力，故常谚曰：烧香点茶，挂画插花，四般闲事，不讦戾家。若其失忘支节，皆是祗应等人不学之过。”[⑥]元末明初的曹昭《格古要论》记录了著名画家钱选与赵孟頫关于“士气”的一段对话：“赵子昂问钱舜举曰：‘如何是士夫画？’舜举答曰：‘戾家画也。’子昂曰：‘然。余观唐之王维，宋之李成、郭熙、李伯时，皆高尚士夫所画，与物传神、尽其妙也。近世作士夫画者，缪

① 徐燕琳《明代剧论与画论》，广东高等教育出版社，2011 年，第 153—154 页。

② 何良俊《四友斋丛说》卷二十一，中华书局，2017 年，第 189—190 页。

③ 严羽《沧浪诗话》，《景印文渊阁四库全书》第 1480 册，台湾商务印书馆，1986 年，第 810 页。

④ 启功《戾家考——中国绘画史上的一个问题》指出，店铺、作坊的学徒称为“小力把儿”，俗语说“行家不是力把干的”，又说“行家看门道，力把看热闹”。引自《文物》1963 年 4 月，第 44 页。

⑤ 张端义《贵耳集》卷上，《景印文渊阁四库全书》第 865 册，台湾商务印书馆，1986 年，第 418b 页。

⑥ 耐得翁《都城纪胜》，《景印文渊阁四库全书》第 590 册，台湾商务印书馆，1986 年，第 7 页。

(谬)甚也。"[①]依然对戾家画带有些贬义,意思是不够与物传神,不是高尚的"士夫画",而是那些近世的"作士夫画"者。

何良俊的贡献就在于他是第一个真正将行家和利家放在同一层面比较的人物:"我朝善画者甚多,若行家当以戴文进为第一。而吴小仙、杜古狂、周东村其次也。利家则以沈石田为第一,而唐六如、文衡山、陈白阳其次也。"[②]对于两者高下,他是这样评价的:"衡山本利家,观其学赵集贤设色与李唐山水小幅皆臻妙,盖利而未尝不行者也。戴文进则单是行耳,终不能兼利。此则限于人品也。"[③]何良俊并没有完全否定行家画法,还说文征明等人是利家兼行家,也能画设色工妙的作品。何良俊认为绘画也应有当行的一面,对画法规矩并不反感:"徽州有汪海云亦善画,墨气稍不及时,而画法近正,是皆不失画家矩度者也。如南京之蒋三松、汪孟文,江西之郭清狂,北方之张平山,此等虽用以楷抹,犹惧辱吾之几榻也。"[④]又说:"余前谓国初人作画,亦有但率意游戏,不能精到者,然皆成章。若近年浙江人如沈青门(仕)、陈海樵(鹤)、姚江门(一贯),则初无所师承,任意涂抹,然亦作大幅赠人,可笑可笑。"[⑤]显然,他对行家秉持的师承还是首肯的,他所反对的是那些没有师承、画无规矩的门外汉画家。何良俊论画中的利家要比之前戏曲、绘画中提到的戾家来的正面,利家是兼带行家,比行家更高的一类画家。

何良俊论画中的行家/戾家之说与论曲中的当行/本色之说也并不矛盾。他首先承认各门类艺术需要精熟当行,其后更高的境界则是本色与闲淡的性情。在戏曲中何良俊更多是通过对具体作品的分析确立其本色的,而在绘画中他偏向于一个宽泛的朝代和代表性画家确立艺术的正脉。可以说前者是在做减法,故而用本色进行提炼,而后者在做加法,故而在行家之外特别加上利家进行并列、比较。何

① 曹昭《格古要论》卷上,《文渊阁四库全书》第 871 册,台湾商务印书馆,1986 年,第 9a 页。

②③ 何良俊《四友斋丛说》卷二十九,中华书局,2017 年,第 267 页。

④⑤ 何良俊《四友斋丛说》卷二十九,中华书局,2017 年,第 269 页。

良俊在戏曲中反对浓艳、浮华的文辞，强调真情的本色语，在绘画上也反对巧丽，追求古拙自然。对于戏曲，何良俊没有以文人士大夫身份自诩，甚至通过"宁声叶而辞不工，无宁辞工而声不叶"的说法反对士大夫最擅长的文辞。[①] 何良俊的本色追求的是大俗而大雅的艺术境界。对于绘画这一文人士大夫实践参与度更高的门类，何良俊也没有一味否认行家的作用，反而是觉得利家可以兼带行家。他的这些认识是晚明文学艺术文人化的重要开端，但是又不像晚明文人那样宗派色彩强烈，完全抹杀一切非文人艺术的价值。实际上，晚明以后的文人在论述文人艺术家的戾家（利家）时候往往颇多歪曲之词，比如董其昌将钱选所说的"戾家画"说成"隶体"："赵文敏问画道于钱舜举，何以称士气？钱曰：隶体耳。画史能辨之，即可无翼而飞，不尔便落邪道，愈工愈远；然又有关捩，要得无求于世，不以赞毁挠怀。"[②]这种修改将文人绘画的士气和书法古意联系在一起，从而给予较高的评价，完全颠倒了宋元时期对戾家的负面评价。

何良俊的文学艺术理论虽然因为各自媒介形式的问题呈现出不同的术语表达，但是其内在的美学追求是一致的。何良俊的复古是通过艺术史的追溯、具体艺术家及其作品的批评构建起来的。文征明《何氏语林序》说何良俊的学术"贯综深博、文词粹精"确实是很准确的概括，这种博学详说的治学方式显然不同于文征明所批评的道德性命之学的空谈以及排他性的宗派主张。[③]

五

何良俊所处的明代中叶正是江南文化逐渐占据上风，文学艺术文人化、南方化倾向的开始时期。江南各城市中尤以苏州最为璀璨，

---

① 何良俊《四友斋丛说》卷三十七，中华书局，2017 年，第 343 页。

② 董其昌《容台文集》卷三《卧游册题词》，严文儒、尹军主编《董其昌全集》第一册，上海书画出版社，2013 年，第 103 页。

③ 周道振辑校《文征明集》，上海古籍出版社，1987 年，第 473 页。

出现了诗文上的吴门四才子、书画上的吴门画派、吴门书派，而昆曲也是在这里成形，沈周、祝允明、文徵明、唐寅、王宠等在文学艺术多个领域都有建树。他们好古博雅，注重书籍、书画收藏和艺术的鉴赏，在对传统的学习中抒发个性的才情。他们开创了文人艺术的潮流，在各个领域向当时宫廷院体的艺术提出了挑战。然而，能在文学艺术多个领域提出复古主张为苏州文人代言的却是松江文人何良俊，如果算上之后在南北宗理论上的提出者莫是龙、董其昌等，就显然不是一个孤立的现象，这其中的缘由值得我们分析。

苏州府与松江府都位于太湖东部平原，都属于江南核心区，而苏州的位置靠近内陆和大运河，经济文化更加发达。不过由于苏州的商业化程度比较高，苏州文人们忙于治生与应酬，其主要精力集中在诗文诗画乃至戏曲文学等艺术创作上，忙于各种图书和艺术品的收藏和鉴定中。曾任吴县县令的袁宏道在给的张幼于信中说："夫吴中诗诚佳，字画诚高，然求一个性命的影子，百中无一，千中无一，至于文人尤难，何也？一生精力尽用之诗文草圣中也。"[①]松江文人范允临也评价苏州人道："今吴人目不识一字，不见古人真迹，而辄师心自创，惟涂抹一山一水，一草一木，即悬于市中，以易斗米。"[②]他还说："吴人何不追溯衡山之祖师而法之乎？既不能上追古人，下亦不失为衡山矣。此意为云间诸公知之。"[③]可见，受到发达的文化艺术市场影响，苏州文人在艺术上的精神追求不足，尤其是无法集中到文学艺术史论尤其是理论、批评的系统性建设上。

松江地处太湖平原边缘的海滨，农业以及大宗棉纺织业发达，而高附加值手工业、商业相对苏州落后。松江文化上在历史上除了魏晋时期的二陆之外长期缺乏本地的大师级人物，处于长期引进、学习的地位。元代末年的松江积累了相当的财富，本地的富裕乡绅就非常欢迎外来文人，杨维桢、黄公望、陶宗仪等诗文、书画大师级人物前

① 钱伯城《袁宏道集笺校》，上海古籍出版社，1981 年，第 504 页。

②③ 范允临《输寥馆集》卷三《赵若曾墨浪斋画册序》，《四库禁毁丛刊》集部第 101 册，北京出版社，2005 年，第 277 页。

来担任西席，极大地改变了当地的文风，促使松江文人对文学艺术的浓厚研究兴趣。在元末戏曲方面出现了戏曲专著——夏庭芝《青楼集》，绘画方面有夏文彦的《图绘宝鉴》，古玩收藏方面有曹昭的《格古要论》，综合类著述有陶宗仪的《南村辍耕录》。这些著作都是元明之际第一流的文学艺术研究著作，其视野不局限于松江本地，而是对整个江南地区的文学艺术都有关注。

随着明代全国的统一，经济文化中心再次集聚首都和苏州这样的干线城市，松江对于外来人才的吸引力降低了。松江虽然很难成为独挡一面的文化艺术中心，但是市场的不发达反而使文人士大夫能够沉下心来研究文艺理论。何良俊就是这方面杰出的代表，他与兄弟读书十分勤奋，在奉贤柘林镇家中常多年不下楼，藏书极其丰富，被认为是当时的“二陆”。何良俊懂得走出松江，向文化发达地区的文人学习。他时常到苏州拜访文征明等前辈，结交文氏子弟文嘉、黄姬水、皇甫汸等人。他对于诗文、书画的品味很大程度上得自于文征明等吴门文人。他也十分推重吴门文人的诗文书画。除了苏州，另一个文化中心南京也给何良俊很多滋养。何良俊在那里担任过数年的翰林院孔目，结识了留都大量的官僚士大夫，这使得他的艺文观点超越吴地地方的局限。南京更靠近北方，具有南北交融的特点，故而是当时的戏曲中心，何良俊在南京与戏曲界的人士联系更紧密，与徐霖、金銮等都有交往，还邀请顿仁辅导自己的家班。

苏州、南京的经历使得何良俊能够从外部观察当时南方诗文书画戏曲的新发展，对之进行理论上的概括。他能够比较客观地评价松江本地的文艺传统，很少因为乡贤的关系而过度吹捧。比如他在论松江风俗时候说：“松江士大夫子弟不甚读书。昔黄山谷云：‘四民皆有世业，士夫家子弟能知孝弟忠信斯可矣。然不可令读书种子断绝。有才气者出，便足名世矣。’今世父兄非不知教，子弟非不知学，正恐多财为累耳。则财之为害，可胜言哉。”[①]他显然

① 何良俊《四友斋丛说》卷三十四，中华书局，2017年，第313页。

在担心日益增长的财富奢靡之风对松江传统读书风气的侵害。即使有的时候他对本地文艺有较高的评价，也会提供足够的证据："松江袁景文(凯)，其古诗学选，七言律与绝句宗杜，格调最正。故李空同、何大复称其为我朝国初诗人之冠。近有以高太史为过之者，高比袁稍阔大，然不能脱元人气习。若论体裁，终是袁胜。"[①]对于袁凯的评价很大程度是因为其能得古人的精神，而不是因为其是松江文人。同样，对于明初书法界地位最高的松江人沈度、沈粲，何良俊却认为是声过其实的。

何良俊在文学艺术理论上并没有狭隘的府县地域意识，这恰恰体现了松江文化善于吸收和借鉴，善于整理和发挥前人的成就的特点。在明代不少松江文人善于提出复古性质的文艺理论，何良俊的好友文人书画家莫是龙就在《画说》中提出了南北宗论。这一理论并非是建立在地域认同上的，而是通过强调南宗来宣扬正统。更年轻的董其昌将南北宗论继承与宣扬出来，成为明清文人画论最重要的内容。因此，松江文人的特点是在江南地区能提出超地域的复古观点的，对于自己的地域性则持否定态度。范允临对当时苏州人说有松江派评说："松江何派，唯吴人乃有派耳。"[②]松江文人在文艺理论上反对地域流派，但是却建立了超地域的文人艺术正统体系。

结语

综上所述，作为松江文人，何良俊于明代中后期在其《四友斋丛说》等著作中较早和较系统、全面地提出了文学艺术上的复古理论。他熟知并尊重不同文学艺术形式各自的规律，但又能整体把握，强调文学艺术的真情本色，面向一种清淡、自然的趣味。相比于同时代文学艺术上的各种复古理论，何良俊在理论上更为全面、通达，既注重历史的考证和梳理，又注重从中揭示出艺术上的正脉。其松江文化

---

① 何良俊《四友斋丛说》卷二十五，中华书局，2017年，第233页。

② 范允临《输寥馆集》卷三《赵若曾墨浪斋画册序》，《四库禁毁丛刊》集部第101册，第277页。

背景使得他便于就近吸收江南发达地区的文化，又不为狭隘地域观念所局限，最终提出了超越地域的正脉思想。

（华东师范大学美术学院）

从张岱的暮夜书写看晚明的身份认同

彭　爽

内容摘要：张岱的暮夜书写鲜明地表现着晚明之世时人时文的日常化、大众化特征。在由以雅化俗、高士体验、幽赏审美所构成的暮夜生活美学范式之中，张岱融通了彼此异质的市人、诗人与士人身份。正是在此自我完善、自我融通的过程之中，张岱到达了吾道不孤的精神境界并将之作为生命的出口。无论是治世的由技进道、以美明道，还是危时的以身守道、以人存道，张岱化君子之道入日用之常而又能以道自任，用之纾解时人时世之困，因之坚守为人为文之本，使暮夜书写作为其间载体成为不可磨灭的时代印记。

关键词：张岱；暮夜书写；生活美学；身份认同

The Identity of the Late Ming Dynasty in Zhang Dai's Night-writing

Peng Shuang

Abstract: Zhang Dai's Night-writing show us the popularization of the

daily life in the late Ming Dynasty. The pattern of his night-life aesthetics was constituted by his taste to live an elegant life, the experience to be a recluse, and also the deep, quiet, secret enjoy in nature, during which Zhang Dai hided his complex identities of a citizen, a poet, and a scholar. He settled himself down and made himself stronger in the wider life consciousness and the higher spiritual shackles. Zhang Dai thinks highly of the ideal pursuit of the scholar, he takes it into daily life, makes it a responsibility to relax the anxiety of the society, and also holds it a key to what a man or an article is about. What he records and hides in his night-writing make it an indelible memory of the late Ming Dynasty.
Keywords: Zhang Dai; night-writing; life aesthetics; identity

"暮夜"一词,其本义指向的是时间概念。《说文》:"莫,日且冥也。从日,在茻中。"①《左传·庄公七年》:"四月辛卯,夜,恒星不见。"疏曰:"夜者,自昏至旦之总名。"②可见暮夜指向从日暮之始到日出为止的时间范围。又《论衡·明雩》篇:"暮者,晚也。"③《说文》:"夜,舍也。天下休舍也。"④可见"暮夜"又有休止性的社会功能。明而动,晦而休,日出而作,日落而息,上古先民在久远的践行中习得了与自然万物同其节奏的生活规律,这一规律在时间的流动中沉淀为"夜止晓行"的昼夜秩序。暮夜由之长久地成为止闭休息的代名词。

然随着商品经济的出现与繁荣,夜禁制度从松弛到消逝,市镇的繁衍与市民阶层的壮大打破了原有的昼夜格局,繁复的暮夜活动接替传统的休止节奏,日渐成为大众化普遍化的日常行为,暮夜之门由止闭到大张,时间性的休止体验逐渐被多元化的空间活动所建构,如葛兆光在《严昏晓之节——古代中国关于白天与夜晚观念的思想史

① 许慎《说文解字》,中华书局,1963 年,第 27 页。
② 阮元校刻《十三经注疏》,中华书局,1980 年,第 1765 页。
③ 黄晖《论衡校释》,中华书局,1990 年,第 674 页。
④ 许慎《说文解字》,中华书局,1963 年,第 142 页。

分析》中所言："到明清之际，江南的都市同样因为商业和消费，渐渐出现所谓的不夜城，很多夜间的活动越来越频繁，……这种日夜不息的运作和夜不归宿的生活开始使都市与乡村的生活秩序背离。"[①]

一、身份的呈现：暮夜世界的多重身份表现

作为晚明时人的张岱，以其亲历的暮夜生活呈现着社会秩序的大变动。与昼夜秩序变动相适应的是身份秩序的前后不同，"士农工商"作为传统农耕文明下的四民观，其以"故士之子恒为士"、"农之子恒为农"、"工之子恒为工"、"商之子恒为商"[②]的身份序位与代际传承持续地稳定着社会的基本结构。如果说宋代文人以官员、学者、诗人三位一体的复合身份使士人从内部粘合得更加紧密，那么晚明时代市民阶层的壮大与文化的下移则使得传统四民界限更加模糊迷离。张岱其人，即以其一体多面的个人身份表现着此种新秩序。

张岱的日常行为与市井生活相适应而外显的市人特征，是其身份之第一重，具体表现在其对市井活动的热切参与和其同市井人物的主动交往之中。由华灯烟火、梨园鼓吹与风月游冶构成的都市嬉游，是张岱市井生活的主要内容，如其在《龙山放灯》中直言："每夜鼓吹笙簧与讌歌弦管，沉沉昧旦。"[③]无论是书写华灯烟火的《闰元宵》、《鲁藩烟火》、《世美堂灯》、《绍兴灯景》、《龙山放灯》，还是再现梨园鼓吹的《金山夜戏》、《不系园》、《严助庙》、《刘晖吉女戏》、《目连戏》、《过剑门》、《冰山记》诸篇，亦或是风月游冶之《秦淮河房》、《二十四桥风月》，无不以暮夜世界的繁华靡丽外显着张岱的市人角色。在《鲁藩烟火》张岱开篇即言："兖州鲁藩烟火妙天下"，以短短九个字，高度评价了兖州之地的烟火盛景冠绝天下的气势。而后之：

烟火必张灯，鲁藩之灯，灯其殿、灯其壁、灯其楹柱、灯

---

① 葛兆光《严昏晓之节——古代中国关于白天与夜晚观念的思想史分析》，《台大历史学报》2003 年第 12 期，第 54 页。

② 左丘明《国语》卷六《齐语》，上海古籍出版社，2015 年，第 149—150 页。

③ 张岱《陶庵梦忆》，马兴荣点校，中华书局，2007 年，第 94 页。

其屏、灯其座、灯其宫扇伞盖。诸王公子、宫娥僚属、队舞乐工,尽收为灯中景物。及放烟火,灯中景物又收为烟火中景物。天下之看灯者,看灯灯外;看烟火者,看烟火烟火外。未有身入灯中、光中、影中、烟中、火中,闪烁变幻,不知其为王宫内之烟火,亦不知其为烟火内之王宫也。[①]

既入乎其内,幻化出千眼万眼,将灯光、人影、烟火多次套叠,反复交织;又出乎其外,将视线一次次拉远,在灯外、烟外对观者位置的一次次确认,正是为了全身心地一次次接近,这种内外游走的赏玩互动,即是以沉浸式的体验将观者、演者、随行者皆作为烟火盛景的组成部分,进而以之创造出一幅市人集体狂欢的暮夜画卷。

从张岱与市井人物的交往态度与往来方式,也可见出其对市人身份的亲切认同。其笔下人物,有女乐声伎,有名妓戏婆,也有傒僮清客,而少有达官显贵,其对市井人物与市井生活,也多存着一份欣赏与理解,如《刘晖吉女戏》中,张岱高度评价刘晖吉的创造力,赞赏其敢于突破传统戏曲范式,以"奇情幻想,欲补从来梨园之缺陷",用"黑魆地暗"渲染氛围的阴森,与此后月出、云出、影出、灯出的月宫奇幻形成强烈对比,以致"忘其为戏"。[②]《冰山记》与《金山夜戏》则体现其不仅看剧,也指导戏剧表演和、参与剧本创作,如《冰山记》:"是夜席散,余填词,督小傒强记之。次日,至道署搬演,已增入七出,如半舫言。"[③]

都市嬉游的繁华绚烂已不同于早前乡村生活的田园牧歌,同市井气与平民风的零距离接触早已将之化为自我生命的一部分,以至于形成了张岱区别于他人的艺术风格,故而何满子即认为他"开拓了明代后叶自徐渭、汤显祖至公安、竟陵诸家所未至的境界,一个从仕宦角度接近生活到由市井角度接近生活的转变"[④]。

---

① 张岱《陶庵梦忆》,马兴荣点校,中华书局,2007年,第25页。

② 张岱《陶庵梦忆》,马兴荣点校,中华书局,2007年,第67—68页。

③ 张岱《陶庵梦忆》,马兴荣点校,中华书局,2007年,第93页。

④ 胡益民《张岱评传》,南京大学出版社,2002年,第2页。

张岱身份之第二重，在其于雅趣清游中所流露的至情至性、至美至真、至纯至净的诗性气质，如其《祁奕运鲜云小伶歌》所言："世间何事堪搵腕，好月一轮茶一碗。"[①]张岱的诗人气质特别表现在暮夜下的雪月之好与君子之交。

雪与月，皆以空灵晶映之气直通于雅致清冽，张岱尤长于将雪月糅合，以一股冰雪之气成就其诗性气质，如其诗《山中冬月》：

冬山原凛冽，月意自孤清。簇簇团冰气，稜稜储雪情。

溪寒流水咽，霜重树枝明。草动疑藏虎，宿鸟屡自惊。[②]

从山野，到月色，再至冰雪，再到寒溪霜树，诗中的冷冽之气随张岱的视线移动而层层加重，而藏虎与宿鸟的由静到动，则以动写静反衬山间空阔。正是这直一股的冰雪之气，使其诗境由空阔而进空灵，居平淡而见清雅，突显其诗性特征。

此种雪月之美在张岱笔下并非个案，《焦山》中的"风月清爽"[③]，《炉峰月》中的"月白路明"[④]，《湖心亭》中的"月光晶沁"[⑤]，《云居庵》中的"沿月踏影而归"[⑥]，《金山夜戏》中的"月光倒囊入水，江涛吞吐，露气吸之，噀天为白"[⑦]，《闰中秋》之"月光泼地如水，人在月中，濯濯如新出浴"[⑧]，《十锦塘》中的"漏下月光，碎如残雪"[⑨]，《龙山雪》之"万山载雪，明月薄之，月不能光，雪皆呆白"[⑩]，比比皆是，《湖心亭看雪》一文，更是千古至文。张岱在其《明圣二胡》中言："董遇曰：'冬者，岁之余也；夜者，日之余也；雨者，月之余也。'雪巘古梅，何逊烟堤高柳；

---

① 张岱《张岱诗文集》，夏咸淳点校，上海古籍出版社，1991年，第48页。
② 张岱《张岱诗文集》，夏咸淳点校，上海古籍出版社，1991年，第67页。
③ 张岱《陶庵梦忆》，马兴荣点校，中华书局，2007年，第27页。
④ 张岱《陶庵梦忆》，马兴荣点校，中华书局，2007年，第61页。
⑤ 张岱《西湖梦寻》，马兴荣点校，中华书局，2007年，第179页。
⑥ 张岱《西湖梦寻》，马兴荣点校，中华书局，2007年，第228页。
⑦ 张岱《陶庵梦忆》，马兴荣点校，中华书局，2007年，第15页。
⑧ 张岱《陶庵梦忆》，马兴荣点校，中华书局，2007年，第90页。
⑨ 张岱《西湖梦寻》，马兴荣点校，中华书局，2007年，第161页。
⑩ 张岱《陶庵梦忆》，马兴荣点校，中华书局，2007年，第87页。

夜月空明，何逊朝花绰约；雨色涳濛，何逊晴光滟潋。深情领略，是在解人。”[①]以情相通，因意而合，用诗性眼光择取自然万物，引诗意态度透观日常人生，张岱在以雪月表现暮夜之美的同时，择雪取月也深化了其诗性气质。

君子之交，也频繁地出现于张岱的暮夜书写之中，暮夜作为自然之境的纯净本色，恰恰契合着张岱君子相交的痴癖原则，所谓“人无癖不可与交，以其无深情也；人无痴不可与交，以其无真气也”[②]，故而在《栖霞》一文中张岱与肖伯玉虽是偶遇而能彻夜相谈直到天明，在《闵老子茶》一文中，张岱能以极大的耐心完成暮色候人的考验，以其间的定力迎来灯下煮茶、品茗观茶，以及静候夜间新泉出的乐谈。闵老子“予年七十，精鉴赏者无客比”[③]的肯定正是对两人已由技进道的认同。而平淡自然、不事浮华的暮夜泉水，正是以君子之交淡如水的传统隐喻暮夜知己的相遇。

张岱身份的第三重，是其内在的士人认同，于显性的市人行为与诗人气质之外，在其言语与行为中所始终纳藏的一份道德的警醒，一份士人的自觉与家国责任的担当。此一身份首先离不开其自幼即受到的家庭熏染，张岱生于官宦之家、长于书香门第，其高祖张天复为嘉靖二十六年进士，曾祖张文恭为隆庆五年的状元，祖父张汝霖也为万历二十三年的进士，故其在《三世藏书》一文中自信直言：“余家三世积书三万余卷。大父诏余曰：‘诸孙中惟尔好书，尔要看者，随意携去。’”[④]经典的传习在其心中悄然根植下了士人心怀天下苍生的种子。故其在《焦山》一文中心尊前贤而叹士人之雅俗不分，一心为处士正名：

> 一日，放舟焦山，……饭饱睡足，新浴而出，走拜焦处士祠。见其轩冕黼黻，夫人列坐，陪臣四，女官四，羽葆云罕，

---

① 张岱《西湖梦寻》，马兴荣点校，中华书局，2007年，第121—122页。

② 张岱《陶庵梦忆》，马兴荣点校，中华书局，2007年，第55页。

③ 张岱《陶庵梦忆》，马兴荣点校，中华书局，2007年，第39页。

④ 张岱《陶庵梦忆》，马兴荣点校，中华书局，2007年，第31页。

俨然王者。盖土人奉为土谷，以王礼祀之。是犹以杜十姨配伍髭须，千古不能正其非也。处士有灵，不知走向何所？[①]

从《二十四桥风月》一文，也可看出由其士人的自觉而流露的拯世情怀，与其以市人角色同市井人物的平等交往不同，张岱面对出身社会底层的弱势群体，内心所泛起的士人情怀使其始终能以温情笔触保持一份关怀，一份同情：

沉沉二漏，灯烛将烬，茶馆黑魆无人声。茶博士不好请出，惟作呵欠，而诸妓醵钱向茶博士买烛寸许，以待迟客。或发娇声，唱《擘破玉》等小词，或自相谑浪嘻笑，故作热闹，以乱时候；然笑言哑哑声中，渐带凄楚。夜分不得不去，悄然暗摸如鬼。见老鸨，受饿、受笞俱不可知矣。[②]

又如其《金山夜戏》，于嬉笑娱乐的放纵之间深藏着的一份古今共通的家国认同：

崇祯二年中秋后一日，余道镇江往兖。日晡，至北固，舣舟江口。月光倒囊入水，江涛吞吐，露气吸之，噀天为白。余大惊喜。移舟过金山寺，已二鼓矣。经龙王堂，入大殿，皆漆静。林下漏月光，疏疏如残雪。余呼小奚携戏具，盛张灯火大殿中，唱韩蕲王金山及长江大战诸剧。锣鼓喧阗，一寺人皆起看。有老僧以手背揿眼翳，翕然张口，呵欠与笑嚏俱至。徐定睛，视为何许人，以何事何时至，皆不敢问。剧完，将曙，解缆过江。山僧至山脚，目送久之，不知是人、是怪、是鬼。[③]

士人自古即有以天下为己任的传统，其立世必以家国为念，张岱在金山大战[④]的原址，以戏剧表演的形式对曾经锣鼓喧阗的战争场面的再现，以夜色的深重与演剧的喧热澄淘出一份时空交错、古今共通的家

---

① 张岱《陶庵梦忆》，马兴荣点校，中华书局，2007年，第27—28页。

② 张岱《陶庵梦忆》，马兴荣点校，中华书局，2007年，第51页。

③ 张岱《陶庵梦忆》，马兴荣点校，中华书局，2007年，第15页。

④ 南宋名将韩蕲王，即韩世忠，曾与梁红玉于金山以八千兵勇大败兀术金兵十万。

国认同，实是其心中深藏的士人认同的外显。其打破寻常戏剧表演形式，以暮夜天地为布景舞台，兴起而动、剧完即走的行为表现，又从侧面印证了其士人认同相对于其市人行为与诗性气质的隐性特征。

二、边界的消失：异质身份的交互介入

暮夜秩序的变动影响并呈现着张岱的身份秩序，市人行为、诗人气质、士人认同三位一体共同构成了张岱的复杂身份，不同身份的相互异质让彼此得以区别，而张岱的个人主体性与暮夜行为却又同时消融着身份之间的边界。市人向俗、诗人求雅、士人持正，异质身份的交互介入、叠合共生，共同创造了张岱融玩的精神、雅的审美、正的持守于一身的个人特质，其间的以雅化俗、高士体验、暮夜幽赏也同时成就了晚明社会经典的暮夜生活美学范式。

（一）以雅化俗：诗性气质上行市人品味

市人与诗人，虽是处于一俗一雅之对立面，然却同存于一人之身而能同构一人之生活，世俗人生的生鲜热辣符合文人求新求变的诗性趣味，对雅意高情下诗意人生的上行追寻与下行扩散又共同提升了大众审美趣味，烟火人间里的优雅与精致，诗意世界里的日常与普适，共同构成了张岱暮夜世界之一隅，将此一俗一雅，而能亦俗亦雅的生活美学淋漓尽致地涵融其中。

引俗入雅，将市人群体引入诗性界域，为雅趣追求增添生活快意，是张岱暮夜生活之一种。如其《炉峰月》：

> 炉峰绝顶，复岫回峦，斗耸相乱……是日，月正望，日没月出，山中草木都发光怪，悄然生恐。月白路明，相与策杖而下。行未数武，半山嗥呼，乃余苍头同山僧七八人，持火燎、鞠刀、木棍，疑余辈遇虎失路，缘山叫喊耳。余接声应，奔而上，扶掖下之。次日，山背有人言："昨晚更定，有火燎数十把，大盗百余人，过张公岭，不知出何地？"吾辈匿笑不之语。谢灵运开山临澥，从者数百人，太守王琇惊骇，谓是山贼，及知为灵运，乃安。吾辈是夜不以山贼缚献太守，亦

幸矣。[①]

登炉峰绝顶看落照、观月出之胜景，本当为痴绝之事，然在张岱笔下，痴绝之癖好可转为常人之惊恐，最终闹出“大盗出巢”的笑话来。

又如其《龙山雪》：

> 天启六年十二月，大雪深三尺许。晚霁，余登龙山，坐上城隍庙山门，李岕生、高眉生、王畹生、马小卿、潘小妃侍。万山载雪，明月薄之，月不能光，雪皆呆白。坐久清冽，苍头送酒至，余勉强举大觥敌寒，酒气冉冉，积雪欱之，竟不得醉。马小卿唱曲，李岕生吹洞箫和之，声为寒威所慑，咽涩不得出。三鼓归寝。马小卿、潘小妃相抱从百步街旋滚而下，直至山趾，浴雪而立。余坐一小羊头车，拖冰凌而归。[②]

雪月之事，本是张岱个人极为深情的痴癖之好，然张岱将伶人苍头、酒气曲声皆引入于万山载雪、明月薄帷的澄澈之境，以山川雪月之清冽洗涤了载歌载酒的热烈，又以诗酒人生之欢乐冲击了千山暮雪之孤绝。

化雅入俗，将诗性审美化入市人行为，在世俗世界找寻诗意栖居，是张岱暮夜生活之另一种。如其《闰中秋》：

> 崇祯七年闰中秋，仿虎丘故事，会各友于蕺山亭。每友携斗酒、五簋、十蔬果、红毡一床，席地鳞次坐。缘山七十余床，衰童塌妓，无席无之。在席者七百余人，能歌者百余人，同声唱“澄湖万顷”，声如潮涌，山为雷动。诸酒徒轰饮，酒行如泉。夜深客饥，借戒珠寺斋僧大锅煮饭饭客，长年以大桶担饭不继。命小傒岕竹、楚烟于山亭演剧十余出，妙入情理，拥观者千人，无蚊虻声，四鼓方散。月光泼地如水，人在月中，濯濯如新出浴。夜半，白云冉冉起脚下，前山俱失，香炉、鹅鼻、天柱诸峰，仅露髻尖而已，米家山雪景仿佛见之。[③]

---

① 张岱《陶庵梦忆》，马兴荣点校，中华书局，2007年，第61页。

② 张岱《陶庵梦忆》，马兴荣点校，中华书局，2007年，第87页。

③ 张岱《陶庵梦忆》，马兴荣点校，中华书局，2007年，第89—90页。

本是携酒而来的超大型聚会，同高歌、共痛饮，又有山亭演剧，其场面之盛大，虽今时亦未能与之相比。而至“四鼓方散”，张岱笔锋也随之一转，记事变为写景，人声鼎沸之热烈场面随即化为空灵晶映之雪月世界。

于闹中见静，在俗中逐雅，亦可见于其《西湖七月半》：

> 少刻兴尽，官府席散，皂隶喝道去，轿夫叫船上人，怖以关门，灯笼火把如列星，一一簇拥而去。岸上人亦逐队赶门，渐稀渐薄，顷刻散尽矣。吾辈始舣舟近岸，断桥石磴始凉，席其上，呼客纵饮。此时，月如镜新磨，山复整妆，湖复颓面。向之浅斟低唱者出，匿影树下者亦出，吾辈往通声气，拉与同坐。韵友来，名妓至，杯箸安，竹肉发。月色苍凉，东方将白，客方散去。吾辈纵舟，酣睡于十里荷花之中，香气拍人，清梦甚惬。[①]

张岱虽未对看月诸人进行明显之褒贬，然在五类人中，楼船显贵、名娃闺秀、名妓闲僧、嘈杂慵人都未及于喧闹之时匿影树下、逃嚣里湖之好友佳人，而后之月如新镜、山复整妆的雅人小集，更显其生活情趣，篇末之纵舟酣睡，无嘈杂，无纷扰，荷香与清梦并发，将高情雅意推至顶峰。

引俗入雅，化雅入俗，雅俗之间的往复将时人审美领向普遍化与精致化，对比衬托之下，雅更为自然，更有高致，以此成就了以美脱俗、以美化众的诗性文化。如张岱之《虎丘中秋夜》：

> 虎丘八月半，土著流寓、士夫眷属、女乐声伎、曲中名妓戏婆、民间少妇好女、崽子娈童及游冶恶少、清客帮闲、傒僮走空之辈，无不鳞集。……二鼓人静，悉屏管弦，洞萧一缕，哀涩清绵，与肉相引，尚存三四，迭更为之。三鼓，月孤气肃，人皆寂阒，不杂蚊虻。一夫登场，高坐石上，不箫不拍，声出如丝，裂石穿云，串度抑扬，一字一刻。听者寻入针芥，

---

① 张岱《陶庵梦忆》，马兴荣点校，中华书局，2007年，第84页。

心血为枯，不敢击节，惟有点头。然此时雁比而坐者，犹存百十人焉。使非苏州，焉讨识者！[①]

从人群随暮夜渐深的渐次散场，到三鼓之后不急不缓的一夫登场，张岱的暮夜活动随时间流逝而渐趋雅境，层层推进的书写形式更加衬托出三鼓之后艺术表演的高雅精致。最终的“一夫登场……声出如丝，裂石穿云，串度抑扬，一字一刻”，更是将曲艺表演推向了极致，而此时场下仍雁比而坐的盛况，又在认同场上的善演善唱之外，侧面肯定了场下观者的善听善品。“使非苏州，焉讨识者！”即是以畅快言语对所属地域之文化表达出的非凡自信。时人时地的艺术表演与艺术欣赏，正是在观者与演者对艺术共同的精致追求之中，达到以雅化众，化俗为雅的境界，大众化的暮夜生活也由先前的实用与适用而向着品味性、审美化转移。

（二）高士体验：市人玩乐介入处士认知

隐士之不入城市，是古代中国隐士文化一大传统，城市作为政治权力与物质财富的集中地[②]，与游离于名利之外而息隐山林以保持精神独立与心灵自由的隐士传统背道而驰。对于张岱来说，幼年即起的诗书涵养在其心中早已埋下一份对士人的尊重与向往，而在长辈引导下经常性地“读书山中”却“不读朱注”[③]的阅读习惯，又注定了其与仕宦之途渐行渐远而在心态上逐渐向士隐靠近[④]。然而乐于处于城市生活的富丽纷繁、物质生活日异月新的激流之中的他断然无法

---

① 张岱《陶庵梦忆》，马兴荣点校，中华书局，2007年，第64—65页。

② “在权力居于武力中的这种政治系统里面，武力是统治阶级的一种工具。它是权力的象征，也是维护权力的必要工具”，费孝通这一对中国近代城邑的界说同样也适用于古代城市。Hsiao-tung Fei，*China's Gentry*，Chicago University Press，1953，p. 95.

③ 张岱在《四书遇序》中直言：“余幼遵大父教，不读朱注。凡看经书，未尝敢以各家注疏横据胸中，正襟危坐，朗诵白文数十余过，其意义忽然有省。”详见《张岱诗文集》，夏咸淳点校，上海古籍出版社，1991年，第107页。

④ 张岱不汲汲于功名，亦可见其《会稽县志凡例》：“甲第科名，至艳事业。黄榜一出，深山穷谷无不传其姓氏，而身殁之后，烟销影灭，一榜之中，除立德、立功、立言之人，则鲜有传于身后者矣，树立其可缓哉？”详见《张岱诗文集》，夏咸淳点校，上海古籍出版社，1991年，第415页。

舍弃这份绚烂繁华的市人生活去做一个符合标准的传统隐士，而内在道德的规训与古今传统的承继同时也令他无法全然成为一个纯粹的市井中人。故而其在《品山堂鱼宕》一文中说："二十年前强半住众香国，日进城市，夜必出之。"[①]进为城市，为狂欢，为人世繁华；出则为山林，为静谧，为乡野冷寂。此一进一出，暮夜与白昼的边界由之成为张岱所特意为自己营构的身份界限。夜出城市，是对市井繁华的远离，也是对处士之境的靠近。于是，围绕着传统的处士认知与市井的行为方式，张岱以矛盾心理走出了一条以市人之身出入处士之境，将处士传统变换为高士体验的道路。故而在《冷泉亭》一文中，张岱以能超越苏轼等人而同享一份林逋、李芰等传统隐士的绝对幽独而为生命之乐：

> 余在西湖，多在湖船作寓，夜夜见湖上之月，而今又避嚣灵隐，夜坐冷泉亭，又夜夜对山间之月，何福消受。余故谓西湖幽赏，无过东坡，亦未免遇夜入城。而深山清寂，皓月空明，枕石漱流，卧醒花影，除林和靖、李岣嵝之外，亦不见有多人矣。即慧理、宾王，亦不许其同在卧次。[②]

在其为处士正名的《焦山》一文中，也可从其放舟焦山，离于烟火人间而入于太古之境，以山野冷寂熏染个人性灵，看到其由市人到处士的身份转换路径：

> 仲叔守瓜州，余借住于园，无事辄登金山寺。风月清爽，二鼓，犹上妙高台，长江之险，遂同沟浍。一日，放舟焦山，山更纡谲可喜。江曲涡山下，水望澄明，渊无潜甲。海猪、海马，投饭起食，驯扰若豢鱼。看水晶殿，寻瘗鹤铭，山无人杂，静若太古。回首瓜州烟火城中，真如隔世。[③]

张岱心中所涌起的"隔世之感"，正是个人主体在客观环境的切换之下所存留下的主观情绪表现，此种变动，也是主体身份认同已然得到

---

① 张岱《陶庵梦忆》，马兴荣点校，中华书局，2007年，第88页。

② 张岱《西湖梦寻》，马兴荣点校，中华书局，2007年，第145页。

③ 张岱《陶庵梦忆》，马兴荣点校，中华书局，2007年，第27—28页。

转换的心灵印记，故而后文有力正处士之名的行为出现。

如果说身份的转换可从张岱的“隔世之感”中得到印证，那么张岱晚年的“愧恨之心”则可从侧面反推其早年身份转换的不够纯粹。其自言若欲寻一去绮丽、远笙歌的盘古深溪，当以堪比桃源的西溪为最，然在《西溪》一文，即使是“余友江道暗有精舍在西溪，招余同隐”，张岱却以“鹿鹿风尘，未能赴之”，以至年老之际“犹有遗恨”。[①]《岣嵝山房》一文，将此种心绪表达得更为直白真切，正文言：

> 岣嵝山房，逼山、逼溪、逼韬光路，门外苍松傲睨，蓊以杂木，冷绿万顷，人面俱失。……天启甲子，余键户其中者七阅月，耳饱溪声，目饱清樾。……日晡，必步冷泉亭、包园、飞来峰。[②]

一个“逼”字，将溪山冷绿直陈眼前，目之所及，耳之所闻，不见人面，唯自然本色而已。天启甲子，张岱读书其中七阅月，大近处士之风，然其晚年却对此一段生活多有愧意，见其中小序：

> 天启甲子，余与赵介臣、陈章侯、颜叙伯、卓珂月、余弟平子读书其中。主僧自超，园蔬山蔌，淡薄凄清。但恨名利之心未净，未免唐突山灵，至今犹有愧色。[③]

两文中以“名利之心未净”与“鹿鹿风尘”对其前半生所作的回顾，即是张岱对以市人玩乐之心进入处士修洁之境的自认。而站在处士之境向处士之心不断靠近，其间持续的模仿、营构、亲近、浸润与玩味，不断地缩小着自我之身心与处士之身心的实际距离，由后起之精神超越替代先前的环境向往，以静己修身而涤除效用目的，最终而达到可能与处士同其身心的高度和境界。此种变化过程，与徐复观就阅读所提出的“追体验”的功夫极为一致：“在不断地体会、欣赏中，作品会把我们导入向更广更深的意境里面去，这便使读者与作者，在立体世界中的距离，不断地在缩小，最后可能站在与作者相同的水平，相

---

① 张岱《西湖梦寻》，马兴荣点校，中华书局，2007 年，第 208 页。
② 张岱《西湖梦寻》，马兴荣点校，中华书局，2007 年，第 153 页。
③ 张岱《西湖梦寻》，马兴荣点校，中华书局，2007 年，第 152 页。

同的情境，以创作此诗时的心来读它，此之谓‘追体验’。”[①]于张岱来说，处士之身心就是被阅读的对象，正是在反复的追寻中对处士体验的靠近，让张岱向着更为深远的生命体验前行，从而发见到内心的充盈澄澈与生命的平和安宁，达到可与真处士同其境界的高度，其年老之际心中所涌现的“唐突”、“愧色”与“遗恨”，就是其于从身处高士之境到心怀处士之心的自我确认。

（三）暮夜幽赏：卧游传统化出审美体验

卧游，是贯穿张岱人生始终的暮夜形象，其源出古典中国在历史时间中渐层累而起的“卧游”传统，东汉时期袁安卧雪[②]的高洁典实为其注入人格之美，南朝宗炳“唯澄怀观道，卧以游之”[③]的观画方式将之引为审美体悟，黄庭坚“玉堂卧对郭熙画，发兴已在青林间”（《次韵子瞻题郭熙画秋山》）[④]、陆游“老来无复当年快，聊对丹青作卧游”（《观画山水》）[⑤]、倪瓒“一畦杞菊为供具，满壁江山入卧游”（《顾仲贽来闻徐生病差》）[⑥]等人的题画诗作的出现与宋明两代《潇湘卧游图》、《卧游图册》、《江山卧游图卷》等实体图卷的流行，则将之由理论经验延续到诗画实践，“卧游”已然成为贯通古典中国众多艺术门类的一大文化传统。

张岱之“卧游”，继承前人传统而又与前人不同。前人之“卧游”多以观画为其载体，身未动而心已远，如刘勰所谓“寂然凝虑，思接千

---

① 徐复观《中国文学论集》，上海书店出版社，2004年，第254页。

② 《后汉书·袁安传》李贤注引晋周斐《汝南先贤传》：“时大雪积地丈余。洛阳令身出案行，见人家皆除雪出，有乞食者。至袁安门，无有行路，谓安已死。令人除雪入户，见安僵卧。问何以不出。安曰：‘大雪人皆饿，不宜干人。’令以为贤，举为孝廉。”后遂以“袁安卧雪”为安贫高洁之典实。

③ 吕祖谦《卧游录》：“宗少文好山水，爱远游，西涉荆巫，南登衡岳，因结宇衡山。有尚平之志，以疾还江陵，叹曰：‘老疾俱至，名山恐难遍观，唯澄怀观道，卧以游之。’凡所游履，皆图之于室，谓人曰：‘抚琴动操，欲令众山皆响。’”收于王云五主编《丛书集成初编》，商务印书馆，1937年，第1页。

④ 黄庭坚撰，任渊等注《黄庭坚诗集注》，刘尚荣校点，中华书局，2003年，第263页。

⑤ 陆游著，钱仲联校注《剑南诗稿校注》，上海古籍出版社，1985年，第2698页。

⑥ 《倪云林集》卷四，载《四部丛刊初编》，景秀水沈氏藏明天顺刊本。

载，悄焉动容，视通万里”[①]，可与风云并驱，与山川同秀，是静中的极动；然张岱之“卧游”以对立体世界的沉潜打破了前人以平面载体为依托所进行的虚拟化、想象性游历，在亲身的游历实践中归返实景山水，以身心在自然山川的流动变换而逐渐进入冥然静契的状态。正是此种不同，为张岱在对“卧游”传统的承继之中开辟出“暮夜幽赏”这一明人经典的审美风尚创造了条件。

“卧舟夜游”，是张岱所构建的经典暮夜形象，其中的行进式体验所带来的“幽深”感受是张岱“幽赏”审美的其中一面。逐月而行、舟行观景是张岱的经常之举，如其《桐庐》诗：“夜起披衣坐，开篷对月明。”[②]以至年老，张岱也为自己将得一小船而高兴得写诗志喜，见其《鉽儿许造一小划船，徜徉千岩万壑之间，为老人终焉之计，先以志喜三首》：

> 静载琴书去，幽深是六陵。白莲砦下藕，红水独山菱。
> 冰雪诗文骨，空明禅乘燈。薄言供晚酌，船尾挂鱼罾。[③]

这种人卧于舟、顺水而流的观景方式弱化了传统“卧游”神思飞动的主观色彩，而审美对象的客观“流动”则带来了空间观感的持续变动，以散点游走为核心的观景方式强化了审美过程的持续与流动。此种感受也可见其《西湖七月半》：“月色苍凉，东方将白，客方散去。吾辈纵舟酣睡于十里荷花之中，香气拍人，清梦甚惬。”[④]赏玩之中的行进体验带来了与早前人声鼎沸相异的清雅之感，此中的纵深变化是张岱“幽深”感受的主要来源。

“幽密”感受是张岱“幽赏”审美的另一个侧面，其源出张岱幽隐之行中私人化的审美体验。中国古人向来有以“幽人”言说“隐者”的传统，如《易·履》：“履道坦坦，幽人贞吉。”孔颖达疏曰：“幽人贞吉

---

① 刘勰撰，周振甫注《文心雕龙注释》，人民文学出版社，1981 年，第 295 页。
② 张岱《张岱诗文集》，夏咸淳点校，上海古籍出版社，1991 年，第 70 页。
③ 张岱《张岱诗文集》，夏咸淳点校，上海古籍出版社，1991 年，第 76 页。
④ 张岱《陶庵梦忆》，马兴荣点校，中华书局，2007 年，第 84 页。

者，既无险难，故在幽隐之人守正得吉。”[①]后孟浩然《夜归鹿门寺》“岩扉松径长寂寥，惟有幽人自来去”[②]，苏轼《定惠院寓居月夜偶出》“幽人无事不出门，偶逐东风转良夜”[③]，都与之相关。张岱夜出城市，避迹山居的幽隐之行，即是源于其对隐士之风的追逐，正是在此远离人迹的追逐中，张岱获得了非常私人化的审美体验。如其《庞公池》一文：

> 庞公池岁不得船，况夜船，况看月而船。自余读书山艇子，辄留小舟于池中，月夜，夜夜出，缘城至北海坂，往返可五里，盘旋其中。山后人家，闭门高卧，不见灯火，悄悄冥冥，意颇凄恻。余设凉簟，卧舟中看月，小傒船头唱曲，醉梦相杂，声声渐远，月亦渐淡，嗒然睡去……此时胸中浩浩落落，并无芥蒂，一枕黑甜，高舂始起，不晓世间何物谓之忧愁。[④]

开头即以渐进式书写将自己看月而船的行为层层推动到一个少之又少层面之上。在大众而言的少见行为于张岱来讲却又是乐在其中的，加之山后人家的灯火悄冥，我自盘旋于水月山川、不晓世间忧愁的审美体验，此中不足为外人道的欣然磊落，直接形成了其私人化、私密性的审美体验。

张岱笔下的“幽冷”观感，也是其“幽赏”审美的其中一点。暮夜之下，夜色的苍凉、山林的冷绿、音声的悄冥，无不叠加出一种冷寂之气，此种冷寂直接带来了张岱笔下的幽冷气质，如其在《冷泉亭》中所言：

> 夏月乘凉，移枕簟就亭中卧月，涧流淙淙，丝竹并作。……今又避嚣灵隐，夜坐冷泉亭，又夜夜对山间之月，

① 李道平《周易集解纂疏》，潘雨廷点校，中华书局，1994 年，第 158 页。

② 孟浩然著，佟培基笺注《孟浩然诗集笺注》，上海古籍出版社，2000 年，第 86 页。

③ 苏轼著，冯应榴辑注《苏轼诗集合注》，黄任轲、朱怀春校点，上海古籍出版社，2001 年，第 997 页。

④ 张岱《陶庵梦忆》，马兴荣点校，中华书局，2007 年，第 88 页。

何福消受。余故谓西湖幽赏，无过东坡，亦未免遇夜入城。而深山清寂，皓月空明，枕石漱流，卧醒花影，除林和靖、李岣嵝之外，亦不见有多人矣。即慧理、宾王，亦不许其同在卧次。[①]

谷崎润一郎言："美，不存在于物体之中，而存在于物与物产生的阴翳的波纹和明暗之中。"[②]张岱所体验到的"幽冷"，正是来源于此种综合感受。暮夜的以其黑暗平息了世间波动，月色在照亮山色的同时，更添了其间的冷意，流水漱石的音声更反衬山间冷寂，无论是移篁对月，还是卧花枕石，张岱的行为都因其与环境的零距离接触而凉意悠然，再看暮夜山色，皆着冷寂之感。正是此种幽冷的观感环境、与幽深的行进体验和幽密的心理状态的共同作用，让张岱将卧游传统由虚渐实、由平面而立体，张岱更以一种欣赏的、体验的、玩味的眼光将暮夜、山林、和自我的合一充分表现了出来，过程、行为、观感的叠加，由之形成了"暮夜幽赏"的审美体验。

三、吾道不孤：时代话语接续传统价值

作为物质生活充盈与商品经济流通的产物，明人在时间与空间的延伸中构建起繁盛的暮夜世界，同时，与时代潮流相应，"物质"与"消费"的入场也带来了时人追物逐利的社会风气，如《绍兴灯景》中张岱所言："绍兴灯景为海内所夸者无他，竹贱、灯贱、烛贱。贱，故家家可为之；贱，故家家以不能灯为耻。"[③]而张岱本人，也是华灯烟火、梨园鼓吹，靡丽繁华，尽极奢侈。

有意思的是，张岱却在明代的极繁盛之后，转出了相悖于时代风气的荒寒之美，其中经典，当属其《湖心亭看雪》一文：

崇祯五年十二月，余住西湖。大雪三日，湖中人鸟声俱绝。是日更定矣，余拏一小舟，拥毳衣炉火，独往湖心亭看

① 张岱《西湖梦寻》，马兴荣点校，中华书局，2007年，第145页。

② 谷崎润一郎《阴翳礼赞》，陈德文译，上海译文出版社，2010年，第24页。

③ 张岱《陶庵梦忆》，马兴荣点校，中华书局，2007年，第73页。

雪。雾凇沆砀，天与云、与山、与水，上下一白。湖上影子，惟长堤一痕、湖心亭一点、与余舟一芥、舟中人两三粒而已。到亭上，有两人铺毡对坐，一童子烧酒，炉正沸。见余大喜，曰："湖中焉得更有此人？"拉余同饮。余强饮三大白而别。问其姓氏，是金陵人，客此。及下船，舟子喃喃曰："莫说相公痴，更有痴似相公者。"①

这是中国文学自六朝文学以及唐诗宋词，所没有的一种特美，飘渺、幽微、荒寒、又隽永。此种美好，与先前之靡丽繁华全然相反。其雪夜出游，"天与云、与山、与水，上下一白"，是以天地留白；"湖上影子，惟长堤一痕、湖心亭一点、与余舟一芥、舟中人两三粒而已"，是以人迹点染。点染留白之间，一幅以天地宇宙为对象的泼墨山水已然呈现。

同样是以白写空，由繁入简，张岱所表现的却又不同于《红楼梦》结尾处的白茫茫大地，《红楼梦》是：

为官的，家业凋零；富贵的，金银散尽；有恩的，死里逃生；无情的，分明报应。欠命的，命已还；欠泪的，泪已尽。冤冤相报实非轻，分离聚合皆前定。欲知命短问前生，老来富贵也真侥幸。看破的，遁入空门；痴迷的，枉送了性命。好一似食尽鸟投林，落了片白茫茫大地真干净！②

《红楼梦》白茫茫大地的空，空在兴亡盛衰之无常，空在生命一无所有的悲凉。张岱在明代的极繁盛之后，转出此种荒寒简逸，首先是其在空阔的天地宇宙之中，实现了生命的顿悟，恰如清人戴熙论画所言："崎岸无人，长江不语，荒林古刹，独鸟盘空，薄暮峭峭，使人意豁。"③张岱之"意豁"，在其由繁入简、返璞归真，解脱了世俗人生的得失名利。物质上的富足在成就暮夜生活的丰盈的同时，其间追欲逐

① 张岱《陶庵梦忆》，马兴荣点校，中华书局，2007年，第43页。

② 曹雪芹《红楼梦》，人民文学出版社，1982年，第86页。

③ 戴熙《赐砚斋题画偶录》，载沈子丞《历代论画名著汇编》，文物出版社，1982年，第568页。

利的风气也为时人时世带来了新的困惑与焦虑，故而在《自为墓志铭》中张岱曾自评人生有“贵贱紊”、“贫富舛”、“文武错”、“尊卑溷”、“宽猛背”、“缓急谬”、“智愚杂”的七不可解[①]。而在上下一白的西湖雪夜，张岱则由绚烂而归于平淡，将繁华落尽，扫清时人时世之弊，以空诸所有在宇宙天地的大自在中寻求到了内心的平和与安宁。

其次，同是雪夜荒寒，天地简白，山河草木，寂静如死，张岱的暮夜出游，其间的心灵体验与精神状态与魏晋人物亦有不同。对比魏晋名篇之“雪夜访戴”：

> 王子猷居山阴，夜大雪，眠觉，开室，命酌酒，四望皎然。因起彷徨，咏左思《招隐》诗。忽忆戴安道。时戴在剡，即便夜乘小舟就之。经宿方至，造门不前而返。人问其故，王曰：“吾本乘兴而行，兴尽而返，何必见戴？”[②]

王子猷以兴起而行，张岱因痴绝而动，两者雪夜出游的行动相似，而后续发展却大有不同：王子猷乘舟而来、兴尽而返，其重点在书写任诞放浪、不拘形迹的人物风流；张岱以留白点染写天地之荒寒旷远，以铺毡对酒写来人之雅意高情，一寒一暖，两相对比，其重点在表达兀傲不倚的生命精神、遗世独立的心灵境界。不同于“雪夜访戴”王子猷下场亲自解惑，张岱笔下是以亭上人的大喜、扶船舟子的喃喃这等旁人视角的介入而串连起不同身份的金陵客人、张岱本人、舟子个人，正是众人在雪夜西湖无差别、齐体验的照面相交、心灵知赏，点出了张岱内心深处的呐喊：“吾道不孤。”

张岱暮夜书写所表现的“吾道不孤”，首先离不开“百姓日用即道”的时代话语。《易·系辞上》言“道”谓：“仁者见之谓之仁，知者见之谓之知，百姓日用不知，故君子之道鲜矣。”[③]作为传统价值体认里的两端，“君子”为载道之体，“百姓”则是日用而不知。然自明中叶以来，王阳明及其后学即有着颠覆传统以“道”为体、寄“道”于圣君贤相

---

① 张岱《嫏嬛文集》，栾保群注释，故宫出版社，2012 年，第 229 页。

② 刘义庆著，余嘉锡笺疏《世说新语笺疏》，中华书局，1983 年，第 760 页。

③ 李道平《周易集解纂疏》，潘雨廷点校，中华书局，1994 年，第 560 页。

的思想转换。王阳明的“不离日用常行内，直造先天未画前”[①]，已然预示着“道”的载体的下移，后王艮的“圣人之道，无异于百姓日用”[②]，罗汝芳的“捧茶童子却是道”[③]，李贽的“穿衣吃饭即是人伦物理，除却穿衣吃饭，无伦物矣”[④]，等等思想观念的持续冲击，更以对生命个体的关切和现实生活的重视逐步将传统的“君子之道”转入“日用之常”，使之成为明代中后期的思想潮流。正是有此“日用之常”的基础，西湖雪夜才不至于被人孤赏，雅化审美才会根植于大众化的个体生命，素不相识的金陵客人、喃喃舟子，才能同张岱一起，以荒寒之中生命的温热创造出西湖夜雪相遇知赏的诗意图景。

“吾道不孤”，还在于其接续士人传统，感怀历史人生，自觉地“以道自任”。正是其心中有对传统之“道”的责任，故其在治世，在日常，重由技进道，在物质中寻觅精神，即世间而超世间，追求艺与道合、人与天通的境界，如其在《妙艺列传总论》中所论：“世人一技一艺，皆有登峰造极之理”，“若夫妙艺诸君子，皆以书画得名，极其造诣。断非浅衷薄质之人所能及，于是知艺与道合，人与天通，诸君子虽艺乎，而实进于艺矣”。[⑤] 同时，其又能以美明道，知本而知止，以审美纾解物欲，借助“道”的传统对时代的精神困境作出由繁入简的洗心回应，如枡野俊明所言日本枯山水：“我们生活的环境在不断变化，建筑也是。因此，枯山水肯定也会有变化，但美的本质是不会变的。它的空灵、静谧，在任何时代都会打动人心。”[⑥]进入雪夜的荒寒之境并非消极的避世，而是于时代变化中保持清醒，回归到宇宙天地的苍莽之中，恢复生命的自然本真。

---

① 王守仁《王阳明全集》，上海古籍出版社，1992 年，第 791 页。

② 王艮《王心斋全集》，江苏教育出版社，2001 年，第 10 页。

③ 沈善洪主编《黄宗羲全集》第 8 册《明儒学案》（下），浙江古籍出版社，2005 年，第 16 页。

④ 李贽著，陈仁仁校释《焚书・续焚书校释》，岳麓书社，2011 年，第 543 页。

⑤ 张岱《石匮书》，南京图书馆藏凤禧堂抄本。

⑥ 林霖《“枯山水”美学》，《上海艺术家》2015 年第 1 期，第 53 页。

另一方面，张岱的“以道自任”，还在其于危世、乱世的以身守道、以人存道。张岱在“崇祯五年”的雪夜出游中一扫前时繁盛，由绚烂而转入平淡，也是其嗅到所属时代政治危亡、内外交困的敏感表现，其将心中隐忧化为视所择、手所写的简逸荒寒，而又接续古人从荒寒之境汲取生命力量的传统，将生命的兀傲与精神的坚韧挺立在前，故于乱世，其能以身守道、以人存道，融骨气于气质，以柔性坚守否定易代必死，如其所言：“吾观死事诸君子之才略，皆有大智慧、大经济、大学问。……则烈皇帝殉难诸臣，以区区一死，遂可以塞责乎哉？……以将相大臣，事权在握，安危侍之，乃临事一无所侍，而徒以鼠为殉者，君子弗取也。”①正是有此等心性，故其能在国破家亡、避迹山居、布衣蔬食的困苦之中创作出《湖心亭看雪》等洋溢着空灵晶映之气、饱含着故国家园之恋的冰雪文章。

综而言之，作为物质充盈、经济发展的产物，张岱的暮夜书写鲜明地表现着晚明之世时人时文的日常化、大众化特征。在由以雅化俗、高士体验、幽赏审美所构成的暮夜生活美学范式中，张岱融通了彼此异质的市人、诗人与士人身份，到达了吾道不孤的精神境界并将之作为生命的出口。无论是治世的由技进道、以美明道，还是危时的以身守道、以人存道，张岱化君子之道入日用之常而又能以道自任，用之纾解时人时世之困，因之坚守为人为文之本，使暮夜书写作为其间载体成为不可磨灭的时代印记。

（华东师范大学中文系）

① 张岱《甲申死难列传总论》，《石匮书后集》卷二十，《台湾文献史料丛刊》第五辑，台北大通书局，1987 年，第 183 页。

司空图隐逸文化的韩国接受*

徐婉琦　沈文凡

内容摘要：司空图明哲保身、退隐山林的隐逸哲学思想体现出儒释道相融的人生智慧，是晚唐隐逸群体中的特殊存在。韩国文人将司空图与中国古代的高义隐者并誉为“忠烈”、“高贤”，其不仕二朝、绝仕殉唐之举已成为韩国诗家精神追求的高标，在他们的文学创作中时有体现。司空图隐居地王官谷的山水文化内化，演变升华为韩国隐逸之士避世隐居的理想桃源，韩国汉诗文献中频频可见赞美与向往。唐代以来，园林别业逐渐兴起，亭园记文不断繁盛，而寄托着司空图审美意识与生命意识的《休休亭记》，从亭园命名、志意表达、亭记行文方式等不同层面深入影响了东亚韩国的文人雅士，被创造性地接受运用，创作出与中国传统隐逸哲学核心精神一脉相承的文学作品。司空图的隐逸文化融合其诗学审美理论，辐射进

* 本文为2020年度国家社会科学基金重点项目“唐宋韵文东亚接受文献缉考与研究”(项目编号：20AZW008)的阶段性成果。2017年度国家社会科学基金重大项目“历代古文选本整理及研究”(项目编号：17ZDA247)子项目的阶段性成果；2018年度四川省区域和国别重点研究基地韩国研究中心重点项目“上梁文文献对韩国建筑民俗影响研究”(项目编号：HGZX201810)的阶段性成果。

东亚日韩文人的文学创作、批评理论及文化观念中，形成了司空图隐逸文化东亚传播的独特现象。

关键词：司空图；隐逸文化；东亚韩国；创作接受

The Acceptance of Sikong Tu's Reclusive Culture in South Korea

Xu Wan-qi Shen Wen-fan

Abstract: Sikong Tu can see through the world affairs. His hermit philosophy of living in seclusion reflects the life wisdom of Confucianism, Buddhism and Taoism. It is a special existence in the hermit group in the late Tang Dynasty. Korean literati hailed Sikong Tu and Chinese hermit of noble moral character in ancient as loyalty and high virtue. Sikong Tu's actions of dying for officialdom and dying for officialdom have become a high standard for the spiritual pursuit of Korean poets, and they are often reflected in their literary creations. The internalization of the landscape culture of Wangguan Valley in Sikong Tu's hermit has evolved into an ideal source of seclusion in South Korea. The praises and yearnings can be seen frequently in Korean poetry literature. Since the Tang Dynasty, the garden industry has gradually emerged, and the pavilion's writings have continued to flourish. The Holiday Pavilion Note, which is based on Sikong Tu's aesthetic consciousness and life consciousness, has deeply influenced the literati and scholars in East Asia from different aspects such as the naming of the pavilion, the expression of will, and the writing style of the pavilion. Literary works in the same vein as the core spirit of Chinese traditional seclusion philosophy. Sikong Tu's seclusion culture integrates its poetic aesthetic theory and radiates into the literary creation, criticism theory, and cultural concepts of

Japanese and Korean scholars, forming a unique phenomenon of Sikong Tu's seclusion culture in East Asia.

Keywords: Sikong Tu; reclusive culture; East Asia Korea; Creative acceptance

一、司空图隐逸文化特质诠解

隐逸避世是中国传统文人独特的审美生存方式,其人生观念、道德品行、诗文创作承载的精神内蕴经过后代不断接受和诠释,催生出丰厚的文学、文化,对东亚文人的创作产生了重要影响。

先秦儒家主张"天下有道则见,无道则隐"(《论语·泰伯》),魏晋以来,随着文人个体意识觉醒及以道家文化为核心的玄学的兴起,隐逸文化融合了真率任情的色彩。阮籍"礼岂为我辈设"(《世说新语·任诞》),张翰"人生贵得适志"(《晋书·张翰传》),王羲之"我卒当以乐死"(《晋书·王羲之传》)等都是自我精神的集中体现。唐代以前,文人隐逸多以避世的形式追求个体内心的安宁,"仕"与"隐"之间的界限较为分明。

进入唐代,文人的隐逸行为逐渐打通了精神与物质、山林与世俗的隔阂。宋之问"宦游非吏隐,心事好幽偏"(《蓝田山庄》);李峤"若人兼吏隐,率性夷荣辱"(《和同府李祭酒休沐田居》);杜甫"闻说江山好,怜君吏隐兼"(《东津送韦讽摄阆州录事》)等诗句将"吏"、"隐"并举,表明唐代文人对"仕"与"隐"共存性的接受。文人亦仕亦隐,在山野与庙堂的出处间得到了物质与精神的双重满足。白居易诗"大隐住朝市,小隐入丘樊。丘樊太冷落,朝市太嚣喧。不如作中隐,隐在留司官。似出复似处,非忙亦非闲"(《中隐诗》),认为居庙堂与处山林各有局限,前者太过喧嚣,后者失于冷落。一番权衡后,明确提出了仕隐两全的"中隐"概念,为出世与入世找到了妥善的平衡点,调和了精神与物质的矛盾,也为士人的避世隐逸行为增添了几分政治化的功利色彩。

晚唐因战乱频仍、生存环境的恶化使得士大夫“被动隐逸”。面对王朝易主，山河破碎，品性高洁的为官者弃官遁世，却很难再保持“中隐”的平和心态。陆龟蒙诗“世既贱文章，归来事耕稼”（《村夜》）将出仕归耕的原因归为世道轻贱文人的德行事功；罗隐诗“高阳酒徒半凋落，终南山色空崔嵬”（《曲江春感》）用讽刺笔调抒发壮志难酬的不平之鸣和目睹山河破碎的骚愁怅恨；郑谷诗“荆山归不得，归得亦无家”（《闷题》）道出落第隐痛中的矛盾与绝望。晚唐诗人表达隐逸之志，常或显或隐地流露出对衰世的无奈与哀叹，充溢着愁怨与不平之气，再难如前朝士人般全身心地纵情享受于山水之间。

但司空图与这时期被动隐退的士人在避世的动机和行为表现上尚有区别。就前者来说，虽然其退隐山林客观上是因为黄巢之乱祸及京师，朝廷动荡，但辞官归隐的举动并非因为他被贬谪放逐，而是其主动选择的明哲保身之策。两《唐书》在此处的记载均为贼臣柳璨诏司空图入朝，司空图在朝廷觐见时故意“堕笏失仪”，做乡野之态，表归隐之志，而被柳璨放归山林。[①] 与其说司空图此时隐退是畏惧柳璨的谋害，不如说这是一种全身而退的智慧选择，是对儒家倡导的“邦无道则隐”观念的主动实践，而并非真正畏惧，否则岂有勇气在哀帝被弑后选择不食而卒？

就其隐退后的行为表现来讲，虽然诗如“漉酒有巾无黍酿，负他黄菊满东篱”（《五十》）；“愁看地色连空色，静听歌声似哭声”（《浙上二首》）；“身世堪惆怅，风骚顿寂寥”（《寄怀元秀上人》）等诗句也充溢着郁郁难平的孤介之气，满载着对王朝末路的无尽哀伤，但他仍可以用儒释道相融的人生智慧进行自我调适，最终超然物外，平和自处：“名应不朽轻仙骨，理到忘机近佛心”（《山中》）；“不用名山访真诀，退休便是养生方”（《华下》）；“酣歌自适逃名久，不必门多长者

---

① 《旧唐书·司空图传》：“柳璨希贼旨，陷害旧族，诏图入朝。图惧见诛，力疾至洛阳，谒见之日，堕笏失仪，旨趣极野。璨知不可屈，诏放还山”；《新唐书·司空图传》载：“柳璨希贼臣意，诛天下才望，助丧王室，诏图入朝，图阳堕笏，趣意野耄。璨知无意于世，乃听还。”

车”(《归王官次年作》),将佛家忘机修炼禅心,道家访山追求长生等行为当做儒家出世自适的良方,字句间折射出儒释道调和的人生哲学。这与晚唐文人被动放逐山林,自泣自吟的单纯悲叹是有所不同的。

司空图隐逸思想承载的文化智慧辐射、渗透进韩国文人的诗文作品中,在韩国文坛形成了司空图隐逸文化的接受奇观。韩国文人对司空图不仕二朝、以死殉唐的高义之举充满敬仰。成海应(1760—1839)言:“其入朝时,阳堕笏而趣意野毫者,不欲与柳璨辈同朝也。及温篡位,征之不起,闻哀帝弑,不食卒,欲不事贰姓也。考唐末之忠,在官者唯张承业;在士唯表圣也,耿耿乎烈哉!”(《书五代史六臣传后》,《研经斋全集》续集册十二)叙述司空图绝食而卒,不事二朝的刚烈之举,将他与唐朝灭亡后拒绝加官进爵的忠臣张承业类比,赞许其忠义;田愚(1841—1922)说:“司空图弃官居乡,唐昭宗屡征不起……古今称为高贤。”(《答洪约厚》,《艮斋先生文集前编》卷之六)举司空图主动退隐事迹,称其为“高贤”。韩国文人高度认可司空图的隐逸行为,这种认可是建立在他们欣赏仰慕司空图忠贞傲岸节操的基础之上的。韩国的贤人雅士能将司空图区别于历史上其他隐士,深入理解其不忧不惧的高洁人格及明哲保身的人生哲学。

因将隐逸系以忠贞,韩国司空图隐逸文化接受文献中,并举其他中国历史上较有名望的忠贞隐逸之士亦不鲜见:许愈(1833—1906)说,“昔有躬耕于乱世者,诸葛武侯之于南阳是也;有贤名而盗不敢近者,司空图之于王官谷是也”(《答赵圣执性璹》,《后山先生文集》卷之四),并举躬耕于南阳,未出茅庐而知天下事的诸葛亮与隐居王官谷,贤名远扬能使盗贼远之[①]的司空图,说明二高贤因品行高尚深得人心;柳麟锡(1842—1915)为人所撰的墓志铭中提到墓主“尝仿司空图故事,自占生圹,作寿藏序,又次陶靖节自挽诗,命后刻碑”(《觉梦堂

① 《新唐书·卷一百九十四,列传第一百一十九》:“时寇盗所过残暴,独不入王官谷,士人依以避难。”司空图所处的时代常有寇盗作乱,到处抢掠,却独不去司空图所居的王官谷。不少读书人都去那里避难。正是司空图忠义安贫的贤名远扬,使得“盗不敢近”。

朴公墓碣铭并序》,《毅庵先生文集》卷之四十七),叙述墓主效仿司空图"豫为冢棺"[①],提前为自己备好墓地,次韵陶渊明为自己写挽诗等参透生死的洒脱行为,反映出墓主对司空图、陶渊明高义之举的钦佩敬仰;田愚(1841—1922)叙:"唐司空图,曾被召入京,归隐王官谷。闻哀帝被弑,不食而卒,此犹有职名者。至于明文琼,当崇祯殉社之日,书其身曰:位非文丞相,心是文丞相。痛哭梓宫,触石而死。此是一布衣耳,乃能如此,岂非壮且烈哉!"(《答徐廷世》,《艮斋先生文集前编》续卷之三)将司空图与明代死节之士汤文琼[②]并举,称赞不仕二朝、以死效忠行为之壮烈。忠义不能两全时,以死殉国或隐逸不出是历来士人阶层普遍认可的守节途径。

与司空图同时代且有相似经历的韩偓[③]在韩国文献中与司空图比肩并美的频率较高。申钦(1566—1628)曰:"韩偓,唐季人也……其操节当与司空图并美。"(《晴窗软谈·上》,《象村稿》卷之五十·漫稿上);田愚(1841—1922)曰:"而无愧为司空图、韩偓之流,则亦何害于遯世之义耶?"(《答李铎谟》,《艮斋先生文集前编》卷之七)将司空图与韩偓避世守贞的节操相媲美,表达肯定与赞赏。诗人咏史时,亦对二位身处动乱而坚贞守节之人称赞有加:李裕元(1814—1888)诗:"进退不污惟一人,辞官韩偓莫相伦。季唐时节高贤在,迹近情疏远要津。"(《史咏四十二首·司空图》,《嘉梧稿略》册三)并称韩偓、司空图为"高贤",且以"进退不污"高度肯定了司空图的仕隐选择;郭说(1548—1630)诗"唐家浮薄已成风,举世滔滔名利中。独有保身明哲者,韩公之后见司空",注云:"司空图、韩偓,以丞相因隐王官谷,不仕。"(《咏史有感四首又八首》,《西浦先生集》卷之四)以滔滔名利的

① 《新唐书·卷一百九十四,列传第一百一十九》载司空图"豫为冢棺,遇胜日,引客坐圹中赋诗,酌酒裴回。客或难之,图曰:'君何不广邪?生死一致,吾宁暂游此中哉!'"

② 计六奇《明季北略》:"汤文琼,菜佣也。见先帝梓宫过,恸哭触石死。一云,北京布衣汤文琼,闻煤山之变,感慨自杀,其衣带所藏有云:位非文丞相之位,心同文丞相之心。贼闻之,亦叹其忠义云。南都赠中书舍人,赐祠,额曰旌忠。"

③ 韩偓(约842—923),晚唐五代诗人,朱全忠篡唐后,韩偓深感仕途险恶,不念功名,隐居于南安葵山,时称"韩寓",所做诗篇感时类悲而能婉,柔中带刚,艺术价值颇高。

唐末乱世衬明哲保身的司空图、韩偓二公，表达敬慕之意。因二人所处时代与经历相似，我国古典史传、诗话文献往往以“辞荣引去、自爱其身”“不受梁官、未食闽禄”并赞司空图、韩偓的忠贞气节[①]。在韩国文人的记录叙述中，不排除承袭了上述行文习惯，侧面反映出域外文人对中国古典文献解读深入，对中国传统隐逸文化理解深刻。

上述忠贞之士，诸葛为先隐后仕，陶、韩为先仕后隐，汤氏为一菜佣，并未入仕。他们在仕与隐的选择上一如司空图，未取出处两全的“吏兼隐”，而是完全遵从忠贞内心与高尚操守做出抉择，屡屡被效仿赞颂。南朝范晔在《后汉书・隐逸传》中将文人隐居的动因划分为“隐居以求其志”、“回避以全其道”、“静已以镇其躁”、“去危以图其安”、“垢俗以动其概”、“疵物以激其清”[②]六种。韩国文人接受中国古代隐逸文化时所认可的隐逸动机更倾向于前两者，同时对纯粹“身隐”的认可度似乎高于“吏兼隐”。这再次证明韩国文人接受司空图隐逸思想是以高度认可其忠贞高洁品行为前提的。

另一方面，司空图清幽澄澈的隐逸之志与抱朴耐辱的人生哲学为他赢得了千古美名，韩国文人创作接受司空图的文献中，常可见其对司空图避世主张、高情逸想的赞美。闵遇洙（1694—1756）说：“管幼安，司空表圣，区区所尝企慕者也。今得来示，此心又飘然在辽东中条之间。而其高情逸想，何可几及也？”（《答百顺》，《贞庵集》卷之四）真挚地表达了对司空图高蹈行为与栖息之地的心向往之。金进洙（1797—1865）有《再呈青士》（《莲坡诗钞》卷下）一首长诗寄托自己

---

① 如《读通鉴论・卷二十七懿宗》载：“韩偓、司空图处无可救药之时也，君即唯我之是听，而我固无如之何也，去之可也”；《读通鉴论・卷二十七昭宗》载：“司空图、韩偓进不能自靖，而退以免于污辱，其尚瘥乎！”；《读通鉴论・卷二十七昭宣帝》载：“温诚诛锄善类不遗余力，而士大夫无可逃之彀中邪？乃于韩偓弗能杀也，于司空图弗能杀也”；《宋论・卷一・太祖》载：“夷考自唐僖、懿以后……其辞荣引去、自爱其身者，韩偓、司空图而止”；《五代诗话》载：“而司空图之不受梁官，韩偓之未食闽禄，例以陶潜称晋，仍是唐人”；《鹤林玉露・乙篇・卷六》载：“晚唐诗绮靡乏风骨，或者薄之……然气节之士，亦往往出于其间……韩偓在翰林……司空图初为礼部员外郎，弃官隐居王官谷，累征不起……”

② 《后汉书》卷八十三，中华书局，2005年，第1861页。

的归隐之思，将青山比作高士，极言山水自然之美，其中有："寿圹司空图，生挽晋处士。吾今忌讳偏，归养思千里。"诗句提到司空图自占生圹，超然生死，修心归隐的事迹，明确表达了作者的忠义之心与归隐之志。韩国文人认可司空图忠贞品行，躬身实践司空图的隐逸哲学思想，对中国传统的隐逸文化内涵理解深刻。

二、"王官谷"山水隐逸文学的符号标示

魏晋以来山水文化兴起，自然界的山水田园融入进文学审美领域，逐渐内化为文人的人格和情感。隐逸文人群体中，无论以隐求名者，以隐守志者抑或以隐托身者，山水文化都是其文学创作中不可或缺的成分。隐逸避世过程中，文人将志意与节操付诸自然景物，对其进行审美观照，促成了山水文化在人格与理性上的升华，逐渐由"客观自然"过渡到"理性自然"。从陶渊明的柴桑田园、谢灵运的始宁山墅再到王维的辋川别业、岑参的双峰草堂、储光羲的终南幽居都是山水文化与隐逸文化融合的产物。

随着司空图高节美名的流传，他选择的避世幽居之地王官谷也在这样的时代背景下被赋予了特殊的文化意蕴。后世文人表达隐逸之志的作品中，频频可见对王官谷的向往之情。北宋王干"耐辱幽人不愿名，一丘一壑遂高情"(《游王官谷》)诗句将司空图耐辱守节的素志付诸王官谷的一丘一壑，使山陵溪谷亦富高致；元代袁凉"王官谷里丹阳观，邻着司空表圣像。乔木几番新雨露，高名千古旧烟霞"(《王官谷司空图隐居》)观司空图像而起怀古幽思。韶光流逝，王官谷中花木几番开落，司空图的高名大义仍千古流传；明代许庄"辟开荒地二三亩，结上茅庐一两间。睡到日高犹未起，卧听流水任潺亹"(《王官谷乐隐》)极言王官谷隐居时悠然安睡，卧听流水的自得之乐；清代王士祯"爱汝王官谷，他年拟借居。三峰当户牖，五姓足樵渔"(《送吴天章归中条・其二》)更直白地表明他日要在王官谷般清幽之地借居的愿望。自宋至清，王官谷多次被精心修缮，文人墨客始终不惜笔墨盛赞王官谷的湖光山色，追忆遥想司空图旧时行迹。焦竑《国

史经籍志》[1]录有《王官谷图集》四卷，专收文人关于司空图故居的佳咏，包罗史传、诗歌、游记、铭赞等众多文学体式。这些文献围绕王官谷展开，呈现出宋代以来司空图隐逸文化接受的洋洋大观。

山明水秀，景色宜人的王官谷"岩洞深邃，泉壑幽胜。旁有天柱、跨鹤诸峰，瀑布、贻溪诸水。山水之胜，甲于河东"[2]。山水环绕，确为雅士清心隐居胜地。"松砒水声，云光野色，环照旌旆"（《全宋文·王官谷题名》），山光水色本就令人心驰神往。择此地栖息的司空图志乐漱流，心轻食禄的隐士节操充溢着他避世修身的人生哲学，在山水风光与隐士高名的双重作用下，王官谷自然成为了贤人雅士心向往之乃至可望不可即的理想归宿。历来凡言及王官谷的文献几乎无不将其描绘成隐逸之士避世守节的理想桃源，放眼东亚也不例外。

往来书信中，韩国郭钟锡（1846—1919）屡次提到对王官谷的向往："今不获已唤妻孥当来，然伽北亦非王官谷，其突可待黔耶?"又言"自困扰攘，身心余几"（《答李器汝》，《俛宇先生文集》卷之二十），作者化用"墨突不黔"的典故，言自己终日繁忙，四处奔走，席不暇暖，比之自困的"扰攘"，王官谷清幽宁静的环境自然更加令人神往。再如"似闻将问舍于闻喜山中，岂有一区王官谷，可以结翠微之社耶？诚愿膏秣以从，而终吾生而徜徉也"《答郑舜谐教永·壬子》（《俛宇先生文集续》卷之六），希望在求田问舍时能寻得像王官谷一样青山绿水环绕的佳地，甚至愿意终身徜徉其间。如此执着真挚的愿望必然建立在作者对王官谷文化的深入理解之上。信中所言的"王官谷"当非指司空图隐居之地，或可理解为韩国袭用司空图王官谷命名的清幽佳境，很大程度上可以作为韩国文人表达避世志意的精神象征。郭钟锡其他书信如"世无王官谷，且当据见住处作得某里"（《答河采五·戊申》，《俛宇先生文集》卷之六十七），"顾宇内无桃源别天，且从近可地做自家王官谷"（《答丁伯崇·辛亥》，《俛宇先生文集》卷之七

---

[1] 焦竑《国史经籍志》，商务印书馆，1959 年。

[2] 顾祖禹《读史方舆纪要·卷四十一·山西三》，中华书局，2005 年。

十三)所云,无论是“世无王官谷”的慨叹,还是对“桃源别天”的向往,抑或是“结翠微之社”的期待,表达的情感都与我国古代相关文献具有较大相似性。书信言语真挚,作者深情流露,全身心地接受了司空图的王官谷隐居文化。

韩国汉诗诗句中明确提到“王官谷”者颇多,其所指同样不仅局限于司空图真正的隐居之地,更多是作为诗人心目中理想桃源的比附出现的。姜栢年(1603—1681)“古来名胜地,今作相公家。地压王官谷,庭留隐逸花”(《次崔相溪亭韵》,《雪峰遗稿》卷之七)将崔相府邸比作王官谷;“丰乐亭前频枉过,王官谷里几陪游”(《李参奉之亮挽》,《雪峰遗稿》卷之十五)将“丰乐亭”与王官谷对举,不仅为了言说“相公家”的怡人景色和“陪游”的陶然之乐,字里行间更流露出作者对避世隐逸行为的认可与欣赏。

韩国诗人眼中的王官谷地灵景美,有泉池草木,清风白云,宁静清幽。金锡胄(1634—1684)诗“莲勺陂堪钓,王官谷可樵”(《复叠前韵》,《息庵先生遗稿》卷之六)写垂钓樵拾,怡然自乐,对王官谷的向往清晰可见;崔鸣吉(1586—1647)诗“耕蓑宜细雨,钓石傍斜阳。泉洗尘嚣耳,茶浇火食肠”(《次张阳川忠汉韵》,《遲川先生集》卷之二)描绘的绿蓑细雨、热茶清泉远离尘嚣,极富高蹈之趣;尹凤朝(1680—1761)诗“小池玩纹漪,照影涵群木。源泉道为体,莹净来相续”(《临池玩菊漫迭前韵》,《圃岩集》卷之五)勾画的乔木池塘、光影涟漪充满闲情雅致。这些诗句中叙写的王官谷盛景虽大多并非实指,却几乎与《读史方舆记要》等国内文献的描述如出一辙。大多数诗人在赞美王官谷景致的同时,都明确表达了归隐之志:俞好仁(1445—1494)“从须决定归,终老王官谷”(《咸阳乡校金安国》,《一蠹先生遗集》卷之三・附录),决意归休,择王官谷终老;沈攸(1620—1688)“休休便即休,将老王官谷”(《漫吟用前韵》,《梧滩集》),权访(1740—1808)“何日蹇驴乘兴出,王官谷里共休休”(《次凡涧韵奉赠金上舍圣得汝弼》,《鹤林先生文集》卷之三),用司空图“休休”概念表出世用心;金寿增(1624—1701)“投老王官谷,避世辽海隅”(《闰三月初八日还华阴，留四十二日。逐日所接所怀山中景色无不形诸楮毫，此不足为诗，而皆是实迹，聊为破闲之资，以自观焉》，《谷云集》卷之二），明言要将避世归隐的去处选在可媲美王官谷的清雅佳境。韩国文人意欲归隐时，都不约而同地选择"王官谷"作为"归去"、"投老"的理想隐逸之地，证明司空图的王官谷已在东亚文人的传播接受中逐渐转化成隐逸幽居、避世守节的文化符号。

韩国文人围绕"王官谷"进行避世隐居、投老求闲叙写时，选取的意象多为"松"、"竹"、"鹤"等高洁之物，这与中国文学传统在意象上的指代一脉相承。范云"凌风知劲节，负雪见贞心"（《咏寒松诗》）赞美寒松凌风傲雪，刚正贞洁；王安石"人怜直节生来瘦，自许高材老更刚"（《与舍弟华藏院忞君亭咏竹》）感叹青竹直节高材，不惧风霜；王维"花醥和松屑，茶香透竹丛"（《河南严尹弟见宿弊庐访别人赋十韵》）描绘雅静居处，松屑茶香脱俗于尘世，自有高致；张九龄"远集长江静，高翔众鸟稀"（《羡鹤》）表达对仙鹤高飞，脱颖于凡鸟的钦羡。中国文人自古习惯将美好坚贞的品性赋予碧竹青松、鹤唳猿鸣中，这些意象承载的高洁雅趣，亦被渗透进韩国的诗学文化里。涉及的文献在体例上涵盖了绝句、律诗、排律等多种体裁，从精神意境、情感艺术等不同维度呈现出韩国文人对王官谷隐逸文化的创作接受样态。

在韩国文人以"王官谷"述归隐之志的文献中，我们不应否认其情感的主要倾向为郁郁不得志。尽管诗人对王官谷的叙写大多笔触清雅从容，字里行间突出了地理上的"静"，与心理上的"闲"。但这份"闲情"并非真正意义上的安闲适意，而是与司空图"率怕人言谨，闲宜酒韵高"（《漫题三首》）、"闲知有味心难肯，道贵谋安迹易平"（《书怀》）中隐含着对世事哀叹的"闲愁"异曲同工。郑士龙（1491—1570）"牢落王官谷，飘零宫锦袍"（《用昨日水次韵》，《湖阴杂稿》卷之一）用"牢落"形容王官谷，状寂寥荒芜之感；李景奭（1695—1671）"寂寞王官谷，飘零太白才"（《自去冬除命相仍而公多移病不拜辛巳寄仙舟》，《白轩先生集》卷之五）感慨像王官谷般清幽避世之地的寂寞，如李太白般绝世英才的飘零；黄玹（1855—1910）"似闻王官谷，有人无名字"

(《庚子稿·岁暮怀人诸作·尹念庵秉绶》,《梅泉集》卷三)表达了诗人避世隐居的愿望,但情感基调与司空图"冲澹从容"的美学旨归有所不同。诗人极言宦途险恶,世路风波,自己却知音难觅,壮志难酬,对归隐的选择是因仕途艰难,不得已而为之。这种情感既不像魏晋文人隐逸单纯地陶醉于自然山水,也没能像初盛唐文人在仕与隐之间得当权衡,更没有达到如陶渊明"心远地自偏"的任真境界,而是与司空图所处晚唐时代的隐逸文化有很大相似性——士人在壮志难酬的无奈与悲愤下被动归隐。

三、"休休亭"园林隐逸文学的文化辐射

魏晋以来,山水隐逸文化逐渐拥有了主体地位,促使文人对自然风光投射了更多关注。私家园林别业的修建自中唐不断兴起,文学创作者把更多目光从自然山水投向写意园林,"亭堂记"、"园记"体式的文学作品随之应运而生。唐代的亭园别业作为士人仕途进退中重要的活动场域,在他们的出处选择间传递出隐逸文化的时代内涵,亭园命名往往寄托着主人的理想与志意。司空图的《休休亭记》即是这样的时代产物,对后世乃至东亚隐逸文化产生了深远影响。

休休亭是司空图在王官谷隐居时所建,按司空图的解释,"休"即为"美","既休而且美在焉"(司空图《休休亭记》)。亭成后司空图拟《休休亭记》为其属文以见志,"量其材,一宜休也。揣其分,二宜休也。且耄而聩,三宜休也。而又少而惰,长而率,老而迂,是三者,皆非救时之用,又宜休也",点明休休亭的命名缘由。"量才"即自我估量才能平庸,"揣分"即审视自身才智不足,"耄而聩"即言年老而昏聩。具备了上述特点,则当归休。

司空图提出的"休休"概念被后代继承并不断加以诠释。宋代孙昉自号"四休居士",并将其解释为"麤茶淡饭饱即休,补破遮寒暖即休。三平二满过即休,不贪不妒老即休"。他在司空图的基础上进一步诠释了"休"的标准:有粗茶淡饭饱腹,有朴素衣裳保暖,生活过得去,不贪婪、不嫉妒,平安到老即可归休。表明淡薄豁达,知止知足的

人生态度。黄庭坚据此作《四休居士诗》三首，提倡安乐延年，乐天长寿，生活朴素，心态达观，养生归休的理念直承司空图“宜休”主张。

司空图《休休亭记》后附有《耐辱居士歌》云：“咄，诺，休休休，莫莫莫，伎两虽多性灵恶，赖是长教闲处著。休休休，莫莫莫，一局棋，一炉药，天意时情可料度。白日偏催快活人，黄金难买堪骑鹤。若曰尔何能，答言耐辱莫。”①从“咄”到“喏”，由抗拒到耐辱，反映出司空图对人生的理性思考过程。他认为天意不可料，真正能得到快活与解脱的办法就是“耐辱”。司空图的“宜休”与“耐辱”融合成他逃禅隐逸的生命哲思，“休休”、“莫莫”的概念也在后世的流传中被广为沿用，尤其在宋词中使用频率颇高。如晏几道“休休莫莫，离多还是因缘恶”（《醉落魄》）；黄庭坚“争名争利休休莫”（《醉落魄》）；陈师道“休休莫莫，更莫思量著”（《清平乐》）；辛弃疾“书咄咄，且休休，一丘一壑也风流”（《鹧鸪天》）；吴潜“叹十年心事，休休莫莫”（《满江红》）等，将“休休”与“莫莫”连用，明显接受了司空图的隐逸思想。“莫莫”可释为“昏昧无知貌”，和司空图《休休亭记》所云“耄而聩”的状态相吻合。词句内涵多为传达仕路风波险恶，当“退”，当“隐”，当“休”，思想情感整体继承了耐辱居士避世隐逸的文化内涵。

唐代的亭园记多以叙事为主，叙述建筑缘由、经过及主人事迹等，议论成分较少，这与“记”的文体写作方式有关。徐师曾言：“记之名，始于《戴记》、《学记》等篇……后之作者，固以韩退之《画记》、柳子厚游山诸记为体之正。然观韩之《燕喜亭记》，亦微载议论于中。至柳之记新堂、铁炉步，则议论之辞多矣。迨至欧苏而后，始专有以议论为记者，宜乎后山诸老是为言也。”（《文体明辨序说·记》）②可见“记”的文体发展过程中，在以叙事为主体的基础上，议论成分逐渐增多。至宋代则专有以“议论”为记者，如刘跋《马氏园亭记》、黄震《林水会也记》、李纲《拙轩记》等。司空图的《休休亭记》便是较早显示园

① 胡震亨《唐音癸签》卷二十三：“咄，拒物之声。诺，敬言也。图隐身不出，其本怀姑为拟议之辞，先叱之，随喏之，因以休休、莫莫自决耳。”

② 徐师曾撰，罗根泽点校《文体明辨序说》，人民文学出版社，1998年，第41页。

记破体特征的一篇。其通篇以“休休”阐发议论，表达避世修身之志，而较少见对亭园周遭景物的描写。

司空图这篇《休休亭记》从亭子命名到志意表达，再到亭记的行文方式，从不同层面广泛影响了东亚韩国的文人雅士。不少韩国作品明确体现出作者对司空图“休休亭”命名涵义的接受：徐命膺(1716—1787)作诗叙述司空图一生事迹，提到“岸帻休休亭，图书连屋聚”(《次杜工部遣兴诗韵五首·其二》，《保晚斋集卷第二》)，自己读唐史至此则“窃叹知去取”，处世的进退原则深受司空图仕隐观启迪；姜献奎(1797—1860)“辞不获则曰古以休名多矣。司空图之三休，黄山谷之四休，未敢知何居焉”(《休斋记》，《农庐集》卷之六)，例举司空图休休亭、黄山谷四休亭，说明自古言“休”者多缘于辞不获命；琴辅(1521—1584)“终知图揣分”(《陶山书院董役之暇吟示诸公》，《梅轩先生文集》卷之一)，赞美司空图“量才、揣分”的“宜休”理念，以“幸赖邦多士”肯定他知止知足的士人节操。

更有文人直接以“三休”指代司空图。金宗直(1431—1492)“三休亦奇士，肥遁王官谷”(《晋山君录解空语，为头流诗一篇见寄其意，睹仆头流录，欲继踪以游也。仆一游之后，不复再登，每以为恨，故用安期之语以志余过，且为后日之约云》，《占毕斋集》卷之十)，提到司空图隐居王官谷的事迹；崔演(1503—1549)“晚年身世拟三休，谁向幽居更说愁”(《金司成彦琚构亭于光州别业名曰风咏诸贤留诗其上即用其韵二首》，《艮斋先生文集》卷之四)，明言要效仿司空图的隐逸幽居行为；黄玹(1855—1910)“三个宜休万事闲，品诗时复落人间。中年寿圹营何早？爱是唐家地上山”(《题屏画十绝·王官坠笏》，《梅泉集》卷四)，题司空图像，叙述司空图事迹，首句即提到“三宜休”典故，体现出司空图“休休”理念对韩国文人的重要影响。

金安国(1478—1543)有《书韩族亲卫硕休休亭诸君诗咏帖后》(《慕斋先生集卷之八》)四首诗，其三云：

> 休休西下即恩休，不禁看云起忆愁。安得扁舟沿月放，楚骚更咏杜蘅洲。

金正国(1485—1541)《次韩硕休休亭韵》(《思齐集卷之二》)云：

处世真如石火光，吾行何事自求伤。都将万类休休得，收取机心到静方。

鸟向云林避缴罗，鱼游溟海远矶坡。将身休处同云海，触类长之会得么。

瀼水沿流卜筑深，君休尘迹我休簪。两休亦有休休意，鼓栧相寻可自今。

从亭园的命名来看，由上述诗句可推知韩硕仿司空图避世建亭，并完全仿效司空图命其名为“休休亭”。据金安国诗序，此亭在“西湖废幸州城南，即高丽印学士份旧堂基，西湖在杨花渡下流”(《慕斋先生集》卷之八)。而在韩硕的休休亭下流近处，又有金安国舍弟所建“恩休亭”[①]。且据上述文献推断，韩硕当有《休休亭诗》，并被多人作为吟诵对象含咏，并产生了一定数量的次韵之作，是司空图“休休”文化在韩国传播继承的切实体现。这些作品语言明丽清雅，哀而不伤，充满了高蹈绝尘的隐者气质，“收取机心”、“避缴罗”、“远矶坡”等语可谓是参透世事后悟得，与司空图追求的生命哲学有一脉相承的美感特质。

除休休亭、恩休亭外，像南郭先生的七休亭，姜希孟(1424—1483)的万休亭，李縡(1680—1746)的二宜堂等，亦仿司空图休休亭而建。亭堂的命名直接继承了司空图提出的“三休”概念，并根据作者自身的人生经历赋予各具特色的诠释。这些作品传达的“道法自然”、“功成身退”等人生理念与中国古典隐逸文化一脉相承。

徐居正(1420—1488)《七休亭记》(《四佳文集》卷之一)是为南郭先生的七休亭而撰。在亭记开篇，作者交代了“七休”之名的由来及内涵，明确“休”之意为“退”，对比司空图《休休亭记》中所谓“休，休也，美也，既休而且美在焉”更为直白明确。文章举出汉代张良、疏广、疏受，东晋陶渊明，北宋钱若水等具有隐逸思想的名士，肯定其对

---

① 金安国《书韩族亲卫硕休休亭诸君诗咏帖后》作者自注云：“舍弟国弼芒洞居，恩休亭在休休下流甚近。”

出处进退的权衡，又以司空图休休亭、孙昉四休亭引出记文主体“七休亭”。体现出韩国文人对中国隐逸文化整体脉络的清晰体认。作者详细阐释了“退”的内涵及人生法则：“功成者退，天之道也。法天之道，功成名遂身退，人事之当然也”，将隐逸作为一种人格自觉和人生追求，其所认可的隐逸之恰当时机应是“豸冠象笏，正色立朝，一出言一举足，皆有规矱。此可以挂冠拂衣，引去退休之时乎”。衣冠整齐，面色从容，举手投足皆有法度。这种对待隐逸的态度颇有唐代的高士之风。如李白之“待吾尽节报明主，然后相携卧白云”（《驾去温泉后赠杨山人》），杜甫之“非无江海志，潇洒送日月”（《自京赴奉先县咏怀五百字》）都是唐代儒道一体的“功成身退”隐逸观之体现。徐文所谓“他日功成名遂，乞骸就养，优游晚节，乐以归休”，明显承袭了中国古代隐逸文化的发展脉络，呈现出符合唐代儒道融合，由仕而隐的隐逸观。

姜希孟《万休亭记》则在继承司空图“休休”概念的基础上进一步延伸了自己的理解：“人生一世，事几万端，所可休者，岂特三者而已？”（《私淑斋集》卷之八）感慨人生万世，万千头绪，当休者并不仅有司空图所举的三端。

据李繂《二宜堂记》（《陶庵先生集》卷二十四）可知二宜堂主人为老将军左尹吴公之弟，取名亦延续司空图“三休”之意表终老之志，李繂在《左尹吴公神道碑》（《陶庵先生集》卷三十）中交代了“二宜堂”的命名缘由：“公之从弟海昌都尉泰周尝闻公改筑丙舍，手书之曰‘二宜堂’盖取司空图语也。及是公始揭其扁而喜之曰今而后吾志乃遂矣，属繂以记之。”其取司空图“三休”之意，手书“二宜堂”。在《二宜堂记》中，李繂进一步说明了吴公将“三”改为“二”的原因是“去其一则吾年未至”。可见二宜堂在命名、用事、表意等方面对司空图的隐逸文化的继承。

许传“六玩堂”命名方式亦承袭司空图“休休亭—三休亭”灵感轨迹而来：“吾面不过楪子大，但得一炯然无垢，如寿光先生朝朝与冠冕者进焉，善恶以古人为镜，得失以古事为镜，则其为古镜也大矣。”

(《六玩堂铭并序》,《性斋先生文集》卷之十七)作者在"寿光先生"①处自注"司空图号镜为寿光先生",并举《容城侯传》"古镜"典故。他实际是要以古人为镜,衡量为人处世的善恶得失,而其中司空图显然是一个非常理想的标准。

南公辙(1760—1840)《金匣镜》诗同样用《容城侯传》典故:

> 锡贡日南国,千磨出冶工。风生初舞凤,月挂欲盘龙。洗玉明泥海,熏金起雾峰。莫逃魑魅状,共照嫱妍容。妙术看修炼,神功验铸镕。保身明且哲,终见就侯封。(《金陵集》卷之一)

全诗语言铿锵,运用舞凤盘龙、洗玉熏金等多种精妙的比喻描述金匣镜的制作过程,在其朗照下,魑魅魍魉都会现出原形。叙写目的是为了以镜喻人,说明作者赞美的对象心如明镜,能参透世事。作者诗后自注云:"司空图作《容成侯传》云:既明且哲,以保其身。"对司空图明哲保身人生哲学表示肯定与欣赏。

梳理韩国文人效仿司空图修葺亭园的举动,缉考其作记明志的文献,清晰可见以司空图休休亭为代表的中国古代园林别业在隐逸文化东亚传播方面起到的重要作用。

四、结语

隐逸避世作为中国古代颇具特色的文化现象,经历了先秦、魏晋的发展,到唐代已积淀了深厚丰富的文化内涵。文人选择隐居的原因不仅仅局限于"不事王侯,高尚其事"(《尚书》)的道德追求,或者

---

① 司空图作《容城侯传》以镜拟人,谓"容成侯金炯者","炯之远祖,当轩辕时以化服于祝融氏,得荐于上,能强记天象地形草木虫介万殊之状,皆视诸掌握,盖其术亦规摹于洪范耳。物怪遇之,莫不揣息。自废后益亲幸,上晨兴,必先至。则与冠冕者偕进,号为寿光先生"。后因称镜子为"寿光先生",亦省作"寿光"。另,元代任士林有《寿光先生传》。《四库全书总目提要·卷一百六十六·集部十九》"松香文集"一条云:"元任士林撰。士林字叔实,号松乡,奉化人。以郝天挺荐,授安定书院山长。是集所录,碑志居多。大抵刻意摹韩愈,而其力不足以及愈,故句格往往拗涩,乃流为刘蜕、孙樵之体。又间杂偶句,为例不纯。其《自然道士传》、《正一先生传》、《寿光先生传》诸篇,袭《毛颖传》而为之,亦颇嫌窠臼。"

“隐居以求其志，行义以达其道”(《论语·季氏》)的处世原则，而是融合了政治、人文思潮等复杂的社会背景。在中唐以前，甚至由于大环境“重贞退之节，息贪竞之风”(《旧唐书·隐逸序》)的隐形推动而成为了一种时尚。中晚唐以后，面对坎坷的仕途及复杂的社会矛盾，文人被动隐居，他们的经历为这一时期的隐逸文化注入了沉郁悲凉的底色。司空图则是这个群体中入而能出的特殊存在。作为一个“遗民隐者”，他将隐逸作为一种人格自觉加以实践，他不仕二朝、绝仕殉唐的高义之举深深影响和感动着后世乃至东亚的文人雅士。隐居之地“王官谷”亦因他的高名大义而被赋予了特殊的文化内涵，频频作为高洁之士避世修身的理想桃源出现在东亚文人的创作接受文献中。《休休亭记》中倡导的“休休”文化渗透着司空图的退隐理念及生命哲学，直接启发了东亚文人的亭堂命名及亭堂记文创作。

司空图的隐逸哲学辐射进文学批评领域，与其诗学审美观相得益彰。在《二十四诗品》中，他首以“意境”论诗，划分出二十四种诗歌风格的艺术表现形式，充溢着生命哲思的审美智慧。他倡导的“辨于味而后可以言诗”，追求“味外之旨”，“思与境偕”，“不着一字，尽得风流”等审美观念本身亦是旷然超迈隐逸观的文化体现。东亚日韩文人诗话词话评论中，时有对司空图美学理论的品评及蹈袭化用。如日本国分青崖(1857—1944)在《青厓诗存》中评介《二十四诗品》“列举兴象多标妙境”，并与严羽《沧浪诗话》作比较，得出前者“不若严沧浪标九之简而得要”的结论。韩国韩章锡(1832—1894)《石楼诗卷序》引司空图《二十四诗品》“晴雪满汀，隔溪渔舟”句言境之清远；引“可人如玉，步屧寻幽”句言情之温雅，总结出“有是境必有是情”(《眉山先生文集》卷之七)，充分接受了司空图品诗的意境论；金泽荣(1850—1927)“此谓其包含众体，不落偏枯。如司空表圣所云具备万物，横截太空者也”(《诗文全集正娱》，《韶濩堂集》)，恰切诠释了《二十四诗品》中“雄浑”一品的审美倾向。

司空图的隐逸哲学思想贯穿在他的文艺理论及诗歌创作中，影响、启发了东亚日韩文人不同体式的文学创作。他们在诗文、游记、

"Taibai Curing Vulgarity": A Discussion on Zhiyuan Nanhai

Han Shanbin　Zha Qinghua

Abstract: Zhiyuan Nanhai's theory of "Taibai Curing Vulgarity" has rich intension and characteristic, he believes that Li Bai's poetry is positive to cure the vulgarity of custom and the vulgar poetry style of Bai Juyi and Song poets. The first "curing" corresponds with the opinion of "poetry turning wild in Early Tang", which aims to reconcile the vile habits with majestic and elegant poems. This embodies Nanhai's poetic avocation of "Ya Zheng" to correct deviation. Secondly, Nanhai is against the vulgar, straightforward poetry style of Bai Juyi, he believes that poetry is an "instrument of Feng Ya", which should pursue implicit expression, such as using image metaphors or "Fu Bi Xing" to convey feelings naturally, or relying on elegant scenery, objects , characters to refine the language. Thirdly, Nanhai believes that poetry is based on the chanting of temperament, so it's unnecessary to add comments on history or people into poetry like Song poets. Therefore, reading Li Bai's poems has become an effective prescription for curing the vulgarity of language, correcting the vulgar taste of common affairs, and avoiding the argumentation poetic tendency.
Keywords: Li Bai; Zhiyuan Nanhai; Curing Vulgarity

在诗学史上，雅俗之辨一直是重要话题，所谓忌俗尚雅、以俗为雅、脱俗入雅、雅俗互化等等，皆就此展开。在北宋文坛，已经把"俗"视作一种顽疾，苏轼说"士俗不可医"①，"能识诗家病"的黄庭坚亦称"俗便不可医"②，皆认为士大夫一旦染俗，则不可救药，显示了他们对

① 苏轼《于潜僧绿筠轩》，冯应榴辑注，黄任轲、朱怀春校点《苏轼诗集合注》卷九，上海古籍出版社，2001年，第425页。

② 黄庭坚《书绘卷后》，郑永晓整理《黄庭坚全集》下册，江西人民出版社，2008年，第1569页。

俗的彻底鄙弃，表明其忌俗尚雅的人生态度。在苏、黄辞世五百余年后，一位叫祇园南海的日本大诗人也把俗视作一种疾病。不过他不认为俗便不可医，倒是为医治俗疾找出对策良方："医俗莫如太白。"

祇园南海（1676—1751），名瑜，字伯玉，号南海，日本纪伊人，其家以医为业。师从著名程朱学者木下顺庵，与经学家室鸠巢、史学家新井白石、律学家榊原篁洲、语言学者雨森芳洲等同出一门。木下顺庵师门与荻生徂徕的萱园诗派旗鼓相当，是日本江户前期诗坛的两大主要阵营，而祇园南海与南部南山则是木门诗文代表人物。南海是日本近世诗坛上第一流的"李白型"天才诗人和诗论家，他不但以李白为宗，且"无论是自然之子的风貌，还是一气呵成的诗调，或是高蹈遗世的诗思，都可以说与李白相类似"；他还与新井白石、梁田蜕岩并称为三大家，三人又与萱园派的服部南郭并称为元和以后诗坛四雄。[①] 在当时，南海被奉为"泰山北斗，家尸而户祝"，其影响之大，"人随其步趋，则脱野狐窠臼，破庸腐漆桶，左右逢源"。[②] 著述丰富，诗文集有《南海先生集》、《钟秀集》、《宾馆缟纻集》、《镜花水月集》、《江南竹枝》、《咏物诗集》等，其《诗学逢原》、《诗诀》、《湘云瓒语》、《明诗俚评》则为诗文专评。

一、大雅与鄙俗

祇园南海在诗学上非常注重雅俗之别，他认为，"凡欲作诗之人，在入门之初便要学会辨识雅俗"，"舍其俗而择其雅"，经过此法方可脱俗入雅，此为"大乘法门"[③]。其《题白石源公垂裕堂诗后》云：

汉魏氏变风也，杜甫氏变雅也。李白大雅，《韩奕》、《常

---

① 参见松下忠《江户时代的诗风诗论——兼论明清三大诗论及其影响》，范建明译，学苑出版社，2008 年，第 24—50，313—336 页。

② 释敬雄《诗学逢原序》，赵季、叶言材、刘畅辑校《日本汉诗话集成》第十二册，中华书局，2019 年，第 5273 页。

③ 祇园南海《南海诗诀 · 诗法雅俗辨》，名仓又兵卫，天明七年（1787）年刊本。后文简称《诗法雅俗辨》。原为日语，引文为韩善滨译。

武》惟肖。初唐正雅，时有《颂》声。余故曰：医俗莫如太白，变野莫如初唐。及于近世，作者亦多，其所言大抵不过于告饥号寒、投闲居散、憔悴枯槁之谈，其辞亦侏离俳优，往往不可解者。其弊在鄙俗之习，不之知变耳。[①]

他的“太白医俗”之说首先与其雅俗观念有着重要关联。《诗经》中的二《雅》是“雅”这一概念的重要源头。而不论是作为“经”还是“诗”，《诗经》的至高地位在整个江户时代都不曾动摇，因此谈及雅俗自然会提及《诗经》之二《雅》。南海这里所说，涉及杜甫“变雅”、李白“大雅”、初唐“正雅”。依据《诗大序》中的“正变”说，变雅大致产生于“乱世”，正雅和大雅产生于“治世”。在“医俗莫如太白，变野莫如初唐”这个结论中，“医俗”与“变野”，“太白”与“初唐”既是并论，其中也自有相通之处。《题白石源公垂裕堂诗后》一文是南海揄扬新井白石《八咏》诗而作，南海评价为“八首初唐气格”[②]。南海以他对初唐诗歌特征的认识来评赞《八咏》。当然，“李白大雅”与“初唐正雅”密切相关，要更好地理解“医俗莫如太白”，当同时对“变野莫如初唐”及“初唐正雅”有清晰的理解。

“太白医俗”之“俗”自然是“雅”的对立面，南海同时提及“雅”、“俗”、“野”、“鄙俗”这些用语，很可能受到殷璠“有雅体、野体、鄙体、俗体”[③]以及严羽“学诗先除五俗”[④]等中国诗论的影响。但南海所谓“鄙俗之习”，竟然包括“饥”、“寒”、“闲”、“散”、“憔悴枯槁”、“侏离俳优”等困顿和沉沦的生活状态。而其所谓“变野莫如初唐”之“野”，倒与殷璠“野体”之“野”相近，即孔子所谓“质胜文则野”。“俗”与“野”，

---

① 祇园南海《题白石源公垂裕堂诗后》，田中由恭辑录，葛张校阅《南海先生集初编》卷五，河内屋喜兵卫，安永八年(1777)刊本。

② 按：南海在其《垂裕堂八景》诗自注中称“八首初唐气格，瑜尝详评题其后”，评语即《题白石源公垂裕堂诗后》一文。参见祇园南海著，草野意俦校订《南海先生纂评钟秀集》，宽政十一年(1799)刊本。

③ 殷璠《河岳英灵集叙》，傅璇琮、陈尚君、徐俊编《唐人选唐诗新编(增订本)》，中华书局，2014年，第156页。

④ 严羽撰，普慧、孙尚勇、杨遇青评注《沧浪诗话》，中华书局，2014年，第77页。

是南海对“近世作者”弊端的批判，但二者“病出同原”，“医治之理”也相通。

“太白医俗”与“初唐变野”相兼相济，因此再看南海对初唐诗歌审美特征的认识。如前所引，南海称“初唐正雅，时有《颂》声”，又称新井白石“特极典丽”、“雄浑”、“精要”，“在沈、宋伯仲之间”。在这篇《题白石源公垂裕堂诗后》中，开篇还写道：

> 予尝读唐诗，于贞观以来应制、台阁之诸作，喜之尤深。谓太宗以龙凤之英姿，乘风云之际会，开国建基，既洪既壮，遂振前代之凋敝。大致海内之富雄，周后未有之闻也。宜乎唐初之作，气象庄丽，格律齐整，俨乎衣冠，焕乎圭璋，与夫六瑚四琏、龙旗鸟章，赫赫乎庙堂之上也，盖唐家三百年之规模，全见于此。

内容上，南海明言更喜欢贞观以来应制、台阁类庙堂之作；形式上，称赏初唐诗格律齐整，词采炳焕。认为初唐之世，上继周室之富雄，下开全唐之规模，起弊振衰，其功至伟。《文心雕龙·颂赞》云：“四始之至，颂居其极”，“颂惟典雅，辞必清铄”。在南海看来，“时有颂声”的“初唐正雅”无疑具有如此品位。至于沈、宋，许学夷称：“沈、宋才力既大，造诣始纯，故其体尽整栗，语多雄丽，而气象风格大备，为律诗正宗。”[①]南海对沈佺期和宋之问诗歌美学特征的认识当受其影响。正因为初唐兼备“典”、“丽”等特征，所以它与“野”是对立的。萧统谓：“文典则累野，丽亦伤浮，能丽而不浮，典而不野，文质彬彬，有君子之致。”[②]刘孝绰亦云：“深乎文者兼而善之，能使典而不野，远而不放，丽而不淫，约而不俭，独擅众美，斯文在斯。”[③]都将“典”与“野”、“丽”与“浮”或淫联系起来论述。由此可知，以“典”、“丽”等特征来改

① 许学夷《诗源辩体》卷十三，人民文学出版社，1987 年，第 146 页。

② 萧统《答湘东王求文集及诗苑英华书》，严可均辑《全梁文》上册卷二十，商务印书馆，1999 年，第 216 页。

③ 刘孝绰《昭明太子集序》，严可均辑《全梁文》下册卷六十，商务印书馆，1999 年，第 672 页。

变诗歌的粗野鄙俗，这正是“初唐变野”的要义所在。

与用初唐诗革除鄙野的提议类似，李白刚正雄伟、大气磅礴的“大雅”之诗是医治鄙俗的良药。对于“李白大雅”，南海只解释了一句“《韩奕》、《常武》惟肖”。《韩奕》、《常武》是《诗经·大雅》中的两篇，《韩奕》讲述韩侯入周朝觐、受命返国诸事，即讴歌了韩侯绍继先祖、尊周攘夷、奄受北国的历史功绩，间接颂扬了周王善用诸侯而得以中兴的盛世气象。《常武》讲述周王亲征淮徐、惠加南国之事，重点强调王师如江如汉、如霆如山、绵绵翼翼、赫赫来归的威武气派。《诗经》中宣王朝的雅诗不及周初的雅诗古朴，更善于铺叙描写、营造声势；而相比宣王朝《大雅》中的《云汉》记祈雨，《崧高》、《烝民》写送行，《江汉》叙庆功来说，《韩奕》、《常武》敘述的事件（会诸侯、攘夷乱）似更为宏大，与周室“中兴之盛”的政治局面益相契合。要之，这两首诗作都内容雅正、气势雄浑。称李白之诗与之“惟肖”，说明在祇园南海看来，李白诗亦具此特质。因“李白大雅”与“初唐正雅”皆属于“雅”，以此“医俗”与“变野”也就富有针对性。

前所引祇园南海《题白石源公垂裕堂诗后》所谓近世作者“告饥号寒、投闲居散、憔悴枯槁之谈”，以及“其辞亦侏离俳优”等“鄙俗之习”，就刚健雄强、精工整饬基础上的壮辞丽采而言，则属于“野”；从雅俗的角度而论，则属于“俗”。因此，这里我们不妨仍以南海的原话——初唐诗歌的特征来与近世作者的“鄙俗之习”作一对比：“大致海内之富雄”与“告饥号寒”相对；“气象庄丽，格律齐整，俨乎衣冠，焕乎圭璋，与夫六瑚四琏、龙旗鸟章，赫赫乎庙堂之上”与“投闲居散、憔悴枯槁”、“侏离俳优”相对。前者富雄而后者饥寒，前者庄丽而后者闲散，前者俨乎衣冠而后者憔悴枯槁，其间差别判然。

南海出生于藩医世家，医学上扶正祛邪的思想可能影响到他的诗学观。他在批判“好奇之病”时指出：“人好奇是一病。盖奇者，正之反，恒之变。圣人之道，尚正守恒，故曰中庸。又曰，无恒不可以为巫医，是正正之旗，堂堂之阵，不可以议者也。”（《湘云瓒语》）所谓“尚正守恒”，说明他系心雅正，反对偏执与粗俗。

二、风雅之器与乐天之俗

在《湘云瓒语》里，南海又说："观古诗犹医处方，诗格卑者须观岑、李诗，语俗者须读李白、孟浩然……病去药除，何常之有。"①欧阳修曾云："医者之于疾也，必推其病之所自来，而治其受病之处。"②先考察一下南海所谓"语俗"之源及其医俗方法，则太白的医俗原理便可自然呈现。

南海所谓的用语之俗有两个维度，其一是诗歌语言形式的通俗，如尺牍语、小说语、俗句、俗字等；其二是诗歌内容意趣上的低俗。在诗歌用语通俗这方面，南海的矛头最终指向以白居易诗歌为代表的日常用语之俗：白乐天"每次作出诗来，都求通俗易懂，让一般俗人都能理解……后世诗道衰微，就是从这里开始的"③。他还认为，白居易诗歌使用俗字、俗语，甚至"集中之诗皆俗"(《诗法雅俗辨》)。南海否定乐天之俗的依据有二。其一，诗乃"风雅之器"，应避免俗物俗语，乐天诗歌却有悖于此。"诗是风雅之器，并非俗用之物。若是俗用之物，不必借助诗，使用常语、俚语来表达就足够了。"(《诗学逢原・雅俗》)其间体现了南海的"尊体"观念。在他看来，诗歌作为"风雅之器"应该有它的本色样式，也即雅体，且"大凡作诗，都应当以风雅为本"(《诗法雅俗辨》)。而白居易的诗歌，"将风雅之道视作鄙俗之道，正如以天为地，以月为日一样，学者应该避而远之。……《诗经》三百篇九成是雅，俗而有趣者不足一成。唐诗也是如此。而白乐天每当作诗，都以通俗为务，实在是很大的谬误"(《诗学逢原・雅俗》)。正因为将诗视作"风雅之器"，故而否定作诗"以通俗为务"。其二，与"诗是风雅之器"的观念相呼应，南海认为诗歌在表达方式上也应该

---

① 祇园南海《湘云瓒语》(上)，弘化二年(1845)刊本。后文简称《湘云瓒语》。

② 欧阳修《本论上》，洪本健校笺《欧阳修诗文集校笺》卷十七，上海古籍出版社，2009年，第511页。

③ 祇园南海《诗学逢原・雅俗》，《日本古代诗学汇译》下卷，王向远译，昆仑出版社，2014年，第722页。后面简称《诗学逢原》。

注意雅化，不可过于直露。“诗并不使用日常用语，要用雅语，表达得不可过于直露”，日常用语由于缺少“文”的缘故，因直露而缺乏感染力，“只有为‘文’者，才可以称为诗”（《诗学逢原·诗语常语·取义》）。而白居易诗歌所形成的“白俗”，即是一种“简陋之病”（《诗学逢原·雅俗》）。

针对这种俗病，南海也提出了润色雅化的方法，大体说来主要有以下三方面：其一，通过拟物象喻或赋比兴等手法，意在言外。南海认为，感情的表达不可太直露，或拟物比喻，或委婉曲折。“使用雅语，趣而写之。言心中之哀，不直言其哀；言心中之喜，字面不见喜字。而悲哀之心，自能见之；喜悦之情，自能感之。于此我能言之，人能闻而生感，是诗之妙用见于文字之外者。”（《诗学逢原·诗语常语·取义》）诗中的意蕴感情“是在言外表达的，这叫做‘影写’的手段，叫做‘水月’、‘风影’、‘镜花’，诗中第一要谛在于此”。他认为“唐代诗人的佳作都是用此法”，“文雅”到这种地步，方可谓“踏入诗道”。（同上）总而言之，“写景状物，言事寄兴，若隐若现，若有所闻，但又无迹可求，方能意趣盎然，意味深长，这样的诗篇，就称作‘诗词雅语’”。（同上）这些理论是其“影写说”的核心内涵，与严羽、王士祯等人的神韵说法相似。其二，诗歌语言需要润色雅化，但它不是雕琢苦吟、过度文饰，也不是要以“虚”笔写之，强调的是真情真境、言外达意目标下对雅景、雅趣、雅物、雅兴、雅字、雅语等方面的灵活运用。南海称之为“化铁成金之手段”（《诗法雅俗辨》）。他认为日常用语因少“文”而乏感染力，因此这里的“润色”是让直露的情感变得委婉有致，余味无穷。

诗仙李白是一个以生命写诗的诗人，叶燮所谓“作诗有性情必有面目”，“李白之诗，全见面目”[①]，可见李白诗歌极具本色。就语言而论，李白诗歌“言多讽兴”[②]，合于雅正；“不雕不琢，天然成响，语从至

---

① 叶燮《原诗》，叶燮、沈德潜著，孙之梅、周芳批注《原诗 说诗晬语》，凤凰出版社，2010 年，第 50—51 页。

② 李阳冰《草堂集序》，郁贤皓校注《李太白全集校注》第八册“附录”，凤凰出版社，2015 年，第 4213 页。

情发出"[①]；情韵杳渺、逸兴遄飞，为"言出天地外，思出鬼神表"[②]的"天仙之词"[③]，并非日常俗语。李白诗歌有着超凡绝俗的特征，很符合南海"医治诗语之俗"的要求，因此视其为医俗良药。

三、"诗之本意"与宋诗之俗

祇园南海《南海诗诀·诗法雅俗辨》有谓：

> 本国民众若不知雅语而读乐天诗，乃为旧习之上复染新疾。是故奉劝诸位勿读乐天诗及宋诗。欲医此俗病，别无他法，唯熟读李太白及岑参二人诗集，时时吟诵，则自可免此俗病。(《诗法雅俗辨》)

南海在批评乐天之"俗"的同时，连及宋诗之"俗"，认为熟读李白与岑参二人诗是医治这些俗病的最好方法。南海所谓宋诗之"俗"也主要涉及两方面，一为俗事俗物俗趣，一为议论说理之癖。

南海认为，宋诗将丰年凶年、催租叹贫、粪壤好恶、牛马布帛等琐细之事写在诗中，犹如庄家手账，故而为俗。(《诗法雅俗辨》)与这些内容相对应，除下流卑劣之语、尺牍语、小说语之外，南海认为金银买卖、饮食猥杂、俳谐之语，田夫野人、倡剧妇女之语，以及语录佛经之语等皆俗。(同上)而一旦这类俗事俗物入诗，语言形式上便不可避免地呈现一种俗气或俗趣。江户诗坛前期，诗文接续五山文学遗风，学乐天之诗与宋元诗歌的末流学者出现种种弊端，南海在这方面的批判虽似过激，但也是有为而发。南海称，从白乐天、张籍到宋人专门琢磨所谓的"俗趣"，到东坡大写饮食之事，乃"卑俗之上加卑俗，真可恶可叹"，因而告诫"后世学诗者，务必去俗，才是疗救诗病第一要义"。(《诗学逢原·雅俗》)南海又认为宋诗好用事，就是俗的表现。

---

① 周敬、周珽辑，陈继儒等评点《唐诗选脉会通评林》，转引陈伯海主编《唐诗汇评》上册，浙江教育出版社，1995年，第654页。

② 皮日休《刘枣强碑》，陈伯海主编《唐诗学文献集粹》上册，上海古籍出版社，2016年，第152页。

③ 严羽撰，普慧、孙尚勇、杨遇青评注《沧浪诗话》，中华书局，2014年，第121页。

"诗中用实事，卑俗不堪闻。"但也提出事典有雅俗之别："言实事，择其中雅事，复加润色，以优柔蕴藉写之。"(《诗法雅俗辨》)择取"雅事"复加润色，犹可变俗为雅。

对于宋诗，南海反复批判俗事俗物俗趣以外，议论说理之癖也是一个重要方面。南海称，"宋诗有三气病，曰：俗气、霸气、头巾气。有二嗜癖，曰：多饮食诗，多理路句。"(《湘云瓒语》)议论说理虽是宋诗的特色，但一般认为它始于江西诗派之祖杜甫，因此，南海对杜甫也有所批判：

> 宋人以诗议论评价历史人物，更有甚者，谓杜子美诗寓一字之褒贬，呼为"诗史"，赞其议论时事，不忘忠义忠君云云，实则与诗之本意无涉。寓一字为褒贬，以训诫世人，此乃《春秋》笔法，为后世史官所重，无需藉之于诗。诗乃吟咏性情，无需藉于史法。至于议论时事，乃在位者之所为，居官者之职分。若为此作诗，岂非越俎代庖？……至誉为诗圣，乃大误也，尤为可笑。(《诗学逢原·诗语常语·取义》)

对"诗之本意"为"诗乃吟咏性情"的认识，导致南海反对宋诗议论说理。南海又道："诗唯出人情，未必一一求补于世。若怀古诗，后人读之，起富贵材力不足以恃之感以自警，即所以为补也，何必评论人物、考订古史而后为诗哉！宋人不知诗，亦此之类也。"(《湘云瓒语》)他认定诗是风雅之器，其本意乃吟咏性情，因此反对掺入议论时事、评价历史、褒贬教诫等不必相干的内容。南海曾言"毕竟诗乃人情声，天诚自然写真情"[①]，也是这种思想的表现。严羽批评近代诸公以议论为诗，于一唱三叹之音有所歉焉，且多务使事，不问兴致(《沧浪诗话·诗辨》)，陆时雍称"叙事议论，绝非诗家所需，以叙事则伤体，议论则费词"(《诗镜总论》)，南海与他们的观点近似，但对宋诗主议论而乏神情的弊端否定得更为彻底。

---

① 赵季、叶言材、刘畅辑校《日本汉诗话集成》第十二册，中华书局，2019 年，第 5274 页。

与宋诗之病相较，李白“诗祖风骚”，“情切情真处，信手拈来”[①]，“境之所到，笔即追之，有声有情，腕疑神助”[②]，七言绝句更是“语近情遥，含吐不露”，“有弦外音，使人神远”[③]。虽然偶有褒贬臧否、教诫议论，但出于性情的自然流露。要之，李白的诗歌极为符合南海的审美标准，是救治俗事俗趣及议论说理的有效药方。

关于李白诗歌在改变不良风尚方面的诗学功用，我国历史上也有很多说法。比如宋代吕本中说：“东坡、太白诗，虽规摹广大，学者难依，然读之使人敢道，澡雪滞思，无穷苦艰难之状，亦一助也。”[④]元代王礼称：“江西自德机范先生用太白风格，一变旧习，流动开阖，春容条畅，音响节奏咸赴以合，类皆和平之音。于是学者翕然从之，遂无复涛怒电蹴、鳌掀鲸吼、镵空擢壁、峥冰掷戟之态。”[⑤]明代谢榛等人提到：“熟读太白长篇，则胸次含宏，神思超越，下笔殊有气也。”[⑥]还有“诵供奉诗，如合大部乐，无论滞濇幽鄙之怀，为之冲旷；如焚百和香，无论邪僻晦败之气，为之消歇”[⑦]，等等，都涉及到李白诗歌的功用，与纠偏补弊、医俗救鄙也有些相关。祇园南海对李白诗上述功用的强调，实为对其诗歌认识上的深化。

（上海师范大学人文学院）

---

① 唐汝询《唐诗解》，参见李白撰，安旗、薛天纬等笺注《李白全集编年笺注（典藏本）》第三册，中华书局，2017年，第1155页

② 张揔辑《唐风怀》，参见陈伯海主编《唐诗汇评》上册，浙江教育出版社，1995年，第705页。

③ 沈德潜选编，李克和等校点《唐诗别裁集》卷二十，岳麓书社，1998年，第450页。

④ 吕本中《与曾吉甫论诗》第一帖，胡仔《苕溪渔隐丛话》前集卷四十九，《四部备要》本（集部），中华书局据芸经楼仿宋本校刊。

⑤ 王礼《陈子泰诗稿序》，裴斐、刘善良编《李白资料汇编（金元明清之部）》第一册，中华书局，1994年，第107页。

⑥ 谢榛撰《四溟诗话》卷二，丁福保辑《历代诗话续编》下册，中华书局，2006年，第1174页。

⑦ 阙名《静居绪言》，参见裴斐、刘善良编《李白资料汇编（金元明清之部）》第一册，中华书局，1994年，第340页。

Contents

《古代文学理论研究》稿约

一、本刊欢迎中国古代文学理论、批评及相关问题的稿件。希望来稿具有一定理论水平、学术水平和问题意识，观点新颖，重点突出，言之有物。

二、请寄电子文本一份。电子文本投稿地址：gudaiwenlun1979@126.com。

三、本刊采取匿名评审制度。稿件务必注明全部作者的姓名、工作单位、通讯地址、邮编。在篇首页地脚处作者简介中，注明作者的出生年月，性别，工作单位，职称，学历，研究方向，代表性著作（论文）。寄稿时，请附上手机号码、电子邮箱地址，以便通知结果。

四、来稿请附内容摘要、关键词，摘要用第三人称撰写，不要进行自我评价。字数在300字左右。并附题目、作者姓名、内容摘要、关键词的英译。

五、引用文献请用脚注，其格式为：（1）作者，书名，出版社，出版时间，页码；（2）作者，篇名，期刊名与期号。

六、对采用的稿件，本刊可作技术处理和编辑加工。如不同意，请在投稿时声明。

七、请勿抄袭，文责自负。请勿一稿多投，对因其造成的不良后果，本刊概不负责。

八、来稿一经采用，略付薄酬，请作者提供银行卡相关信息。